Arrondisse...

 ❶ L'Ilithyie
Göttin der Geburt
Paris' Zentrum & Geburtsstätte

 ❷ ...
Banken, Börsen & Geschäfte

 ❸ L'Hestia
Herdfeuer & Häuslichkeit
Wohngebiet Bourgeoisie

 ❹ L'Iris
Botin, Winde & Regenbogen
Zuwanderer & Waffenlager

 ❺ L'Athéna
Weisheit & Kampf
Universitätsviertel

 ❻ L'Apollon
Poesie & Kunst
Kunst- & Literatenviertel

 ❼ L'Héra
Frauen & Mütter
Botschaften & Bourgeoisie

 ❽ Le Zeus
Himmel, Donner & Ordnung
Politisches Zentrum

 ❾ L'Aphrodite
Schönheit, Liebe & Vergnügen
Kaufhäuser, Opern & Theater

 ❿ L'Hébé
Jugend & Mundschenk
Bahnhöfe, Warenlager & Kanal

 ⓫ L'Héphaïstos
Schmiedekunst & Erfindungen
Arbeiter- & Industriegebiet

 ⓬ L'Arès
Schlachten & Gewalt
Militär, Gefängnis & Waffenlager

 ⓭ L'Artémis
Jagd & Wildnis
Gerbereien, Wald & Wiesen

 ⓮ L'Hadès
Tod & Unterwelt
Friedhof & Catacombes

 ⓯ La Déméter
Ernte & Landwirtschaft
Wein- & Bergbau, Schlachthöfe

 ⓰ L'Héraclès
Stärke, Mut & Sport
Park, Arenen & Jagdgebiet

 ⓱ La Perséphone
Frühling & Feldfrüchte
Landwirtschaft & Weinbau

 ⓲ Le Dionysos
Wein, Feier & Ekstase
Weinbau, Tavernen & Bohème

 ⓳ L'Hermès
Handel, Reisen & Diplomatie
Warenlager & Frachthäfen

 ⓴ Le Poséidon
Meer & Wasser
Wasserreservoirs & Tavernen

Laura Cardea

They Who Guard The Night

Moon Notes · Hamburg

Dieses Buch wurde klimaneutral produziert. Dadurch fördern wir anerkannte Nachhaltigkeitsprojekte auf der ganzen Welt. Erfahre mehr über die Projekte, die wir unterstützen, und begleite uns auf unserem Weg unter www.oetinger.de

MIX
Papier | Fördert gute Waldnutzung
FSC® C014496

Originalausgabe
1. Auflage
© 2022 Moon Notes im Verlag Friedrich Oetinger GmbH,
Max-Brauer-Allee 34, 22765 Hamburg
Alle Rechte vorbehalten
© Text: Laura Cardea
Dieses Werk wurde vermittelt durch die
Literarische Agentur Thomas Schlück GmbH, 30161 Hannover.
© Covergestaltung: FAVORITBUERO, München
unter Verwendung von shutterstock.com:
© Tanya Antusenok / © Ira Kozhevnikova / © Lightkite
© Gestaltung Innenklappen und Kapitelvignetten: Laura Cardea
Satz: Satz für Satz, Wangen im Allgäu
Druck und Bindung: GGP Media GmbH,
Karl-Marx-Straße 24, 07381 Pößneck, Deutschland
Printed 2022
ISBN 978-3-96976-029-1

www.moon-notes.de

Liebe*r Leser*in,

wenn du traumatisierende Erfahrungen gemacht hast, können einige Passagen in diesem Buch triggernd wirken. Sollte es dir damit nicht gut gehen, sprich mit einer Person deines Vertrauens. Auch hier kannst du Hilfe finden:
www.nummergegenkummer.de
Schau gern auf S. 477, dort findest du eine Auflistung der potenziell triggernden Themen in diesem Buch.
(Um keinem*r Leser*in etwas zu spoilern, steht der Hinweis hinten im Buch.)

*Für alle, die öfter die Nacht auskosten möchten.
Egal, ob zum Feiern, Schlafen oder Rebellieren.
Lasst sie euch nie nehmen.*

Kapitel 1

Seit drei Jahren komme ich nach Hause, wenn meine Familie morgens aufsteht. Manchmal – so wie heute – bin ich so spät, dass mir in den dunstigen Gassen bereits die ersten Arbeiter entgegenkommen. Schlachter, Fabrikarbeiter, Tagelöhner, die Ärmsten der Armen. Ihr Tag beginnt, wenn die Menschen aus der reichen *Bourgeoisie* nach ihren ausschweifenden Nächten schlafen gehen. Niemand beachtet mich, weil ich längst meine Verkleidung gegen das von Mama geerbte Baumwollkleid getauscht habe, das schon nicht en vogue war, als sie es 1890 gekauft hat. Während ich versuche, den zerfetzten Rocksaum aus den Pfützen herauszuhalten, bin ich wieder eine von ihnen.

Nach einer Nacht mit viel schwerem Wein, blumigem Eau de Parfum und dem Duft nach Ausgelassenheit muss ich mich zusammenreißen, mir nicht die Nase zuzuhalten. Sind alle anderen gegen den Gestank aus den Fabrikschlöten und mangelhaften Abwasserkanälen immun? Eigentlich dürfte mich das nicht wundern. Die Regierung von Paris zählt unseren Häuserblock im Arrondissement *L'Hadès* nicht grundlos zu den heruntergekommenen *îlots insalubres*. In den windschiefen Baracken, die Handwerker vor Jahrzehnten ohne Stadtplanung und fließendes Wasser zusammengezimmert haben, sollte heute niemand mehr wohnen.

Und doch erklimme ich die schmale Treppe genau so eines Hauses, das am Rande von *L'Hadès* kauert. Früher habe ich versucht, die knarzende Tür zu unserem Appartement leise zu öffnen. Doch wie immer in den letzten Wochen schallt Papas Husten bis auf den Flur. Dem Lärm meiner kleinen Geschwister nach zu urteilen, war sein Anfall heute wieder heftig genug, um sie noch vor Morgengrauen zu wecken. Und tatsächlich, ich schließe die Tür auf, und mein Bruder Henri fällt mir fertig angezogen und halbwegs gekämmt in die Arme. Mit elf ist er ein wenig zu alt für diese Anhänglichkeit, und vor seinen Freunden würde er sich nie so zeigen. Doch ich bin froh, dass er die Zuneigung noch nicht gegen jugendliche Gleichgültigkeit ausgetauscht hat.

Ich umarme ihn fest, bis seine Füße vom Boden abheben. »Hast du deine Schulaufgaben erledigt?«

Henri stöhnt und windet sich aus meiner Umarmung. »Natürlich, Oberlehrerin Odette!«

»Nicht so frech!« Ich schließe die Tür und nehme dann Mamas Topf mit gefährlich brodelndem Haferschleim vom Herd, während sie versucht, meine kleine Schwester Joséphine in ihr Kleid zu zwängen. Ich knie mich neben sie, um sie im Kampf gegen die mit Wuttränen übergossene Jo zu unterstützen. Für ein sechsjähriges Mädchen entwickelt sie erstaunliche Kräfte, wenn es darum geht, sich gegen ihre Kleider zu wehren. »Sagt Henri die Wahrheit?«, flüstere ich Mama zu.

»Mathilde hat die Aufgaben kontrolliert.« Sie deutet mit dem Kinn auf die Zweitälteste von uns Geschwistern. Dann streicht sie eine dunkle Strähne, die sich aus ihrem notdürftigen Haarknoten gelöst hat, aus ihrem schmalen, immer sonnengeküssten Gesicht. »Glaube ich«, fügt sie ein wenig entschuldigend hinzu.

»Mama«, stöhne ich und richte mich auf, doch sie beachtet mich schon nicht mehr. Henri *muss* gute Noten bekommen. Meine Familie kann von fünf Geschwistern nur einen zur *Université* schicken. Und bei vier Mädchen und einem Jungen stellt sich die Frage nicht, auf wen die Wahl fällt. Für uns Schwestern ist das in Ordnung, denn Henri wird uns versorgen, wenn Papa ... Ich kneife mir in den Unterarm. Nicht jetzt.

Ich geselle mich zu Mathilde, die wie immer in ihrer eigenen Welt lebt und, in die Ferne starrend, einen Apfel wäscht. Er glänzt so sehr, dass sie ihn sicherlich seit mehreren Minuten bearbeitet. Sanft streiche ich über ihre kastanienbraunen Locken, die so wie ihre Haut und ihre seegrünen Augen ein paar Nuancen heller sind als meine. Ich ernte ein verträumtes Lächeln und schneide die bereits gewaschenen Äpfel in Schnitze. »Mama sagt, du hast Henri beim Lernen geholfen?«

»Du siehst müde aus«, bemerkt sie stirnrunzelnd. Als ich nicht darauf eingehe, seufzt sie. »Ihm und Juliette. Nur dass Juliette meine Hilfe gar nicht braucht. Ehrlich, das Mädchen könnte man vor ihre Rechenaufgaben setzen, bis sie ein Loch in ihre Schiefertafel schreibt.«

»Und dann würde sie auf dem Tisch weiterschreiben«, ergänze ich trocken. Einen Wimpernschlag später hängen wir kichernd über den geschnittenen Äpfeln.

Wir sprechen nicht aus, dass Juliette intelligenter ist als Henri. Dass *Juliette* zur *Université* gehen sollte. Obwohl Mädchen dort mittlerweile zugelassen werden – wenn auch mit großem Widerwillen und noch größeren Hürden –, ist das nur wenigen aus Akademikerfamilien vorbehalten. Denen, deren Väter ihre Bildung fördern. Ein Mädchen aus unseren Verhältnissen würde zwischen den schnöseligen Kerln aus der *Bourgeoisie* nicht eine Woche überstehen. Und selbst wenn sie einen Abschluss einsackt – Geld verdienen könnte sie damit nicht.

Mama deckt nun mit Mathilde und Juliette den Tisch, während Henri sich ein Herz fasst und unser Nesthäkchen Jo bespaßt. Weil endlich etwas Ruhe einkehrt und nichts mehr anbrennen kann, schlängle ich mich zwischen den ungemachten Betten von Jo, Henri und Juliette entlang zur winzigen Kammer, in die meine Eltern ihre Schlafstätte verlegt haben, um Papas Anfälle abzudämpfen. Doch schon vor der Tür erschüttert Papas Husten meine Knochen. Kurz presse ich die Augen zu und kämpfe gegen den Drang, umzukehren. Dann trete ich ein.

Papa klemmt die Hosenträger an seine Arbeitshose, die in den letzten Monaten immer mehr schlackert. Seit ich denken kann, war er ein drahtiger, aber robuster Mann. Unser Beschützer. Vor der Fragilität, die sich in seinen Körper schleicht, würde ich am liebsten die Augen verschließen. Doch das darf ich nicht. Ich fische seine Schieberkappe vom Holzschrank und halte sie ihm hin. »Warst du gestern endlich in der *Pharmacie*?«

Er schnaubt verächtlich. Ausweichend. Dann folgt trockener Husten, und rote Flecken erblühen in seinem fahlen Gesicht. Jahrelang habe ich ihm gepredigt, er solle sich eine bessere Arbeit als in der Papierfabrik mit all den chemischen Dämpfen suchen. Dafür ist es jetzt zu spät. Niemand stellt jemanden ein, der so krank ist.

Ich balle die Hände, doch zwinge mich, ruhig zu bleiben. Zu oft sind wir deswegen schon aneinandergeraten. »Hol zumindest eine Mentholsalbe von Madame Bouchard.« Meine Stimme schwankt zwischen Befehl und Flehen.

»Die beste Salbe bringt mir nichts, wenn uns wegen ihr das Geld für Essen ausgeht.«

Ich zerre eine Handvoll Francs aus der verborgenen Tasche meines Rocks, von denen ich Jo ein neues Paar Stiefel kaufen wollte. Sie wird Juliettes alte *Bottines* mit dicken Socken tragen müssen.

Bevor ich Papa jedoch das Geld geben kann, schiebt er meine Hände fort. In seine sanften Augen schleicht sich Argwohn. »Odette, ich habe dir vor Jahren versprochen, nicht zu fragen, woher das Geld kommt.« Er verzieht gequält das Gesicht, und ich weiß, worauf er hinauswill. »Aber falls du –«

»Ich mache nichts dergleichen«, versichere ich ihm, auch wenn sein Gedanke nicht weit hergeholt ist. Einige meiner Freundinnen aus der Schulzeit verdienen sich nachts auf den Straßen etwas dazu. Ich verurteile sie nicht – es fehlt nicht viel, und ich müsste auf die gleichen Mittel zurückgreifen. Gänsehaut prickelt über meine Arme, und ich dränge den Gedanken beiseite. »Weißt du was? Ich kaufe eine Salbe für dich. Du tust es ja eh nicht.« Bevor er widersprechen kann, hebe ich die Hand. »Du sagst immer, mit dem Geld, das ich verdiene, kann ich machen, was ich will.« Triumphierend grinse ich ihn an.

Das Gehalt von Frauen in *ehrenwerten* Berufen, wie Mamas und Mathildes in Madame Carbonnes Hutmacherei, geht direkt auf das Konto ihres Mannes oder Vaters. Dass ich mein Gehalt entgegen dieser Konvention selbst ausgezahlt bekomme, ist für Papa ein weiterer Grund zur Sorge.

Aber schließlich ist auch alles andere an meiner Arbeit unüblich.

Papa deutet mit dem Finger auf mich. »Meine grauen Haare habe ich wegen dir!«, schilt er mit einem Lachen.

»Wenn *ich* Ende dreißig bin, werde ich garantiert genauso graues Haar haben – wegen *dir*.« Ich hake mich bei ihm unter und gemeinsam betreten wir die Stube.

Sobald alle fort sind, räume ich unser Appartement auf. Ich schrubbe Töpfe und Tische, mache die eng stehenden Betten und versuche, mich im Kämmerchen, das Mathilde und ich uns als älteste Geschwister teilen, nicht in mein Bett fallen zu lassen. Ich habe noch einiges zu erledigen, bevor ich endlich schlafen kann.

Mit einem Weidenkorb unter dem Arm verlasse ich das Appartement, um zuerst Madame Bouchard aufzusuchen. Sie wohnt allein im spitz zulaufenden Eckhaus am Ende unserer Gasse, wo sie das Ladenlokal im Erdgeschoss und das Dachgeschoss-Appartement darüber mietet. Ich weiß nur wenig über ihre Vergangenheit. Vage Gerüchte darüber, wie sie als Kind mit ihrer Familie von Nigeria nach Boston und als junge Frau nach Paris kam. Und natürlich weiß jeder von ihrem sehr jung verstorbenen Mann. Doch woher sie ihre Kenntnisse der Chemie hat, dank der sie Medikamente für all diejenigen herstellt, die sich *Docteurs* und *Pharmaciens* nicht leisten können, entzieht sich mir. Schon vor der Tür rieche ich die bittern Ausdünstungen dieser Medizin. Und sobald ich den spärlich eingerichteten Laden betrete, in dessen Mitte Madame Bouchard Kräuter mörsert, muss ich durch den Mund atmen.

Eine Gaslampe schenkt dem satten Dunkelbraun von Madame Bouchards Haut einen goldenen Schimmer, der mit den schweren Goldohrringen konkurriert.

»Dein Vater?«, fragt sie, ohne von ihrer Arbeit aufzuschauen, die sie immer mit dieser Akribie und Zweckmäßigkeit angeht, der ich stundenlang zusehen könnte. Ihre tiefe Stimme hebt sich von dem Blubbern ab, das ihre Apparaturen aus Glaskolben, Bunsenbrennern, Thermometern und andere Gerätschaften ausstoßen, mit denen sie mich als Kind ab und zu hat herumhantieren lassen. Bevor ich wusste, wie teuer all das ist.

Mit einem wehmütigen Blick auf ihr *Laboratoire* manövriere ich mich näher zu Madame Bouchard. »Er braucht etwas für seinen –«

»Husten«, unterbricht sie mich mit einem Schwenk ihrer

Hand. »Glaub mir, jeder in der Straße kann ihn hören. Du weißt, dass meine Salbe ihn nicht heilen kann, sie –«

»– mildert nur die Symptome«, ergänze ich mit Singsang-Stimme, was sie mir jedes Mal predigt.

Endlich kann sich Madame Bouchard von ihrer Arbeit losreißen und blickt mit zuckenden Mundwinkeln auf. »Du hattest schon immer ein viel zu loses Mundwerk. Hat dich das noch nicht oft genug in die Bredouille gebracht?« Sie steht auf und kramt in einem Apothekerschrank mit Dutzenden Fächern herum.

»Ich weiß, mit wem ich offen sprechen kann.« In der Schule habe ich nie wie Henri oder Juliette Ärger bekommen, die bei Papas milder, etwas eigentümlicher Art nie Zurückhaltung gelernt haben. Ich hingegen bin eine Meisterin darin, meine spitzen Bemerkungen einzudämmen, ohne zu platzen. Es reicht, mir meinen Teil zu denken, ich muss andere nicht mit meinen Gedanken vor den Kopf stoßen. Vielleicht weil ich weiß, dass eine scharfe Zunge und konträre Meinung niemanden zum Umdenken bringen. Nicht, wenn sie von einem Mädchen wie mir kommen.

Madame Bouchard stellt einen Zinntiegel auf den Tisch. »Vier Franc.«

»Beim letzten Mal waren es drei«, entgegne ich durch zusammengepresste Zähne.

Sie zuckt die Schultern. »Das Leben wird für uns alle teurer. Ich hab dir schon einen Rabatt gegeben, weil ich dich mag.«

Unschlüssig fingere ich an den Münzen in meiner Tasche herum. Falls Papa wegen des Hustens nicht mehr arbeiten kann, verlieren wir auf lange Sicht noch mehr Geld. Doch vier Franc weniger, und heute Abend wird niemand von uns satt.

Madame Bouchard seufzt. »Drei Franc, und du nimmst meine Blusen zum Flicken mit. Aber gib sie Mathilde oder meinetwegen Juliette. Hauptsache, *du* näherst dich ihnen nicht mit Nadel und Faden. Madame Carbonne konnte eine geschlagene Woche lang über nichts anderes reden, als dass sie dir nach deinem ersten Tag in ihrer Hutmacherei einen Franc mehr als üblich gezahlt hat. Damit du nie wieder einen Fuß in ihr Geschäft setzt.«

Ich schiebe ihr die Münzen zu. »*Merci beaucoup*, Madame Bouchard«, flüstere ich mit belegter Stimme.

Das ist der Unterschied zum Leben der Oberschicht mit all dem Parfum, Reichtum und den Bällen. Egal, wie arm wir sind, egal, wie hungrig, wir können auf unsere Nachbarn zählen, wenn es besonders eng wird. Denn jeder weiß, nur wenige Tage später könnte man selbst in den Schuhen der anderen stecken. Verliert eine Familie der *Bourgeoisie* ihren Reichtum, schauen ihre Nachbarn sie nicht mal mit dem gepuderten Hinterteil an.

Die Salbe und die Blusen wandern in meinen Beutel, und ich verabschiede mich. Vor der Tür treffe ich Pauline, die ebenfalls zum Markt geht. Früher war sie meine beste Freundin. Aber seit ich Louise d'Amboise kenne, merke ich, wie selten mich die Gespräche mit Pauline zum Lachen bringen – und wie sehr sie mich an die aussichtslose Lage erinnern, in der wir stecken.

Mit Louise, in der *Nacht*, ist das anders.

Unsere Freundschaft, die seit drei Jahren besteht, ändert natürlich nichts an meiner Situation. Doch sie gibt mir zumindest manchmal das Gefühl von Veränderung.

Pauline verbirgt ihr strohblondes Haar unter einer Haube, und ich schicke ein Stoßgebet gen Himmel, dass sie damit keine Läuse verbergen will. Diese Woche haben wir wirklich kein Geld für eine weitere von Madame Bouchards Tinkturen, vor allem nicht, wenn sie für sechs Köpfe reichen muss. Doch Pauline hüpft strahlend auf mich zu und reckt mir eine Hand entgegen. Ein einfacher, etwas krummer, offensichtlich selbst geschlagener Goldring ziert ihren Ringfinger.

»Es ist offiziell! Papa hat Fernand seinen Segen gegeben!« Ich muss lächeln und vergesse kurzzeitig meine Sorgen. Das wünscht sich Pauline, seit sie Fernand das erste Mal in der Schule gesehen hat.

»Wie wundervoll!«, rufe ich und ergreife ihre Hände. Der simple Ring an ihrem Finger ist kühl und schwer. Eine Vermählung ist ebenfalls ein Weg zu einer etwas sichereren Zukunft. Gut für Pauline. »Ich freue mich so für dich!« Ich schlucke den bitteren Beigeschmack herunter, der mir jedes Mal den Rachen verätzt, wenn ich darüber nachdenke, dass die Sicherheit eines Mädchens immer von einem Mann abhängt. Väter, Brüder, Ehemänner. Klammere ich mich deswegen so an Louise und unsere nächtlichen Eskapaden, auch wenn sie irgendwann enden müssen? Solange ich meine Familie selbst beschützen kann, bin ich wohl nicht bereit, ihre Sicherheit in die Hände eines Ehemanns zu legen. Doch ich darf mich nicht in dieses heiße Wüten in meinem Magen hineinsteigern. Also verscheuche ich die Gedanken, während wir durch die *Avenue du Maine* wandern.

Ich quetsche mich zwischen einer üppigen Madame und einer Kutsche hindurch, die den Eingang zum Marktplatz mit den aneinandergedrängten Ständen versperren. Sofort schlägt mir der Mief aus Pferdedung und fauligem Fisch in Zinneimern entgegen. Gemischt mit säuerlichen Ausdünstungen ungewaschener Menschen sickern sie mir in meine Nase. Immerhin vergeht mir so der Hunger.

Pauline plappert vom Hochzeitsmenü, Filet mignon, Sauce béarnaise und Soufflé, während wir uns durch die Marktbesucher schieben. Ich laufe in sie hinein, weil sie ohne Vorwarnung anhält. Sofort zieht sie mich weiter, schneller als zuvor. »Sieh bloß nicht hin!«

Ein Arbeiter wankt auf einem Stapel Gemüsekisten und schreit über die Köpfe der Menschen hinweg. Er trägt die Arbeitskleidung der Papierfabrik. Wie Papa. Obwohl sein Kopf vom Brüllen immer röter anläuft, wehen über das Getöse der Käufer und Marktschreier nur Wortfetzen zu mir herüber. *Arbeiterrechte*, *Krankheit* und *Ausbeutung*.

Drei Gendarmen kämpfen sich zu ihm durch und treffen zeitgleich mit Pauline und mir bei ihm ein. Sie zerren ihn von seiner Bühne. Er wehrt sich mit Händen und Füßen, doch sie zwingen ihn erbarmungslos mit Schlagstöcken auf die Knie.

Pauline senkt den Kopf, und ich sollte es ihr gleichtun.

Der Mann hört nicht auf. Zwischen seinen schützend erhobenen Armen und den auf ihn einprasselnden Schlagstöcken speit er Flüche hervor. Er hat die gleichen ausgehöhlten Wangen und kränklichen Schatten unter den Augen wie Papa.

Ein Glück, dass *er* nichts dergleichen versucht.

Der Mann bemerkt meinen Blick, und bei jedem Wort fliegt Spucke aus seinem Mund. »Sie rauben uns nicht nur die Würde, die Gesundheit, das Essen, den Lebenssinn – sie machen vor nichts halt!« Er streckt seine Arme nach mir aus, erinnert mich in seiner Intensität an die Jesusbilder in unserer Kirche. »Sie werden uns die Nacht rauben! Was ihnen so heilig ist, werden sie entweihen!«

»Armer Kerl.« Pauline schiebt mich in die nächste Menschentraube, wo Gelächter und das Feilschen der Händler die Worte des Mannes übertönen. Doch seine Schmerzensschreie finden noch den Weg in meine Ohren, während sich Pauline mit leicht erhobener Nase das frischeste Gemüse reichen lässt, das sie finden kann. Sie spielt sich auf, als gehörte ihr nach der Hochzeit ein *Château*. Dabei zieht sie nur in Fernands Appartement, das ein zusätzliches Zimmer mehr hat, aber ebenso schäbig wie ihres ist.

Ich kommentiere ihr Betragen jedoch nicht, während ich schrumpelige Petersilienwurzeln und laschen Kohl in meinen Korb packe. Solche schönen Momente erleben wir so selten, dass ich es nicht übers Herz bringen würde, ihn ihr zu verderben. Also nicke ich zu allem nur lächelnd, ohne ihr richtig zuzuhören.

Pauline stemmt die Arme in die Hüften. »Odette Leclair, wie lange willst du noch darüber brüten, was dieser Mann von sich gegeben hat? Er ist verrückt, mehr nicht.«

»Verrückt oder –?« Ich presse die Lippen aufeinander. Pauline schwärmt sowieso schon wieder von ihrem Hochzeitsmenü. *Verrückt – oder mutig?* Langsam schüttle ich den Kopf, mehr über mich selbst als über ihn. Denn jede Auflehnung verschlimmert die Situation nur. Ich brauche dringend Schlaf. Nur deshalb kommen mir solche Gedanken. Doch mein Herz schlägt den ganzen Weg nach Hause über schwer in meiner Brust. Es zerrt mich in Richtung einer unsichtbaren Tür, hinter der etwas liegt, auf das der Mann mich nur flüchtige Blicke werfen ließ.

In unserem Appartement verstaue ich den Einkauf im winzigen Kellerloch. Ich sollte Mama ein wenig zur Hand gehen und die Erde aus dem Kohl waschen. Aber Müdigkeit übermannt mich im Halbdunkeln, da dank der eng gebauten, mehrstöckigen Häuser nie wirklich Tageslicht in unser Appartement fällt. Louise hasst es, wenn ich nicht bei der Sache bin, also sollte ich bis zum Abend Schlaf nachholen.

Denn wenn ich in der Dunkelheit erwache, beginnt mein anderes Leben.

Kapitel 2

Von uns aus gibt es keine direkte Verbindung zum *Hôtel d'Amboise*, dem Stadthaus von Louise' Familie. Also muss ich eine Weile durch die klammen Gassen streifen, die so eng und hoch sind, dass sie vom Sternenhimmel nur ein schmales Band übrig lassen. So stelle ich mir den Ausblick aus einem frisch geschaufelten Grab vor. Wie passend für *L'Hadès*. Zwanzig griechische Götter mussten sie bei der Benennung der Arrondissements verteilen. Natürlich weiß ich, dass sie den Gott der Unterwelt wegen des hier befindlichen Haupteingangs zu den *Catacombes* für uns gewählt haben, nicht weil *L'Hadès* wortwörtlich die Hölle ist. Aber nun, wenn der Schuh passt …

Gerade noch rechtzeitig erreiche ich den pferdegezogenen Omnibus meiner üblichen Linie, die garantiert bald einem motorisierten Omnibus oder gleich einer Tram des rasant wachsenden Schienennetzes weichen muss. Die Rösser traben los, und ich schwinge mich auf den schmalen Stieg, um mein Fahrgeld zu zahlen. Die steile Neigung der Straßen zaubert dieses Flattern in meinen Magen, das mich in die aufgedrehtere, leichtfertigere Odette verwandelt, die nachts verkleidet durch die Straßen flaniert. Seit drei Jahren. Doch wie lange noch?

Sobald wir durch *L'Héra* rattern, weiten sich die Gassen zu schicken Boulevards, gesäumt von Ministerien und Botschaften – und den repräsentativen *Hôtels particuliers* der adeligen und reichsten Pariser. An der Kreuzung des *Boulevard Saint-Germain* steige ich aus und wandere die *Rue de Lille* bis zum mit Marmorstuck verzierten *Hôtel d'Amboise* herab. Es könnte als mein zweites Zuhause durchgehen. Nun, wenn Louise mich nicht durch den Dienstboteneingang hereinlassen müsste. Ich bin keine ihrer Freundinnen, die sie zum Tee einlädt.

Doch wie jeden Abend, sobald ich in unserem geheimen Rhythmus klopfe, öffnet sie grinsend die Tür. »Da bist du ja endlich!«

Louise zerrt mich hinein und schiebt mich durch die Waschküche und Flure. Sie trägt bereits eine feine Abendrobe aus Organza, die direkt aus der neuesten Ausgabe von *L'Art et la mode* über die schickliche Kleiderwahl für den Morgen, den Abend, die Oper und den Landausflug stammen könnte. Dazu ihr blondes Haar auftoupiert, wie es in Mode ist, um alberne Hüte darauf festzustecken. Albern trifft auch ihr Verhalten gut – albern, kokett, aber gutmütig. Ein Mädchen, das man nicht hassen kann, obwohl es mit einem goldenen Löffel im Mund geboren wurde und das mit jeder theatralischen Handbewegung demonstriert. Doch irgendetwas ist anders als sonst. Lebhaft ist sie immer, jedoch nie *so* aufgekratzt. »Ab ins Bad mit dir! Das Wasser ist fast kalt.«

»Ins Bad?« Ich stemme mich gegen sie. Noch nie hat sie verlangt, dass ich mich wasche, bevor ich mich in ihren Cousin verwandle. »Louise, was hast du vor?«

Sie greift sich an die Brust. »Einst rettete ich dich vor dem tristen Schicksal eines unserer einfachen Küchenmädchen. Als ich dich dabei ertappte, wie du Kleidung aus der Waschküche stehlen wolltest, zeigte ich Erbarmen.« Sie streicht sich eine unsichtbare Träne weg. »So arm und unterkühlt, dass dich auch der hässlichste Männer-*Manteau* in deinen Händen zu Glückstränen rührte.«

»Louise, du weißt, du hast mich nicht vor dem Kältetod gerettet. Ich *hatte* genug Kleider. Ich wollte mich nur als Junge verkleiden, um eine bessere Arbeit zu suchen.« Ich stemme die Arme in die Hüften. »Und du hast mir nicht aus Gutmütigkeit Erbarmen gezeigt. Du hast ein Auge bei meinem Verbrechen zugedrückt, weil ich *dich* bei etwas ebenso Verbotenem erwischt habe. Wie du dich nachts mit nur fünfzehn Jahren aus dem Haus schleichen wolltest, ohne Anstandsdame oder männliche Begleitung.«

Louise seufzt mit wogender Brust. »Der Beginn einer wunderschönen Freundschaft.« Dann schiebt sie mich beherzt und völlig ungerührt weiter. »Und einer Übereinkunft, die für uns beide von Vorteil war.«

Ich stolpere ins Badezimmer und vergesse alles. Fließendes Wasser aus bronzenen Wasserhähnen! Direkt im Haus, nicht wie bei uns aus Gemeinschaftsbrunnen in Innenhöfen. Mitten im Bad thront eine gigantische Wanne auf Klauenfüßen, aus der Dampf aufsteigt. Bevor ich reagieren kann, hat Louise mich aus meinem *Manteau* geschält. Ich scheuche ihre Hände fort. »Das kann ich allein!«

Sie drückt mir Seife in die Hand. »Die Haare nicht vergessen!«

Hastig ziehe ich mich aus und lasse mich ins Wasser sinken, während Louise aus dem Bad huscht. Von wegen fast kalt! Meine Haut versengt beinahe. Mir war bewusst, dass die d'Amboises als eine der wenigen Pariser Familien ein Privatbad besitzen. Aber niemals hätte ich es mir *so* vorgestellt. Obwohl ich immer noch nicht weiß, was das hier soll, sinke ich tiefer ins Wasser und schrubbe mich von Kopf bis Fuß ab. Wenn ich schon in den Genuss komme, kann ich es auch ausnutzen. Mit geschlossenen Augen schäume ich die Seife in meinen Haaren auf und nehme tiefe Atemzüge voll feiner Fliedernoten. So rieche ich zum ersten Mal.

Irgendwann steige ich aus der Wanne, und erst dann kehrt Louise mit einem ihrer bauschigen Kleider in den Armen zurück. »Herzlichen Glückwunsch zum achtzehnten Geburtstag, Odette!« Sie strahlt mich an, als hätte *sie* Geburtstag.

Ich halte mitten im Abtrocknen inne. »Louise, das Kleid kann ich nicht in *L'Hadès* tragen.«

Augenrollend wirft Louise das Kleid auf einen Hocker. »Das ist nicht das ganze Geschenk, du Genie. Du sollst es heute Nacht tragen, um unsere Volljährigkeit zu feiern. Als *Frau*.« Louise hebt den Finger, bevor ich widersprechen kann. »Ich weiß, was du sagen willst. Aber du kannst ja wohl *eine* Nacht so verbringen, wie ich jede erlebe. Du wirst es nicht bereuen. Uns passiert schon nichts, so wie all die Jahre nichts passiert ist!«

Die Widerworte in mir wollen noch nicht so recht verstummen. Doch sie finden auch keinen Weg heraus. Denn sie hat an meinen Geburtstag gedacht, anders als meine Familie. Oder ich selbst. Und mich überkommt das gleiche Kribbeln wie bei meinem ersten nächtlichen Ausflug mit ihr. Ein Abenteuer wartet auf mich, wenn ich in das wunderschöne, schneeweiße Kleid aus *Mousseline* schlüpfe. Also stiehlt sich ein Grinsen auf meine Lippen.

»Ich wusste, du würdest dich freuen!«, jauchzt Louise, während sie ein neumodisches Haareisen aufheizt, das noch gar nicht in den Läden erhältlich ist und eine Erfindung ihres Vaters sein muss.

Ich streife mir das Kleid über, und sein *Mousseline* – natürlich nicht aus Wolle, sondern aus Seide gewebt – fließt weich und erlesen über meine Haut. »Kann ich das Kleid verkaufen, wenn wir fertig sind?«

Sie kämmt meine kurzen Locken und schnalzt mit der Zunge. »Nichts anderes habe ich erwartet. Aber vielleicht wartest du mit dem Verkaufen, bis du sicher bist, dass du kein weiteres Mal als *Odette* die Nacht durchtanzen willst.«

Die Nachtluft fühlt sich anders an in diesem Kleid. *Ich* fühle mich anders an. Unser Omnibus rattert über die gerade erst für die *Exposition Universelle de 1900* erbaute *Pont Alexandre III*, die sich unter dem wachen Blick von vier Goldstatuen der Göttin Fama über die glitzernde Seine spannt. Im Nachtglanz könnte ich schwören, alle vier Frauenstatuen, die geflügelte Pferde zügeln, zwinkern mir wissend zu.

Immerhin muss ich nicht wie Louise einen gigantischen Hut festhalten, den der Fahrtwind sonst mit sich reißen würde. Keine ihrer Dutzenden Kopfbedeckungen konnte sie an meinen schwarzen Locken festmachen, die ich mir für meine Verkleidung als junger Monsieur kinnlang geschnitten habe. Stattdessen hat Louise sie mit Blumenschmuck nach hinten gesteckt, zu einer Illusion langer Haare.

Louise zappelt auf ihrem Platz herum, unruhiger als ich, und ihr Lächeln schwindet keine einzige Sekunde. Das hier ist genau ihre Vorstellung von Spaß. Dunkelheit, Geheimnisse und Verheißung. Wie immer spiele ich mit, weil wir beide von unserem Arrangement profitieren. Sie bezahlt mich selten mit Geld. Um nicht aufzufallen, steckt sie mir Ohrringe zu, die sie bei Nachfragen als *verloren* meldet, oder Silberbesteck und anderen Tand, dessen Fehlen niemand bemerkt. Ihren Eltern spielt sie das Schusselchen perfekt vor. Ich weiß, sie ist alles andere als das.

Und Louise ist der zweite Grund, warum ich mitspiele. Mit

ihr ist alles so leicht und gleichzeitig aufregend. Mit ihr vergesse ich für ein paar Stunden alle Sorgen.

Ausgerechnet auf den rappelvollen *Champs-Élysées* steigen wir aus, wobei wir mehrmals beinahe von anderen Omnibussen und Kutschen umgefahren werden. Im Gedränge entgeht mir fast, dass Louise eine andere Mademoiselle begrüßt und von ihr zwei anscheinend handgeschriebene Eintrittskarten entgegennimmt.

Ich ringe meine Hände. »Louise, wohin fahren wir?«

»Ein Geheimnis«, flüstert Louise verschwörerisch und bugsiert mich in den nächsten Omnibus, bevor ich die Augen rollen kann. Dann jagen wir durch die breite *Rue de Rivoli* mit ihren gewaltigen Arkaden und Ladenfronten, flankiert von dampfbetriebenen Kutschen mit mechanischen Zierpferden, die den reichsten Parisern gehören. Alles gehüllt in Dunstschwaden und das Bernsteinlicht der Straßenbeleuchtung.

Aufregung flattert im Rhythmus der flackernden Gaslaternen in meinem Brustkorb. Fahrig taste ich nach dem Anhänger meiner Kette, um zu überprüfen, ob er noch richtig liegt. Den rautenförmigen Anhänger, der Athéna in fließenden Gewändern zeigt, hat Louise mir vor Ewigkeiten als Versprechen geschenkt. Laut ihr eines ihrer schlichteren Stücke aus Glas, Emaille und einer Barockperle, von dem sie überzeugt war, ich könne es im Alltag tragen. Sie begreift nicht, dass die Kette nicht nur lächerlich mit meiner üblichen Kleidung aussieht, sondern ich zudem in ständiger Angst vor einem Raubüberfall leben müsste. Deshalb verstecke ich sie immer unter meinem Kleid. Doch heute kann ich den Anhänger vorzeigen, dieses kühle, wunderschöne Schmuckstück, das nicht zu mir oder meinem Leben passt. Ich lächle sanft. *Nur heute.*

An der nächsten Haltestelle springt Louise auf und zieht mich hinter sich her, die schmale Wendeltreppe des Omnibusses hinab. Wir landen mitten im Nachtleben von *L'Ilithyie*. Das erste, zentralste Arrondissement, nicht benannt nach einer der wichtigsten Gottheiten, sondern nach der eher untergeordneten Göttin der Geburt. Ein Zeichen, dass Paris im Herzen ein Ort der Innovation und Freiheit ist. Ich bin nicht sicher, was die Freiheit betrifft, aber die Innovation entdecke ich überall. In jedem Schaufenster, illuminiert mit Gaslicht ebenso wie dem neuartigen elektrischen Licht, in den Flaneuren mit ihren mondänen Ausgehroben und in den Musikmaschinen auf den Gehwegen. Ich ergreife die Hand meiner Freundin, als wäre dies mein erstes Mal auf der *Rue de Rivoli*. Nun, das ist es ja irgendwie auch. Mein erstes Mal als *Odette*.

Louise' Lächeln verliert das Spitzbübische und wird sanft. »Heute Nacht dreht sich alles um dich.«

Ich bin nicht sicher, ob mir das gefällt. Denn die Lichter, der intensive Geruch aus Riechwasser und Maschinenöl, die Dutzenden Dampfmaschinen und Spielzeuge der oberen Schicht sind heute beinahe zu viel. Doch wir huschen schon in eine schmale Gasse, immer noch Hand in Hand, dann durch eine Hintertür in eines der von Baron Haussmann so akribisch geplanten noblen Reihenhäuser.

Das schwere Bouquet aus Merlot und Zigarren, verwoben mit exquisitem Eau de Parfum, hüllt mich ein. Mir wird schwindlig, weil ich nicht weiß, wohin ich zuerst sehen soll. Brokattapeten im dunklen Rot von Bordeauxwein, goldene Kronleuchter, Straußenfedern, gepolsterte Sitzgruppen und verschwenderisch befüllte Servierwagen. Der Salon, durch Marmorsäulen in verschiedene Bereiche unterteilt, wirkt obszön. So stelle ich mir das opulent dekorierte Bordell *Le Chabanais* vor, an dem wir ein paarmal vorbeigehuscht sind, ohne dass ich einen Blick hinein gewagt habe. Die Erzählungen über ausgefallene Zimmer, japanisch und hinduistisch, im Stile von

Louis XVI. oder Pompeji reichen für eine lebhafte Vorstellung.

Das hier ist definitiv *keine* der gesitteten *Soiréen*, die wir üblicherweise besuchen.

Die tagsüber so anständigen Erben der Oberschicht fläzen ausgelassen auf den *Récamièren*, die Schultern zu nah an denen der anderen, die Wangen zu gerötet, die Lippen zu lasziv gespitzt. Manche tanzen zur Melodie, die von irgendwoher ertönt, ein sinnlicher Tanz, bei dem sich meine Wangen erwärmen.

»Du musst dich wohl kurz eingewöhnen.« Louise lacht bei meinem Anblick. »Möchtest du etwas essen?«

Mein Magen schlägt Saltos, doch bevor ich meine Bedenken zum Ausdruck bringen kann, winkt sie schon einen jungen Burschen heran. Nein, keinen Burschen – einen der Blechmenschen der *Entreprise Machines et Mécanique Lacroix*, die ich bisher nur in Schaufenstern gesehen habe. Sie kosten so viel, dass selbst Louise vor Ehrfurcht ihre Nase am Schaufenster platt gedrückt hat.

Wer bei Hadès' Unterwelt richtet diese Feier aus?

Der Maschinenmann trägt ein goldenes Tablett, auf dem die wundervollsten Konfekte liegen. Ich starre sein Gesicht an, so kunstvoll und lebensecht gestaltet, aber vollkommen starr und aus Kupfer. Mit einem Surren reckt er mir das Tablett entgegen. Mechanisch, als wäre *ich* ein Maschinenmensch, greife ich ein karamellisiertes *Praliné*, und er stakst weiter durch die Menge. Louise drückt mir ein schmales Cordial-Glas mit beerenroter Flüssigkeit in die andere Hand, an der ich vorsichtig nippe. Zuckriger *Liqueur*.

Und schon zerrt sie mich weiter durch all die unwirklichen Eindrücke. Tiefer in die rauchigen, süßlichen, schummrigen Abgründe hinein. Die Melodie, so perfekt, dass sie nicht von Musikern, sondern aus einer Maschinerie stammen muss, vibriert in meinen Ohren. In meinem Herzen. Ich nehme einen weiteren Schluck *Liqueur* und bin bereit zu tanzen.

Als könnte Louise meine Gedanken lesen, bugsiert sie uns in die Mitte des Parketts. Die Tänzer wiegen sich eng umschlungen zur Musik, weder im gesitteten *Valse* der offiziellen Bälle der *Bourgeoisie* noch in der flotteren Polka, die ich gewohnt bin. Ich verrenke mich unsicher, meine Arme unpassend zu meinen Beinen. Ein unschicklicher, anstößiger Tanz. Aber hat man das nicht vor hundert Jahren auch über den *Valse* gesagt, der jetzt als erste Wahl gilt? Dank der Erkenntnis versinke ich in der ekstatischen Musik, in der Wärme der Menschen um mich herum.

Und dann blicke ich in das schönste und irritierendste Gesicht, das ich je gesehen habe. Es gehört zu einem jungen Mann, der von mehreren Frauen umringt auf einer *Récamière* lungert, als wäre er eine Gottheit. Sein dunkles Haar, das zu Beginn des Abends noch streng mit Pomade frisiert gewesen sein muss, ist von den Liebkosungen der Mädchen zerzaust. Seine *Cravate* hängt gelöst um seinen Hals, sein Hemd und das mit Edelsteinen bestückte *Gilet* aus schimmerndem Atlasgrund klaffen viel zu weit auseinander. Der Inbegriff eines Dandys, der sich dank des Vermögens seiner Eltern sorglos einen schönen Lenz machen kann. Er ist alles, was mich an der *Bourgeoisie* die Augen verdrehen lässt – dennoch kann ich meinen Blick nicht von ihm losreißen.

Er bemerkt, wie ich ihn anstarre. Seine Mundwinkel zucken, weil meine Augen vom Alkohol vermutlich glasig schimmern und er das für eine Reaktion auf seine Erscheinung hält. Gemächlich hebt er eine Hand, um mich mit einem Finger heranzulocken. Er scheint wahrhaftig zu glauben, er wäre ein Gott, der mich Sterbliche mit seinem bloßen Anblick in Trance fallen lässt. Ich schnaube, leere mein Glas in einem Schluck und wende mich augenrollend von ihm ab. Arroganter *Godelureau*.

Ich will Louise in ein Gespräch verwickeln – doch sie ist verschwunden.

Die Hitze meiner Haut weicht grausiger Kälte. Wo ist Louise? Mehrmals drehe ich mich um mich selbst. Was, wenn ihr etwas passiert? Ich *wusste*, das hier ist ein Fehler. Sobald ich mir erlaube, mich gehen zu lassen, vergesse ich alles um mich herum – und dann geschieht so etwas.

Eine Hand legt sich auf meine Schulter. Erleichtert – und fuchsteufelswild – peitsche ich zu Louise herum.

Doch vor mir steht der *Godelureau* mit dem offenen Hemd. Ich starre auf seine marmorblasse Haut, die zwischen dem Seidenhemd hervorblitzt und genauso makellos aussieht, wie ich mir die Haut eines reichen Erben vorstelle, der keinen Tag seines Lebens auf Feld, Marktplatz oder Fabrikgelände arbeiten musste. Ich presse meine Nägel in die Handflächen, um mich wieder auf Louise' Verschwinden zu konzentrieren.

Er beugt sich ein wenig zu mir herab. »Louise geht es gut«, murmelt er mit einer Samtstimme, die trotz seines leichten Lallens in meinen Fingerspitzen vibriert.

Ich trete einen Schritt zurück, um seine Hand von meiner Schulter zu entfernen. »Wo ist sie?«

»Ich überlege oft, ob wir uns nicht alle in unserem ganz persönlichen Konstrukt der Realität befinden. Die Antwort auf die Frage, wo sie ist, kann dementsprechend –«

O bei Apollon, ein Fabulant. Ich dränge mich an ihm vorbei, weiter durch die Menschenmasse. »Louise?« Der Bodensatz meines Getränks landet auf der Tanzfläche. »Louise!«

»Wenn du dir mit mir einen Ausweg aus dem Schwarm an Tanzwütigen bahnst, gebe ich preis, wo sie ist.«

Er folgt mir also. *Fantastique.* Doch außer ihm habe ich

keinen Anhaltspunkt, und vor meinem inneren Auge sehe ich schon, wie Louise in irgendeine Gasse verschleppt wird. Also atme ich tief ein und drehe mich zu ihm. »Du weißt wirklich, wo sie ist?«

Er legt seine Hand auf die Brust. »Ich gelobe es bei dem Reichtum meines Vaters.« Zu allem Überfluss verbeugt er sich. »In Ordnung, aber lass die großen Gesten. Und die großen Worte. Schreib Sonette, wenn du Lord Byron nacheifern willst.« Ich schiebe ihn vor mir her.

»Lord Byron hat keine Sonette geschrieben. Zudem ist Baudelaire eher mein Vorbild.« Er greift sich an sein wie aus Marmor gemeißeltes Kinn. »Wobei das meinem Vater geschuldet sein könnte, der mir seinen Stolz auf Frankreich eingebläut hat, also sollte ich das noch mal überdenken.«

Ich quetsche uns zwischen zwei Paaren hindurch. »Kannst du deine Existenzkrise auf später verschieben?«

Endlich taumeln wir in die Freiheit, direkt vor die *Récamière*, auf der seine Verehrerinnen warten. Kichernd ziehen sie ihn zu sich. Zwei von ihnen ergreifen auch meine Hände mit den weichen Berührungen der Nymphen in Louise' liebstem Ballett.

»Dort drüben«, dringt die Stimme des Schnösels erneut an mein Ohr. Er *klingt* sogar wie ein Gott. Ein betrunkener Gott, natürlich. *Dionysos.*

Ich schüttle den Kopf und lasse meinen Blick seinem Fingerzeig folgen. »Das kann doch nicht wahr sein.«

Louise tanzt vergnügt mit einem jungen Mann. Keine zwei Meter von uns entfernt.

Ich löse meine Hände aus dem Griff der Nymphen, stemme sie in die Hüften und drehe mich zu Dionysos. »Dafür dieses geheimnisumwobene Trara? Du hättest sie mir von der Tanzfläche aus zeigen können!«

Mit einem schiefen Grinsen neigt er den Kopf.»Ich habe das Trara gemacht, damit du uns Gesellschaft leistest.«

Eines der Mädchen schlingt ihren Arm um meine Taille. »Wir alle sind neugierig, wen Louise mitgebracht hat.«

»Und du entsprichst so sehr Eugènes Geschmack, dass wir dich nicht gehen lassen konnten«, säuselt eine andere. Sie streicht ihre Finger über Dionysos' – nein, Eugènes' – Nacken.

Jetzt, da die Sorge um Louise verpufft, überwältigt mich die Situation. Eugène und seine blumige Entourage, ihre Blicke auf mir, als störte es sie nicht, dass sich eine weitere Nebenbuhlerin an ihren stinkreichen Erben ranschmeißt. Ich zwicke mir in die Handfläche. Eine *vermeintliche* Nebenbuhlerin, die sich *vermeintlich* an ihren Erben ranschmeißt! Meine Ohren werden wärmer, weil ich die Bedeutung ihrer Worte erfasse. *Ich entspreche seinem Geschmack* – was soll das überhaupt bedeuten? Als wäre ich eine seiner pompösen Westen, die er nur ein einziges Mal trägt. Leise schnaube ich.»Ich gehe zurück zu Louise.«

Die Mädchen jaulen auf, als wäre mein Verlust das Tragischste, was ihnen in ihrem Leben widerfahren ist. Vielleicht ist es das auch.»Du hast dich nicht einmal vorgestellt!«

»Odette Leclair«, entgegne ich hastig,»aber ich muss wirklich zurück zu Louise.«

»Der Name einer Königin.« Eugène entkorkt eine Flasche mit den Zähnen.

»Sagst du das zu jedem Mädchen, das du kennenlernst?«

»Nicht zu einer Anne oder Marie.« Er sinkt auf die *Récamière* und werkelt an einer kristallenen Wasserkaraffe mit mehreren zierlichen Hähnen auf einem Beistelltisch herum.

Ich verschränke die Arme. Was hat er nur an sich, das mich so anstachelt?»Es gab nicht *eine* Königin Odette. Aber mindestens ein Dutzend namens Anne oder Marie.«

Die Mädchen brechen in Gelächter aus. »Du bist nicht halb so gebildet, wie du denkst, Eugène!«

Er schnalzt nur mit der Zunge. »Ich bin gebildet. Doch *La Fée Verte* spielt zu gern mit meinen Sinnen.« Er fischt ein hübsches Glas hervor, auf dem ein gelöcherter Silberlöffel balanciert. Milchige Spiralen aus Wasser und Zucker wirbeln in faszinierenden Mustern durch den giftgrünen Alkohol. *La Fée Verte* – Absinth. Kein Wunder, dass Eugène so ... seltsam ist.

Er führt den Absinthlöffel, dessen Löcher Sterne und einen Halbmond bilden, an seine Lippen und nimmt die Zuckerreste mit seiner Zunge auf. »Wie Honig, der als Tau vom Himmel direkt in meinen Mund fällt.« Dann kräuseln sich seine Brauen. »Ich glaube, ich hatte genug.« Dramatisch drückt er mir das verzierte Kristallglas in die Hände.

Natürlich kenne ich die Geschichten. Leichtigkeit, Euphorie, Kreativität. Und *Halluzinationen*. Ich bin zu schlau, um mich darauf einzulassen.

Aber vor diesem Abend dachte ich auch, ich wäre schlauer, als an einer vermutlich illegalen *Soirée* teilzunehmen. Der *Liqueur* ist schuld, dass mich eine widernatürliche Neugierde überkommt und ich am Absinth nippe. Er schmeckt leicht bitter, nach Anis, nach Madame Bouchards Medizin, aber gleichzeitig süß vom Zucker. Prompt fühle ich mich, als könnte ich Kunstwerke malen, obwohl nicht eine künstlerische Faser in mir steckt.

Die Nymphen starren mich erwartungsvoll an. »Und?«

Mein Mund verzieht sich zu einem Lächeln, bevor ich es unterdrücken kann. »Sitzt ihr nur, oder tanzt ihr auch?«

Wir tanzen stundenlang. Oder wenige Minuten? Im Wirbel der herrlich duftenden Mädchen und unter Eugènes Blicken, aus Augen so dunkel und funkelnd wie ein klarer Nachthimmel, vergesse ich endgültig alle Vorbehalte. Das hier ist die eine

Nacht meines Lebens, in der ich mir erlaube ... ja, was eigentlich? Einfach zu tun, wonach mir der Sinn steht? Mir ist bewusst: Es bleibt bei dieser *einen* Nacht der Unbesonnenheit. Aus dem Traum erwache ich morgen früh für immer – also warum nicht dafür sorgen, dass es sich lohnt?

Eugène ergreift meine Hand, und ich wirble unter seinem Arm hindurch, als wäre ich wahrhaftig von *La Fée Verte* besessen. Er lächelt mich an, dieser junge Mann, der sonst nur ein Hausmädchen in mir sehen würde. Heute Nacht bin ich mehr. Heute Nacht lächle ich zurück. Heute Nacht lache, lache, lache ich, bis mein Hals schmerzt und mein Herz frohlockt.

Vielleicht wehre ich mich deshalb nicht, als wir in einem Moment über die Tanzfläche gleiten und im nächsten in einen schummrigen Lagerraum stolpern, mein Herzschlag schneller als unsere hastigen Schritte. Durch die hoch liegenden Fenster fallen die Lichter der Stadt, erleuchten sanft die mit Leinentüchern abgedeckten Möbel, einige Weinfässer und die Konturen seines Gesichts.

Seine Fingerspitzen tanzen über meine Hände. Spielen mit der Spitze meiner Ärmel, so unverfroren, dass ich ihn von mir stoßen sollte. So wie es jedes Mädchen, ganz egal, welchen Standes, tun sollte. Doch ich kann nicht. Ich *will* nicht.

Vor allem nicht, als seine Hände die feine Kette um meinen Hals finden, und er sich näher zu mir herablehnt, um den Anhänger zu betrachten.

»Athéna, die Göttin der Weisheit.« Er legt den Kopf etwas schief. »Du ziehst die Alten Gottheiten dem Dreifaltigen Gott vor?«

Ein heikles Thema. Im Alltag praktizieren viele Menschen beide Glaubensrichtungen, da keine die andere je ganz hat vertreiben können. Aber seit jeher fühlen sich die armen Menschen aus dem *Prolétariat* den Göttern des Olymps verbundener. Vielleicht, weil es einfacher ist, *praktischer*, Déméter um eine gute Ernte, Arès um die Rückkehr des Sohns aus dem Krieg oder Héra um Nachwuchs zu bitten, als einen einzigen allmächtigen, strengen Gott anzubeten. Ein Gott, der mit seinen sakralen Bauten, seinen strikten Riten, seinen Schriften, die bis vor wenigen Jahren nur Gelehrte lesen konnten, besser in das Leben der *Bourgeoisie* passt. Ich verrate mich nicht, wenn ich seine Frage beantworte. Aber es ist ungewöhnlich, wenn ein Mädchen aus seinen Kreisen den Alten Gottheiten den Vorzug gibt. »Ehrlich gesagt, weder noch«, murmle ich deshalb mit einem Schulterzucken. Es ist nicht einmal gelogen. »Mir gefällt die Kette einfach nur.«

Eugène streicht mit dem Daumen über die Barockperle, langsam und vorsichtig. »Du verbirgst Dinge in dir«, wispert er.

Seine Worte zerren mich in die Realität zurück und lassen mich zusammenzucken. Weiß er, wer ich wirklich bin?

Bevor ich zurückweichen kann, schwankt Eugène und lächelt selig. »Du solltest mich eines Tages einweihen.«

Er ist ein betrunkener, närrischer Phantast – doch das bin ich ebenfalls. Denn schon vergesse ich wieder jede Vorsicht. »Verbirgst *du* Dinge in dir?«, flüstere ich mit einer Stimme, die ich nicht kenne.

Durch seine Wimpern blickt er mich an, ernst und dunkel. Dann stiehlt sich sein sanftes Lächeln zurück auf seine Lippen. »Ich bin offen wie ein Buch. In mir ist nichts verborgen, weil ich alles auslebe. Sehr zum Leidwesen meiner Eltern, aber nun –«, er grinst verschlagen, nervtötend, *bezaubernd*, »sie hätten mich eben nicht so verziehen sollen.« In seinem Ton schwingt etwas Bittersüßes mit, das ich nicht greifen kann. So viel zum Thema nichts in sich verbergen.

Der Gedanke entfällt mir, weil Eugène so himmlisch nach geschmolzenem Zucker und dem betörenden Geruch von Absinth duftet. Würden seine Lippen auch so schmecken? Ein fehlgeleiteter Gedanke – der mich nur noch mehr berauscht. Meine Fingerspitzen stoßen gegen die Edelsteine auf seinem *Gilet*, Saphire vielleicht, so wunderbar kühl nach dem stickigen Tanzsaal. Doch umso wärmer wird mir unter seinem Blick, der dunkel und neugierig auf mir liegt. Hinter den Fenstern flackert Licht auf, ebenso im Tanzsaal.

Und dann brechen Geschrei und Getöse über uns herein.

Kapitel 3

Die Marmorwände beben. Stürzt das Gebäude ein? Eugène und ich fahren auseinander, stieren zur Tür. Nein, kein Einsturz. Aus dem Saal dringen Schreie und gebrüllte Befehle zu uns. Harsch, nüchtern, autoritär. Die Gendarmerie? Panik prescht durch meine Adern. Wenn die Sprösslinge der *Bourgeoisie* hier entdeckt werden, ist das eine Sache. Eine großzügige Spende wischt die Sache vom Tisch. Doch nicht bei meiner Familie.

Eugène flucht unterdrückt. »Verdammte Nyx.«

»Was?« Ich wende mich halb zu ihm, aber im Hauptraum knallt etwas Großes zu Boden oder gegen eine Wand. Das Brechen von Stein dröhnt in meinen Ohren. Hastig drehe ich mich im Kreis, suche nach einer Hintertür. Nichts.

Das Poltern rückt näher. Eugène klettert auf einen der abgedeckten Stühle, dann auf den Stapel Weinfässer, der bis zu einem Fenster reicht. Er wickelt sich eines der Leinentücher um die Faust, und bevor ich eine Warnung rufen kann, schlägt er die Scheibe ein. Splitter regnen herab, bis keine Scherben mehr im Rahmen stecken. »Komm schon!« Er winkt mich heran.

Ich kraxle auf den Stuhl, doch halte abrupt inne. Louise! Ich muss sie suchen.

Jemand schmettert die Tür auf, die mit einem Knall gegen die Wand prallt. Ein Mann, dessen Gesicht unter einer seltsamen kupfernen Maskenapparatur verborgen liegt, tritt über die Schwelle. Wenn der mich erwischt, kann ich die Suche nach Louise vergessen.

Also ergreife ich Eugènes ausgestreckte Hand und lasse mich von ihm auf die Kiste ziehen. Er gleitet durch das Fenster, und ich krabble hinterher. Aber ein Blick hinaus und ich erstarre. Die schmale Gasse verzerrt sich seltsam, bis endlose Leere zwischen mir und dem Boden klafft. Niemals springe ich da herunter!

»Ich dachte, wir suchen einen Jungen?«, dringt die tiefe Stimme des Maskierten zu mir. Die Kisten unter mir schwanken. Rüttelt er etwa an ihnen?

Eugène reckt mir die Arme entgegen. »Ich fange dich!«

Ein heftiges Ruckeln schleudert mich zur Seite. Im letzten Moment kralle ich mich am Fensterrahmen fest. *Merde!* Kreischend stürze ich mich vorwärts aus dem Fenster, presse die Augen zusammen, pralle gegen etwas Weiches – Eugène *hat* mich gefangen – und dann zusammen mit ihm auf den Boden. Meine Knie schrappen über den Schotter, und ich zische auf.

»Du bekommst keine Extrapunkte für die Kür, wenn du einen verdammten Hechtsprung machst«, spottet Eugène und richtet uns auf. »Jeder normale Mensch wäre mit den Beinen zuerst gesprungen.«

Endlich kann ich die Augen öffnen. »Wollen diese Leute *dich*?«, keuche ich.

»Ich bin ziemlich sicher, dass mich so ungefähr jeder will.« Er ergreift grinsend meine Hand. »Komm schon, wir sind noch nicht in Sicherheit.«

Ich halte ihn zurück, und die Panik in meinen Adern geht in meine Stimme über. »Ich muss Louise holen!«

Die Kupfermaske unseres Verfolgers taucht am Fenster auf – und am Ende der Gasse, in der wir gelandet sind, drei weitere Männer mit Maskenapparaturen. Definitiv keine Gendarmerie. Unter dem Licht der Straßenlaternen blitzen in ihren Händen Gewehre auf.

Wir rennen los. Die Wände der eng stehenden Häuser fliegen an uns vorbei, während Eugène uns durch die Straßen und Hintergassen lenkt. Die Maskierten verfolgen uns, ihre Stimmen und Schritte dröhnend hinter mir. Zum Glück erleuchten Laternen die Wege in *L'Ilithyie*, sonst wäre ich längst gestolpert.

»*Merde!*« Eugène stiert in jede Gasse, ohne unser Tempo zu zügeln. »Wo ist die Dunkelheit?«

Natürlich! Im Licht kann ich gut sehen – aber unsere Verfolger auch. Wir brauchen Dunkelheit, um zu entkommen.

Etwas zischt an meinem Ohr vorbei, wirbelt meine Haare auf wie eine lästige Mücke. Es schlägt in eine Hauswand ein. Mit ohrenbetäubendem Krach. Ganz und gar nicht wie eine Mücke. Zur Unterwelt, sie schießen auf uns!

»Aha«, stößt Eugène wissend aus, als hätte er den Schuss nicht bemerkt, und wir schlagen den nächsten Haken. Er weiß jetzt, wo wir sie abhängen können. Er weiß es. Muss es wissen. Doch halte ich so lange durch? Meine Knie schlackern und meine Unterschenkel brennen, während Eugène nur leicht außer Atem ist. *Flieht er etwa öfter?*

Jemand ergreift meinen Rock, und der Ruck bringt mich zum Stürzen. Meine Hand rutscht aus der von Eugène. Ich drehe mich im Fall, lande halb auf dem Rücken, halb auf der Schulter, deren Gelenk unter dem Aufprall ächzt. Instinktiv trete ich nach der Hand an meinem Rock. Ich treffe den kleinen Finger des Mannes, und das Knacken eines brechenden Knochens hallt durch die Gasse, gefolgt von seinem Brüllen.

»Fantastische Technik!« Angestrengt grinsend zerrt Eugène mich auf die Beine, dann weiter, ohne Verschnaufpause.

Der Maskierte verfolgt uns, und die Wut über den gebrochenen Finger scheint ihn nur noch mehr anzustacheln. Ich könnte schwören, sein Atem wirbelt die Härchen in meinem Nacken auf wie die Gewehrkugel zuvor.

Wir preschen in die nächste Gasse, wo mir ein unangenehmer Dunst entgegenschlägt. Wie bei uns in *L'Hadès* – nur schlimmer. Der *îlots insalubres Beaubourg*! Der eine Schandfleck von Häuserblock in den schicken Arrondissements, den die Regierung einfach nicht entfernen kann. Beengte, verwinkelte Gassen, mangelhafte Versorgung – wenn es irgendwo keine Straßenlampen gibt, dann hier!

Doch nach wenigen Metern erlischt meine Begeisterung. Gedimmte Lampen erleuchten die Schaufenster der heruntergekommenen Kaschemmen. Auch die ranzigen Ladenfronten mit den abgeblätterten Farbschichten werden bestrahlt – von elektrischen Straßenlaternen. *Das ist neu.*

Eugène knirscht mit den Zähnen. »Alle hier schlafen – was wollen sie mit dem verdammten elektrischen Licht?«

»Was hast du verbrochen, dass diese Kerle dich *umbringen* wollen?«, keuche ich.

Ein weiterer Schuss dröhnt durch die Luft, knapp an meiner Schulter vorbei. Mein Atem setzt aus. Wie in Trance lasse ich mich weiterzerren. Wenn ich sterbe, was passiert mit meiner Familie? Mein Hals schnürt sich zu.

Eugène stiert in die abgehenden Gassen. »Dunkelheit, ich brauche Dunkelheit.« Seine Worte verwirbeln mit meinen Gedanken. *Dunkelheit.* Noch ein Schuss. *Dunkelheit.* Energie schwirrt durch meine Fasern, kämpft gegen die Erschöpfung meiner Muskeln an. Wir biegen in einen schmalen Weg ab – an dessen Ende einer der Maskierten auf uns wartet. Sie haben uns umzingelt. Er zückt sein Gewehr, richtet es auf mich. Quälend langsam, als dehnte sich die Zeit, krümmt er den Finger am Abzug.

Durch meinen Kopf jagen Bilder meiner Familie. Aber auch von meinem Leben, das ich nicht erleben werde. Louise' Worte, dass heute Nacht nichts passieren wird, so wie immer. Ich könnte fast lachen, so falsch lag sie. Ihre Wörter verschmelzen mit denen von Eugène.

Ich brauche Dunkelheit.

Ein verzweifelter Schrei löst sich aus meiner Kehle. Meine Fingerspitzen brennen, als presste ich sie gegen gefrorenes Metall. Die Straßenlaternen flackern auf, und Eugènes Fluchen klingt weit, weit entfernt.

Die Welt um mich implodiert. Energie breitet sich in einer Schockwelle um mich herum aus, lässt Licht für Licht sterben, bis die Gasse beinahe mitternachtsschwarz ist.

»Was hast du –«, keucht Eugène und ergreift meinen Oberarm, um mich zu sich zu drehen. »Wer bist –?«

Der Verfolger schießt im Dunkeln blind auf uns.

Eugène ergreift wieder meine Hand. »Halt dich gut fest!« Er rennt los, und ich folge ihm automatisch. Eine ähnliche Energie wie die, welche die Lichter gelöscht hat, pulsiert um ihn.

Etwas zerrt uns durch die Dunkelheit, so rasant, dass die Welt um mich verschwimmt.

Nach wenigen Sekunden stolpern wir in die nächste Gasse, eine Strecke, für die wir mindestens eine halbe Minute hätten brauchen müssen. Mein Magen dreht sich, und ich will zu Boden sinken, doch Eugène hält mich aufrecht und starrt die auch hier gelöschten Laternen an.

»Wie viele Gassen hast du –« Er schüttelt den Kopf, und wir rennen weiter. Gasse für Gasse durchqueren wir so, immer im

Schatten, bis wir in kürzester Zeit einige Hundert Meter hinter uns gebracht haben.

»Der ganze Block liegt in Dunkelheit.« Er schüttelt ungläubig den Kopf. »Wir haben einen guten Vorsprung, dennoch sollten wir uns verstecken, damit –«

Ich unterbreche ihn, indem ich mich vornüberbeuge und versuche, den Absinth in meinem Magen zu behalten. »Was zur Unterwelt hast du gemacht?« Ich stütze mich auf meinen Knien ab, doch die Welt dreht sich weiter.

»Das«, Eugène zieht mich an den Schultern hoch, »sollte ich wohl eher dich fragen.«

»Ich habe überhaupt nichts gemacht«, erwidere ich instinktiv, obwohl ich mir selbst nicht sicher bin. Aber ich werde einen Teufel tun und das zugeben. Denn falls diese Energie tatsächlich von mir ausging, habe ich mit den Laternen Eigentum der Stadt zerstört. Dafür gehe ich sicher nicht ins Gefängnis.

»O bitte, versuch nicht, mir weiszumachen, dass du nichts von deiner Fähigkeit weißt.« Eugène dirigiert mich weiter, doch blickt mich aus den Augenwinkeln an.

»Ich weiß nichts von Magie«, keuche ich.

»Keine Magie.« Eugène seufzt. »Sondern eine besondere Fähigkeit. Du kannst doch nicht *nicht* davon gewusst haben! Sprechen die Schatten nicht mit dir?«

»Sprechen«, ich räuspere mich und bringe sicherheitshalber ein wenig mehr Distanz zwischen uns, »sprechen Schatten etwa mit *dir*?« Das wäre besorgniserregend. Ich sollte kehrtmachen und nach Hause rennen.

Doch alle paar Meter, im Schatten einer Markise oder in einer der wenigen dunklen Gassen, ergreift er meine Hand, und obwohl wir nur locker laufen, sind wir schneller, als würden wir sprinten. Ein seltsames Gefühl. Ein *berauschendes* Gefühl. Es macht mich zur Herrin über Raum und Zeit.

Wir halten vor einem unscheinbaren Reihenhaus, und weil Eugène noch immer nicht geantwortet hat, atme ich zittrig auf. »Du musst mir wirklich mehr Informationen geben. Damit ich nicht durchdrehe.«

Er lehnt sich gegen eine kleinere, gusseiserne Tür neben dem Eingangsportal des Hauses und studiert mich mit verschränkten Armen. »Ich habe das Gefühl, du nimmst die Begebenheiten ziemlich gelassen auf. Solltest du nicht klagen und zetern, dass all das nicht wahr sein kann?«

»Ich war nie für Fantastereien zu haben. Wenn ich etwas sehe, ist es real, oder?« Trotz meiner Worte trommelt mein Herz, als würden wir immer noch vor den Maskierten davonrennen. Mein Blick fällt auf eine Lampe. Zaghaft hebe ich eine Hand in ihre Richtung. Habe wirklich *ich* –?

»Eine enttäuschende Reaktion«, murmelt Eugène, und ich lasse meinen Arm fallen. Er greift nach der Tür, und an seinem Finger blitzt ein grob gearbeiteter Silberring auf, der so gar nicht zum Rest seiner herausgeputzten Erscheinung passen will. Ein eigenartiges Symbol – ein stilisierter Drache? – ist in die Oberfläche eingeprägt. Eugène führt ihn zum Schloss, das seltsam anmutet. Anstatt eines Schlüssellochs entdecke ich mit zusammengekniffenen Augen eine fein gearbeitete Kerbe – in der Form des Ringes. Eugène presst ihn hinein, und mit einem leisen Klicken öffnet sich die Tür. Dahinter führt eine schmale Stiege nach unten in die Dunkelheit. Muffige Luft steigt hoch, und mein Magen dreht sich.

Merde, wo bin ich hier nur hineingeraten?

Eugène steigt die ersten Stufen hinab, doch ich trete einen Schritt zurück. »Ich gehe da nicht runter.«

Er dreht sich zu mir, unverkennbar um einen vertrauenerweckenden Gesichtsausdruck bemüht. Als wäre ich ein ängstliches Kaninchen statt – angebrachterweise! – vorsichtig.

»Ich weiß, das hier ist nichts, wo sich eine Mademoiselle wie du normalerweise herumtreibt.«

Oh, richtig. Er geht immer noch davon aus, dass ich der *Bourgeoisie* angehöre. Besser, es bleibt dabei – auch wenn sich die tief hinuntergeschluckte Wahrheit schwer in meinen Magen legt. Weil ich ihn anlüge? Nein. Weil er mich anders behandeln würde, wenn er erführe, wer ich bin. Aus unerklärlichen Gründen will ich das nicht, obwohl mich so etwas bisher nie interessiert hat.

Eugène scheint mein Schweigen falsch zu interpretieren, denn er kommt einen vorsichtigen Schritt auf mich zu. »Glaub mir, du wirst es mir danken, sobald die Nyx herausfinden, was du bist.«

Skepsis drängt mich einen weiteren Schritt zurück. »Nyx? Die Göttin der Nacht?« Keine der Gottheiten, die wir verehren, sondern kaum mehr als eine Randnotiz in der Schule. Eugène wirkt nicht mehr betrunken, aber das kann täuschen. Ich werde nicht mit einem Trunkenbold in einen Keller hinabsteigen, damit er mich dort irgendeinem düsteren Göttinnenkult opfert.

»Du glaubst nicht an Nyx?« Er wirft einen prüfenden Blick über meine Schulter zur Straße. Trotz seiner bedachten Gelassenheit kann er seine Angespanntheit nicht völlig verbergen.

Widerwillig gehe ich zumindest zwei, drei Schritte vor, weiter in die Dunkelheit, die uns vor Blicken verbirgt. »Du etwa?«

»Natürlich.« Er grinst so breit, dass ich fast alle seiner perfekten Zähne sehe. »Sie steht schließlich vor mir.« Ich rolle nur die Augen, doch er fährt einfach fort. »Aber ich meine nicht die Göttin, sondern den *Orden der Nyx*. Die sympathischen Zeitgenossen, die uns nach Hause begleiten wollten. Glaub mir: Du willst ihnen kein zweites Mal begegnen, nicht unvorbereitet. Komm mit mir, und du musst es auch nicht.« Ohne auf meine Antwort zu warten, steigt er die schmale Treppe hinab.

Alles in mir sträubt sich. Ich sollte Louise suchen. Doch bleibt mir eine andere Wahl? Ich muss herausfinden, was mit mir los ist. Wie ich das wieder loswerde. Ich hoffe nur, dass Louise sich nicht zu sehr sorgt. Dass es ihr gut geht. Mit einem tiefen Atemzug folge ich ihm in die kalte, abgestandene Luft eines Kellers. Nur ist es keiner. Obwohl ich kaum etwas sehe, sagen mir die rauen Wände unter meinen tastenden Fingern und die unterschwellige Note von Verwesung genug.
Eugène besitzt einen Schlüssel für die *Catacombes* von Paris.

Mit angehaltenem Atem verharre ich in der Dunkelheit. Pfeifend entzündet Eugène eine Gaslaterne, deren Schein die schmale Kammer erleuchtet, von der zwei Gänge abgehen. Über dem breiteren entziffere ich das eingravierte Wort *Ossuaire*. Dort ruhen also die Gebeine von Millionen Menschen. Ich erschaudere. Doch wie ist das möglich? Die *Catacombes* und ihre Eingänge liegen bei uns in *L'Hadès*. Sicher, längst nicht alle Gänge sind erforscht, aber selbst wenn einzelne Abzweigungen bis hierher reichen – wie kann ein Tunnelsystem so weit im Norden völlig unbekannt bleiben?
Eugène deutet auf den breiteren Gang. »Seit Ewigkeiten überflutet, da solltest du keinen Fuß reinsetzen. Der Zutritt zu den *Catacombes* ist nicht grundlos verboten.« Er dreht mich nach links, wo eine eingestürzte Felswand nur einen Spalt des Eingangs frei lässt. »Der hier hingegen – dein Weg in ein neues Leben.«
Ich weiß es besser, als mich zu erkundigen, wohin er mich bringt. Noch habe ich auf keine meiner Fragen eine vernünftige Antwort erhalten. Aber vielleicht liegt am Ende dieses Tunnels eine Erklärung. Mit neuem Mut stakse ich über den unebenen Boden zum Spalt, quetsche mich und mein mittlerweile arg ramponiertes Kleid hindurch.

»Warte kurz auf mich.« Eugène löscht die Gaslampe. Die beengte Welt um mich herum versinkt in Dunkelheit. Er lässt mich hier unten doch nicht zurück? Wie konnte ich nur so naiv sein und einem Wildfremden in ein verlassenes Kellerloch folgen? In die *Catacombes*? Mein Atem rasselt durch den Gang. »Eugène?« Meine Stimme klingt viel zu hoch, und ich schere mich nicht darum, dass ich ihn nicht beim Vornamen nennen sollte. »*Eugène!*«

Da, ein Schaben hinter mir! Presst er sich durch den Felsspalt? Ein zartes Surren weht durch die Luft, dann kullert etwas über den Felsboden. »*Merde*«, flucht Eugène, und ich atme auf. »Ich mochte dieses *Gilet*.«

Sanfte Finger streifen meine Schulter, finden meine Hand und umschließen sie. Obwohl ich die Berührung nicht gutheißen sollte, lösen sich meine Schultern aus ihrer Anspannung.

»Hast du gerade einen der Saphire verloren?«

»Einen Topas.«

Entsetzen verdrängt die wallende Angst in meinem Magen. »Worauf wartest du? Hol die Lampe!«

Er schnalzt mit der Zunge. »Den finde ich nie wieder. Ich lasse einfach einen neuen annähen.«

Sprachlos starre ich die Dunkelheit dort an, wo er stehen müsste. »Meine Familie könnte –« Ich beiße mir auf die Zunge, bevor ich ausplaudern kann, wie lange wir von einem seiner Edelsteine leben könnten. Vermutlich werde ich mich nie daran gewöhnen, wie fundamental anders das Leben von Menschen wie ihm ist.

»Halt dich fest.« Um ihn züngelt eigenartige Energie, seine *Fähigkeit*, deren Gebrauch ihn von meinem Ausrutscher ablenken muss. »Das Schattenspringen wird anders als auf den Straßen.«

»Schatten-*was*?« Ein Ruck presst die Luft aus meinen Lungen. Wo wir zuvor gelaufen oder gerannt sind, *fliegen* wir jetzt. Meine Füße berühren kaum den Boden, als trüge ich Hermès' Flügelschuhe – nein, als trügen die Schatten mich. Für Millisekunden glaube ich, ein Licht zu sehen, doch wir rennen, fliegen, *schatten*springen bereits weiter. Fünfmal, sechsmal, unendliche Male. Tränen brennen in meinen Augenwinkeln, bis der Wirbel aus Dunkelheit, Raum und Zeit sie herauszerrt. Mit der Verzweiflung einer Ertrinkenden kralle ich mich an Eugènes Hand. Was passiert, wenn ich loslasse? Zerreißt mein Körper in tausend Stücke?

Ich weiß nicht, wie viel Zeit vergangen ist, als wir endlich zum Stillstand kommen. Schwankend fixiere ich den Schein einer einsamen Gaslaterne, meinen Anker. Immer noch unterirdisch, gefangen zwischen feuchten Steinwänden. Der Hauch von altem Fisch in meinem Rachen tut sein Übriges, und mein Magen verkrampft, doch nichts kommt hoch. Nur schmerzhaftes, trockenes Würgen.

»Schon gut. Es ist nur die ersten Male so schlimm.« Eugène reibt mir über den Rücken, die Hand so wohlig warm, dass ich sein unmanierliches Verhalten erneut dulde.

Nach einigen Atemzügen richte ich mich ächzend auf und trete einen Schritt von ihm weg. »Was ist dieses ... *Schattenspringen*?«

Er greift sich an den Nacken. »Allein mit dem Namen meiner Fähigkeit habe ich schon zu viel verraten. Mehr solltest du wirklich nicht wissen.«

Ein zartes Grollen aus Trotz regt sich in meiner Brust. »Das Schattenspringen ist eine Fähigkeit. Du brauchst dazu Dunkelheit, die deine Bewegungen ... akzeleriert. Und je dunkler es ist, desto schneller bewegst du dich.«

»*Akzeleriert?*« Grinsend steigt er eine schmale, steinerne Wendeltreppe hinauf. »Da war wohl jemand ungezogen und hat heimlich Physikbücher unter seiner Decke gelesen.« Etwas in seiner spöttelnden Stimme klingt beinahe wie Anerkennung.

Doch gerade will ich nur frische Luft in meiner Lunge spüren. Also kämpfe ich mich die Treppe hinauf, die in einem beengten Raum mit bemoosten Steinwänden endet. Keine Tür, kein Fenster und nur ein Rest Licht der Laterne reicht herauf. Eugène streicht mit den Fingern über die Steine. Mit einem zufriedenen Summen hebt er seine Hand mit dem Ring. Ein leises Klicken ertönt, und kurz passiert nichts.

Dann lässt ein Beben meinen Körper vibrieren. Die Steine *bewegen* sich. Sinken langsam in den Boden.

»Wie ist das möglich?«, flüstere ich, während durch den Spalt mehr und mehr Mondlicht hereinfällt.

»Meine Macht ist schier grenzenlos«, beginnt Eugène, doch mit seiner Stimme verwebt sich ein gluckerndes Rauschen.

»Wasser ...«, murmle ich. »Ein Mechanismus, bei dem Wasser gestaut und bei Bedarf als Bewegungsenergie freigelassen wird?« Ich dränge mich durch die schmale Öffnung und stehe mit zwei großen Schritten in einer kreisrunden Vertiefung. Rauschen umhüllt mich, und der Wind trägt den Geruch von Fisch – nein, von *Meer* – mit sich, hier draußen frischer, salziger als unten in den *Catacombes*. Ich erklimme einige krude Stufen, mehr Leiter als Treppe, schwanke zu einer Mauer und beuge mich vor. Tatsächlich, rings um den Turm, auf dem ich stehe, glitzern Wellen im Mondlicht.

Doch wir können nicht am Meer sein. Niemals. »*Wo* sind wir?«

»*Mont-Saint-Michel*, die Gezeiteninsel. Auf dem *Tour du Nord*, um genau zu sein.«

Ich wirble zu Eugène herum. »Die Insel ist mehrere Stunden mit der Eisenbahn entfernt!« Und *Mont-Saint-Michel* steht seit Jahren leer. Dachte ich.

»Und nur wenige Minuten mit dem Schattenexpress.« Er verbeugt sich und deutet ausschweifend auf eine Treppe.

»Schattenex–«, ich werfe die Hände in die Luft. Ich hätte ihm nie in die *Catacombes* folgen dürfen. Doch jetzt ist es zum Umkehren zu spät. Mir bleibt nichts anderes übrig, als ihm über den Wehrgang, der sich zur Abtei hoch oben auf der Insel windet, zu folgen. »Unmöglich, dass wir mehrere Hundert Kilometer in wenigen Minuten gereist sind.«

»So unmöglich wie deine Fähigkeit?«

Eugènes Behauptungen widersprechen allem, was ich weiß. Und doch ist es die einzig logische Erklärung für den verflixten Atlantischen Ozean vor mir.

»Ich habe keine Fähigkeit.« Meine Schuhe schmatzen vor Feuchtigkeit und Dreck. Hoffentlich nimmt Louise mir das nicht übel. Ich sollte mich mehr um sie sorgen, doch das Gefühl bleibt vage und dumpf. Mein Körper bewegt sich mechanisch fort, wie ein Maschinenmensch der *Entreprise Machines et Mécanique Lacroix*.

»Das solltest du gleich besser nicht sagen. Sie werden ohnehin schon nicht glauben, dass du wie wir bist.« Er streicht sich über den Nacken. »*Ich* kann es ja kaum glauben, dabei habe ich es mit eigenen Augen gesehen.«

Die Frage, wer *sie* sind, bleibt mir im Hals stecken. Vom Vorplatz der Abtei aus fächert sich das verlassene Dorf unter mir auf einem Fundament aus vier oder fünf übereinandergeschichteten Plateaus auf. Wie die lächerlich dekorierten Hochzeitstorten aus den feinsten Patisserien. Nur mit Dutzenden windschiefen Stein- und Fachwerkhäuschen statt Fondantblüten, durch die schmale Treppen und Gässchen verstohlene Schneisen ziehen. Über allem thront der imposante Tortenaufsatz – die Abtei mit der Kathedrale.

Ich schüttle den Kopf. Einen so monumentalen Gebäudekomplex auf der Spitze eines Berges mitten im Meer zu errichten – wer kommt auf eine so hanebüchene Idee?«»Jetzt verstehe ich, warum man sie *La Merveille* nennt«, murmle ich. Wahrlich ein Wunder. Die Ausmaße, die Herrlichkeit, die unmöglich scheinende Erbauung der Abtei, aber vor allem die Tatsache, dass all dies trotz Belagerungen, Leerstands und der harschen Witterung Jahrhunderte überdauern konnte.

»Warum werden *sie* nicht glauben, dass ich eine Fähigkeit habe?« Wieder eine Frage. Ich kann es nicht lassen.

»Beinahe Sonnenaufgang.« Eugène blickt zum blassorangen Band am Horizont und erklimmt die steile Treppe, die ins Gebäude führt. »Clément sollte im Refektorium sein.«

Ich reiße mich von den vielen zierlichen Türmen, Fenstern und Schießscharten los und haste hinterher. In diesem Labyrinth würde ich für immer verloren gehen.

»Wer ist Clément?«

»Mein Mentor. Und der Koch.«

»Du willst Koch werden?«, platze ich heraus, beinahe mit einem Lachen, doch er grinst nur nichtssagend.

Wir wandeln durch verwaiste Hallen mit hohen Gewölbedecken, in deren Weitläufigkeit der Geist dieser nüchternen Pracht sakraler Bauten verweilt. In den Außengängen ziehe ich die Schultern zu den Ohren, weil mich das hoch aufragende Mauerwerk zu allen Seiten zu erdrücken scheint. Dann wiederum spazieren wir unter Verbindungsbrücken entlang, die sich anmutig, fast magisch, zwischen den Türmen spannen. Materialien und architektonische Elemente überlagern sich, das Resultat ständiger An- und Umbauten. In einem kaum mehr als schulterbreiten Gang husche ich näher zu Eugène.

»Sind das *Geheimgänge*?«

Eugène zieht den Kopf ein, um sich nicht an der niedrigen Decke des Flures zu stoßen. »Die Mönche sollten früher nicht den Pilgern begegnen. Jetzt sind sie praktische Abkürzungen. Zumindest die Gänge, von denen wir wissen.«

Über eine Wendeltreppe gelangen wir in das Refektorium mit mehreren langen Esstischen und einfachen Bänken. Der Duft von Brot und Suppe wärmt und verdickt die Luft, wie sonntags, wenn Mamas Eintopf stundenlang im riesigen Kessel köchelt. Erst nach ein paar Schritten offenbaren die Seitenwände scheinbar endlose schmale Fensterarkaden. Sie erfüllen das Refektorium mit wundervoll sanftem, indirektem Dämmerlicht.

»Was will das Mädchen hier?« Ein Mann in schwarzer Kutte, vom hohen, hageren Wuchs einer knorrigen Fichte, stürmt zu uns.

Unwillkürlich weiche ich einen Schritt zurück.

Der personifizierte Tod. Die Gravur von Gustave Doré aus der Schule, wegen der ich fünf Tage lang kaum schlafen konnte, zum Leben erweckt. Die weite Kapuze verhüllt die Hälfte seines wächsernen Gesichts. Doch seine Augen blitzen bestialisch auf.

Jeder einzelne Muskel in meinem Körper verkrampft. Ich sollte *nicht* hier sein.

Kapitel 4

»Natürlich, ausgerechnet Auguste«, murmelt Eugène, bevor er seine Stimme hebt. »Wo ist Clément?«

Ich atme aus und lasse den Kettenanhänger los, den ich unbewusst ergriffen habe. Der hagere Mann ist *nicht* sein Mentor Clément. Und, noch wichtiger, nicht der Tod.

Weitere Männer in schwarzen Mönchskutten strömen ins Refektorium und bilden eine murmelnde Menge um uns.

Ein junger Mann in einer weißen, schlichten Variante der Kutte tritt vor. »Du weißt, dass Frauen der Zutritt in die Abtei nicht gestattet ist!« Sein unscheinbares Gesicht unter flachsfarbenen Haarsträhnen verzieht sich. »Ich hab dir doch gesagt, du sollst nicht herkommen, wenn du getrunken hast.«

Eugène schnalzt mit der Zunge. »René, willst du damit andeuten, ich soll *gar nicht* mehr herkommen?«

Auguste packt Eugène mit beiden knorrigen Händen am *Gilet*. »Nicht nur ein Außenstehender, nein, zu allem Überfluss ein Weibsbild. Haben dir die Erfindungen deines Vaters das Gehirn versengt?« Er zieht Eugène noch ein wenig näher, und seine schwere Silberkette klirrt gegen die Edelsteine des *Gilet*.

»Ich schwöre bei Saint Michel, das war das letzte Mal, dass du hier Zugang erhalten hast!«

Ich rechne mit nonchalanten Widerworten. Doch Eugène presst die Lippen zusammen und senkt den Blick. Und für einen Moment stellt sich die Welt auf den Kopf.

»Ist sie eine deiner Eroberungen? Eine Straßendirne?« Jedes Wort betont Auguste, als wäre Eugène schwer von Begriff. Er schüttelt ihn, und die Intensität in seiner Wachsfratze lässt jede Pore meiner Haut prickeln.

»Ich bin wie ihr!«, platze ich heraus.

Auguste stößt Eugène von sich, sodass dieser sich etwas entkrampft. Erleichterung flammt in mir auf. Bis Auguste *mich* ins Visier nimmt. Oh, bei Zeus, wieso habe ich das nur gesagt?

»Du wagst es, ungefragt zu sprechen?« Auguste ergreift meinen Oberarm, und ich wittere die saure Note in seinem Atem. Vom Haar bis zum Rocksaum nimmt er mich unter die Lupe, verzieht gehässig die Lippen. »Du bist nicht wie wir. In keinster Weise.«

Mein Atem bleibt irgendwo in meinem Hals stecken. Doch ich werde nicht zurückweichen. Ich werde *nicht* zurückweichen.

»Wie wäre es, wenn wir der jungen Mademoiselle zunächst Gehör schenken«, ertönt ein kratziger, warmer Bariton. Eine runzlige Hand legt sich auf Augustes Unterarm. Ich starre den Silberring an, der gleiche wie bei Eugène. Der ältere Mann, dem er gehört, bleibt verschwommen. Nur seine Worte erreichen mich, wohlig warm wie ein Kaminfeuer. »Bevor wir sie vom Dachfirst ins Meer werfen?«

Mein Blick fokussiert sich nun doch auf sein Gesicht. Meint er das mit dem Dachfirst ernst? Nein. Ein gutmütiges Lächeln rundet seine vollen Wangen noch mehr. Das gleiche Grau wie bei meinem Vater sprenkelt sein geschorenes Haar, nur dass der Mönch zwei Jahrzehnte älter aussieht. Neben ihm wirkt der hochgewachsene Auguste schmächtig. Wegen der auf so beruhigende Art breiten Schultern? Breit, aber rund wie seine Wangen, ein wenig behäbig.

Er zwinkert mir zu, als Auguste mich freigibt, sich abwendet und leise flucht. »Ihr werdet sehen, was ihr davon habt, ein Weib zu uns zu lassen.«

Ich lehne mich etwas zu Eugène, während ich unauffällig über meinen pochenden Oberarm streiche. »Hinter dieser Einstellung *muss* eine tragische Geschichte über ein gebrochenes Herz stecken.«

Eugène prustet so laut los, dass Auguste herumpeitscht. Sofort verebbt sein Lachen. Doch es gibt mir die Kraft, den Mönch unschuldig anzulächeln, bis er aus dem Refektorium stürmt.

»Habt ihr Hunger?« Clément legt je eine Hand an unsere Ellbogen, um uns durch die Bankreihen zu führen. »René, hol doch etwas Suppe, während wir reden.« Der unscheinbare Jüngling von zuvor eilt durch eine Seitentür, und Clément bugsiert uns auf eine harte Bank. Ihre Kanten bohren sich in meine geschundenen Oberschenkel, aber meine wackligen Knie stoßen Lobpreisungen aus.

»Clément«, Eugène lehnt sich vor, »Odette hat –«

Sein Mentor hebt die Hand, und er verstummt. Für Clément empfindet er anscheinend eine andere Art von Achtung als für Auguste. Keine Furcht, sondern *Ehr*furcht. Cléments Lächeln, das dem eines Gemüsehändlers gleicht, der tobende Kinder nicht aus Angst um seine Ware verscheucht, zeigt, warum.

»Ich möchte die Geschichte von Mademoiselle Odette hören.«

Ich erzähle Clément alles – ausgenommen die Details der *Soirée* und vor allem des Hinterzimmers. Er blickt mich an, sein Kinn auf die Hände gestützt, und atmet am Ende schwer auf. »Du nimmst das alles erstaunlich gelassen hin.«

Ich deute auf Eugène. »Das hat er auch gesagt.«

»Ich fürchte, die Tragweite wird dir erst bewusst, wenn du Zeit hattest, darüber nachzudenken. Es ist keine Lappalie, von besonderen Fähigkeiten zu erfahren. Du musst dich nicht zusammenreißen, wenn du all das nicht glauben kannst.«

»Wieso sollte ich etwas nicht glauben, für das es keine andere Erklärung gibt?«

Clément nickt in Eugènes Richtung. »Sie ist zäher, als sie aussieht.«

Ich verkneife mir eine Entgegnung auf die in einem Kompliment verpackte Kränkung und blicke an mir und meinem wunderschönen, wenn auch arg ramponierten Kleid herab. Jetzt, da sich Korsettschnürung und Gürtel gelockert haben, versinke ich im Kleid, das auf die deutlich kurvigere Louise maßgeschneidert ist. Natürlich können sie nicht ahnen, dass ich alles andere als wohlbehütet lebe.

»Warum bin ich hier?«

In diesem Moment kehrt René zurück und stellt zwei Schalen mit sämiger *Soupe au pistou* vor uns ab. Das Aroma vom gerösteten Gemüse und dem *Pistou* aus Basilikum, Knoblauch und geriebenem Parmesan steigt mir verführerisch in die Nase, und mein Magen zieht sich zusammen. Es scheint, als ob ein winziges *Praliné* und *Liqueur* nicht ausreichen, um einen Abend durchzutanzen und in der Nacht nach *Mont-Saint-Michel* zu flüchten. Wer hätte das geahnt.

Da Eugène nach seinem Löffel langt und sich mit wenig Bewusstsein für Tischmanieren auf seine Suppenschale stürzt, tue ich es ihm gleich.

»Das ist die beste Suppe, die ich je hatte!«, seufze ich nach dem ersten warmen, aromatischen Löffel. »Aber das lenkt mich nicht davon ab, dass Sie mir nicht antworten. Wer *sind* Sie? Und warum bin ich hier?«

Clément lächelt und faltet die Hände auf dem Tisch. »Ich bin sicher, du platzt vor Neugier. Weiß Gott, mir erging es so, als ich in die Bruderschaft der Nachtschwärmer eingeweiht wurde. Doch ich fürchte, ich kann dir nichts preisgeben, bevor du beweist, dass du wahrhaftig diese Fähigkeit besitzt.«

»Nun, Sie haben mir gerade verraten, wie Ihre Bruderschaft heißt«, entgegne ich viel zu selbstgefällig. *Der Mann verköstigt dich, zeig ein wenig mehr Höflichkeit, Odette!*

Eugène knallt seinen Löffel in die Suppenschale. »Sie *behauptet* nicht, irgendeine Fähigkeit zu besitzen – *ich* habe sie gesehen!«

»*Mon Garçon.*« Clément tätschelt seine Hand. »Ich glaube euch. Aber wir können für Odette keine Ausnahme machen. Sie muss die Initiation durchlaufen.«

Natürlich fragen sie nicht, was *ich* will. »Warum sollte ich irgendetwas beweisen?«

Meine stählerne Stimme lässt Clément eine Augenbraue hochziehen. »Jetzt, da der Orden der Nyx weiß, was du kannst, könnten sie dich suchen und –«

Vehement schüttle ich den Kopf. »Ich bin nur ein Mädchen, das zufällig bei Eugène war. Sie haben *ihn* verfolgt, wegen *seiner* Fähigkeit. Sie werden glauben, dass er die Lampen gelöscht hat, nicht ich.«

Mit offenem Mund starrt Eugène mich an. »Du verstehst nicht, was deine Fähigkeit bedeutet.«

»Anscheinend kann ich Lichter löschen. So wie übrigens jeder Mensch, der einen Schalter bedienen kann.«

Eugène lehnt sich zu mir. »Wir können durch Dunkelheit springen, Schatten formen, in der Finsternis sehen – all unsere Fähigkeiten bedürfen der Dunkelheit. Doch du kannst Schatten *erzeugen*. Als *Einzige*. Und vielleicht kann deine Fähigkeit die Nachtschwärmer davor bewahren –«

»Eugène.« Cléments leise Stimme sollte nicht so bestimmt klingen, wie sie es tut.

Weitere Geheimnisse. Ich kann mir jedoch genug zusammenreimen. Irgendetwas bedroht diese Leute, vermutlich der Orden der Nyx. Und sie wollen meine Fähigkeit dafür benutzen, gegen diese Bedrohung anzukämpfen. Aber wenn mir etwas geschieht, kann ich nicht mehr für meine Familie sorgen.

»Bei allem Respekt«, ich lasse den Löffel in die kaum angerührte Suppe sinken, »ich begebe mich nicht für irgendeine Bruderschaft, über die ich nichts weiß, in Gefahr.«

»Das verlangt auch niemand.« Clément stützt sich seufzend auf den Tisch. »Es geht nicht nur um die Bruderschaft. *Du musst lernen, deine Fähigkeit zu beherrschen.* Fehlende Kontrolle kann gefährlich werden.«

»Abgesehen von dieser einen Ausnahmesituation – in die mich Eugène gebracht hat – ist die Fähigkeit achtzehn Jahre lang nicht ausgebrochen.« Ich stehe entschieden auf. »Und dabei bleibt es, wenn ich in meinen Alltag zurückkehre.«

Clément seufzt. »Fürs Erste solltest du wirklich nach Hause gehen und dich ausruhen.« Er sieht zu den schmalen Fenstern, hinter denen sich das zarte Band der Morgenröte ausweitet. »Aber versprich mir, dass du darüber nachdenkst. Zu deiner eigenen Sicherheit.«

»Du kannst sie nicht einfach gehen lassen!« Eugène springt auf. »Die Gefahr ist zu groß!«

Clément baut sich vor ihm auf. »Willst du sie fesseln und hierbehalten, bis sie nachgibt?«

Eugène knirscht mit den Zähnen. »Natürlich nicht.«

»Ich werde darüber nachdenken«, verspreche ich, obwohl ich

nichts dergleichen vorhabe. Ich vergesse all das, lasse mich nicht in ihre Welt aus Verfolgungen und Schießereien hineinziehen. Denn sie scheren sich nicht wirklich um mich.

Niemand scheint wirklich zufrieden, doch Eugène und ich brechen auf.

Im letzten Moment hält Clément mich zurück. »Dir ist bewusst, dass du niemandem von uns erzählen darfst? Niemandem?« Eindringlich starrt er mich an, zum ersten Mal mit mehr Strenge als Güte.

»Würde mir das überhaupt irgendwer glauben?«, fertige ich ihn ab. Etwas schroff, aber was soll's. Ich kehre sowieso nie wieder hierher zurück.

Nach dem Schattenspringen durch die *Catacombes* kämpfe ich mich die Treppe hinauf und presche durch eine unscheinbare Tür auf die Straße. Einatmen, ausatmen.

Zum gefühlt hundertsten Mal erhebt Eugène seine Stimme. »Es ist wirklich wichtig, dass du lernst –«

»Ich hab's verstanden, Eugène!«, wettere ich. Sein unablässiges Gebrabbel über Gefahr und Kontrolle verschärft die Übelkeit in meinem Magen. »Aber ich glaube, am besten halte ich mich einfach bedeckt.«

Er tritt einen Kieselstein über die *Rue de Lille*, offensichtlich unzufrieden. »Ich werde auf dich warten, um zwanzig Uhr.« Er sieht hoch. »In welchem Haus wohnst du?«

Ich bleibe mitten auf der Straße stehen. »Wie gesagt, ich halte mich am besten bedeckt. Dazu gehört auch, dass du – dass *ihr* – nicht wisst, wo ich wohne.«

»Dann warte ich eben an der Kreuzung. Jeden Abend, wenn es sein muss.« Er lächelt, und zum ersten Mal seit Stunden leuchtet der Sternenhimmel in seinen Augen wieder. Also existiert der nicht nur, wenn er beschwipst ist. Oder ich. Klasse.

Sternenhimmelaugen gehören in Gedichte, nicht in ein Leben wie meines.

»Damit du siehst, woher ich komme? Wenn überhaupt, treffe ich dich an einem neutralen Ort!«

»Warum musst du auch noch so schlau sein?«, stöhnt er und drängt damit die Beschaffenheit seiner Augen in den Hintergrund.

Ich spitze die Lippen. »Was soll *das* bitte bedeuten?«

Er legt den Kopf schief. »Dass die Götter die meisten nur mit zwei von drei Gaben beschenken: Schönheit, Reichtum oder Intelligenz. Bei dir waren sie großzügiger.«

Ich schnaube abfällig, bevor ich es unterdrücken kann.

Eugène runzelt die Stirn. »Ich meine es ehrlich.«

Er versteht mich falsch. Zum Glück weiß er nicht, dass ich nicht wegen der Schönheit schnaube, sondern wegen des Reichtums. »Hat dir der Spruch schon viele Eroberungen eingebracht?«

»Anscheinend nicht die richtige«, murmelt er, zerrt ein winziges Notizbuch hervor, in das er hektisch etwas hineinkritzelt, bevor er die Seite herausreißt und mir gibt. In einer Schrift, mit der normalerweise Künstler ihre Gemälde signieren, steht dort *Café des Noctambules* und darunter eine Adresse in *L'Apollon*. »Ist das neutral genug? Dort treffen sich viele meiner Kommilitonen abends nach den Vorlesungen. Nah an der Sorbonne *und* nicht allzu weit von hier entfernt.«

Ich starre die Adresse an. Er studiert also an der Sorbonne. Natürlich.

»Keine Sorge, es ist kein zwielichtiges Etablissement.«

Das Papier zerknittert, so heftig schiebe ich es in meine Tasche. »Ich muss wirklich zu Hause sein, bevor meine Eltern aufwachen.«

Er hat den Anstand, geknickt dreinzublicken. »Es tut mir leid, dass du so etwas durchmachen musst.«

Ich schiebe ihn ein wenig an, um ihn zum Gehen zu bewegen. »Du hast mir diese Kräfte ja nicht verliehen.«

»Ohne mich wären sie vermutlich nie zum Vorschein gekommen.«

»Ich glaube, du hältst dich für wichtiger, als du bist.« Ein Grinsen kann ich mir nicht verkneifen.

Er schlendert die Straße hinab, und mit den Händen in den Hosentaschen zuckt er die Schultern. »Darf ein Junge nicht träumen? Davon, derjenige zu sein, der dein Leben auf den Kopf stellt.« Er summt ein paar verlorene Töne, die willkürlich erscheinen würden, kämen sie mir nicht seltsam bekannt vor.

»Träum gern weiter!« Ohne zurückzublicken, bummle ich die Straße in die entgegengesetzte Richtung entlang. Zehn Atemzüge warte ich ab, ob er etwas entgegnet, dann sehe ich mich um. Die Straße ist leer. Gut. Ich haste zum *Hôtel d'Amboise* und klopfe mit zittrigen Händen in unserem Rhythmus an die Tür. Dann weiche ich zurück. Was, wenn schon Angestellte in der Waschküche arbeiten? Doch Louise streckt ihren Kopf aus der Tür. Ich atme auf, als hätte ich die letzten Stunden die Luft angehalten.

Es geht ihr gut.

Sie hechtet auf mich zu, um mich zu umarmen. Oder um mich umzunieten. Bevor sie mich erreicht, scheuche ich sie ins Haus. »Geh rein, du olles Huhn! Was, wenn uns jemand sieht?«

»*Du* bist das olle Huhn«, zischt sie und knallt die Tür hinter uns zu. »Wie konntest du mir das antun?« Wir flitzen durch die Gänge, die Treppe hinauf. »Erst verschwindest du mit Eugène, und dann verschwindet ihr *beide* während einer Gendarmeriekontrolle!«

In ihrem *Boudoir*, so überladen und floral wie eines der Poster von Alphonse Mucha, zerre ich die Schuhe von meinen Füßen und lasse mich auf ihr Himmelbett fallen, rosa, süß und aufgeflufft wie ein Beeren-Soufflé. Ich zwinge meine Augen, offen zu bleiben.

Mit ihrer Fußspitze schiebt Louise die verschlissenen, schmutzigen Schuhe von sich. »*Was* hast du getrieben?«

Ich habe versprochen, nichts zu verraten.

Doch in *jeder* Geschichte bringt genau das die Helden zu Fall – sie vertrauen sich niemandem an. Ich finde, ich kann mich gescheiter verhalten. Also richte ich mich langsam auf. »Vermutlich wirst du mir nicht glauben, aber –«

»Ich glaube dir alles!« Louise sinkt in ihren zartrosa Bergère-Sessel und verschränkt die Arme vor ihrem völlig zerknitterten Kleid. Natürlich – sie muss stundenlang in der Waschküche auf mich gewartet haben. Allein, zitternd und voller Sorge.

Die Erkenntnis versetzt meinem Herz einen Stich, doch dazu gesellt sich eine sanfte Wärme. *Sie hat auf mich gewartet.* Zum zweiten Mal erzähle ich alles – nur mit mehr Details. Louise' Augen weiten sich mit jedem Satz, bis sie auf der Sesselkante hockt.

Sobald ich fertig bin, lässt sie sich zurückfallen und runzelt die Stirn. »Als du meintest, ich würde dir nicht glauben, dachte ich, ehrlich gesagt, du hättest dich mit Eugène vergnügt.«

»Stundenlang?«

Louise wackelt mit den Augenbrauen. »Stundenlang.«

»*Louise!* Was denkst du von mir?«, empöre ich mich halb gespielt, halb ernst. »Heißt das, du *glaubst* mir?«

»Hmm …« Sie lehnt sie sich vor und studiert mein Gesicht mit einem Glitzern in den Augen, das sonst spektakulären Zaubervorstellungen vorbehalten ist. »Erst, wenn du mir deine Fähigkeit *zeigst*.«

Ich kralle die Nägel in meine Oberschenkel. »Ist das Ganze für dich nur eine weitere nächtliche Unterhaltung, die ich dir ermögliche?«

Ihre rosigen Wangen erbleichen. »*Je suis désolée*, Odette!« Sie greift meine Hände. »Du machst Schlimmes durch, das ich ernst nehmen sollte! Ich weiß nicht, was mich geritten hat!«

Dafür weiß *ich* es. Für Louise, deren Eltern sie aus allen misslichen Lagen herausboxen können, ist das ganze Leben ein aufregendes Spektakel. Sie sieht die Gefahren für Menschen wie mich nicht. Aber sie geht so *ehrlich* mit ihrem Fehltritt um. Sie hätte abstreiten können, meine Lage zu ihrem Vergnügen nutzen zu wollen, doch sie steht dazu und entschuldigt sich. Das rechne ich ihr so hoch an, dass ich ihr wie immer nicht lange böse sein kann.

Deshalb tätschle ich lächelnd ihre Hand. »Ich kann nur einfach nicht riskieren, diesen Orden der Nyx auf mich aufmerksam zu machen.«

»Natürlich. Du bist nicht wie Eugène, bei dem jedes Familienmitglied über einen eigenen Wachmann verfügt«, sinniert sie mit fast schon ulkiger Ernsthaftigkeit. Doch selbst die erwärmt mein Herz, weil sie *wirklich* versucht, sich in mich hineinzuversetzen. »Die Geschichten, wie Eugène seinem jede Nacht entwischt, sind berühmt-berüchtigt.«

»Du kennst ihn gut?« Ich bemühe mich, nicht zu viel Interesse in meine Worte zu legen.

Statt zu antworten, zieht Louise ein Photoalbum aus dem verschnörkelten Regal mit Poesiebänden und Märchenbüchern. Ein ganzes Buch mit Photographien, während von niemandem aus meiner Familie auch nur eine einzige Aufnahme existiert. Sie löst ein Bild heraus und hält es mir hin. Ihr Debütantinnenball. Ein Dutzend Mädchen, weiß gekleidet wie die kleinen Bräute, zu denen man sie heranzieht, jede von ihnen mit einem jungen Mann an der Seite. Zu der Zeit haben Louise und ich uns kennengelernt.

»Die Familie Lacroix ist eine der reichsten Familien von

Paris. Gigantische Firma mit unzähligen Erfindungen. So viel Geld, dass der Großteil in den Banken liegt und Zinsen abwirft, von denen mehrere Generationen leben könnten, ohne einen Finger zu krümmen.« Sie tippt auf die Mitte der Photographie, wo Eugène mit einer hochgewachsenen Mademoiselle am Arm steht. »Eugène Lacroix, einundzwanzig Jahre, gebildet, charmant, gesund. Papa würde sich darum reißen, ihn als Gatten für mich zu gewinnen.« Sie schneidet eine Grimasse. »Wäre er nicht so ein *Enfant terrible*. Jeder Vater mit Verstand lässt die Finger von ihm.«

»Das glaube ich sofort.« Ich nehme das Bild, um sein Gesicht genauer zu betrachten. Sanftere Kinnpartie und Wangen, der Blick so wach, selbst auf der kleinen, grauen Aufnahme. Nur drei Jahre ist es her. Wieso wirkt er so viel jünger? Ich lasse die Photographie sinken, denn das spielt alles keine Rolle. Ich sehe Eugène nie wieder. Trage dieses Kleid kein weiteres Mal. Kehre nicht nach *Mont-Saint-Michel* zurück. Mein Leben bleibt so, wie es ist, sicher und vertraut.

Das leichte Piksen an der Rückseite meines Herzens kann ich ignorieren.

Bei unserer Verabschiedung bläut Louise mir ein, dass ich mich am nächsten Abend ausruhen soll. Trotzdem weigert sie sich, mir für die Woche weniger zu zahlen als sonst, und drückt mir ein paar Goldringe in die Hand, die ich in einem Pfandhaus gegen ein Säckchen Münzen eintausche. Als ich endlich zu Hause ankomme, ist das Appartement menschenleer – und das reinste Durcheinander. Ich hätte am hektischen Morgen helfen müssen. Aber ich kann zumindest jetzt aufräumen, egal, wie sehr mein Bett nach mir ruft.

Ein Knarzen lässt mich aufschrecken, und Mama tritt durch die Tür zur Kammer meiner Eltern in die Stube.

Meine Haut prickelt, als stünde ich unter Strom. »Wieso bist du nicht in Madame Carbonnes Nähstube?« Ich mache einen Schritt auf sie zu, erstarre. »Ist etwas mit Papa passiert?« Was, wenn seine Lunge schlimmer geworden ist?

Langsam zieht Mama einen der Holzstühle unter dem Esstisch hervor. Doch sie setzt sich nicht, umklammert nur die Lehne. »Er ist auf der Arbeit.«

»Wieso bist du dann hier? Ist Jo krank?«

»Ich bin wegen *dir* hier, Odette. Weil du nicht nach Hause gekommen bist.« Ihre Mundwinkel verziehen sich nach unten. Sie versucht, sich zu beherrschen.

»Du hättest nicht warten sollen, sondern –«

»Odette.« Der durchdringende Flüsterton, den sie nur benutzt, wenn sie nicht mehr bloß sauer ist, sondern enttäuscht. »Wir wissen nicht, wo du nachts arbeitest. Aber wir konnten uns immer darauf verlassen, dass du am Morgen wohlbehalten zurückkehrst.« Elend langsam gleitet sie auf den Stuhl, reibt sich mit den Händen über das Gesicht. »Wir finden, du solltest dir eine vernünftige Arbeit suchen.«

»Meine Arbeit *ist* vernünftig.«

Sie knallt die Handflächen auf den Tisch, lässt mich zusammenzucken. »Vernünftig? Du kannst uns doch nicht einmal sagen, *was* du machst!«

Panik surrt durch meine Brust. Wenn sie mir verbietet weiterzumachen, ändert sich unser Leben grundlegend. Das kann ich nicht zulassen. Nicht bei Papas Zustand. »Ich bin bei den d'Amboises angestellt, wie zuvor«, bringe ich die Halbwahrheit zwischen zusammengepressten Zähnen hervor. »Aber ich darf nicht darüber reden. Es sollen keine Firmengeheimnisse über die Erfindungen der *Entreprise d'Amboise* nach außen dringen.«

Mama schüttelt den Kopf. »Odette ... was für eine Arbeit

soll das sein? Welche Fähigkeiten hast du, die eine Firma wie diese so gut bezahlt?«

Die Fragen stechen in meiner Brust, denn sie hat *recht*. Ich bin in nichts wirklich gut. Deshalb *muss* ich meine nächtlichen Ausflüge mit Louise beibehalten, solange sie noch nicht vermählt ist und alles endet.

»Mama«, beginne ich tonlos. »Du weißt genauso gut wie ich, dass Papa nicht mehr lange arbeiten kann. Im Gegenteil, seine Krankheit kostet immer mehr. Wie sollen wir vom mickrigen Stundenlohn von drei Frauen leben? Sie zahlen uns nicht halb so viel wie Männern! Hast du ausgerechnet, wie viel Geld ohne Papas Lohn wegfällt? Denn ich habe es. Ohne *das* hier«, ich knalle die Münzen auf den Tisch, »hätten wir nicht einmal genug für Essen. Henri könnte nicht studieren, Juliette und Joséphine müssten die Schule abbrechen, um arbeiten zu gehen.« Ich atme tief durch, um mich nicht weiter hineinzusteigern. »Das kann ich nicht zulassen. Und ich weiß, du ebenfalls nicht.«

Mama starrt mit glasigen Augen und schmalen Lippen ihre Hände an. »Ich bin nicht glücklich damit«, presst sie hervor. Dann greift sie sich ihren Schal und stürmt aus dem Appartement.

Mit brennenden Augen schleppe ich mich in meine Kammer. Mama ist sauer auf mich. Obwohl ich nur tue, was getan werden muss. Ich unterdrücke den Drang, zu schreien oder gegen die Tür zu treten. Stattdessen falle ich auf mein Bett. Ich könnte sofort einschlafen. Doch wie jeden Tag zerre ich die alte Socke hinter dem Bett hervor und stopfe ein Drittel der Münzen hinein. Nach kurzem Zögern ein weiteres Drittel. Jeden Tag könnte es enden. Und unser Leben wie einer der Tunnel in den *Catacombes* in sich zusammenfallen.

Nach ein paar Stunden Schlaf sieht die Welt ganz anders aus. Geld war schon immer ein Problem, daran hat sich nichts geändert. Und Mama wird erkennen, dass es ohne meine Arbeit nicht geht. Aber das Wichtigste – ich kann diese schreckliche Nacht hinter mir lassen. Ich trödle ein wenig beim Einkaufen, schlendere an den bunten Marktständen vorbei, vergesse die Bruderschaft. Kaufe sogar ein Stück *Brie de Meaux,* den ich so spät am Nachmittag günstiger erstehe.

Beinahe pfeife ich, als ich in unsere Stube trete, um die herumtollenden Henri und Jo tänzle und den Weidenkorb vor Mama auf dem Tisch abstelle. Zuerst ziehe ich den Brie hervor. »Jo, schau, was ich hab!«

»Käse!«, jubelt sie und schlingt ihre Arme um mich. Für den Bruchteil einer Sekunde. Dann umklammert sie das Käsestück mit doppelt so viel Liebe und Vehemenz.

»Nicht vor dem Abendessen! Und teil ihn mit den anderen!«, ermahne ich grinsend und kann mir ein wenig Genugtuung bei Mamas Blick nicht verkneifen. Auf so etwas müssten wir verzichten, wenn sie ihren Willen durchsetzt. Es schadet nicht, sie daran zu erinnern.

Sie sagt nichts, sondern zerhackt ein Baguette, während ich die restlichen Einkäufe auspacke. Eine weitere Erinnerung daran, wie stark wir von meinen Entscheidungen profitieren. Früher gab es jede Woche das, was wir in *L'Hadès* nur *Brocken* nennen. Überreste, die an den Fleischerhaken modern. Die Maden bekommt man kostenlos dazu.

Aber ich verschwende unser Geld nicht mehr für verdorbenes Fleisch, von dem uns die Hälfte wieder hochkommt. Und beim Anblick der Berge an Gemüse, Graupen, Schwarzbrot, Tellerlinsen und Eiern glättet sich Mamas zerfurchte Stirn ein wenig, auch wenn sie weiterhin stur am Baguette herumwerkelt. Unser Geld reicht für all das – oder für ein Pfund Brocken und altes Brot. Sie weiß, wie viel länger wir dank meiner Entscheidung satt bleiben. Sie versteht, was ich für uns tue. Tun *muss*. Und bald wird sie mir verzeihen.

Papa schleppt sich zur Tür herein und lässt sich direkt auf einen Stuhl fallen. Er strahlt mich an. »Du bist heute hier? Zum Abendessen?«

Mamas Miene verfinstert sich wieder. Aber ich kann Papa nicht böse sein, dass er sie daran erinnert, wie oft ich wegen meiner Arbeit das Abendessen verpasse. Nicht, wenn er so strahlt, obwohl er röchelnd atmet und selbst im Sitzen ein wenig schwankt.

Jo schiebt ein Holzbrett mit sechs Käsestücken, die auf eine Messerspitze passen würden, auf den Tisch. Hinter ihrem Rücken droht der restliche Batzen Käse ihr jeden Moment aus der pummligen Hand zu fallen.

»Joséphine!«, ermahne ich sie langgezogen. Doch sobald ich Papas Blick treffe, muss ich die Lippen aufeinanderpressen, um nicht loszuprusten.

Mit Schmollmund hält sie den Käse vor ihren Bauch, so als hätte sie nie vorgehabt, ihn vor uns zu verstecken. »Du hast nur gesagt, ich soll ihn aufteilen. Nicht, in was für Stücke!«

Ich pflücke den Käse aus ihren Händen und schmelze beinahe bei ihrem herzzerreißenden Gesichtsausdruck angesichts ihres Verlusts. »Wenn es dir so schwerfällt, den Käse in gleich große Stücke zu teilen, müssen wir nach dem Abendessen wohl oder übel noch ein oder zwei Stunden Mathematik üben.«

»Nein!«, kreischt sie und reißt den Käse und das Brett an sich. »Mir ist gerade wieder eingefallen, wie du es mir beigebracht hast!« Ohne auf meine Reaktion zu warten, verschwindet sie unter dem Tisch, von wo das Klacken des Messers auf dem Holzbrett ertönt. Lecker. Davon wird wohl niemand mehr essen wollen.

»Wo ist Juliette?«, fragt Papa und drückt sich stöhnend hoch.

»Hat nach der Schule mit Freundinnen auf der *Avenue du Maine* rumgetrödelt«, ertönt Henris Stimme aus dem Wäscheschrank. Was auch immer er da tut. »Aber wehe, jemand verrät ihr, das ich gepetzt habe!«

Papa stützt sich am Tisch ab und sieht mich an. »Würdest du –?«

Ich springe schon auf und werfe mir ein Tuch über die Schultern. »Ich suche sie.«

Glucksend verlasse ich das Appartement. Wie schön es wäre, wenn ich den Abend ein wenig öfter so verbringen könnte.

Ich schlendere durch die Gasse, doch das Glucksen vergeht mir schnell. War *L'Hadès* schon immer so dunkel, wenn die Sonne untergegangen ist? Mein Herz pocht schneller. Unsere Gasse ähnelt denen, durch die ich gestern verfolgt wurde. Nein. Das liegt hinter mir. Ich muss mir keine Sorgen machen, solange ich ab jetzt die Kontrolle behalte.

Am Straßenrand der *Avenue du Maine*, direkt an der Ecke des *Cimetière du Montparnasse*, hockt Juliette im Schein der elektrischen Laterne des seit Neuestem beleuchteten Friedhofs. Seelenruhig blättert sie in einem Schulbuch. Der Lichtkegel umgibt sie, als wäre er der Schlund der Dunkelheit um sie herum. Dunkelheit, die sie verschlingen will.

Ich stürme zu ihr. »Wieso bist du noch nicht zu Hause?«

Juliette blickt auf und grinst mich an, ihre Sommersprossen auf der gebräunten Haut so seltsam im harten Laternenlicht. »Ich lerne«, erklärt sie verschwörerisch.

»Es ist viel zu spät!« Ich fuchtle durch die Luft, als könnte ich dieses komische Drücken in meiner Brust damit verscheuchen. »Und zu dunkel!«

Sie schreckt etwas zurück und zieht eine Schnute. »Was hat dich denn gestochen? Es ist nicht spät und schon gar nicht dunkel.« Sie deutet bockig auf die Lampe über ihr. »So was stört dich doch sonst nicht.«

Ich weiß selbst nicht, wieso ich so reagiere. Nur ist das eine Lüge. Ich weiß es ganz genau. In jedem Schatten, in jedem dunklen Fleck scheint etwas zu lauern. Als spränge jeden Moment entweder Eugène oder ein maskierter Nyx aus einer finsteren Gasse. Ich verhalte mich lächerlich, aber kann mich nicht zurückhalten. »Du weißt ganz genau, dass eine Mademoiselle so spät nicht allein auf der Straße sein sollte!«

»*Du* bist allein auf der Straße.«

»Ich bin auch nicht *fünfzehn*!«, knurre ich und stemme die Fäuste in die Hüften.

Juliette wirft den Kopf in den Nacken und stöhnt. »Ich lerne doch nur! Wie soll ich zu Hause im Funzellicht unserer ollen Lampe meine Schulaufgaben erledigen?«

Ich reiße ihr das Buch aus der Hand. Zerfledderte Seiten, eingerissener Buchrücken. »Dieses Physikbuch ist viel zu fortgeschritten für deine Klasse.«

»Ich bin eben fortgeschrittener als der Rest. Stört dich das etwa?« Sie verschränkt die Arme.

»Außerdem ist das *mein* Buch.« Ich starre auf Juliette herab, die ertappt zur Seite blickt. »Eine Freundin hat es mir geschenkt, weil es auf der Lektüreliste der Sorbonne steht.«

»O bitte, als ob du jemals *tatsächlich* dorthin gehen würdest«, murrt sie. »Hast du deinen Wunsch überhaupt auch nur *ein* Mal bei Papa und Mama angesprochen?«

Ich erstarre, presse mit bebenden Händen das Buch an mich. Will sagen, dass es sinnlos ist, nach dem Unmöglichen zu fragen. Es würde sie nur traurig machen. Doch die Worte bleiben schwer und bitter auf meiner Zunge liegen.

Ein winziger Hauch Schuldbewusstsein huscht über ihre Züge, doch ihr Blick bleibt feurig. »Bist du *ernsthaft* sauer, weil ich es genommen habe, ohne zu fragen?«

»Ich bin sauer, weil du allein hier draußen im Dunkeln hockst.« Ich werfe einen Blick über die Schulter. Lauert dort im Schatten –? Nein. Niemand verfolgt mich. Es ist einfach nur gefährlich für Juliette, auf ganz normale, alltägliche Weise. Dennoch ziehe ich sie an der Hand hoch, vielleicht zu fest. »Wir gehen jetzt nach Hause.«

»Du bist nicht Mama, auch wenn du dich so aufführst!«, faucht sie.

Ein Schatten auf dem *Cimetière du Montparnasse*, zwischen zwei Grabsteinen. Etwas jagt durch meine Adern, kribbelnd und elektrisierend. Ich zerre an ihr. »Bitte, Juliette!«

Sie windet sich aus meinem Griff. »Ich lese noch das Kapitel zu Ende.«

Die Luft knistert. Dunkelheit türmt sich hinter ihr auf.

Mein Herz flattert unstet, so wie das Licht der Glühbirne über uns. »Juliette!«, donnere ich. Reiße an ihr, obwohl ich weiß, dass es falsch und übertrieben ist. Aber ich muss sie hier wegschaffen.

»Lass mich los!«, keift sie, und alles überschlägt sich. Etwas in mir entlädt sich, lässt mich Sterne sehen.

Die Laterne zerspringt und Juliette zuckt unter dem Knall zusammen. Ich werfe meine Arme über sie, bevor die Glasscherben auf uns niederprasseln, doch zu spät. Sie kreischt auf, greift sich ins Gesicht.

Hektisch löse ich ihre Hände und neige ihren Kopf zu mir.

Blut.

Sie starrt zur zerstörten Lampe, zittert leicht. »Was bei Hadès' Unterhose war das?«

Ein Kratzer zieht sich über ihre Wange, zerteilt mehrere Sommersprossen. Das war *ich*. Mein Magen verkrampft. Sie hatten recht.

Ich habe meine Schwester verletzt.

Kapitel 5

Niemand schert sich allzu sehr um Juliettes Wunde, sie selbst am allerwenigsten. Das ist nichts im Vergleich zu ihren üblichen Verletzungen. Wir haben aufgehört zu zählen, von wie vielen Häusern sie gesprungen ist, um den anderen Kindern etwas zu beweisen.

Doch diesmal ist es etwas anderes. Weil *ich* sie verletzt habe. Ich konnte meine Fähigkeit nicht kontrollieren. Und ich weiß, was das bedeutet.

Wenn Eugène und Clément recht haben, war das vielleicht nur ein Vorgeschmack darauf, was in mir schlummert. Ich muss zurück zu den Nachtschwärmern und lernen, mit ihr umzugehen.

Am nächsten Abend im *Hôtel d'Amboise* erzähle ich Louise vom Vorfall.

Sie nickt ernst und verschränkt die Arme. »Das heißt, du *musst* Teil dieser Bruderschaft werden.«

»Nur werden sie der echten Odette nicht helfen.« Fahrig deute ich an mir herunter, auf meinen abgetragenen Rock und die ausgebeulte Bluse, die ich von Mama geerbt habe. »Die meisten Mönche wollten mich hochkant rauswerfen, weil ich eine

Frau bin. Wenn sie von meinem Stand erfahren, bauen sie mir direkt einen Scheiterhaufen.«

Louise reißt die Tür zu ihrem begehbaren Kleiderschrank auf. Selbst im Dunkeln funkeln ihre Augen mit den Pailletten, Silberfäden und Lackstiefeletten um die Wette. »Dann muss dein Versteckspiel noch ein wenig weitergehen!«

Ich zerre das Kleid, das sie mir geschenkt hat, ganz unten aus dem Schrank. Sie hat es waschen lassen, sodass die Flecken nur aus der Nähe sichtbar sind. »Das hier reicht. Wenn ich zu viele deiner Kleidungsstücke ruiniere, fällt das deiner Familie auf.«

»Du willst das gleiche Kleid an zwei Ausgehabenden hintereinander tragen? Was werden die Menschen denken, wenn wir das *Café des Noctambules* betreten?«

»*Wir?*« Ich halte mitten im Umziehen inne. »Louise, du kannst nicht mitkommen.«

Sie schiebt ihre Unterlippe vor. »Aber ich möchte ausgehen!«

»Wir machen uns direkt auf den Weg nach *Mont-Saint-Michel*. Du kannst nicht allein im Café bleiben.« Fester als nötig binde ich das schneeweiße Band um meine Taille. »Und was, wenn der Orden der Nyx uns aufspürt?«

»Du hast mich gestern schon nicht begleitet.«

Ich erstarre. »*Du* wolltest mich bezahlen, obwohl ich nicht mit dir ausgegangen bin! Aber ich zahle dir natürlich alles zurück!« Ich taste die Taschen meines *Manteaus* auf dem Sessel nach versteckten Münzen ab. »Vielleicht morgen, wenn ich –«

Louise schiebt sich zwischen mich und den Mantel, greift meine Handgelenke. »So meinte ich das nicht! Du bist meine Freundin, Odette. Ich hätte nicht ... Deine Situation ist wichtiger als mein Vergnügen.« Sie blickt zur Seite, ein wenig stur und ein wenig verlegen. »Versprich mir nur, dass du mich neben all deinen Abenteuern nicht ganz vergisst!«

»Als ob ich das könnte! Nur weiß ich nicht, wie oft wir in nächster Zeit noch ausgehen können.«

Louise schiebt mich aus ihrem Zimmer und die Treppe hinab. »Eigentlich ist die ganze Sache viel spannender als Opern und *Soiréen*.« Sie schubst mich praktisch durch den Dienstboteneingang. »Lass keine Details aus, dann bezahle ich dich für deine Dienste als Geschichtenerzählerin statt als Begleitung!« Und damit schlägt sie mir die Tür vor der Nase zu.

Die Dunkelheit drückt mehr und mehr auf mich ein. Immer wieder auf dem Weg durch *L'Apollon* schaue ich mich um, kann den Drang nicht unterdrücken. Doch ich muss mich beruhigen. Vor dem *Café des Noctambules* lege ich deshalb den Kopf in den Nacken, um tief durchzuatmen – und zucke zusammen.

Auf dem Dachfirst mir gegenüber lauert eine Gestalt.

Ich weiche zurück und pralle mit der Schulter gegen einen Laternenmast, starre das unförmige Wesen an, das sich wie ein Scherenschnitt vor dem purpurnen Nachthimmel abgrenzt. Ich blinzle, nur für den Bruchteil einer Sekunde, und die Gestalt ist fort. Ich taste nach meinem Kettenanhänger und schüttle den Kopf. Eine Einbildung. Meine angekratzten Nerven lassen mich paranoid werden.

Schnell betrete ich das *Café des Noctambules*. Das kleine Etablissement ist nicht unbedingt zwielichtig, aber mit all den lauten Studenten an der etwas schmierigen Bar und den schummrigen Gaslampen, die der Vertäfelung aus Ebenholz nichts von der Dunkelheit nehmen, geht sie auch nicht gerade als *gesittet* durch. Ich presse die Lippen aufeinander.

Eugène lungert weiter hinten in einer Sitzecke, erneut umringt von weiblicher Gesellschaft. Er trägt die Schieberkappe eines Zeitungsjungen statt eines Zylinders, und als er mich erblickt, zieht er sie vor mir wie ein Schauspieler im Theater, der will, dass auch die Zuschauer in der letzten Reihe seine Geste erkennen.

»Ich wusste, du kommst!« Er schiebt sich aus seiner Sitzecke. Außerhalb des Cafés sichert ihm das skandalös eng geschnittene Ensemble aus Hose und Frack garantiert das ein oder andere Tuscheln hinter vorgehaltener Hand.

Zähneknirschend muss ich ihn für den Mut bewundern, etwas zu tragen, das alle aktuellen Moderegeln bricht. Doch als er strahlend vor mir hält, kommentiere ich seinen Aufzug nicht. Wie ein Pfau würde er sich in der Aufmerksamkeit baden. Eugène legt einen Arm um mich und leitet mich ein wenig schwankend zu seinem Tisch.

Er riecht nach teurem Eau de Parfum – und Bourbon. Empört winde ich mich unter seinem Arm hervor.

»Bist du *betrunken*?« Eugène nimmt meine Hand – diese Unverfrorenheit!

»Hast du eine bessere Idee, wie ich die höllischen Qualen meines tristen Daseins ertragen kann?« Sein Ton klingt scherzhaft, ungeniert – aber er sieht mich nicht an. Ist es ihm peinlich, dass ich ihn ertappt habe?

Nein. Auf der *Soirée* hat er keinen Hehl daraus gemacht, Absinth zu trinken. Wieso sollte es ihm jetzt unangenehm sein? Und er wirkt nicht betrunken, sondern ... wie ein Schlafwandler. Er verbirgt etwas anderes. Nur was –? Stopp. Schon wieder lasse ich mich von seinem Rhythmus aus dem Takt bringen.

Ich ziehe meine Hand aus seiner.

»Ich dachte, du wartest hier auf mich, damit wir dieses ... Problem lösen können. Doch wenn du betrunken bist oder irgendein anderes Leiden hast, das eine Gefahr darstellen könnte –«

»Odette!« Er spricht meinen Namen auf eine Art aus, die mich das Thema fast vergessen lässt, und seine Hand fliegt zu seiner Brust. »Dein Misstrauen bricht mir das Herz. Vorgestern noch traten wir Hand in Hand der Dunkelheit entgegen – kennst du mich nicht besser, als zu glauben, ich brächte dich in Gefahr?«

»Wir kennen uns kaum lang genug, um uns zu duzen. Geschweige denn, dass ich dir mein Leben anvertraue!«

»Zeit ist eine Illusion. Zählt denn wirklich die Anzahl der Stunden mehr als die Intensität unseres Kennenlernens?«

Ich knirsche mit den Zähnen. Seine wandelbare Theatralik fasziniert mich so, wie sie mich ermüdet. Was ist lediglich Selbstinszenierung – und was eine wahrhaftige Maske?

Er scheint mein Schweigen falsch zu interpretieren, denn statt mich tiefer in das Café zu leiten, steuert er auf den Ausgang zu. Ein Stück der Maske bröckelt.

»Ich habe ein oder zwei Schlucke Bourbon getrunken, weil ich einer Besprechung meines Vaters beisitzen musste. Ich bin nicht betrunken. Und ich tue alles, um deine Sicherheit zu gewährleisten, also ängstige dich nicht.«

Draußen atme ich tief durch. »Ich habe keine Angst. Ich will nur wissen, ob ich deinen gepuderten Hintern beschützen muss, falls wir wieder verfolgt werden.«

Eugène lacht hell auf und tänzelt mit den Händen in den Hosentaschen über die Straße. »Du bist so überraschend couragiert. Dabei ist mein größter Wunsch, dich erröten zu sehen, wie auf der *Soirée*, als du mich das erste Mal erblickt hast.«

Ich lege einen Schritt zu, um ihn einzuholen. »Ich bin *nicht* wegen dir errötet. Es war einfach nur heiß.«

Er hält vor der unscheinbaren Seitentür eines *Maison de rapport*.

»Es war mild, dank der Lüftungsanlage meines Vaters.« Grinsend steckt er den Ring in ein weiteres der drachenförmigen Schlüssellöcher. »Jedwede Hitze, die du gespürt hast, muss woandersher gerührt haben.« Er deutet mit der freien Hand an sich herunter und öffnet die Tür mit einem leisen Klicken.

»Die *Soirée* fand bei *dir* statt?«

»Mein Vater besitzt eine Menge Immobilien, trotzdem gehört nicht *jedes* Gebäude mit seinen Lüftungsanlagen ihm.«

Richtig, reicher Großindustrieller als Vater. Statt etwas dazu zu sagen, starre ich die schmale, unbeleuchtete Treppe hinab. »Es führen mehrere Geheimgänge durch die *Catacombes* nach *Mont-Saint-Michel*?«

»Ganz genau, Sherlock. Und wenn du es noch lauter durch die Straße brüllst, können wir direkt eine Rundführung anbieten. Aber ich schätze, ein Mädchen wie du sucht keine Arbeit.«

Ich ignoriere seine Anmerkung zur Arbeit und runzle die Stirn. »Was ist ein Sherlock?«

»Der Protagonist eines faszinierenden Buchs, das schon bald die Welt erobern wird.« Eugène nimmt die Laterne von der Wand und zündet sie an.

»Was für ein alberner Name. Klingt nicht nach einem Verkaufsschlager«, murmle ich und kralle mich beim Hinabsteigen am Eisengeländer fest.

»Du solltest meinem literarischen Urteil nicht misstrauen.« Unten im schnurgeraden Gang hält er mir seine Hand hin.

Ich schlucke und starre den Ring der Bruderschaft an seinem schlanken Finger an. Mein Magen verknotet sich.

Als könnte er meine Gedanken lesen, stupst Eugène meine Schulter an. »Beim zweiten Mal ist es weniger unangenehm.«

»Aber immer noch unangenehm?«

Er grinst schief und streckt seine Hand etwas näher zu mir. »Es gibt nur eine Möglichkeit, das herauszufinden.«

Tief einatmend ergreife ich seine Hand. Er pustet die Laterne aus, und die Dunkelheit verschlingt uns.

Statt mitten in der Nacht wie aufgescheuchte Hühner die Treppen zu erklimmen, spazieren wir im strahlenden Glimmen eines perfekten Sonnenuntergangs durch die labyrinthartigen Wege auf *Mont-Saint-Michel*. Um uns herum glitzern die Meereswellen in sämtlichen Rotschattierungen.

Ich lasse meine Hand über das bröckelige Mauerwerk eines der Häuser gleiten. »Was für eine Verschwendung.«

»Was meinst du?«

»All das steht leer – während die ärmsten Pariser zusammengepfercht wie Ratten leben.«

»Oh, hier leben Menschen. Dass die Insel leer steht, ist nur eine Tarnung.« Eugène hält mir eine Seitentür auf. »Zur Sicherheit.«

»Dann gibt es die Bruderschaft, seit die Insel leer steht?« Ich versuche, mir den Weg zu merken, doch mein Kopf schwirrt schon nach drei oder vier schmalen Gängen.

Eugène stöhnt leise auf. »Ich hatte gehofft, die Geschichtsstunden übernimmt jemand anderes. Aber gut. Seit Aubert von Avranches die Abtei gegründet hat, befindet sich *Mont-Saint-Michel* im Besitz der Bruderschaft. Sie waren Mönche. Dann ein Ritterorden. Später ein anderer Mönchsorden. Ehrlich gesagt, so genau passe ich bei den Lektionen nicht auf. Was weiß ich, sie könnten auch eine Zeit lang eine Tanztruppe gewesen sein.« Er zuckt mit den Schultern und deutet auf eine unscheinbare Tür. »Die Bruderschaft ist ein Mönchsorden, doch das ist kaum die gesamte Wahrheit.«

»Die Existenz der Bruderschaft wurde nicht immer geheim gehalten?«

Eugènes Hand verharrt auf dem Türknauf, und er grinst mich schief an. »Du bist zu scharfsinnig.«

Ich folge ihm in einen Kreuzgang, den reich verzierte Säulen tragen, so schlank, dass ich mich wundere, wie sie das Dach stützen können. Der Gang umschließt eine rechteckige Rasenfläche, auf der einige Mönche seltsame Bewegungen ausführen. Die untergehende Sonne reicht nicht mehr ganz in den von Mauern und Gebäudeteilen umschlossenen Innenhof, sodass ich selbst mit zusammengekniffenen Augen nicht erkennen kann, was sie genau tun.

Als die Männer uns entdecken, halten sie inne. Und starren mich an. Beinahe mache ich einen Schritt zurück, doch ich beiße die Zähne zusammen und bleibe fest verankert stehen.

Auguste löst sich aus der Gruppe und schnalzt mit der Zunge. »Du wagst es zurückzukehren?«

»Sie hat das gleiche Recht, ihre Fähigkeit zu beweisen, wie alle von uns.« Clément tritt zwischen Auguste und uns, die Hand beschwichtigend erhoben.

Auguste streift mit fahrigen Händen die Kapuze von seinem Kopf, sodass sein Wachsgesicht im Zwielicht heraussticht. Sein Blick aus schweren Augenlidern durchbohrt Clément. »Der Erzengel Michel erwählt keine Frauen.«

»*Der Erzengel Michel?*«, flüstere ich Eugène zu, während Auguste zischend auf Clément einredet, zu leise, als dass ich ihn verstehe.

»Noch *mehr* Geschichtsstunden?« Eugène greift sich stöhnend an die Stirn. »Michel soll den guten Aubert beauftragt haben, diese Abtei zu erbauen. Weil er nicht hörte, bohrte Michel ihm den Finger in die Stirn und hinterließ ein Loch in seinem Schädelknochen. Dadurch erhielt er eine Fähigkeit und wurde zum ersten Nachtschwärmer. Wenn du mich fragst – ein albernes Märchen, um zu rechtfertigen, dass ein exzentrischer alter Einsiedler jahrelang auf einer verlassenen Insel an einem Gebäude herumgeschustert hat. Auf Kosten der Kirche. Nun ja, jetzt meinen alle, wir wären vom Erzengel Michel gesegnete Krieger.« Er legt die Hände wie im Gebet aneinander. »Und einige gottesfürchtige hohe Tiere wollen uns auf ihrer Seite und finanzieren uns.«

»Ihr werdet für eure Fähigkeiten *bezahlt*?«

»Dafür, sie in Aufträgen einzusetzen. Für die richtigen Dinge. Gerechtigkeit, Gleichgewicht, Frömmigkeit, der ganze Kram.«

Ich will ihn über die Bezahlung ausfragen. Doch der immer lauter werdende Streit zwischen Clément und Auguste verlangt nach mir, wenn ich heute noch Fortschritte sehen will.

»Ihr seid also von Michel auserwählte Krieger?« Ich verenge die Augen, während es in meinem Kopf rattert.

Eugène schnaubt. »Wenn du das glauben willst, sicher. Aber –«

Ich trete auf die Rasenfläche und strecke den Rücken durch. »Der Erzengel Michel hat Jeanne d'Arc auserwählt.«

Jeder dreht sich zu mir. Augustes Fäuste beben an seinen Seiten, und mehrmals öffnet er den Mund, ohne einen Laut hervorzubringen. Ich muss mich zurückhalten, nicht triumphierend zu grinsen.

Clément bricht in schallendes Gelächter aus und klopft Auguste auf den Rücken. »Wo sie recht hat, hat sie recht. Oder willst du der Römischen Kurie widersprechen, die Jeanne zur Märtyrerin erklärt hat?«

Auguste knirscht so fest mit den Zähnen, dass es *meinen* Kiefer durchrüttelt. »Fein. Soll sie sich bloßstellen. Aber unter einer Bedingung.« Er pausiert übertrieben bedeutungsschwer. »Ist sie nicht, was sie vorgibt zu sein, wird sie in den Kerkern eingesperrt. Zum Schutz der Bruderschaft.«

Eugène tritt an meine Seite. »Das ist vollkommen überzo–«

Clément hebt erneut die Hand. »Unser Abt hat gesprochen. Nimmst du die Bedingung an, Odette? Noch kannst du als freie Frau gehen.«

Ich presse die Lippen aufeinander. Ich muss lernen, meine

Kräfte zu kontrollieren. Und die Entlohnung, von der Eugène gesprochen hat, ist ein weiterer Anreiz. Doch eine leise Stimme in mir wispert, dass ich keine Kräfte haben kann. Nicht ich. Die Straßenlaterne war ein Zufall, ein normaler Kurzschluss. Aber es gibt kein Zurück mehr. Egal, was ich kann oder nicht kann, ich *muss* es versuchen. Für meine Familie.

Mit leicht geballten Fäusten beäuge ich bei meinen nächsten Worten Auguste. »Ich nehme die Bedingung an.«

Auguste und ich stehen uns gegenüber, während sich die Nachtschwärmer im Kreis um uns versammeln. Es kostet mich unendlich viel Kraft, seinem durchdringenden Blick standzuhalten, doch ich nehme die Augen nicht von ihm. Sobald alle Männer in Position gegangen sind, hebt Auguste beide Hände wie ein fanatischer Prediger.

»Beginnen wir mit der Initiation. Bestehst du sie, ernennt dich die Bruderschaft zu einem Novizen der Nachtschwärmer und gewährt dir Lehre, Schutz und Verbündete. Erweist du dich als würdig, führen wir dich über den Weg des Adepten oder den Weg des Akolythen. Welche Fähigkeit ließ dir Erzengel Michel zuteilwerden?«

Ich schlucke jede Frage herunter und recke das Kinn. »Ich kann Licht löschen.«

Seine Augen verengen sich, während ein Raunen durch die Menge geht. »Du kannst die Sonne verdunkeln?«

»Eher das Kleinformat.« Meine Zähne zwicken in meiner Unterlippe. Das wird vermutlich eine Enttäuschung – oder für *ihn* eine Genugtuung. »Ich kann Lampen löschen.«

Auguste stößt seinem so feierlichen Auftreten zum Trotz drei harte Lacher aus. »Wie soll uns das im Kampf gegen die Nyx helfen?«

Ich verschränke die Arme vor der Brust. »Es war nie die

Rede davon, dass es auf die Stärke der Fähigkeit ankommt.« Ich könnte schwören, Clément kichern zu hören, doch ich darf mich nicht ablenken lassen. Auguste würde jede Möglichkeit ergreifen, mich auflaufen zu lassen.

Denn schon verzieht er seine Lippen zu einem Grinsen, das kleine, fiese Zähne zum Vorschein bringt. Die Zähne einer Ratte. »Dann zeige uns deine angebliche Fähigkeit.« Er wendet sich René zu. »Hol eine Lampe.«

Nach einem Nicken, das an eine Verbeugung grenzt, fliegt der junge Mann in die Abtei. Seine Umrisse wabern leicht – ein Schattenspringer. Kurz darauf kehrt er mit einer Öllampe zurück und positioniert sie vor mir auf dem Rasen. Er sieht mich nicht an, verbeugt sich nur erneut vor Auguste, mit einer Unterwürfigkeit, die mich meinen Rücken noch etwas mehr aufrichten lässt.

»Eigentlich erfordert jede der vier Fähigkeiten eine spezielle Prüfung«, knurrt Auguste. »Da selbstredend keine Prüfung für eine *ausgedachte* Fähigkeit existiert, werte ich die Initiation als bestanden, solltest du das Licht ohne Berührung löschen.« Er deutet auf die Öllampe, deren Flackern aus den lang gezogenen Schatten der Grashalme wundersame Muster zaubert.

Ich atme tief ein und konzentriere mich auf das Licht. Keine Ahnung, wie ich meine Fähigkeit einsetzen kann, aber es *muss* einen Weg geben. Auf der Flucht habe ich keinen Zauberspruch aufgesagt oder eine besondere Bewegung ausgeführt. Doch so eindringlich ich auch dem Licht befehle auszugehen, es tut sich nichts.

Auguste schnaubt, und die Zuschauer treten auf der Stelle. Sie erwarten vermutlich mehr von jemandem, der behauptet, das Licht zu beherrschen. In mir windet sich Übelkeit.

»Gern noch heute«, kläfft Auguste.

Mein Blick huscht zu Eugène, der nur auffordernd nickt.

Schluckend richte ich meine Aufmerksamkeit erneut auf die Lampe und hebe die Hände. Ich muss es schaffen, *muss* einfach! So schwer kann es nicht sein, wenn ich ohne Nachdenken auf der Flucht –

Richtig! Auf der Flucht beherrschte Panik all meine Gedanken. Vielleicht vertrieb sie meine für gewöhnlich überwiegende Rationalität, die mich an der Existenz von Fähigkeiten wie dieser zweifeln lässt. Ich muss mich in die Situation zurückversetzen, also schließe ich die Augen. Beschwöre die nächtlichen Gassen vor mein inneres Auge, das Brennen meiner Lunge, das Knallen der Pistolenkugeln, den brennenden Gestank von Schießpulver in meiner Nase. Eugènes panische Stimme. Mein Atem geht schneller und schneller, ebenso wie mein Herz, das mir bis in den Hals pocht, wo es mir letztendlich den Atem raubt. Ich reiße die Augen auf und recke meine Hände zur Öllampe.

Doch nichts passiert.

Einige Männer um mich herum prusten los, und ich lasse die Hände fallen. Mein Gesicht glüht, als würde ich es viel zu nah an die immer noch brennende Laterne halten. Wie unfassbar lächerlich ich aussehen muss!

»Sie ist eine Lügnerin! Eine Spionin der Nyx, eine Verführerin der Nacht!«, speit Auguste mit aufgerissenen Augen, und das Lachen der Männer versiegt. Während sie näher heranrücken, streckt ihr Misstrauen seine Fühler nach mir aus.

Bevor ich etwas entgegnen kann – und ich weiß nicht, *was* ich entgegnen könnte, so sehr surrt die Leere in meinem Kopf – prescht Eugène an meine Seite. »Ohne ihre Fähigkeit hätten die Nyx mich getötet.«

»Schweig!« Auguste holt mit einer Hand aus, und Schatten sammelt sich über dem Gras zu einem Strang, den er in Eugènes Richtung peitschen lässt. Der Schatten schlägt gegen seine Brust und bringt ihn zum Straucheln. »Während der Initiation redet niemand außer mir und dem Anwärter!«

Eugène streicht sich über die Brust, wo sich sein Seidenhemd rot verfärbt. Obwohl es schmerzen muss, vielleicht *weil* es schmerzt, stiert er Auguste herausfordernd an. »Anwärter*in*«, speit er, das Feuer in seinen Augen das Gegenteil von gestern in Augustes Gegenwart. »Und das ist das Problem, nicht wahr? Du hättest mir geglaubt, wenn ich einen Jungen gebracht hätte. Du hast nicht das Beste für die Bruderschaft im Sinn. Es geht dir nur um dich.«

Zorn tropft aus Augustes Poren und mit ihm Schatten wie stinkender Teer. Erneut reißt er die Hände hoch, um mit einem noch größeren Schattenstrang auf Eugène einzuprügeln.

Mein Herzschlag setzt aus, weil dieser angesichts der finsteren Masse die Augen aufreißt und nach hinten stürzt. Wie sehr muss Auguste mich hassen, dass er so seine Fassung verliert? Schatten prasseln auf Eugène nieder, umringen ihn, bis nur Schemen verbleiben. Und Eugènes schmerzerfülltes Stöhnen, das heiß glühende Panik in meinem Magen entfesselt und mich zu ihm stürzen lässt.

Er streckt die Hand aus, verschwommen hinter Schatten. »Bleib zurück!«

Ich gehorche nicht. Doch bevor ich ihn erreiche, rollt er zur Seite, springt durch Augustes Schatten wie durch die Halbschatten der Markisen. Nicht besonders weit, nur gerade weit genug. Er reißt mich mit sich, und zusammen prallen wir auf den Boden, außerhalb Augustes Reichweite.

»Auguste!«, brüllt Clément am Rande meiner flackernden Wahrnehmung.

Augustes Schatten prescht auf ihn zu, wirft auch den gutmütigen Mann zu Boden. Die anderen Nachtschwärmer verharren an Ort und Stelle. In keuchenden Stößen kommt mein

Atem hervor. Wieso tut niemand etwas? Wieso lassen sie die Situation so außer Kontrolle geraten?

Auguste spuckt vor uns auf den Boden. »Ich wusste es. Eine Spionin *und* ein Verräter.«

Eugène rappelt sich auf die Knie, zerrt mich mit sich. Ich kauere kaum in der Hocke, da fegt ein Schattenstrang, so viel massiger als die vorherigen, auf uns zu. Eugène stößt mich zur Seite und nimmt den Aufprall allein auf sich. Sein Blut schmatzt zwischen meinen Fingern und sickert in die Seide meines Kleids.

Ich schreie auf. Nur noch Eugène und der Schatten, nur noch ein beißendes Prickeln in allen Gliedern, das Singen meiner Nervenenden, und dann –

Über uns bricht gleißendes Licht herein.

Das Licht verjagt die Schatten, wie der Sonnenaufgang die Nacht verjagt. Meine Augen brennen, und ich kneife sie zusammen, taste blind nach Eugène. Gierig inhaliere ich Luft.

»Du kannst Licht nicht nur löschen«, keucht er. »Du kannst es *erschaffen*!«

Langsam schwillt das grelle Licht ab, und die Konturen der Männer, die ihre Arme vor die Gesichter halten, verschärfen sich. Mein Atem stockt. Das Licht stammt nicht von der Öllampe – es strahlt aus den Fenstern der Türme und Gemäuer rings um den Kreuzgang.

Clément hilft erst mir, dann Eugène auf die Beine. »Ich glaube, damit hättest du deine Fähigkeit zur Genüge bewiesen, Mademoiselle Odette.« Er zwinkert mir zu.

Ich wirble zu Eugène herum, der eine Hand auf seinen Oberarm drückt. Blut quillt durch seine Finger. Ich ziehe scharf Luft ein. »Du musst zu einem Arzt!«

Er winkt ab, mit der blutgetränkten Hand, sodass rote Spritzer auf mir landen. »Nur ein Kratzer. Als Schattenspringer gehört das praktisch zur Grundausbildung dazu.«

»Sie konnte die Lampe nicht löschen, wie sie behauptet hat«, faucht Auguste, um den weiterhin Schattenschwaden wabern.

Ich trete vor Eugène und funkle Auguste an. Er verletzt einen seiner Schüler und *das* ist seine größte Sorge?

»Weil es eine Öllampe ist.« Clément deutet auf die Lampen in den Fenstern, die immer noch leuchten. »Odette kontrolliert nicht Licht, sondern *elektrisches* Licht.« Er nickt gemächlich, mit einem verstehenden Blitzen in den Augen. »Und deshalb hat Michel ihr auch erst jetzt diese Macht gewährt.«

Eugène reißt ein Stück Stoff von seinem Hemd ab und wickelt es geübt um seine Wunde. Triumphierend grinst er erst Clément, dann Auguste an. »Erst jetzt, da das elektrische Licht den letzten Rest Dunkelheit aus Paris vertreibt und unsere Fähigkeiten bedroht, brauchen wir jemanden wie sie.«

Einige der Mönche raunen, doch die meisten verschränken die Arme, rümpfen die Nasen oder blecken die Zähne. Trotz meiner Fähigkeit bin ich hier nicht willkommen.

Auguste funkelt mich mit purem Hass in den Augen an. »Ein Mädchen sollte sich in Zurückhaltung verstehen.« Quälend langsam blickt er zu den erleuchteten Fenstern, dann zu mir. »*So* ist sie für uns nicht zu gebrauchen.«

Meine Zähne knirschen aufeinander, denn das höre ich nicht zum ersten Mal. Und natürlich hat er recht. Dennoch will ich ihm am liebsten zeigen, wie ich *wirklich* all meine Zurückhaltung vergesse.

»Und genau deshalb werden wir sie unterweisen. Wie alle Novizen.« Cléments klare, ruhige Stimme lässt keine Widerworte zu. Doch Auguste tritt näher zu ihm und zischt ihm wenige unverständliche Worte zu. Auguste ist der Abt, wieso scheint Cléments Wort dann genauso wichtig zu sein wie seins? So vieles, was ich nicht weiß.

Ich atme mehrmals ein und aus und stelle erleichtert fest,

dass kein Blut durch Eugènes behelfsmäßigen Verband sickert. Die Verletzung sah wohl wirklich schlimmer aus, als sie ist. Mit verengten Augen blicke ich hinauf in die erleuchteten Fenster. »Warum gibt es *hier* elektrisches Licht? Und vor allem *wie*?« *Mont-Saint-Michel* liegt so viel abgelegener als die vielen Häuserblöcke in Paris, die noch nicht ans Elektrizitätsnetz angeschlossen sind.

»Ein Gönner der Nachtschwärmer hat uns damit ausgestattet, damit wir im Kampf gegen die Nyx nicht benachteiligt sind.«

Diese Gönner der Nachtschwärmer müssen *wirklich* reich sein. Hoffnung keimt in mir auf, dass ich tatsächlich etwas gefunden haben könnte, womit ich meine Familie unterstützen kann, wenn Louise sich eines Tages entscheidet, unser Arrangement zu beenden. »Also *bin* ich jetzt ein Nachtschwärmer?«

»Der gleiche Fehler wie Auguste?« Eugène grinst, das Sternenglitzern in seinen Augen strahlend genug, um meine Aufmerksamkeit zu stehlen – wäre ich empfänglich für so etwas. »Du bist eine Nachtschwärmer*in*. Die erste in der Geschichte der Bruderschaft. Nun, die erste offizielle, denn ganz ehrlich, wie wahrscheinlich ist es, dass es keine einzige Frau vor dir gab? Dank deiner Besserwisserei um Jeanne d'Arc vermute ich, sie war ebenfalls eine.«

»Ich wollte keine Besserwisserin sein!« Die Stimmen meiner Eltern und Lehrer erklingen in meinem Kopf. *Niemand hat Verwendung für ein besserwisserisches Mädchen.* Das gilt auch für die Nachtschwärmer. Ich darf keinen Ärger machen. Etwas brennt hinter meinem Herzen. Also alles so wie immer.

Eugène zieht eine Augenbraue hoch und grinst mich verschmitzt an. »Ich finde das reizend.«

Ich drehe mich hastig zu den anderen, die ihre Übungskämpfe wieder aufnehmen, meine heißen Wangen fort von

Eugène. Einer wirft mir einen finsteren Blick zu, nur um dann noch hitziger auf seinen Gegner loszugehen. Vielleicht stellt er sich mein Gesicht unter seiner Faust vor. »Warum weiß man von keiner anderen Nachtschwärmerin?«

»Du hast die Kerle doch erlebt! Die heulen schon rum, wenn man auch nur andeutet, eine Frau könne ihnen ihre Positionen streitig machen. So wie seit jeher. Die Männer fürchten die Frauen, die Reichen die Armen, die Kleriker die Ungläubigen, die Alten die Jungen.«

»Sicher, dass es Furcht ist und nicht einfach Hass?« Ich deute mit dem Kinn auf den nächsten Mönch, der mich anstiert, als könnte er mich so in Flammen aufgehen lassen. »Ob es außer dir überhaupt jemanden hier gibt, der mich nicht«, ich ziehe die Augenbrauen hoch, »*fürchtet?*«

»Oh, ich erzittere ebenso bei dem Gedanken daran, was aus dir werden könnte.« Er wischt sich eine Haarsträhne aus den Augen und zwinkert. »Aber nicht alle Arten von Erzittern sind schlecht, *ma Chère*.« Ein paar wirre Töne pfeifend, die mir vage vertraut vorkommen, schlendert er davon.

Nun erblüht die Hitze endgültig auf meinen Wangen, während ich hinter ihm durch die Tür eile. »Wenn du glaubst, ich verstehe deine Andeutungen nicht, hast du dich geschnitten! Vollkommen taktlos, was du in Gegenwart einer jungen Mademoiselle äußerst!« In den Korridoren, außer Sichtweite der Mönche, federn meine Schritte, und mein Nacken hört auf zu prickeln. Wie jämmerlich. Es sind nur *Blicke*.

»Ich habe dir doch gesagt, mein größter Traum ist es, dich erneut erröten zu sehen. Ziel erfolgreich erreicht, würde ich behaupten.« Weiterhin pfeifend hüpft er die Treppenstufen hinab, als gehörten sie zu einem aufwendigen Bühnenbild.

Die Kälte des Gemäuers sickert durch mein Kleid, und ich schlinge unauffällig meine Arme um meinen Oberkörper. Jetzt bin ich also eine Nachtschwärmerin. Ich sollte mich überschlagen vor Glück. Wieso dreht sich dann in meinem Magen nur eine vage Leere?

»Zeigst du mir *hier*, wie ich meine Fähigkeit kontrolliere?«

»Immer langsam mit den jungen Pferden.« Eugène schlägt eine Seitentür zum abschüssigen Dorf auf. »Die Schulung deiner Fähigkeit übernimmt einer der älteren Brüder. Aber das ist nicht alles. Dein Leben besteht von nun an aus Unterricht und Ertüchtigung. Körper, Geist und Fähigkeit. Nachts natürlich, der Name der Nachtschwärmer ist Programm.«

»Ich will nur lernen, wie ich meine Fähigkeit kontrolliere.«

»Eins geht nicht ohne das andere.« Er springt auf eine niedrige Mauer, von dort über die Gasse tief unter uns auf die klapprigen Schindeln eines Hauses. »Und mit dem Körper fangen wir an.«

Erwartet er ernsthaft, dass ich – »Ich trage ein *Kleid*! Und du bist verletzt!«

»Nur ein Kratzer.« Wie eine Katze balanciert er über den Dachfirst, legt eine Pirouette hin, die definitiv keinen anderen Zweck hat, als mit seiner Leichtfüßigkeit anzugeben. »Und ich könnte das in einem Kleid, einer Ritterrüstung oder nackt machen.«

»Sprichst du aus Erfahrung?« Ich knie mich auf die Mauer, dann drücke ich mich schwankend in die Hocke. »Oder bildest du dir nur ein, ein Korsett und fünf Meter Seidenbahnen wären für dich Prachtstück von Mann bloß eine Lappalie?«

»Wir Nachtschwärmer sind uns für keine Verkleidung zu schade.« Er streckt eine Hand aus, als erklömme ich eine Kutsche und kein *Haus*.

Ich beiße die Zähne zusammen und hechte über die Lücke. Zu niedrig! Ich klatsche mit Bauch und Beinen gegen die Häuserwand. Aber ich klammere mich fest, stürze immerhin nicht in die Gasse. Ein Mädchen, so alt wie Jo, streckt ihren Kopf aus dem Fenster neben mir und kichert, doch sobald ich ihr ins Gesicht blicke, zieht sie sich zurück.

»Ich dachte, hier sind keine Frauen erlaubt?«, keuche ich, während ich mich hochkämpfe.

»Jeder von uns hat dort begonnen, wo du jetzt bist. Du wirst schon sehen, bevor du ›Auguste ist eine runzlige Pflaume‹ sagen kannst, springst auch du von Dach zu Dach, als hättest du nie etwas anderes gemacht.« Er seufzt, weil ich ihn in Erwartung einer Antwort anfunkle. »Die Abtei darf nur von Menschen mit Fähigkeiten betreten werden. Wir sind der Innere Kreis. Die Familien der Nachtschwärmer, der Äußere Kreis, leben im Dorf.«

»Keine Frauen im Inneren Kreis, keine Frauen in der Abtei.« Ich strecke die Arme aus, um ihm über den Dachfirst zu folgen. Eine Böe bläst meinen Rock auf wie ein Schiffssegel, und ich wanke. O Zeus, ist das tief! »Und wann kann ich Aufträge übernehmen?« Ich kann schlecht geradeheraus fragen, wann ich *Geld* verdienen kann.

Eugène zieht eine Augenbraue hoch. »Du bist eine Novizin, also darfst du erst ein paar einfache Aufträge übernehmen, wenn du deine Fähigkeit beherrschst.« Gut, sein Geplapper lenkt mich von der Höhe ab. »Adepten und Akolythen können schwierigere Aufträge annehmen. Adepten gehen den Weg der Kleriker, dienen dem Orden als Mönche. Akolythen hingegen bleiben Zivilisten, können Familien haben, außerhalb der Abtei oder Insel wohnen. So wie meine Wenigkeit. Und du, weil sie dir keine andere Wahl lassen werden.« Er geht in die Knie und deutet auf seine Knöchel. »Beug sie mehr, wenn du abspringst. So.«

Ich mache es ihm nach, erforsche den Widerstand der Muskeln und Sehnen. »Wann werde ich Akolyth?«

Sein Grinsen sticht vor dem dunklen Himmel heraus, während er zu einem behäbigen Turm zeigt. »Wenn du vor mir beim

Tour du Nord ankommst!« Er stürmt los, so sicher, als liefe er nicht über baufällige Schindeldächer, sondern über den festen Boden der Arena in *L'Héraclès*.

»Das –« Ich schüttle den Kopf und setze ihm nach. »Unterlasse es bitte, mich auf die Schippe zu nehmen!« Mein Rock verheddert sich zwischen meinen Beinen, und ich raffe ihn ein Stück, stakse Eugène hinterher. Ich muss aussehen wie ein klappriges Ömchen, das Traubenmost stampft. »All das ist kompliziert genug, da musst du mir nicht noch Lügenmärchen auftischen!« Ich klinge auch wie ein Ömchen. »Eugène! Ich *bestehe* auf einer Erklärung, wie ich Akolyth werde!«

Eugène fliegt nur so durch die Nacht, und sein übermütiges Lachen schallt über die Dächer zu mir.

Doch obwohl er über mich lacht, obwohl ich in eine der Gassen stürzen könnte, obwohl ich mich anstelle wie eine klapprige Großmutter, bin ich für einen Augenblick Artémis. Artémis, die mit Pfeil und Boden durch die Dunkelheit jagt, unter dem Sichelmond und dem Schutz der Nacht. Und ich lache, frei und unbändig, wie die Göttin der Wildnis.

Kapitel 6

Ich schrecke auf, sitze kerzengerade im Bett. Wo bin ich? Zaghafte Sonnenstrahlen fallen durch das schmale Fenster, auf die zwei aneinandergedrängten Betten. Meine Kammer. Ich reibe mir die verklebten Augen. Wie lang ist es her, dass ich morgens aufgewacht bin, statt erst nach Hause zu kommen? Verdammt! Ich springe auf, stürze im dünnen Nachthemd in die Stube. Niemand da. Dabei wollte ich unbedingt mit Mama reden!

Es bringt nichts, mich zu ärgern, also erledige ich meine vernachlässigten Pflichten und denke dabei an nichts anderes als an das berauschende Gefühl während der Jagd über die Dächer. Meine Finger verkrampfen sich um jeden Gegenstand, den ich in der Hand halte. Wie konnte ich mich nur so vergessen? Ich muss lernen, meine Fähigkeit zu beherrschen, sonst nichts. Für meine Familie.

Meine Familie, die ich kaum noch sehe.

Doch statt nach dem Einkauf zu Hause auf sie zu warten, steuere ich direkt Louise' Zuhause an, um ihr alles zu erzählen. Zum ersten Mal seit unserer Übereinkunft vor drei Jahren klingle ich an der gigantischen Haustür des *Hôtel particulier*. Durch sie surrt mechanisch die Apparatur, welche in blechernen Tönen *Le Triomphe de Bacchus* auf einer Spieluhr erklingen lässt. Ich verdrehe die Augen. Einfach zu klopfen oder eine Glocke zu läuten, kann man dem feinen Besuch freilich nicht zumuten.

Zum Glück öffnet keiner der Bediensteten, die das notdürftig von Blutsprenkeln gereinigte Kleid erkennen könnten, sondern Louise höchstpersönlich. Vermutlich darf sie das nicht, aber das juckt sie wohl reichlich wenig.

Ich grinse. »Sie haben mich aufgenommen.«

Für ein paar Sekunden starrt Louise mich mit offenem Mund an. Dann lacht sie, breit und offenherzig statt hinter vorgehaltener Hand, wie es ihr beigebracht wurde. »Ich hätte nie gedacht, dass du jemals durch die Vordertür hereinkommst. Wir sollten einen Tee im Salon trinken, zur Feier des Tages.«

Der wunderschöne und endlos kitschige Salon quillt über von einem Sammelsurium von Mobiliar unterschiedlicher Epochen. Hauptsache teuer.

»Weil sie mich aufgenommen haben oder weil ich durch die Haustür gekommen bin?«, frage ich und nehme einen prachtvollen Folianten von einem Buchständer. Die Frau auf der Pergamentseite hält ein mit Sternen übersätes Tuch und einen gesenkten Stab. Ihre Haut ist … graublau?

»Die Haustür, durch welche heute Mittag dein größtes Vorbild eintrat.«

Der Foliant knallt auf den Teppich. »Oh, *merde*!« Ich falle auf die Knie und sammle die Pergamente mit großer Sorgfalt zusammen.

»Ach, keine Sorge, bei dem alten Ding merkt niemand, wenn ein Knick reinkommt.« Louise versenkt fünf Löffel Zucker in der zierlichen Tasse. »Der Tee ist vermutlich nur noch lauwarm, Marlis hat ihn vor einiger Zeit für mich aufgekocht.«

»Louise, so ein Foliant ist unfassbar wertvoll!«

»Hast du mich nicht gehört? Dein *Vorbild* war hier.« Ungeduld und Amüsement schleichen sich in ihre Stimme, weil sie genau weiß, *warum* ich das Buch habe fallen lassen.

Langsam drehe ich mich um, darum bemüht, nicht *zu* enthusiastisch zu wirken. »Marie –«, meine Stimme bricht, *natürlich*, »Marie Curie?«

Noch nie habe ich ein so breites Grinsen auf Louise' Gesicht gesehen. »Höchstpersönlich. Und ihr Mann, Pierre. Ihre wunderschöne, niedliche Tochter Irène, mittlerweile drei Jahre alt. Und –«

»*Marie Curie?*« Dieses Mal kommt meine Stimme unfassbar hoch und heiser hervor. Das Atmen fällt mir schwer. Ich greife nach einem der Barockstühle und lasse mich auf die Sitzfläche fallen. Seit Louise mir zum ersten Mal von Madame Curie erzählt hat, haben sich ihre Errungenschaften in meinem Kopf einen festen Platz gesichert. Wie sie und ihre Schwester Bronia sich nacheinander finanziell unterstützt haben, damit beide studieren konnten. Dass sie an der *Faculté des Sciences* der Sorbonne eine der 23 Frauen war – von insgesamt 1825 Studenten! Wie sie trotz schlechterer Vorkenntnisse und Sprachschwierigkeiten das Lizenziat der Physik als *Beste* abschloss. Ich bekomme Gänsehaut, wenn ich an all das denke. Wenn ich nur ein einziges Mal in ihr *Laboratoire* blicken könnte, würde ich –

Ich schüttle den Kopf, denn Louise plappert weiter, während ich mich in meinen albernen Schwärmereien verliere.

Sie schaufelt Konfekt auf zwei Dessertteller, bis vom Porzellan nichts mehr zu erkennen ist. »… und sie hat mit Papa darüber gesprochen, was sie auf der *Exposition Universelle* vorträgt. Den Abend verbringen sie gemeinsam im Restaurant und der Oper.«

»Sie kommt zur Weltausstellung?«, hauche ich. »Ich könnte

sie *sehen?«* Mein Gehirn kalkuliert von allein, ob ich mir den Eintritt für die *Exposition Universelle* leisten kann. Nur noch wenige Wochen – eher Tage. Nein. Unser Geld ist zu knapp.

»Ich bezahle dir den Eintritt«, schlägt Louise vor, als könnte sie meine Gedanken lesen, dann nippt sie am Tee. »Aber höre mir doch erst mal richtig zu.«

Ich schüttle vehement den Kopf. »In den letzten Tagen bin ich kein einziges Mal mit dir ausgegangen.«

»Odette. Wir sind mittlerweile Freundinnen, das ist dir doch klar? Nach drei Jahren deiner treuen Dienste kann ich dir den Eintritt nun wirklich ausgeben. Und dich generell unterstützen. Du hast momentan weiß Gott genug zu tun. Ich möchte weder, dass der anscheinend einzige Wunsch deines Lebens nicht in Erfüllung geht, noch, dass die Familie meiner liebsten Freundin hungert.«

Meine Hände klammern sich um die unberührte Teetasse. »Louise …« Meine heisere Stimme bricht. Statt weitere Worte aus meinem kratzigen Hals zu pressen, springe ich auf und schlinge meine Arme um sie.

Louise fiept auf, doch erwidert die Geste einarmig, bevor sie ihre Tasse abstellt. »Ich glaube nicht, dass du mich je umarmt hast«, jauchzt sie und presst mich jetzt mit beiden Armen noch fester an sich, bis mein Gesicht in ihrem auftoupierten Haar versinkt.

»Vermutlich, weil ich befürchtet habe, in deinem Haar zu ersticken«, raune ich in die rosenbedufteten Goldlocken.

Louise lacht nur leise. »Halte mich einfach auf dem Laufenden, was sich bei den Nachtschwärmern entwickelt. Und mit Eugène.«

Ich schiebe sie von mir. »Es entwickelt sich rein gar nichts mit Eugène!«

»Komm, wir richten dich für heute Abend her.« Sie tänzelt

zur Tür und sieht mich gespielt unschuldig an. »Du gehst doch wieder mit Eugène aus?«

»Louise!« Ich jage ihr hinterher, die gewundene Treppe hinauf. »Wir gehen nicht aus, wir trainieren auf *Mont-Saint-Michel*!«

»Wie auch immer ihr jungen Dinger das heutzutage nennt!« Kreischend vor Lachen schlittert Louise in ihr Zimmer. »Kannst du als Entschädigung zumindest *heute* das Training eher beenden?« Geheimnisvoll lächelt sie, während sie mir ein neues Kleid entgegenhält. »Wenn wir schon die nächsten Wochen nicht ausgehen können, möchte ich zumindest ein letztes Mal die Puppen tanzen lassen.«

Eugène wartet vor dem *Café des Noctambules* auf mich, und den ganzen Weg über zu *Mont-Saint-Michel* schwirren Louise' Worte durch meinen Kopf. Ab und zu werfe ich Seitenblicke zu Eugène, der irgendwas über die Ränge der Nachtschwärmer plappert. Heute trägt er ein *Gilet* und eine Hose aus Samt, wie sie ein Adliger vor hundert Jahren am Hofe Versailles trug. Wie kommt Louise darauf, es könnte sich etwas mit ihm entwickeln? Ein verantwortungsloser Modenarr, der sich selbst viel zu gern reden hört. Selbst wenn ich Gefallen an ihm fände – es wäre unmöglich. Ich verliere mich nicht in Träumereien. Nicht, dass er eine Träumerei wäre. Höchstens eine Albträumerei.

Auf der Rasenfläche des Kreuzganges schrecke ich aus meinen Gedanken, weil Eugène mich mit schiefgelegtem Kopf mustert. »Hast du Angst?« Bevor ich den Kopf schütteln kann, legt er mir eine Hand auf die Schulter. »Keine Sorge, du musst noch nicht kämpfen.«

Ich starre auf seine Hand. Seine warme Hand. Ich winde mich unter seinem Griff. *Jede andere Hand ist genauso warm, reiß dich zusammen, Odette!*

»Wie sollte ich mit meiner Fähigkeit überhaupt gegen jemanden kämpfen?« Statt auf ihn, die Wärme auf meiner Schulter und unser Gespräch konzentriere ich mich auf die eintrudelnden Nachtschwärmer.

»Du hast eine unterstützende Fähigkeit, richtig. Deshalb musst du kreativ werden, wenn du gegen die Nyx kämpfst.«

Zwei junge Männer betreten die Rasenfläche und werfen ihre Mönchskutten ab. Darunter tragen sie Kleidung, wie ich sie noch nie gesehen habe. Das schwarze Material liegt eng am Körper an, und eine Menge Schlaufen und Karabiner bieten Platz für Dolche und andere Waffen. Sie begeben sich in Kampfposition. Der eine von ihnen, drahtig und hochgewachsen wie eine widerstandsfähige Pappel, mit blasser, fast schon fahler Haut, formt Schatten um sich, mit denen er auf den anderen eindrischt. Die gleiche Fähigkeit wie Auguste!

»Mit meinem Schattenspringen kann ich auch niemanden angreifen, aber indem ich Nahkampf und – He! Hörst du mir überhaupt zu?«

Mit offenem Mund starre ich die beiden Kämpfer an. Wo Auguste Kraft und rohe Gewalt bevorzugt, strahlt der hochgewachsene Mann Eleganz und … ja, *Verspieltheit* aus. Als hantierte er nicht mit Schatten, sondern mit Jonglagebällen.

»Der arme Jean versucht immer wieder, gegen Armand zu gewinnen. Er schafft es nie«, kommentiert Eugène mit verschränkten Armen.

»Ich sehe, warum«, hauche ich. Ein wenig Eifersucht schlängelt sich in meinem Magen – wenn ich könnte, was Armand kann, hätte ich keine Probleme. Stattdessen bin ich … ein menschlicher Lichtschalter.

»Du hast noch *gar nichts* gesehen.« Eugène klopft mir kumpelhaft auf den Rücken, wie es nur bei seinen Freunden angemessen wäre, nicht bei einer jungen Dame. Es sollte mich deutlich mehr stören. Doch etwas in mir frohlockt, dass er ein Freund sein könnte. Kein potenzieller Ehemann, kein unvorteilhafter Liebhaber, kein bedrohlicher Nachsteller, kein Mann, der über mich bestimmen kann, weil ich weniger wert bin.

»Schau genau hin.« Eugène deutet auf den kleineren Kämpfer, auf dessen samtbrauner Stirn feine Schweißtropfen das Mondlicht reflektieren.

»Zusehen, wie ein so zierlicher Junge besiegt wird? Ist das nicht irgendwie grausa—«

Der zierliche Junge nimmt mit einer großen Geste den Schattenangriff des anderen auf und verwebt die Dunkelheit mit seinem Körper, bis er selbst aussieht wie ein menschlicher Schatten. Und dann sieht er ganz und gar nicht mehr wie ein Mensch aus. Seine Form wabert, verformt sich zu einem gigantischen Wolf. Elegant pirscht er um seinen in Verteidigungshaltung zusammengekauerten Gegner, bis er einen gewaltigen Satz macht und ihn zu Boden reißt.

»Und in einem echten Kampf wärst du tot«, rollt sein Wolfsgrollen über den Rasen bis zu uns. Er verwandelt sich zurück in seine menschliche Gestalt, hockt auf dem Rumpf des Hochgewachsenen, der den Kopf ins Gras fallen lässt und stöhnt.

»Behauptest du immer noch, das wäre keine Magie?« Ich kann meine Augen nicht von dem jungen Mann losreißen, der seinen tiefschwarzen Schopf aus voluminös geringelten Locken ausschüttelt und sich aufrichtet. Mit seiner zarten Schönheit könnte er Lyriker inspirieren – was seine Darbietung umso beeindruckender macht.

»Manche Menschen können Gleichungen lösen, manche können singen, und wir können eben –«

»Zaubern.«

»Wir zaubern nicht, wir besitzen Fähigkeiten, die noch nicht erklärt werden können. Ist dir bewusst, dass man früher Luftschiffe oder Gaslampen für Zauberei gehalten hätte?«

»Gaslampen sind ja wohl etwas anderes als *das*.«

In der zweiten Kampfrunde weicht der Junge in der Gestalt eines Schattenfalken Angriffen aus. Mitten in der Luft verwandelt er sich zurück in den Jungen und stürzt auf seinen Gegner herab.

»Also ist *er* Armand«, ich deute auf den zierlicheren Gewinner, »und der andere Jean?«

»Ja, sie sind fantastisch. Willst du deine Zeit weiter mit Starren vergeuden oder endlich trainieren?« Etwas liegt in seiner Stimme, das ich nicht deuten kann, aber mit dem Winden in meinem Bauch harmoniert. Oh. Eifersucht, wie bei mir.

Grinsend drehe ich mich zu ihm. »Du kannst es nicht ertragen, wenn jemand anders im Mittelpunkt steht, oder?«

Eugène schnaubt und lehnt sich mit verschränkten Armen an eine der schmalen Säulen. »Das ist nicht wahr.«

Leise atme ich auf. Ich kann nicht nachvollziehen, wie man sich mit einem Geltungsbedürfnis wie seinem fühlt. *Lüge*, wispert eine Stimme weit hinten in meinem Kopf, die ich sofort unterdrücke. Aber wenn ich ihn ernsthaft damit treffe, machen die Neckereien keinen Spaß. Ich stupse ihn mit dem Ellbogen an. »Wenn wir trainieren, könnten wir bessere Partner werden als die beiden.«

Grinsend dreht sich Eugène zu mir. »Jetzt willst du schon Partner werden? Innige Kompagnons? Verbundene auf Lebenszeit?«

»Zügle deine Pferde, *Kompagnon*, ich spreche nur von *Trainings*partnern. Weil ich Mitleid mit dir habe – Wie sollst du ohne mich durch die Stadt der elektrischen Lichter hüpfen? Du müsstest zu deinen *Soiréen* der Eskapaden *gehen*. Denk doch nur an dein *Schuhwerk*!«

Doch bevor Eugène noch breiter grinst, eilt René in den Kreuzgang und baut sich vor mir auf. »Wohin bist du gestern verschwunden?« Rote Stressflecken erblühen in seinem fahlen Gesicht. »Dass du dir anmaßt, das Ritual und Augustes Einweisungen zu versäumen! Ein viel beschäftigter Abt wie er –« Er stockt, schüttelt heftig den Kopf.

»Ich wusste nicht, dass –«

»Ist das hier ein Spiel für dich?« Er japst und läuft komplett rot an, als bekäme er nicht genug Luft. »Schlängelst dich in unsere Bruderschaft, nur um bereits in der ersten Nacht für deinen Schönheitsschlaf nach Hause –«

»Ich habe sie mitgenommen.« Eugène verschränkt die Arme.

»Oh, bravo, ein kleines Stelldichein auf heiligem Boden, direkt am ersten Abend.«

Flüssige Hitze wallt meinen Hals hinauf. Wieso geht eigentlich *jeder* direkt davon aus? »Wir haben *geübt*!«

»Und ich habe ihr nicht erzählt, dass die Initiation noch nicht beendet ist.«

René bleckt die Zähne. »Ein wenig selbstständig sollte sie schon denken können. Aber das ist dann wohl doch zu viel verlangt von einer Frau.«

Ich beiße mir auf die Zunge, um ihm nicht zu demonstrieren, wie viele Schimpfwörter eine Frau sich selbstständig für ihn ausdenken kann. Oder für Eugène, der mich, Zeus weiß warum, vom Rest der Initiation ferngehalten hat.

»Sei's drum.« René scheucht uns händewedelnd in die Abtei. »Clément wartet in der *Crypte des Gros Piliers* auf euch. Weit genug entfernt, um niemanden zu verletzen«, speit er und knallt uns die Tür vor der Nase zu.

Die *Crypte des Gros Piliers* wird ihrem Namen definitiv gerecht. Die Säulen, nach denen sie benannt wurde, sind in einem Halbkreis angeordnet und so breit, dass zwei Menschen sie nicht vollständig umarmen können. Es fällt mir schwer, die Wände oder einen Grundriss auszumachen, weil die Säulen den Raum beherrschen und ich durch jeden Spalt nur die nächsten Säulen erblicke.

»Normalerweise üben wir Schattenspringer hier, in so wenig Dunkelheit wie möglich zu springen.« Eugène deutet auf eine kupferfarbene Struktur, die an den Pfeilern befestigt ist und deutlich jünger sein muss als die Krypta selbst. Von ihr hängen ein halbes Dutzend Glühbirnen herab, immer in den Lücken zwischen den Pfeilern, sodass sie Streifen aus Licht und Schatten auf den Boden zaubern.

»Da seid ihr Bummelanten ja endlich.« Clément winkt uns heran, einen strengen Ausdruck auf dem Gesicht und ein paar Spritzer Suppe auf der Mönchskutte. »Kommt euch wohl ganz gelegen, euch hier unten vor Augustes Zorn verstecken zu können, was?« Er zwinkert und bugsiert mich in die Mitte des Säulenkreises, wo ich angestrahlt werde wie ein Zauberer in einer der Shows auf der *Rue de Clichy*, zu denen Louise mich schon häufig geschleppt hat. Langsam wiegen sich die Glühbirnen hin und her, obwohl es hier unten gespenstisch windstill ist. Ich verknote meine Finger um meine Kette und kämpfe gegen den Drang an, aus dem Licht zu huschen.

»Wir müssen an deiner Konzentration und Präzision arbeiten, so viel hat die Initiation gezeigt«, beginnt Clément, obwohl ich noch gegen die vielen grellen Lampen anblinzle und versuche, den Druck in meinen Ohren loszuwerden.

»*Excusez-moi*, Monsieur Clément«, ich zerre meine verknoteten Finger auseinander. »Kann ich die Initiation denn später beenden? Es klingt, als wäre das wichtig.«

»Nur Clément. Wenn du Glück hast, setzt Auguste die Initiation morgen nach dem Skriptorium fort.« Er muss mir die

Ratlosigkeit im Gesicht ablesen können, denn er lächelt sanft – und ein klein wenig amüsiert. »Während des Studiums der Theorie. Montage und Donnerstage stehen im Zeichen der Körperertüchtigung, dienstags und freitags schulen wir unsere Fähigkeiten, Mittwoch und Samstag folgt Eugènes liebste Beschäftigung – das Studium. Novizen sind verpflichtet, im Skriptorium zu lernen, andere Nachtschwärmer entscheiden frei, wie und wo sie ihr Studium abhalten wollen.«

Kribbelnd weicht das Blut aus meinem Gesicht. »An *sechs* Tagen muss ich herkommen? Und immer nachts?«

»Unsere Kräfte funktionieren nur nachts. Unsere Aufträge erledigen wir nachts. Und viele von uns haben tagsüber Verpflichtungen, so wie Eugène.« Clément seufzt. »Das ist das Leben der Nachtschwärmer.«

Ich balle eine Faust. Je härter ich arbeite, desto schneller beherrsche ich meine Fähigkeit. Und wenn es so weit ist, lasse ich die Nachtschwärmer hinter mir. Nur Auguste darf mir keinen Strich durch die Rechnung machen. »Kann ich irgendetwas tun, um Auguste zu besänftigen?«

»Natürlich.« Clément klopft mir auf den Rücken. »Um ein Wunder beten. Und mit dem Training beginnen.«

Eugène lehnt sich an eine der Säulen und sieht mich an, als würde ich gleich tatsächlich eine Zaubershow vorführen. »Versuch, einzelne Lampen zu löschen und zu erleuchten. Wenn wir die Nyx infiltrieren, wäre es zu auffällig, das Licht im gesamten Gebäude lahmzulegen. Aber strategisch einzelne Lichtquellen auszuschalten –«

»*Infiltrieren?*«

Eugène lacht leise. »Was glaubst du, wie wir gegen die Nyx kämpfen? Indem wir uns um Mitternacht vor dem *Arc de Triomphe* verabreden und einen Tanzwettbewerb veranstalten?«

»Eugène!«, wettert Clément mit gefurchten Augenbrauen.

»Mach ihr nicht unnötig Sorgen!« Er wendet sich mit gefalteten Händen mir zu. »Niemand wird dich zu etwas zwingen, das du nicht tun willst. Du kannst dich auf deine Fähigkeit konzentrieren, ohne andere Verpflichtungen.«

Langsam nicke ich. Etwas an Clément erweckt tiefes Vertrauen in mir. Wenn er sagt, ich muss bei keiner dieser Aktionen mitmachen, glaube ich ihm. Also drehe ich mich zu einer der Lampen und konzentriere mich auf ihr kaum wahrnehmbares Flackern. So viel ruhiger als Gaslampen und Feuer. Die Gefühle sind der Schlüssel. Ich muss sie hervor–

»Schalte dieses Mal einen Gang zurück«, wirft Eugène ein. »Oder ein paar mehr Gänge.«

»Pscht«, mache ich, ohne den Blick von der Lampe zu nehmen. Ich kann meine Familie nur beschützen, indem ich sie lösche. Das erste Flattern von Panik regt sich in meinem Magen, das ich bloß nicht zu stark wachsen lassen darf. Meine Familie muss vor einer kleinen Unannehmlichkeit beschützt werden, nicht vor einer todbringenden Geheimorganisation. Eine Mottenplage. Das Licht flammt kurz auf, aber geht nicht aus. Vielleicht keine Motten, sondern etwas, das ein wenig schlimmer ist. Ein Steuereintreiber, vor dem wir fliehen, genau. Alle Lampen flackern, ein Gewitter ohne Donnertosen. *Konzentrier dich, Odette, sonst –*

»Versuch doch, dich auf eine einzelne Lampe zu konzentrieren.«

Ich fahre zu Eugène herum, das Bild meiner hungernden Geschwister noch vor Augen. »*Va te faire foutre!* Sei doch endlich leise!«

Eugène hebt abwehrend die Hände. »Wo hast du solche Wörter gelernt? Ich könnte dich in *L'Hadès* absetzen, und mit dem Wortschatz würdest du gar nicht auffallen.« Er summt drei, vier, fünf Töne.

Ich funkle ihn an, ein unangenehmes Knäuel in meiner Brust, das mich anstachelt, ihn zu erwürgen, damit er mit seinem Gesumme aufhört. Ausgerechnet unser Arrondissement nennt er. Ich balle die Hände zu Fäusten. Ist es so offensichtlich, dass ich nicht die feine Mademoiselle bin, für die ich mich ausgebe? Meine Fingerknöchel knacken. *Wenn ich nicht lerne, mich zu konzentrieren, gefährde ich meine Familie.* Die Luft knistert – und alle Lampen erlöschen mit einem Knall.

»Nun, ich bestelle wohl besser neue Glühbirnen. Auf Vorrat«, murmelt Clément in der Dunkelheit.

Um Louise ihren Wunsch zu erfüllen, drängle ich Eugène, mich früh zurück nach Paris zu bringen. Er denkt, mich würde das Training erschöpfen, weil ein Mädchen, wie ich eines zu sein vorgebe, keinen Tag ihres Lebens hart arbeiten musste. Ich lasse ihn in dem Glauben.

Louise tänzelt von einem Bein auf das andere, als sie mich hereinlässt. »Du bist spät!«

»Ich habe keinen Anzug mit, wir müssten also –«

»Ach papperlapapp.« Louise winkt ab und steckt den federgeschmückten Fascinator, den ihr Vater von einer Londonreise mitgebracht hat, auf meinem Haar fest. Sie grinst selbstzufrieden, weil er hält. »Mittlerweile sind wir erwachsene Frauen. Uns wird nichts passieren.«

»Das letzte Mal, als du das gesagt hast, wurde ich von einem bösartigen Orden verfolgt. Sie haben auf mich *geschossen*.«

Mit glitzernden Augen wirft Louise eine Seidenstola um meine Schultern und öffnet die Tür. »Vielleicht passiert heute noch etwas viel Aufregenderes!«

Grummelnd folge ich ihr aus dem Haus, kann mich ihrem Sog aus Begeisterung und Freiheitsliebe wie immer nicht entziehen. »Ich käme damit klar, etwas *weniger* Aufregendes als auf mich schießende, vermummte Fanatiker zu erleben.«

An der Kreuzung wartet ein motorisierter Omnibus, dessen Front zwei lebensgroße Blechpferde zieren. Das ist neu. Wir hasten zu ihm, ich springe hinter Louise auf die Trittstufe, und die Pferde blasen Dampf aus ihren blechernen Nüstern, der die Fahrgäste umhüllt und in Verzücken versetzt.

Louise zahlt, und wir suchen uns einen Sitzplatz. »Eugènes Vater hat die Blechpferde zur Feier der *Exposition Universelle* gesponsort, damit die pferdelosen Fahrzeuge für die Besucher von außerhalb vertrauter wirken. Niemand will einen Skandal wegen Hexerei.« Sie zuckt mit den Schultern. »Und natürlich, um die Errungenschaften von Paris auch außerhalb des Messegeländes zu präsentieren.«

»Wie wäre es, wenn er diese Errungenschaften zeigt, indem er seine Arbeiter vernünftig bezahlt?«, murre ich leise.

»Was?«, ruft Louise nur gegen das blecherne Wiehern an, das die Kurve ankündigt, die wir einschlagen.

Ich lächle nichtssagend und schüttle den Kopf. »Ist egal.«

Schließlich steigen wir am *Place de l'Opéra* aus, von wo ich den von goldglitzernden Lichtern umrahmten *Palais Garnier* erblicken kann. Ich runzle die Stirn. »*Die Puppen tanzen lassen* ist für dich ausgerechnet ein *Ballett*?«

»Ballett *ist* ein Tanz.«

Bevor ich die Logik hinterfragen kann, stiefelt sie zum *Palais Garnier* los, und ich folge ihr.

Wie kann ein Bauwerk nur so vor Kraft strotzen und gleichzeitig elegante Bewegung ausstrahlen? Seine Wuchtigkeit wird aufgebrochen von opulenten Bogenpfeilern und einem Überfluss an Skulpturen. Wunderschöne Menschen aus Marmor, die Inkarnationen von Musik, Lyrik, Tanz und Drama, dazu Musen mit vergoldeten Instrumenten. Doch ich kann meinen Blick wie immer nicht von der Statue des Apollon nehmen, die das Dach krönt. Seine meergrüne Kupferpatina nimmt mich auf seltsame, zurückgenommene Weise mehr ein als die perfekt polierten Goldskulpturen der geflügelten *L'Harmonie* und *La Poésie* links und rechts von ihm.

Lange kann ich das Kunstwerk jedoch nicht bewundern. Wir müssen uns einen Weg durch all die prunkvoll gekleideten Menschen und Privatkutschen bahnen, die in letzter Zeit immer seltener von lebendigen Pferden gezogen werden. Stattdessen überbieten sich schnaubende Blechtiere in ihrer Extravaganz. Prächtige Maschinenpferde, aber auch Geparden, Elche und Elefanten – sogar ein geflügelter Pegasus prescht so nah an uns vorbei, dass wir zur Seite hechten müssen.

Als ich die monumentalen Leuchtreklamen am Eingang des *Palais Garnier* entdecke, muss ich grinsen. In riesigen, goldstrahlenden Lettern prangt der Name *Alexej Wassiljew* über uns. »*Deswegen* also ausgerechnet ein Ballett.«

Louise' Nase errötet im gleichen Roséton wie ihr Rouge, während wir uns ans Ende der Warteschlange aus herausgeputzten Reichen in Pelzen, Samt und Gold stellen. »Er ist der beste Balletttänzer der Tanztruppe. Französisches *und* russisches Nationalheiligtum, wenn man so will!«

Ich hake mich bei ihr unter. »Und dich fasziniert natürlich *nur* sein tänzerisches Geschick.«

»Das ist Teil seines Reizes«, gibt Louise mit entzückend gespitzten Lippen zu.

»Kann dein Vater nicht ... ich weiß nicht, ein Treffen arrangieren? Wenn jemand die Möglichkeit hat, eine Ballettberühmtheit zu treffen, dann ja wohl die Erbin der *Entreprise d'Amboise*.«

»Geld kann nicht alles kaufen.«

»*Viel* Geld schon«, entgegne ich.

Louise summt leise vor sich hin. »Vielleicht hast du sogar recht.« Sie zieht die Eintrittskarten aus ihrer perlenbesetzten Handtasche. »Aber bevor ich ernsthaft einen Mann treffe, gehe ich auf die Sorbonne.«

Etwas in meinem Herzen hüpft. »Das ist immer noch dein Plan?«

»Natürlich! Ich halte unser Versprechen in Ehren.« Sie deutet auf den Anhänger der Athéna um meinen Hals, das Zeichen unseres Versprechens. »Und ich habe mich nicht drei Jahre lang von dir zum Lernen nötigen lassen, nur um jetzt einen Rückzieher zu machen.«

Ich lächle, denn eigentlich dachte ich, sie hätte den Plan längst vergessen. Das schlichte Armband mit selbst bemalten Holzperlen, das ich ihr im Gegenzug als Zeichen geschenkt habe, trägt sie seit Ewigkeiten nicht mehr. Vielleicht passt es einfach nicht zu einer Mademoiselle wie ihr, aber trotzdem hat sie nicht vergessen, wie oft wir darüber gesprochen haben, dass es zumindest eine von uns an die *Université* schaffen muss. Wie es wäre, mit einer Ledertasche voller Bücher durch die altehrwürdigen Gebäude zu stolzieren. Welche Kurse wir wählen würden. Welche Türen sich uns in dieser neuen Welt öffnen würden, die mehr für uns bereithält als die Welt unserer Mütter. Diese Träume waren wundervoll, auch wenn wir beide immer wussten, dass nur eine von uns eine realistische Chance hat, je an der Sorbonne zu studieren. Doch ich beneide Louise nicht. Dank ihr werde ich zumindest ein paar Blicke auf dieses Leben erhaschen können.

Bevor wir durch die Tür schreiten können, hallt ein Klirren über den Vorplatz. Dann das ohrenbetäubende Gebrüll von Dutzenden Männern. Ich schnelle herum und schiebe Louise hinter mich.

Zwischen den herausgeputzten Flaneuren hasten schwarz

vermummte Gestalten über den Platz. Von Straßenlampe zu Straßenlampe, an denen sie hochklettern oder sich gegenseitig hochhelfen. Jede Laterne zerschlagen sie mit Jubelrufen, Funkenregen und dem sich überlagernden Glasklirren.

Louise klammert sich an meinen Arm. »Was für ein sinnloser Vandalismus«, keucht sie, den Blick fasziniert auf das gewalttätige Schauspiel vor uns gerichtet.

»Für das *Prolétariat* ist es nicht sinnlos. Sie protestieren gegen die langen Schichten und die niedrigen Löhne, gegen die Überwach–« Meine Stimme bricht, weil zwischen dem Höllenlärm ein viel schlimmeres Geräusch zu mir dringt. Ein kehliges Husten. Sofort finde ich seine lange, ausgezehrte Gestalt, erkenne die kantigen Gesichtszüge sogar unter der Vermummung.

Papa.

Für einige Augenblicke erstarre ich, ein Rauschen in meinen Ohren, das die restlichen Geräusche wie Watte dämpft. Dann stürme ich die Treppe hinab.

»Odette!«, kreischt Louise.

Ich kämpfe mich durch die glotzenden Menschen. Doch jemand greift nach meinem Arm.

»Was ist in dich gefahren?« Louise stemmt sich gegen meinen Marsch. »Das ist viel zu gefährlich!«

»Bleib zurück, Louise«, befehle ich, ohne langsamer zu werden oder sie abzuschütteln.

Natürlich hört sie nicht und schleift hinter mir her. »Sag mir zumindest, was du vorhast!«

»Mein Vater ist einer von ihnen«, presse ich hervor, und die Worte, so klar ausgesprochen, bringen mein Herz kurz zum Stillstand.

Anstatt mich weiter zum Anhalten zu bewegen, prescht Louise vor, an meine Seite, mit klaren Augen und gehobenem

Kinn. »Dann müssen wir ihn da rausholen, bevor die Gendarmerie eintrifft.«

Zum ersten Mal seit Minuten sehe ich sie richtig an, wenn auch nur für einen Moment. Egal, wie sehr meine Wangen dabei schmerzen, ich ringe mir ein Lächeln ab. »*Merci.*« Mehr bringe ich nicht hervor.

Grimmig lächelt sie zurück, was das Hin- und Herhuschen ihres Blicks nicht überspielen kann. Sich in eine protestierende Meute wütender Arbeiter zu stürzen, ist nichts, was jemand wie sie regelmäßig tut. Umso höher rechne ich ihr an, dass sie mir, ohne zu zögern, beisteht.

Neben uns zerspringt eine Laterne. Glassplitter regnen auf uns herab, und ich ziehe die kreischende Louise weiter, weg von den Scherben. Einige von ihnen hinterlassen feine Kratzer auf meinen Händen, die ich nicht spüre. Johlend springen die Männer von den Lampenpfosten herunter, rempeln uns an.

»O Gott, bitte steh uns bei. O Gott, o Zeus, Héra, Arès«, murmelt Louise wieder und wieder, bleibt jedoch dicht neben mir, bis wir das Grüppchen erreichen, zu dem Papa gehört.

Er ist keiner derjenigen, die klettern oder auf die Laternen einschlagen, aber er brüllt mit krächzender Stimme die wirren, sich überlagernden Forderungen des *Prolétariats. Arbeiterrechte, kürzere Schichten, Schutz der Gesundheit. Gerechtigkeit, Gerechtigkeit, Gerechtigkeit.*

Jedes Wort trifft mich wie ein Faustschlag in die Magengrube. Ich dachte, er wäre schlauer.

Ich greife nach seinem Arm, und er wirbelt herum, die Faust erhoben und ein Feuer in den Augen, das ich lange nicht mehr in ihnen gesehen habe. Als er mich erkennt, fällt seine Faust an seine Seite. »Odette!«

»Komm!« Ich zerre an ihm, doch er stemmt sich gegen mich.

»Ich kann nicht … Ihr müsst sofort gehen –« Sein Blick wandert an mir auf und ab, als würde er erst jetzt begreifen, dass ich wirklich hier bin. Und was ich trage. »Was tust du hier?«

»Wir gehen nicht, wenn du nicht mitkommst!« Ich schlucke schwer, finde die Worte, die ihn treffen. »Was, wenn wir verletzt werden?« Ich deute auf Louise, die mit ihren aufgerissenen, glasigen Augen aussieht, als würde sie gleich in Ohnmacht fallen. Ein Kratzer zieht sich über ihre Wange, ein viel zu derber Kontrast zum zarten Rouge. Mir wird schlecht dabei, Papa so ein schlechtes Gewissen einzureden, aber ich weiß, nur das bewirkt etwas bei ihm.

Mit einem letzten Blick auf seine Kameraden erschlafft seine Gegenwehr. Er folgt uns, über die knirschenden Scherbenhaufen, durch die Menschenmassen, die uns immer wieder anrempeln und beinahe voneinander trennen. Doch wir schaffen es in eine Gasse.

Ich lasse von Papa ab, meine Finger schmerzhaft verkrampft und knochenweiß. Louise sinkt gegen eine Wand, schert sich nicht darum, dass irgendein Siff am Gemäuer herabläuft und in ihr Kleid sickert. Ich will mich um sie kümmern, aber meine Wut bricht aus mir heraus, bevor ich sie zähmen kann.

»Was ist in dich gefahren? Du weißt, dass du nicht streiken kannst!«

Papa löst die Vermummung um sein Gesicht und schleudert sie auf den Platz, wo sie unter den Füßen der Demonstranten zertrampelt wird. Er blickt mich an, als hätte ich ihn freundlich gegrüßt. »Die Zwölf-Stunden-Schichten machen uns krank. Sie leuchten alles mit ihren Lampen aus, um uns zu überwachen, Tag und Nacht. Sie halten uns klein, damit sie groß bleiben. Ich *muss* es tun.«

Phrasen, nur leere Phrasen. Ich presse meine zitternden Fäuste in die Falten meines Kleides. »Du musst dich um deine

Familie kümmern! Du musst dafür sorgen, dass Henri und Jo weiter zur Schule gehen können!«

Langsam schüttelt Papa den Kopf und streicht sich mit leicht bebenden Händen das schweißnasse Haar aus der Stirn. »Manchmal müssen wir unser Wohl unter das der anderen stellen.«

»Das mag sein«, presse ich durch zusammengekniffene Lippen hervor, »aber die Familie kommt zuerst. *Immer!*«

Papa richtet sich auf, streckt die Wirbelsäule durch, wie er es nur noch selten tut. Für einen Moment steht mehr als der Schatten des früher so imposanten Mannes vor mir. Doch dann wuschelt er durch die Haare an meinem Hinterkopf und lächelt mich sanft, traurig und ... mutig an. »Und was für eine Welt hinterlasse ich meiner Familie, wenn ich bald gehen muss?«

»Du gehst nicht.« Meine Augen brennen, und ich zwinge mich, sie offen zu halten. Bloß nicht blinzeln. »Dir bleibt viel Zeit, bevor ...« Der Kloß in meinem Hals lässt meine Worte versiegen.

»*Ma Poulette.* Wir beide wissen, das ist eine Lüge. Und ich weiß, dass du tief in dir so denkst wie ich. Wäre ich ein selbstsüchtiger Mann, würde ich meine letzten Wochen mit euch verbringen.« *Wochen.* Mein Körper fühlt sich an, als würde ihn jemand mit heißem, geschmolzenem Blei auffüllen. Seine nächsten Worte durchbrechen das Rauschen in meinen Ohren nur mühsam. »Und wärst du eine selbstsüchtige junge Frau, würdest du mich davon abhalten, das Richtige zu tun. Aber ich weiß, dass du das nicht bist. Ich weiß, ebenso wie ich siehst du eine Zukunft, die besser ist.«

»Nicht *so*. Nicht, wenn du dich und unsere Familie in Gefahr –«

Der Heulton der Gendarmeriekutschen ertönt, hallt in

unsere Gasse. Auf dem Platz stieben die Arbeiter auseinander, flüchten in alle Himmelsrichtungen.

»Wir müssen verschwinden«, drängt die kreidebleiche Louise und stößt sich von der Wand ab.

Zwei Gendarmen stürmen auf den Platz, drehen sich um, auf der Suche nach Flüchtenden. Ein paar heile Laternen strahlen den Großteil unserer Gasse aus. Sie werden uns entdecken, selbst wenn wir sofort loslaufen.

»Rennt!«, zische ich und hebe meine Hände.

Was mir im Training so schwerfiel, passiert jetzt von allein. Energie sammelt sich in meinen Fingerspitzen, während Panik und Sorge um Papa und Louise meine Gedanken fluten. Die seltsame Energie löst sich, und von meinem Körper geht eine Schockwelle aus, die die restlichen Glühbirnen auf dem Platz zerbersten lässt.

Verwirrt blicken die Männer zu den Laternen hoch. Dann greift einer von ihnen an seinen Pistolengurt.

»*Merde!* Von Geisterhand gelöschtes Licht, das Mädchen muss in der Nähe sein. Wir müssen den Orchestrator informieren!«

Sie meinen *mich*! Haben die Nyx ihre Männer in die Gendarmerie eingeschleust? Weil sie Ziele teilen? Doch welche? Und wer ist dieser *Orchestrator*? Mein Herz rast, und ein kleiner, waghalsiger Teil in mir will aus der Gasse stürzen, um sie über all das auszufragen, was mir die Nachtschwärmer nicht verraten.

»In der Gasse!«, zischt einer der beiden. »Bewegung!«

Ich drehe mich auf den Fersen um, renne tiefer in die nun dunkle Gasse und hole Papa und Louise ein. Dieser Name, der *Orchestrator*, ist ein Anfangspunkt. Vielleicht finde ich darüber heraus, welche Ziele die Nyx haben. Auf eigene Faust.

»Haben die Protestanten einen Kurzschluss ausgelöst?«, brüllt Papa im Rennen.

Ich schweige, ebenso wie Louise. Am besten, er glaubt genau das.

Wir jagen im Zickzack durch Straßen und Gassen, bis Papa nicht mehr kann, viel zu früh, um uns in Sicherheit zu wiegen. Ich atme tief ein und aus, um den Nebel in meinem Kopf zu klären. Besser, er kommt zu Atem, und wir können uns langsam fortbewegen, als dass er zusammenbricht.

»Wir sollten uns nicht auf Hauptstraßen aufhalten«, erkläre ich mit einem Blick auf die so unterschiedliche Kleidung von uns Mädchen und Papa. Wenn uns die Gendarmerie auch nicht mehr dem Tumult auf dem *Place de l'Opéra* zuordnen kann – zwei Mädchen aus der *Bourgeoisie* in Begleitung eines ärmlichen Arbeiters, das wirft Fragen auf.

»Warum bist du überhaupt so gekleidet?«

Natürlich entgeht ihm das nicht. Aber da ich niemals damit gerechnet hätte, je in so eine Situation zu geraten, habe ich mir keine Erklärung zurechtgelegt. Ich ringe nach Worten, nach irgendeinem plausiblen Grund, der die Abmachung von Louise und mir nicht verrät. Weder ihre noch meine Eltern dürfen davon wissen, denn keiner von ihnen würde es gutheißen.

»Meine Gesellschaftsdame ist bedauerlicherweise erkrankt, und Papa bat Odette, sie heute zu vertreten«, plappert Louise los. So nah an der Wahrheit, dass ich den Atem anhalte. Doch sie fängt gerade erst an. »Natürlich nicht ganz gebührlich, da Odette kaum älter ist als ich, aber Sie müssen verstehen, Papa benötigte mein Zugegensein bei einem bedeutsamen Bankett mit einem nahestehenden Geschäftspartner und seiner Familie. Es wäre ungalant, hätte ich dem nicht beigewohnt – doch da ich bei der anschließenden Konsultation nicht zugegen sein darf, muss ich natürlich früher nach Hause zurückkehren. Ich versichere Ihnen, dass es sich um eine einmalige Begebenheit handelt und mein Vater Odette großzügig entlohnen wird!«

Papa nickt hastig und ein wenig unbehaglich angesichts ihres hochgestochenen Redeschwalls. »Natürlich, Mademoiselle d'Amboise. Ich zweifle nicht an den ehrenhaften Absichten Ihres Vaters!«

Ich atme leise aus. Später muss ich Louise unbedingt danken – und ihre Genialität loben. Papa würde sich niemals mit jemandem wie den d'Amboises anlegen. Nur, dass eine kleine Stimme hinten in meinem Kopf fragt, wieso er dann Teil der Demonstration war.

»Wieso begleitest du Mademoiselle d'Amboise nicht zu ihrem *Hôtel particulier*, und wir treffen uns zu Hause?«

»Nur wenn du versprichst, nicht zurück zum Protest zu gehen.« Ich klinge weniger streng, als ich es mir wünsche. Mehr wie ein quengelndes Kind.

Doch Papa streicht sich durchs Haar und nickt. »Ich verspreche es. Zumindest für heute.«

Mit knirschenden Zähnen starre ich ihn an. »Dann war das hier nicht unser letztes Gespräch darüber.«

»Odette –«

Ich hebe die Hand. »Ein anderes Mal. Vielleicht schafft Mama es ja, dich zur Vernunft zu bringen, wenn sie von diesem Irrsinn hört.«

Papa seufzt, dann verabschiedet er sich und geht die Gasse hinab. Er verschwindet in der Dunkelheit, und ich höre nur noch einen Hustenanfall. Sobald es still ist, schlendern Louise und ich nebeneinander in die andere Richtung.

»Die Nachtschwärmer haben recht«, wispert Louise irgendwann. »*Du* hast all die Lampen gelöscht – und daran haben sie dich erkannt. Du musst lernen, die Fähigkeit zu beherrschen, damit du im Verborgenen bleiben kannst.«

Ihre Worte wiegen schwer, ebenso wie die Erinnerung an das Training. Ich fürchte, das, was sie alle von mir verlangen –

was *ich* von mir verlange –, ist mir einfach unmöglich. Wie soll ich so meine Familie beschützen?

Ich spüre, dass Louise mehr zu sagen hat, doch sie gibt mir die Zeit, um über alles nachzudenken. Papas Husten hallt in meinen Ohren wider, zusammen mit den Worten der Gendarmen, den Schüssen der Nyx, der Enttäuschung meiner Mutter, den Erwartungen von Clément und Eugène. Wenn Papa nur nicht so krank wäre – alles wäre einfacher. Diese verdammten Chemikalien, denen er stundenlang ausgesetzt ist, ohne Schutzmaske. So wie all die anderen Arbeiter. Das ist das Schlimme an der Sache. *Ich weiß, Papa hat recht.* Etwas muss sich ändern. Aber ich kann nicht akzeptieren, dass er sich für andere aufopfert.

Denn er täuscht sich in mir. Ich *bin* selbstsüchtig. Es ist mir egal, was mit anderen passiert, solange nur meine Familie in Sicherheit ist. So anständig, wie er mich einschätzt, bin ich nicht. Und das zerreißt mich.

Mit Verspätung stolpern wir in das Skriptorium, ein riesiger Saal, dessen Gewölbedecke von gut einem Dutzend Pfeilern gestützt wird. An den Holzpulten zwischen ihnen beugen sich vor allem jüngere Nachtschwärmer tief über Bücher und Schriftrollen. Durch eine Reihe Rundfenster hoch oben an einer der Längswände fallen die letzten Strahlen der Abendsonne herein, in denen Staub glitzert. Nur das Kratzen von Augustes Schreibfeder auf Pergament stört die Totenstille.

Zaghaft trete ich auf der Stelle, während Eugène hoch konzentriert das Wollhemd unter seinen Hosenträgern glatt streicht. Mache ich auf mich aufmerksam? Setze ich mich einfach? Womit bringe ich Auguste weniger gegen mich auf? Ist es zu spät, doch noch für ein Wunder zu beten?

Auguste nimmt mir die Entscheidung ab, indem er mit gefalteten Händen zu uns gleitet. »Du glaubst also, du ständest über unseren Gebräuchen und Sitten?«

»Ich –«

»Ich habe mich mehr als großzügig gezeigt, deine Anwesenheit zu dulden. Und dann erscheinst du nicht?«

Meine Finger beben, vor Zorn oder vor Furcht. »Wenn mir jemand Bescheid gesagt hätte, wäre ich natürlich –«

»Hinsetzen.«

Eugène zerrt an seinen Hosenträgern, bis der Stoff darunter Falten wirft. »Es ist meine Schuld, dass sie gestern nicht –«

Auguste wirbelt herum. »Du. Ebenfalls setzen. Wenn du uns schon nach Wochen die Ehre deiner Anwesenheit erweist.«

Wir huschen zu zwei leeren Pulten, hinter Jean und Armand, so weit von Auguste entfernt wie möglich. Das Knistern und die Wärme von zwei Kaminen ist eine willkommene Abwechslung zum ausgekühlten Rest der Abtei, trotzdem zittern meine Hände weiter.

»Wieso hast du mir nicht vom Rest der Initiation erzählt?«, stöhne ich und verdränge mein sich meldendes Gewissen, weil ich ihm auch etwas verschweige. Das Zusammentreffen mit den Nyx. »Ich bezweifle, dass er meine Initiation in den nächsten Tagen beendet.« Die Wucht, mit der Auguste ein Buch aus dem Regal zerrt, lässt mich zusammenzucken. »Oder in den nächsten Jahren.«

Schulterzuckend lässt Eugène sich auf seinen Holzstuhl fallen. »Die prätentiösen Rituale und seine inhaltslose Schwafelei über die Pflichten der Nachtschwärmer halte ich für zweitrangig. Genauso wie dieses sinnlose Bücherwälzen. Clément selbst meinte, deine Konzentration steht an erster Stelle.«

Ich spitze die Lippen. »Vermutlich hat Auguste genau gesehen, wie du mich verschleppt hast, und vorsätzlich nichts gesagt, um mich schlecht dastehen zu lassen.«

Eugène legt beide Arme auf den Tisch und lässt seinen Kopf darauf sinken, um mich grinsend anzusehen. »Schau. Du brauchst überhaupt keinen Unterricht, bist schon klug genug.«

Statt zu antworten, rücke ich den Stuhl zurecht, bis ich böse Seitenblicke ernte, weil die Holzbeine über den Steinboden scharren.

Ein schwerer Foliant knallt auf meinen Tisch, und ich weiche zurück. Staub wirbelt auf, der Augustes grimmig verzogenen Mund leider nicht verbirgt. »Arbeite dich durch Kapitel eins bis drei. Saint Aubert, Gründung der Bruderschaft, Gemeinschaft unter Regel und Abt.« Anscheinend starre ich ihn etwas zu lange mit offenem Mund an, denn er verengt die Augen. »Du kannst doch lesen?«

»Natürlich«, stottere ich und ziehe den Folianten mit beiden Händen näher zu mir, während Auguste ein kleineres Buch vor Eugène hinpfeffert, der zusammenzuckt.

»Das wäre auch die Höhe gewesen«, grummelt Auguste im Weggehen. »All die Weibsbilder müssen neuerdings Lesen und Schreiben lernen, und ich erwische die eine, die dazu nicht in der Lage ist.«

Armand dreht sich zu mir um, das hübsche, samtbraune Gesicht zu einer erstaunlich akkuraten Imitation des sauertöpfischen Augustes verzerrt, und formt mit den Lippen lautlose Schimpftiraden. Ich pruste los und presse eine Hand gegen meinen Mund. Jean pikst Armand mit dem Ellbogen, doch die Warnung kommt zu spät. Auguste zieht Armands Kopf am Ohr zurück nach vorn.

Obwohl ich Tausende Fragen an Eugène habe, schlage ich das Buch auf. Augustes Nerven sollte ich nicht mehr als notwendig strapazieren. Ich fahre mit dem Zeigefinger über die altertümlichen, handgeschriebenen Lettern auf dem Pergament, um die Wörter über Saint Aubert zu entziffern. Die Geschichte über ihn und Erzengel Michel, die Eugène mir bereits erzählt hat. Nur in deutlich ausgeschmückteren Worten voller Lobpreisung. Vor Jahrhunderten muss hier im Skriptorium ein Mönch diesen Text aufgesetzt haben, neben seinen Brüdern, die an weiteren Ausgaben für Adel und Klerus arbeiteten. Die Stille am Kaminfeuer wäre ohne Auguste geradezu beruhigend gewesen. Ich schüttle den Kopf, um mich wieder auf den Text zu konzentrieren. Engelsvision von Michel, die Aufforderung, eine Felsenkapelle auf dem Berg zu bauen, Auberts Weigerung, Michel bohrt einen Finger durch Auberts Schädel, gibt ihm die erste Nachtschwärmerfähigkeit und den Auftrag, die Bruderschaft zu gründen. Nichts Neues.

Auf den nächsten Seiten folgt ein Monstrum an Regelwerk in ameisengroßer Kursivschrift. Uff.

Ich beiße mir auf die Unterlippe und werfe einen Blick auf Auguste, der, über den Tisch eines älteren Novizen gebeugt, in ein Gespräch vertieft ist. Hastig blättere ich vor, zum Kapitel über die Fähigkeiten der Nachtschwärmer. *Corpus obscuritatis, Die Schattengestalt* steht in geschwungenen Buchstaben über einer tiefschwarzen Tuschezeichnung. Wirbelnde schwarze Schlieren formen einen Menschenkörper, aus dem umschattete Tierköpfe und Gliedmaßen heraustreten. Armands Fähigkeit – und die von Aubert, die erste aller Fähigkeiten. Der Fließtext schlängelt sich als Spirale um den Körper, sodass ich meinen Kopf immer wieder drehen muss. *Wird corpus obscuritatis nicht mit besonderer Sorgfalt eingesetzt, kann der Nachtschwärmer sich in einer falschen Gestalt verlieren. Gar den* Verstand *verlieren.* Schluckend blicke ich zu Armand. Die Fähigkeiten der Nachtschwärmer haben also auch Schattenseiten, wortwörtlich und im übertragenen Sinne.

Auf der nächsten Seite prangt mir *Ludius Umbrae, Der Schattenspieler* entgegen. Eine mit Bleiweiß auf das marmorierte Pergament gemalte Silhouette streckt ihre Hände nach vorn, und um sie sammeln sich Schattenschlieren. *Unkontrolliert eingesetzt können die Schatten ihren Spieler verletzen.* Auguste und Jean sind also Schattenspieler – und beide verwenden ihre Fähigkeit so unterschiedlich.

Ich blättere mit fahrigen Fingern weiter, das Brennen der Neugierde hinter meinem Brustbein. Ein Gefühl, dass ich viel zu lange nicht mehr genießen konnte. Ein tintenschwarzes, gesichtsloses Antlitz starrt mich aus ebenfalls bleiweißen Augen an. *Inspector Obscuritatis, Der Dunkelseher.* Selbst in tiefster Dunkelheit sehen sie wie andere Menschen bei Tag, allerdings in Graustufen. Wenn sie ihre besondere Sicht zu lange oder in zu grellem Licht anwenden, kann die Anpassungsfähigkeit ihrer Augen darunter leiden, bis normales Licht ihre Augen versengt. Ich schüttle mich und gehe zur nächsten Fähigkeit über.

Viator Umbrae, Der Schattenspringer. Vorsichtig berühre ich die Kontur eines rennenden Menschen, geformt aus den Leerräumen zwischen wirbelnden Schattenbändern. *Eugène.* Welche Gefahr droht einem Schattenspringer wie ihm? Ich beuge mich näher zum Text. Raste mein Puls beim Lernen in der Schule auch so sehr?

»Man sollte mich als Modell nehmen«, streift Eugènes Flüstern über mein Ohr. Hastig ziehe ich meine Finger vom getuschten Schattenspringer. »Jetzt, da eine neue Fähigkeit aufgetaucht ist, sollten sie die Gelegenheit nutzen, das Buch neu aufzulegen. Und im gleichen Zuge meine Wenigkeit als Vorlage für die Schattenspringer nehmen.«

Ich schlage die nächste Seite auf, die Wärme in meinen Ohren beinahe vergessen. Tatsächlich, es folgt keine fünfte Fähigkeit. Nicht mal eine Fußnote zu möglichen weiteren Fähigkeiten. »Vier Fähigkeiten seit zig Jahrhunderten, so beständig, so ohne den kleinsten Zweifel – und *jetzt* offenbart sich eine neue?«

»Die Welt ändert sich. Schneller als je zuvor. Und ich glaube, die Geschwindigkeit nimmt nur noch mehr zu. Gleichzeitig gibt es immer weniger Nachtschwärmer – deshalb könntest du unsere größte Hoffnung sein.«

Ich runzle die Stirn. »Es wirkt nicht so, als wärt ihr wenige.« So viele Menschen leben auf der Insel, auf die ich während unserer Kletterübungen auf den Dächern Blicke erhaschen konnte. Und die Pulte sind voll besetzt mit Novizen.

»Der Schein trügt. Früher war *Mont-Saint-Michel* das Hauptquartier, von dem aus die Ranghöchsten des Inneren Kreises die Bruderschaft anführten. Denn in jeder größeren Stadt unterhielten die Nachtschwärmer gesonderte Quartiere, in denen Mitglieder des Inneren und des Äußeren Kreises lebten und arbeiteten. Von wo aus sie die Städte beschützten. Mittlerweile werden dafür jedoch zu wenige Nachtschwärmer geboren. Oder wir finden zu wenige.«

»Wie findet ihr überhaupt Nachtschwärmer?«

Eugène neigt den Kopf und betrachtet mich. »Die Schatten rufen nach uns. Ein leises Wispern. Leiser, je mehr die Nacht erhellt wird. Aber wenn einer von uns seine Fähigkeit verwendet, hören wir die Schatten über Meilen hinweg.« Er lehnt das Kinn auf seine gefalteten Hände. »Vielleicht hörst du die Schatten nicht, weil du das Licht beherrschst? Und deshalb hat dich nie jemand entdeckt.«

Also ein weiterer Unterschied. Ich lehne mich tiefer über das Buch. Kann es sein, dass das Schicksal alles versucht, damit ich nicht zu den Nachtschwärmern gehöre?

»Du solltest nachts nicht allein durch die Straßen wandern.« Eugène kippelt mit dem Stuhl nach hinten. »Ich könnte dich zumindest in die Nähe eures Hauses bringen.«

Meine Finger bohren sich in die Buchseiten. »Ich wohne nicht weit von Louise entfernt.«

»Ich habe noch *nie* von einer Odette Leclair aus *L'Héra* gehört.« Besorgnis schwingt in seiner Stimme mit, aber ich bin sicher, vor allem treibt ihn seine Neugierde um. Die Mademoiselle aus der *Bourgeoisie*, deren Eltern er nicht kennt und die er nie auf einem der offiziellen Bälle gesehen hat, muss für ihn ein Mysterium sein. Doch je geheimnisvoller ich bleibe, desto besser.

»Wir sind erst vor Kurzem vom Land hergezogen. Louise' Familie hat ein Sommerhaus in der Nähe unserer alten Villa, daher kenne ich sie.« Die Lüge geht mir fließend über die Lippen – ich habe schließlich auch drei Jahre Übung. Den Knoten im Magen ignoriere ich.

Er zieht die Augenbrauen hoch. »Deine Familie kommt aus der Normandie?«

»Könntet ihr *bitte* ruhig sein?« René peitscht zu uns herum. »Euer Turteln ist ja nicht auszuhalten!«

»René!«, keift Auguste.

»Ich wollte nur –«, versuche ich mich zu rechtfertigen.

Auguste donnert die Faust auf den Tisch. »Raus. Alle drei.«

Ich husche fast so hurtig wie René durch die Tischreihen, während Eugène sein schmales Buch wie eine tote Ratte zum Regal trägt. »Fein. Diese sterbenslangweilige Lektüre würde ich ohnehin selbst dem schlimmsten Nyx nicht wünschen.«

Auf dem Flur lehne ich meinen Hinterkopf an das kühle Mauerwerk. Ich muss einen Weg finden, um mein Ansehen bei Auguste zu steigern, wenn ich jemals Aufträge bekommen will. Und dafür sorgen, dass Eugène nicht herausfindet, wer ich wirklich bin.

»Nichts funktioniert!« Ich lasse mich bäuchlings auf Louise' Bett fallen. »Wie viele Tage ertrage ich das Ganze jetzt? Körperertüchtigung, das ewig gleiche oberflächliche Geschwafel im

Wälzer des Grauens und, am schlimmsten, stundenlanges Anstarren von Lampen. Und wieder von vorne. Sogar Eugène wird langsam leicht nervös, weil Auguste seit Tagen keine Anstalten macht, meine Initiation fortzusetzen.«

»Nächtliches Herumstreifen, Bücherwälzen, Sinneskrisen und ungerechte Lehrmeister. Im Grunde stelle ich mir das Studium an der Sorbonne genau so vor.« Louise hält die verschmutzten Stiefeletten, die sie mir statt der Seidenschlappen aufgezwungen hat, aus dem Fenster und schlägt die Sohlen gegeneinander. »Und das war doch immer dein Traum.«

»*Nichts* an alledem ist ein Traum!«, zetere ich, drücke mein Gesicht ins Kissen und stöhne den Frust in die Daunenfüllung. Louise kann nichts dafür. Ich knirsche mit den Zähnen und tauche langsam wieder auf. »Wie hältst du es nur mit mir aus?«

»Eiserner Wille und die Kraft von Zucker und Kohlenhydraten.« Sie hockt sich im Schneidersitz vor mich. »Ich habe nachgedacht.«

»Was selten gut für mich ausgeht.«

Sie schneidet eine Grimasse, dann zupft sie an einer Haarsträhne herum, die ihr bis zum Schlüsselbein reicht. »Es wäre besser, du ziehst das Kleid schon bei dir zu Hause an, nicht erst hier. Was, wenn Eugène dir plötzlich hier auflauert, statt dich beim *Café des Noctambules* zu treffen?«

»Ich habe dir doch gesagt, mit dem Kleid kann ich nicht durch *L'Hadès* spazieren.« Ich sinke zurück ins Kissen und strecke meine brennenden Beine aus. Das tagelange Training zehrt mit jeder Nacht mehr an meinen Kräften. Was nicht so schlimm wäre, wenn ich zumindest *ansatzweise* besser werden würde.

»Zieh einfach deinen Mantel darüber, und niemand sieht es. Morgen bringst du eine größere Tasche mit, in der du zwei oder drei meiner Kleider unbemerkt mitnehmen kannst. Du solltest rotieren, damit es nicht so auffällt.«

Ich schließe die Augen. Was sie sagt, klingt logisch, und ich weiß nicht, wieso ich mich innerlich so dagegen sträube. Vielleicht bin ich einfach zu erschöpft, um klar zu denken. »Du hast recht«, seufze ich deshalb. Irgendwie werde ich ihr zurückzahlen müssen, was sie für mich tut. Auch wenn drei ihrer Kleider so viel kosten wie – ich weiß nicht einmal, wie viele Wochen meine Familie von einem leben könnte.

Meine Familie. Seit zwei Wochen schleiche ich jede Nacht nach *Mont-Saint-Michel* und sehe sie höchstens im Vorbeigehen. Ich konnte nicht mit Mama reden, die mich immer noch anschweigt, und nicht mit Papa über seinen Streik. Aber ich kann nicht aufgeben, egal, wie schleppend mein Fortschritt verläuft.

Kapitel 7

Am nächsten Abend begrüßt Louise mich an der Kreuzung nahe der *Rue de Lille*. Aber sie ist nicht allein. Neben ihr grinst mir Eugène entgegen.

Ich baue mich vor ihm auf. »Wieso wartest du nicht im *Café des Noctambules* auf mich?«

»Kleine Planänderung.« Er grinst verschmitzt, was ich ignoriere, um Louise einen eindeutigen Blick zuzuwerfen.

Sie versteht genau, was ich sagen will. *Du wusstest hiervon! Und deshalb sollte ich in deinem Kleid herkommen!* Louise hebt sachte die Schultern und grinst so schuldbewusst wie unbekümmert. Irgendetwas haben sie vor.

»Egal, was du vorhast – wir ziehen Louise nicht mit rein!« Mit verschränkten Armen wende mich ich Eugène zu. Er trägt tiefstes Mitternachtsschwarz, ausgenommen die Silberstickerei und die Ziersteine auf seinem *Gilet*. Mein Mund öffnet sich, dann schaue ich genauer hin. *Sind das vermaledeite Diamanten?*

»*Das* trägst du zum Training? Hattest du nichts im Schrank, das ein *wenig* schicker ist?«

»*Merci*, ich weiß, dass ich fantastisch aussehe.« Er verbeugt sich übertrieben und kommt grinsend wieder hoch. »Aber heute werden wir ein wenig *anders* trainieren. Clément ist ein großartiger Mann, nur hat er keine Ahnung von der echten Welt. Oder was uns Jungspunde motiviert.«

Ich schnaube. »Die Angst um mein Leben ist nicht Motivation genug?«

»Wenn sie das wäre, hätten sich längst Resultate gezeigt, oder?«

Ich knirsche mit den Zähnen. Möglicherweise ist es an der Zeit, etwas Neues auszuprobieren. Vorausgesetzt, es gefährdet Louise nicht. Ich lege den Kopf schief und fixiere Eugène. »Was genau hast du vor?«

Louise hakt sich bei mir unter und leitet mich die Straße hinab. »Nun, Eugène und ich haben uns gedacht –«

»Seit wann weiß er überhaupt Bescheid, dass *du* Bescheid weißt?«

»– dass du ein wenig Entspannung brauchst. Du musst entdecken, was dir deine Fähigkeit *bieten* kann. Nicht nur, welche negativen Ereignisse du mit ihr *vermeiden* kannst.«

»Quasi Konditionierung, ganz grundlegende Psychologie«, wirft Eugène ein und hakt sich an Louise' anderem Arm unter.

Ist es das, was er studiert? Psychologie?

Bevor ich fragen kann, befreie ich mich aus ihrem Stahlgriff und versperre den beiden den Weg. »Und seit wann seid ihr so gut befreundet, um über meine Befindlichkeiten zu sprechen?«

»Wir kamen letzten Sonntag auf einem Geburtstagsball ins Gespräch, und mir war sofort klar, dass du Louise eingeweiht hast. Sie ist *wirklich* schlecht darin, Geheimnisse zu bewahren. Es macht mir schon fast Sorgen, *wie* schlecht. Aber in diesem Fall ist das unser Glück, denn sie kennt dich so gut wie niemand sonst. Und ihr Ratschlag, du bräuchtest eine Nacht ohne die ganze Bruderschaft, ohne Sorgen und ohne Hemmungen, leuchtet ein. Wir zeigen dir, was es *wirklich* heißt, eine Nachtschwärmerin zu sein.«

Ich werfe einen Seitenblick zu Louise. »Wird es gefährlich für sie?«

Eugène feixt. »Nicht mit vier –«

Ein Schatten schnellt über die Straße. Er schlingt sich um Eugènes Unterschenkel und reißt ihn mit einem Ruck von den Füßen.

Louise schreit auf, und ich strecke meine Hand nach ihm aus. Zu langsam.

Doch statt auf den Boden zu prallen, ballt Eugène seinen Körper zusammen und rollt sich über eine Schulter ab, um elegant wie ein Turner zurück auf die Beine zu kommen.

Mit gefurchten Augenbrauen klopft er den feinen Samtstoff seines Anzugs ab. »Das ist einer meiner liebsten Dreiteiler, du Hinterwäldler!« Schneller als jeder normale Mensch, aber nicht so schnell wie in vollständiger Dunkelheit schattenspringt er quer über die Straße. Meine Augen tränen bei dem Versuch, seinen Bewegungen zu folgen. Er verschwindet in einer dunklen Gasse. Dumpfes Schlurfen ertönt.

Ich muss ihm helfen! Doch bevor meine erstarrten Gliedmaßen reagieren, stolpert er aus der Dunkelheit. Ich blinzle die Verschwommenheit fort.

Vor uns im Schatten steht nicht Eugène, sondern ein Fremder, der seine blassen Fingerknöchel knacken lässt. Der Angreifer!

Ich schiebe mich vor Louise, hebe automatisch die Hände, als hätte ich irgendeine Chance gegen ihn. Gleichzeitig rasen meine Gedanken, beschleunigen meinen ohnehin schon zügellosen Herzschlag. Was hat er mit Eugène gemacht?

Mit tief gefurchter Stirn tritt der Mann einen Schritt auf uns zu. Drahtig, aber von so ungeheuerlich hohem Wuchs, dass er uns selbst mit seiner leicht gekrümmten Haltung überragt. Nur ein Blick in seine farblosen Augen, und eiskalte Nadelstiche prickeln meine Wirbelsäule hinauf. Er öffnet den schmalen Mund.

Louise schreit wild – und schleudert einen Stein auf ihn. Sie trifft ihn erstaunlich präzise am Wangenknochen.

Der Kopf des Mannes ruckt zurück. Mit einem stimmlosen Ächzen betastet er den Kratzer. »Was zur –«

Louise bombardiert ihn mit weiteren Steinen, vor denen er sich notdürftig mit gehobenen Armen abschirmt.

»Ich glaube nicht, dass Louise von vier Nachtschwärmern beschützt werden muss«, kommt Eugènes Stimme aus der dunklen Gasse.

Ohne seine bizarr unbekümmerten Worte zu beachten, stürze ich mich auf den Angreifer. Er darf die Fassung nicht wiedererlangen und auf Louise losgehen. Doch bevor ich ihn umreißen kann, taucht eine formlose Schattengestalt zwischen uns auf. Sie wandelt sich in eine menschengroße Kobra, zischt uns an und zeigt ihre Giftzähne. Ich weiche zurück, halte meine bebenden Hände vor mich und will Eugène um Hilfe rufen. Doch kein Ton kommt über meine Lippen.

»Armand, entspann dich. Die beiden sind keine Bedrohung für mich«, befiehlt der hochgewachsene Angreifer hinter der Schlange.

Hat er das Raubtier gerade *Armand* genannt?

Mein Blick huscht zwischen ihm und der Schlange hin und her. Das schwarze Tier zieht seinen Kopf zurück und sackt in sich zusammen. Es verwandelt sich erneut – in einen hübschen Jungen mit schwarzem Lockenschopf. Armand und Jean. Natürlich.

»Ich dachte, ich kenne alle Gepflogenheiten sozialer Situationen, aber diese Art der Begrüßung ist mir tatsächlich neu.«

Eugène tritt an die Seite des Jungen, die Lippen zu einem seichten Lächeln verzogen, das ich ihm am liebsten aus dem Gesicht schütteln würde.

Meine Wangen werden warm, vielleicht aus Wut über die Frivolität der drei jungen Männer, vielleicht, weil ich so lange gebraucht habe, um die Situation zu durchschauen. »Hättest du uns nicht eher aufklären können?«

Louise schiebt sich neben mich, die Lippen gespitzt und die Brauen gefurcht. »Das ist wirklich nicht das Verhalten eines Gentilhommes!«

Eugène tippt Louise an die Nase. »Und was sagt dir das über mich, liebreizende Mademoiselle?«

Sie schnappt mit den Zähnen nach seinem Finger, den er hastig zurückzieht.

Gut so. Ich sollte ihn zurechtweisen, dass er *zumindest* Gentilhomme genug sein sollte, Louise nicht so ungehobelt zu betatschen. Doch ich presse die Lippen aufeinander, weil er das garantiert so verdrehen würde, dass mich seine Avancen Louise gegenüber mehr stören würden als die Unsittlichkeit an sich. Dabei könnte es mir nicht weniger egal sein, wem er schöne Augen macht.

Eine ganze Weile schlendern wir durch die glanzvollen Residenzviertel von *L'Héra*, wo ich noch mehr als sonst das Gefühl habe, jeden Moment aufzufliegen. Glücklicherweise quetscht Louise die drei jungen Männer über ihre Fähigkeiten aus und lenkt jede Aufmerksamkeit von mir und meinen verkrampften Schultern ab. Schon bald hallt das Lachen der vier von den monumentalen, endlosen Häuserfassaden aus cremefarbenen Steinquadern wider. Ab und zu unterbrechen neuere, waghalsigere Gebäude das so einheitliche Stadtbild aus regulierten Materialien, Höhen, Farben, Proportionen und Gestaltungselementen. Die *Bourgeoisie* lehnt sich mit ihren *Hôtels particuliers* voller üppiger Dekorationen und fantasievollen Elementen gegen die Monotonie der Haussmann'schen Architektur auf. Mit seinem Reichtum lässt sich schlecht protzen, wenn das eigene Haus so aussieht wie das aller anderen. Ich bevorzuge jedoch Haussmanns Gebäude. Nicht aus so lapidaren Gründen wie der Optik – nein, mir gefallen die Abwassersysteme, die bessere Wohnqualität und die befestigten Straßen. Aber wie sollten sie diese Annehmlichkeiten zu schätzen wissen, wenn sie nie in den ärmeren Arrondissements gewohnt haben? Doch so bitterer meine Gedanken auch mit jedem Schritt werden, kann ich eines nicht leugnen: Die malerischen Fassaden mit ihren ausdrucksstarken Statuen, floralen Verzierungen, Tiermotiven und den geschwungenen Formen haben etwas Märchenhaftes. Als könnte ich durch die extravaganten Hauseingänge in eine andere, fremde, fantastische Welt treten, nach der sich ein winziger Teil meines Herzens sehnt.

»Du bist so ruhig.« Mit den Händen in den Hosentaschen passt Eugène sich meinem Tempo an, den Blick forschend auf mich gerichtet. »Bist du noch verärgert?«

Mein Verstand braucht ein wenig, um endgültig in die Wirklichkeit zurückzukehren. Ich öffne den Mund, um zu fragen, *warum* ich verärgert sein sollte. Bevor ein Ton hervorkommt, erinnere ich mich – der vermeintliche Angriff auf uns, dieses sinnfreie Possenspiel, das die drei Nachtschwärmer anscheinend amüsant fanden. Doch weil ich mich schlecht über etwas aufregen kann, das ich eigentlich längst vergessen habe, schüttle ich den Kopf. »Ich bin nur –«

»Wie lange müssen wir durch die Gegend latschen?« Louise wirft den Kopf in den Nacken und hält sich in dramatischer Manier an den Schultern von Armand und Jean fest. »Würde es uns umbringen, einen *Fiacre* zu nehmen?«

Eugène wirft einen Blick zu mir, zögert, als wäre ihm wirklich wichtig, was ich sagen wollte. Doch dann dreht er den Kopf zu den anderen. »Odette ist nicht länger nur ein hübsches Mädchen aus der *Bourgeoisie*. Ihre Ausdauer fürs Sticken und Teetrinken reicht nicht mehr. Ein guter, alter Fußmarsch ist da genau das Richtige.«

Louise wirbelt herum und geht rückwärts weiter. »Teetrinken und Sticken, das glaubst du, tun wir den ganzen Tag?«

Ihr Geplänkel tritt in den Hintergrund. Ich bin nicht die zarte Prinzessin, für die er mich hält. Aber das kann ich ihm schlecht sagen. Und nach all den Nächten mit Wettrennen über Dächer, Nahkampfgrundlagen und, Eugènes neuestem Steckenpferd, der richtigen Art zu *fallen*, fühlt sich jeder Schritt an wie auf glühenden Kohlen. Ich berühre meine warmen Wangen und presse die Lippen aufeinander. Meine Konstitution ist kein Grund, sich zu schämen!

Odette ist nicht länger nur ein hübsches Mädchen aus der Bourgeoisie.

Ich stöhne innerlich. Was bringt es, mir etwas vorzumachen? Ich laufe nicht wegen meiner körperlichen Verfassung knallrot an wie eine werdende Braut, sondern weil Eugène mich *hübsch* genannt hat. Nein, nein, nein! Die Worte *Braut* und *Eugène* gehören nicht in den gleichen Satz! Außer die Worte *nie* und *nimmer* gesellen sich dazu.

Ich schüttle den Kopf, um die hinterlistigen Gedanken loszuwerden, und schließe hastig zu den anderen auf. Es ist zum Haareraufen. Wo kommen diese Vorstellungen her, die nicht zu der Odette passen, die ich kenne? Ich hake mich bei Louise unter und spüre Eugènes Blick auf mir wie die Wärme einer Petroleumlampe in einer Winternacht. Wann immer die anderen lachen, presse ich ebenfalls ein Lachen hervor. All die neuen Informationen und Erlebnisse müssen an den fremden Gedanken schuld sein. Wenn ich mich an mein neues Leben gewöhnt habe, verfliegen sie genauso schnell, wie sie gekommen sind. Ich lege einen Schritt zu, und zur Abwechslung reiße ich Louise mit. »Ich ahne, wohin wir gehen.«

»Ach ja?« Armand wischt sich eine verirrte Locke aus der Stirn und blickt mich aus dunklen Augen neugierig an.

Ich deute auf den Himmel, auf das Gerüst, das immer wieder zwischen den Mansardendächern hervorblitzt. »Wenn ihr das Ziel geheim halten wollt, hättet ihr vielleicht ein weniger auffälliges Bauwerk wählen sollen.«

»Du bist wirklich clever«, erklärt er ohne eine Spur von Ironie.

Ich beschließe, dass ich ihn schon jetzt überaus gern mag. Die wohlige Wärme in meinem Bauch und das Lächeln, das sich auf mein Gesicht schleicht, stimmen mir zu.

Eugène schiebt sich zwischen uns und legt einen Arm um den deutlich kleineren Jungen. »Wie hast du es geschafft, sie nach nur drei Sätzen zum Lächeln zu bringen?«

»Indem ich *nett* bin.«

»Und einer *deiner* ersten Sätze«, werfe ich ein, das Lächeln nun ein Grinsen, obwohl ich doch bis gerade Eugène nicht einmal ins Gesicht blicken wollte, »war irgendein Gefasel über Realitätskonstrukte. Ich kann mir nicht vorstellen, dass der Satz überhaupt ein Mädchen zum Lächeln bringt. Allenfalls zu höflich gesteltztem Lachen.«

»Und doch erinnerst du dich an meine ersten Worte!«, triumphiert Eugène.

Mein Mund klappt auf und wieder zu, mehrmals, während die Wärme in meine Wangen zurückkehrt. *Magnifique.*

»Es ist verdammt schwer, dein Geschwafel zu vergessen«, kommt mir der bisher schweigsame Jean zu Hilfe. Er greift sich an die Schläfen. »Vieles hat sich für immer in mein Gehirn gebrannt. Es ist schwer, damit zu leben, aber ... Lebenskrisen formen den Charakter.«

War das tatsächlich ein Scherz? Seine ernsten Augen und die strengen Gesichtszüge sagen etwas anderes, doch Armand lacht glockenhell und zaubert ein schiefes Lächeln auf Jeans Lippen.

»Würde irgendwer auch *mir* verraten, wohin wir marschieren?« Louise stemmt die Hände in die Hüften. »Wenn das hier ein Tagesmarsch nach Lyon werden soll, brauche ich anderes Schuhwerk. Und eine Kutsche.«

Ich drehe Louise an den Schultern in Richtung unseres Ziels, denn Worte sind nicht mehr notwendig. Am Ende der Straße, zwischen zwei wunderschönen Eckhäusern, ragt er empor.

Der *Tour Eiffel*.

Ich presse mein Gesicht an die Absperrung. Der *Tour Eiffel*, hinter Dutzenden Pavillons in unterschiedlichen Stadien der Fertigstellung. Eine Geisterstadt des Prunks. Selbst im Mondlicht erstrahlen die frisch gestrichenen Fassaden in Gold, Jadegrün und Bordeaux, als würden sie sich weigern, die Grautöne der Nacht anzunehmen. »Eine Schande, dass sie all das nach der Weltausstellung wieder abreißen.«

Obwohl Eugènes Blick auf die Wege zwischen den Gebäuden und Gerüsten gerichtet ist, vielleicht auf der Suche nach Wachpersonal, zieht er die Augenbraue hoch. »Eine *Schande*? Du findest die Bauten nicht ernsthaft schön?«

»Die Pavillons *sind* etwas kitschig«, wirft Louise ein.

»Sogar Louise denkt so. Und schau dir an, was sie trägt.« Eugène deutet auf ihr aufwendig besticktes Rüschenkleid, mit dem sie eine Opernpremiere nicht nur besuchen, sondern als Hauptdarstellerin dominieren könnte.

»Ich finde die Gebäude *nicht* schön. Es ist einfach nur Verschwendung. All der temporäre Prunk, während manche Menschen am Stadtrand in Lehmhütten mit löchrigen Dächern –« Ich verstumme, weil Louise mich mit aufgerissenen Augen und verkniffenem Mund anstarrt.

Doch ich habe schon zu viel gesagt. Eugène mustert mich wie das Etikett einer besonders seltenen Flasche Absinth. »Du interessierst dich für die unteren Schichten?«

Die unteren Schichten. Hitze wickelt sich um meine Wirbelsäule, so glühend und ätzend, dass ich sie ihm, in giftige Worte verpackt, entgegenspeien will.

Louise räuspert sich. »Wohlfahrtsarbeit ist eine angesehene Beschäftigung für junge Frauen und –«

Ich klettere die Absperrung hinauf, mit mehr Schwung als notwendig, um das Gespräch abzubrechen.

»Odette!«, rufen Louise und Eugène gleichzeitig.

»Das ist doch das Ziel, oder? Der *Tour Eiffel*.« Ich schwinge mich über den Zaun und rutsche auf der anderen Seite hinab. Meine Knöchel stechen nur leicht, also zeigt das Training vielleicht langsam Wirkung. »Kommt ihr? Oder soll ich schriftliche Einladungen verschicken?«

Eugène und Jean helfen Louise über den Zaun, während Armand sich in einen Schattenadler verwandelt und über die Absperrung bis zum Sims eines Gebäudes flattert, vor dessen Extravaganz er verloren geht. Denn der Pavillon wirkt, als hätte jemand fünf Gebäude aus unterschiedlichen Ländern aneinandergeklebt. Eine sechsstöckige, rot und golden lackierte Pagode. Ein Tempel, der mich vage an die Bilder Indiens in Louise' Schulatlas erinnert. Mein Blick huscht über all die unterschiedlichen Elemente, um keines zu übersehen. Doch die Faszination weicht einer seltsamen Leere.

»Vermutlich das *Panorama du Tour du Monde*.« Eugène landet sicher auf beiden Füßen neben mir. »Lässt einen nachdenklich werden, nicht wahr? Wie groß die Welt ist – und wie klein unsere.«

Flach atme ich aus. Ist das die Leere in mir? Wie kann er das Gleiche empfinden wie ich, wo unsere Welten so verschieden sind? »Ich bin sicher, du bist in deinem Leben mehr gereist als die meisten Menschen.«

»Mit der Kutsche in Frankreich, Eisenbahnfahrten durch Europa, die ein oder andere Geschäftsreise nach England auf einem Schiff – aber Amerika? Asien?« Er lacht mit einem Kopfschütteln. »So sehr unterscheidet sich meine Familie nun auch nicht von deiner oder der von Louise. Papa ist immer noch nur Geschäftsmann, kein Politiker oder Adeliger.«

Ich greife mir an die Brust. »Dein Leben muss hart sein.«

Wieder lacht Eugène. »Du denkst wirklich, ich wäre ein verzogener, privilegierter *Godelureau*, oder? Aber dein Spott hält mich nicht von unserem Vorhaben ab.« Im Vorbeigehen greift er nach meiner Hand, so wie Louise es tun würde.

Schnell ziehe ich sie wieder weg, doch die hibbelige Energie verbleibt wie Elektrizität in meinen Fingerspitzen. Ganz und gar nicht wie bei Louise. Er sieht zu meiner Hand, als hätte er etwas Kostbares verloren, was meinen Herzschlag mehr beschleunigt als die flüchtige Berührung zuvor.

»Damit ich das richtig verstehe – ihr wollt *auf* den *Tour Eiffel* klettern?« Louise starrt am Metallgerüst empor, das, aus der Nähe betrachtet, so unfassbar kolossal in die Höhe ragt.

Zum Glück holt sie mich damit zurück in die Wirklichkeit. Ich darf nicht in diesen Momenten versinken, mir keine tiefere Bedeutung in simplen Blicken einbilden. Nichts davon ist real. Ich bin keine tragische Gestalt aus einem Liebesdrama. Ich bin eine echte Person mit wichtigeren Problemen als einem *Filou* wie Eugène, der fröhlich in mein Leben hüpft und genauso fröhlich wieder hinaushüpfen wird.

Ich lege den Kopf in den Nacken und spüre die Nacht auf meinen Wangen. Vereinzelte Lampen an den Streben verblassen irgendwo im Nachthimmel. »Soll ich die Lichter löschen? Sind wir deshalb hier?« Meine Stimme bebt, sosehr ich mich auch bemühe, gleichmäßig zu sprechen. Ein weiteres Mal werde ich versagen, zu allem Überfluss vor mehr Zeugen als sonst.

»Wir kommen nicht den ganzen Weg her, um die gleichen langweiligen Übungen durchzuführen, wie Clément sie für nützlich hält.« Eugène dreht mich zu Jean, der die Hände in einem komplizierten Muster bewegt.

Schatten quillt aus dem Nichts zwischen seinen Fingern hervor, dick wie Gewitterwolken. Mehr und mehr steigen als Strudel in den Himmel empor, bis eine Säule aus Schatten in unserer Mitte wabert. Sie schimmert wie eine neuartige Materie, die Wissenschaftler auf der Weltausstellung vorstellen könnten.

Ich strecke die Hand aus, fahre mit den Fingern durch die Schattensäule. Weder Gas noch Flüssigkeit.

»So dunkel«, raune ich, während meine Finger sanft nach oben gezogen werden. »Wie kann etwas dunkler sein als die Nacht?«

Eugène lacht leise in sich hinein. »Nichts ist so dunkel, wie es scheint. Nicht einmal die Nacht.«

Eine Entgegnung liegt auf meiner Zunge, irgendetwas darüber, dass er bitte nicht versuchen soll zu philosophieren. Doch trotz des sanften Lächelns – oder gerade deswegen? – zeichnet für den Bruchteil einer Sekunde unendliche Melancholie seine Züge. *Nichts ist so dunkel, wie es scheint.* Das unerwartete Stechen in meiner Brust lässt mich hart einatmen. Denn ich bin mir nicht sicher, ob er seinen eigenen Worten glaubt. Ich wende den Blick ab. Etwas in mir weigert sich, den Ausdruck auf seinem Gesicht mit dem Eugène, den ich kenne, in Einklang zu bringen.

Am Rand meiner Wahrnehmung flattert Armand zu uns und schmiegt sich in menschlicher Gestalt an Jeans Seite. Genauso am Rand meiner Wahrnehmung zieht Eugène mich und Louise an sich. Meine Füße heben vom Boden ab, und ich stürze zurück in die Realität. Ich schnappe nach Luft, leiser als Louise neben mir, die gleich darauf ein entzücktes Jauchzen in die Nachtluft schickt. Wir schweben in Jeans Schattentunnel nach oben.

Wir *schweben*.

Obwohl ich bis zu diesem Moment geschworen hätte, dass Mägen nicht in Kniekehlen rutschen können, tut meiner genau das. Um nicht nach unten zu blicken, fixiere ich Louise' blonde Locken, die sich wie eine malerische Komposition auf Eugènes mitternachtsschwarzem *Gilet* kringeln. Die einzelnen Strähnen funkeln mit der Silberstickerei um die Wette, als wären sie überzeugt, dort anstelle des kostbaren Garns hinzugehören. Und es stimmt. Sie passen perfekt dorthin.

Ich presse meine Augen zusammen, weil mir mit jedem Atemzug übler wird. Wegen der Höhe.

»Geht es dir gut?« Eugènes Stimme streicht viel zu nah über mein Ohr.

Zur Übelkeit gesellt sich Gänsehaut.

Da ich keine Worte herausbekomme, murre ich nur vage.

»Hast du Höhenangst?«

Jetzt öffne ich die Augen doch, um ihn empört anzusehen. »Ich habe keine Höhenangst!« Zwischen uns und dem Boden könnte man unser Appartement dreimal stapeln. Ein Kieksen huscht über meine Lippen, auf die ich rasch beiße. Eugène grinst wissend, und ich schnaube auf, ein wenig zittrig. »Ich bin nur der Meinung, wenn wir Menschen fliegen können sollten, hätten wir Hermès' Flügelschuhe.«

Eugène zappelt, und unsere schwebende Kolonne schaukelt

durch die Luft, sodass Louise und ich erneut aufkreischen. Er schiebt Louise in Armands Richtung. »Würdet ihr euch um Louise kümmern? Ich muss unsere Angstpassagierin auf anderem Wege nach oben befördern.«

Louise springt praktisch in Armands Arme, sodass Jean wankt. Seltsamerweise kreischt sie dieses Mal nicht, sondern hält sich eine Hand geziert vor den Mund. Womit sie ihr Grinsen jedoch nicht verbergen kann. »Wie allerliebst, dass du dich so um Odette sorgst!«

Ich starre sie an, um ihr diskret mitzuteilen, wie schnell ich ihr Laientheater durchschaue.

»Ich sorge mich eher um Odettes speiüble Gesichtsfarbe in Kombination mit meinem *Gilet*. Wie gesagt, mein liebstes.« Eugène deutet mit viel zu übertriebener Geste an sich herunter, und wir wanken erneut.

»Beweg dich nicht so viel!«, bricht es aus mir heraus, während sich meine Finger tiefer in den Samt seines Anzugs bohren.

Er deutet auf die Reihe funzeliger Lampen am Turm. »Wenn du die vorübergehend löschst, können wir am Gerüst nach oben schattenspringen. Aber nicht durchbrennen lassen, sonst werden die Wachmänner auf uns aufmerksam.«

»War das die ganze Zeit dein Plan?«, stöhne ich. »Mich in Angst und Schrecken zu versetzen, damit ich in der vermeintlichen Gefahrensituation …« Aus Versehen schaue ich nach unten, auf die Pavillons eines Miniaturlandes. »Oh, bei Iris' Wind und Regenbogen!«

Ich strecke eine Hand aus, während ich mich mit der anderen noch fester an Eugène klammere. Schattenspringen ist definitiv die bessere Wahl, als weiter zu fliegen. Meine Fingerspitzen kribbeln mit dem Knistern eines nahenden Gewitters. Anstelle des Unwetters der letzten Male bricht eine leisere

Energie aus mir heraus. Die Lampen erlöschen flackernd und unkontrolliert. Aber sie zerspringen nicht!

»Perfekt«, wispert Eugène und legt seine Arme enger um mich. »Halt dich fest.« Er macht einen Satz nach vorn, hinaus aus dem Schattentunnel und hinein in die Leere.

Ich presse mich an ihn, bin sicher, wir stürzen. Doch wir schattenspringen auf einen Querbalken, schwanken im hier oben so viel ungezügelteren Wind. Ich warte auf die Panik, die jedoch ausbleibt.

Eugène springt weiter nach oben. Strebe für Strebe arbeitet er sich voran, berührt das Metall nur kurz zum Abstoßen. Schwerelos. Nach all den Touren zum *Mont-Saint-Michel* fühlt sich das Schattenspringen auf dem Boden beinahe normal an, wie ein physikalisches Phänomen, das zwar noch unerklärbar ist, aber wissenschaftlich erforscht werden könnte. Doch das hier? Als wäre Eugène wirklich Dionysos, der mich Sterbliche auf den Olymp geleitet.

Auf der Aussichtsplattform der Spitze löse ich mich von Eugène, um mich an der Mittelstrebe festzukrallen und einige Atemzüge mit zusammengepressten Augen zu nehmen. Das schwindelerregende Wirbeln in meinem Kopf verebbt nur langsam. Und doch. Beinahe schade, dass es vorbei ist.

In dem Moment stolpern Jean, Armand und Louise auf die Plattform, und ich schiebe das Bedauern fort. Die drei lachen schallend und frei, während ich mich noch sammeln muss. Armand zaubert eine Flasche aus seinem Mantelinneren und reckt sie unter dem triumphierenden Jubeln von Louise in die Luft. Sie suchen sich einen passenden Sitzplatz und köpfen die Flasche. Währenddessen taumle ich zum Rand, darauf bedacht, immer Halt mit mindestens einer Hand zu finden.

»Du *hast* Höhenangst.« Eugène lehnt sich mit verschränkten Armen an die Brüstung neben mir.

Ich recke die Hand nach unten, beschwöre die Energie erneut herauf. Das Licht springt zurück in die Lampen, und ich wische mir über die Stirn. Vor mir breitet sich Paris aus, ein Netz aus Straßen und Lichtern. Und die Seine! In ihr spiegeln sich nicht die Sterne, sondern die erleuchteten Fenster der *Hôtels particuliers* am Ufer. Mein Herzschlag flattert im Rhythmus meines Kleids. Denn der Ausblick, dieser Moment, ist wunderschön und angsteinflößend und atemberaubend.

»Keine Angst. Rationale Besonnenheit.«

»Du hast dich also aus rationaler Besonnenheit an mich geklammert wie eine Ertrinkende?« Eugène lacht leise. »Ich bin sicher, du hast aus einem anderen Grund die Nähe gesucht.«

Ich wirble zu ihm herum und spitze die Lippen. »Nun gut, ich hatte Angst! Panische, alles verschlingende Höhenangst! Kein anderer Grund!« Jetzt, wo ich schon losgelassen habe, stakse ich zu den anderen. Meine Knie schlackern, was mein Kleid glücklicherweise verbirgt. Ich sinke zwischen Louise und Armand, und im Sitzen dreht sich die Welt ein bisschen weniger. Eugène lehnt noch mit den Ellbogen auf dem Geländer, das Kinn auf seinen gefalteten Händen, während er Paris überblickt.

»Du hättest Gläser mitnehmen sollen.« Jean faltet seine langen Beine umständlich unter seinem Körper zu einem Schneidersitz.

Seltsam. Seine Hose ist aus hochwertigem Stoff gefertigt, aber an den Knien aufgeribbelt.

Armand murrt und gestikuliert wild, die Augen glasig. Es gibt immer diese eine Person, die beschwipst ist, bevor man bis drei zählen kann. »Wie oft denn noch, Gläser sind ein Sicherheitsrisiko!« Er deutet auf Louise, die einen kleinen Schluck aus der Flasche nimmt. »Und ich höre keine Beschwerden.«

Louise verzieht das Gesicht, als hätte sie in eine unreife Pflaume gebissen, und reicht mir die bauchige Flasche.

Cognac Otard lese ich auf dem vergilbten Etikett. »So alt, so wertvoll – und wir trinken aus der Flasche wie Schusterjungen, die sich zum ersten Mal mit selbst gebranntem Kartoffelschnaps betrinken, den sie ihren Vätern geklaut haben?«

Armand springt wankend auf. *»Gläser könnten Menschen auf den Kopf fallen!«*

Jean zieht ihn am Mantelsaum zurück nach unten, sodass Armand auf dem Hosenboden landet. »Sicherheitsrisiko. Wir haben es verstanden.« Seine Hand verweilt am Mantelsaum.

Ich nippe am Cognac und erschaudere, was das Brennen in meinem Rachen nicht verscheuchen kann. Hinter der lodernden Bitterkeit des Cognacs breiten sich Nuancen von getrocknetem Obst und die Wärme von Gewürzen auf meiner Zunge aus. Trotzdem. Wer für diese Brühe ein halbes Vermögen ausgibt, hat doch den Schuss nicht gehört.

Eugène hockt sich neben mich und starrt mit gefurchter Stirn die Flasche an, die ich ihm reiche. »Wer von euch hat die Gläser vergessen?«, fragt er auffällig unschuldig.

Armand stürzt sich knurrend und mit ausgestreckten Händen auf ihn. Louise, Jean und ich greifen nach ihm, um ihn zurückzuhalten, und wir alle landen in einem Wirrwarr aus Gliedmaßen und Gelächter auf Eugène. »Gläser sind ein Sicherheitsrisiko!«, ertönt Armands gedämpfter Einwand unter uns. Und damit löst sich jede Anspannung, jede Unsicherheit, jede Angst in mir.

Wir lachen und schäkern, und es braucht nur zwei oder drei Schluck Cognac und ein paar Kabbeleien, da wird mein Herz beim Anblick von Jean und Armand genauso warm wie beim Anblick von Louise. Wir reden über nichts, was der Rede wert wäre, und doch fühlt sich jedes Wort so bedeutsam an. Die kostbare Flasche lehnt irgendwann unbeachtet an der Brüstung hinter uns. Jean amüsiert uns mit überraschend humorvollen Schattenspielen, an deren zunehmend anrüchiger Natur ich mich seltsamerweise nicht störe.

Ich könnte ewig hierbleiben. In dieser seltsamen Behaglichkeit baden, die ich mir nicht erklären kann. Vielleicht, weil ich nie besonders viele Freunde hatte, aber sich Eugène, Armand und Jean wie Freunde anfühlen. Egal, wie kurz wir uns kennen. All die Jahre mit Louise stand ich nur am Rande des Tanzparketts, das die Pariser Nacht bietet. Hier und jetzt drehe ich mich mitten auf dem Parkett, nur, dass es Metallboden ist, dessen Kälte sich in mein Fleisch bohrt.

Glockenläuten schwingt klar und himmlisch durch die Nacht – Engel, die vom Himmel herabsteigen? Ich lege den Kopf in den Nacken, doch statt von Engeln geführte Streitwagen schwebt Eugènes Gesicht über mir. Er streckt eine Hand aus. Ich ergreife sie, ohne nachzudenken, und lasse mir von ihm auf die Beine helfen.

Die letzte Note der himmlischen Melodie verhallt. Ich könnte jede seiner Wimpern zählen, weil er nicht blinzelt, als würde er sich weigern, die Augen auch nur für eine Sekunde zu schließen. Etwas wie geschmolzener Zucker regt sich in meinem Bauch. Ich beiße in die Innenseite meiner Wange. Dann ziehe ich meine Hand sanft aus seiner und schiebe mich an ihm vorbei. Ich kneife die Augen zusammen. »War das *Notre Dame*? Mitten in der Nacht?«

»Eine Nachtmesse wegen des Feiertags.« Eugène schwingt sich auf das Geländer, den Rücken zur Stadt unter uns gewandt. »Und das Läuten ist auch unser Stichwort.«

Die Wärme der letzten Stunden legt sich schwer in meinen Magen. »Wir gehen?«

»*Wir* gehen.« Armand ergreift meine Hände. »Ich freue mich, deine Bekanntschaft gemacht zu haben, *ma Chérie*.« Ein schneller Kuss auf meine Wangen, dann verharrt er einen Augenblick an meinem Ohr. »Und ich freue mich, dass du zu uns gefunden hast. Ein Schwarzer Nachtschwärmer, eine weibliche Nachtschwärmerin – wir müssen nur noch einen ungetauften Nachtschwärmer finden, und der Heilige Geist entfährt den alten Runzelkutten endgültig.«

»Ich werde die Augen offen halten«, verspreche ich grinsend.

»Ich freue mich ebenfalls.« Jean nickt knapp, das Gesicht so steinern, als hätte er keinen einzigen Tropfen mit uns getrunken. Ganz im Gegensatz zu Louise, die, selig grinsend, an seinem Arm hängt.

Bevor ich den Mund öffnen kann, flattert ihre Hand abwiegelnd durch die Luft. »Die beiden bringen mich nach Hause. Sorge dich nicht, sorgenvolle Odette, die Sorgenhafte!« Sie beugt sich etwas zu mir. »Odette!« Diskret hält sie sich die Hand zum Flüstern vor den Mund, doch merkt nicht, wie laut sie brüllt. »Hast du gewusst, dass ein Mann einen anderen Mann küssen kann?« Sie sieht mit gerunzelter Stirn nach oben. »Ich meine, sie haben beide Münder«, sie neigt den Kopf, »das ist also nicht das Problem. Und ... hatte Zeus höchstpersönlich nicht zahlreiche Liebhaber?«

Mein Blick huscht zu Armand und Jean, während ich Louise einen Finger an den Mund presse. »*Je suis désolée*«, raune ich zaghaft, weil ich nicht weiß, ob sie die beiden meint, aber ziemlich sicher bin, dass es die beiden *betrifft*.

Armand zuckt die Schultern und tätschelt Louise' Kopf. »Wieso? Das war zwar kein rhetorisches Meisterwerk, trotzdem hat sie recht.«

Seine Freimütigkeit treibt mir Wärme in die Wangen. Zeus und seine Liebhaber, ebenso wie Achille und Patrocle, waren Andeutungen in unseren Lehrbüchern, die wir nie ganz verstanden, aber über die wir trotzdem gekichert haben. Bis unser

Lehrer seinen Rohrstock vor Wut auf dem Tisch zerschlagen hat und wir wussten, dass es etwas Verbotenes ist. Noch nie habe ich zwei Männer wie sie gesehen. Doch ich *habe* gesehen, wie Juliette aufgeregt über die ein oder andere Schulkameradin geplappert hat, mit dem gleichen Strahlen in den Augen wie bei ihren Schwärmereien für Jungen ihrer Klasse. Bei den beiden fühlt es sich genauso wenig falsch an wie bei ihr.

Ich lege eine Hand an Armands Schulter, der nach der Flasche fischt. »Ich habe immer dafür gesorgt, dass Louise wohlbehalten nach Hause kommt.«

Armand legt eine Hand an seine Brust, bevor ich mehr sagen kann. »Wir bringen sie sicher nach Hause. Versprochen.« Er lächelt sanft, beinahe ernst, vielleicht, weil er versteht, was es bedeutet, ihnen Louise anzuvertrauen. Er hakt sich bei ihr unter, sodass Jean an den Rand des *Tour Eiffel* treten kann, um den Schattentunnel heraufzubeschwören. Die drei verschwinden in der Dunkelheit.

»Wollen wir?« Erneut hält Eugène mir die Hand hin.

»Antwortest du, wenn ich frage, was du vorhast?«

Sein Lächeln weitet sich zu einem Grinsen, und seufzend ergreife ich seine Hand. Mit der anderen zeigt er auf einen Punkt östlich von uns. »Siehst du den *Dôme des Invalides*?«

Nach kurzer Suche entdecke ich das Bauwerk. »Die über hundert Meter hohe Kuppel verziert mit fast dreizehn Kilo Blattgold? Ja, ich sehe sie.«

»Dann behalte sie gut im Blick!« Bevor ich fragen kann, warum, tritt er nach vorn. Von der Plattform. In die Leere. Und ich werde mitgerissen.

Kapitel 8

Ich schreie auf, will meine Hand fortziehen, doch Eugènes stählerner Griff hält mich an seiner Seite. Mein Herz bleibt auf dem *Tour Eiffel* zurück, während wir auf den *Champs d'Arès* tief unter uns zurasen. Ich presse die Augen zu, bis ein Ruck durch mich geht.

Wir schattenspringen! Statt zu stürzen, segeln wir über Häuserreihen.

»Was ist in dich gefahren?«, brülle ich, auch wenn es ebenfalls keine Glanzleistung war, ihn mitten beim Schattenspringen loslassen zu wollen.

Auf der goldenen Kuppel des *Dôme des Invalides* setzen wir auf. Für eine Sekunde. Denn Eugène springt weiter.

Erneut gebe ich einen überraschten Laut von mir. Doch etwas anderes regt sich in mir, etwas, das mich von meinem sich drehenden Magen ablenkt. Auf dem Boden ist das Schattenspringen so übermenschlich schnell. In der Luft bleibt die Zeit stehen. Setzt die Schwerkraft aus. Und mit ihr mein Atem, meine Angst, alle Gefühle außer dieser schillernden Faszination.

Wir landen auf einem weiteren hohen Gebäude, der *Basilique Sainte-Clotilde*. So hoch, dass die Lichter der Stadt die Dun-

kelheit hier oben nicht berühren. Eugène reißt die Augen auf.
»Wir gleiten so sanft!«

Rasch beäuge ich ihn. »*Wieso* überrascht dich das?«

»Wir schaffen es noch weiter. Bis *Saint-Sulpice*.«

»Machst du das hier etwa zum *ersten* Mal?« Die Panik und Missbilligung in meiner Stimme sind eine Farce, denn beim sanftesten Zug an meiner Hand zögere ich keine Sekunde, mit ihm zu springen. Wo habe ich meinen Kopf nur gelassen, dass ich ernsthaft unsere Grenzen austesten will? Doch diese Kopflosigkeit schmeckt besser als jedes Eclair auf den *Soiréen* und jeder *Bûche de Noël* zu Weihnachten. Vielleicht sogar besser als der Kuss geschmeckt hätte, dessen mich die Nyx vor so vielen Nächten beraubt haben?

»Ich habe es mir zur Gewohnheit gemacht, jeden Tag etwas zum ersten Mal zu tun.« Leichtfüßig wie Balletttänzer landen wir auf dem höheren Turm von *Saint-Sulpice*. Eugène zieht mich näher an sich heran, hinter eine niedrige Mauer, aus der Sichtweite eines Wachmannes im Turm gegenüber.

»Das heißt dann wohl Ja.«

Aneinandergedrängt kauern wir dort, meine Wange an seiner Schulter, während er über die Mauer blickt. Selbst durch sein *Gilet* strahlt er Wärme aus, die mit der Hitze in meinen Wangen konkurriert.

»Wohin willst du?« Sein Atem streicht über meine Schläfe.

»Auf den Boden?«

»Odette, wir können überallhin!« Jede Silbe sprüht vor Begeisterung. »Gibt es einen Ort, zu dem du schon immer wolltest?«

Die Sorbonne. Mein Herz hüpft, doch ich schüttle den Kopf. Was denke ich mir nur? Ein paar Stunden des Vergnügens, und ich gebe mich irgendwelchen Träumereien hin. »Mir fällt kein Ort ein.«

»So leicht kommst du nicht aus der Nummer raus! Denk nach, wohin willst du?«

Ich presse die Lippen zusammen. Es bringt gar nichts, das Dach der *Université* zu sehen. Ich sollte die Auszeit beenden und mich wieder auf meine Ziele fokussieren. Mehr über die Menschen herausfinden, die hinter mir her sind. Nur wie? Ich lasse den Blick über Paris schweifen und halte inne. »Zum *Palais Garnier*!« Dort fanden die Proteste statt, und ich habe den Namen *Der Orchestrator* gehört. Der *Palais Garnier* hat ein Orchester. Liegt eine Verbindung nicht nah?

»Warum ausgerechnet dorthin?« Eugène ergreift wieder meine Hand, und wir springen zum nächsten Monument.

»Ich mag die Statue des Apollon«, murmle ich. Erfährt er die Wahrheit, wird er mich garantiert davon abhalten, weiterzuforschen. So summt er nur verständnisvoll. Dunkelheit umhüllt uns, die Stadt des Lichts unter uns genauso unerreichbar wie das Firmament über uns. Wir schweben zwischen diesen beiden Welten.

Bis wir tatsächlich auf den wuchtigen *Palais Garnier* zusteuern. Apollon liegt im Halbdunkel, doch elektrische Lichter bestrahlen die Säulenfassade. Wir schlingern stärker, je näher wir kommen, je heller es wird. Ich denke nicht nach. Strecke einfach die Hand aus und lösche einige der Lampen. Durch den Flur aus Schatten stolpern wir ein paar Schritte über die meergrün angelaufene Kuppel, aus der die Noten eines Orchesters zu uns wehen, und schattenspringen ein letztes Mal bis zur Statue.

Ich schlinge beide Arme um Apollons Unterschenkel, das kühle Kupfer so willkommen an meinen warmen Wangen und Händen. Weit über mir reckt er eine goldene Lyra in die Luft, das Symbol des Beschützers von Kunst und Poesie. Ihr Gold blättert stellenweise ab, bringt den Gips darunter zum Vorschein. Neben der grünen Patina der Statue selbst wirkt die Lyra geschmacklos, als hätte sie ein Amateur notdürftig restauriert. Aber auch der den Legenden nach schönste aller Götter raubt mir aus der Nähe nicht den Atem. Er ragt so gigantisch über mir auf, dass er nur einschüchternd und unnahbar wirkt. Vielleicht hat es einen Grund, dass wir Sterblichen den Göttern nicht zu nah kommen.

»Glücklicherweise konntest du die Lichter löschen«, triumphiert Eugène. »Oder wir wären abgestürzt, so kurz vor dem Ziel.«

Einige Male atme ich tief ein und aus und presse meine Sohlen auf den festen Grund. Fühlen sich so Matrosen, nachdem sie monatelang auf See waren? »Das hast du definitiv geplant, um meine Fähigkeit hervorzulocken!«

»Es hat funktioniert, oder?« Ein Lächeln erscheint auf seinen Lippen. »Du kannst dich jetzt *Lichtwirkerin* nennen.«

»Lichtwirkerin? Ist der Name offiziell?«

»Als Poet durch und durch habe ich mir die Freiheit genommen, mit der Benennung deiner Fähigkeit meine Spuren in der Geschichte der Nachtschwärmer zu hinterlassen.« Eugène tätschelt Apollons Bein. »Er würde das befürworten.«

»Sollte diese Ehre nicht mir zuteilwerden? Wo ich doch die Erste mit meiner Fähigkeit bin?« Ich reibe meine Finger aneinander, die in der nächtlichen Kälte versteifen.

»Von dir kam der dichterische Erguss mit dem Lichtschalter.« Ich deute auf die Kuppel, aus der die Musik dringt. Vielleicht kann ich dort einen Blick auf das Orchester werfen oder finde sogar heraus, wer der Orchestrator des Hauses ist. »Sollen wir uns das Konzert anhören?«

Mit ein wenig verengten Augen hält Eugène mir die Hand hin, und wir schattenspringen zur Kuppelspitze, die wie ein geschmücktes Karussell auf dem Hauptgewölbe sitzt.

Macht ihn mein plötzliches Interesse für die Musik argwöhnisch? Auf der Kuppel verschränke ich meine Arme. »Was ist überhaupt falsch an einer *sachlichen* Beschreibung?« Das sollte ihn ablenken.

Eugène springt runter auf das Dach und streckt mir beide Hände entgegen.

Ich hole tief Luft – und stürze hinab wie ein Stein. Meine Knochen werden zerbersten!

Doch meine Hände finden seine Schultern, so wie Eugènes Hände meine Taille. Mit einem leichten Ächzen federt er den Aufprall ab, und ich gleite in seine Arme. Ein *Pas de deux* ohne Zuschauer. Die Wärme seiner Berührung streicht meine Seiten hinauf, hinterlässt glühende Spuren, die ich zwischen jeder einzelnen Rippe spüre.

Er mustert mich. »Daran ist nichts falsch.«

Oh, und wie etwas daran falsch ist! Diese Nähe zwischen unverheirateten Menschen! Ich schürze die Lippen. Ist das hier das, wovon Louise mir erzählt hat? Süßholzgeraspel und gestohlene Berührungen, um eine unbedarfte junge Frau dazu zu bringen, alle gesellschaftlichen Konventionen über Bord zu werfen?

»Aber der Name muss Ehrfurcht in die Herzen unserer Feinde pflanzen!« Eugène lässt von mir ab und werkelt an einem der Fenster herum. »Lichtwirkerin – das hat dieses gewisse *Je ne sais quoi*, findest du nicht?«

Oh. Richtig, darum geht es. Mein glühendes Gesicht nach unten gerichtet, klettere ich hinter ihm durch das Fenster. Immerhin ist es im Kuppelgewölbe dunkel genug, um die zweifelsfrei offensichtlichen Gefühle auf meinem Gesicht zu verbergen.

Eugène deutet mit ausgebreiteten Armen um sich. »Die besten Plätze des Hauses!«

»Das ist ein ... *Wartungsraum*.«

Wind pfeift durch den Maschinenraum, der größtenteils von einem Hebesystem mit Seilwinden und tonnenschweren Gegengewichten eingenommen wird.

»Hier hieven sie den Kronleuchter hoch, wenn sie ihn reparieren müssen. Ein Monstrum aus acht Tonnen Kristall und Gold.« Eugène schleicht zur Mitte des Raums, wo er an einer riesigen Kurbel dreht.

»Du kannst doch nicht einfach –« Träge öffnet sich der Boden einen Spalt und gibt den Blick auf den darunter liegenden Saal frei. Die Melodie dringt klarer zu uns, wehmütige Streichinstrumente, die ich nicht auseinanderhalten kann.

»Aus der Neuen Welt«, murmelt er und nimmt Platz, lässt die Beine durch den Spalt baumeln. »Ich bevorzuge Debussy, aber Dvořák ist auch nicht zu verachten. Wir sind genau rechtzeitig hier, sie spielen den ersten Satz.«

Vor hier aus sehe ich das Orchester nicht. Also atme ich tief ein, klammere mich an der oberschenkeldicken Kette des Kronleuchters fest und setze mich neben ihn. Inzwischen habe ich mehrere Aufführungen im hufeisenförmigen Auditorium besucht, das aus purem Gold und bordeauxrotem Samt gefertigt zu sein scheint. Doch von hier oben ist es ein ganz fremder, magischer Ort. So weit über dem Orchester, dass sie uns zwischen dem überladenen Deckengemälde niemals entdecken. Aber ich erkenne auch keine Gesichter. Ich seufze enttäuscht.

»Apollon spielte ganz schön schnell die zweite Geige.« Er neigt den Kopf. »Oder besser die zweite Lyra? Also, wieso wolltest du *wirklich* hierher?«

Ich erstarre, gehe Erklärungsversuche durch. Dann atme ich tief aus. »Vor Kurzem musste ich *lichtwirken*«, beginne ich und mache mich mit dem neuen Begriff vertraut, »um aus einer brenzligen Situation zu entkommen. Zwei als Gendarmen verkleidete Nyx haben meine Fähigkeit bemerkt und wollten jemanden namens *Orchestrator* informieren.«

Eugène schnalzt mit der Zunge. »Also wolltest du hier heimlich mehr über die Nyx herausfinden.« Mit geneigtem Kopf taxiert er mich. »Dir ist schon bewusst, dass das einfach nur ein Deckname ist und der Nyx kein *echter* Orchestrator ist? Selbst für die Nyx wäre das zu offensichtlich.«

Ich stemme die Hände in den Boden. »Wenn du mir einfach mehr verraten würdest, müsste ich nicht solchen vagen Zusammenhängen hinterherjagen.«

Seufzend lehnt er sich zurück. »Und ich dachte, wir wären hier wegen der schönen Dinge des Lebens.« Er deutet um sich, als könnte man die Noten in der Luft sehen. »Aber so was entzieht sich deinem Verständnis, oder?«

»Natürlich nicht«, murmle ich und lasse mich auf die harten Paukenschläge ein, welche die Melodie unterbrechen. Sie dröhnen durch meine Fasern und Knochen.

»Es ist ein wenig, als könnte die Musik die Zeit anhalten. Oder steht nicht die Zeit still, sondern alle Sinne außer dem Gehör halten für einen Atemzug inne?«

Oh, bei Zeus, damit wird er mich aufziehen! Aber er sagt nichts. In seinen Augen spiegelt sich die Dunkelheit und zieht mich in den Bann. Dann stiehlt sich das gewohnte Lächeln auf seine Lippen und bricht den Bann. »Vielleicht steckt doch ein wenig Poetin in dir.«

Mehr und mehr Instrumente steigen ein, die Melodie stürmt auf mich ein, überlagert und unterbrochen. Eugène lauscht mit halb geschlossenen Augen, so konzentriert, dass ich ihn nicht mit einer Entgegnung unterbrechen will. Ich beobachte ihn nur, während die Sinfonie ihren Höhepunkt erreicht, donnernd wie ein Titanenangriff. So oft summt oder pfeift er nebenbei Melodien, aber erst jetzt begreife ich, wie sehr er Musik liebt. Auf eine Art, die ich vermutlich nie ganz verstehen werde.

»Lichtwirkerin, Rationalistin, Poetin – was steckt noch in dir?«, raunt er, als die Töne wieder sanfter werden.

»Ich glaube, im Prinzip war es das.«

Eugène schnaubt. »O bitte. Es gibt keinen Grund für falsche Bescheidenheit, also raus damit. Was bewegt dich, abgesehen von deinem Drang, deine Familie zu schützen?«

Ich weiß nicht, warum er das wissen will, was ich antworten soll, und zucke mit den Schultern. Doch umhüllt von den zarten, melancholischen Klängen des zweiten Satzes, bahnt sich die Wahrheit einen Weg. »Ich schätze, ich vermisse die Schule. Sehr sogar. Naturwissenschaften vor allem, Chemie und Mathematik habe ich geliebt.«

Eugène wirft ächzend den Kopf in den Nacken. »Die schlimmsten Fächer!«

»Louise würde dir zustimmen«, gebe ich lachend zu.

»Das heißt, du studierst nicht?« Seine Stimme klingt so behutsam, weil ihm wohl klar ist, dass längst nicht jedes Mädchen dazu die Möglichkeit hat.

»Ich würde gern. Aber meine familiären Pflichten lassen sich damit nicht vereinen.« Das Geständnis bringt meine Finger zum Kribbeln, denn mit niemandem außer Louise habe ich je darüber gesprochen. Ich zähle meine Atemzüge und wage es nicht, hochzusehen, falls sein Gesicht Mitleid preisgibt – oder, vielleicht schlimmer, *Desinteresse*.

»Und was bewegt dich noch?«

»Ich …« Die Silben verhaken sich in meinem Rachen. »Ich weiß es nicht.« Der Druck hinter meinem Brustbein schwillt mit der vibrierenden Melodie an. Über so etwas habe ich mir nie Gedanken gemacht. Reine Zeitverschwendung, oder? »Was antwortet man auf so eine Frage?« Ich blicke zu ihm hoch, kann die Neugierde nicht unterdrücken, obwohl es doch am besten wäre, wenn wir so wenig wie möglich voneinander wissen. »Was bewegt *dich*?«

»Schönheit, Leidenschaft, Musik, Mode, Alkohol, Gesellschaft, Alleinsein, Ausgelassenheit, Poesie, der Sinn des Lebens.«

»Hast du das auswendig gelernt?«

Er lacht auf, dann legt er den Kopf in den Nacken und wird ganz still. Sein Atem steigt in zarten Wirbeln auf. »Vielleicht bist du besser dran als ich«, sinniert er zögernd. »Du weißt noch nicht, was dir etwas bedeutet. Ich kann dir eine Liste all dieser Dinge herunterrattern, und trotzdem scheint nichts davon diese hartnäckige Leere –« Er presst die Lippen aufeinander.

Ich will keinen Blick auf diesen Teil von ihm werfen. Will nicht, dass es mich kümmert, mich ablenkt. Gleichzeitig sehnt sich etwas tief ihn mir danach, dieses Verborgene in ihm freizulegen, mit der Präzision eines Chirurgen oder mit der Brachialgewalt eines Bauherren, der ein Gebäude abreißt.

»Du kannst weitersuchen.« Sind meine Worte ein Skalpell oder ein Hammer? »Wir sind jung. Was ist schlimm daran, dass du deine wahre Leidenschaft bislang nicht gefunden hast? Die Welt steht dir offen.« Ich sehe ihm an, dass er fragen will, ob die Welt *mir* denn nicht offenstehe, also zwinge ich ein Grinsen auf meine Lippen. »Versuch es doch einfach noch mal mit Naturwissenschaften.«

Sein Lachen hallt durch die Kuppel, verwoben mit den Akkorden, als hätte Dvořák es in seinen Notenblättern niedergeschrieben. »Eher würde ich Tag und Nacht in einer Fischfabrik schuften!«

Ich lache mit ihm, und obwohl ich nie sonderlich musikalisch war, verwebt sich auch meine Stimme mit der seinen, mit der Musik. Ich kann nicht anders, ich *fühle*, dass ich hier richtig bin.

»Was glaubst du, wie viele Menschen haben schon von hier oben aus ein Konzert gehört?« Eugène springt auf und hilft mir hoch, führt mich durch die ersten holprigen Schritte eines Tanzes. »Wie viele Menschen standen neben der Statue von Apollon? Neben einem *Gott*? Es ist, als wären wir Götter!«

Ich lache erneut, während wir in den Rhythmus finden. »Wir sind keine Götter, Eugène.«

Er wirbelt mich unter seinem Arm hindurch und lacht, so ausgelassen, dass ich nur vage an unseren ersten Tanz denken muss. An *diesem* Tanz ist nichts Verbotenes, nichts Sinnliches. Ein Tanz aus Lachen und Übermut und Freiheit. Und im Geheimen stimme ich ihm zu. Vielleicht, weil ich selbst bereits Artémis in mir gesehen habe, für einen kurzen Moment. Oder weil es Apollon misslang, mir den Atem zu rauben – nicht da wir Göttern wie ihm nicht zu nah kommen dürfen, sondern da wir ihm *ebenbürtig* sind. Weil *wir* Götter sind. Nur für einen Augenblick, einen Atemzug, einen Tanz lang.

Wir einigen uns darauf, uns in Zukunft an der Kreuzung in der Nähe von Louise' *Hôtel particulier* zu treffen. Ein Fußmarsch weniger, der mir die Kraft raubt. Und ich muss ihm einen kleinen Vertrauensvorschuss geben, denn man mag über Eugène denken, was man will – unser kleiner Ausflug legt einen Schalter bei mir um. Bei der nächsten Übungsstunde lösche ich zwar noch immer keine einzelnen Lampen, doch ich lasse auch keine Glühbirnen zerplatzen. Clément entlässt uns eher, weil er Wichtiges zu tun hat. Laut Eugène vermutlich das Abschmecken der Suppe, die um Mitternacht gereicht wird.

Deshalb sind wir früher als sonst zurück in Paris. In dem schläfrigen Hinterhof, in der Zugang zu den *Catacombes* uns führt, legt Eugène den Kopf schief. »Eine Freundin veranstaltet heute eine kleine Zusammenkunft in der *Cour de l'Industrie*. Ich bräuchte noch eine Begleitung.«

Ich sollte die freie Zeit nutzen und im Haushalt helfen, vielleicht mit Mama und Papa reden, wenn sie wach sind. Doch in mir drängt sich die Frage auf, was ich nach dem *Tour Eiffel* und dem *Palais Garnier noch* erleben könnte. Viel zu kurz beiße ich mir auf die Zunge. »Ich könnte mich auf dem Weg dahin im Lichtwirken üben. Da ja ein Großteil der Stunde heute ausgefallen ist.«

»Wirklich?« Eugène zieht eine Augenbraue hoch. »Sicher, dass du nicht einfach auf den Geschmack gekommen bist, was nächtliche Ausflüge betrifft?«

Ich nehme seine Hand, was sein Grinsen nur verstärkt, und zerre ihn zur nächsten Gasse. »Ich habe nie gesagt, dass ich keine nächtlichen Ausflüge mag.«

»Ich glaube, ich habe dich verdorben«, stöhnt Eugène affektiert.

Dann schattenspringen wir durch Gassen, abwechselnd mit Strecken, die wir zu Fuß laufen. In *L'Héphaïstos* dringt bereits Polkamusik aus der unscheinbaren Gasse, die zum gepflasterten Hof der *Cour de l'Industrie* führt. Der Komplex aus Werkstätten mit überwucherten Fachwerkfassaden und winzigen Wohnungen könnte das Arrondissement der Schmiedekunst und des Handwerks nicht besser repräsentieren. Doch überall hängen Papierlampions und lassen die etwas verwahrloste Atmosphäre in einem anderen Licht erstrahlen. Ein Schmied feuert seine Esse mit dem Blasebalg an und röstet darüber Maronen und Brotlaibe, während auf dem Innenhof eine eindeutig improvisierte Musikgruppe ein wenig schief Stücke spielt, die ich aus *L'Hadès* kenne. Definitiv *Prolétariat*.

»Hier hast *du* Freunde?«, frage ich skeptisch.

Eugène macht einen Schwenker um ein Tanzpaar, das sich

besonders ungezügelt vom beschwingten Polkatakt mitreißen lässt. »Ich habe Freunde in jedem Arrondissement.« Er hält mir eine Hand hin.

Ich sollte mich schämen, wie schnell ich bereit bin, die Aufforderung zum Tanz anzunehmen. Doch ich ergreife seine Hand, und zusammen schließen wir uns den anderen Paaren an, die uns ohne Zögern, aber mit reichlich Jubelrufen aufnehmen.

Meine Wangen glühen nach viel zu kurzer Zeit, so sehr jagt Eugène uns durch die Schritte, die so anders sind als die auf der *Soirée* und auf dem Dachboden des *Palais Garnier*. Schritte, die ihm fremd sein sollten. Doch der heitere Radau, die Wärme und Nähe und Freude stecken mich mit einem Fieber an, das mich alles andere vergessen lässt.

Gebrüll sickert in den Hinterhof, und ich schrecke auf.

»Leisten Sie keinen Widerstand!«, hallt es über die Köpfe hinweg, und die Instrumente der Musiker stottern, brechen ab. Die Gendarmerie stürmt durch die schmale Gasse auf den Hof.

Eugène atmet schwer ein und aus, zerrt mich an meiner Hand zurück. »Verschwinden wir, bevor es schlimmer wird!«

Einige Feiernde erstarren, doch die meisten drängen in jede Himmelsrichtung. Wir schieben uns durch die Menge, weg von der Gendarmerie. »Was soll das? Die Menschen haben nichts Illegales gemacht, oder? *Oder?*« Ich schüttle Eugènes Arm. »Sag nicht, du hast mich in irgendetwas Gesetzeswidriges reingezogen!«

Wir quetschen uns zwischen zwei aneinandergedrängte Grüppchen hindurch, hinter denen ich den Bogen einer Zugangsgasse erblicke –, und ein schrilles Pfeifen durchsticht mein Trommelfell. Durch den Zugang marschieren mehrere Dutzend Gendarmen heran, eine geschlossene Kampflinie gegen die wilder werdende Meute.

»*Merde!* Zurück!?« Eugène drängt mich wieder in die andere Richtung. »Irgendwo muss ein Ausweg sein.«

Ich deute an den Fassaden hoch. »Wozu klettere ich ständig über die Häuser auf *Mont-Saint-Michel?*«

»Willst du erschossen werden?« Eugène reckt den Kopf über die drängenden und rempelnden Menschen.

»Sie würden uns erschießen wegen einer *Feier*?«, keuche ich.

Eine Frau stürmt aus einem Gebäude mit rot verhangenen Fenstern, rafft den Rock ihres etwas offen geschnürten Kleides. »Kann man jetzt nicht einmal mehr in Ruhe seiner Arbeit nachgehen?« Ihre nackten Füße klatschen über die Pflastersteine.

»Stehen bleiben!« Ein Gendarm prescht durch die ihm ausweichende Menge und zückt eine Pistole. »Niemand rührt sich, verstanden? Diese Feier ist illegal. Wir werden die Verantwortlichen zur Rechenschaft ziehen, niemandem sonst passiert etwas.«

Eugène zieht mich in den Schatten eines Häusereingangs, schaut sich wild nach einer Fluchtmöglichkeit um.

»*Sacs à merde!* Das behauptet ihr immer!«, faucht die Frau und rennt weiter.

Die Gendarmen brüllen, stürmen durch die Menge, angestachelt vom Widerstand der Frau. Ein Kampf bricht los. Ich presse meinen Rücken gegen die Wand, umklammere Eugènes Arm.

Es können nicht mehr als ein paar Sekunden sein, doch die aufeinander einschlagenden Silhouetten brennen sich in mein Gedächtnis ein wie ein Jahre dauernder Krieg. Schreie, das Schmettern von Pistolengriffen gegen Kiefer, das Brechen von Wadenknochen, um Menschen vom Wegrennen abzuhalten. Der brennende Gestank von Schweiß und Blut.

Ich bohre meine Finger in Eugènes Arm. *Niemand* hier hat etwas getan, außer an einer läppischen Feier teilzunehmen.

Feiern, wie sie die *Bourgeoisie* jede Nacht unbehelligt ausrichtet. *Ungerecht.* Was sie diesen Menschen antun, ist ungerecht. Und lässt mein Blut brodeln.

Silhouetten in schwarzen Uniformen springen von den Dächern. Nachtschwärmer! Zwei von ihnen stürzen sich auf die Gendarmen, zwei andere zerschlagen die Laternen im Hinterhof.

»Wir können verschwinden, solange sie mit den anderen Nachtschwärmern beschäftigt sind«, raunt Eugène in mein Ohr.

Sie sind zu langsam. Und zu wenige. In den Fenstern jedes Hauses rings um den Innenhof brennt Licht.

»Ich kann ihnen helfen«, murmle ich und starre meine Hände an. Aber will ich das? Will ich mich strafbar machen? Nein, natürlich nicht.

Ein Gendarm schleift die Frau von zuvor an ihren Haaren über den Boden, sodass ihr Kleid reißt. Sie tritt ziellos in die Luft, die Knie aufgeschürft, die Tränenspuren auf ihren Wangen mit dem Staub und Dreck der Straße verklebt.

Ich hebe die Arme, beschwöre das Knistern in mir herauf. »Kannst du sie befreien, wenn es dunkler ist?«

Eugènes Lächeln leuchtet in meinen Augenwinkeln auf. »Ich dachte, du fragst nie.«

Kontrolliere dich! Ich atme aus, und Energie löst sich von meinen Händen, lässt mich zusammenzucken. Einige der Lichter erlöschen, einige flackern und leuchten weiter.

Eugène schattenspringt durch kämpfende Menschen, zur Frau, die nun im Würgegriff des Gendarmen hängt. Er rammt seinen Ellbogen in die Rippen des Mannes, schnellt zur anderen Seite, setzt einen Haken gegen das Kinn nach. Der Gendarm lässt die Frau fallen und zückt seinen Schlagstock. Eugène springt weg, doch der Stock prallt gegen seinen Kiefer. Zu langsam. Zu *hell*. Ich beiße mir auf die Zunge und strecke erneut die Hände aus. Mehr Lampen erlöschen. Eugènes Silhouette flirrt. Mit wenigen im Dunkel verborgenen Schlägen und Tritten drängt er den Mann zu Boden, dann hakt er die Frau unter.

Die anderen Nachtschwärmer können meine Unterstützung auch gut gebrauchen. Also schleiche ich los, dicht an die Wände gedrängt, verharre im Schatten von Häusereingängen, wenn ein Gendarm in meine Richtung blickt. Licht für Licht lösche ich, bis keine Elektrizität mehr unter meiner Haut kribbelt und mein stoßartiger Atem in meinen Lungen brennt.

Die Zivilisten grölen lauter, gewinnen mithilfe der Nachtschwärmer langsam die Oberhand. Mit *meiner* Hilfe.

Vor mir tobt der Kampf weiter, Bürger, Gendarmen, Nachtschwärmer, deren Umrisse verschmelzen. Wo ist Eugène? Ich schleppe mich zurück, jeder Schritt schwerer als der vorherige. Ich muss ihn finden.

»Licht! Los!«, bellt ein Mann ein paar Meter entfernt. Er trägt eine Apparatur über dem Gesicht, wie eine Gasmaske, nur ausgefeilter. Lederriemen fixieren winzige Instrumente am glatten Kupferkorpus. Ein Nyx. *Merde!*

Neben ihn tritt eine Gestalt in einem Skelett aus Metallgelenken und Lederriemen. Es verläuft von seinem Rücken über Ober- und Unterarm und hält ein gigantisches Gewehr parallel zu seinem Arm. Kann er das Gewicht der Waffe nicht stemmen ohne dieses … dieses Exoskelett?

»Das war das letzte Mal, dass sich diese Ratten trauen zu feiern.« Mit einem mechanischen Surren richtet er das Gewehr auf die Menge. Dort, wo eigentlich die Lauföffnung sein müsste, blitzt eine Linse auf. Was bei Hadès' Unterwelt –?

Ein hochfrequentes Geräusch, nicht ganz Surren, nicht ganz Knall, rüttelt meinen Körper bis auf die Knochen durch. Dann explodiert die Nacht in gleißendem Licht.

Ich kneife die Augen zusammen. Zu spät. Rote und goldene Sterne flimmern hinter meinen Augenlidern. Ich knalle auf die Knie. Einen Spaltbreit zwinge ich meine Augen auf. Tageshelle, im gesamten Hinterhof.

»Odette!« Ein Arm um meine Taille zerrt mich auf die Beine. Eugène!

»Was tun die Nyx hier?«, keuche ich. »Warum zur Unterwelt interessiert es sie, dass hier Menschen feiern?«

Wir taumeln gegen eine Holztür, und Eugène reibt sich über die Augen. »Es geht nicht um die Feier. Nicht wirklich.«

»Worum dann?«

Er antwortet nicht. Aber später *wird* er mir mehr erzählen. Wenn wir das hier überstehen. Also hebe ich die Hand in Richtung der Lichtwaffe. Zwecklos. Wie bei der Öllampe. »Keine Elektrizität«, keuche ich. Nur was dann? Wie erzeugen sie diese gewaltige Helligkeit?

»Hände hoch!« Ein Nyx richtet seine Pistole auf uns.

Ich presse mich an Eugène. Hat der Nyx gesehen, wie wir unsere Fähigkeiten eingesetzt haben? Oder sind wir für ihn nur weitere Zivilisten, die er niederstrecken will?

Ein Nachtschwärmer segelt über unseren Köpfen durch die Luft. Stürzt sich auf unseren Angreifer.

Blut spritzt auf mein Gesicht, fette Tropfen neben meinen Mund, in meinen Augenwinkel. In einem Schattenknäuel rollen sie über den Boden. Von wem ist das Blut? Jemand schießt. Die Masse strömt auseinander. Legt den Blick auf eine winzige Gasse frei, durch die einige von ihnen entkommen, während die Nyx mit den Nachtschwärmern beschäftigt sind.

Eugène umklammert meine Hand, fest, dennoch spüre ich das leichte Beben. »Mehr können wir nicht tun! Wir müssen weg!« Zähe Flüssigkeit rinnt zwischen unsere Finger. Blut aus seinen aufgeschlagenen Fingerknöcheln.

Wir rennen und schattenspringen, bis wir ein oder zwei Arrondissements weiter auf dem Balkon einer Kathedrale landen, hoch oben verborgen vor der Welt. Japsend sinke ich an der Balustrade herab.

»Ist alles in Ordnung?« Eugène lehnt sich tiefer herab, um mir ins Gesicht zu sehen.

»*Das* tun die Nyx und die Nachtschwärmer? Sinnlose Kämpfe?« Ich schließe die Augen, weil der grelle Schein des gigantischen Kronleuchters hinter dem Kirchenfenster dem Licht der Nyx zu sehr ähnelt. Können nicht wenigstens die Kirchen bei Kerzenlicht bleiben?

»Sinnlos? Ohne den Kampf wären die meisten Zivilisten eingesperrt worden. Die, die überlebt hätten.« Eugène sinkt neben mich auf den Boden.

Langsam hebe ich die Lider. Vielleicht hat er recht. Ohne die Nachtschwärmer hätte all das noch schlimmer ausgehen können. »Warum kämpfen die Nyx und die Nachtschwärmer?«

»Was die Novizen erfahren, liegt im Ermessen des Abts.«

Stotternd lache ich. »*Das* ist die Regel, die du plötzlich befolgen willst? Wirklich?«

»Wenn sie herausfinden, dass du mehr weißt, als du soll—«

Die Balustrade zerspringt mit einem Knall. Sandsteinsplitter prasseln auf uns herab.

»Zwei von ihnen, da oben!«, donnert eine Stimme.

Etwas zischt an meinem Ohr vorbei, viel zu bekannt, und schlägt in der Fassade ein. Ein Pistolenschuss – die Nyx!

»Wie haben sie uns gefunden?« Meine Stimme schrillt in meinen Ohren.

»Die Masken. Wenn wir unsere Fähigkeit benutzen, können sie uns damit orten.«

Ich spähe durch die Lücken der Balustrade. Ein halbes Dutzend von ihnen. »Wieso beim Reich des Hadès benutzen wir dann unsere Kräfte?« Meine Gedanken huschen zum *Tour Eiffel*, zum *Palais Garnier*, zur Feier vor wenigen Minuten, die sich wie Jahre entfernt anfühlen. »Für *Spaßausflüge* noch dazu?«

»Wenn wir klettern, treffen sie uns. Bleiben wir hier, kommen sie zu uns hoch. Es gibt nur einen Weg. Schattenspringen.« Eugène deutet auf das hell erleuchtete Fenster. »Dein Auftritt!«

Richtig, in dem Licht stürzen wir ab. Ich hebe die Hände. Sie beben. Was, wenn meine Fähigkeit mehr von ihnen zu uns führt?

»Odette!«

Die Haut unter meinen Fingernägeln brennt. Die Elektrizität in mir flackert nur mickrig auf. Was, wenn ich zu ausgezehrt bin? Wenn ich den Kronleuchter zerbersten lasse, uns die Splitter der Lampen und des Fensters aufspießen? Ein flüchtiges Bild von Eugène mit einer armlangen, gezackten Scherbe in der Brust erscheint vor meinem inneren Auge. Der Kronleuchter flackert auf, und Elektrizität staut sich in mir, bis meine Haut zu eng für sie ist. Nichts passiert. Ich dränge die Energie etwas weiter, bis sie droht, mich zu verschlingen. Doch sie bricht nicht hervor. Sterne tanzen vor meinen Augen. »Es funktioniert nicht«, klage ich.

Ein dumpfer Einschlag. Sandstein rieselt in meine Augen. Ich werde hochgezogen wie eine Marionette. »Dann muss es so gehen«, knurrt Eugène und stößt uns vom Balkon ab.

Wir segeln kurz in die Höhe, schlingern durch die Luft. Die nächste Kugel rast an uns vorbei.

Wir sinken. Einen Meter, zwei Meter. Ich klammere mich an Eugène. Ein weiterer Schuss, noch näher.

Die Pistolenläufe der Nyx, vier oder fünf, rasen auf uns zu. Kampfhandschuhe aus gelacktem Leder, Gurte mit Schlagstöcken und Dolchen über ihre schwarzen Militärmänteln mit steifen Stehkragen geschnallt. Die volle Kampfmontur.

Kurz vor den Nyx schleudert Eugène eine Hand in ihre Richtung, und eine funkelnde Wolke aus Glassplittern und Sandsteinstaub fegt über sie hinweg. Sie wischen den Dreck von ihren Augengläsern. Das richtet nichts aus!

Meine Fußspitzen schlittern über den Boden, Eugène löst eine Hand von mir – und reißt einem Nyx die Pistole aus der Hand. Er lacht triumphierend, stößt uns mit einem sicheren Schritt vom Boden ab, und wir steigen höher. Weg von ihnen.

Ein Nyx richtet seine Waffe auf uns. Ich zerre an Eugène, um uns aus seiner Schusslinie zu katapultieren, doch wir schlingern nur. Die zweite Kugel trifft Eugène. Er ächzt auf, ein unterdrückter Schmerzensschrei.

»Eugène!«

Wir verlieren unseren Auftrieb und steuern auf den Boden zu.

»Nur ein Streifschuss!«, quält er sich ab.

Unter uns blitzt etwas auf. Die Lichtwaffe von zuvor. Ich kneife die Augen rechtzeitig zu. Licht explodiert mit dem knochenerschütternden Summen, brennt sich selbst durch die geschlossenen Lider in meine Netzhaut ein.

Und wir stürzen.

Eugène dreht uns in der Luft. Was bei Hadès –

Er will mich vor dem Aufprall abschirmen.

»Auf keinen Fall!« Ich entreiße ihm die Pistole und ziele.

Mehrere Kugeln schlagen in den Boden ein, auf den wir zurasen. Dann, nicht durch Können, nicht einmal aus Glück, sondern schlicht und ergreifend dank des Zufalls, zerscheppert die Linse der Waffe. Und mit ihr das Licht.

Eugène verlangsamt den Fall, aber nicht genug. Das venenartige Muster zwischen den Pflastersteinen tritt wie durch eine Lupe hervor. Unsere Beine brechen, wenn wir versuchen, uns abzustoßen! Eugène erkennt das, drängt unsere Körper zu einer

Kugel, nicht halb so geschickt wie ohne mich, und wir schlagen auf dem Boden auf. Der Aufprall presst die gesamte Luft aus meiner Lunge. Doch wir rollen uns ab, unsere Arme und Beine schmettern gegen Stein. Wie eine Puppe hänge ich in Eugènes Armen, während er uns vom Boden wegstößt und ins Schattenspringen katapultiert.

Erst über der Seine nehme ich einen Atemzug, der in meiner Lunge und den Rippen sticht. Meine Finger krallen sich so fest in Eugènes Samt-*Gilet*, dass die Knöchel knacken.

Wir landen auf einem hohen Gebäude am anderen Ufer, dessen Konturen ich nicht einordnen kann. Ich stolpere gegen einen Schornstein, klammere mich fest und versuche, das Dröhnen in meinem Kopf wegzuatmen.

»Sind wir dem Fiasko entkommen?«

Mit gespitzten Lippen betastet Eugène seine Brust. »Nun, mein *Gilet* ist ein Fiasko.« Ausgefranste Löcher, wo Diamanten abgerissen wurden, und Kraterfalten im Samt.

Ich jage zu ihm. »Du wurdest angeschossen!« Meine Hände schweben vor ihm. Wo? Wo ist die Wunde?

Er deutet auf seine Schulter. »Wie gesagt, nur ein Streif–« Er taumelt nach hinten und sinkt auf den Boden.

Ich falle auf die Knie, zwischen seine Beine. Das hilflose Gefühl schlucke ich herunter. »Wir müssen die Blutung stoppen! Zieh *Gilet* und Hemd aus.« Ich zerre am Saum meines Rocks, um Stoffstreifen abzureißen.

Eugène nimmt meine Hände. »Schon gut, schon gut«, murmelt er. »Ich muss nur kurz durchatmen. Es blutet nicht mal stark, schau.« Er reibt über seine Schulter und nur wenig Rot färbt seine Fingerkuppen. »Dein *Haar* ist schlimmer zugerichtet.« Sanft streicht er ein paar Locken hinter mein Ohr. »Du musst nicht warten, bis ich angeschossen werde, um mich meiner Kleidung zu entle–«

»Sie können unsere Fähigkeiten *orten*?« Ich greife an meine Schläfen, wo sich das Hämmern mit dem Pulsieren in meinen Fingerspitzen vermischt. »Wenn ich das gewusst hätte, hätte ich all diesen Ausflügen nie zugestimmt! Ist das – ist *das* der Grund, warum sie dich auf der *Soirée* gesucht haben?«

»Ihre Technologie ist ungenau. Sie müssen uns nah sein und in die richtige Richtung schauen, um ein Signal zu empfangen. Ein paar streifen umher, aber sie können nicht ganz Paris abdecken.« Er zuckt mit den Schultern. »Wenn sie ankommen, sind wir längst verschwunden. Sie finden uns quasi nie.«

»*Quasi nie?*« Ich hole tief Luft und stemme die Hände in die Hüften. »Sie haben uns *zwei* von *drei* Malen gefunden, als ich mit dir in Paris war. Das ist *quasi nie?*«

»Bisher hast du dich immer gut geschlagen.«

»Du wurdest wegen mir verletzt.« Ich sacke ein wenig in mich zusammen. »Weil ich meine Fähigkeit im entscheidenden Moment nicht einsetzen konnte.«

Eugène richtet sich auf, in die Hocke, bis wir auf Augenhöhe sind. Er stützt das Kinn auf seinen Handrücken, beinahe wie die so tief in Gedanken versunkene Bronzestatue *Le Penseur* von Auguste Rodin, und blickt mich an. Auf diese Art, bei der ich wegschauen will, aber nicht kann. »Dank dir konnten heute viele Menschen fliehen. Menschen, die schwerer verletzt worden wären als ich mit diesem läppischen Streifschuss.«

Ich lege meinen wummernden Kopf auf den Knien ab. Etwas in mir sträubt sich dagegen, ihm recht zu geben.

»Und hast du es nicht auch irgendwo genossen? Das Leben als Nachtschwärmerin?« Sein Grinsen muss ich nicht sehen, ich höre es in jeder Silbe.

»Ich habe keine Minute dieses Desasters genossen«, murre ich, mir wohl bewusst, dass das nicht ganz der Wahrheit entspricht.

»Aber das Schattenspringen über Paris? Der *Palais Garnier*? Du kannst mir nicht weismachen, dass dich all das, was du als Nachtschwärmerin erlebst, kaltlässt.« Er rappelt sich auf, bevor ich antworten kann. Vielleicht will er keine Antwort hören. Oder er will nur einen Gedanken säen.

Und hat Erfolg damit. Ich ertrage all das nur, um zu lernen, um meine Familie zu beschützen. Doch wieso schreit mein Herz dann nach mehr, mehr, mehr?

Kapitel 9

Ich schlafe bis zum späten Nachmittag und erledige mit schlechtem Gewissen die Einkäufe, die in den letzten Tagen viel zu oft Mama, Mathilde oder Juliette übernommen haben müssen. Ich weiß nicht einmal, *wer* von ihnen. Wann habe ich das letzte Mal mit meinen Geschwistern gespielt, mit meinen Eltern gesprochen?

Im Hausflur schlägt mir Kohlgeruch entgegen, und obwohl der bittere Muff eigentlich kein Grund zur Freude ist, federn meine Schritte sofort. Wenn sie noch zu Abend essen, kann ich etwas Zeit mit ihnen verbringen! Ich schließe die Tür mit zappeligen Händen auf.

In der Stube spülen Mama und Mathilde das Geschirr. Eine einsame Suppenschüssel, die seit Jahren einen Sprung hat, wartet auf dem Esstisch auf mich.

Kurz verharre ich im Türrahmen, dann stelle ich den Korb mit runzligem Gemüse auf den Tisch und setze mich. Mathilde lächelt mir verträumt zu, doch Mama zerrt mit gerümpfter Nase, und ohne mich zu beachten, eine schrumpelige Rübe aus dem Korb. Ziemlich schäbig, sogar für uns. Aber irgendwie muss ich sparen, bis ich als Nachtschwärmerin Geld verdienen kann. Wann und wie auch immer. Eugène kann ich schlecht deswegen ausquetschen, denn wieso sollte Odette aus der *Bourgeoisie* unbedingt Geld verdienen wollen?

Ich stochere in der Suppenschüssel herum. »Schade. Ich dachte, ich schaffe es rechtzeitig zum Abendessen.«

Mama schnaubt. »Ich darf ja schon froh sein, wenn du überhaupt erscheinst.«

Fantastique, also ist sie weiterhin sauer. Nein, *enttäuscht*. Wie lange geht das jetzt? Zwei Wochen? Drei? Der Riss in der Schüssel knirscht unter meinem Griff. Es ist ungerecht. Sie ist sauer, obwohl ich alles nur für sie tue. Ich schlucke den Kloß in meinem Hals herunter, bis er schwer in meinem Magen liegt. Mama weiß, dass sie ungerecht ist. Ich erkenne es in ihren Augen, die ein wenig verloren in die Ferne blicken, selbst wenn sie mich ansieht. Sie will meine Situation ändern, aber kann es nicht.

Mathilde, die in solchen Momenten erstaunlich feinfühlig sein kann, zieht sich in unsere Kammer zurück. Mama schrubbt weiter an einem Topf herum, von dem ich aus eigener Erfahrung weiß, dass sich die eingebrannte Schicht auf seinem Boden niemals entfernen lässt.

Ich lasse die unberührte Suppe stehen und nehme ihr den Topf und die Bürste aus den Händen. Ihre aufgerissenen, roten Fingerknöchel sollten nicht noch täglich Stahlwolle und schmutzigem Spülwasser ausgesetzt sein. Ich drücke ihre Hand. »Bin ich nicht alt genug, damit wir unsere Streitereien wie Erwachsene klären können?«

Mama zieht ihre Hand aus meiner und versetzt meinem Herzen damit einen kleinen Stich. »Odette, das ist jetzt unwichtig.« Sie starrt ihre Hände an, wischt sie an der vergilbten Schürze ab. »Dein Vater …« Ihre Stimme bricht.

Ein Stahlseil, gefertigt mit den neuesten Technologien, schlingt sich um mein Herz. Ist er –?

Sie presst kurz die Lippen aufeinander. »Rede am besten selbst mit ihm.« Dieser Tonfall – keine Trauer, sondern Zorn.

Er ist nicht – Das Stahlseil lockert sich ein wenig. Doch was auch immer er für Neuigkeiten hat, sie werden mir ebenso wenig gefallen wie Mama.

Trotzdem marschiere ich in die Kammer meiner Eltern, wo Papa auf dem Bett sitzt und mit zittrigen Fingern eine seiner Hosen flickt. Er blickt auf und lächelt mich an, ohne dass sich die Falten um seine Augen vertiefen.

»Was ist passiert?«, frage ich viel zu scharf.

»Es scheint, ich habe einmal zu oft das Wohl meiner Familie unter das Wohl aller gestellt.«

Blut rauscht in meinen Ohren. »Ich habe dir gesagt, du darfst nicht streiken.« Meine eigene Stimme höre ich wie unter Wasser.

»Ich weiß.« Er lässt Hose, Nadel und Faden auf den Schoß sinken. In seinen Augen, ihr Grün beinahe golden im Kerzenlicht, liegen Schmerz und Schuld. Doch eines überschattet alles. *Stolz.* Unbeirrter Stolz, der mir den Magen umdreht.

»Du wurdest offensichtlich nicht verhaftet, also, was dann? Hast du zu oft wegen der Streiks gefehlt?« Ist das meine Stimme? Wenn ich diese Worte aussprechen würde, wären sie nicht so ruhig, oder? »Sie haben dir gekündigt?«

Sein Lächeln erreicht nun auch die Augen. »Du warst schon immer scharfsinnig.«

Ich werfe die Hände in die Luft. »Was tun wir jetzt?« Scharfe, vorwurfsvolle Worte. Sie schneiden in mein Herz wie eine frisch geschliffene Stahlklinge. Der Raum dreht sich, und mit wackligen Knien schleppe ich mich zum Bett. »Was tun wir nun?« Meine leise Stimme bebt vor ungeweinten Tränen, die ich mir verbiete.

Papa sagt etwas, doch nichts dringt zu mir durch. Da ist nur das Rauschen in meinen Ohren, Watte, Unterwasser, Schüsse neben meinem Kopf, Eugènes Schmerzenslaut, Mamas enttäuschte Stimme. Ich hatte immer dieses Bild von mir. Die Tochter, die zurücksteckt, um ihre Familie zu versorgen. Die ihre Gescheitheit nutzt, um genug Lebensmittel zusammenzukratzen. Die sich eine geheime Bruderschaft, die sie verabscheut, zunutze macht. Die jederzeit eine Lösung findet.

Papa hat ein anderes Bild von mir. Die mutige, selbstlose Odette, die für eine bessere Zukunft einsteht. Unermüdlich wie er, sturköpfig wie er, eine Kämpferin.

Aber ich bin keine dieser Odettes. Ich habe die Aufregung genossen, habe gewagt, von einem anderen Leben zu träumen, habe neben Eugène, neuen Freunden, Schattenspringen über Paris und dieser Freiheit in meinem Herzen meine Familie vergessen. Habe für ein paar aufwühlende, traumverlorene Stunden nur an mich gedacht.

Aber eines kann ich jetzt tun. Ein klein wenig Selbstlosigkeit, die eine Sache, die seinem und meinem Bild von mir ein wenig gerecht wird.

Ich lasse die Nachtschwärmer und die Zeit mit Louise hinter mir.

Ich suche mir eine richtige Arbeit. Vielleicht einen Ehemann. Denn egal, was ich mir eingeredet habe – es *gibt* Alternativen. Bisher habe ich mich nur zu sehr daran geklammert, diesen Alternativen zu entkommen. Aber nicht mehr. Nicht mehr.

Auf dem Weg zur *Rue de Lille* streichelt die Seide von Louise' Kleid unter meinem abgenutzten Mantel mit jedem Schritt über meine Haut. Die zwei anderen trage ich, fein säuberlich gefaltet, in einer Tasche. Das letzte Mal, dass ich ein Kleid wie dieses trage. Das letzte Mal, dass ich Eugène sehe. Ich muss ihm persönlich sagen, dass ich nicht weiter zu den Nachtschwärmern gehöre, so viel bin ich ihm schuldig.

Es ist die richtige Entscheidung. Die *einzige* Entscheidung.

Doch meine Gedanken sind so wirr, dass ich vorher mit Louise üben muss, wie ich es formuliere, damit möglichst wenig Gegenfragen kommen. Vor dem *Hôtel d'Amboise* zerrt der Wind an meinen Locken, die in den letzten Wochen ein wenig gewachsen sind. Ich werde sie weiter wachsen lassen, bis ich sie mir zu einem Haarknoten hochstecken kann. Eine praktische Frisur, mit der ich in einer Wäscherei arbeiten kann, mich um einen eigenen Haushalt und eigene Kinder kümmern kann. Es sind nur Haare. Ich habe mich nie um sie geschert, also wieso drehen sich meine Gedanken jetzt um so etwas Lapidares wie Frisuren?

Etwas blitzt hinter einem Fenster im zweiten Stock auf, nur für einen Moment. Dann herrscht Dunkelheit. Geräusche dringen aus dem *Hôtel particulier*. Nicht unüblich für die *Bourgeoisie*, die nachts oft Feiern veranstaltet. Doch ungewöhnlich ist, wonach die Geräusche klingen. Kampftraining im Kreuzgang, zerberstende Laternen und Zivilisten, Verfolgungsjagden –

Ein Kampf!

Atme, Odette. Bestimmt nur ein Streit. Ganz sicher. Wieso sollte im *Hôtel d'Amboise* ein Kampf ausbrechen? Doch während mein Herzschlag sich beruhigt, scheppert es über mir. Mehr Lichter blitzen hinter den Fenstern auf. Das … ist das Mündungsfeuer von Pistolen?

Ich renne zum Dienstboteneingang, dessen Tür unter meiner Hand aufgleitet. Sie ist immer zugesperrt. Sogar als Louise noch hier auf mich gewartet hat, schloss sie erst nach meinem Klopfzeichen auf. Was ist passiert? Was ist passiert? Was –

Ich klatsche mir an die Wangen, und das beißende Stechen

klärt meine Gedanken. Keine Zeit für einen Panikanfall. Ich husche durch die Dienstbotengänge, die sich durch das Haus ziehen. Die Decke vibriert, und ich folge den schweren Schritten bis zur *Antichambre* zwischen Küche und Festsaal, wo die Bediensteten die Teller anrichten. Was, wenn ich mich irre? Sie könnten Gäste zum *Diner* empfangen. Ich presse mein Ohr an die Tür. Die Treppe zum ersten Stock quietscht unter Tritten, die ganz und gar nicht nach Gentilhommes in polierten Lackschuhen und elegant-leichtfüßigen Mesdames klingen. »Die Angestellten sind ruhiggestellt?«, hallt es dumpf durch die Tür.

Das ist eindeutig. Doch ich kann nicht einfach hereinplatzen, ohne zu wissen, was dort vor sich geht. Also kehre ich um und steige in der Küche durch ein Fenster in den Rosengarten, husche hinter einer perfekt getrimmten Stechpalmenhecke entlang, bis ich die bodentiefen Fenster des zweistöckigen Saals im Blick habe, aber genug Rasenfläche dazwischenliegt, um selbst unsichtbar zu bleiben. Kerzen und Kronleuchter tauchen das Innere in warmes Licht, eine andere Welt, deren Schwelle ich nicht übertreten kann. Ein halbes Dutzend Silhouetten bewegen sich über das Parkett. Ein Paar tanzt nahe dem Fenster, ein Mann, der eine kleine Frau in wunderschönem Kleid umschlungen hält. Ich *habe* mich geirrt. Ein Empfang, auf dem Menschen tanzen und –

Ich lehne mich weiter vor, bis Stechpalmenblätter meine Unterarme zerkratzen. Dort tanzt niemand. Breitschultrige Männer marschieren über das Parkett. Und der in Schwarz gehüllte Riese umarmt die Frau nicht – er hält sie gefangen. Nicht irgendeine Frau. Sondern Louise.

Ich ergreife einen abgebrochenen Ast neben mir, so fest, dass die Rinde meine Handflächen aufschürft. Egal, ob ich ihnen nur mit einem Ast bewaffnet oder direkt mit bloßen Händen entgegentreten muss –

Jemand packt mich von hinten.

Eine eisige Hand verschließt meinen Mund, ein Arm schraubt sich um mich, verhindert jeden Angriff mit dem Ast. Nicht schreien! Ich muss verborgen bleiben. Stattdessen ramme ich all mein Gewicht gegen den größeren Körper hinter mir. Vielleicht unterschätzt er mich. Doch er hält mich mit eisernem Griff. Ich hole aus, um ihm die Hacke meines Schuhs in den Fuß zu rammen.

»Ich bin's!« Der Angreifer dreht mich zu sich.

Ich ringe mit ihm, werfe mich gegen den gelockerten Griff. Bereit, zu beißen und zu kratzen.

Dann erkenne ich Eugène, sein Gesicht gerahmt von einer dunklen Kapuze, die tief in seine Stirn hängt.

Mit ein paar wilden Armbewegungen und noch wilderem Herzschlag schiebe ich seine Hände von mir. »War es wirklich nötig, mich zu *überfallen*?«, zische ich.

»Ich wollte nicht, dass du schreist und sie auf uns aufmerksam machst.« Er richtet das Revers seines *Redingotes*, unter dem er die Nachtschwärmeruniform trägt. Das mattschwarze Material mit Netzstruktur aus feinsten Fasern liegt eng an Eugènes Konturen an, als wäre er aus einem Zukunftsroman von Mary Shelley gestiegen.

»Ich hätte ganz bestimmt nicht geschrien.«

»Beim Schattenspringen hast du das ziemlich häufig getan.«

Ich reiße meinen Blick von seinem Oberkörper los. Als Nachtschwärmer mangelt es ihm wohl nicht an Körperertüchtigung, wie von einem reichen Dandy zu erwarten. Ich hebe meine Waffe auf. Gut, meinen Stock. »Wenn du mich jetzt entschuldigst, ich muss Louise da herausholen.«

»Leg das vorher an.« Eugène drückt mir ein Knäuel in die Arme. »Wir dürfen nicht mehr so unvorsichtig sein.«

Ich schüttle den Stoff aus, der sich zu einem viellagigen Kapuzenschal entfaltet, werfe ihn über und ziehe ein enges Stück Stoff über meine untere Gesichtshälfte. Meine Finger beben.

Eugène vermummt sich ebenfalls und schüttelt die Arme aus. »Du befreist Louise aus den Klauen dieses Widerlings, ich kümmere mich um den Rest. Schaff Louise in den Garten, von dort schattenspringe ich uns weg.«

Ich soll nicht die Lichter im Ballsaal löschen? Mein ach so besonderes Lichtwirken – kein Teil des Plans. Natürlich – nach meinem letzten Aussetzer geht er auf Nummer sicher. Zum Glück bedeckt der Kapuzenschal meine bebenden Lippen. »Wie befreie ich Louise?«

»Hiermit.« Eugène wirft mir einen seiner Dolche zu, den ich in letzter Sekunde auffange. »Stich ihm ins Bein oder so, dann lässt er los.«

Eugène schleicht los, doch ich erstarre. Noch nie habe ich einen Dolch benutzt. Und wie will er allein gegen ein halbes Dutzend Männer ankommen? Ich schüttle den Kopf, danach meine Gliedmaßen so wie er zuvor, um alle Bedenken loszuwerden. Immerhin haben wir das Überraschungsmoment auf unserer Seite, oder?

Also pirsche ich über den Rasen.

Ein vermummter Mann tritt hölzern vor Louise, zart neben dem muskelbepackten Hünen. Er trägt eine Theatermaske mit schaurig aufgerissenem Mund und weinenden Augen. Die bis ins Groteske überzogene Tragödie, geschnitzt in Elfenbein.

Ich erklimme die Stufen zur Terrasse und erkenne jetzt auch die Masken der anderen.

Die Nyx.

Ich haste über die Terrasse. Nur noch wenige Meter.

Der Mann mit der Maske der Tragödie streckt eine Hand nach Louise aus, und seine Stimme weht nach draußen. »Dir und deiner Familie wird nichts geschehen.« Die sanfte Ruhe in seinem Tenor jagt mir einen Schauer über die Nackenwirbel. »Wenn du uns verrätst, wer das Mädchen ist.«

Sie suchen *mich*. Das hier geschieht wegen mir.

Eugène stürmt durch die Tür, schlingt den Arm um den Hals eines Nyx und presst die Klinge an dessen Halsschlagader. Alle wirbeln zu ihm herum. Fünf oder sechs Männer.

Ich erstarre. Wie kann ich etwas gegen auch nur *einen* dieser Kolosse ausrichten?

Der Tragödien-Mann legt den Kopf schief. »Natürlich bleiben wir nicht lange von der Pest der Nachtschwärmer verschont.«

»Orchestrator«, einer der Nyx zückt seine Pistole, »soll ich ihn –«

Der Orchestrator – den die Nyx beim Protest erwähnt haben? – bringt den Mann mit erhobener Hand zum Schweigen. »Wir sind zivilisierte Männer, wir können diese Unannehmlichkeit auch zivilisiert klären.«

Ein Bluff. Ich muss handeln. Greife den Dolch fester, stürme zum Riesen, in dessen Armen sich Louise windet, und ramme ihm den Dolch in den Oberschenkel. Beinahe zu leicht gleitet die Klinge durch das Leder, durch Haut und Muskeln. Gebannt starre ich ihn an, aber er zuckt nicht, schreit nicht – lässt vor allem nicht von Louise ab.

»Bist du das Mädchen? *La Fille de Lumière?*«, schneidet die Stimme des Orchestrators durch die Luft.

Ist das ihr Name für mich? Lichtwirkerin bevorzuge ich.

Louise kiekst, erkennt mich trotz der Kapuze. Louise. Nur sie zählt. Ich muss den Dolch in sein Fleisch bohren –

Die Pranke des Riesen donnert gegen meine Schulter, schleudert mich fort. Sterne explodieren vor meinen Augen, doch meine Muskeln rufen die Bewegungen aus den Kampfstunden ab. Ich rolle mich ab, so ungeübt, dass ich eher wie eine Puppe mit leblosen Gliedmaßen über den Marmor kullere. Aber es genügt, um trotz des Schmerzes weiteratmen zu können.

»Nein«, seufzt der Orchestrator und blickt zu den Kronleuchtern. »Wir sollen nur glauben, du wärst sie. Sie würden *La Fille de Lumière* nicht auf eine Mission wie diese schicken.«

Ich ignoriere ihn, blinzle die Sterne fort. *Louise.* Ich suche Eugènes Blick, doch der Kampf ist bereits entbrannt. Er schlängelt sich zwischen den schwer bewaffneten Nyx hindurch, versetzt ihnen Schläge und Tritte, während sie nach ihm wie nach einer lästigen Mücke schlagen. Sie gehen nicht zu Boden, aber Eugène spannt sie so sehr ein, dass mich weder sie noch der Orchestrator und der Riese eines Blickes würdigen. Ich bin keine Bedrohung.

Der Riese lässt den Dolch, der in seinem baumstammbreiten Oberschenkel wie ein Buttermesser aussieht, stecken. Fühlt er den Schmerz nicht? Oder weiß er, was passiert, wenn er die Klinge raus– natürlich!

Der Orchestrator zuckt mit den Fingern in Richtung Louise. »Gib mir das Mädchen.«

Ich beiße die Zähne aufeinander, stemme mich hoch, während der Riese Louise nach vorn stößt, auf ihre Knie.

Der Orchestrator zieht eine Apparatur aus seinem Halfter, deren nadelspitze Metallstacheln sich surrend drehen. »Sie braucht wohl etwas mehr Überzeugungsarbeit.«

Brüllend hechte ich los, was die beiden Männer für wenige Sekunden aus dem Konzept bringt. Lang genug. Ich stürze mich auf den Dolch, umklammere ihn mit beiden Händen, drehe ihn mit aller Kraft, tiefer ins Fleisch, bis das Schrappen von Metall auf Knochen in meinen Fingern vibriert. Dann zerre ich die Klinge aus dem Oberschenkel. Blut durchtränkt den schwarzen Stoff wie ein umgekipptes Tintenfass. Der Riese presst beide Pranken auf die Einstichstelle.

Selbst wenn er keinen Schmerz spürt – verbluten will er sicher nicht.

Beinahe grinse ich. Doch meine tauben Lippen gehorchen dem Impuls nicht, während ich Louise hochzerre, weg vom Orchestrator. Dessen Hand schwingt nutzlos durch die Luft.

»Fass sie ja nicht an!«, zische ich, und Blut rinnt über meine Unterlippe.

»Los!«, donnert Eugène. Ein Nyx dreht ihm beide Arme auf den Rücken, während ein anderer mit erhobener Faust auf in zustürmt. Eugène schmettert den Kopf nach hinten, gegen die Nase des Nyx, und schwingt gleichzeitig beide Beine hoch, rammt seine Füße gegen den Rippenbogen des anderen Mannes. Beide sacken zu Boden, aber die nächsten Nyx preschen schon zu ihm.

»Er weiß, was er tut!« Louise zerrt an meinem Arm, doch ich reiße mich los. Ich kann Eugène nicht allein lassen.

»Lästige Weibsbilder.« Knurrend stelzt der Orchestrator zu uns und langt nach Louise.

Ich ramme ihm den Dolch in den Unterarm. Und treffe auf Metall. Der Aufprall rüttelt durch mein Handgelenk. Was zum –? Ich starre vom Arm zu seiner weinenden Maske. Wie ironisch.

Der Riese stürzt sich auf uns und packt Louise. Sie kreischt, und mit einer Präzision, über die nur ein Mädchen verfügt, das seit der Kindheit zu feinsten Handarbeiten mit Nadel und Faden gezwungen wurde, bohrt sie ihre zarte Faust in seine Wunde.

Mein Herz hüpft, und beinahe juble ich. Der Riese bleibt still, noch immer kein Schmerzzeichen, doch sein Bein gibt nach. Gemeinsam stoßen Louise und ich ihn gegen den Orchestrator. Ich ergreife ihre Hand, und wir rennen zur Tür. Wir können sie nicht besiegen. Können nur hoffen, dass Eugène entkommt und wir mit ihm verschwinden.

Der Lauf einer Pistole klickt. Ein Nyx, außer Atem vom Kampf mit Eugène, zielt auf uns. Ich schiebe mich vor Louise, auch wenn meine Gliedmaßen mir kaum gehorchen. Ein Kronleuchter, direkt über ihm. Wenn ich lichtwirke, zerspringt er vielleicht! Ich reiße die Hand hoch, und das vertraute Summen knistert über meine Haut. Doch die Energie löst sich nicht. Etwas blockiert sie, bis jeder Nerv vor aufgestauter Elektrizität vibriert.

Der Schuss knallt durch den Saal. Ich reiße Louise zu Boden, ihr Kreischen zerreißt beinahe mein Trommelfell – und die Energie bricht aus mir heraus. Unkontrolliert lässt sie die Lämpchen der Kronleuchter zerplatzen.

»Orchestrator! Die Sensoren verzeichnen hohe Energieaktivität beim Mädchen!«

Ich zerre Louise wieder auf die Füße – und wir erstarren. Zwei, drei, vier Pistolen richten sich auf mich.

»Niemand verletzt *La Fille de Lumière*!« Der Orchestrator wetzt durch den Ballsaal.

Nun bin ich also interessant.

Ein Nyx zielt auf Louise. »Ohne das reiche Püppchen kriegen wir sie!« Sein Finger krümmt sich um den Abzug.

»Nein!« Das Brüllen des Orchestrators gellt gemeinsam mit dem Schuss durch den Raum. Doch die Kugel trifft nicht Louise.

Sie zertrümmert die Schläfe des Nyx.

Er fällt zur Seite, starrt mich aus Augen an, die so aussehen, als würde er sie gleich aufreißen. Nur ist er dazu nicht mehr in der Lage. Sein Körper knallt auf den Boden.

»Los! *Los!*« Eugène zerrt mich und Louise zur Tür, etwas

schneller dank der ausgelöschten Kronleuchter. Auf der Terrasse sackt meine Freundin zusammen.

»Halt sie fest!«, befiehlt Eugène.

Ich presse Louise an mich, Eugène umschließt meine Taille, und wir schattenspringen. Über die gestutzte Rasenfläche, über die hohe Gartenmauer, über die Uferpromenade. Hinein in die Freiheit. Und mir schallt nur ein Gedanke durch den Kopf. Das hier ist meine Schuld.

Eine Weile streifen wir wortlos durch die Gassen. Mein Atem geht immer noch zu schnell, und ich umklammere den Kapuzenschal in meinen Armen wie einen Rettungsring, als wir uns durch die Menschenmassen im gewaltigen *Jardin des Tuileries* drängen. Selbst nachts wirbeln hier Varietékünstler herum, und Musik weht aus den Jahrmarktsorgeln über Rasen und Beete. Hier kann uns niemand aufspüren.

Dennoch lässt mich das ungute Gefühl, verfolgt zu werden, nicht los. Ich studiere Louise, ihre in der künstlerischen Illumination der Parkanlage goldenen Locken, den rosa Schein auf ihren Wangen, die zerknitterte Seide ihres Kleides. Sie zittert. Ich löse mich vom Schal, lege ihn um ihre Schultern. Ihre Schönheit zieht immer Blicke auf sich, aber gerade sieht man ihr vor allem an, was sie durchgemacht hat. Ich stülpe die Kapuze über ihr Haar, tief in ihr Gesicht. Dann nehme ich sanft ihre Hand. Sie erwidert den Druck etwas fester, und ich atme auf.

»Nun, das verlief erstaunlich reibungslos«, flötet Eugène und pfeift ein paar verworrene Töne von der Melodie, die er ständig summt.

Mit verengten Augen schaue ich zu ihm, doch jedes böse Wort bleibt in meinem Hals stecken. Auch ihm sehe ich an, was wir erlebt haben. »Was tun wir jetzt?«

»Ich habe Hunger. Einen Bärenhunger«, erklärt Louise mit unerwartet ruhiger Stimme.

Eugène zieht eine Augenbraue hoch. »Sollte ein Mädchen wie du nicht den Appetit verlieren, nachdem sie beinahe von maskierten Unholden entführt wurde?«

»Ein Mädchen wie ich?« Louise wedelt mit ihrer Hand vor seiner Nase herum, damit er das halb getrocknete Blut darauf bemerkt. »Zwei Nachtschwärmer wollen mich retten, und *ich* strecke den muskelbepackten Hünen nieder. Ich habe uns quasi im Alleingang befreit.«

Etwas, vielleicht die Mischung aus abflachendem Adrenalin und der Absurdität der Situation, presst ein Kichern meinen Hals hinauf. Ein wenig zu schrill, aber mit jedem Lacher fällt ein wenig Anspannung von mir ab. Doch dann erstickt das Lachen. »Louise, was ist mit deinen Eltern?«

»Oh, die sind auf einer Geschäftsreise in London. Sie sind in Sicherheit.«

»Und wenn sie zurückkommen? Du kannst nicht zurück nach Hause.« Was meine Schuld ist.

»Sie kehren in etwas mehr als einer Woche zurück. Ich fange sie am Bahnhof ab und erkläre ihnen alles.«

Ich atme tief ein und beobachte die kleinen Boote, die über den künstlichen See schippern. Ich beneide die Menschen um ihre Sorglosigkeit, um ihr Lachen, das über die Wege hallt. Louise muss wegen mir aus ihrem Leben fliehen. »Können wir Louise zur Abtei bringen?«

»Keine Frauen in der Abtei.« Eugène zuckt mit den Schultern.

»Dann eben ins Dorf!«

»Wir müssten erklären, was passiert ist. Wenn sie erfahren, dass wir unsere Kräfte für Ausflüge auf den *Tour Eiffel* oder nicht genehmigte Befreiungsaktionen eingesetzt haben, bestrafen sie uns.« Eugène bleibt stehen und ergreift meine Schultern. »Sie könnten dir auf ewig verwehren, Akolythin zu werden.«

Ich will ihm sagen, dass mir die Strafe egal ist, weil ich die Nachtschwärmer ohnehin verlasse. Doch die Worte wollen sich nicht formen.

»Was ist mit dem Haus deiner Eltern?«, fragt Eugène mich.

Merde. Ich zwinge mich, ihn nicht ertappt anzustarren, sondern durchwühle meinen Kopf nach einer Ausrede. »Ich wohne viel zu nah bei Louise. Was, wenn die Nyx durch die Straßen streifen und sie an einem Fenster entdecken?«

Eugène schiebt uns durch den *Arc de Triomphe du Carrousel*. »Und … Louise kann sich nicht einfach von den Fenstern fernhalten?«

Auf dem Torbogen aus rosafarbenem Marmor lenkt eine Frauenstatue mit Goldkrone einen von vier Pferden gezogenen Streitwagen. Ich verenge die Augen. Auf den Schultern der Frau hockt ein Schatten.

»Odette?« Eugène stupst meine Schulter an.

Ich reiße den Blick von der Gestalt los und deute hoch. »Da ist ein –« Von der Schattengestalt fehlt jede Spur. Ich kneife mir in die Nasenwurzel. Nicht schon wieder.

»Ja, eine Quadriga, wunderschöne Handwerksarbeit, Zeichen von Frankreichs Sieg und Frieden«, plappert Eugène. »Deine plötzliche Kunstbegeisterung in allen Ehren, aber das ist kein Grund, meiner Frage auszuweichen, oder?«

»Ich weiche nicht aus«, murmle ich mit einem letzten Blick auf die Wagenführerin. »Doch ich bringe meine Familie nicht in noch mehr Gefahr. Und wie soll ich ihnen überhaupt erklären, warum Louise vielleicht wochenlang unser Gast ist? Sie kämen sofort dahinter, dass etwas nicht stimmt.«

Langsam nickt Eugène. »Ich kenne einen Ort, an dem Louise unterkommen kann, während wir die nächsten Schritte planen.« Da ist etwas in seiner Stimme, das ich nicht einordnen kann. Seine Augen blitzen so wie immer, wenn er etwas ausheckt, aber jedes seiner Worte kommt schwerfällig über seine Lippen. »Mein Unterschlupf.«

Kapitel 10

Louise und ich schlängeln uns hinter Eugène durch die nächtlichen Flaneure in schicker Ausgehkleidung auf der *Rue de Rivoli*. Bis zu einem Treppeneingang aus Gusseisen und Glas im Art-Nouveau-Stil, der in den Untergrund führt.

»Da kriegst du mich nicht runter!« Auch wenn ich meine Füße nicht in den Gehweg stemmen würde, könnte ich keinen weiteren Schritt machen.

Selbst auf dem geschäftigen Boulevard liest jeder im Vorbeigehen das Schild zwischen den zwei gewundenen Laternenmasten. *Métropolitain*. Jeder verspielte Buchstabe pocht darauf, dass die Pariser das neue Verkehrsmittel nutzen.

Eugène dreht sich mit hochgezogenen Augenbrauen zu mir. »Du hast Angst vor der *Métro*?«

Ich verschränke die Arme. »Weißt du, wie schnell dieses Todesgefährt ist? Und dann hat sich der Bau der Linie eins verzögert – aber plötzlich sind sie doch vor der *Exposition Universelle* fertig geworden? Das stinkt nach Pfuscherei!«

»Kein Pfusch. Mein Vater hat die von den Streikenden geforderte Gehaltssteigerung für die Stadt übernommen, deshalb ging der Bau weiter.« Eugène seufzt auf. »Außerdem müssen wir Louise von den Straßen bekommen. Schattenspringen wäre von hier ein großer Umweg. Und vielleicht zu viel für Louise. Anders als die *Métro* zum *Gare du Lyon*.«

Mein Blick huscht zu Louise, die tapfer den Kopf hochhält, aber die Arme um ihren Oberkörper schlingt. Zu Eugène, dessen Nachtschwärmerkleidung unter seinem *Redingote* argwöhnisch beäugt wird. »Ich habe kein Geld dabei.«

Eugène schwenkt ein Portemonnaie mit im Leder eingeprägtem, verschnörkeltem Lilienkreuz herum. »Ein Gentilhomme kommt nie unvorbereitet.«

»Seltsam, dass wir dennoch ständig in Hinterhalte der Nyx geraten«, grummle ich, doch löse meine verschränkten Arme. »Nun gut, solange die *Métro* keine Gewohnheit wird!«

Eugène zieht einen imaginären Hut und deutet uns den Vortritt an. Louise hakt sich bei mir unter, ihr Griff fester als sonst. Durch das Portal aus Laternenmasten steigen wir in die Station *Palais Royal* hinab.

Das Gebrüll eines Monstrums prustet durch die Station. Sein Atem zerrt an meinem Kleid, und ich klammere mich fester an Louise. Grinsend schwenkt Eugène drei Tickets vor meiner Nase. Warum grinst er trotz des Monst–? Oh, es ist nur die *Métro*. Die *Métro*, die wer weiß wie schnell durch unterirdische Tunnel rast, die innerhalb weniger Monate in die Erde gerissen wurden.

Doch statt der Gruft, die ich erwarte, erleuchten unzählige Lampen die schicken Hallen. Breite Treppen führen zu den Gleisen, wo gerade die nächste Bahn mit zwei Waggons aus edlem Mahagoniholz einrollt. Menschen tummeln sich viel zu nah am Rand des Bahnsteigs, schnatternder und ungebändigter, als es sich schickt.

Ich kann kaum einen Blick auf das polierte Metallemblem oder die römischen Ziffern werfen, da ziehen mich Eugène und

Louise in den mit I bezifferten Waggon. Natürlich erste Klasse. Wir finden einen Vierersitz, das bestickte Leder makellos und kalt unter mir. Statt Pferdegeruch und Dampf liegt dieses Beißen von Strom in der Luft. Hier fühlt es sich wirklich so an, als würde die Elektronik alle bisherigen Erfindungen verdrängen.

»Dein Vater investiert in Elektrizität?« Nervöse Energie lässt die Frage über meine Lippen gleiten, weil die Bahn losgleitet, obwohl ich kein Interesse an ihm, seinem Vater oder ihrer Firma zeigen will.

»Eigentlich *hasst* er Elektrizität. Für ihn sind Mechanik und Dampfmaschinen das einzig Wahre. Aber er will, dass möglichst viele Menschen zu seinen Ständen auf der *Exposition Universelle* kommen, also beißt er in den sauren Apfel.« Während Eugène weitererzählt, schalte ich ab und beobachte, wie der Tunnel an uns vorbeizieht, wie wir in Stationen ein- und ausfahren.

Plötzlich stöhnt Louise laut auf, sodass mehrere Fahrgäste sie pikiert anblicken. »Ich habe immer noch einen Bärenhunger. Wenn dein Vater also nicht in Restaurants investiert und du uns zu einem davon bringst, will ich nichts mehr von diesem langweiligen Geblubber hören.«

»Sie wird mäkelig, wenn sie hungrig ist«, erkläre ich schulterzuckend.

»Und beinahe von irgendwelchen Wahnsinnigen entführt wird«, fügt Louise hinzu. »Wo wir schon dabei sind – das waren die Nyx, oder? Wie haben sie davon erfahren, dass ich dich kenne?«

»Das ist meine Schuld«, murmle ich. »Sie müssen die Gäste der *Soirée* befragt haben.«

Eugène stützt die Ellbogen auf seinen Oberschenkeln ab und legt das Kinn auf seine verschränkten Hände. »Louise mit einer unbekannten Begleiterin – so etwas spricht sich herum. Aber du hättest nicht ahnen können, was passiert.«

»Ich *wusste*, es macht nur Probleme, wenn ich als Odette –«

»Es ist *nicht* deine Schuld!« Louise rammt mir ihre Hacke in den Fuß.

Ich beiße mir auf die Zunge. Beinahe hätte ich zu viel verraten.

Eugène runzelt die Stirn. »Was meinst du mit *als Odette?*«

»Da tritt mich doch ein Pferd!« Louise springt auf und zerrt uns mit sich. »Wir sind tatsächlich schon am *Gare du Lyon*!«

Während wir auf den Bahnsteig treten und durch die Hallen des riesigen Bahnhofs stiefeln, weiche ich Eugènes Blicken aus. Ohne Louise hätte ich verraten, wer ich wirklich bin. Obwohl sie ihn immer wieder mit Jauchzen oder Fragen ablenkt, verharrt dieser argwöhnische Schatten in seinen Augen.

»Sind wir hier richtig?« Louise begutachtet die heruntergekommenen Arbeiterwohnungen am Ufer, die Fabrikgebäude, die mit ihren unterschiedlichen Größen wie schiefe Zähne emporragen, und den nie verdunstenden Nebel aus Dampf- und Rauchschwaden über allem.

»*L'Artémis* ist ein aufstrebender Stadtteil.« Eugène deutet um sich. »Hafenanlagen, Güterbahnhof, Luftschiff-Docks, viele Arbeitskräfte – was will man mehr? Die Wiesen, Wälder und Weinberge, mit denen Artémis uns einst segnete, mag manch einer antworten, aber das interessiert die Männer ganz oben ja nicht.«

»Als ob du nicht zu den Männern ganz oben gehörst«, murmle ich, bevor ich Louise Hand tätschle. »Wenigstens gibt es nur wenige Straßenlaternen. Im Notfall kann Eugène hier schattenspringen.«

»Ihr habt mich überzeugt. Gleich morgen halte ich Ausschau nach Grundstücken für mein zukünftiges Domizil, bevor alles vergriffen ist.«

»Nicht notwendig, dank mir hast du hier bereits ein wunderbares Domizil.« Mit einer ausladenden Bewegung deutet Eugène auf ein zwischen zwei heruntergekommenen Wohnhäusern eingepferchtes Fabrikgebäude. Wohnhäuser, die neben der Fabrik einladend aussehen. Mit ausgebreiteten Armen dreht sich Eugène im Gehen zu uns um, präsentiert das Gebäude wie das *Château de Versailles*. »Großzügig geschnitten, direkt in Uferlage, Raum für kreative Entfaltung!«

Ich halte Louise am Arm zurück. »Dieses *Haus* stürzt jeden Moment ein!«

»Raum für kreative Entfaltung. Sagte ich doch bereits.«

Während ich den Blick über die angelaufene Backsteinfassade mit den zerbrochenen Fenstern schweifen lasse, sperrt Eugène die rostige Metalltür auf.

Louise zieht ihren Arm aus meinem. »Es riecht nach Zucker. Wenn auch nur die geringste Chance besteht, dass er dort drin einen Begrüßungskuchen versteckt, gehe ich in dieses Gebäude.« Mit einem entschuldigenden Grinsen folgt sie ihm.

»Mein Vater hat die stillgelegte Zuckerfabrik vor einigen Jahren als Anlage gekauft und will sie irgendwann umbauen, wenn es sich lohnt«, erklärt Eugène und hält mir die Tür auf. »Aber er besitzt so viele Grundstücke wie dieses, dass er sie meistens vergisst.«

Im Treppenhaus klatschen unsere Schritte auf die Metallstufen, hallen von den kargen Betonwänden wider. Louise hat recht – es riecht nach Zucker. Wir passieren einige Stockwerke mit mehreren Metalltüren, doch erst ganz oben drückt er die einzige Doppeltür auf.

Hinter ihr liegt ein Dachgeschoss mit erstaunlich hohen Glaswänden. Ein Stahlkonstrukt aus zierlichen Streben hält gegen alle Naturgesetze die Scheiben, welche die Wände und das Dach bilden. Wie ein Gewächshaus im botanischen Garten. Und tatsächlich schlingt sich Rankengewächs an den Wänden hoch. Tropische Pflanzen mit dicken, saftigen Blättern wuchern durch eine mit Metallbalustraden gesicherte Öffnung im Boden, die den Blick nach unten in die Fabrikhalle freigibt. Mondlicht fällt in dieses Gewächshaus der Nacht, verwandelt die Pflanzen in etwas Andersartiges, Ungebändigtes. Vielleicht gedeihen diese Pflanzen sogar unter dem blassen Schein des Nachthimmels statt im Sonnenlicht.

»Hast du das alles hergeschafft?«, wispere ich, um die magische Ruhe hier nicht zu sehr zu stören. Ich wandere durch die einzelnen Bereiche des Dachgeschosses, die mit gläsernen Trennwänden voneinander abgetrennt werden. Eine Nische mit einem Schreibtisch, der unter der Last unzähliger Pergamente, Bücher, Briefbeschwerer, Tintenfässer, Päckchen mit Kohlestiften und gebündeltem Zeichenpapier einzustürzen droht. In einer weiteren stapeln sich leere Blumentöpfe und Metalleimer zwischen achtlos verstreuter Erde und Gartenwerkzeug. Von einem schmiedeeisernen Bett, das in der nächsten Nische von einem Baldachin aus Lagen über Lagen hauchzarter Stoffe umrahmt wird, wende ich hastig den Blick ab.

»Ich musste feststellen, dass es in einer leer geräumten Bauruine langweilig wird, selbst wenn man die Einsamkeit begrüßt.« Eugène drängt sich an mir vorbei und schaufelt im hintersten, mit einem Seidenteppich ausgelegten Bereich Kohlestücke in einen kleinen, frei stehenden Herd, der kaum groß genug scheint, um den Raum zu erwärmen.

Er zündet sie an, und knisternd erwacht ein Feuer zum Leben, sodass Muster aus Licht und Schatten über ein Sofa, eine *Récamière* und Kissenberge aus Samt, Damast und schwer besticktem Brokat tanzen, satte Farben im Dämmerlicht. Der Unterschlupf gleicht weder dem Appartement meiner Eltern noch dem *Hôtel d'Amboise*. Dennoch ist es ein Zuhause.

Etwas in mir verknotet sich. »Bist du oft hier?«, frage ich leise.

Vielleicht zu leise, denn Eugène schlägt die Tür vom Herd zu, und das Rattern übertönt mich anscheinend. »Ich müsste auch etwas zu essen dahaben.« Er kramt in einem Schrank herum.

Louise lässt sich in einen Haufen Kissen fallen und tritt die Schuhe von ihren Füßen. Ich hocke mich auf ein Sitzkissen aus moosgrünem Samt und versuche, meine Beine in eine sittliche Position zu falten. »Wie geht es dir?«

»Jetzt? Gut. Die Situation zuvor war *etwas* beunruhigend.« Louise lächelt, doch ihre Mundwinkel zittern dabei. »Ich bin nur dankbar, dass ihr mir zu Hilfe gekommen seid. Und meine Eltern nicht zu Hause waren.«

»Du solltest so etwas nicht durchmachen müssen«, sage ich. »Es tut mir so leid. Ich hätte dich da nie mit reinziehen dürfen.« Ich schnappe mir ein aufgeschlagenes Büchlein, ein Gedichtband, der auf einem niedrigen Tisch liegt, und blättere darin herum. Ich kann sie nicht ansehen. Meine unschuldige, behütete, zarte, starke Freundin.

Louise löst das Buch aus meinen verkrampften Fingern, bis das Brennen in meinen weißen Knöcheln verfliegt. Sachte legt sie eine Hand an meine Wange, sodass ich sie anblicke, die Wärme einer Mutter in ihrem Gesicht, das normalerweise übersprudelt vor kindlicher Heiterkeit. »Genauso wie *du* so etwas nicht durchmachen solltest. Du hast dich nicht dazu entschieden, eine Fähigkeit zu entwickeln und in einen Krieg zwischen zwei Fraktionen hineingezogen zu werden. Es gibt keinen Grund, warum du mehr auf dich nehmen und ertragen können musst als ich.«

Ich bekomme kein Wort über die Lippen, aber drücke ihre Hand, hoffe, meine Dankbarkeit so übermitteln zu können. Eugènes Schritte hallen durch den Unterschlupf, und ich löse rasch meine Hand aus ihrer, prüfe sofort ihre Mimik, ob ich sie damit kränke. Ihr Blick bleibt sanft. Sie weiß, dass ich nicht damit umgehen könnte, wenn Eugène meine Unsicherheit bemerken und mit einem Spruch kommentieren würde.

Doch wenn er etwas in meinem Gesicht oder meinem Schweigen lesen kann, überspielt er es. Schwungvoll platziert er eine verbeulte Blechdose mit dem Schriftzug der *Chocolaterie Lombart* auf dem Tisch. Eine Handvoll *Pralinés roses*, getrocknete Aprikosen, Mandeln und Walnüsse, kandierte Orangenscheiben, Madeleines, sogar ein halber Laib Brioche, Süßigkeiten, die er wahllos zusammengesucht haben muss.

»Wie ausgewogen«, bemerke ich und rupfe ein Stück Brioche ab.

Eugène sinkt direkt neben mich auf ein paar Kissen, obwohl noch reichlich Platz am Tisch ist. »Verzeih, dass ich keine komplette Küchenausstattung hochschleppen konnte. Sonst hätte ich natürlich ein Drei-Gänge-Menü gezaubert.«

Louise stürzt sich auf die Gaben und schaufelt sich von allem etwas auf den Schoß. Hat von uns beiden tatsächlich *sie* die Wochen in einer Benimmschule abgesessen? Doch während ich am süßen, weichen Brot herumknabbere und ihren gesunden Appetit beobachte, fällt mir ein Felsbrocken vom Herzen. »Hast du eine Küche überhaupt schon mal betreten?«, necke ich Eugène mit hochgezogener Augenbraue.

Er nimmt eine kandierte Orange, beißt ab und lehnt sich mit übertriebener Lässigkeit zurück, sodass er mehr liegt als sitzt. Wie immer dieser Hauch von Dionysos, dem Gott des Weins. »Hast du?«

Sind die Frage und sein bohrender Blick ein Test? Ich lache leise und unverbindlich. »Wie lang kann Louise hierbleiben?«

Eugènes Lächeln bleibt, doch seine Brauen sinken ein wenig tiefer. »So lange wie nötig. Mein Vater hat die nächsten Jahre nichts mit diesem Grundstück vor, also ...« Seine Stimme verweht ihm stillen Raum.

Diese bedrückende Schwere liegt in der Luft, seit er seinen Unterschlupf das erste Mal erwähnt hat. Ich will ihn nicht bedrängen, aber ich kann auch nicht *nichts* sagen. Also presse ich die nächsten leisen Worte hervor. »Ich meinte, wie lange es für dich in Ordnung ist.«

Da liegen Worte auf Eugènes Lippen, winzigste Bewegungen. Ich nehme sie nur wahr, weil ich ihn so genau ansehe. Seit wann tue ich das? Ihn ansehen, analysieren, ergründen? Fahrig reiße ich den Blick von ihm los, starre stattdessen aus der Fensterfront. Mein Herz beruhigt sich ein wenig beim Anblick der gemächlich fließenden Seine, den Hafenmitarbeitern, den malerisch wirbelnden Rauchschwaden aus den Schornsteinen vor einem schmalen Band Sonnenaufgang am Horizont.

»Also hast du es bemerkt.« Eugènes Stimme klingt weit weg, als ich ihn wieder ansehen kann. »Dass ich gezögert habe, euch herzubringen.«

Gleichzeitig zucke ich mit den Schultern und nicke, ein Ja-Nein-Vielleicht, weil er nicht wissen soll, wie ich ihn wahrnehme. Louise' Augen sind geschlossen, und ihr Atem geht tief und langsam. Ich picke den Teller von ihrem Schoß, nehme eine Praline, mir vollkommen bewusst, dass ich einfach nur etwas in den Händen halten will. Bittersüß schmilzt sie auf meiner Zunge.

»Ich habe noch nie jemanden hergebracht.« Er greift sich ein Kissen und rollt dessen Fransen zwischen seinen Fingern. Dann fährt er fort, vorsichtig, als würde er über jedes Wort dreimal nachdenken. »Es hätte sich angefühlt, als würde ich einen Eindringling mit offenen Armen an diesem Ort begrüßen, der nur mir gehört.«

Mein Atem geht flach, schmerzt ein wenig zwischen den Rippen. »Ich weiß, was du meinst«, stoße ich hervor, bevor ich es mir anders überlegen kann. »So ähnlich fühle ich mich mit Louise. Wenn ich mit ihr Paris erkunde, fliehe ich aus meinem Alltag. Und ich will nicht, dass die Menschen aus meinem Alltag daran teilhaben. Denn das würde die Illusion zerstören, die die Nachtstunden mir bieten. Der Ort, der nur mir gehört.« Ich presse die Lippen aufeinander. Wie kann ich diese Gedanken, die bis gerade nur vage in meinem Bewusstsein schwebten, so plötzlich in Worte fassen? Ich wische Krümel von meinem Kleid, die überhaupt nicht da sind. »Vielleicht ist es doch nicht das Gleiche –«

»Nein«, unterbricht Eugène mich. »Genauso fühlt sich dieser Ort für mich an. Und ich hätte nicht gedacht, dass ich dazu fähig bin, so ... selbstlos zu sein. Diese Zuflucht mit jemandem zu teilen. Denn das hier ist der einzige Ort, an dem ich ... wo ich ...«

»Aber du *warst* dazu fähig.« Ich nehme einen tiefen Atemzug. Zuckergeruch vom Konfekt vermischt mit dem der Fabrik. »Um Louise zu helfen, hast du sie hierhergebracht.«

Viel zu lange betrachtet er mich. Dunkle Augen, dunkles Haar, Marmorhaut, alles an ihm von der Nacht zu den Schwarz-Weiß-Tönen einer Photographie ausgewaschen. Vielleicht duftet auch er nach Zucker, so süß und unerreichbar wie die Konfekte im Schaufenster einer *Confiserie*, vor denen ich jeden Tag nach der Schule mit meinen Klassenkameradinnen stand. »Ich bin nicht sicher, ob ich es für Louise getan habe.« Er blickt kurz zu ihrer schlafenden Form, dann sogleich wieder zu mir. »Oder für dich.«

Zucker hat keinen Geruch. Was ich rieche, sind Früchte und Schokolade. Die Noten vom karamellisierten Zucker, der tief unter uns in den riesigen Kesseln kleben muss. Karamell, so wundervoll reichhaltig und süß, aber darunter auch der beißende Geruch von schwarz verbranntem Zucker, der zu lange in den Kesseln schmorte. Wenn man nicht aufpasst, wird Süßes viel zu schnell bitter. »Ich verlasse die Nachtschwärmer.«

Eugène starrt mich an, und auf einen Schlag brennt nur noch bitterer, schwarzer Rauch in meinem Rachen, als würde unten in der Fabrikhalle Zucker verkokeln. Er schüttelt sachte den Kopf. »Warum?«

»Ich dachte, ich könnte meine Familie und Freunde beschützen, wenn ich Teil der Nachtschwärmer werde. Aber was hat es gebracht? Sie hätten beinahe Louise entführt. Ich muss untertauchen, damit sie aufgeben.« Ich schnappe nach Luft. Meine Rückenmuskeln zittern, so weit lehne ich mich nach vorn.

Eugènes Lächeln mit den hochgezogenen Augenbrauen zerrt an meinem Herzen. »Ich glaube nicht, dass du jemals so viel an einem Stück zu mir gesagt hast.« Er fährt sich durch die Haare, seufzt leise. »Ich verstehe dich. Doch die Nyx geben die Suche nicht auf, nur weil du aufhörst. Wir alle sind für sie beliebige Nachtschwärmer, die sie bei Gelegenheit beseitigen wollen. Nur *du* bist etwas Besonderes. Der Orchestrator – er wollte dich lebendig, nicht wahr?«

Ich starre ihn an. »Was haben sie mit mir vor? Mit meinem *Lichtwirken*?«

Eugène zuckt leicht mit den Schultern. »Ich bin bis heute davon ausgegangen, dass du einfach nur eine Bedrohung darstellst.«

»Aber wie kann ich meine Familie beschützen, wenn ich nicht weiß, was die Nyx über mich herausgefunden haben? Wann und wie sie als Nächstes zuschlagen?«

»Wir können versuchen, es herauszufinden. Sie ausspionieren. Aktiv gegen sie vorgehen, um ihre Schritte gegen dich zu vereiteln.«

Ein bitteres Lachen verätzt das Innere meines Mundes. »Mache ich weiter, sind sie in Gefahr. Höre ich auf, sind sie in Gefahr. Ich kann nicht das Richtige tun, oder?«

»Vorher können wir nie wissen, was das Richtige ist. Wir müssen uns entscheiden, mit unserem Verstand oder unserem Herzen oder einem Bauchgefühl – und erst später zeigt sich, ob die Entscheidung gut oder schlecht war. Doch selbst wenn wir sie bereuen, wissen wir nicht, ob die andere Entscheidung besser oder schlechter gewesen wäre.«

»Du wirkst nicht wie jemand, der Entscheidungen bereut.« Die Bitterkeit in meinem Rachen verwebt sich mit den Worten, bis Verbitterung auf meinen Lippen brennt. »Der überhaupt Entscheidungen treffen muss, die größere Konsequenzen haben als einen Kater am nächsten Tag.«

»Ich schlafe kaum.« Die Worte preschen ohne Bedenkzeit hervor. Sofort bohrt er die Finger in das Kissen. Er bereut die Worte. Wird nicht mehr dazu sagen. Doch dann sieht er auf, in meine Augen, und zieht seine Knie zum Rumpf, umgreift sie mit beiden Armen. »Du kennst mich nur bei Nacht, auf Feiern oder bei den Nachtschwärmern. Aber ich habe Pflichten meiner Familie und meinem Vater gegenüber, denen ich gerecht werden will. *Muss.*« Seine Unterlippe gleitet zwischen seine Zähne.

Irgendetwas in mir will sein Gesicht in meine Hände nehmen und mit dem Daumen über die gequälte, zarte Haut streichen, damit er aufhört.

»Gleichzeitig bedeutet mir die Nacht zu viel, um sie aufzugeben. Wieder und wieder muss ich mich entscheiden, für das eine und gegen das andere. Arbeit, Studium, Familie, Feier, Freunde, Nachtschwärmer, Schlaf. Meistens opfere ich meinen

Schlaf. Und schon bin ich im Teufelskreis gefangen. Weniger Schlaf, weniger Konzentration, schlechtere Arbeit, enttäuschte Freunde und Eltern, alles Konsequenzen, die ich nur mit noch weniger Schlaf kompensiere.« Er bettet seinen Kopf auf seinem Oberarm, der immer noch um seine Knie geschlungen ist. So jung, so verletzlich. »Ich weiß, im Gegensatz zu dir bin ich selbst schuld an meinem Dilemma. Es wäre so einfach, auf das Nachtleben zu verzichten. Aber ich kann es nicht.«

Sein Dilemma ist lächerlich. Sogar lächerlicher, weil es ihm auch noch bewusst ist. Sein Leben wäre frei von Problemen, würde er nur schlafen gehen, statt zu feiern. Und doch wagt er es, seine Situation mit meiner zu vergleichen.

»Ich verstehe dich«, wispere ich trotzdem. Denn auch ich habe Dinge, die ich loslassen sollte, aber nicht loslassen kann. Wie kann ich ihm deswegen einen Vorwurf machen? Besonders wenn er dreinblickt, als wäre er der Titan Atlas und müsste das Gewicht des Himmelsgewölbes auf seinen Schultern stemmen.

»Ich bewundere dich.« Eugène streckt seine Gliedmaßen aus. »Du hast deinen Lebenssinn in deiner Familie gefunden und würdest alles für sie tun. Vielleicht treffe ich bessere Entscheidungen, wenn ich einen Sinn finde, der alle Puzzlestücke an ihren richtigen Platz klicken lässt. Doch egal, wie lange ich danach suche, ich finde ihn nicht.« Er summt, schon wieder diese Melodie. Melancholisch und ohne richtige Ordnung, etwas, das in mir Bilder von etwas Wunderschönem heraufbeschwört, in dem man bei genauem Betrachten ein erschütterndes Grauen entdeckt.

Die Melodie und seine Offenheit schnüren mir den Hals zu. Noch nie habe ich jemanden wie ihn getroffen, vor allem keinen Mann, der so furchtlos seine Verletzlichkeit zeigt. So wie ich selbst es nie könnte. »Was ist das für eine Melodie, die du immer summst?«

Er schreckt ein wenig auf. »Welche Melodie?«

Ich kopiere seine Töne, versuche, sie in der richtigen Reihenfolge zu summen, probiere sie auf meinen Lippen.

Mit sanftem Lächeln lauscht er meinen hölzernen Bemühungen, bis ich verstumme.

Dann schaut er in die Ferne. »*Nocturnes* von Claude Debussy. *Nuages*, *Fêtes* und *Sirènes*«, erklärt er leise. »Mir war nicht klar, dass ich es oft summe.«

»Vielleicht ist das der Sinn, nach dem du suchst? Die Musik. Als du im *Palais Garnier* dem Konzert gelauscht hast – ich habe noch nie jemanden gesehen, der Musik so sehr, so offensichtlich liebt.«

Eugène zuckt mit den Schultern. »Wenn das mein Lebenssinn wäre, wieso entscheide ich mich nicht dafür? Es wäre so einfach. Einfacher als deine Entscheidung.«

»Aber letztendlich können wir beide keine Entscheidung treffen. Was gibt es da bei mir zu bewundern?«

»Weil es einen Unterschied gibt. Ich weiß einfach nicht, was ich will. Dir fällt die Entscheidung schwer, da etwas wirklich Wichtiges dahintersteht. Ich kann dir diese Entscheidung nicht abnehmen.« Eugène beugt sich näher zu mir, seine Sternenhimmelaugen so klar, obwohl das Feuer nur noch glimmt, da niemand Kohlestücke nachlegt. »Doch ich verspreche, dir zu helfen, ganz gleich, wofür du dich entscheidest.« Er blickt zur Seite, sinkt mit dem Rücken auf die Kissen. »Wenigstens dazu kann ich gut sein.«

Nach allem, was ich über ihn weiß, sollte ich sein Versprechen nicht allzu ernst nehmen. Dieser flatterhafte Dandy, ein Taugenichts umringt von Mädchen, trunken von Absinth und Reichtum. Aber ihn sagen zu hören, dass er mir zur Seite steht, lässt die Antwort so klar und einfach erscheinen. Ich taste nach dem Anhänger der Athéna, gleite mit fahrigen Fingern über die

Barockperle. Louise hat sie mir geschenkt, weil sie als Göttin der Weisheit so sehr zu unserem Wunsch nach einem Studium passt. Doch Athéna ist auch die Göttin des Kampfes.

»Du hast recht.« Ich balle eine Faust um den Anhänger und blicke zu Eugène auf. »Ich kann nicht davonlaufen, dafür ist es zu spät. Also kämpfe ich.«

Kapitel 11

Als Eugène und ich am nächsten Abend die Abtei betreten, stürmt uns Clément entgegen. »Was habt ihr gestern nur getan?«, zischt er.

Ich schrumpfe unter seinem Zorn zusammen. Wie bei Hadès' Höllenhunden hat er davon erfahren? Nein, o nein. Er verbietet mir, Akolythin zu werden.

»Los, ins Skriptorium. Ihr könnt froh sein, wenn Auguste euch dort noch duldet.« Mit wehender Kutte stürmt er davon.

Es geht nicht um Louise und den Kampf gegen die Nyx. Ich löse die Fäuste. Nur darum, dass wir die Schulung der Fähigkeiten verpasst haben. Schon wieder. Eugène und ich blicken uns kurz an, er zuckt mit den Schultern, dann hasten wir ins Skriptorium.

Eugène und ich sind die Ersten. Vor dem knisternden Kamin blättert Auguste in Pergamentseiten und winkt uns heran, ohne aufzusehen. »Vielleicht liegt dein mangelnder Respekt der Bruderschaft gegenüber auch in meiner Unzulänglichkeit begründet.« Er stapelt die Pergamente auf seinen Tisch, bis sie akkurat übereinanderliegen. »Du hast noch immer nicht die

Initiation beendet. Nach reiflicher Überlegung bin ich geneigt, meinen Anteil an diesem Umstand einzugestehen.«

Ich traue mich kaum zu atmen, um seine untypische Gefasstheit nicht aufzuwirbeln. »Heißt das –«

»Ich beende dein Ritual heute Nacht, nach dem Studium. Danach weißt du, was es bedeutet, zu den Nachtschwärmern zu gehören.«

Wäre ich Louise, würde ich Auguste umarmen. Doch ich klammere mich nur am Anhänger der Athéna fest, um nicht loszukreischen. Ein erster Fortschritt! Vielleicht fühle ich mich danach ein wenig mehr wie eine Nachtschwärmerin. Schöpfe neue Kraft.

»Aber das war es dann mit all euren Ausreden.« Auguste faltet die Hände. »Sprich, keine Fehler mehr. Kein einziger.«

Ich schlucke, nicke, schlucke erneut. Habe ich Auguste falsch eingeschätzt? Streng, konservativ, harsch, definitiv, nur vielleicht nicht das Monster, als das ich ihn gesehen habe. »*Merci*, Auguste«, murmle ich so ernst wie möglich, damit er es sich nicht anders überlegt.

Nachdem er sich abgewendet hat, drehe ich mich strahlend zu Eugène. »Das ist gut, oder? Ein gutes Zeichen!«

»Natürlich.« Eugène lächelt, halbherzig, und zuckt mit der Schulter. »Aber das ist nur ein winziger Schritt. Novizen müssen wochenlang, monatelang, ihre Eignung beweisen, bis Auguste sie für bereit erklärt. Erst dann erhalten sie Ausrüstung, Waffen, Informationen, den Ring der Bruderschaft. Vorher wird er niemals zulassen, dass du mit mir gegen die Nyx vorgehst.«

Das Scharren der eintrudelnden Novizen schwillt an, während ich mich setze. »Ohne die Unterstützung und Ausstattung der Bruderschaft schaffen wir das niemals!« Ich schlage den Folianten auf, der auf meinem Platz liegt, starre die Buchstaben mit zusammengebissenen Zähnen an. »Was soll ich jetzt tun?«

»Du tust genau das, was sie von jedem Novizen erwarten«, flüstert Eugène, während Auguste von Pult zu Pult wandert, um einigen der Novizen neue Schriftstücke zu geben. »Lernen, üben, stärker werden, dein gelerntes Wissen unter Beweis stellen. Doch gleichzeitig besorgen wir heimlich Ausrüstung und Waffen, mit denen du dich verteidigen kannst, und stellen im Alleingang Nachforschungen an.«

»Wie sollen wir das bezahlen?«

Auguste räuspert sich und stiert uns an. Ich beuge mich tiefer über mein Buch.

Eugène verengt die Augen. »Geben deine Eltern dir kein Geld für deine Freizeit und Ausgaben?«

»Natürlich tun sie das«, murmle ich ins Papier. »Aber ich vermute, Kampfausrüstung entspricht nicht *ganz* der Preisklasse von Kleidern, *Pâtisseries* und Theaterkarten! Sie würden mitbekommen, wenn ich all mein Gespartes plötzlich ausgebe.«

Eugène stöhnt und reibt sich über das Gesicht. »Du hast recht. Mein Vater würde das auch merken. Wir müssen anders an Geld kommen. Wir schlagen zwei Fliegen mit einer Klappe, Geld und Informationen, wenn wir –«

Eine Bewegung in meinen Augenwinkeln. Ich stoße Eugène mit dem Ellbogen in die Seite. Auguste schleicht an den Pulten entlang, die Hände gefaltet, das Gesicht neutral, sein Blick auffällig von uns abgewendet. Ein kaltes Schaudern kriecht meinen Nacken hinauf, bis zum höchsten Punkt meines Scheitels.

Er belauscht uns.

Ich zwinge mich, gleichmäßig zu atmen, während ich das Buch anstarre und meine Finger in meine Oberschenkel bohre. Das Pochen in meinen Ohren übertönt das Rascheln von Papier neben mir. Wie viel hat er gehört? Ahnt er, was wir vorhaben?

Ich blättere zur nächsten Seite, wage, rasch zu Eugène zu sehen. Ein Muskel seines Kiefers zuckt.

Ich fixiere wieder das Buch, so lange, bis ich mehr spüre als sehe, wie Auguste sich von uns entfernt. Immer noch kann ich nicht aufatmen. »Wieso belauscht er uns?«

Eugène richtet seinen finsteren Blick auf mich. »Wir reden nach der Initiation.«

Die Initiation. Meine Innereien überschlagen sich. Auguste will sie nicht aus tief vergrabener Gutmütigkeit beenden. Sein Sinneswandel ist eine Falle. Er wartet nur darauf, dass ich einen Fehler mache – und nach der Initiation ist jeder Fehltritt ein gefundenes Fressen für ihn.

Ich versinke in der Kutte, Dämmergrau statt Schwarz wie die der Brüder, in den ellenlangen Ärmeln und den schwingenden, breiten Stofffalten. Der eisige Steinboden prickelt unter meinen Fußsohlen, als ich nach draußen auf den Vorhof trete. Ich halte das aus. Das, und was auch immer folgt. Hauptsache, ich muss kein Tieropfer bringen. Bitte, lass das hier kein infernalisches Ritual eines Kultes sein.

Eugène deutet die Treppe hinab, die in das Dorf am Hang des *Mont-Saint-Michel* führt. Niemand hat mir verraten, was passiert. Ich weiß nicht einmal, wohin ich gehen soll.

Ich hebe die Kutte etwas an und schlucke, steige Stufe für Stufe hinab. Allein. So klein neben dem aufragenden Mauerwerk, unter dem Sternenhimmel und dem Meeresrauschen. Tausende Gedanken flirren durch meinen Kopf, die vom Wind mitgerissen werden. Kälte beißt in meine Sohlen, als ich den ersten Schritt in die abschüssige Gasse setze, eingekesselt zwischen den drei- und vierstöckigen Fachwerkhäusern.

Eine einsame Kerze entflammt im winzigen Fenster direkt neben mir. Ich schreite voran, und ein weiteres Licht erwacht zum Leben. Fenster für Fenster erleuchtet, mit jedem Schritt ein neues Irrlicht, das mir den Weg weist. Bald schon begleitet mich ein Flammenmeer durch die verwinkelte Gasse des Dorfes. Aus ihren Türen beobachten mich Menschen, Männer, Frauen und ein paar Kinder, alle mit schlanken Kerzen in den Händen.

Es ist wunderschön. Unwirklich. Etwas, das nur in Feengeschichten existieren sollte.

Die Nachtschwärmer erwarten mich hinter einem schmalen Torbogen, direkt am Meer. Sie alle tragen steife, silberverzierte Chormäntel über ihren schwarzen Kutten.

Ich halte vor Auguste und Clément inne, und meine Füße versinken etwas im feuchten Sand der Ebbe. Sie sehen mich an, die Hände vor ihren Körpern gefaltet. Die Unsicherheit rauscht zurück in mich wie die nahende Flut. Vielleicht sollte ich knicksen? Auf die Knie fallen?

Bitte, Poséidon, wenn ich versäume, irgendetwas Wichtiges zu tun, verschlinge mich mit deiner Flut!

»Saint Michel gewährte dir deine Fähigkeit.« Auguste streckt beide Arme aus, mit den Handflächen nach oben, und René legt mit einer tiefen Verbeugung eine mattgraue Kordel hinein. »Wir gewähren dir Lehre, Schutz und Verbündete. Gewähre du der Bruderschaft der Nachtschwärmer deine Dienste.« Er bewegt die Fingerspitzen, und ich stolpere näher. Der Saum der Kutte schleift hinter mir her, nass und schwer im Sand. Auguste hebt die Hand vor meine Stirn, und die Kordel pendelt im Mondlicht. »Wir schützen die Nacht. Bewahren, was sie uns seit der Geburt des Menschengeschlechts schenkt. Bist du bereit, dein Leben dem ewig währenden Kampf der Nachtschwärmer zu widmen? Glaubst du an die uns von Saint Michel auferlegte Bestimmung? Behütest du die Nacht vor allem Unheil, vor Dämonen und Menschen, vor Unrecht und Ausbeutung?

Bist du gewillt, all das zu lernen, was sich dir noch entzieht, das Wissen vergangener Nachtschwärmer zu wahren und neues Wissen zu erlangen? Dann spreche die Worte, die unser tägliches Handeln leiten. *Crede, protege et stude.*«

Glaube … beschütze … und studiere. So viel verstehe ich. Ich probiere die lateinischen Worte auf meiner Zunge, ihr Gewicht, ihren Geschmack. »*Crede, protege et stude.*« Das Ritual ist so pompös, wie Eugène gesagt hat. Aber es klingt auch … richtig. Augustes Worte hallen in meinem Herzen wider. So vieles, dem ich machtlos gegenüberstehe – doch in den Worten erahne ich einen Weg, das zu ändern.

Auguste legt die Kordel locker über meine Schultern, bindet sie zu einem komplizierten Knoten. »Knie in Demut, bis Nacht und Mond dich mit ihrer Flut aufnehmen. Spreche mit uns die Worte, die unser gesamtes Sein leiten.«

Ich sinke auf die Knie, die Bedenken, ob das hier eine gute Idee ist, nur ein fernes Wispern. Meerwasser umspült bereits meine Unterschenkel, meine Zehen, die sich taub in den Sand bohren.

»*Sicut noctem protegimus, nox nos protegit*«, raunen die Nachtschwärmer wieder und wieder, während sie mich allein zurücklassen. Die Wörter überlagern sich, übersteigen meine Lateinkenntnisse, bis auf *nox*. Die Nacht.

Das Wasser steigt meine Oberschenkel hoch, durchtränkt die Kutte, verwandelt ihr Grau in Schwarz. Die Flut. Ich warte in aller Seelenruhe darauf, dass mich die Flut verschlingt. »*Sicut noctem protegimus, nox nos protegit*«, falle ich in den Sprechchor ein, versuche, weitere Wörter zu entziffern. *Protegere*, beschützen. »*Sicut noctem protegimus, nox nos protegit*« Der Schutz der Nacht – so wie die Nacht – nicht ganz.

Ich muss aufstehen. Wegrennen, solange ich kann. Würden sie mich aufhalten? Mich gewaltsam unter die Wellen drücken, wenn ich mich weigere? Ich werfe einen Blick über die Schulter. Die Insel, die Häuschen auf dem Berg, die Abtei, alles erstrahlt warm und golden, getaucht in den Schein Hunderter Kerzen. Ein einzelner Lichtpunkt in der endlosen Dunkelheit. Ich will nicht wegrennen.

Etwas vor mir, *an* mir, erstrahlt noch heller, und ich blicke herab. Salzwasser umspült mich bis zur Taille, gefriert meinen Herzschlag und sickert in die Kordel. Dort, wo Wasser sie durchtränkt, wandelt sich das mattgraue Material zu einem Silberschein. Zauberei, der Segen eines Engels oder nur eine physikalische Reaktion – ganz egal. Denn das ist mein Zeichen. Ich stemme mich hoch, kämpfe gegen das Wasserschwappen an. Das Gewicht meiner Kutte zerrt mich nach unten, doch ich halte die funkelnde Kordel in einer Hand und kämpfe mich ans Ufer.

»*Sicut noctem protegimus, nox nos protegit.*« Mein Murmeln ergibt nun Sinn. *So wie wir die Nacht beschützen, beschützt die Nacht uns.* Ich hoffe, es ist wahr.

»Das ist eine schreckliche Idee.« Auguste presst seinen Federkiel so fest aufs Pergament, dass die Tinte zu einem Fleck zerfließt. »Viel zu früh für …«, er blickt mich von oben bis unten mit gerümpfter Nase an, »jemanden wie *sie*.«

Eugène lehnt sich gegen den Türrahmen zu Augustes *Bureau* und schnalzt mit der Zunge. »Odette ist seit mehreren Wochen hier. Ich habe nach einer Woche meine erste –«

»Und es war ein Desaster.« Auguste pfeffert den Federkiel ins Tintenfässchen und verschränkt die Arme. »Die Enttäuschung der Nachtschwärmer«, er deutet mit dem Kinn auf Eugène, dann auf mich, »und das *Mädchen*.« Er lässt die Worte genüsslich über seine Lippen gleiten, genießt die Stille darauf, in der Eugène zur Seite blickt, noch mehr. »Ihr beide wollt erfolgreich einen Auftrag erfüllen?«

Clément beugt sich über den Schreibtisch und hält Auguste eine versiegelte Pergamentrolle unter die Nase. »Irgendwann muss Odette ihren ersten Auftrag erfüllen. Warum nicht jetzt, nicht diesen?«

Auguste verengt die Augen und schweigt.

Ich bohre meine Stiefelspitze in den Boden. Entpuppt sich Eugènes Plan als Reinfall? Nein, ich brauche das Geld. Ich muss Auguste dazu bringen, zuzustimmen –, und ich kann ausnutzen, dass ich etwas kann, wozu sie nicht in der Lage sind. »Du willst mich hier nicht haben, das habe ich verstanden. Vielleicht glaubst du, meine Fähigkeit kann euch nicht helfen. Aber was passiert, wenn die Nyx mich zu fassen kriegen?« Ich zwinge Unschuld in meine Mimik. »Wenn ich nicht durch Aufträge lerne, ihnen gegenüberzutreten, wie soll ich mich gegen sie wehren? Sie könnten mich zwingen, zu ihnen überzulaufen.«

Ohne den brennenden Blick von mir zu lösen, zerknüllt Auguste das ruinierte Pergament. »Ist das eine Drohung?«

»Auguste, das verstehst du völlig falsch!«, ruft Clément.

»Ich habe doch nur Angst!« Zur Betonung greife ich mir an die Brust. Aber meinen Blick lasse ich auf ihm ruhen, so lange, bis er es versteht. Ja, ich drohe ihm. Er sollte mir lieber eine vernünftige Ausbildung ermöglichen.

Mit verkniffenem Mund nickt Auguste.

»Das scheint mir ein Ja zu sein!« Clément klatscht in die Hände, wobei er das Pergament zerknittert. Hastig reicht er mir die Rolle.

Zittrig atme ich aus. Ich kann nicht auf Augustes Güte zählen – aber Manipulation ist nicht meine Stärke. Hastig fahre ich mit dem Finger unter das Wachssiegel mit dem Drachen, den Erzengel Michel einst besiegt haben soll. Es löst sich mühelos, offensichtlich nicht das erste Mal, dass jemand die Rolle gelesen hat. Ein Text in ordentlicher Kursivschrift, kein Absender, nur unterzeichnet mit den hohen, schmalen Initialen H.W.

»Ein Luftschiff der Nyx startet in fünf Tagen von diesem Hangar aus.« Clément hält mir eine Karte von Paris unter die Nase, auf der mit bordeauxroter Tinte Orte eingekreist und eine Route eingezeichnet wurden. »Ihr müsst den Korpus mit Sprengkörpern sabotieren, sodass es abstürzt und die Fracht zerstört wird.«

Ruckartig blicke ich auf. »Dort wohnen Menschen!«

Clément deutet mit dem Finger auf den Teil der Strecke, der über Wasser verläuft. »Das *Bassin de la Vilette* ist breit genug, sodass das Schiff ins Wasser stürzen wird.«

»Aber was ist mit der Besatzung?« Zu spät presse ich die Lippen aufeinander. Ich sollte kein Mitgefühl für unsere Gegner zeigen, oder?

»Maschinenmenschen.« Clément lächelt mich sanft an, anstatt mich für meine Weichlichkeit zurechtzuweisen. »Die Nyx setzen sie seit Kurzem für Frachtsendungen ein, zur Sicherheit. Niemand, aus dem man Informationen herausfoltern könnte.«

Eugène stupst mich sachte mit der Schulter an. »Kein Mensch kommt zu Schaden. Das ist doch perfekt, oder?«

Ich starre auf das Pergament in meinen Händen, während mein Gehirn mit hektischer Panik nach einem Grund sucht, die ganze Sache abzusagen. Es gibt keinen. Und selbst wenn, wäre meine Entscheidung die gleiche. Ich schlucke, rolle den Brief zusammen und blicke auf. »Wir nehmen den Auftrag an.«

»Du wirst uns alle in Gefahr bringen«, zischt Auguste.

Seine vollkommene Überzeugung, dass ich ungeeignet bin, trifft mich mit einer Wucht, die mein Herz zum Stolpern bringt.

Doch Clément klopft Eugène und mir auf die Schultern und führt uns aus Augustes *Bureau*, ohne seinen Worten Beachtung zu schenken. »Wunderbar, wunderbar!« Vor der Tür nimmt er die Hand von Eugène und dreht sich mir zu. »Odette, könnte ich noch kurz allein mit dir sprechen?«

Ich wringe die Hände und spähe zu Eugène.

»Oh, keine Sorge, wir müssen dazu nicht allein sein!« Clément reißt die Hände so hastig von mir, als wäre ihm erst in diesem Moment bewusst geworden, dass ich keiner der Jungen bin. Er hält mir die Tür nach draußen auf. »Wir können während des Trainings im Kreuzgang reden.«

Eugène schenkt mir ein halbes Lächeln, begleitet von einem entschuldigenden Schulterzucken. Er weiß wohl auch nicht, was Clément mit mir allein besprechen will. Was mich nicht unbedingt beruhigt. Bevor ich ihn jedoch anflehen kann, bei mir zu bleiben, schließt er sich Jeans und Armands Übungskampf auf der Rasenfläche an.

Clément lehnt sich mit den Unterarmen auf die Balustrade und betrachtet die einzelnen Grüppchen, ihre eleganten Bewegungen, die düsteren Wirbel der Schattenspieler. »Seine Talente waren – nein, *er* war immer so vielversprechend. Von Anfang an habe ich so viel in ihm gesehen.«

»Jetzt nicht mehr?«

Clément seufzt. »Ich sehe es immer noch in ihm, aber ich sehe nicht, dass er etwas daraus macht. Weil die Welt ihm so viel bietet, erkennt er nicht, was er aus eigener Kraft erreichen kann. Bei dir ist es das Gegenteil.«

Mein Herz rattert so überstürzt wie mein Kopf. Ahnt er, wer ich wirklich bin? Nein. Wie sollte er davon wissen? Außer ich habe einen Fehler gemacht. Mich verraten. Mit angespanntem Kiefer versuche ich, das Zittern meiner Lippen zu unterdrücken. »Ich bin nicht anders als – was genau meinst du?«

»Natürlich bist du anders, Odette.« Das anklagende Feuer seines Blickes versengt etwas in meiner Brust. Doch dann neigt er den Kopf, legt den Hals ein wenig frei, wie ein Hund, der zeigen will, dass er keine Bedrohung ist. »Du besitzt Zielstrebigkeit, Gewissenhaftigkeit.« Das Feuer in seinen Augen wandelt sich zu einem Funkeln. »Eine gewisse Dickköpfigkeit.«

Mein Atem beruhigt sich, aber Zweifel nagen weiter an mir. »Soll das etwas Gutes oder Schlechtes sein?«

»Gut, natürlich!« Clément wirft die Arme in die Luft. »Du hast all das, was Eugène nicht hat. Du bist etwas Besonderes, nicht nur wegen deiner einzigartigen Fähigkeit. Und ich will kein zweites Mal Schuld daran haben, dass ein vielversprechender Nachtschwärmer verkümmert.«

Seine hohe Meinung von mir erfüllt mich nicht nur mit der Sorge, ihr nicht gerecht zu werden. Es fühlt sich an, wie eine schwierige Gleichung als Erste zu lösen.

»Weißt du, was das Schönste für einen alten Mann wie mich ist?«

Ich schüttle nur den Kopf.

»Dass du vermagst, was ich in den letzten Jahren nicht geschafft habe.« Er deutet zu Eugène. »Zum ersten Mal seit Langem spüre ich Motivation in ihm. Sinnhaftigkeit.«

»Das liegt nicht an mir.«

»Du kennst nicht den Eugène, der er war, bevor er dich kannte. Und ich behaupte nicht, dass es *nur* an dir liegt – selbst wenn wir jemandem einen Weg zeigen, die Person muss ihn immer noch selbst gehen.« Clément durchbricht die Ernsthaftigkeit mit einem Zwinkern. »Aber ich möchte nur sagen, wenn ihr das ein oder andere Mal das Studium schwänzt, um diesen Weg zu beschreiten, habt ihr meine Erlaubnis.«

»Eins«, Clément tippt mit einem Holzschwert gegen meine Beine, »sicherer Stand.«

Ich beuge die Knie, erde meine Fußsohlen, so gut das eben geht, während Eugène mich von hinten im Würgegriff hält.

Nahkampf statt Lichtwirken-Übungen. Die dritte Nacht in Folge.

»Dein Instinkt will vor ihm fliehen.« Im harten Licht der *Crypte des Gros Piliers* zeichnen seine Falten ein ernsteres Gesicht. Er deutet auf Eugène. »Dein Angreifer *erwartet*, dass du nach vorn fliehst. Gib deinem Instinkt nach.«

Eugène verstärkt seinen Griff, balanciert am Rande meiner Schmerzgrenze. Keiner der beiden sagt etwas zum geänderten Wochenplan. Das müssen sie auch nicht. Obwohl ich bis zum Auftrag nicht annähernd genug lerne, um in einem echten Kampf zu bestehen, sehen sie darin mehr Nutzen als in meinem Lichtwirken.

»Zwei. Kämpf gegen ihn an, nach vorn, sodass er sich stärker nach hinten stemmen muss, um dich zu halten.«

Jedes Mal unzuverlässig und unkontrolliert, wenn es darauf ankommt. Ich beiße die Zähne zusammen und schmeiße mich nach vorn. Eugènes Unterarm schnürt mir die Luft ab, und ich würge ein Krächzen hoch. Es ist gut, dass sie mich nicht mit Samthandschuhen anfassen. In einem echten Kampf tut das auch niemand. Und ich will vorbereitet sein.

»Drei.« Clément wandert hinter uns. »Stell schlagartig jede Gegenwehr nach vorn ein, und wirf dich nach hinten, gegen ihn.«

Wird es schmerzen? Nein, nicht nachdenken! Ich ramme mein Gewicht gegen Eugènes Oberkörper. Doch die Sekunde des Zögerns reicht aus. Eugène ächzt, wir taumeln zurück – und seine Arme verharren an meinem Hals.

Mein Magen rutscht ein Stück herab. Drei Schritte, drei simple Schritte nur, und ich vermassle es. Ich schüttle Eugènes Arme ab und reibe über meinen zermalmten Kehlkopf.

»Das war gar nicht schlecht.« Eugène schüttelt seine Arme aus.

Clément lässt seine nicht halb so unauffällig, wie er vermutlich denkt, sinken. Ich bin noch lange nicht so weit, dass er unseren Sturz abfedern müsste. »Du bist stärker geworden. Eugène musste sich wirklich anstrengen.«

Ja, natürlich. Ich wische mir über die Augen, ohne dass die Sterne verschwinden. Er ist nicht einmal außer Atem.

Mein Leben ist nicht das eines Kämpfers, das eines reichen Mannes mit genug Essen zum Kraftaufbau und genug Freizeit – und Freiheit – für körperliche Ertüchtigung. Aber mein Leben hat mich eines gelehrt: Verbissenheit. Kälte, Krankheit, Hunger – egal, unter welchen Umständen, Menschen wie ich harren aus.

Also richte ich mich auf. »Ich will es noch einmal versuchen.«

Kapitel 12

Eugène bittet mich, vor der Mission früher in seinen Unterschlupf zu kommen. Also husche ich im nebelgrauen Dunst des Nachmittags durch die Gassen in *L'Artémis*. Mein Magen rumort, weil ich nichts essen konnte. Vor der Zuckerfabrik schüttle ich den alten *Manteau* von meinen Schultern und knülle ihn zusammen. Die wallenden Fronten aus Grau am Himmel drohen Regen an. Hoffentlich nicht um Mitternacht.

An der Zuckerfabrik stopfe ich das Stoffknäuel hinter eine Mauer und streiche die Knitterfalten aus dem Kleid von Louise. Ich blicke über meine Schulter. Niemand hier. Hastig löse ich mit den Fingernägeln den lockeren Ziegelstein aus der Fassade. Ich fische den Schlüssel aus dem Loch, öffne die Tür und lege ihn zurück in sein Versteck. Mit jeder Stufe, die ich erklimme, rast eine neue Befürchtung durch meinen Kopf.

Im Dachgeschoss stürze ich durch die Tür und stocke.

Louise presst ein Kleid an ihren Oberkörper und dreht sich vor einem ermatteten Spiegel. Ein altmodisches Kleid, das meine Mutter mir vererbt haben könnte. Doch es wirbelt um Louise' Füße wie eine Kreation aus dem Hause von Madame Jeanne Paquin. »Besser, als jeden Tag das Gleiche zu tragen.«

Sie knickst in Richtung Eugène, der mit verschränkten Armen an einem der Metallpfeiler lehnt. »*Merci*, Eugène.«

»Ich habe auch neuen Proviant mitgebracht, einen Waschzuber, Seife, das Nötigste.« Er entdeckt mich und stößt sich grinsend vom Pfeiler ab. »Und natürlich passendere Kleidung für dich!«

»Odette!« Louise wirft das Kleid aufs Bett und stürmt zu mir. »Es ist so langweilig hier! Dein erster Auftrag heute Nacht hingegen – wie aufregend! Ich habe Angst um dich, aber – ist es sehr verwerflich, dass ich dich ein wenig beneide?« Sie führt mich zu einem Stapel Stoffe, weitere Kleider aus einfachen Materialien. »Du wirst nicht glauben, was du tragen wirst!«

»Ich *habe* bereits genug Kleider.« Ich stemme mich gegen sie, weg von den altbackenen Stoffen. Die jähe Befürchtung, Eugène würde erkennen, dass ich in genau solche Kleider gehöre, durchzuckt mich.

Eugène öffnet derweil eine Holzkiste. »Deshalb habe ich für dich *kein* Kleid besorgt.« Er hält mir wadenhohe Schnürstiefel mit flachem Absatz entgegen. Militärstiefel. »Louise hat mir deine Schuhgröße verraten. Es sind Männerschuhe, aber ich bin sicher, sie passen trotzdem.«

Mein Schnauben kann ich gerade so unterdrücken. Natürlich passen mir Männerschuhe. Ich trage welche, wenn ich mich als Louise' Cousin verkleide. »Die besten Stiefel bringen nichts«, ich deute an mir herunter, »wenn ich damit beschäftigt bin, dieses Kleid zu bändigen.«

Grinsend steckt Eugène die Stiefel in einen Seesack, den er über seine Schulter wirft. »Ganz genau.«

In *L'Héphaïstos*, dem Handwerkerviertel, in dem die warme Note von Holz in der Luft liegt, klopft Eugène an einer schwarz lackierten Tür, die mir nicht aufgefallen wäre. Jemand reißt sie auf und verschwindet so schnell wieder im Hausflur, dass ich mir das geisterblasse Gesicht zwischen wirren Haarsträhnen auch hätte einbilden können.

»Bei Hadès' Unterwelt«, klage ich, während ich mich hinter ihm durch den muffigen, mit eingestaubten Konsolentischen zugestellten Flur quetsche. »Die Ausflüge zu okkulten Gruselorten nehmen langsam wirklich überhand.« Ich schiebe mich in den Raum am Ende des Flures, und jede weitere Beschwerde bleibt mir im Hals stecken.

In einem vollgestopften *Bureau* hockt ein Dutzend Frauen und Mädchen auf Ottomanen, Tischen und Fensterbrettern. Einige von ihnen versinken in Büchern und Zeitschriften. Immer wenn eine von ihnen umblättert, tanzt in den Strahlen der Abendsonne der glitzernde Staub. Ein Grüppchen steckt über einem Biedermeier-Sekretär die Köpfe zusammen, eine gedämpfte Debatte, die nur wenige gezischte Silben davon entfernt scheint, in einen ausgewachsenen Disput auszubrechen.

Niemand beachtet uns, auch nicht das Mädchen mit dem geisterhaften Gesicht. Stattdessen rüttelt sie eine angelaufene Silberkanne, wobei ihre losen Haarsträhnen herumwirbeln. »Welche von euch gierigen Hydras hat die letzte Tasse Kaffee runtergeschlungen und keinen neuen gebrüht?« Ohne auf eine Antwort zu warten, stampft sie an uns vorbei und rümpft die Nase in Eugènes Richtung. »Georgette ist zu beschäftigt für dich, Lacroix.«

Eine Erscheinung schreitet durch die Tür. Eine Titanide mit rosigen Wangen auf Porzellanteint, die fast alle mir bekannten Männer überragt. Dennoch trägt sie die rotblonden Haare hoch aufgetürmt – und den Kopf noch höher.

»Wenn man vom Teufel spricht.« Eugène breitet die Arme aus wie ein alternder Privatier, der einen ebenso alternden Freund nach langer Zeit wiedertrifft.

Die Frau, offensichtlich Georgette, rafft den ausladenden Rock ihres Seidenkleids zusammen, damit sie sich einen Weg durch Bücherregale, Mädchen und Dokumentenstapel bahnen kann. Ein Seidenkleid für jemanden ihrer Größe muss ein Vermögen kosten. Und sie stolziert zu uns, als wäre sie sich des Wertes jedes einzelnen Quadratzentimeters silberner Seide bewusst. »Wie Katya schon sagte, ich habe keine Zeit, dir Ratschläge in Liebessachen zu geben.« Ihr Blick aus stechend blauen Augen fällt auf mich. »Besonders nicht bei einem Mädchen, das weit außerhalb deiner Liga spielt.«

Eugène greift sich an die Brust. »Wieso denkst du, dass sie außerhalb meiner Liga spielt?«

Georgette taxiert Eugène von oben, als täte sie den ganzen Tag nichts anderes, als auf reiche Erben herabzuschauen. »Das tut *jedes* Mädchen.«

»Verletzend«, murmelt Eugène, die Hand immer noch auf der Brust. Dann springt er in Georgettes Weg, die sich schon abwendet. »Aber ich bin nicht hier, weil *ich* Hilfe brauche. Sondern *sie*.«

Georgettes ermüdeter Blick folgt seinem Fingerzeig auf mich. »Ich habe nur *einen* hilfreichen Ratschlag für dich.« Sie tätschelt meine Schulter. »Gib dich nicht mit einem Taugenichts wie ihm ab.«

»Es ist nicht so, als würde ich das freiwillig tun.«

Georgette schenkt mir eine mitleidige Grimasse.

»*Noch* verletzender.« Eugène schlägt beide Hände an die Brust, wie um sein Herz davon abzuhalten, hinauszuspringen.

Georgette greift sich beherzt einen Stapel zerfledderter Zeitschriften. Ich erhasche einen Blick auf den Titel des obersten Heftes, *La Citoyenne*, bevor sie sich an uns vorbeischiebt. Doch sie dreht sich erneut um. »Möchtest du etwas zum Lesen?« Schon drückt sie mir eine Zeitung in die Hände.

Auf vergilbtem Papier steht das Datum 1881, und ich lache. »Nicht gerade tagesaktuell, oder?«

»Nun, da sich in den neun Jahren nicht wirklich viel für uns getan hat, würde ich sagen, all das«, sie tippt auf eine der Überschriften, »ist leider weiterhin aktuell.«

Ich überfliege die Schlagwörter. Ein Bericht über Frauen, die versuchen, wählen zu gehen, obwohl sie damit gegen das Gesetz verstoßen. Daneben eine schmale Kolumne über die wöchentliche Politik, ein Artikel über Scheidungen in Italien, Widerstände gegen Grundherren in Irland. Mit gerunzelter Stirn drehe ich mich zu Eugène. »Wo genau sind wir?«

»Hubertine Auclerts Haus.« Das Mädchen mit dem geisterblassen Gesicht, Katya, nimmt Georgette die Hälfte der Zeitungen ab. »Aber du willst vermutlich eher wissen, *wer* wir sind.«

»Hubertine Auclert? Die –« Ich stocke, weil ich nicht genau weiß, wie ich sie beschreiben soll, ohne die Worte verschroben, extrem oder militant zu verwenden.

Georgette und Katya grinsen.

»Durch welche Aktion hast du von ihr gehört?« Georgette betrachtet mich aufmerksam. »Wie sie uneingeladen bei standesamtlichen Trauungen die Bräute mit Vorträgen über das Eherecht bedrängt hat? Als sie illegal für das Parlament kandidierte? Oder weil sie sich geweigert hat, Steuern zu zahlen, solange sie nicht die gleichen Rechte wie Männer hat?«

»*Ich wähle nicht, ich zahle nicht*«, zitiert Katya feierlich, bevor sie in Gelächter ausbricht. »Sie hat wirklich vor nichts haltgemacht.«

Die Frauen mit ihren nachdenklichen Mienen, ihrer ungesitteten Art, auf dem Boden zu sitzen, und die weit geschnittenen Hosen, die ein paar von ihnen tragen. Mein Atem geht ein wenig schwerer. »Ihr seid *féministes* so wie sie? *Suffragettes?*«

Georgette begutachtet kurz eine Tuschekarikatur, die ihr eine Frau mit grauem Dutt unter die Nase hält, und nickt sie ab. Dann betrachtet sie mich mit der gleichen Intensität. »Nun, wir sind kein Teeklub.«

Der vollgestellte Boden dreht sich, nur ein wenig, aber genug, um Übelkeit in meinem Magen aufzuwirbeln. Frauenrechtlerinnen. Ich sollte nicht hier sein. So etwas bedeutet nur Ärger, wie Papas Streiks. Zögerlich ziehe ich an Eugènes Ärmel. »Was tun wir hier?«, flüstere ich, nur dass mein Flüstern schrill durch den Raum dröhnt.

»Ja, Eugène, was tut ihr hier?« Georgette atmet gequält aus. »Da ich dich sowieso nicht loswerde, gebe ich dir genau eine Gelegenheit, dich zu erklären. *Eine*, verstehst du mich? Kein nerviger Spruch, keine theatralische Halbwahrheit, keine ausschweifende Lebensgeschichte.«

»Odette braucht ein oder zwei Hosen. Und Oberteile, möglichst dunkel und einfach. Meine Sachen sind zu groß.«

Ich starre ihn an und schließe hastig meinen offen stehenden Mund. Er muss Georgette wirklich respektieren – oder fürchten –, dass er auf ihren Befehl hört. Ich muss sie bei Gelegenheit fragen, wie sie das schafft. »Moment.« Meine Gedanken stocken. »*Hosen?* Deswegen sind wir hier? Du hättest mir einfach welche mit den Stiefeln besorgen können, oder nicht?«

»Natürlich hast du sie völlig im Dunkeln gelassen.« Georgette rollt die Augen. »Habe ich dir das nicht oft genug eingetrichtert?«

Eugène neigt den Kopf wie ein Welpe nach vorn. »Vielleicht muss ich öfter herkommen, damit ich die Lektion lerne.«

Etwas wie Gallensäure kratzt in meinem Rachen.

Georgette schüttelt den Kopf. »Unfassbar«, murmelt sie. Dann legt sie eine Hand sanft an meinen Rücken und leitet mich in den angrenzenden Raum. »Wir finden etwas Passendes für dich. Irgendwo in diesem Chaos«, ihre Stimme schwillt mit jedem Wort an, während Eugène zu einer der Gruppen wandert, »für das sich von zwanzig Frauen keine einzige verantwortlich fühlt.«

Das Gemurmel wird auffallend lauter, alle scheinbar zu beschäftigt, um auf Georgettes Tadel einzugehen.

»Haben wir Frauen in den letzten Jahrhunderten nicht schon genug geputzt, geschrubbt und gewaschen?«, ertönt der Kampfruf eines mutigen Mädchens und erweckt kaum unterdrücktes Gekicher.

»Nicht in diesem Appartement!«, ruft Georgette und stößt die Tür hinter uns zu.

Vollgestopfte Schränke, Kommoden und Regale verdecken alle Wände des Kabuffs, in dessen Mitte ein Spiegel steht. Georgette wühlt in einer gigantischen Truhe. »Wir sammeln für diejenigen von uns, die sonst nichts haben. Aber mittlerweile platzt das Lager aus allen Nähten.«

»Ich brauche eigentlich gar keine Hose«, protestiere ich schwach.

»Ich schenke sie dir. Ob du sie trägst oder nicht, kannst du selbst entscheiden.« Georgette richtet sich auf, eine Pluderhose in den Händen.

Eugène in seiner Nachtschwärmerkleidung kommt mir in den Sinn. »Vielleicht ein etwas enger geschnittenes Modell«, werfe ich ein, bevor ich es mir anders überlegen kann.

Georgette lächelt. »Ganz schön genaue Vorstellungen, dafür, dass du eigentlich gar keine Hose möchtest.« Schon wühlt sie weiter. »Vermutlich sollte ich gar nicht erst fragen, wofür du die Sachen brauchst?«

Mit geschlossenen Lippen stoße ich ein nichtssagendes Geräusch aus.

»Hab ich mir gedacht.« Sie zeigt mir ein anderes Modell, mit hochgeschnittener Taille und eng zulaufenden Beinen. Fester, dunkelbrauner Stoff, eine Reithose.

»Perfekt«, murmle ich. Kein übermäßiger Stoffwulst, an dem ich hängen bleiben könnte.

»Das hier ist ihre Wohnung.«

»Was?« Verwirrt sehe ich hoch.

Georgette reicht mir die Hose. »Hubertine Auclerts Wohnung, meine ich. Sie ist zurück in Paris, hat wohl ihre Passion wiederentdeckt und will einen erneuten Versuch starten. Diese Wohnung hat sie uns jüngeren *Suffragettes* als Treffpunkt überlassen. Und für diejenigen, die nicht mehr nach Hause können.«

»Das ist ... nett.« Kein Paravent, hinter dem ich mich umziehen kann. Ungelenk schlüpfe ich unter den vielen Stofflagen meines Kleides in die Hose.

»Du bist immer herzlich willkommen.« Sie deutet auf den Rock und blickt mich fragend an.

Auf mein Nicken hin rafft sie den Saum, sodass ich die Schnüre der Hose zuzurren kann. »Ich verstehe, was ihr macht. W*arum* ihr das macht. Aber ... ich glaube, das ist nicht wirklich etwas für mich.«

»So wie Hosen?« Georgette zwinkert und tritt einen Schritt zurück, um mich zu begutachten. »Perfekt! Als hätte man sie dir auf den Leib geschneidert!«

Der Berg aus Rock in meinen Armen versperrt mir den Blick an mir herab. »Nun, ich sehe nicht, ob ich sie richtig oder falsch herum trage, also muss ich dir vertrauen.«

Die Tür kracht auf, und ich fahre herum, lasse hastig den Rock fallen. Es ist nicht Eugène. Mein Herzschlag beruhigt sich. Katya zieht eine winzige, sehr runde Mademoiselle mit warmer brauner Haut herein. »Zoé hat ein schwarzes Oberteil.«

Diese traut sich nur schwer hinter Katya hervor, um mir das ordentlich gefaltete Stoffbündel zu reichen. Doch ein zaghaftes Lächeln zaubert noch mehr Wärme auf ihre runden Wangen. »Ich hoffe, es passt.« Ihre sanfte Stimme erinnert mich mit schmerzlichem Sehnen an Mathilde. »Katya hat nicht erwähnt, dass du auch noch so viel größer bist als ich.« Sie spricht jede Silbe sorgfältig und bedachtsam aus. Jemand, der Bücher nicht einfach liest, sondern jedes Wort seziert und durchleuchtet, um es vollständig zu begreifen. »Aber sie ist schlicht. Ich nähe alles ohne Rüschen, weil ich sie nicht ausstehen kann.«

Ich entfalte die schwarze Hemdbluse. Ein geradliniger Schnitt mit fein säuberlich gefertigten Nähten. »Sie ist perfekt, nur kann ich wirklich nichts annehmen, was du selbst geschneidert hast.«

»Wenn eine von uns Hilfe benötigt, bekommt sie sie auch.«

»Das ist unheimlich freundlich von dir, einer Fremden gegenüber, aber –«

»Willst du mich wirklich erst dazu bringen, zuzugeben, dass ich nicht mehr in die Bluse passe?« Die gleiche sanfte Stimme, doch mit einem Hauch Ungeduld – und Verschmitztheit.

Die Bluse ist definitiv weit genug für Zoés großzügige Kurven geschnitten. Die so offensichtliche Lüge und die Art, wie das zurückhaltende Mädchen ein wenig der Zurückhaltung vergisst, wenn es darum geht, jemandem zu helfen, bringen mich zum Lächeln. »Wenn das so ist, nehme ich sie dankend an. Ich revanchiere mich, sobald …«, ich meine Bezahlung für den Auftrag erhalte, »… die Bluse ihren Dienst getan hat.«

»Tu einfach nur die unmoralischen Dinge, für die man solche Kleidung braucht, und du hast dich ausreichend revanchiert.« Zoé lächelt, ebenso wie Katya und Georgette.

»Warum tut ihr all das für mich?« Ich deute zu meinem Rücken, und die drei gehen sofort ans Werk und öffnen die Schnüre meines Korsetts.

»Einem Mädchen helfen, sich in gesellschaftlich nonkonformistische Kleidung zu werfen?« Georgette schmeißt mir ein kurzes Korsett aus Leinenstoff zu. »Praktisch der erste Punkt unserer Agenda.«

»Jetzt weiß ich auch, warum Eugène mir nicht einfach Kleidung mitgebracht hat«, seufze ich. »Er wollte, dass ich euch kennenlerne. Wofür ihr steht.«

»Er hat seine hellen Momente«, entgegnet Georgette schulterzuckend und assistiert mir mit dem flexiblen Korsett, das nur meine Brust bedeckt. Nicht zum Verformen, zum Verbiegen, zum Anpassen. Damit kann ich mich frei bewegen. Ich ziehe die schwarze Hemdbluse darüber und stopfe sie in den hohen Bund der Hose. Einige Sekunden verharren meine Hände an der Schnürung auf Taillenhöhe, dann schlucke ich den Kloß in meinem Hals herunter und überwinde mich, in den Spiegel zu sehen.

Eine Fremde blickt aus aufgerissenen Augen zurück. Ich sollte die Hose gewohnt sein, so viele Jahre, wie ich Louise' Cousin war. Aber das hier ist anders, so anders. Ich kleide mich nicht wie ein Mann oder werde zu einer anderen Person, sodass gar nicht wirklich *ich* eine Hose trage. Im Spiegel steht eine Frau, die sich über mehr als nur Kleiderkonventionen hinwegsetzt. Und obwohl die freigelegten Konturen meiner Taille, meiner Hüften, meiner Beine verschwimmen und mein Atem wie auf der Flucht rattert, richtet die Frau im Spiegel ihre Wirbelsäule auf, reckt das Kinn. Es ist nicht ihr Gesicht, auf dem ein Lächeln erblüht.

Es ist meins.

Denn die Fremde bin ich. Eine Fremde, eine *Frau*, aber auch Tochter, Schwester, Freundin, Beschützerin, Rebellin, Draufgängerin, Kämpferin. Nachtschwärmerin.

»Kleidung macht einen größeren Unterschied, als man denkt, oder?« Zoé reißt mich mit sanfter Stimme aus meinen Gedanken.

Widerwillig löse ich den Blick von mir, um zu nicken. Denn was ich zuvor als alberne Beschäftigung für reiche, gelangweilte junge Frauen belächelt habe, verstehe ich jetzt. Der Kampf für eine Kleiderrevolution, für lockerere Korsetts, freiere Schnitte. Es geht ihnen nicht nur darum, wie sie aussehen. Es geht ihnen nicht einmal nur darum, ein klein wenig gegen ihren goldenen Käfig zu rebellieren, mit etwas so Läppischem wie Kleidern, während andere für wichtige Dinge wie Lohn und Arbeitszeiten kämpfen.

Es geht um Freiheit. Um Veränderung.

»Eugène!«, ruft Georgette durch die Tür.

Meine Hände fliegen an den Hemdkragen, an den Hosenbund, zuppeln an Stoff und Nähten. »Nein, ich bin noch nicht –«

Eugène stolziert herein und zerrt den Seesack von seiner Schulter. »Wie kommt es, dass Hose und Hemd länger dauern, als ein Kleid anzu–« Seine Augen weiten sich, und der Seesack kracht auf den Boden. Meine Stiefel, eine Sammlung von Dolchen und der Sprengkörper für das Luftschiff kullern über den Boden, doch die Frauen kichern nur hinter vorgehaltener Hand.

Eugènes Blick haftet für den Bruchteil einer Sekunde dort, wo die geschnürte Hose eng meine Taille und Hüfte umschließt. Dann sieht er in mein Gesicht und findet sein Grinsen wieder. »Damit können wir arbeiten!«

Unerklärlicherweise breitet sich Enttäuschung wie verschüttete Tinte auf Pergament in mir aus. Dabei habe ich überhaupt keine Reaktion erwartet. Jedoch scheinen mein wildes Herz und die Wärme in meinen Wangen da anderer Meinung zu sein.

»Arbeit ist wohl unser Stichwort, euch allein zu lassen.« Georgette tritt den Dolch zurück in den Seesack. »Nächstes Mal schleudere vielleicht nicht unbedingt die Utensilien für eure hochgeheimen Machenschaften durch die Gegend. Wir wollen ja nicht auf die wahnwitzige Idee kommen, dass ihr in eurer Freizeit gefährliche, verbotene Dinge unternehmt.«

Die Frauen wuseln eine nach der anderen aus dem Raum, bis nur noch Eugène vor mir steht.

Ich versuche, unauffällig eine Armposition zu finden, die möglichst viel von meinem Körper verbirgt. »Wissen sie über uns Bescheid?«

Eugène zerrt seinen Harnisch aus dem Seesack und schnallt ihn über die Nachtschwärmeruniform. »Ab und zu haben sie mich zusammengeflickt, wenn ich es nicht mehr bis *Mont-Saint-Michel* geschafft habe. Ich habe nie etwas verraten, aber sie können sich vermutlich vieles zusammenreimen.« Eugène schiebt die Stiefel noch etwas näher zu mir. »Wir können Georgette und den anderen trauen.«

»Ich hoffe es«, murmle ich, während ich die Schuhe überstülpe.

Ich will nicht eitel sein, trotzdem kann ich nicht anders, als mich im Spiegel anzustarren. Mein Herz hämmert gegen meine Rippen, doch das sieht man mir nicht an. Sicher, ich trage keinen Harnisch und keine Waffen wie Eugène, aber die Frau im Spiegel wirkt auch ohne gefährlich genug. Das Haar im Dämmerlicht so pechschwarz wie die Kleidung, scharfe Wangenknochen, ernster Blick. Noch immer schmal gebaut, natürlich. Nur sind meine Beine in der Hose nicht mehr schmächtig, sondern lang und sehnig, meine Hüften nicht schmal, sondern athletisch, meine Größe nicht mehr ungelenk, sondern stolz. Ich wirke *stark*.

Eugène tritt hinter mich und schwingt einen knielangen *Redingote* über meine Schultern. »Damit fällst du weniger auf. Vergiss gleich aber nicht, dass du keine schützende Uniform wie ich trägst.«

Ich stecke die Arme in die schmal geschnittenen Mantelärmel und atme unwillkürlich tiefer ein. Die pechschwarze Wolle duftet nach teurem Eau de Parfum. Nach Eugène. Ich ringe mit den Knöpfen, länger als notwendig, damit ich meine warmen Wangen nicht heben muss.

Ich mag stark wirken, aber ... hoffentlich wirke ich gleich nicht nur so.

Kurz vor Mitternacht hocken wir auf dem Flachdach einer der zahlreichen Backsteinfabriken am *Bassin de la Villette*. Das Becken und die angrenzenden Kanäle zerschneiden *L'Hermès* mit seinen Frachthöfen und Warenlagern. Als hätte der Gott aus Mitleid, weil wir keine geflügelten Schuhe besitzen, die Kanäle mit einem Fingerdeut durch das Arrondissement gezogen, um auch uns Handel und Reisen zu ermöglichen. Der Neid auf Flügelschuhe hält sich in Grenzen. Hermès hat wohl nicht damit gerechnet, dass wir Luftschiffe bauen. So wie das im Hangar aus Metallgerüsten und gigantischen weißen Stoffbahnen, die sich im Wind aufblähen wie Schiffssegel. Ein wenig über dem Boden schwebt das Luftschiff, sein fünfzig Meter langer Ballonkorpus so kolossal, dass die Frachtgondel darunter winzig erscheint.

Trotz der Uhrzeit herrscht im Hangar keine Ruhe. Einige Arbeiter spulen dicke Ketten auf, mit denen sie die Luftschiffe ankern, andere verladen zugenagelte Holzkisten. Der strenge Geruch von Maschinenöl und Teer zieht mit den Dampfschwaden des Luftschiffantriebs bis zu uns aufs Dach. Eugène observiert die Docks, und ich will ihn in seiner Konzentration nicht stören, doch das Kauen auf meiner Unterlippe kann die Frage nicht länger zurückhalten.

»Haben wir nach diesem Auftrag genug Geld, um mir eine Rüstung zu kaufen?« Ich werfe einen Blick auf seine Uniform aus dem schützenden Nachtschwärmermaterial und fühle mich seltsam nackt.

»Kommt drauf an, was sie uns zahlen. Das erfahren wir erst im Nachhinein, schließlich machen wir all das hier aus ehrwürdigeren Gründen als Geld.« Er streckt die zum Gebet gefalteten Hände hoch und rollt die Augen ekstatisch gen Himmel.

»Die Kirche beauftragt die Nachtschwärmer?«

»Nachtschwärmer in hohen Kirchenämtern, besser gesagt. Wir arbeiten für die Kirche, solange sie für den Frieden einsteht. Wird die Kirche korrumpiert, sorgen die Nachtschwärmer in den Ämtern aus dem Inneren dafür, dass die Kirche weiterhin das Richtige tut – auch wenn es ihr nicht klar ist.«

»Und wenn die Nachtschwärmer in den Ämtern korrupt sind? Hinterfragt jemals jemand von euch die Aufträge? Die Ziele?«

»Wenige Wochen ein Teil der Nachtschwärmer, und schon willst du alles infrage stellen?« Er lacht mit geschlossenem Mund. »Ich bin beeindruckt.«

»Also bist du auch skeptisch?«

»Ich wäre es – gäbe es nicht Clément. Er teilt deine Bedenken und hinterfragt alle Aufträge, was nicht selten zu Auseinandersetzungen mit Auguste führt. Aber da die Nachtschwärmer schon immer Verfechter von Fortschritt und Umsturz waren, neigen die meisten von uns zu seiner Art, die Dinge zu erledigen.«

»Ich verstehe, warum du ihn so schätzt«, murmle ich, dann werfe ich einen Seitenblick auf Eugène. »Und ich verstehe, warum er dich schätzt.«

Sofort richtet Eugène seine gesamte Aufmerksamkeit auf mich, gepaart mit dem strahlendsten Grinsen. »Natürlich tust du das. Niemand kann meinem schelmischen Charme widerstehen.«

Ich verdrehe die Augen und rücke ein Stück von ihm weg, indem ich mich auf die Kante des Gebäudes setze. »Hätte ich bloß den Mund gehalten«, murre ich. »Jetzt weiß ich auch, warum Clément dich nicht bei unserem Gespräch dabeihaben wollte.«

Eugène gleitet geräuschlos vom Dach auf den Vorsprung, direkt vor mich. »Wieso, was hat Clément über mich gesagt?« Sein Blick sollte nicht so blasiert sein, während ich zur Abwechslung ihn von oben herab anschaue.

Ich lehne mich nach hinten, sodass ich mich mit den Händen abstützen muss. Cléments nette Worte liegen auf meiner Zunge, über Potenzial und Talent, aber etwas an ihnen klebt zu süß in meinem Mund, sodass ich sie herunterschlucke. »Dass du seine Erwartungen enttäuschst.«

Das schmerzhaft selbstgefällige Grinsen verwandelt sich, bis es nur noch schmerzhaft ist. Eugènes so offensichtlicher Versuch, eine Fassade aufrechtzuerhalten, lässt meine Brust vor Enge brennen. Mir war nicht bewusst, wie sehr ihn meine Worte verletzen würden. Worte über enttäuschte Erwartungen, die ich selbst zu oft gehört habe, um mich darum zu scheren. Und er wirkt immer so überzeugt von sich … Wie hätte ich wissen können …

Ein Blick in seine Augen, auf die fliederfarbenen Schatten darunter, auf die zuckenden Kiefermuskeln, und ich will ihm jedes süße, zuckrige, honiggetränkte Wort entgegenflüstern, das mir einfällt.

Er kommt mir zuvor. »Warum verhältst du dich so?« Seine tonlose Stimme sollte mich mit Vorwürfen verbrühen. Doch da schwingt diese Neugierde mit, ehrliche, ernsthafte Neugierde, die mir noch mehr zusetzt. Die Frage bohrt sich tief, tief in mich hinein, als wollte er mich sezieren, bis er die wahre Odette sieht.

»Ich weiß nicht, was du meinst.« Meine Lippen beben, ob vor Schuldgefühlen, vor Wut über seine Sondierung meines Innersten oder vor etwas ganz anderem. Das Gespräch soll einfach nur enden. Er darf nicht mehr von mir sehen – und ich nicht mehr von ihm.

»Mache ich es dir so schwer, mich zu mögen? Bin ich so unausstehlich, dass es unmöglich ist, nett zu mir zu sein?«

Ich weiche seinem Blick aus, verstehe nicht, wie das Gespräch diese Wendung nehmen konnte. Wie jemand wie er, der tagein, tagaus umschwärmt und angebetet wird, so ausgezehrt nach netten Worten von mir sein kann.

»Jedes Mal, wenn ich ansatzweise nett zu dir bin, wirst du unziemlich und anzüglich und reagierst gesellschaftlich völlig unangebracht«, zwinge ich hervor.

»Dafür tue ich nicht so, als ob nie etwas zwischen uns passiert wäre.«

Die Worte treffen mich wie ein Haken gegen die Nase. Ich komme nicht mehr mit. »Was hat das damit – wieso musst du das jetzt so urplötzlich zur Sprache bringen?«

»Weil ich es nicht verstehe.« Er lehnt sich ein wenig näher zu mir. »*Dich* nicht verstehe. Manchmal glaube ich, du magst mich. Manchmal werde ich das Gefühl nicht los, du willst nichts mehr, als so weit wie möglich von mir entfernt sein. Ich weiß, da sind gewisse gesellschaftliche Normen, die es uns vielleicht erschweren –«

»Du meinst, die es vor allem *mir* erschweren«, schnappe ich. »All den Frauen, die mit den Konsequenzen leben müssen, wenn sie sich auf etwas einlassen, während die Herren fein raus sind, nachdem sie ihren Spaß gehabt haben?« Das Feuer überrumpelt mich selbst. Als würden die Stimme meines Vaters und die der *Suffragettes* mich innerlich anspornen. Vielleicht durchschaut Papa mich doch zu gut.

Eugène wirft die Arme in die Luft und wendet sich von mir ab. Der Verlust sticht in meiner Brust. Dann dreht er sich wieder zu mir, tritt noch näher. »All das ist mir bewusst. Wer drei-

oder viermal mit Georgette gesprochen hat, weiß um diese Ungerechtigkeiten.« Er kommt einen weiteren Schritt auf mich zu, zwischen meine Knie, was einzig und allein durch die verdammte Hose möglich ist. So nah. Nur seine dunklen Augen und seine dunkle Stimme. »Aber heißt das, wir können nicht einmal darüber reden, was passiert ist?«

Die Bitterkeit meiner letzten Worte, die auf meinen Lippen verweilt, verwebt sich mit den Zuckerworten, die ich nicht aussprechen will – nicht aussprechen *kann* –, und mit einer völlig unbekannten Glut.

Eugène zieht die Augenbrauen zusammen. »War die erste Nacht mit mir so schrecklich?«

Meine Gedanken schwirren zur Nacht. Die Nähe beim Tanz, das dunkle Hinterzimmer, sein Duft nach Absinth und geschmolzenem Zucker und Unbesonnenheit. Für mich war all das ein Traum, aus dem ich am nächsten Tag erwache, und nichts davon wäre wirklich geschehen. Doch aus dem Traum wurde ein Albtraum und dann – Realität. Und plötzlich bin ich an ihn gebunden. An etwas, bei dem mir von Anfang an klar war, dass es nicht sein darf.

»Sie war nicht schrecklich.« Mein Wispern flattert durch den Nachtwind, sachte und flüchtig. Ich blicke hinunter zu dem Punkt, wo sich unsere Oberschenkel berühren, hastig wieder hinauf in sein Gesicht. Keine Sterne am Himmel, nur in seinen Augen. »Aber sie –«

Ein gigantischer Fleck verdeckt die Sterne hinter Eugène. Der Ballonkorpus des Luftschiffes. Das metallene Surren der Ankerketten bebt durch die Nacht, überlagert die Rufe der Dockarbeiter. »Oh, bei Hadès' linkem –« Ich springe auf, kralle mir den Seesack mit dem Sprengkörper, während Eugène herumfährt. Das Luftschiff schwebt über das Wasser, zwei, drei Häuser von uns entfernt. Zur Stadtmitte.

»*Merde!*« Eugène sprintet los, so nah am Abgrund, dass mir schwindlig wird.

Ich haste hinterher, dränge jede Angst fort. Doch egal, wie schnell wir rennen – wir haben den richtigen Moment verpasst. Eugène sieht es noch nicht ein. Er stemmt jeden Schritt ins Dach, obwohl sich die Nase des Luftschiffs bereits über die ersten Wohnhäuser schiebt.

»Eugène!«, brülle ich über die Häuser hinweg. Wehe, er schmeißt sich vom Dach, um sich am Anker festzukrallen, der in den Frachtraum surrt.

Er kommt schlitternd zum Stehen, greift sich an die Stirn, während er dem Luftschiff hinterherstarrt.

Neben ihm stütze ich mich keuchend auf meinen Knien ab. Wir können das Schiff nicht mehr abstürzen lassen. »Er hatte recht.« Meine Lippen beben. »Auguste hatte recht.«

»Odette.« Er nimmt mir den Seesack ab.

»Ich bringe alle in Gefahr. Meine Familie, dich, die Nachtschwärmer.« Meine Sicht dreht sich. Mein Atem geht hastig, holprig, noch schwerfälliger, als ich gen Himmel starre, beide Hände auf den Mund gepresst.

»Odette!« Eugène löst meinen Griff, übt sanften Druck auf meine Hände aus, bis ich ihn ansehe. Bis ich ruhiger atme.

Ich trete einen Schritt zurück und schüttle wild den Kopf. »Was tun wir jetzt? Was soll ich jetzt tun?«

»Jetzt«, beginnt Eugène langsam und mit angespanntem Kiefer, »improvisieren wir.«

Kapitel 13

Meine Lunge und meine Waden brennen, während wir dem Luftschiff über die Dächer nachjagen. Verschwommen ziehen Lichtpunkte an mir vorbei. Häfen und Lagerhallen haben sie noch vor den Boulevards und reichsten Häusern mit den neuen elektrischen Lampen ausgestattet. Immerhin übersehe ich so keinen Spalt zwischen den Fabrikbauten. Was mich nicht darüber hinwegtröstet, dass meine Lunge jeden Moment implodiert. »Ich halte das nicht mehr lange durch.« Japsend klammere ich mich am Rand des erhöhten Daches fest und strample mit den Beinen.

»Musst du auch nicht.« Eugène zerrt mich das letzte Stück hoch. »Nur bis es dunkel genug zum Schattenspringen ist.«

»Schattenspringen? *Auf das Schiff?*« Ich schnappe nach Luft. »Das ist unmöglich!«

»In Paris ist alles möglich.« Am Ende des Bassins kommen wir stolpernd zum Stehen, und Eugène nimmt grinsend meine Hand. »Vor allem in der Nacht.« Er zuckt die Schultern. »Vielleicht ist es nur ein *klein* wenig schwieriger, zu einem sich bewegenden Ziel zu springen. Gäbe es doch nur einen Weg, einen Sprung wie diesen im Voraus zu berechnen …«

»Wenn ich das richtig beobachtet habe, fliegen wir beim Schattenspringen wie ein Projektil. Grundlegende Ballistik müsste also zutreffen. Nur wird unsere Geschwindigkeit nicht vom Luftwiderstand beeinflusst, sondern von der Helligkeit. Wir müssten die optimale Flugbahn mit Rücksicht auf die Lichtverhältnisse und die zurückgelegte Strecke des Luftschiffes pro Sekunde berechnen und unseren Absprungwinkel dementsprechend –« Ich ziehe meine Hand aus seiner. »Eugène! Wir können das Luftschiff nicht über den Wohnhäusern abstürzen lassen!«

»Erst aufs Luftschiff, dann überlegen wir, wie es weitergeht, in Ordnung?« Er hilft mir auf die schmale Brüstung. »Zum Ballon, den verfehlen wir nicht so leicht wie die Gondel. *Du* musst den Absprungwinkel bestimmen.«

»Ich soll –« Meine Füße rutschen auf der Brüstung, und Eugène greift meine Hände, bis ich fest stehe. »Bist du sicher, dass das funktioniert? Woher weißt du, wohin ich springe?«

»Du musst mich einfach wie beim Tanzen führen.« Dunkle Augen liegen auf mir, doch sein Grinsen durchbricht die Ernsthaftigkeit. »Die Hälfte Ihrer Erklärung über Ballistik habe ich nämlich nicht verstanden, Frau Professorin.«

Stöhnend verdrehe ich die Augen, gleichzeitig erwärmt sich mein Inneres ein wenig. Seinen Worten fehlt dieser genervte Unterton. Die Häme, wegen der ich nach einigen Schuljahren gelernt habe, lieber den Mund zu halten. Ich schätze die Entfernung zum Luftschiff ab, seine Geschwindigkeit. Visualisiere Flugbahnen aus dem Unterricht, die bisherigen Sprünge über die Pariser Dächer. Auf seltsame Weise feuert die Wärme meine Entschlossenheit an.

Mit zusammengebissenen Zähnen richte ich den Blick nach vorn und nicke, erst langsam, dann entschieden. »In Ordnung.« Ich schüttle die Anspannung aus meinen Armen und ergreife

Eugènes Hand. Dieses Mal muss ich ihn führen. »Ich schaffe das.« Und ich tue es einfach. Ich springe, führe Eugène mit leichtem Druck, und er spiegelt meine Bewegung mit seinem Schattensprung. Einen Atemzug lang sackt mein Magen ab. Doch nicht wir. Wir steigen auf, höher und höher, genau in dem von mir geplanten Winkel. »Ha!«, stoße ich triumphierend aus, schüttle ungelenk und aufgekratzt Eugènes Hand.

So nah an den Lichtern der Stadt ist es gerade dunkel genug. Wir stürzen nicht ab, aber schießen auch nicht schwindelerregend schnell durch die Dunkelheit. Wir schweben. Hand in Hand, durch unseren ganz persönlichen Sternenhimmel, wie niemand außer uns es kann.

An der Spitze unserer Flugbahn treffen sich unsere Blicke, und ich bin sicher, dieses Mal grinse ich genauso breit wie er.

»Unglaublich«, raunt Eugène und spricht damit das aus, was ich ebenfalls denke. Doch während wir sanft sinken, sieht er nicht die Stadt unter uns an, sondern mich. Vielleicht kann ich einfach annehmen, er meint beides. Denn das hier, dieses Zusammenspiel, da bin ich sicher, schaffen keine zwei anderen Nachtschwärmer. Diese Art zu springen, gehört nur Eugène und mir.

Doch dann jagt die gigantische Seitenfläche des Luftschiffkorpus auf uns zu. Sie ist erleuchtet. Und aus Metall, nicht aus Seidenstoff wie ein Heißluftballon.

Merde!

»Hast du bedacht, dass du im Licht nicht abbremsen kannst?«, brülle ich gegen den Wind.

Wir rasen auf den Ballon zu, nehmen an Geschwindigkeit zu. Kein Schattensprung mehr, sondern ein Sturz. Durch das Luftrauschen dringt das Knarzen der Taue, die die Gondel am Korpus halten, zu mir.

Wir drohen auseinanderzutreiben, und ich atme scharf ein,

doch Eugène schlingt seinen freien Arm um mich und zerrt mich an sich. »Greif eines der Seile! Lass nicht los, egal, wie sehr es schmerzt!«

Ich beiße die Zähne aufeinander, wappne mich für den Aufprall, kenne nur noch ein Ziel. Ein Seil greifen, ein Seil greifen, ein Seil greifen! Aber wenige Meter vom Ballonkorpus entfernt kneife ich die Augen zu und presse mein Gesicht an Eugènes Brust. »O Gott, o Zeus, o Hermès«, schicke ich ein kopfloses Stoßgebet in die Nacht.

»Eugène reicht«, keucht Eugène und lässt mich los.

Ich reiße die Augen auf, die Metallfläche zum Greifen nah. Ein Rauschen erfüllt meine Ohren, verdrängt jedes andere Geräusch. Doch ich strecke die Arme aus. Ich pralle gegen den Ballon, und Schmerz explodiert zwischen meinen Rippen und erdrosselt den Schrei, aber Eugènes Worte hallen in meinem dröhnenden Kopf wider. *Nicht loslassen, egal, wie sehr es schmerzt.*

Irgendwie klammern sich meine Arme, Arme, die sich nicht wie meine anfühlen und dennoch vor Qual pulsieren, an einem Seil fest. Meine Schultergelenke zittern, die Sehnen in meinen Armen stehen kurz vor dem Zerreißen, doch ich halte mich. Halte mich, halte mich, bis sich die Welt um mich herum wieder Stück für Stück zusammensetzt und Luft in meine Lungen strömt.

Ein Stöhnen neben mir, dann ein Rascheln. »Wie geht es dir?«

Ich presse meine Stirn gegen die kühle Wand und stöhne. »Kommt drauf an, ob Eugène oder Gott mit mir spricht.« Mein Krächzen scheuert wie Schmirgelpapier in meinem Hals.

Eugène lacht rau. »Wir müssen zur Frachtgondel.« Er nickt nach unten, wo ich auf keinen Fall hinschaue.

Mit geschlossenen Augen rutsche ich am Seil herunter, bis meine Handflächen und Oberschenkelinnenseiten glühen und ich auf dem Dach der Frachtgondel aufsetze. Ich klammere mich weiter am Seil fest und sinke trotzdem auf die Knie. Zittrig atme ich durch, während Paris gemächlich unter mir vorbeizieht.

Eugène drückt meine Schulter, um meine Aufmerksamkeit auf sich zu ziehen. Fahrtwind zerzaust sein penibel frisiertes Haar, die schwarzen Strähnen schimmernde Rabenfedern im Sturzflug. »Frau Professorin, Sie sind ein Genie!«

Er neckt mich schon wieder damit, und ich schnalze mit der Zunge. Doch jetzt begreife ich, was mich so mit Wärme erfüllt. Seinen Worten fehlt die Häme – aber vor allem stellt er mein Wissen nicht infrage, so wie die Jungen und Lehrer in meiner Schulzeit. Im Gegensatz zu damals bereue ich nicht, meine Überlegungen geäußert zu haben. Stattdessen surrt in mir das Verlangen, noch *mehr* mit ihm zu teilen. Ein Körperteil nach dem anderen richte ich auf, jedes unter gedämpftem Ächzen. »Und *du* bist todesmutig. Das war eine schreckliche Idee.«

Das Luftschiff stößt bauschige Wolken aus seinem Dampfantrieb aus, die uns im Nu umschlingen. Eugène spaziert derweil zu einer Luke mitten im Dach. »Wir mussten es früher oder später ausprobieren. Ich weiß nicht, wie die Physik hinter dem Schattenspringen funktioniert. Niemand weiß das.« Er öffnet die Luke und gleitet hindurch, seine Stimme nur noch gedämpft. »Bis die Wissenschaft weit genug ist, um das Ganze zu erforschen, bleibt uns also nichts, außer Todesmut und Ausprobieren.«

Ich krieche zur Öffnung. »Ich lege kein zweites Mal mein Vertrauen in eine deiner todesmutigen Ideen«, ächze ich beim Herablassen, »also stell dich am besten schon mal darauf ein, die nächste Zeit über Physikbüchern und Notizheften zu hocken.«

Ein verschwommenes Grinsen und Schulterzucken, während ich im Innenraum lande. »Wenn ich jemandem die Forschung zutraue, dann dir.« Er wackelt mit den Augenbrauen.

»Also studiere mich gern nächtelang.«

Ich schnaube unverbindlich, und unser Gespräch beim Bassin hallt in meinem Kopf wider. Jedes seiner Worte glasklar, obwohl ich das Gefühl habe, es wäre Jahre her. Ich muss die Erinnerung verdrängen, sofort. Kein weiteres Wort darüber. Ich weiß nicht, was ich gesagt hätte, wenn wir nicht unterbrochen worden wären. Zum Glück muss ich mir darüber keine Gedanken machen. Dennoch fragt sich ein Teil von mir ... Ich schüttle den Kopf. Ich wollte die Erinnerungen doch verdrängen!

»Das ist seltsam«, murmelt Eugène.

»Was ist —«

Der Frachtraum ist leer.

Nur eine einsame Kiste kauert in einer Ecke, neben der Tür, die zum Steuerraum führen muss. Ich schleiche zu ihr und hebe den Deckel an. Ein Dutzend Kupfermasken in Holzwolle. »Das ist alles? *Eine* Kiste?«

Eugène zuckt die Schultern und nimmt eine der Masken heraus. »Besser für uns, oder?«

Ich zerre mit den Zähnen an meiner Unterlippe. »Aber eine Luftschifffahrt für *eine* Kiste mit Masken? Kommt dir das nicht seltsam vor?«

»Nicht wirklich.« Er hält sich die Maske vor das Gesicht, und ich erschaudere. »Mein Vater hat ganze Flotten für ein einziges Gemälde starten lassen.«

»Also zur Absicherung«, überlege ich laut. »Kutschen können leichter überfallen werden als Luftschiffe.«

Eugène pfeffert die Maske zurück und grinst. »Und doch sind wir hier.«

»Und stehen vor dem gleichen Problem wie zuvor. Wir können das Luftschiff nicht abstürzen lassen.« Ich nehme die Maske an mich. »Es sind so wenige. Können wir sie nicht einfach –« Mit aller Kraft schlage ich die Maske gegen eine Ecke der Kiste.

Eugène springt zurück und hebt die Hände. »Vorsicht, sonst machst du noch etwas kaputt. Nun, außer die Masken, natürlich. Die sind schließlich dafür konzipiert, sogar *Schüsse* abzuwehren.«

»Dann werfen wir sie über Bord!«

»Sie sind *außerdem* dafür konzipiert, Aufpralle aus hohen Höhen zu überstehen. Wasser zerstört die Elektronik, aber dafür ist es zu spät. Uns bleibt nur eine Explosion.«

Ich rutsche mit dem Rücken an der Kiste herab, bis ich auf dem Boden sitze. »Ich tue nichts, was andere Menschen gefährdet.«

Eugène blickt zur mir herunter. Meine Beine zittern, und ich höre nur seinen Atem. Ich presse die Lippen aufeinander, fest entschlossen, mich nicht überreden zu lassen. Mir ist egal, dass ich aussehe wie ein bockiges Kind.

Zwei oder drei seiner Finger stupsen meine Schulter an, fast wie unabsichtlich. »Wir müssen den Auftrag zu Ende bringen.«

Er hat recht. Wir brauchen das Geld, und, noch wichtiger, ich muss mich bei Clément und Auguste beweisen, um aufzusteigen und langfristig mit Aufträgen Geld für meine Familie zu verdienen. Und ich will nichts mehr, als das verdammte Luftschiff mit Fackeln niederzubrennen. Alles von den Nyx niederzubrennen. Aber vielleicht hat sich mein Vater doch nicht in mir getäuscht. Denn wenn ich daran denke, was ich anderen Familien antue, wenn ich ihnen ihre Väter oder Mütter oder Kinder raube, um meine Familie zu schützen, brennen unvergossene Tränen hinter meinen Wangenknochen, in meiner Nase. Schwach. Ich presse mein Gesicht in die Hände. Ich tue all das, um meine Familie zu beschützen – und jetzt, in dem Moment, in dem es wirklich darauf ankommt, werde ich *schwach*.

»*Je suis désolée*«, murmle ich gegen meine Handballen. Ich weiß nicht, ob Eugène mich hört, weiß nicht, ob ich *will*, dass er meine Kapitulation hört.

Seine ausgestreckte Hand taucht vor meinem Gesicht auf, marmorhell durch die Spalten zwischen meinen Fingern. »Ich weiß, du bist nicht unbedingt für Improvisation zu haben.« Seine Hand verharrt zwischen uns, obwohl ich mich nicht rege. »Aber was hältst du davon, ein letztes Mal zu improvisieren?«

Langsam lasse ich meine Hände sinken. »*Wie?*«

»Heute Nacht zerstören wir nichts.« Er legt den Kopf schief und grinst noch schiefer. »Wir stehlen.«

Für einen Moment starre ich ihn nur an.

»Wenn wir die Masken stehlen, können wir sie auf *Mont-Saint-Michel* untersuchen.« Eugènes Augen glitzern. »Das bringt uns garantiert Bonuspunkte ein!«

»Das ist nicht unser Auftrag.«

Eugène zurrt den Seesack mit einem abgehakten, spöttischen Schnaufen auf. »Du musst wirklich lernen zu improvisieren.«

»Wir können nicht jedes Mal, wenn etwas schiefgeht, improvisieren!« Ich werfe die Hände in die Luft. »Einen Plan schmiedet man, um sich an ihn zu halten.«

»Pläne sind überbewertet.« Maske für Maske wirft er in den Sack. »Wir brauchen gute Instinkte und ein wenig Hilfe von Fortuna.«

Ich starre aus dem kleinen runden Fenster. Stahlgerüste und wogendes Weiß. Ich weiche zurück. »Eugène!«

Er schnalzt mit der Zunge. »Und vor allem musst du dich entspannen. Deine ewigen Sorgen stehen dir im Weg, dein ganzes Potenzial –«

»Eugène!«, brülle ich und peitsche zu ihm herum. »Wir landen!«

»Perfekt, dann können wir einfach rausspazieren.«

»Wir landen – und im Hangar wartet ein Dutzend Wachen!«

Eugène wirft einen Blick aus dem Fenster und zieht sich seinen Kapuzenschal über die untere Gesichtshälfte. »Nur ein paar Arbeiter. Das schaffen wir.«

»Wie stellst du dir das vor? Du trägst die Masken, und ich nehme es im Alleingang mit *nur ein paar Arbeitern* auf? Oder«, ich schwinge den Seesack auf meinen Rücken, strauchle und kippe nach hinten, bis die Masken auf den Stahlboden krachen, »du kämpfst, und ich fliehe mit gut dreißig Kilo Metallgut?«

»Wieso denkst du nur immer zuerst an gewalttätige Lösungen?« Unter der Luke verschränkt er seine Hände. »Wir *schleichen* uns aus dem Hangar.«

Mit einem leichten Ruck setzen wir auf, und ich verschwende keine weitere Sekunde mit Einwänden. Ich maskiere mich, steige fluchend in seinen Griff und lasse mich hochstemmen. Halb auf dem Bauch liegend, ziehe ich den Seesack, den er durch die Luke schiebt, neben mich. Dann strecke ich Eugène meine Hände entgegen und zerre ihn mit zusammengebissenen Zähnen hoch. Sobald er die Kante ergreift, gleitet er mühelos aufs Dach.

Wir robben bis zum Rand und springen herunter, schleichen von der Gondel, verborgen hinter einer Reihe gestapelter Kisten. Durch einen Spalt beobachte ich einen Arbeiter mit nichtssagender Uniform, unbeschriftet wie das Luftschiff und der riesige, ausgeleuchtete Hangar, der die Gondeltür aufschließt. An seiner Hüfte baumelt eine Waffe, mit der kein normaler Arbeiter ausgerüstet wäre. Waffen der Nyx.

»Sie werden merken, dass die Masken fehlen«, flüstere ich atemlos.

»Bis dahin sind wir längst verschwunden.« Er deutet zur riesigen Öffnung, durch die die Luftschiffe in den Hangar fliegen.

Gebückt hastet er los, und ich folge ihm fluchend. Immer wieder passieren wir Lücken in den Kistenstapeln – wenn ein Wachmann genauer in unsere Richtung schaut, entdeckt er uns. Doch wir erreichen sicher das Ende der Kisten, nur noch wenige Meter vom Ausgang entfernt. Eugène presst sich gegen einen Stapel und streckt den Arm aus.

Eine Wache. Der Mann lehnt an einem Stahlpfeiler, halb abgewandt von uns. Eine elektrische Lampe taucht ihn und den Eingangsbereich in gleißendes Licht. Wir kommen niemals unbemerkt an ihm vorbei.

Ich verknote meine Finger. »Ich könnte versuchen, mit meiner Fähigkeit –«

»Was, wenn du die Lampe stärker zum Leuchten bringst, statt sie zu löschen?« Eugène hebt eine Schraube vom Boden auf. »Das können wir nicht riskieren.«

Nach all den Risiken, die er diese Nacht eingegangen ist, zieht er *hier* die Grenze? Wir springen auf ein fliegendes Luftschiff, klauen den Nyx ihre Masken, aber bei meiner fehlenden Kontrolle ist Schluss? Ich will ihm beißende Worte entgegenschleudern, doch etwas in meiner Brust hält sie mit Krallen zurück.

»Warte kurz.« Eugène wirft die Schraube auf den Platz vor dem Hangar. Die Wache horcht auf, sieht nach draußen. Eugène schleicht sich an den Mann heran und trifft ihn mit dem Ellbogen an der Schläfe. Er sackt zusammen. Ich schlage die Hände gegen meinen Mund, was das Japsen nur halb unterdrückt.

Eugène winkt mich heran. »Er schläft nur.«

»Er schläft nicht, du hast ihn *bewusstlos* geschlagen. Das ist ein Unterschied.« Mit der Stiefelspitze drehe ich den Mann auf seinen Rücken. Sein Brustkorb hebt und senkt sich, und ich atme auf.

Doch die Erleichterung hält nur kurz an, denn ein Schwadron Nyx marschiert über den Vorhof, direkt auf den Hangar zu. Auf *uns* zu. Ich kralle meine Finger in Eugènes *Manteau*, um ihn zurück in den Hangar zu ziehen.

Aber Eugène umklammert mein Handgelenk und zerrt mich raus, um die Ecke, hinein in den Schatten eines flachen, ellenlangen Lagergebäudes aus Wellblech. Er testet eine Türklinke, vergeblich, und zückt ein Set Dietriche aus einer Innentasche.

»Sie kommen genau auf uns zu!«, zische ich und blicke nach links und rechts. Wachen. Überall patrouillieren Wachen.

Das Schloss klickt, und er schiebt mich in die Halle.

Mit geschlossenen Augen lehne ich mich innen an die Tür, bis mein Atem sich beruhigt. Schwarzfahren eines Luftschiffes, Diebstahl, tätlicher Angriff, Einbruch. »Dafür, dass die Nachtschwärmer angeblich im Auftrag Gottes handeln, begehen wir ganz schön viele Straftaten.«

»Der Zweck heiligt die Mittel.«

Ich drücke mich von der Wand ab. »Das ist eine bequeme Ausrede, um sich nicht damit zu beschäftigen, ob etwas richtig oder falsch ist.«

Er deutet auf eine Treppe zu einem Labyrinth aus schmalen Metallstiegen, das, an Stahlseilen hängend, über der Lagerfläche verläuft. »Willst du dich freiwillig stellen? Oder sollen wir weiter?«

Ich spitze die Lippen. »Ich meinte das eher allgemein«, gebe ich kleinlaut zu und erklimme die Metallstufen.

»Dachte ich mir«, feixt er.

Oben zerre ich meinen *Redingote* enger um mich. »Warum ist es kälter als auf dem Luftschiff?« Die Frühlingssonne sollte tagsüber einen Metallkasten wie diesen aufheizen.

Eugène tritt ans Geländer und betrachtet die feinen aufgestellten Härchen seines Unterarms, dann die von gedimmten Lampen erleuchteten Konturen unter uns. Holzkisten mit eingebrannten Beschriftungen, monströse Maschinen auf Rollbrettern neben Käfigen mit dicken Vorhängeschlössern, in denen Schatullen, Aktenordner und abgedeckte Objekte verwahrt werden. »Mein Vater besitzt einen gekühlten Raum für seine wertvollsten Gemälde.«

Ich schnaube, weil ich an das kartoffelsackgroße Erdloch in unserer Stube denken muss, in dem wir Lebensmittel einlagern.

»Ein bisschen zu extravagant?«, fragt Eugène, während wir über die Metallstiege in Richtung des hintersten Ausgangs tappen. Hoffentlich ein Weg in die Freiheit und nicht mitten in die Arme der Nyx.

»Nur ein wenig«, murmle ich. »Wieso stationieren die Nyx keine Wachen hier *drinnen*?«

»Sicherheitsgründe? Die Anführer trauen den Lakaien vielleicht nicht. Oder es ist wie beim Gemälderaum meines Vaters. Da darf ich nicht einen Fuß reinsetzen, so penibel achtet er darauf, die Temperatur zu halten.«

»Ich schwöre dir, wenn du noch *ein* Mal das seltsame Verhalten der Nyx mit dem deines verschwenderischen Vaters rechtfertigst, schreie ich.«

Eugène lacht leise in sich hinein. »Das würde unseren Ausbruch sicherlich spektakulärer machen.«

Ich deute auf eine schmale Leiter. »Die ist dem Ausgang am nächsten.«

Eine Seitentür im Erdgeschoss knallt auf, und zwei Männer treten in die Halle.

Mein Herz setzt aus. Tiefer Bariton und schwere Schritte dröhnen durch die Halle. Wir stehen im Lichtkegel einer der dämmrigen Lampen wie im Scheinwerferlicht einer Oper.

Eugène reißt mich mit sich zu Boden. Er dämpft unseren

Fall mit seiner Nachtschwärmer-Agilität, presst eine Hand gegen meinen Mund. Die zuknallende Tür schluckt den Rest des Schepperns.

Mit flatterndem Herzschlag, der meinen Puls in den Ohren hämmern lässt, presse ich mich auf den Boden. Eugène zieht langsam seine Hand von meinem Mund und legt einen Finger an seine Lippen.

Ich verdrehe die Augen zu einem stillen *Ach, wirklich?*, und während seine Mundpartie vermummt ist, zerknautscht ein Grinsen die zarte Haut um seine Augen.

Die Schritte verstummen. »Der Transport für Projekt S ist vorbereitet?« So viel sanfte Ruhe in einer so lauten Stimme sollte unmöglich sein. Die seltsame Kombination lässt sämtliche Alarmglocken in mir schrillen.

»Ich kenne die Stimme«, wispere ich und robbe auf dem Bauch ein wenig näher an den Rand. Eugène greift nach mir, doch ich schiele bereits hinunter.

Ein bulliger Nyx, massig wie ein Schwergewicht beim Boxen. »Die letzten Vorbereitungen laufen noch. Einige … Verzögerungen – vonseiten der *Exposition Universelle* – haben den Zeitplan ein wenig durcheinandergebracht.« Eine grässlich grinsende Maske der Komödie dämpft seine tiefe Stimme. »Aber die Energieversorgung ist seit einigen Tagen stabil und –«

»Sie sind der Dirigent.« Der schlankere Mann rückt die Tragödienmaske zurecht. »Werden Sie Ihrem Namen gerecht und kümmern Sie sich um das Problem.«

»Der Orchestrator!«, zische ich.

Eugène zerrt mich weg von der Kante, näher zu sich. »Willst du jetzt runtergehen und unseren alten Freund herzlich begrüßen?«

Ich spitze die Ohren und lausche dem Schlurfen von Füßen. »Natürlich, Orchestrator. Projekt S wird wie geplant für die Präsentation auf der *Exposition* fertiggestellt. Darum kümmere ich mich höchstpersönlich.«

Was ist *Projekt S*? Und wieso will ein geheimer Orden wie die Nyx etwas auf der *Exposition* vorstellen?

»Die Präsentation ist maßgebend. Nicht jeder besitzt die Weitsicht, die Vorteile so eines Projektes zu erkennen«, schwadroniert der Orchestrator, während ein Klicken ertönt, dann das Rattern von Metall auf Metall. Ein Vorhängeschloss? Ein Quietschen folgt, das nur von einer Gittertür stammen kann. Ich halte den Atem an, während weitere Schritte und ein sanftes Scharren darauf hindeuten, dass einer der beiden etwas aus einem der Gitterkäfige entnimmt. Aber was? Bevor ich mich vorbeugen kann, umklammert Eugène meine Taille. Vor Anspannung und Neugierde bekomme ich beinahe nicht mit, wie *nah* wir uns sind.

»Halten Sie diese Schädlinge von Nachtschwärmern im Zaum. Wir können in dieser Zeit des Fortschritts wirklich keine Mottenplage gebrauchen.« Die Stimme des Orchestrators entfernt sich. »Erfahren sie von Projekt S, setzen sie alles daran, es zu unterbinden. Und sorgen Sie vor allem dafür, dass *La Fille de Lumière* keinen Ärger macht!«

Ich drehe den Kopf zur Seite, die beiden Männer geradeso in meinem Sichtfeld, während sie die Halle verlassen. Mit einem tiefen Atemzug reibe ich meine steif gefrorenen Finger aneinander. Eugène entspannt alle Gliedmaßen, sodass Arme, Beine und Kopf auf den Metallsteg scheppern.

»Was ist Projekt S?« Langsam schiebe ich meinen Oberkörper hoch, der Schock noch so tief in meinen Knochen wie die Eiseskälte. *La Fille de Lumière* – gibt es eine Verbindung zwischen mir und diesem Projekt? »Wollen sie *dafür* meine Fähigkeit?«

Eugène springt auf und klopft sich die Hose ab. »Ich stehe

nicht in ihrer Adresskartei, also erhalte ich leider die Rundschreiben über die aktuellen Entwicklungen und Themen des Ordens nicht.« Er hilft mir hoch, seine Hand so kalt wie meine. »Lass uns verschwinden und den Auftrag beenden. Danach widmen wir uns dem ominösen Projekt S.«

»So viel Vernunft? Von dir?«

Eugène steigt die Leiter hinab. »Nach deinem unvorsichtigen Geplapper und Bespitzeln muss ich doch das Gleichgewicht der Welt wiederherstellen.« Er schwingt die Füße an die glatten Seiten der Leiter und rutscht die letzten Meter hinab. »Wir können nicht *beide* hochattraktive Draufgänger mit verschmitztem Charme sein.«

Auf dem Weg zu den *Catacombes* dränge ich Eugène, mir den Seesack eine Weile zu überlassen, aber als ich die Stufen hinabstolpere, nimmt er ihn mir wortlos wieder ab. Er schleift mich praktisch bis zum Eingangsportal der Abtei.

»Ich war noch nie in meinem Leben so müde«, gähne ich.

»Ist das so.« Eugène stiefelt vor mir die Treppe hoch.

Ich bleibe stehen. *Merde!* Er hat mir erzählt, wie wenig er schläft, wie kann ich nur so unsensibel sein? Ich haste ihm hinterher. »*Je suis désolée*, für dich ist es bestimmt —«

»Schon in Ordnung. Verlieren wir einfach kein Wort darüber.« Entgegen seiner Aussage verhärten sich seine Schultern. »Das kannst du ja gut.«

Ich will vor dem mitschwingenden Vorwurf wegrennen. Vor dem Thema. Dem Gespräch über die erste Nacht. Aber dann wäre er weiter sauer auf mich, nur aus der Ferne. »Eugène, ich —«

Er strauchelt, klammert sich an einer der Säulen vor Augustes *Bureau* fest. Sein Nacken schimmert im gedämpften elektrischen Licht, und die Haare dort kleben ein wenig an seiner Haut.

Ich haste zu ihm und reiße ihm den Seesack von den Schultern. Ich *wusste*, ich hätte die Zähne länger zusammenbeißen müssen!

»Ich hätte dich nicht so anfahren dürfen.« Er dreht sich zu mir, mit einer Hand an die Säule gestützt, und lächelt. Er *lächelt*. »Verzeih mir.«

»Ich … du musst nicht …«, stammle ich, doch er stößt sich ab, und ich haste ihm hinterher. »Du solltest dich kurz setzen.«

Eugène klopft an Augustes Tür. »Mir geht es gut. Mach dir keine Sorgen. Nicht wegen –« Seine Hand flattert an seine Stirn. »Nicht wegen mir.«

Auguste befiehlt uns herein, bevor ich etwas einwenden kann. Er schiebt ein Buch ins Regal und dreht sich bedächtig zu uns um. Kurz schwenkt sein Blick auf die Pendeluhr neben seinem Arbeitstisch, bevor er uns mit schmalen Lippen angrinst. »Ich befürchte, die fortgeschrittene Zeit spricht gegen einen erfolgreichen Missionsabschluss?«

»Ganz im Gegenteil.« Eugène nimmt mir den Seesack ab und schleudert ihn auf den Tisch.

Eine von Augustes Augenbrauen schießt hoch. »Ihr habt das Luftschiff zerstört?«

»Geht man von der traditionellen Definition des Begriffes *zerstören* aus«, Eugène zuckt unter Einsatz seiner ganzen Arme mit den Schultern, theatralisch wie eh und je, als wäre wenige Sekunden vorher nichts gewesen, »dann *nein*.«

Auguste kneift die Augen zu Schlitzen zusammen.

Clément gleitet durch die offen stehende Tür herein und ergreift Eugènes Schultern. »Was ist passiert? Und rede nicht um den heißen Brei herum.«

Eugène windet sich aus dem Griff und rollt die Augen. »Wir haben das Schiff nicht zerstört.« Auguste und Clément öffnen gleichzeitig den Mund, sodass Eugène die Stimme erhebt. »Dafür haben wir etwas Besseres geschafft.« Er schüttet die Masken auf den Tisch. »Frisch aus der Fabrik, bereit für intensive Untersuchungen.«

Auguste schließt seinen Mund und stiert mit offensichtlicher Zerrissenheit unsere Beute an. Es muss ihn in seinen Grundfesten erschüttern, uns einerseits zu verabscheuen und andererseits etwas vor der Nase zu haben, das der Bruderschaft wirklich nützt.

»Das ist nicht alles«, bringe ich hervor, um ihm keine Gelegenheit zu bieten, sich für die Abscheu zu entscheiden. »Zwei Nyx haben über ein Projekt gesprochen. Projekt S. Über das wir Nachtschwärmer nichts erfahren dürfen.«

Auguste schnaubt bei meinem *wir Nachtschwärmer*, während Clément einen Schritt auf mich zukommt. Sorgenvoll blickt er auf mich hinab. »Wie seid ihr an die Masken gelangt? Und an die Informationen?«

Ich starre auf meine schlammigen Stiefelspitzen.

»Es gab eine Planänderung«, kommt mir Eugène zu Hilfe, sodass ich aufblicken kann. »Wir sind irgendwie im Luftschiff gelandet und daraufhin irgendwie in ihrem Lager.«

Cléments Augen weiten sich. »Ihr seid –« Er schüttelt den Kopf, wischt sich über die Stirn, während Auguste erstaunlich still bleibt. »Ist euch bewusst, in was für eine Gefahr ihr euch gebracht habt?«

»*Carpe noctem.*« Eugène spannt den Kiefer an, schiebt die Unterlippe ein wenig vor. »Wir haben die Nacht genutzt, oder?«

»Das ist *kein* offizieller Leitspruch der Nachtschwärmer.« Etwas in Cléments Stimme brodelt.

»Sollte es aber sein. Kann ich einen Antrag stellen, vielleicht eine Petition starten, oder …?«, erwartungsvoll und ein klein wenig patzig lässt Eugène die Frage im Raum stehen.

Ich beobachte Auguste. Von *ihm* erwarte ich einen Vulkanausbruch, nachdem er sich so lange zurückgehalten hat. Doch wieder scheinen zwei Empfindungen hinter seinen Augen zu kämpfen. Unsere Leben zu riskieren, muss für ihn ein geringer Preis für ein halbes Dutzend Masken und vage Informationen über ein mysteriöses Projekt sein.

»Ihr habt Befehle missachtet, euch in Gefahr gebracht, all eure Brüder in Gefahr gebracht!«, donnert Clément.

Auguste tritt in den Hintergrund. So laut habe ich Clément noch nie erlebt. Nach Eugènes schmalen Lippen zu urteilen, er wohl auch nicht. Clément kneift sich in die Nasenwurzel und seufzt tief, dann fährt er ruhiger fort. »Habe ich mich so sehr in euch getäuscht? Vielleicht hatte Auguste recht.«

»Seit wann bist du so kleinlich? Die wenigsten Aufträge verlaufen reibungslos, Improvisation war immer Teil unserer Arbeit!« Eugène schüttelt den Kopf. »Wir haben von diesem *Projekt S* erfahren! Ist das nichts wert?«

»Ihr habt nicht improvisiert, ihr seid völlig vom Weg abgekommen. Niemand wusste, wo ihr seid. Was, wenn sie euch entdeckt und gefangen genommen hätten? Euch verhört hätten?«

»Aber das haben sie nicht. Wir haben den Auftrag *besser* als erwartet abgeschlossen. Und anstatt Zeit damit zu verschwenden, uns über hypothetische Zwischenfälle in der Vergangenheit zu streiten, sollten wir *Projekt S* weiterverfolgen.«

Auguste rollt akribisch die Schriftrolle auf. »Mehr als genug Aufträge warten darauf, erledigt zu werden.«

Eugène knallt die Hände auf den Tisch. »Projekt S hat etwas mit der nahenden *Exposition Universelle* zu tun. Die Zeit drängt also!«

»Ein ominöses Projekt ohne Anhaltspunkte steht ganz unten auf der Rangordnung.«

»Wenn es so unwichtig ist, können Odette und ich das Projekt weiterverfolgen. Wir –«

»IHR«, schneidet Augustes Stimme durch die Luft und lässt Eugène zurückweichen, »habt die gesamte Bruderschaft mit euren Machenschaften gefährdet.«

Ich sollte die Befehle akzeptieren. Für dieses Projekt und dessen mögliche, vage Verbindung zu mir kann ich meinen Aufstieg bei den Nachtschwärmern nicht riskieren. Andererseits garantiert ein reibungsloser Aufstieg nicht die Sicherheit meiner Familie. Ich brauche Antworten. Jetzt, nicht in Wochen oder Monaten. Also recke ich das Kinn. »Wir –«

»Ich verbiete euch, Projekt S weiterzuverfolgen«, beharrt Auguste mit der bedrohlichen Ruhe eines Donnergrollens. Er zerrt ein Säckchen aus einer der Schubladen und wirft es Eugène zu. »Nehmt eure Entlohnung, und haltet euch aus dem Rest heraus. Und merkt euch eines. Wenn ihr unsere Befehle wieder missachtet, ziehen wir Konsequenzen.«

Kapitel 14

Als wir in Paris aus den *Catacombes* steigen, färbt sich der Horizont bereits blassviolett. Beinahe Morgendämmerung. Ich reibe mir die Augen bei dem Versuch, einen klaren Gedanken zu fassen. Was, wenn das der Tag ist, an dem Mama mir endgültig verbietet, weiterzumachen wie bisher? Was, wenn sie wieder mit mir diskutiert, wo ich doch einfach nur ins Bett möchte?

»Willst du auch im Unterschlupf schlafen?« Eugène betrachtet mich mit nach unten geschwungenen Augenbrauen, was die Schatten unter seinen Augen noch mehr vertieft. Spürt er, dass ich nicht nach Hause will?

Ich spiele an einem Mantelknopf herum. »Ich sollte nicht –«

»Du kannst dir mit Louise das Bett teilen, und ich nehme das Sofa.« Er grinst, vielleicht, weil ich ihm ohnehin längst folge. »*Technisch* gesehen schlafen wir nicht in einem Zimmer, da das Dachgeschoss in mehrere Räume aufgeteilt ist.«

Ich ziehe die Augenbrauen hoch. »Durch gläserne Wände und offene Torbögen.« Doch dann atme ich tief ein und nicke. »Aber ich schätze, wenn du dort schläfst, muss ich auf Louise aufpassen.«

»Um *Louise* musst du dir wirklich keine Sorgen machen.« Er hält mir die Metalltür zur Zuckerfabrik auf, und sein Grinsen wird breiter.

Etwas an seiner Betonung lässt meine Ohren warm werden. Ich bin jedoch zu müde, um darauf zu reagieren. Stattdessen streife ich den Mantel ab und schleppe mich die letzten Meter zum Himmelbett, um mich zu Louise zu legen.

Das Bett ist leer.

Panik weckt meine Sinne. Haben die Nyx sie gefunden? Ich zerre die Bettdecke fort. Gibt es Kampfspuren?

Eugène berührt mich an der Schulter und deutet zum Sofa. Dort schläft Louise, mit einem aufgeschlagenen Kochbuch auf dem Bauch und leicht offen stehendem Mund. »Wir müssen sie nicht aufwecken.« Er streicht sich über den Nacken. »Du kannst das Bett nehmen.«

»Sag nicht, du willst auf dem Boden schlafen?« Ich starre die Holzdielen an, die eiskalt und hart sein müssen.

Eugène zuckt mit den Schultern. »Ich kann nach Hause gehen.«

Die Schatten unter seinen Augen. Wie er in der Abtei gestrauchelt ist und uns trotzdem nach Paris gebracht hat. Ich verknote die Hände. So kann er nicht allein durch die *Catacombes* springen. Aber wenn ich *das* erwähne, streitet er ab, zu erschöpft zu sein. Also schnappe ich mir meinen Mantel. »Ich kann nicht verlangen, dass du den Weg nach Hause auf dich nimmst, damit ich es nicht muss.«

Eugène stellt sich mir in den Weg. »Und ich kann dich nicht allein durch halb Paris spazieren lassen.«

Wir funkeln uns ein paar Atemzüge lang an, keiner bereit nachzugeben.

»Wenn ich schattenspringe, bin ich schneller zu Hause als du zu Fuß.« Er stupst meine Nase an und dreht sich auf den

Fersen zur Tür. »Das ist die rationale Schlussfolgerung, sollte dir das nicht gefallen?«

»Wir können uns das Bett einfach teilen«, platze ich heraus, ohne nachzudenken.

Schlagartig erwärmt sich die Luft, während er sich mit großen Augen umdreht. Ich *hätte* nachdenken sollen.

Eugènes Augen funkeln mit jedem meiner Atemzüge stärker. »*Wie bitte*«, sagt er dann voller übersprudelnder Heiterkeit. Er fragt nicht, er *neckt*.

»Wir haben zusammen schlimmere Verbrechen begangen, als in einem … Als Gentilhomme wirst du selbstredend respektvoll … Louise würde dich nicht lebendig …«, versuche ich meinen Vorschlag stammelnd zu rationalisieren.

Doch Eugène wirft sich bereits auf das Bett.

Mein Mund klappt auf. »Du protestierst nicht einmal *kurz* des Anstands halber?«

»Auf die Gefahr hin, *diese* Gelegenheit verstreichen zu lassen? Kennst du mich denn so schlecht?« Grinsend deutet er auf einen Schrank, aus dessen offen stehenden Schubladen Stoffe herausquellen. »Bedien dich.«

Kurz starre ich ihn an. Vielleicht sollte ich doch gehen. Aber dazu fehlt mir die Kraft. Schon eines der Wollhemden herauszuziehen und mich hinter den Paravent zu bewegen, kostet mich den letzten Rest Energie. Und entgegen seinen Worten *kenne* ich ihn – egal, wie viele Sprüche er klopft, ich weiß, er würde die Situation nicht ausnutzen. Also schäle ich mich aus Hose, Hemd, Korsett und Stiefeln, ziehe das neue Hemd über und husche hinter dem Paravent hervor.

»Was sagen deine Eltern, wenn du nicht nach Hause kommst?« Eugène sitzt mit dem Rücken zu mir auf der Bettkante und entledigt sich seiner Stiefel. So langsam, dass ich genug Zeit habe, unter das Duvet zu schlüpfen.

»Sie sind meist geschäftlich unterwegs und merken nicht, wie lange ich unterwegs bin«, entgegne ich hastig. Obwohl alles in mir zum Zerreißen angespannt ist, muss ich lächeln, weil er jetzt auch noch quälend langsam die Schnallen seines Harnisches löst, während ich das Duvet bis zum Kinn ziehe. »Werden deine nie argwöhnisch?«

Satt zu antworten, zerrt sich Eugène das enge Nachtschwärmer-Oberteil über den Kopf. Unter der Marmorhaut seiner trügerisch elegant geformten Schultern zeichnen sich Muskeln ab, die man hinter all der Seide, den Edelsteinen und modischen Einstecktüchern nicht erwartet. Doch ich *weiß*, dass sie da sind, habe oft genug mit ihm gekämpft. *Und* ich habe oft genug die Oberkörper von noch muskulöser gebauten jungen Feldarbeitern im Sommer gesehen. Der Anblick sollte mich nicht so aus der Bahn werfen. Mit flatterndem Puls starre ich den Baldachin an. War ich eben nicht todmüde?

»Sie denken, ich vergnüge mich die ganze Nacht«, sagt er, ohne dass ich begreife, was er meint. Die Matratze senkt sich, während er sich neben mich legt. »In all den Jahren haben sie sich nie darüber Sorgen gemacht, wie spät ich nach Hause komme. Oder *ob*.«

»Wie lange bist du schon bei den Nachtschwärmern?« Ich sollte ihn nichts fragen, weil das nur Gegenfragen nach sich zieht. Aber ein Gespräch lenkt mich ab.

Es raschelt neben mir. »Ich habe meine Fähigkeit mit zwölf entdeckt. Eine ganze Weile habe ich mich ausprobiert, sie für Unfug benutzt, zum Rausschleichen, Trinken, weibliche Gesellschaft, die gelegentliche Opiumhöhle, alle möglichen Ausschweifungen. Dann hat Auguste mich aufgespürt, als ich dreizehn wurde«, erklärt er ernst.

So ernst, dass ich einen Atemzug lang stutze, bevor ich schnaubend loslache. »Stimmt zumindest die Altersangabe?«

Ich drehe den Kopf zu ihm und blicke direkt in seine Augen. Mein Lachen erstickt. So nah. Mein Körper ist zu schwer, um etwas dagegen zu tun.

Eugène lächelt, mit einem Mundwinkel einen Hauch mehr als mit dem anderen. Macht die Nähe auch nur *irgendetwas* mit ihm? »Das Alter stimmt.«

Weil ich nicht weiß, was ich antworten soll, schauen wir uns mehrere Atemzüge lang nur an.

»Willst du noch etwas über mich wissen?«

Nein, danke, will ich entgegnen. Ich sollte wegsehen, weg von seinem Lächeln und seinen Sternenaugen und dieser verfluchten Haarsträhne vor seiner Stirn, die darum bettelt, weggewischt zu werden. Ich beiße mir auf die Unterlippe, um ein gehauchtes *Ja* oder, schlimmer, ein Seufzen zurückzuhalten.

Eugènes Blick huscht zu meinem Mund. Sein Atem kommt als ersticktes Geräusch über seine Lippen. Da ist das *irgendetwas.* »Odette ...«, ringt er sich ab, und seine Augenbrauen ziehen sich beinahe gequält zusammen.

Meine Hand bewegt sich von allein. Entschlossen und unbesonnen und verunsichert wischt sie die dunkle Haarsträhne aus seiner Stirn. Seine Haut glüht unter meinen Fingerspitzen.

Eugène erstarrt und ergreift mein Handgelenk, hält meine Finger in der Schwebe, sodass ich ihn weder berühren noch meine Hand zurückziehen kann. Nur dass ich beides könnte, wenn ich wollte, so sanft ist sein Griff. Seine Pupillen weiten sich, Neumond in einem sternenlosen Nachthimmel. »Weißt du, was du tust?«, raunt er, und seine sonst samtzarte Stimme, nun ein wenig heiser, entlockt mir sofort die Antwort.

»Ja«, murmle ich. »Nein«, setze ich hinterher, bevor sein Blick dunkler werden kann, oder der Abstand zwischen uns geringer. Denn die Panik gewinnt gegen das andere *tiefere* Gefühl in mir. Was habe ich mir nur bei der Berührung gedacht? Bei meinem *Ja*?

Eugène legt meine Hand auf der Matratze ab und dreht sich auf den Rücken. »Schon in Ordnung.« Er verschränkt die Hände hinter dem Kopf und fährt mit einer Mischung aus Neckerei und Verständnis fort. »Auch du kannst ja nicht *alles* wissen.« In seinem Blick liegt kein Hauch dieser an Aggression grenzenden Enttäuschung, die mir bei Louise' abgewiesenen Verehrern Übelkeit beschert hat.

Aber ich darf es nie wieder zu einer Situation wie dieser kommen lassen.

Eugène sieht mich mit zusammengezogenen Brauen an, vielleicht, weil ich so lange geschwiegen habe. »Ist das hier«, er deutet auf mich, ihn und das Bett, »weiterhin akzeptabel für dich?«

Ich nicke nur, kann kein Wort formen, so viele wirre Gedanken schwirren durch meinen Kopf. Meine Lider werden schwer.

»Wir sollten schlafen«, dringt Eugènes Raunen wie weit entferntes Meeresrauschen zu mir. Er bewegt sich ein wenig, und das Duvet gleitet sanft über meine Haut.

Meine Gedanken verweben sich wie der gesponnene Zucker auf einer *Croquembouche*. Momente verstreichen, Sekunden oder Minuten oder Stunden, bevor ich noch ein *Merci* murmle. Doch ich weiß nicht, ob das Wort wirklich über meine Lippen kommt.

Das Rascheln von Buchseiten holt mich aus einem schon vergessenen Traum. Eugène blättert in einem kleinen Poesieband, ein wenig zu hastig und mit verdächtig fixiertem Blick. Der vage italienisch anmutende Titel wird von zaghaften Strahlen tief liegender Morgensonne erhellt. Nur wenig Zeit kann verstrichen sein.

»Sagtest du nicht, du kommst kaum zum Schlafen?«, raune ich und drehe mich auf den Bauch, um mein Gesicht ins Kissen zu drücken. »Warum um alles in der Welt schläfst du *jetzt* nicht?« Eine Stimme in meinem Hinterkopf erinnert mich wie durch Watte an etwas, das ich vergesse. Über mich und ihn und das Bett, das wir teilen.

»Du willst zum ersten Mal etwas über mich erfahren und beginnst ausgerechnet bei meinem Schlaf?«, murmelt er in die Buchseiten.

Ich schaffe es nicht, die Augen offen zu halten, um ihn zu beobachten. Vielleicht auch, weil sich etwas Schmerzhaftes in die Linien seines Gesichts gräbt. »Du solltest wirklich schlafen, Eugène.«

»Ich weiß, dass ich *sollte*.« Seine Worte ergeben kaum noch Sinn. »Schlaf. Wir haben später eine Menge zu tun.«

Sonne, die meine Nase kitzelt, weckt mich auf. Der Platz neben mir ist warm, aber leer. Wohin ist er verschwunden? Ich klettere aus dem Bett und greife meine Kleidung. Er kann nicht geschlafen haben. Und dabei fühle *ich* mich schon, als hätte ich nur einen Bruchteil vom nötigen Schlaf bekommen. Halb hüpfe, halb stolpere ich aus der Nische, während meine Beine mit der Hose kämpfen, und stocke. »Louise?«

In einem fließenden Morgenmantel aus rosa Satin und grob gestrickten Wollsocken rührt Louise in einem eingedellten Topf auf dem frei stehenden Kohleherd herum. »Hast du gehofft, jemand anderen zu sehen?« Der Schelm trieft aus ihren Worten.

Klasse. Also verschwindet er, ohne zu schlafen, aber *nicht* früh genug, um Louise im Dunkeln zu lassen.

»Ich hätte hoffen sollen, *niemanden* zu sehen«, grummle ich und stemme die Fäuste hoffentlich so eindrucksvoll wie Mama in die Hüften. »Bevor deine Phantasie die Ausmaße höfischen Getuschels im *Château de Versailles* annimmt – es ist absolut *nichts* geschehen!«

»Ja. Weil ich hier war.«

»Louise!« Stöhnend werfe ich den Kopf in den Nacken. Sie probiert ein wenig von etwas, das stark verkochtem Haferbrei ähnelt. »Perfekt«, murmelt sie verzückt und streckt mir den Löffel entgegen. »Hast du Hunger?«

In dem Moment schwenkt die große Metalltür knarzend auf, und Eugène, Armand und Jean schlendern herein.

Jeans durchdringender Blick taxiert Louise und mich, bevor er sich mit finsterer Miene zu Eugène dreht. »Du hast gesagt, wir müssen mitkommen, weil es wichtig ist, wichtiger als Training und wichtiger als Unterricht. Wichtiger als unser Leben.« Er deutet auf mich und Louise. »Das hier sieht aus wie eine *Teeparty*.«

Armand prustet los. »Wenn du willst, kannst du echt witzig sein«, presst er hervor.

»Ich habe nicht versucht, witzig zu sein«, entgegnet Jean irritiert.

»Wichtiger als unser Leben war vielleicht ein wenig übertrieben.« Eugène wirft seinen Mantel aufs Bett. Hastig schaue ich vom zerwühlten Duvet weg, während er fortfährt. »Aber es *ist* wichtiger als Training und Augustes dröge Geschichtsmonologe. Wobei es keine große Leistung ist, wichtiger als sein Unterricht zu sein.« Mit einer halben Verbeugung nimmt er die Schale an, die Louise ihm entgegenstreckt, und sinkt auf eines der Samtsofas. »Wir brauchen eure Hilfe.«

Armand schlängelt sich an mir vorbei. »Du lässt dich seit Monaten kaum noch sehen, versetzt uns – und jetzt sind wir wieder gut genug? Wenn du Hilfe brauchst?«

Eugène legt eine Hand auf Armands Unterarm und wirft

einen pointierten Blick auf Louise und mich. »Nicht vor den Kindern, *Chéri*«, mokiert er mit gespieltem Entsetzen.

Jean drängt sich zwischen Eugène und Armand und unterbricht ihren Körperkontakt. Dann lässt er sich mit finsterer Miene neben Eugène auf das Sofa fallen, sodass für Armand kein Platz mehr bleibt.

Ich verkneife mir ein Grinsen. Doch die Zuneigung zwischen Eugène und Armand ist so offensichtlich gespielt und Jean dennoch so offensichtlich eifersüchtig, dass ich es nicht lange durchhalte und stattdessen in meine Faust grinse.

Wir setzen uns im Kreis auf dem bunten Sammelsurium aus *Récamièren*, Sitzkissen und Decken, jeder mit einer spärlich gefüllten Schale.

Eugène räuspert sich. »Odette und ich haben von einem geheimen Projekt der Nyx erfahren. Projekt S. Sie wollen es am Ende der *Exposition Universelle* ausstellen.«

»Eine neue Waffe, die Nachtschwärmer zu Staub zerfallen lässt«, rät Armand mit überschwänglicher Begeisterung.

Jean beugt sich vor. »Foltermaschinen.«

»Ein automatischer Kleiderschrank, der Schuhe und Hut passend zum Kleid auswählt!«, jauchzt Louise.

Eugène legt den Kopf schief. »Klingt das für dich nach etwas, das ein geheimer Orden aus Meuchelmördern entwickelt?«

»Sie hat einen Scherz gemacht«, seufze ich.

Gleichzeitig zuckt Louise die Schultern. »Diversifizierung ist eine wichtige Geschäftsstrategie, um Verlustrisiken zu minimieren.«

»Wir *wissen nicht*, was Projekt S ist.« Eugène schiebt den Inhalt seiner Schale von links nach rechts. »Deshalb müssen wir mehr herausfinden.«

Jean legt die gefalteten Hände an sein Kinn. »Damit ich das

richtig verstehe: All das tun wir gegen den Willen der anderen Nachtschwärmer?«

»Nur gegen den Willen der zwei Nachtschwärmer, die außer uns von Projekt S wissen.«

»Oh, also bloß die zwei ranghöchsten Nachtschwärmer. Was für eine Erleichterung.«

»Eigentlich war hauptsächlich Auguste dagegen. Clément hat nur wieder klein beigegeben.« Eugène zuckt mit den Schultern.

»Das ist ja *so viel* besser.«

»Die beiden haben nicht gehört, was wir gehört haben. Die Nyx wollen nicht, dass wir Nachtschwärmer vom Projekt erfahren. Auguste stellt sich nur quer, weil, nun, weil er Auguste ist.«

»Projekt S klingt wichtig.« Ich drehe meine Schüssel hin und her, knirsche mit den Zähnen. »*Gefährlich.*«

Mit verschränkten Armen presst Jean die Lippen zu einer dünnen Linie zusammen.

Armand platziert seine leer gegessene Schale auf dem Tisch, atmet flach durch die Nase und streift sich mit dem Handrücken über den gerunzelten Mund. Mehr muss ich nicht sehen – ich rühre den undefinierbaren Brei von Louise definitiv nicht an. Louise' Kochkünste geraten jedoch schnell an den Rand meiner Aufmerksamkeit, weil Armand mich mit zusammengepressten Lippen studiert. Dann seufzt er. »Sie brauchen wirklich unsere Hilfe.« Sein Blick schwenkt zu Jean, wird weicher und gleichzeitig eindringlicher. »Augustes Vorurteile würden nicht zum ersten Mal sein Urteilsvermögen trüben.«

Jean murrt nur, was Eugène und Armand ihrem Grinsen nach zu urteilen als Zustimmung interpretieren.

Beschwingt bugsiert Eugène seine Schüssel, deren Füllstand Louise finster beäugt, ebenfalls zur Seite. Er klatscht in die Hände. »Die *Exposition* ist unser einziger Anhaltspunkt, abgesehen von einer Hochsicherheitslagerhalle, deren Besuch wohl ein wenig gefährlicher wäre. Wir suchen auf der *Exposition* nach neuen Hinweisen – und ihr könnt danach entscheiden, ob es sich lohnt weiterzumachen.«

»Du bist doch ein Mann der Vernunft«, wendet sich Armand an Jean. »Und der Plan klingt vernünftig.«

»Nur Informationsbeschaffung«, knurrt Jean. »Nur in öffentlich zugänglichen Räumlichkeiten. Dann bin ich dabei.«

Eugène starrt ihn mit erhobenem Kinn an. »Nicht öffentlich zugängliche Räumlichkeiten, wenn ein gewisser rhetorisch begabter Gentilhomme uns mit seiner Silberzunge Zutritt verschafft.«

»Nur auf legalem Weg«, hält Jean dagegen.

»Ich persönlich bin der Meinung, mein Charme gehört verboten, aber da er offiziell kein Verbrechen ist: Abgemacht!« Eugène hält Jean die Hand hin.

Nach wenigen Sekunden des Lippenspitzens und düsteren Taxierens schlägt Jean ein. »In Ordnung.«

»Da trifft es sich ja gut, dass heute die Eröffnung ist.« Louise klatscht sich auf die Oberschenkel. »Alles, was Rang und Namen hat, lässt sich den ersten Tag nicht entgehen. Wir sollten das ausnutzen.«

»Du treibst dich ganz sicher nicht auf der Messe rum«, ich springe auf und werfe die Arme in die Luft, »kurz nachdem die Nyx dich beinahe *verschleppt* hätten.«

Louise richtet sich zu voller Größe auf und ist immer noch mit Abstand die Kleinste. »Ich komme mit.«

»Ich verstehe, dass du dich hier langweilst, –«

»Das tue ich nicht. Erst kürzlich habe ich das Kochen für mich entdeckt.«

»– aber es ist zu gefährlich. Das weißt du genau.«

»Sogar ich habe Bedenken, ob das eine gute Idee wäre«,

stimmt Eugène ein, und ich könnte ihm auf der Stelle um den Hals fallen. Der Gedanke erhitzt meine Wangen.

Louise stampft auf den Boden, erstaunlich furchterregend für die Geste eines bockigen Kindes. »Glaubst du wirklich, irgendjemand wird mit *dir* reden, Eugène? Mit dir, wo dir dein Ruf in ganz Frankreich vorauseilt? Der hedonistische Erbfolger des Grauens?« Sie peitscht zu mir herum. »Oder mit dir, Odette? Ein Mädchen, das niemand kennt? Du könntest die Erbin einer konkurrierenden Firma sein oder eine Spionin, wer weiß das schon?« Sie deutet abwechselnd auf Jean und Armand. »Und ihr beide. *Ich* kenne eure Familien nicht, also kennt euch dort auch sonst niemand, mit dem es sich zu sprechen lohnt.« Louise atmet schwer wie nach einem besonders langen Tanzabend. »Ich hingegen«, sie tippt sich an die Brust, langsam und eindrücklich, »bin bekannt *und* harmlos. Ein paar Wimpernaufschläge, vorgeheuchelte Faszination, ein wenig wohlplatzierte Naivität – so einfach vertrauen sie mir, aber trauen mir gleichzeitig nicht zu, irgendetwas mit den Informationen anzustellen.« Ein weiteres Mal atmet sie tief ein und lässt den Blick über jeden von uns gleiten. »Ihr braucht mich.«

Armand begafft Louise so schockiert wie fasziniert, als stünde vor ihm ein Exemplar der vor zwanzig Jahren ausgestorbenen Quaggas. »Warum bist du so unverhältnismäßig aufgebracht?«

»Weil außer dir niemand meine *Soupe à l'oignon* isst!«, platzt Louise heraus. »Und *du* siehst aus wie Papas Gäste nach dem desaströsen Brie-Vorfall vor zwei Jahren!«

»*Das* soll dieser Brei sein!« Jean inspiziert die Suppe mit gerunzelter Stirn. »Aber wo sind die Zwiebeln?«

Louise plustert die Wangen auf. »Mir wurde keine sonderlich gut ausgestattete Speisekammer zur Verfügung gestellt.«

»Wo ist das gratinierte Brot?« Ich presse meine sich kräuselnden Lippen fester aufeinander und kämpfe gegen den Druck in meinem Hals an. Erfolglos. »Der Käse?«, bricht es mit einem Lacher aus mir heraus.

»Das Brot habe ich weich gekocht, für mehr Sämigkeit!« Als auch Armand lacht, stotternd wie eine alte Wasserpumpe, verschränkt sie die Arme und zieht eine Schnute. »Käse stand mir ebenfalls nicht zur Verfügung.«

»Also hast du im Grunde«, meine Lippen beben, und ich muss tief einatmen, um halbwegs weiterreden zu können, »eine Zwiebelsuppe aus Wasser und matschigem Brot gekocht?«

»Bin ich der Einzige, der mehr über diesen Brie-Vorfall erfahren will?« Armand wischt sich Lachtränen aus den Augenwinkeln. »Ernsthaft, ich kann doch nicht der Einzige sein, den das brennend interessiert?«

»Sie hat recht.« Eugène bringt seine Beine in einen Schneidersitz.

Das Lachen bleibt mir im Halse stecken. »Was?«

»Louise hat recht. Sie ist unsere beste Erfolgsaussicht.«

»Das mag sein. Trotzdem ist das Risiko zu hoch!«

»Die Exposition wird so überfüllt sein, dass niemand es wagen würde, Louise etwas anzutun. Wir sind vier Nachtschwärmer. Du willst Louise beschützen, aber das können wir nicht, indem wir sie ihr Leben lang verstecken.«

Louise' Schultern und Brustkorb heben und senken sich heftig. Sie will helfen. Doch was für eine Freundin wäre ich, wenn ich sie dieser Gefahr aussetze? Sie ist so zart und arglos und –

Ich stöhne und lasse meinen Hinterkopf gegen die Sofalehne fallen. Seit jeher hasse ich all die Verbote, weil wir *schwach* oder *schützenswert* oder *fragil* sind. Will ich wirklich ein weiterer Mensch sein, der ihr etwas vorschreibt? Ich fahre mir über das Gesicht. »Es ist deine Entscheidung, Louise.«

Jubelnd stürzt sich Louise auf mich, und ich ächze unter

dem Aufprall. »Das wirst du nicht bereuen!« Schon wirbelt sie fort.

Ich reibe mein pulsierendes Brustbein. »Das tue ich bereits.« Doch ein Lächeln kann ich nicht unterdrücken.

Eugène verbeugt sich zu allen Seiten. »Mesdemoiselles und Gentilhommes, werft euch in eure schicksten Kleider, wir mischen uns unter das industriebegeisterte Volk – und untergraben die Nyx im weltmännischen Stil der Besucher der *Exposition Universelle*!«

Drei Stunden später reihen wir uns in die Warteschlange am geschwungenen *Porte Monumentale* ein. Hinter dem mit byzantinischen Keramikmotiven dekorierten Haupteingang warten Ticketverkäufer in zwei Dutzend Buden auf uns, dennoch stockt der Einlass immer wieder. Einige deuten murmelnd zur meterhohen Statue *La Parisienne* auf der Spitze des Tors, deren Kleidung im modernen Pariser Chic für hitzigen Gesprächsstoff sorgt.

Sobald wir die Tickets und Übersichtspläne des Messegeländes in den Händen halten, räuspert sich Jean. »Hat irgendwer überlegt, wo genau wir anfangen?«

Ich studiere die Karte und ihre unzähligen kleinen und großen Pavillons. Das Gelände erstreckt sich über den Bereich um die *Avenue Nicolas II*, durch dessen neu angelegte Grünflächen wir schlendern, über die *Esplanade des Invalides* und mehrere Kilometer entlang des Seine-Ufers. Der größte Teil jedoch liegt auf dem *Champ d'Arès*, mit dem *Tour Eiffel* in der Mitte.

»Wir brauchen mindestens eine Woche, um alles abzuklappern«, stöhnt Louise und fächert sich mit der Karte Luft zu, obwohl die Sonne sich nur schüchtern hervortraut. »Ich möchte nichts lieber sehen als die Kleider im *Palais du Costume* – aber ich werde wohl niemanden davon überzeugen können, dass die Nyx dort vertreten sind?«

»Der Gedanke ist gar nicht so übel.« Ich bleibe stehen und halte die Karte direkt vor meine Nase, um die winzigen Beschriftungen zu entziffern. »Wir können nach dem Ausschlussverfahren vorgehen. Kleidung, Kunst, Gartenbau – unwahrscheinliche Themen für die Nyx. Auch Seefahrt und Landwirtschaft können wir hintanstellen.«

»Wir konzentrieren uns also auf Industrie, Mechanik und Physik.« Eugène lehnt sich über meine Schulter und tippt auf den *Champ d'Arès*. »Werden wir dort nicht fündig, machen wir bei der *Esplanade des Invalides* weiter.«

Ich schlage die Karte zusammen, heftiger als notwendig, damit er keinen Grund mehr hat, so nah bei mir zu stehen.

Armand zuckt mit den Schultern. »Ich habe noch nie einen detaillierteren Plan von Eugène gehört. Also würde ich sagen, wir müssen ihn in diesem Verhalten bestärken.«

Wir anderen murmeln resigniert unsere Zustimmung. Allein die Pavillons und Ausstellungen auf dem *Champ d'Arès* bedeuten eine schier unüberwindbare Menge an Aufwand. Doch was bleibt uns anderes übrig?

»Wir nehmen die *Rue de l'Avenir*, oder?« Louise tänzelt schon zur Station und kauft uns Tickets.

Auf einem Viadukt schlängelt sich der rollende Fußweg um die gesamte Ausstellungsfläche. Geschäftsmänner in strengen Anzügen, Familien mit herausgeputzten Kindern und Grüppchen aus Frauen mit spitzenbenähten Sonnenschirmen, alle lachen gleichermaßen ausgelassen, während sie auf den wie von Zauberhand gleitenden Bürgersteig springen und stolpern.

Auch wir hüpfen einer nach dem anderen hinauf. Die plötzliche Beschleunigung lässt meinen Magen Saltos schlagen, und ich klammere mich an einem der Handgriffe fest. »Wie funktioniert das nur?«, murmle ich.

»Odette!« Eugène streckt die Hand aus, als sie alle nacheinander an mir vorbeiziehen. »Willst du nicht mitkommen? Oder hast du Angst?«

Wir dürfen uns nicht verlieren! Ich ergreife seine Hand und lasse mich auf den schnelleren Steig ziehen, bevor sie zwischen den Menschenmassen verschwinden. »Ich habe keine Angst!«, erkläre ich etwas atemlos. Fahrtwind rauscht durch mein Haar, mein Kleid, und langsam lässt meine Anspannung nach. Denn der rollende Bürgersteig bietet eine fantastische Aussicht über das Gelände. Wir gleiten vorbei an Pavillons, bezaubernden Gärten, Tempeln und *Châteaus*. Eine Weltreise in fünf Minuten. Jeder von uns vergisst die Arbeit, die vor uns liegt und nicht länger Arbeit ist, weil wir hier sind. Auf der Weltausstellung.

Und dank Armand sehen wir dabei nicht wie der zusammengewürfelte Haufen aus, der wir üblicherweise sind, sondern wie weltgewandte Besucher. Er hat modische Kleidung für uns alle besorgt, sodass unsere Gruppe aus scheinbar reichen Jungerben keine besondere Aufmerksamkeit auf sich zieht. Neben der *Bourgeoisie* wandern ebenfalls Grüppchen aus Parisern des *Prolétariats* über die Ausstellung – aber die Stände bleiben immer unter sich.

Ich gehe zu Armand und zupfe an meinem schwarzen Spitzenhandschuh herum, dessen gehäkeltes Geflecht auch über der violett schimmernden Duchesse-Seide meines Kleides liegt. Spitze, zarter Tüll und Seide, so empfindliche Stoffe, mit denen die Mesdames der *Haute Bourgeoisie* zeigen, dass sie es nicht nötig haben, körperliche Arbeit zu verrichten.

»Wo hast du auf die Schnelle diese Kleider besorgt? Sie sind wunderschön.« Auch wenn ich mich wie ein ausgestopfter Pfau fühle.

»Einige von uns müssen neben dem Nachtschwärmerdasein arbeiten.« Armand zupft am seidenen Einstecktuch in der Brusttasche seines *Paletots*. Wenn er keine Kampfkleidung trägt, ist er modisch gekleidet, aber eher ein mittelloser Künstler der Bohème, nicht kostspielig und extravagant wie Eugène. In einem Aufzug wie diesem fühlt er sich anscheinend nicht viel wohler als ich. »Eugène soll mich mit dir bei Gelegenheit auf meiner Arbeit besuchen.«

»Und wo arbeitest du?« Ich kann ihn mir nicht in einer Näherei oder einem Kaufhaus vorstellen, auch wenn das naheliegt.

»Lass dich überraschen«, neckt er mit Singsangstimme, springt vom rollenden Bürgersteig und tänzelt um eine Herde Schulmädchen herum, die ihrer blassnasigen Anstandsdame mit Spitzenfächern Luft zuwedeln.

Ich hetze den anderen hinterher, die schon ein Stück vor uns auf den riesigen, alabasterweißen Ausstellungskomplex am *Champ d'Arès* zulaufen. Glanzvolle Portale, flankiert von goldenen Türmen, unterbrechen die Fassaden mit ihren hohen Arkaden, mannigfaltige Eingänge zu den einzelnen Palästen des Bergbaus, des Ingenieurwesens, der Metallurgie. Durch einen von ihnen schlüpfen wir in die erste Halle. Stickige Luft und das Rattern, Dampfen und Dröhnen allerlei Maschinerie schlägt mir entgegen, vermischt mit den Anpreisungen der Aussteller über die Neuartigkeit und Nützlichkeit ihrer Objekte. Ich presse mich zwischen mehreren Besuchern hindurch, um die anderen nicht zu verlieren, doch schon schieben mich die Menschenmassen in eine andere Richtung. Sie treten auf meine ausladende Schleppe, die ich mit der extra angebrachten Schlaufe am Saum hätte raffen sollen, und ich strauchle über Stoff und Füße, fremde und meine eigenen. Wessen Geniestreich war es, am Eröffnungstag hierherzukommen?

Schweiß und Maschinenöl kraucht in meine Lunge, und ich

halte die Luft an. Selbst wenn ich wollte, könnte ich in der Enge nicht atmen. Schwindel überkommt mich, und ich werde zum kleinen Kind, das jeden Moment von den Erwachsenen zertrampelt wird. Doch dann greift jemand nach meiner Hand, der Druck und die Wärme vertraut, auch durch das raue Kratzen meiner Spitzenhandschuhe. Eugène erkämpft mit Schultern und Ellbogen eine Lücke für uns, ohne meine Hand loszulassen.

»Es wird gleich besser. Weiter hinten verteilen sich die Menschen.«

Ich wachse wieder heran, mir meinem Status als erwachsene Frau sogar quälend bewusst, sobald sich seine Hand um meinen Rücken schlängelt, um mich durch die Menge zu manövrieren. Nach ein paar Schritten verteilen sich die Menschen und geben den Blick frei. Auf Maschinen und Apparaturen, Exponate aus Stahl, Eisen und Gold, Silber und Kupfer, allen Legierungen, die die Metallurgie hergibt. Und auf Louise, Armand und Jean, alle dümmlich lächelnd.

Ich winde mich aus Eugènes Griff und strauchle an Louise' Seite. »Kein Wort«, murre ich, und sie schweigt weise.

Wir arbeiten uns Stand für Stand vor. Dampfbetriebene Maschinerie, Podeste mit vergoldeten Gatling-Waffen, freigelegte Triebwerke aus filigranen Zahnrädern und Stahlfedern, Schaukästen mit Illustrationen, frisch aus Druckerpressen. Jedes Exponat betrachte ich sorgfältig. Noch sorgfältiger achte ich darauf, Eugène *nicht* zu betrachten.

Nach einer halben Ewigkeit des Herumwanderns wendet sich Jean schnalzend von einem winzigen, herumdackelnden Stahlhund auf Sprungfederbeinen ab. »Das ist doch sinnlos. Selbst wenn es hier einen Hinweis auf Projekt S gibt, würden wir ihn nicht entdecken. Die Nyx schreiben wohl kaum dick und fett *Nyx* auf ihre Erfindung.«

Wir finden uns in einer Ecke zu einem ratlosen Kreis zusammen. Armand reibt sich das Kinn. »Habt ihr irgendwas vergessen? Einen Hinweis, worum es sich handeln könnte?«

Eugène und ich schütteln den Kopf. Das Stimmen- und Maschinengewirr verkeilt sich mit meinen Gedanken, dennoch begreife ich, dass er recht hat. Was haben wir erwartet? Paraden und Fanfaren, die die Nyx ankündigen? Ein so offensichtlich diabolisches Ausstellungsstück, dass es uns sofort ins Auge springt? Die Nyx halten alles anonym. Die Theatermasken und Decknamen, ihre Lakaien mit den Kupfermasken, die –

Moment.

»Wir müssen zurück!« Ich greife blind zu, zerre Louise und Armand mit mir durch die Gänge und blende die Proteste aus. Die schiere Menge an Exponaten lässt meine Erinnerung schwirren. Wo waren sie? Diese Halle oder die davor? Ziemlich sicher an der westlichen Wand. Oder doch nördlich?

Abrupt halte ich an, sodass Louise, Jean, Armand und Eugène in mich hineinlaufen und ich noch einen Schritt nach vorn stolpere. Andere Besucher beschweren sich über uns, aber ich rüttle grinsend an Louise' Hand.

»Da!«, triumphiere ich und deute auf die unscheinbaren Objekte, die auf ihren Glasständern zu schweben scheinen.

Silbermasken.

Sehr viel haben sie nicht mit den Masken der Nyx gemeinsam, auf den ersten Blick. Nur bei genauerer Betrachtung springt es mir ins Auge. Die Art, wie sich das Licht in den Linsen bricht. Die filigranen Metallröhren. Diese hämisch geschwungenen Lippen.

»Was –« Eugènes Augen weiten sich, und er macht einen Schritt nach vorn. »Oh!«

Armand hält Eugène zurück. »Nur Odette und Louise. Zu viele von ihnen kennen unsere Gesichter.«

Eugène wirft einen Seitenblick auf mich, zuckt mit der Hand, starrt argwöhnisch zum Vertreter am Stand. Dann lehnt er sich etwas zu mir. »Halte dich bedeckt, vor allem dein Gesicht. Du bist nur wenigen von ihnen begegnet und siehst in dieser Kleidung anders aus, trotzdem sollten wir kein Risiko eingehen.«

Louise löst ihren gigantischen Hut samt Haarnadeln und steckt ihn an meinem Haar fest, etwas tiefer ins Gesicht als üblich.

»Gute Idee.« Ich lächle ihr kurz zu, und wir treten an den Stand, ich ein wenig hinter ihrer Schulter.

»Oh, was für ein hübsches Dessin!« Louise legt beide Hände an die Wangen. »Die meisten hier besitzen ausgetüftelte Technik, aber keinerlei Sinn für Ästhetik.«

Ich senke den Kopf und tue so, als wäre ich in eines der handbeschrifteten Schilder vertieft. Aus den Augenwinkeln beobachte ich den Vertreter, einen älteren Mann mit schmalen Schultern, Schnauzer und tadellos geschneidertem Anzug.

»Wohl wahr«, leiert er und wendet sich einem anderen Interessenten zu.

»Die Branche ist heutzutage so schnelllebig, dass Papa auf mehr setzen will als technische Erneuerung.« Mit schwungvoller Geste hebt sie eine der Masken an, positioniert ihre Hand auf eine Art, die den dicken Smaragdring an ihrem Finger im Licht der elektrischen Lampen aufblitzen lässt. »Er sagt, mein Gespür für Ästhetik sei unbezahlbar.«

Grinsend lehne ich mich näher an ein anderes Objekt. Louise ist *so* gewieft, wenn es sein muss.

Die Worte des Vertreters versiegen mitten im Gespräch mit dem anderen Interessenten. Gut gekleidet, aber abgewetzte Schuhe, ein Anzug von der Stange mit unsauberen Nähten an den gekürzten Ärmeln. Einigermaßen gut betucht, ein Industrieller, jedoch nicht vermögend. Nicht so wie das Mädchen mit dem dicken Klunker.

Louise verwickelt ihn in ein Gespräch, und ich spaziere ein Stück weiter. Wenn ich lausche, könnte das auffallen. Ich traue ihr zu, alles Wichtige zu behalten, und präge mir stattdessen den Firmennamen ein. *Toussaint Métallurgique*, den Kärtchen zufolge eine kleine Silberschmiede, die sich seit einer Generation neben dem Schmuck ein weiteres Standbein aufbaut. Gehört die Firma zu den Nyx, und sie halten sie bewusst unscheinbar? Oder arbeiten sie mit den Nyx zusammen, ohne von deren wahren Machenschaften zu wissen?

»*Excusez-moi*, Mademoiselle«, dringt eine ruhige, bestimmte Stimme an mein Ohr.

Ich mache einer Frau Platz, die mir selbst auf Zehenspitzen nicht ansatzweise über die Schulter sehen könnte. Ein schmales Gesicht mit schmalen Lippen und feinen Linien, als würde sie fortwährend in Gedanken vertieft die Stirn runzeln. Aber tiefe Augen, deren Blick über die Auslagen gleitet wie das Messer eines Chirurgen. Ihr schlichtes, schwarzes Baumwollkleid wirkt neben den schicken Roben der anderen Mesdames beinahe wie eine Kittelschürze, wäre da nicht die dezente Spitze an Kragen und Ärmeln. Nein, an ihr eigenartigerweise keine Kittelschürze, sondern ein *Labor*kittel.

Ein Kieksen entfährt mir, und ich stoße mit der Hüfte an den Stand, sodass die Masken rattern. Louise und der Vertreter schauen zu mir, doch meine Freundin verwickelt ihn hastig weiter ins Gespräch.

Sie sieht genauso aus wie auf den Photographien in den Zeitungsartikeln, die ich ganz unten in meiner Kommodenschublade sicher verwahre. Die Haare in einem einfachen Knoten, die feinen Härchen um die Stirn ein wenig zerzaust.

»Sie sind Marie Curie«, hauche ich.

Sie blickt kurz auf, in mein Gesicht, und ich könnte auf der Stelle in Ohnmacht fallen. Ein leichtes Lächeln, dann wendet sie sich wieder der Maske zu. »So nenne ich mich hier.«

»Marie Salomea Sklodowska Curie«, plappere ich, ohne Luft zu holen, und klammere mich am Tisch fest. »Ich weiß alles über Sie!« O nein, warum habe ich das gesagt? Und wieso hat hier niemand eine Maschine erfunden, die den Boden unter mir aufklaffen lässt, damit ich in ihm versinken kann?

Doch Madame Curie lächelt nur und zuckt sachte mit dem Kopf. »Vielleicht alles über meine Arbeit. Aber selbst das bezweifle ich. Niemand weiß alles über eine andere Person.«

Bitte lassen Sie mir mehr Ihrer Weisheit zuteilwerden, Madame Curie, will jede Faser in mir herausbrüllen. Zum Glück hakt gerade irgendeine Schraube in meinem Kopf, denn keins der blamablen Worte kommt hervor.

»Marie!«, jauchzt Louise auf einmal und drängt sich neben uns.

Entsetzen schwappt über mich wie die Kälte, wenn ich als Letzte beim Waschzuber dran bin. »So kannst du sie doch nicht ansprechen!«

»Beim Abendessen mit meinen Eltern hat sie mir das Du angeboten.« Lächelnd schüttelt Louise Marie Curies Hand.

Ich starre die Hände der beiden mit einem Gefühl an, für das ich keine andere Beschreibung als *Neid* finde.

»Sie können mich auch gern Marie nennen, Mademoiselle …?« Erwartungsvoll blickt Madame Curie mich an.

Ich starre zurück, wahrscheinlich mit offenem Mund, und einige Sekunden lang stottern die Zahnrädchen in meinem Kopf, bis ich hauchend antworte. »Nein, das kann ich nicht, Madame Curie. *Professeur* Curie.«

»*Odette*«, zwitschert Louise und stützt mich unauffällig am Rücken, »schwärmt für dich, seit wir uns kennen.«

»Mein größter Wunsch ist es, eine Ihrer Vorlesungen an der *École Normale Supérieure* zu besuchen«, platze ich hervor. *Beim Olymp, Odette, wieso verlierst du ausgerechnet jetzt jeden Sinn für Eloquenz und Etikette?* Als führte ich zum allerersten Mal ein Gespräch mit einem Menschen.

Durch all die Geräusche und meine wattige Überrumpelung dringt Eugènes Stimme. »Was zur Hölle tun sie da?«, zischt er, eigentlich so leise, dass ich es nicht hören sollte.

Oh, richtig, unsere Aufgabe. Ich räuspere mich und spähe zu Louise, bis sie mich bemerkt, dann nicke ich zum Vertreter.

Louise plappert weiter mit Madame Curie. »Bist du wegen deiner Forschung hier?«

»Ich stelle meine neuesten Erkenntnisse auf einem Kongress vor, aber heute bin ich zum Vergnügen hier.« Madame Curie zuckt ganz leicht mit den Schultern. »Oder besser gesagt, teilweise zum Vergnügen. Die Arbeit nehme ich ja doch überall mit hin.«

Ich dränge mich zwischen die beiden und schiebe Louise so unauffällig wie möglich in Richtung des Mitarbeiters, der immer wieder verstohlene Seitenblicke auf ihren Ring wirft. »Woran arbeiten Sie momentan, Madame Curie?« Ich frage für die Mission, als Ablenkung. Nicht aus persönlichem Interesse. Beide Sachverhalte überschneiden sich nur zufällig.

»Pierre und ich arbeiten an den Publikationen zu unseren Prozessen der Isolation von Elementen.« Sie seufzt. »Ehrlich gesagt, der Papierkram gehört zu den tristen Arbeitsschritten. Ich bevorzuge die Tätigkeiten in unserem *Laboratoire*.«

»Die Isolation von Polonium und Radium! Wurden sie mittlerweile in die Periodentabelle aufgenommen? Wie fühlt es sich an, eines der höchsten Ziele heutiger Wissenschaft erreicht zu haben? Wie haben Sie das überhaupt geschafft? Ich kann mir kaum ausmalen, wie aufregend Ihr Leben ist!«

»Redet sie immer so viel?«, wendet sich Marie Curie an Louise, und ich presse die Lippen aufeinander, beiße mir zur Sicherheit noch auf die Zunge.

Louise kichert. »Eher selten.«

Madame Curie betrachtet mich eine Weile mit regloser Miene und lebhaften Augen, als wäre ich ein Haufen Pechblende auf ihrem Arbeitstisch. »Du interessierst dich *wirklich* für meine Arbeit. Deine Leidenschaft erinnert mich an mich selbst.«

»Oh, bei Athéna«, fiepse ich mit schwirrendem Kopf.

»Wie wäre es, wenn ihr mich in meinem *Laboratoire* besucht? Ich könnte euch zeigen, wie ich die Elemente isoliere.«

»Odette«, zischt Eugène hinter mir.

Mein irgendwo hoch in der Luft flatterndes Herz stürzt wie Icare, der zu nah an der Sonne flog, zurück in meinen Brustkorb. Ich darf nicht an mich denken. Meine Familie, die Nachtschwärmer, unsere Mission und der Kampf gegen die Nyx gehen vor. Vor wenigen Wochen hätte ich alles für diese Gelegenheit gegeben, doch jetzt werde ich absagen. Ich bin sogar stolz auf mich, wie ich als Mensch gewachsen bin und die richtigen Prioritäten setze. Wieso bohrt sich dann die Klinge dieser Entscheidung so unerbittlich in meine Brust?

Louise klatscht entzückt in die Hände. »Ich verstehe kaum ein Wort von all dem, aber wir besuchen dich sehr gern!«

Nein, Louise! Wieso habe ich sie mir zuvorkommen lassen? Ihr sollte bewusst sein, dass die nächsten Wochen nur der Mission gehören. Sie meint es nur gut, trotzdem verknote ich meine Hände ineinander, um ihr nicht an die Gurgel zu springen. Die Absage zerreißt mich nun umso mehr. »*Merci* für die Einladung, aber –« Die Worte schlagen sich mit Widerhaken in meinen Hals.

Madame Curie streicht über eine der Masken. »Ist es nicht

faszinierend, sich vorzustellen, welche Bedeutung unsere Forschung für die Zukunft haben könnte?« Sie zeigt auf das Schild mit dem Firmennamen. »Eine Weile hatte *Toussaint Métallurgique* großes Interesse an unseren Untersuchungen. Sie wollten wissen, ob die Radioaktivität als Energiequelle genutzt werden kann, bis sie plötzlich etwas Erfolgversprechenderes fanden.« Sie zuckt mit den Schultern. »Sei's drum. Unsere Funde nutzen irgendwann der gesamten Menschheit, auf welche Weise auch immer.«

Meine Gedanken rattern. Wofür braucht die Firma eine neue Energiequelle, wo doch gerade erst die alles übertrumpfende Elektrizität auf dem Vormarsch ist? Haben die Nyx etwas damit zu tun?

»Ich bin sicher, das werden sie, Marie!« Louise verzieht ihre gespitzten Lippen. »Obwohl ich nicht verstehe, wieso du und Pierre kein Patent anmeldet. Papa glaubt, ihr könntet davon unheimlich profitieren.«

Seicht lächelt Marie, gleichzeitig geht ihr Blick so weit in die Ferne, als wäre sie in Gedanken in ihrem *Laboratoire*. »Patente kosten zu viel Zeit und Geld, die wir lieber anders einsetzen. Unser Leben gehört der Wissenschaft, dem Fortschritt, nicht unserer persönlichen Bereicherung. Auch wenn das nicht jeder verstehen kann.«

Wenn Madame Curie Verbindungen zu *Toussaint Métallurgique* hat – und vielleicht zu den Nyx –, könnten wir durch sie mehr herausfinden. Ich ergreife Louise' Hand und presse fest zu. »Madame Curie, es war eine Ehre, Sie kennenzulernen. Wir besuchen Sie unfassbar gern, aber jetzt möchten wir Sie wirklich nicht weiter belästigen. Einen schönen Tag auf der *Exposition* wünsche ich Ihnen!«

Ich ziehe Louise vom Stand weg, doch sie lehnt sich gegen mich. Verdattert blickt sie zwischen mir und Madame Curie hin und her, als verstünde sie die Welt nicht mehr. »Ich melde mich zwecks eines Termins!«, ruft sie Madame Curie noch zu.

»Hast du beim Vertreter etwas herausgefunden?«, presse ich durch schmale Lippen hervor.

»Nein, aber –«

Ich haste schnell weiter, und erst hinter einer Säule holt sie mich ein, hält mich an den Oberarmen fest. »Was ist nur los mit dir?« Ihre Augen funkeln. »Du hättest länger mit ihr reden können! Seit Jahren nervst du mich mit den Millionen Fragen, die du deinem Idol stellen willst, solltest du sie je treffen!«

Ich winde mich aus ihrem Griff und blicke zur Seite. »Deswegen sind wir nicht hier.«

Während Eugène, Armand und Jean sich zu uns durchkämpfen, wirft Louise die Arme in die Luft. »Na und? Du musst nicht auf alles verzichten, was dir wichtig ist, nur weil –«

»Ich bin nicht wie du, Louise«, zische ich mit einem Brennen in der Brust. »Ich habe nicht die Freiheiten, die du hast.«

Sie zuckt zurück, als ob meine Worte ihr physischen Schmerz zufügen. Die übliche überschwängliche Freude fließt aus ihrer Mimik und hinterlässt ein Gesicht, das mir fremd ist. »Ich weiß, Odette«, flüstert sie. »Und vielleicht ist es übergriffig von mir. Aber du hättest doch noch *fünf* Minuten mit ihr sprechen können. Fünf Minuten, die dir die Welt bedeuten und keinen Einfluss auf die Mission gehabt hätten. Du bist arm, und deine Familie ist in Gefahr, doch das bedeutet nicht, dass du –«

Ich presse ihr den Zeigefinger gegen die Lippen, weil die anderen hinter ihrer Schulter auftauchen. »Nicht jetzt!«

Armand schlingt je einen Arm um Louise' und meine Schultern. »Wer war diese kleine, triste Person?«

Empört funkle ich ihn an. »Sie ist nicht trist, sie ist *genügsam*!«

»Für mich ein und dasselbe.«

Eugène kräuselt die Nase. »Macht das nicht gerade ihren Reiz aus?« Er sieht über die Schulter, als hoffte er, einen letzten Blick auf sie zu erhaschen. »Wenn sie nicht verheiratet wäre – meint ihr, sie fände mich zu jung? So rein hypothetisch gesprochen?«

Ich stöhne und presse mir die Handflächen auf die Ohren. »Rede nicht so über sie!«

»Ich glaube, das Alter wäre nicht das Problem. Da fallen mir einige andere Punkte ein, die dich als Verehrer disqualifizieren.« Armand deutet vage auf Eugène.

»Hast du gerade auf *alles* an mir gezeigt?« Schmollend verschränkt Eugène die Arme.

Jean räuspert sich so laut, dass die Menschen um uns herum ihn anstarren. »Hatten wir nicht irgendetwas vor? Etwas Wichtigeres als Eugènes hypothetische Tändeleien?«

»Wir haben nichts vom Vertreter erfahren«, erkläre ich. »Aber Madame Curie könnte eine Spur sein. Die Firma *Toussaint Métallurgique*, vielleicht Teil der Nyx, hat nach einer neuen Energiequelle gesucht. Eventuell für Projekt S? Wir könnten die Firma auskundschaften oder die Spur bei den Curies verfolgen. Sie müssen mehr wissen, als sie hat anklingen lassen.«

»Bei *Toussaint Métallurgique* herumzustochern, könnte die Nyx auf uns aufmerksam machen.« Eugène reibt sich über das Kinn. »Die Curies wären die sicherere Option, da es zu keiner Zusammenarbeit gekommen ist. Aber *Toussaint Métallurgique* ist vielversprechender.«

Armand wirft Jean einen Blick zu, und kurz scheinen sie ohne Worte zu kommunizieren. Dann richtet Armand seine Krawatte. »Unsere Fähigkeiten eignen sich perfekt zum Auskundschaften. Wir kümmern uns um die Firma.«

Heftig schüttle ich den Kopf. »Wenn ihr uns schon helft, können wir euch nicht noch den gefährlicheren Part übernehmen lassen.«

Armand hebt die Hand. »Wir tun das nicht für euch. Sondern für die Bruderschaft.«

Jean nickt. »Wenn die Nyx eine Energiequelle suchen, die die Elektrizität übertrifft, können wir das nicht zulassen.«

Ich öffne den Mund, doch meine Lippen beben zu sehr, als dass ich auch nur ein Dankeswort herausbringen könnte.

Armand stupst mich mit der Schulter an. »Also, Jean und ich beschatten die Firma, du und Eugène besucht Madame Curie.«

»Moment mal!« Louise rammt die Spitze ihres Sonnenschirms in den Boden. »Und was mache *ich*?«

Bevor jemand von uns etwas sagen kann, schiebt sich ein schmaler Mann in unsere Mitte und baut sich vor Louise auf, die Hände in dünnen Lederhandschuhen auf einem bronzenen Gehstock gefaltet. »Ja, wirklich – was *machst* du, Louise?«

In seinem Schatten schrumpft Louise zu einem Kind, die Augen groß wie Murmeln.

»Papa?«

Kapitel 15

»Lasst uns an einem ruhigeren Ort weitersprechen.« Louise' Vater deutet mit seinem polierten Gehstock zum nächsten Ausgang. Dann marschiert er los. Er weiß es zu verbergen, dennoch entgeht mir das leichte Nachziehen eines Beines nicht. Doch obwohl er den Gehstock nicht nur als Accessoire nutzt, schreitet er mit der Sicherheit eines Mannes voran, der weiß, dass man ihm folgt.

Kurz brechen wir in stilles Chaos aus und gestikulieren wild hinter seinem Rücken. Niemand weiß, was wir jetzt tun sollen. Irgendwie einigen wir uns wortlos darauf, ihm zu folgen. Louise mit gesenktem Kopf, immer noch das gescholtene Kind, auch wenn Monsieur d'Amboise Beherrschtheit statt Zorn ausgestrahlt hat. Jean, Armand und ich staksen stockstei hinter Louise her. Nur Eugène zockelt unbekümmert durch die Halle, kein bisschen eingeschüchtert vom Mann, der ein oder zwei Gesellschaftsstufen unter seinem Vater steht.

Monsieur d'Amboise führt uns in ein nobles Restaurant mit verspiegelten Wänden und zu floralen Ranken geschmiedeten Silberdekorationen. Er nickt dem *Maître d'hôtel* zu, und sofort erhalten wir eine der privateren Nischen auf der Galerie. Wie

Häftlinge erklimmen wir der Reihe nach die Metalltreppe, auch wenn die funkelnde, reich geschmückte Einrichtung an alles andere als ein Gefängnis erinnert.

Ich starre seine nach hinten gekämmten Haare an, blond wie die von Louise und im Nacken trotz Pomade lockig. Irgendwie schaffe ich es, meine tauben Gliedmaßen zwischen Eugène und Louise auf die geschwungene Polsterbank zu schieben. Wie erklären wir ihrem Vater, was vorgefallen ist? Wo Louise so lange war? Ohne etwas über mich und die Nachtschwärmer zu verraten? Ein Blick in Louise' Gesicht, das nur aus schweren Linien besteht, lässt Gewissensbisse an meinem Herzen nagen. Sie fürchtet sich so offensichtlich vor dem Zorn ihres Vaters, der sich immer mehr für seine Erfindungen als seine Tochter interessiert hat, doch ich denke nur an mich. Ich klammere meine bebende Hand um ihre, um ihr zumindest so ein wenig Zuspruch zu spenden.

Der *Maître d'hôtel* schenkt uns Wasser aus einer Kristallkaraffe ein. Er öffnet den Mund, doch Monsieur d'Amboise wedelt kurz mit der Hand, und er verschwindet, ohne eine Bestellung aufzunehmen.

Louise' Vater zückt ein schmales Lederetui aus der Innentasche seines Jacketts, klappt es in Ruhe auf und setzt sich eine kleine, runde Brille auf die Nase, die einer Schutzbrille ähnelt. Mit ihr sieht er wie der Erfinder aus, der er ist. Dann faltet er die Hände, immer noch in den Lederhandschuhen, und lässt den Blick über jeden von uns gleiten. Auf Louise ruht er als Letztes.

»Deine Mutter ist krank vor Sorge.« Louise sackt zusammen, doch er fährt fort. »Der Saal zerstört, Fenster zerbrochen, Pistolenkugeln und Blut. Unsere einzige Tochter verschwunden.« Seine Lippen, so dünn und streng, beben.

Ihre Mutter war nicht als Einzige krank vor Sorge. Ein weiterer Stich in meinem Brustkorb. Ihre Eltern habe ich völlig verdrängt. Wieso hat Louise mich nicht daran erinnert, dass sie von ihrer Geschäftsreise zurück sind?

Armand rutscht auf dem Sitz hin und her. »Warum sind wir Teil dieses Familiendramas?«, wispert er mit unbehaglich aufgerissenen Augen.

»Papa, bitte verzeih mir.« Ihre Augenwinkel glitzern.

Er zuckt mit dem rechten Arm, lässt ihn zurück auf den Tisch sinken. Dann, als fasste er sich doch ein Herz, etwas völlig Untypisches zu probieren, greift er mit der anderen nach Louise' Hand. »Ich bin nicht wütend.« Sanft pflückt er die Gabel aus Louise' steifen Fingern. »Wir dachten, du wärst entführt worden. Zu wissen, dass du fliehen konntest –« Er schluckt und drückt kurz ihre Hand. Doch schnell lehnt er sich wieder nach hinten und rückt die Brille zurecht, verwandelt sich zurück in den rationalen Erfinder. »Du hast nichts falsch gemacht. Nun. Abgesehen davon, dass ich dich ausgerechnet hier finde. Auf der *Exposition*.«

Zum ersten Mal blickt Louise auf, ihre Wangen fleckig gerötet. »Wir wollten herauszufinden, wer hinter all dem steckt!«

Ich drücke meine Nägel in ihre zarte Haut. Sie darf nicht zu viel verraten.

Monsieur d'Amboise runzelt die Stirn. »Das ist nichts für ein Mädchen wie dich. Du überlässt das ab jetzt der Gendarmerie – und mir. Du kehrst nach Hause zurück und –«

»Das ist zu gefährlich!« Wer wagt es nur, ihren Vater zu unterbrechen? Oh – ich. Alle Wärme weicht aus mir, und unter Monsieur d'Amboise' Blick senke ich den Kopf. »Bei allem Respekt, Monsieur.«

»Du bist das Mädchen, das Louise gerettet hat!«

Ich zucke zusammen und starre hoch.

Seine Augen sind geweitet, so rund wie die Brille.

Eugène rückt an den Rand des Sitzes vor. »Woher wissen Sie von ihr?«

Die Atmosphäre schlägt um. Ohne den Blick von Louise' Vater zu nehmen, spüre ich, wie die drei Nachtschwärmer eine angespanntere Haltung einnehmen.

Monsieur d'Amboise taxiert Eugène, dann rümpft er die Nase. »Und *du* bist der Bursche von Lacroix.«

»Ist das wichtig?« Eugène umklammert die Dessertgabel. Metall schleift über Metall, unter dem Tisch aus Jeans Richtung.

Monsieur d'Amboise blinzelt, als könnte er die plötzliche Feindseligkeit nicht einordnen. »Dein Vater und ich sind Konkurrenten, aber das ist doch kein Anlass für –« Etwas leuchtet hinter seinen Augen auf, und er kneift sich in die Nasenwurzel. »Richtig, ihr seid nicht über die Vorfälle bei uns im Bilde«, murmelt er und streicht das Leder seiner Handschuhe glatt. »Wir haben einen von ihnen ergreifen können. Einen Verletzten. Er behauptete, ein Mädchen hätte Louise aus dem Haus gebracht. Wir hielten es für eine Lüge, mit der er sich und seine Leute schützen wollte, und haben ihn –« Er räuspert sich mit einem Blick auf Louise.

Kein Moment des Zögerns, kein Zucken seiner Mimik, das darauf hindeutet, dass er diese Erklärung just in diesem Moment konstruiert. Die Sanftheit, mit der dieser reservierte Mann die Hand seiner Tochter genommen hat – ich glaube ihm. Ich kann nicht anders. Eugène lässt die Gabel los, auch wenn er seine Hand weiterhin über ihr schweben lässt.

»Also, bist du das Mädchen? Die Retterin meiner Tochter?«

Ich rolle die Naht der Tischdecke zwischen Daumen und Zeigefinger. »Ich habe sie nur an einen sicheren Ort gebracht, zu –«, mein Blick gleitet automatisch zu Eugène, doch hastig stiere ich die Glaskaraffe an, »– zu einem Verwandten.«

»Dann muss ich mich deinem Verwandten erkenntlich zeigen!«

Ich schüttle die Hände vor mir. »Das ist wirklich nicht nötig!«

»Ich bestehe darauf! Ich lasse keine Schuld offen, eine Frage der Ehre. Name und Adresse?«

Hilflos sehe ich zu Eugène und Louise, auch wenn ich weiß, dass sie mich nicht aus dieser Sackgasse holen können. Wie soll ich ihm einen Mann präsentieren, den es nicht gibt? Wieso habe ich nur nicht den Mund gehalten?

Louise, wieder mit trockenen Augen, faltet die Hände. »Odette würde das nie von sich aus ansprechen, aber ihr Verwandter sucht eine neue Arbeit, weil er leider durch die Chemikalien seiner Arbeitsstätte erkrankt ist.«

»Louise«, zische ich und stoße sie mit dem Knie an. Wie kann sie nur von Papa erzählen? Damit macht sie alles nur noch schlimmer!

Louise stößt ebenfalls ihr Knie gegen meins. »Ein tüchtiger Familienvater, der nicht mehr in der Lage ist, seine Arbeit als Fabrikleiter auszuführen. Doch er ist sich nicht zu schade, niedere Arbeit zu übernehmen.«

»Ein Mann aus der *Bourgeoisie*, der eine niedere Arbeit verrichtet – was für eine Schande.« Louise' Vater lehnt sich zurück und faltet die Arme. »Doch ich halte entgegen der öffentlichen Meinung große Stücke auf einen Mann, der bereit ist, sein eigenes Gewicht zu tragen. Seinen Stolz zu überwinden, kann auch ein Zeichen von Ehre sein.«

Unsichtbare Hände wollen mich in zwei Stücke reißen. Papa könnte wieder einen Arbeitsplatz haben, einen besseren als in der Papierfabrik. Wir könnten uns Medikamente leisten.

Doch zu welchem Preis?

Sobald Monsieur d'Amboise Papa sieht, erkennt er unseren

Schwindel über meine Herkunft aus der *Bourgeoisie*. Darüber, wo wir Louise versteckt haben. Und er wird auf der Wahrheit bestehen.

»Er würde alles für seine Familie tun.« Louise schlägt herzzerreißend die Augen auf. »So wie du, Papa.«

Monsieur d'Amboise zwirbelt seinen Schnurrbart. »Ein Arbeitsplatz ist das Mindeste, was ich für den Beschützer meiner Tochter tun kann. Er soll in drei Tagen zur Fabrikhalle in der *Rue Dutot* in *La Déméter* kommen und sich um halb neun beim Vorsteher melden.« Er schiebt mit Zeige- und Mittelfinger seine runde Brille höher. »Und für dich? Ein Kleid? Schmuck?« Ich schüttle den Kopf, doch er gleitet aus dem Sitz und streicht seinen Anzug glatt. »Such dir etwas Hübsches mit Louise im *Lafayette* oder *Printemps* aus, sie sollen es auf meine Rechnung setzen. Und mein allergrößter Dank an dich und deinen Verwandten.«

»Das ist wirklich nicht —«

Er greift seinen Gehstock. »Mich ruft die Pflicht. Louise, du wirst mich den Rest des Tages begleiten, bis ich dich nach Hause bringen kann. Ich habe Wachen engagiert, die unsere Sicherheit zu jeder Zeit gewährleisten. Dein abenteuerlicher Ausflug findet nun endlich ein Ende.« Er klopft im Gehen dreimal auf den Boden, und wir alle springen auf wie aufgescheuchte Hühner.

»Ich kam mir noch nie so fehl am Platz vor.« Armand sinkt mit dem Kopf gegen Jeans Rücken.

Ich ziehe Louise am Arm zurück, während Monsieur d'Amboise die Treppe hinabsteigt. »Was hast du dir gedacht?«, wispere ich. »Wenn dein Vater meinen Vater sieht —«

»Wird er nicht.« Hart schüttelt sie den Kopf. »Er redet viel von Ehre und Pipapo, und er steht zu seinem Wort, aber er hat deinen Verwandten morgen schon vergessen. Er setzt keinen

Fuß in die Fabrikhallen und wird ihn nie zu Gesicht bekommen.«

Ich lasse meine Arme fallen. »So einfach kann es nicht sein.«

»Vertrau mir.« Sie drückt mir zwei hastige Küsse auf die Wangen und tänzelt die Treppe hinab.

Ich würde ihr gern vertrauen. Würde gern die Freude darüber, dass mein Vater eine neue Arbeit hat, zulassen. Doch ich kann nicht. Mein Magen verknotet sich, bis er mich schwer und heiß und dicht wie Quecksilber gen Boden zerrt.

»Odette, du bist *hier*?« Eine sanfte Frage, die man einem Geist stellt.

Ich reiße die Augen auf. Meine Lider brennen, als hätte nicht Schlafsand, sondern Industriekleber sie zusammengehalten. Morgendliche Kälte nagt an meinem Oberkörper. Ich packe das Oberbett und wickle mich in den abgewetzten Stoff.

Mathilde spiegelt mich in ihrem Bett, weite Augen und an sich gepresste Decke. Im Fenster hinter ihr wirbelt Nebel und Rauch durch das winzige Stück Gasse, das sichtbar ist.

Der erste Morgen seit Ewigkeiten, den ich in meinem Bett erlebe. Ich gähne. »Ich begleite Papa zur neuen Arbeit.«

Mathilde schwingt die Beine aus dem Bett und stülpt ein Paar dicke Wollsocken über. »Was ist mit *deiner* Arbeit?«

Ich bibbere weiter in meiner Decke, statt mich ihr anzuschließen. War es im Frühling bei Sonnenaufgang immer so kühl? Wenn ich sonst nach Hause komme, hat der Ofen die Appartementwände bereits aufgewärmt. Mit einer Hand lange ich nach meinem Unterkleid auf dem Stuhl und schiebe es zum Aufwärmen zwischen mich und die Decke. »Ich muss mich beim Vorsteher bedanken.« Das ist nur die halbe Wahrheit. In erster Linie will ich mich versichern, dass Louise' Vater nicht in der Fabrik ist und Papa sieht. Falls er dort auf uns wartet – nun, dann muss ich improvisieren.

»Mhm«, macht Mathilde nur, und nicht zum ersten Mal frage ich mich, ob sie in Gedanken schon wieder ganz woanders ist – oder ob sie mehr weiß, als ich ahne. Völlig ungerührt von der Kälte zieht sie Rock und Bluse an und schwirrt wie eine Gletscherfee aus unserer Kammer.

In Gedanken gehe ich alle Szenarien durch, die sich in der Fabrik d'Amboise abspielen könnten, bis mein Unterkleid meine Körpertemperatur angenommen hat. Unter der Decke ziehe ich es an, dann werfe ich in Rekordzeit meine beste Kleidung über. Die Damastbluse, die Tante Marguerite mir zum siebzehnten Geburtstag für die Sonntagsmesse geschenkt hat, der schneeweiße Stoff makellos, weil wir trotz ihrer sehnlichen Wünsche kaum einen Gottesdienst besucht haben. Dazu ein Leinenrock, der lang genug fällt, um die abgewetzten Sohlen meiner *Bottines* zu verbergen. Ich zurre den kastanienbraunen Stoffgürtel um meine Taille und das dazu passende schmale Schleifenband am Halskragen. So sollte ich unauffällig genug aussehen. Neben Papa in seiner Arbeitskleidung falle ich nicht allzu sehr aus dem Rahmen, könnte aber auch die Tochter eines mittelständigen Unternehmers sein, falls Monsieur d'Amboise dem Vorsteher gegenüber die Freundin seiner Tochter erwähnt hat.

In der Stube wirft Mama mir einen missbilligenden Seitenblick zu. Noch immer hält ihre Enttäuschung an, doch reicht sie anscheinend nicht, um ihr Schweigen für einen bissigen Kommentar zu brechen.

Mit zusammengepressten Lippen knalle ich unsere Schalen auf den Esstisch. Jo stülpt sich ihre mit pummligen Fingern über den Kopf und bringt Henri mit Grimassen zum Prusten.

»Du musst Mama nicht anstacheln, bis sie sich einen Kommentar nicht mehr verkneifen kann«, murmelt Mathilde, ohne von ihrem Buch aufzublicken, das sie in einer Hand hält. Mit der anderen pflückt sie die Schale von Jos Kopf.

Meine Wangen wärmen sich, als hielte ich sie direkt vor das mickrige Feuer im Ofen. Ich verhalte mich wie ein stures Kleinkind. Resolut hole ich das Holzbrett mit dem Baguette vom Vortag von der Arbeitsfläche und starre Mamas Rücken an. Nun, sie verhält sich nicht besser.

Sie knallt den Linseneintopf auf den Tisch, und Mathilde verbirgt ihr Glucksen notdürftig hinter einem Räuspern. Dann kommt Papa mit Juliette im Schlepptau aus der Kammer meiner Eltern. Mit rot geränderten Augen klammert sie sich an seinen Arm, bis sie am Tisch sitzen. Dort schnieft sie und stiert mich mit zusammengezogenen Augenbrauen an. Was auch immer sie hat, muss warten.

»Bist du sicher, dass wir zur Fabrik *laufen* sollen?« Ich breche ein Stück Baguette ab, ein großes, und lege es in Papas Schale. »Monsieur d'Amboise zahlt genug für Fahrkarten.«

»Warten wir ab, wie sich alles entwickelt, bevor wir Geld aus dem Fenster werfen.« Papa teilt das Baguette und gibt eine Hälfte an Juliette weiter.

Ich verdrehe die Augen, halte aber meinen Kommentar, dass er ordentlich essen muss, um Kräfte zu sammeln, zurück. »Denk bloß nicht daran, bei Monsieur d'Amboise an Streiks teilzunehmen. Er zahlt gut, weil laut ihm gesunde, satte Arbeiter die beste Arbeit leisten.«

Papa bedankt sich bei Mama, die ihm Suppe auftut, dann beobachtet er die Karottenstücke, statt mich anzublicken. »Es geht mir eher darum, ob sie mich überhaupt behalten. Ich verstehe immer noch nicht, wie du an diesen Arbeitsplatz gekommen bist.«

»Ich sagte doch, meine Freundin Louise hat sich darum gekümmert«, presse ich hervor. »Halte dich im Hintergrund, und erledige deine Aufgaben, dann sehen sie, dass du gute Arbeit leistest.«

»Sei einfach ruhig und arbeite«, murmelt Papa. »Das wollen sie immer, nicht wahr?«

Niemand von uns Erwachsenen verliert während der Mahlzeit ein weiteres Wort. Doch Jo und Henri, die Faxen veranstalten, und Juliette, die deswegen fuchsteufelswild wird, sind laut genug für die ganze Familie.

Bei der überstürzten Verabschiedung presse ich meine zwei kleinsten Geschwister an mich und genieße für einen Atemzug ihre Wärme. Juliette stürmt aus dem Appartement, ohne ein Wort zu mir zu sagen – klasse, die zweite Leclair, die mich ignoriert. Wir anderen folgen ihr, bis wir an der ersten Kreuzung alle eine andere Richtung einschlagen und nur noch Papa und ich übrig sind.

»Was hat Juliette geritten?«, frage ich an der Ecke von Madame Bouchards Haus, wo sie mit einem Mörser in den Händen in ihrem Türrahmen lehnt. Ich winke ihr zu, und sie schwenkt den Stößel durch die Luft, an dem eine schlammgrüne Paste klebt.

Papa tippt sich zum Gruß an die Schiebermütze. »Sie hat sich daran gewöhnt, mich öfter zu sehen, und will nicht, dass ich wieder arbeiten gehe.« Er keucht schon jetzt ein wenig am Ende jedes Wortes.

»Oh, gefällt es ihr so sehr, arm zu sein?«, schnaube ich. Juliette ist alt genug, um das Leben ein wenig realistischer zu betrachten.

»Wann bist du nur so zynisch geworden?«, murmelt Papa, und ich bin nicht sicher, ob ich ihn hören sollte. Dann räuspert er sich, ein scharfes Kratzen im Rachen, und fährt lauter fort. »Sie hat Angst, dass mich die neue Arbeit noch kränker macht.«

Mein Herz verdreht sich in meiner Brust. Ich stemple Juliette als kindisch und selbstsüchtig ab – während *ich* keinen Gedanken daran verschwende, was sie fühlen könnte. Wie kann ich behaupten, alles für meine Familie zu tun, aber gleichzeitig ihre Sorgen beiseiteschieben? »Natürlich gibt sie mir die Schuld dafür«, flüstere ich und schlinge die Arme um meinen Rumpf. »Ich muss mit ihr reden.«

In der *Rue Dutot*, die durch das kleinere Industriegebiet in *La Déméter* schneidet, das vor allem von Fabrikhallen der d'Amboise besiedelt wird, kann Papa nicht mehr verbergen, wie schwer sein Atem geht. »Du bist nicht schuld.«

»Aber ich bin zynisch und kalt, oder nicht?« Ich hasse, wie bissig und wimmernd ich klinge, kann jedoch die Worte nicht stoppen. Schlägt Juliette sich mit ähnlichen Gefühlen herum?

Papa hält im Schatten einer Eiche an, die so einsam vor all den Hallen aus Metall und Ziegeln scheint. »Als ich sagte, du seist zynisch –« Er muss tief durchatmen, einmal, zweimal. »Der Vorwurf galt nicht dir, sondern *mir*. Ich habe zugelassen, dass du diese Mauer aufbaust, jedes Mal, wenn du dich entscheiden musstest, ob du deinem Herzen oder deinem Verstand folgst. Es ist nicht deine Schuld, in was für einer Welt wir leben. Die dich zwingt, schwere Entscheidungen zu treffen. Aber du sollst eins nie vergessen: Auch wenn Mama enttäuscht über deine Entscheidungen ist, wenn Juliette wütend auf dich ist, wenn Henri sich alleingelassen fühlt und Joséphine ohne dich aufwächst – ich weiß, du triffst jede Entscheidung für uns. Ich sehe das.«

Ich presse meine bebenden Lippen aufeinander und würge Schluchzer für Schluchzer herunter, die zwischen meinen Rippen brennen. Doch Papa zieht mich an sich, hält mich, bis die Schluchzer in seine Schulter tröpfeln und meine Lungen verkrampfen. Egal, wie schmal er sich anfühlt, für ein paar Augenblicke klammere ich mich an meinen starken, beschützenden

Papa. Trotz allem muss ich leise glucksen. »War es wirklich nötig, auch noch das über Henri und Jo zu sagen?«

Papa streicht über meinen Kopf. »Ich dachte, wenn du schon dabei bist, kannst du direkt mit allen vieren sprechen.«

Ich lache erneut und löse mich aus seiner Umarmung, wische über meine Augenwinkel. »Was würde ich nur ohne dich machen?«

Wir stiefeln weiter, Papa mit gefassterem Atem nach der kleinen Pause. »Vermutlich einen Haufen weniger Sorgen.«

Ich stupse ihn mit dem Ellbogen an und mache ein Geräusch irgendwo zwischen Lachen und missbilligendem Schnauben. »Sag so was nicht.« Ich lege den Kopf schief und zucke mit den Schultern. »Wobei du nicht ganz unrecht hast.«

Jetzt lacht Papa, kehlig und rau. Weil er dadurch wieder außer Atem ist, bekomme ich beinahe ein schlechtes Gewissen. Aber nur beinahe. Mein Herz ist zu leicht.

»Odette!« Louise stürmt auf uns zu, unfassbar winzig und herausgeputzt vor dem gigantischen Fabrikkomplex ihres Vaters. Sie fliegt durch das haushohe Tor, in dessen Metall in feinen Lettern *Entreprise d'Amboise Automobile* gestanzt ist.

Rasch tupfe ich an meinen bereits trockenen Augenwinkeln herum. »Was tust du hier?«

Louise wedelt mit einem Brief durch die Luft, dann kommt sie schlitternd zum Stehen und knickst vor Papa.

Er hebt hastig die Mütze, für einen Moment wortlos angesichts des Wirbelwinds namens Louise. Sie sieht so adrett und sittsam aus, dass ihr Verhalten einen sprachlos machen kann. Doch er fängt sich schnell. »*Bonjour*, Mademoiselle d'Amboise. Erfreut, Sie auch einmal bei Tag kennenzulernen.«

Louise strahlt ihn an. »Ich fand unser Kennenlernen bei Nacht deutlich spannender!«

Ich scheuche sie weiter zum Eingang. »Vielleicht sollten wir nicht am *ersten* Arbeitstag von Papa darüber sprechen, dass du ihn nachts während eines Protests kennengelernt hast.«

Louise deutet auf den weiten, gepflasterten und menschenleeren Vorhof. »Wer sollte uns hören? Alle arbeiten schon.«

Papa legt einen Schritt zu. »Sind wir zu spät?« Er nimmt seine Schiebermütze ab, zerknautscht sie beidhändig und setzt sie wieder auf. »Odette meinte, um halb neun –«

»Oh, keine Sorge! Der erste Tag fängt später an, damit der Vorsteher neue Arbeiter effektiv in die Fabrik einführen kann, wenn sich das anfängliche Chaos gelegt hat. Sie sollen einen umfangreichen Einblick in den Arbeitsalltag und die Abteilungen erhalten.«

»Das klingt gut, oder?«, wispere ich Papa zu, während ich den Kopf in den Nacken lege. Rauchwolken tanzen über Dutzenden Schornsteinen. Ich deute hoch. »Und die Hallen scheinen gut belüftet zu werden.«

Etwas, das ich für eine neumodische Statue aus Metall halte, dreht sich zu mir um und breitet die Arme aus. »Das Lüftungssystem entspricht dem neuesten Stand der Technik, ebenso wie Gerätschaften, Arbeitsschutz und Gewerbehygiene. Der ganze Stolz von Monsieur d'Amboise.«

Ich weiche zurück und verschlucke mich am Schrei, der als tonloses Kratzen herauskommt. Papa und ich stoßen gegeneinander.

»Monsieur Leclair, meinen Kalkulationen nach?« Metallene Mundwinkel verziehen sich völlig synchron zu etwas, das vielleicht ein einladendes Lächeln sein soll.

»Was bei Héphaïstos' Amboss ist das?«, keuche ich und kann den Blick nicht vom glänzenden Metallhaufen in Menschenform nehmen.

»Das ist nur Rémy.« Louise klopft mit den Fingerknöcheln

gegen die Schulter des Objekts. »Ein Maschinenmensch. Du hast doch schon welche von ihnen gesehen.«

Verblüffend geschmeidig – *zu* geschmeidig – ziehen sich seine Augenbrauen zusammen. »Meine korrekte Bezeichnung lautet Vorsteher REM-IV.«

Mehrmals öffne ich den Mund. »Aber keinen wie – wie *ihn*!« Erneut deute ich auf den Metallmenschen, so unheimlich real und unheimlich überperfekt. Komplett mit Gold legiert, groß, doch nicht so groß, als dass seine Größe einschüchtert. »Die anderen konnten Ja und Nein sagen und Tabletts tragen oder Werbeschilder hochhalten. Und sie wirkten wie Maschinen in Menschenform. Er – es – Rémy –«

»REM-IV«, korrigiert der Maschinenmensch ohne eine Spur von Ungeduld oder Ärger.

»Er sieht aus, als hätte jemand einen Menschen bei lebendigem Leib mit Gold übergossen.«

»Vielen Dank.« Er verbeugt sich mit leisem Surren.

»Das war *kein* Kompliment.«

REM-IV nickt wie ein betagter, weiser Mann. »Sollen wir die Führung initiieren?«

»Ich … Ich bin mir nicht sicher, ob –« Papa zerknautscht schon wieder seine Mütze.

»Meine Präsenz sorgt für einen hohen Standard an Arbeitssicherheit, eine faire Behandlung der Arbeitskräfte durch mein völliges Fehlen von Antipathie und Sympathie, sowie eine bessere Bezahlung der Belegschaft aufgrund der Einsparungen an Lohn eines menschlichen Vorstehers. Es gibt keine Veranlassung, von einer Gefahr durch mich auszugehen. Bitte folgen Sie mir, um Ihren Arbeitstag zu initiieren.«

Papa schluckt und streckt den Rücken durch. »In Ordnung.« Er folgt REM-IV und dreht sich nur noch kurz zurück. »Bis später, Odette. Mademoiselle d'Amboise.« Ein weiteres

Mal zieht er die Schiebermütze, dann verschwindet er in die Fabrik.

»Hättest du mich nicht warnen können, dass ein verdammter *Maschinenmensch* der Vorsteher ist?«

»Wo bleibt da der Spaß?« Louise zuckt mit den Schultern. »Aber es ist doch perfekt. Rémy interessiert sich nicht für Familienverhältnisse, Kleidung, Benehmen und all das. Seine Berichte an Papa enthalten nichts, was euch auch nur annähernd gefährden könnte.«

Ich kann nur die Fabrik anstarren, deren Rauchschwaden mich einlullen. Eine Gelegenheit wie diese kann ich nicht in den Sand setzen, nur wegen des Maschinenmanns. Menschen haben vor allem Angst, was neu und unbekannt ist. Das heißt aber nicht, dass es schlecht ist, oder? Also atme ich tief aus.

»Ich hoffe, du hast recht.« Ich zucke mit dem Kinn zum Brief in ihrer Hand. »Bist du deswegen hier?«

Louise hält mir die Absenderadresse auf dem Brief vor die Nase. »Madame Curie!«, bricht es aus ihr hervor, bevor ich auch nur den ersten Buchstaben entziffern kann. »Sie lädt uns in einer Woche um neunzehn Uhr ein!«

Mein Herz überschlägt sich beim Gedanken, sie wiederzusehen. Und beim Gedanken daran, dass wir sie aushorchen werden. Ich kann die Wortfetzen in mir nicht zu einem Satz formen.

Louise spitzt die Lippen. »Nun, unhöflicherweise habt ihr mich ja ausgeladen, damit du diese einmalige Erfahrung mit deinem Herzblatt erleben kannst.«

»Er ist nicht mein Herzblatt«, murmle ich, den Blick immer noch auf Marie Curies Namen geheftet. Eine geschwungene, fast schon verspielte Handschrift, doch von Buchstaben mit akkuraten Linien und Spitzen durchbrochen. »Und ohnehin wird dein Vater dich kaum –« Ich sehe hoch. »Wie kommt es, dass du *hier* bist? Dein Vater machte den Anschein, als wollte er dich nicht mehr aus dem Haus lassen, bis du vierzig bist.«

Louise stöhnt übertrieben dramatisch auf. »Ich konnte ihn ein wenig bezirzen. Trotzdem darf ich keinen Schritt ohne persönlichen Wachmann vor die Tür setzen.« Louise hakt sich bei mir unter, und wir spazieren zu einer Kutsche vor dem Torbogen der Fabrik. Ein unauffällig gekleideter Mann lehnt an der Karosse, eine Zigarre zwischen den Lippen in einem Gesicht, das die Farbe von ausgewaschenem Treibholz hat und kein Alter verrät. »Sollen wir an deinem freien Tag in die Stadt fahren? Zu *Lafayette*, das Kleid holen, das Papa dir versprochen hat?«

Ich schüttle den Kopf, in Gedanken immer noch bei Papa. »Ich möchte ein wenig Hausarbeit erledigen. Den Abend mit meiner Familie verbringen.« Vor allem, weil es der erste Abend seit Langem und der letzte der nächsten Zeit ist. Die kommenden Nächte muss ich wieder auf *Mont-Saint-Michel* trainieren.

Eigentlich rechne ich damit, dass Louise protestiert, doch sie drückt nur meinen Arm. »Ruh dich aber auch aus. Jetzt, da dein Vater Arbeit hat, kannst du dich ein wenig zurücklehnen.«

Sachte stupse ich meinen Kopf an ihren, ein Lächeln auf den Lippen. »Das werde ich. *Merci*, Louise. Für alles.«

Sie ignoriert die Hand ihres Wachmanns und hüpft allein auf die Kutschenstufen. »Jaja«, sinniert sie, »ohne mich wärt ihr alle komplett aufgeschmissen.«

Mein Lächeln verzieht sich zu einem Grinsen. »Hab nie etwas anderes behauptet.«

Kapitel 16

In *L'Athéna* kann ich meine Hände nicht ruhig halten. Das Arrondissement von Weisheit, Strategie, Kampf – und Wissenschaft. Die vergangene Woche rauschte an mir vorbei wie ein Güterzug, dessen Rauchschwaden auch das knappe Gespräch mit meiner Familie vor ein paar Tagen umhüllen. Papa hat besser bezahlte Nachtschichten angeboten bekommen, weil er so gute Arbeit leistet. Ich sollte mich schlecht fühlen, kaum darauf reagiert zu haben. Weder mit Sorge über die Auswirkungen auf seine Gesundheit noch mit Freude, dass es ihm in der Fabrik anscheinend gut genug geht, um positiv aufzufallen. Doch unter meiner Haut züngelt so viel Energie, dass ich dazu nicht in der Lage bin, sondern nur an meinem Anhänger der Athéna herumfummle. Vor der *École Municipale de Physique et de Chimie Industrielles* lasse ich ihn los, bevor ich ihn noch abreiße. Der Hochschulkomplex erstreckt sich über einen ganzen Block und erinnert mit den Dutzenden Fenstern an die gleichförmigen Backsteinfassaden einer Fabrik.

Am Eingang empfängt uns Madame Curie. »Ich begleite euch zu meinem elenden Schuppen.« Sie wirft nur einen kurzen Blick auf Eugène und lässt den *Manteau* einer vergangenen

Kavallerie-Uniform zum Glück unkommentiert. »Schade, dass Louise verhindert ist. Aber du hast eine andere Begleitung gefunden, wie schön.«

Eugène und ich versuchen, mit ihrem für eine so kleine Frau erstaunlich flotten Gang Schritt zu halten. Es bleibt kaum Zeit zum Umsehen. In den verwinkelten Innenhöfen stecken Männer in Laborkitteln die Köpfe zusammen oder manövrieren Kisten voller Reagenzgläser durch Pfützen. Sie starren. Ich bemühe mich, sie zu ignorieren, trotzdem rumort ein schwummriges Durcheinander in meinem Magen. Starren sie wegen Madame Curie? Aus Neugier über die Besucher? Oder weil sie den Anblick von nicht nur einer, sondern gleich zwei Frauen hier so wenig gewohnt sind?

Im allerletzten Hinterhof stinkt es nach Kohle und explodierten Chemikalien, vermutlich, weil die Luft zwischen den gedrängten Gebäuden nie ganz entweichen kann. Eugène hält Madame Curie und mir die Tür zu einem Schuppen auf, und ich stürze hinein, als wäre das karge Gebäude ein Rettungsboot. Schwer atme ich durch den Mund aus, der feine Staub von Eisen und Kohle zäh in meiner Nase. Dann erst nehme ich die Umgebung wahr.

»Oje«, rutscht es mir heraus, und ich schlage die Hand vor den Mund. Das mit dem *elenden Schuppen* meinte sie wörtlich. Ein winziger Holzverschlag mit rußverschmierten Sprossenfenstern, dem gleichen ölbefleckten Betonboden wie draußen und einem Sammelsurium aus Tischen, auf denen Bechergläser, Erlenmeyerkolben und Kappenflaschen das Abendlicht reflektieren.

»Hast du dir unser *Laboratoire* glamouröser vorgestellt?« Madame Curie trägt beherzt einen Holzstuhl aus einer Ecke herbei, während Eugène sich an einen Tisch mit gesprungener Keramikplatte lehnt.

Das Glasdach lässt zwischen Balken Lichtstrahlen hindurch – und das sporadische Tröpfeln der Überreste des Nachmittagsregens. »Ich habe keine Löcher im Dach erwartet.«

Madame Curie stellt einen weiteren Stuhl an einen Arbeitstisch aus Kiefernholz, dann schiebt sie Notizbücher, Petrischalen verschiedenster Größen und Gasbrenner zur Seite. »Der Schuppen diente zuvor als Sezierraum.«

Eugène stößt ein Gurgeln aus, zuckt vom Tisch weg und sieht sich mit gerümpfter Nase um. »*Hier?* Ist der Raum nicht etwas ... unsteril, um Menschen zu operieren?«

»Menschen, die seziert werden, sind bereits tot«, raune ich.

Madame Curie deutet auf die Stühle. »Warum überhaupt ist er hier statt Louise?«

»Wieso fühle ich mich immer zu den Frauen hingezogen, bei denen ich am wenigsten erwünscht bin?«, murmelt Eugène beim Hinsetzen, glücklicherweise so leise, dass Madame Curie ihn nicht hört.

Zur Sicherheit trete ihm dennoch auf die Zehen. *Bitte, Hestia, lass ihn sich nur dieses* eine *Mal benehmen!*

Eugène zischt auf und murmelt etwas, das sich nach *Quod erat demonstrandum* anhört.

Mein Latein ist spärlich und eingerostet. Warum klingen seine Worte dennoch so vertraut? Auf dem Tisch liegt eine aufgeschlagene Kladde mit hastig niedergeschriebenen Aufzeichnungen und Formeln. Richtig. *Quod erat demonstrandum. Was zu beweisen war.* Aber was soll mein Tritt bewiesen –

Oh. Hastig dränge ich die Implikationen beiseite. Trotzdem steigt Hitze meinen Nacken hinauf, wickelt sich als schweres Collier um meinen Hals. Das ignoriere ich ebenfalls, räuspere mich und klinke mich in das Gespräch ein.

»... Ihren Ehemann«, beendet Eugène eine Ansprache.

Merde, ich hätte ihn nie zu Wort kommen lassen dürfen! Am

liebsten würde ich ihm wieder auf die Zehen treten. Er fragt nach ihrem *Mann*. Als würde es nicht genügen, *ihr* gegenüberzusitzen. Glaubt Eugène, nur ihr Mann könnte uns ihre Arbeit erklären? Der jähe, brennende Groll überwältigt mich. Aber wieso? Das ist doch nichts Neues. Vielleicht ist Eugène der Grund. Weil ich diese Herabwürdigung ihrer Leistung von vielen erwartet hätte – nur nicht von ihm.

Madame Curie legt das Kinn auf die gefalteten Hände. »Soso, du beneidest meinen Ehemann?«

»Es muss eine Ehre sein, mit Ihnen zu arbeiten.« Er klingt so aufrichtig, dass etwas in mir den ganzen Groll aufsaugt und bloß einen kleinen, warmen Fleck neben meinem Herzen übrig lässt. Eugène würdigt Madame Curies Leistung nicht herab. Im Gegenteil.

Madame Curie lacht amüsiert auf. »Sehr charmant. Einer jüngeren Marie hättest du vielleicht imponieren können.« Trotz ihrer Worte fehlt für einen Moment jede Spur von der disziplinierten, pragmatischen Madame Curie in ihrem Gesicht.

Ich starre Eugène an. Wie *macht* er das nur?

»Und du? Bist du auch beneidenswert?« Madame Curie wirft einen pointierten Blick auf mich.

Eugène öffnet den Mund, ein Funkeln in den Augen.

Ich rutsche mit meinem Stuhl nach vorn, sodass das Quietschen der Holzbeine über den Betonboden in meinen Backenzähnen schmerzt. »Meine Eltern erlauben mir nicht, länger als zweiundzwanzig Uhr außer Haus zu sein!«

Madame Curie verbirgt ihren Mund hinter filigranen, schwieligen Fingern. »Vermutlich vor allem nicht mit einem *Filou* wie ihm«, murmelt sie in sich hinein.

Ich spreche noch etwas lauter. »Deshalb würde ich ungern mehr Zeit verstreichen lassen, ohne etwas über Ihre faszinierende Arbeit zu erfahren. Zum Beispiel, wie genau Sie die neuen Elemente entdeckt haben.«

»Mich hat das Strahlen von Uran fasziniert.« Madame Curie wandert zu einem Konstrukt aus Stativstangen, Messkolben und Glasrohren, und wir springen hastig auf, um ihr zu folgen. »Ich fand heraus, dass die Uranerze Pechblende und Kupferuranglimmer sogar stärker strahlen als Uran selbst. Ich vermutete, ein bisher unbekanntes Element in ihnen erzeugt den Effekt – den ich Radioaktivität nannte.« Sie hält ein Glaskästchen mit einem kinderfaustgroßen Mineral hoch, dessen pechschwarze Kristall-Oktaeder mattmetallisch im Licht der tief hängenden Lampen schimmern. »Pierre unterbrach seine Arbeit, um mir beim Isolieren des neuen Elements zu helfen. Was glaubt ihr, aus wie vielen Elementen Pechblende besteht?«

Eugène ächzt leise und tief durch geschlossene Lippen. »Ich wusste nicht, dass wir *abgefragt* werden.«

»Fünf?«, rate ich teils eifrig, teils zaghaft. Madame Curies Augen funkeln, und ich korrigiere mich mit überschlagender Stimme. »Zehn?«

»Dreißig«, entgegnet sie mit seichtem, nur einen Hauch selbstzufriedenem Lächeln. Sie deutet auf einen arg mitgenommenen Pott neben Glaskolben mit durchsichtigen bis bernsteinfarbenen Flüssigkeiten.

Eugène und ich recken zögerlich unsere Köpfe. Doch im Topf liegt nur ein weiteres Stück Pechblende. Madame Curie gießt die Flüssigkeit eines Kolbens darüber. Dampf und Gezische brodeln auf, und wir weichen zurück.

»Säure trennt bestimmte Komponenten voneinander. An manchen Tagen rühre ich stundenlang mit einer meterlangen Eisenstange in zäh köchelnden Massen. An anderen Tagen braucht es langwierige und methodische Feinstarbeit wie die fraktionierte Kristallisation.« Sie gießt Schlacke ab und zeigt uns die Überreste im Pott. »So separieren wir die Pechblende nach und nach in ihre einzelnen Bestandteile und können messen, welcher von ihnen am radioaktivsten ist.«

»Das neue Element«, murmle ich, während ich die Brühe im Topf betrachte. Nichtssagender Schlamm auf den ersten Blick, aber so viel mehr, als man vermutet. Wie fühlt es sich an, ein neues Element zu entdecken? Etwas so Bedeutendes zu schaffen, dessen ganzer Bedeutung wir uns vielleicht erst in Jahrzehnten bewusst werden?

»Obwohl wir sogar zwei radioaktive Elemente – Polonium und Radium – entdeckt haben, können wir sie noch immer nicht vollständig isolieren. Also geht unsere Arbeit weiter.«

Dass ihre Arbeit nicht vollendet ist, fühlt sich für mich nicht wie ein Misserfolg an. Wie gern würde ich Wochen, Monate, *Jahre* hier verbringen!

Eugène tritt näher an Madame Curie heran. »Können Polonium und Radium als Energiequelle genutzt werden?«, fragt er betont beiläufig, mit einem weiteren Blick in den Topf.

Mein Hals verengt sich, und ich bleibe stehen, während die beiden langsam durch das *Laboratoire* spazieren. Ich starre zu Boden, versuche, die Stimmen auszublenden. Es fühlt sich falsch an, Madame Curie auszuhorchen.

»Dutzende Firmen und Regierungen wollen Polonium und Radium für medizinische Zwecke, für die Industrie, für Profite nutzen.« Ihre Stimme ist zu klar und deutlich, um sie zu ignorieren. »Doch die Energiemengen, auf die sie aus sind, kann die Radioaktivität nicht bieten. Noch nicht.«

»Der *Palais de l'Électricité* – ein *einziger* Pavillon – erzeugt genug Energie für alle Gebäude der über hundert Hektar großen *Exposition*.« Eugène stupst eine kupferne Balkenwaage an. Beiläufig, als wären das nur spontane Gedanken und kein geplantes Verhör. »Was könnte eine Fabrik vorhaben, wofür diese Leistung nicht ausreicht?«

»Odette hat dir von *Toussaint Métallurgique* erzählt?« Ihre Stimme verhärtet sich, Argwohn zu einem Schild verwoben.

Eugène lacht, laut, gewinnend und offenherzig. »Sie hat die gesamte Unterhaltung wortwörtlich rezitiert. Mehrmals.«

Wie leicht ihm die Lüge über die Lippen geht. Wie ehrlich er klingt. Meine Brust ziept ein wenig. Würde ich erkennen, wenn er *mir* etwas vorspielt?

Madame Curie blickt mich an, und ich zwinge meine Gesichtsmuskeln, den gequälten Ausdruck zu Verlegenheit zu formen. Ihre Schultern lockern sich, während sie sich wieder Eugène zuwendet. »Sie ist eine interessante Mademoiselle, was?«

Ich höre Eugènes leise Antwort nicht. Nur Madame Curies Lachen hallt von den hohen, hölzernen Wänden wider. Ich sollte mich nicht um seine Antwort scheren, oder um ihre Reaktion. Oder darum, dass wir sie ausnutzen. Wir brauchen Antworten.

»Oh, die Sonne ist untergegangen!« Madame Curie wuselt zu Lichtschaltern und Gaslampen, die sie nach und nach abstellt. Sie weicht dem Gespräch über *Toussaint Métallurgique* aus.

Fällt es Eugène auch auf? Er runzelt die Stirn, und sobald sich unsere Blicke treffen, starrt er mit auffordernd geweiteten Augen zu Madame Curie. Glaubt er, ich bekomme mehr aus ihr heraus? Reflexartig weiche ich einen Schritt zurück. Ich kann das nicht. Nicht bei *ihr*.

Madame Curie löscht die letzte Lampe und blassblaues Licht umhüllt uns, die Farbe des ungeschliffenen Aquamarins in Louise' Lieblingskette. Ich greife mir an die Brust. Im Dunklen leuchten die Glasflaschen und Behälter rings um uns. Ein Meer aus schimmernden, durchscheinenden Silhouetten unterschiedlichster Größen und Formen.

Ich spüre meinen Herzschlag und die Konturen der Kette

unter meinen Fingerspitzen – ich stecke immer noch in der Realität, nicht in einer Traumwelt der Feen.

Eugène nähert sich mit weiten, wachen Augen einem der Gefäße. »Es findet sich also doch Poesie in der Wissenschaft«, murmelt er, die Wörter sachte und dunkel wie eine Zauberformel.

»Er irrt sich nicht.« Leise tritt Madame Curie an meine Seite. »So viel Schönheit, so viel Freude finde ich täglich in meiner Arbeit. Die völlige Hingabe für mein Werk. Die ungestörte Stille während der Forschung, die Aufregung, die Hoffnung auf bessere Ergebnisse, neue Erkenntnisse. Die Diskussionen mit meinem Mann. Ein Durchbruch, *endlich*, nach Tagen der Rückschläge. *Dieser* Anblick, jede Nacht von Neuem ein Zauberbann.«

»Ich wünschte, das könnte ich auch haben«, hauche ich.

»Wir müssen nicht immer zwischen zwei Dingen wählen. Ich dachte, ich könnte mein Leben nur einer Sache verschreiben, weil die Wissenschaft dieses Opfer verlangt. So wie ich meine Heimat zurücklassen musste, um mich in Paris mit Pierre der Wissenschaft zu widmen. Aber ich musste nicht zwischen Wissenschaft und Liebe wählen, nicht zwischen der Wissenschaft und einer Familie, meinen Töchtern. Die Wissenschaft aufzugeben, hätte mir zu große Schmerzen bereitet.«

Natürlich. Auch sie weiß nicht, welche anderen *zusätzlichen* Schwierigkeiten mir ein Studium der Wissenschaft verwehren. Ich würde, ohne zu zögern, auf Ehemann und Kinder verzichten, würde keine zwei Gedanken daran verschwenden. Nur ändert das nichts an meinen Verpflichtungen meiner Familie gegenüber. An unserer Armut. Doch wie sollte ich ihr das erklären?

»Warum wollt ihr mehr über *Toussaint Métallurgique* und die Energiequelle wissen?«

Ihre Worte zerren meine Gedanken in eine andere Richtung, so ruckartig, dass mein Gehirn stolpert. »Es ist wichtig für uns«, bringe ich hervor, zu überrumpelt, um mir Worte zurechtzulegen. Wechselt sie die Themen absichtlich so plötzlich, um mich zu entwaffnen?

Doch Madame Curie beobachtet mich nur, als würde sie die fraktionierte Kristallisation bei *mir* anwenden. Dann seufzt sie. »Ihr solltet nicht weiter herumgraben. Ich weiß nicht, was sie vorhaben, sie haben uns nichts verraten, aber ich habe gespürt –« Sie schluckt, spielt mit der Kante eines Notizbuches, bevor sie mich stählern mustert. »Eure Neugierde in allen Ehren – *Toussaint Métallurgique* ist eine Nummer zu groß für ein wenig jugendlichen Zeitvertreib. Zu gefährlich.«

Unbeirrt sehe ich ihr in die Augen, vergesse meine Befangenheit. »Wir wissen von der Gefahr.« Ich sollte nicht weitersprechen. Nur bin ich *so* kurz davor, mehr zu erfahren. »Doch wir widmen uns der Sache nicht trotz der Gefahr. Sondern wegen ihr.«

»Odette.« Eindringlich spricht Eugène meinen Namen, eine Warnung, nicht mehr zu verraten.

Ich schüttle sachte den Kopf, und er schweigt.

Madame Curie, die auf ihr Notizbuch starrt, scheint von unserer kurzen Verständigung nichts mitzubekommen. Sie sieht auf, zum ersten Mal so etwas Ähnliches wie Unsicherheit in den Augen. »Sie haben uns nichts verraten. Aber –« Sie stockt, presst die Lippen aufeinander.

»Ja?«, ermutige ich sie sanft und eindringlich.

»Ich konnte einen kurzen Blick erhaschen, auf Pläne einer Maschine, die –«

»Marie?«

Die Schuppentür kracht auf, und wir alle schrecken auf. Ein kalter Schwall Nachtluft und Realität rauscht herein – und mit ihm Madame Bouchard.

Ich erstarre, als mein eines Leben so unerwartet in mein anderes eindringt.

Madame Bouchard balanciert einen Korb in beiden Armen, dessen Inhalt eines ihrer bunten Tücher verdeckt. »Du hast Gäste«, bemerkt sie nüchtern. Nicht überrascht, aber mit einem ähnlichen Schild aus Argwohn, wie es zuvor Madame Curie trug. Mit fließenden Bewegungen verfrachtet sie ihre klirrende Ladung auf einen Tisch und streicht sich das schlichte Kleid glatt, wobei ihre Goldohrringe klimpern.

»Nun, es ist schon spät«, murmelt Madame Curie und fixiert den Korb, während ihre Finger auf der Tischplatte trommeln. »Und Odette muss bald zu Hause sein, nicht wahr?«

Mein verkrampfter Kiefer bewegt sich keinen Millimeter, so wie der Rest meines Körpers. Nur mein Blick verfolgt Madame Bouchard. Trotz meiner Aufmachung *muss* sie mich erkennen. Und nur ein Wort von ihr reicht, um mich auffliegen zu lassen.

»Ich bin sicher, wir können noch einen Moment bleiben«, entgegnet Eugène. »Ihre Eltern sind nicht *so* streng.«

Madame Bouchard betrachtet mich, ihre Gesichtsmuskeln entspannt, wenn nicht sogar schlaff. Doch ihre Augen, der Funke des Erkennens darin, sagen alles.

Die Zeit gefriert für einen Moment. Mit ihr meine Gedanken, ein betäubendes Stechen wie letzten Sommer, als Louise mich überredet hat, eine *Crème Glacée* an einem der neuen Eiswagen zu probieren. Wieso erinnere ich mich an so etwas? Ich muss mir Antworten zurechtlegen, um Madame Bouchards Enthüllung meiner wahren Identität zu vereiteln. Aber sie öffnet den Mund, und mein Kopf schwirrt, der Boden unter mir – war er die ganze Zeit so uneben?

Madame Bouchard legt eine Hand an den Korb. »Ich kann später wiederkommen.«

Eugène neigt ein wenig den Kopf. »Wenn Ihnen das wirklich nichts ausmachen –«

»Madame Curie hat uns genug ihrer kostbaren Zeit geschenkt«, fahre ich dazwischen. Egal, warum Madame Bouchard nichts verrät, ich muss hier weg. Keine weitere Sekunde können wir in einem Raum sein. Die unwissenden Eugène und Madame Curie, die feine Mademoiselle Odette, die *wahre* Odette – und die eine Person, die nun beide Odettes kennt.

»Odette?« Eugène berührt sanft meinen Ellbogen, doch seine Stimme ist eindringlich, ungläubig.

Madame Bouchard streicht mit ihren kurzen Nägeln über den Korbgriff, ein hypnotisches Hin und Her. »Vermutlich sollte eine junge Mademoiselle nicht so lange so weit weg von ihrer Familie sein, nicht wahr, Odette?«

Ihre Worte quetschen meine Rippen zusammen, sodass kein Raum zum Atmen bleibt.

Madame Curie gibt einen leisen, irritierten Laut von sich. »Woher kennst du ihren Namen?«

Madame Bouchard lässt ihren Blick quälend langsam von mir zu ihr gleiten. Ihre wissend gezückten Mundwinkel, ein Zerrbild von Mona Lisas Lächeln, schikanieren mich. »Meine Liebe, wie immer merkt sich dein Gedächtnis Unmengen an Informationen – nur nicht das, was du und dein Gast vor wenigen Sekunden gesagt habt. Kauerst du in Gedanken schon wieder über einer deiner Petrischalen?«

Ich nehme einen tiefen Atemzug, der meine eingeschnürten Rippen auseinanderzwingt. Was auch in ihrem Kopf vorgeht, Madame Bouchard will mich triezen – und mit Sicherheit hat das hier ein Nachspiel –, aber sie verrät mich nicht. Ich sollte ihre Beweggründe in Erfahrung bringen.

Stattdessen schnappe ich mir Eugène und zerre ihn am Ärmel zur Tür. Dabei rattere ich Dankesfloskeln und Verabschiedungen herunter. Weg, einfach nur weg.

Erst als wir durch das Tor der *École Municipale de Physique et de Chimie Industrielles* jagen, lasse ich Eugène los. Mit schwummrigen Kopf lehne ich mich gegen die Fassade und japse nach Luft, heftiger, als ich nach dem kurzen Sprint sollte.

Eugène beugt sich zu mir herunter, um mir ins gesenkte Gesicht sehen zu können. »Was ist in dich gefahren? Sie war kurz davor, etwas zu verraten!«

»Sie hätte nichts verraten, nicht in Anwesenheit von –«, ich beiße mir auf die Zunge, »einer anderen Person.« Schnell quetsche ich mich an Eugène vorbei.

»Die Madame hätte uns noch Zeit gegeben!« Er holt auf und marschiert neben mir her, egal, wie sehr ich mein Tempo anziehe. »Wir hätten mehr herausfinden können!«

Meine Zähne mahlen aufeinander. Natürlich lässt er nicht locker. Also wirble ich zu ihm herum. »Es war ein Ausrutscher. Egal, ob mit oder ohne Zeugen – sie wird kein zweites Mal so unvorsichtig sein. Nicht *sie*.«

»Das kannst du nicht wissen.« Er schiebt die Unterlippe ein winziges Stückchen vor, als wäre er nicht sicher, ob er schmollen oder argwöhnisch die Lippen spitzen soll. »Du hast die Gelegenheit vertan. Und ich will wissen, wieso.«

»Schauen wir, ob Armand und Jean etwas herausfinden konnten.« Ich eile weiter und zähle die Ziegelsteine in der Fassade der *École*, doch sie fliegen verschwommen an mir vorbei. Eugène hat recht. Marie Curie weiß etwas, aber ich habe diese einmalige Gelegenheit mit Füßen getreten. Und ich kann ihm keinen Grund nennen, niemals. Denn wenn ich es ihm verrate, habe ich die Gelegenheit auch noch völlig grundlos vertan.

Nach einem schweigsamen Spaziergang durch *L'Athéna* halten wir vor dem *Panthéon*. Nur wenige Lichter erleuchten die Fassade, als reichte es nicht, die einstigen Fenster zuzumauern, damit das Mausoleum angemessen düster und wehmütig wirkt.

Eugène zeigt erst auf den Boden, dann zum Nachthimmel. »*Catacombes* oder Dächer?«

Also redet er mit mir, wenn auch kurz angebunden. Immerhin. »Wie wäre ein Omnibus?«, versuche ich es vorsichtig mit etwas Humor. Je früher er vergisst, dass er verärgert und argwöhnisch wegen meiner Flucht aus Madame Curies *Laboratoire* ist, desto besser.

Seine Nasenflügel beben, als bemühte er sich, ein amüsiertes Schnauben zurückzuhalten. »Dauert zu lang.«

»Unser Vorhaben wird schwierig, wenn du nur noch mit Drei-Wort-Sätzen kommunizierst.«

»Sind vier Wörter besser?« Jedes Wort zählt er, indem er einen weiteren Finger ausstreckt.

Ich schenke ihm ein Grinsen, weil ihn ein wenig Schmeichelei vielleicht umstimmt. Und weil mich seine Schlagfertigkeit wirklich beeindruckt.

»Also gibt es auch im *Panthéon* einen Eingang?«

»Ich hab ihn neben einer der Grabstätten entdeckt.«

Mein Grinsen vergrößert sich. »Das Grab von Victor Hugo?«

»Woher weißt du das?« Er starrt mich mit großen Augen an.

»Du hast doch einen Narren an Literatur gefressen. Es würde mich schockieren, wärst du Hugo nicht zugetan. Lyrik, Romane, Satiren, Politik und Philosophie, Dramen, Essays – die außergewöhnliche Vielfalt passt zu dir.«

Er betrachtet mich, und undeutbare Empfindungen huschen durch seine Augen. Ernst und intensiv und noch etwas anderes.

Kostbar und zerbrechlich. Wärme schlängelt meinen Nacken in einem hinterlistigen Pfad hinauf und droht, das Glühen in meiner Brust auf meinen Wangen zu zeigen.

Doch Eugène grinst, und der Moment verraucht in der Nachtluft. »Weil *ich* so vielschichtig bin?«

»Weil du so *wankelmütig* bist.«

»Du wagst es, einen Blick auf die Essenz meiner Seele zu werfen, nur um mich dann als *wankelmütig* zu betiteln?« Er wirft die Hände in die Luft, sodass ich nicht sicher bin, wie viel Ernst und wie viel sein übliches Theater ist.

»Lass uns die Dächer nehmen«, entscheide ich. Seit der Luftschiff-Aktion bevorzuge ich die *Catacombes*, an die ich mich fast gewöhnt habe. Doch gerade kann ich nicht in die muffigen Tiefen hinabsteigen. Ich will kühlende Luft auf meinen Wangen und alles vergessen, was heute passiert ist.

Irgendwie erklimmen wir die Rückseite des *Panthéons*, halb kletternd, halb schattenspringend. So völlig anders als meine Kletterübungen auf den niedrigen, krummen Häusern *Mont-Saint-Michels*. Unter Keuchen und schmerzenden Muskeln verfluche ich meine Entscheidung, bis wir oben auf der Kuppel stehen. Paris zu meinen Füßen, die Böen der Nacht in meinem Haar. Hand in Hand springen wir nach Norden, gleiten über die glitzernde Seine und die Arrondissements, bis Eugène mit einem sanften Ruck seiner Hand den Sinkflug einleitet.

Wir gleiten über die leicht ansteigenden Dächer des Hügels *Montmartre*, über den sich die Straßen als funkelndes Netz ziehen. Nur wenige Flecken sind dunkel genug für eine halbwegs sanfte Landung, und wir segeln auf einen … einen …

Elefanten zu? Ein verdammter Elefant mitten in *Le Dionysos*? Ich zerre Eugène in eine andere Richtung. Zu spät. Das gigantische Tier trägt eine verzierte Sänfte, auf die meine Füße aufsetzen. Ich beuge die Knie, strecke die Arme aus, so wie

Eugène es mir beigebracht hat, damit der Elefant mich nicht von seinem Rücken schleudert. Doch starr verharrt das Tier unter uns. Keine Körperwärme, kein Geruch wie in der *Ménagerie du Jardin des Plantes*.

»Sein Bauch beherbergt eine Opium-Bar mit Bauchtänzerinnen – sehr empfehlenswert.« Eugène hält meine Hand hoch, um mir aus der Sänfte zu helfen.

Eine Skulptur. In meinem Hinterkopf rattert es. Dazu der großzügige Garten, voller schnatternder, trinkender, ausgelassener Menschen. Lichterketten und belichtete Champagnerbrunnen. »Das *Moulin Rouge*?« Louise hat oft über das verruchte Varieté gesprochen – hergetraut haben wir uns nie. Ausflüge ins Theater und die Oper sind etwas anderes als in ein Etablissement wie dieses.

»Heute leider nicht unser Ziel, aber ich führe dich bei Gelegenheit gern hierher aus.« Eugène gleitet am Bauch des Elefanten hinab und landet leise vor den Gästen, die ihn mit riesigen Augen anstarren. Eugène ignoriert sie und streckt die Arme nach mir aus.

Wie bei unserem ersten Treffen auf der *Soirée*. Damals sprang ich aus dem Fenster in seine Arme – und in ein neues Leben. Doch seitdem habe ich dazugelernt, bin vielleicht ein klein wenig stärker und mutiger geworden. Ich atme ein und gehe in Gedanken Eugènes Bewegungen und die Lektionen durch, dann gleite ich wie er am Elefanten hinab. Luft und Ekstase rauschen über meine Haut, so anders als die Sprünge mit Eugène, weil ich nur auf mich gestellt bin. Gewissheit flattert in meinem Brustkorb.

Ich werde zur Nachtschwärmerin.

Der Aufprall schießt durch meine Fußgelenke bis hinauf in meine Knie. Ich strauchle nach vorn, doch Eugène findet meinen Unterarm und stabilisiert mich.

Der Schmerz verfliegt, und ich richte mich auf. »Ich muss wohl noch einiges lernen, bevor ich das wie du kann.«

Lächelnd schüttelt er den Kopf. »Du machst das fantastisch.« Bevor ich rot werden oder keine Entgegnung finden kann, ruckt er mit dem Kopf. »Komm, bevor wir Autogramme geben müssen.« Er schreitet durch die Gäste, die uns vom Himmel Gefallene immer noch murmelnd anstarren.

Im Saal des *Moulin Rouge* prasseln unendlich viele Eindrücke auf mich ein, die stürmischen Rhythmen des Cancans, Tänzerinnen mit aufreizend flatternden Unterröcken, brillante Lichtinstallationen, schwere Noten von Parfum, Champagner und Dekadenz. Ich fixiere Eugènes Rücken, bis wir auf den geschäftigen *Boulevard de Clichy* stolpern.

Ich lache atemlos. Louise wird neidisch, beleidigt *und* beeindruckt sein, dass ich im *Moulin Rouge* war, egal, für wie wenige Sekunden.

Eugène und ich bahnen uns einen Weg durch das Potpourri aus Gestalten, die die unebenen Kopfsteinpflasterstraßen des bohemischen *Le Dionysos* frequentieren. Fliederbewachsene Häuschen, in denen sich Künstler niedergelassen haben, schmiegen sich an Etablissements wie das *Cabaret de L'Enfer* mit seiner diabolischen Fratze aus Tropfsteinen und gequälten Menschen als Eingang in der Fassade. Hier, im Dunkeln, wo mittellose Maler und scharfzüngige Waschfrauen, leicht bekleidete Prostituierte und pelzbehangene Mesdames, gewiefte Taschendiebe und noch gewieftere Diplomaten aufeinandertreffen, verwischen die Grenzen zwischen den Gesellschaftsschichten. Die Übergänge zwischen Wirklichkeit und Traum. Man könnte kein passenderes Arrondissement für den Gott des Weins und der Feier – und der *Ekstase* – finden.

Durch die unscheinbare Eingangstür eines mehrstöckigen Appartements betreten wir keine Wohnung, sondern ein Cabaret. Es erinnert an das *Moulin Rouge*, doch ist viel kleiner und schummriger mit Samtverkleidung in Amethysttönen. Ein ehemaliges Theater? Eine bunte Fülle an Zuschauern bejubelt die Vorstellung von Samtsitzen aus. In jeder freien Ecke tummeln sich Sitzecken und Tische mit Barhockern, alle prall gefüllt mit Gästen. Alle kleiden sich so unterschiedlich, als wollte jeder ein anderes Theaterstück vorführen.

Zwischen den Sesseln umhüllt mich der Duft nach Fettschminke, Haarpuder und Eau de Toilette. Auf der Bühne tanzen Männer in Cancan-Kleidern. Zwei von ihnen muskulös wie römische Statuen, einer mit rundem Bauch, aufgetürmter Lockenpracht und tiefvioletter Farbe auf den Augenlidern, die bis zu mir glitzert. Doch nicht nur auf der Bühne, auch im Publikum lungern Männer in Kleidern genauso wie in *Jaquettes* und *Redingotes*. Frauen in Seidenhosen, Herrenmänteln und eleganten Festroben.

Bin ich wirklich wach? Das hier ist so anders, als wenn Sarah Bernhardt in Hamlet eine Travestierolle spielt. Dort erlaubte die Bühne, dass sie unter den wachen Augen der sittentreuen Gesellschaft in eine andere Rolle schlüpft.

Hier ist die Nacht die Bühne.

Eine Bühne für diese schillernde Palette an Träumern, Rebellen und *Renégats*. Die Nacht beherbergt nicht länger Dämonen und Geister, dennoch bin ich sicher, für viele haben diese Menschen die ehemaligen Dämonen der lichterlosen Nacht nur abgelöst.

Doch ich lächle zwischen den so unterschiedlichen Menschen, die miteinander im Licht der Nacht existieren. Ich weiß nicht einmal, warum. Ich sehne mich nicht danach, Hosen tragen zu können oder Künstlerin zu sein oder gegen gesellschaftliche Konventionen zu rebellieren. Und dennoch erfüllt mich das Gefühl, zwischen ihnen *ich* sein zu können.

»Willkommen im *Cabaret Déviance*!« Armand tritt zwischen Gästen hervor wie durch schwere Theatervorhänge und schlingt einen Arm um mich. Sein feiner Frack muss so viel kosten wie all seine übliche Kleidung zusammen. Einem Gast mit Schnurrbart und goldenem Monokel schenkt er den letzten Rest Champagner aus einer übergroßen Flasche ein. »Viel Trubel heute Nacht!« Er strahlt uns an, noch strahlender als sonst durch dezente goldene Schimmerpartikel auf seinen dunklen Augenlidern. Etwas, das er tagsüber, *draußen*, nie tragen könnte. »Reginalds Nummer ist seit Wochen ein Kassenschlager.« Er deutet mit dem Kinn auf den rundlichen Mann, der überraschend elegant mit einem riesigen Federfächer tanzt und mit extravaganten Grimassen das Publikum zum Grölen bringt, dann scheucht er uns zu einem Ecktisch.

Dort sitzt Jean vor einem Wasserglas in ein Buch vertieft, als lernte er in einer Bibliothek. Wir quetschen uns neben ihn, und er klappt das Buch zu, den Zeigefinger zwischen den Seiten. »Was habt ihr bei Madame Curie herausgefunden?«

Eugènes Blick verfinstert sich ein wenig, und ich bete, dass er nicht wieder schmollt. »Nichts, eigentlich. Sie weiß etwas, doch verrät nichts. Sie brauchen die Energiequelle für eine Maschine, aber nun – keiner von uns ist davon ausgegangen, dass die Nyx damit ein paar Lampen erleuchten wollen.«

Ich atme aus. Er verrät mein seltsames Verhalten nicht.

Armand legt einen Arm um Eugènes Schulter und lehnt sich genüsslich zurück. »Ihr könnt froh sein, uns zu haben. Wir haben herausgefunden –«

Eine üppige, weiß gepuderte *Grande Dame* in Organza und Pelzstola baut sich vor uns auf. »Deine Schicht ist nicht vorbei«, erklärt sie, ohne die glimmende Zigarre von ihren rot glänzenden Lippen zu nehmen.

Armand verdreht die Augen. »Jaqueline! Es kommt noch je-

mand auf die Idee, du bezahlst mich dafür, zu arbeiten«, stöhnt er, steht jedoch auf, während sie mit schwingenden Hüften und Adlerblick davonstolziert. Armand geht rückwärts und wirft uns eine Kusshand zu. »Wir reden nach meiner Schicht weiter.«
Ich starre von Eugène zu Jean, der sich wieder ins Buch vertieft. »Will er, dass wir hier einfach Däumchen drehend abwarten?«

»Wir können die Aufführungen genießen.« Eugène winkt eine ältere Frau heran, die ich in Wollkleid und Kopftuch als Muttchen beschrieben hätte, aber die in ihrem extravaganten Bühnenkostüm die Essenz einer Varieté-Tänzerin verkörpert. Sie hält ihm lächelnd das Goldtablett hin, von dem er eine Flasche Champagner und Gläser nimmt.

Armands Kopf taucht zwischen den Gästen auf. »Das geht auf meine Rechnung!«

»Damit zahlt diesen Monat offiziell Jaqueline nicht mehr dir Gehalt, sondern du ihr«, entgegnet sie mit der Strenge einer Gouvernante. Dann tätschelt sie seine Locken. »Ich schreib es auf meine, *mon petit poussin*.«

Bevor ich mich bedanken kann, verschwinden sie in der Menge.

Ich starre auf Eugènes Hände, die uns gekonnt einschenken. »Wir sollten nichts trinken, wenn wir gleich wichtige Angelegenheiten klären.«

»Armands Schicht endet erst in ein paar Stunden.« Er hebt sein Glas in die Luft. »Ein wenig Vergnügen ist gut für die Moral. Aber du kannst auch einfach nur die Nummern genießen.« Eugène nickt anerkennend zur Bühne. »Reginalds Ballett ist beeindruckend. Nicht nur für eine Komödie.«

Ohne den Blick von den Tänzern zu nehmen, stimme ich zu. Eugène drängt weder mich noch Jean dazu, etwas zu trinken, doch die ausgefallenen Bewegungen zaubern mir in kürzester

Zeit ein Grinsen auf die Lippen und bringen mich in Stimmung für ein Glas Champagner. Erst das kühle Prickeln auf meiner Zunge macht mir bewusst, wie ausgetrocknet meine Kehle ist.

Rasant zieht mich das *Cabaret Déviance* in seinen Bann aus Musik, zu Kopfe steigender Hitze und ausgelassener Freude. Dem Ballett folgt eine Gruppe Cancan-Tänzerinnen jedes Alters. Dann trägt die Frau, die unseren Champagner bezahlt hat, in ihrem knappen Kostüm die geistreichste, sprühendste Satire auf Kosten der *Bourgeoisie* vor. Ich lache und klatsche und trinke mein zweites Glas Champagner. Eine als Göttin verkleidete Burlesque-Tänzerin mit hellbrauner Haut und voluminösen, endlos langen Korkenzieherlocken entlockt den Zuschauern tosenden Applaus. Ein schmächtiger, blasser Jüngling überrascht alle mit seiner im Bariton vorgetragenen Arie des Figaro. Ich *muss* mit Louise wiederkommen, kann ihr das nicht vorenthalten.

Dann werden die Lichter gedimmt, und Musiker stimmen eine wie Honig tröpfelnde Melodie an, bis sich der Großteil der Gäste auf dem Tanzparkett vor der Bühne tummelt.

Eugène hält mir seine Hand hin, und ich ergreife sie automatisch. Ein wenig Bewegung wird mir guttun. Es liegt nicht am Sternenfunkeln in seinen Augen oder meinem im Takt der Musik pochenden Herzen. Definitiv nicht. Nur ein Tanz, da ist doch nichts dabei. So wie die Polka auf der Feier in der *Cour de l'Industrie*.

Wir bahnen uns einen Weg durch die dunklen Sitzreihen, scheinbar im Bruchteil einer Sekunde, sodass ich keine Zeit habe, es mir anders zu überlegen. Die unzähligen auf dem Parkett wogenden Tanzpaare drängen mich dicht an Eugène. »Ein wenig überfüllt, oder?«

»Sieh es als improvisierte Übungsstunde.« Er führt mich in

die ersten Schritte zum langsamen Takt des *Valse*, den Blick auf mich gerichtet. Beinahe auf Augenhöhe. »Ausweichen, Fußarbeit, Rhythmus – Tanzen und Kämpfen liegen nicht weit auseinander.«

»Erinnere mich daran, es gegen die Nyx beim nächsten Mal mit einem *Valse* zu probieren.«

Eugène grinst, und zum vielleicht ersten Mal in meinem Leben wünsche ich mir, kleiner zu sein. Dann könnte ich die Goldknöpfe seines aufklaffenden Offiziersmantels studieren und mich auf die wiegenden Schritte konzentrieren, statt mich von den über sein Gesicht tanzenden Lichtern, funkelnd wie facettierte Diamanten, vereinnahmen zu lassen.

Merde. Nichts hieran ist wie die ausgelassene Polka.

Der enge Tanz versetzt mich zurück in unsere erste gemeinsame Nacht. Wo ich damals mit betäubten Sinnen durch einen Traum schwebte, bin ich mir *jetzt* jeder Berührung so unendlich bewusst. Meine Hand auf seiner Schulter glüht. Doch die Hitze seiner Haut, dort, wo sich unsere Hände umschlingen, wo er meine Taille hält, *versengt* mich.

Jemand rempelt mich an, und die Wucht stößt mich gegen Eugène, lässt meinen Herzschlag aussetzen. Da ist ein dumpfer Schmerz in meinem Rücken und in meiner Nase, der im Kontrast zu der Hitze zwischen uns verblasst. Das Einzige, was noch zwischen unsere Körper *passt*.

Und ich spüre alles. Seinen Herzschlag unter meinen Fingern, die Halt suchen. Seinen Arm, so viel enger um meine Taille. Das Gleiten von Seide auf Samt auf Haut.

»Pardon«, murmle ich beim Aufrichten, und meine Nase streicht über die Stelle seines Halses, wo sein Puls unter der zarten Haut pocht. Dort muss er sein Eau de Parfum auftragen, damit es sich durch seine Körperwärme so perfekt entfaltet. Ein garantiert nach seinen Wünschen speziell gefertigter Duft, der mich eigentlich die Augen rollen lassen sollte. Stattdessen muss ich mich zwingen, nicht tiefer einzuatmen, sondern zurückzuweichen. Soweit es das Gedränge zulässt.

Eugène nimmt meine Wangen in beide Hände und inspiziert mein Gesicht. »Geht es dir gut?«

Ich starre ihn an. Warum klammern sich meine Hände noch an das Revers seines lächerlichen *Manteau*? Für dessen dilettantische Tragweise er zudem hochkant aus jedem Kavallerietrupp fliegen würde?

»Raube ich dir so sehr die Sprache?«, spöttelt er, doch seine Stimme klingt seltsam atemlos. Seine Hände verharren an meinen Wangen.

Mich überkommt der Drang, meine Athéna-Kette zu greifen, damit meine Hand nicht zu seinem Kragen hochwandert. Ich schaffe weder das eine noch das andere.

»Du solltest wirklich bald etwas sagen«, wispert er, und seine dunklen Augen können sich nicht entscheiden, wohin sie schauen wollen, »oder ich komme auf falsche Gedanken.«

Ich lache leise und spüre das Zucken seiner Finger an meinen Wangenknochen. »Tust du das nicht so oder so?«

Eugène scheint meine Worte nicht zu registrieren, obwohl sein Blick auf meinen Lippen liegt. Er lässt von meinen Wangen ab, hinterlässt Kälte, und beinahe kann ich einen leisen Protestlaut nicht zurückhalten. Doch dann fährt er mit den Fingern über meinen Hals, die Spitze an meinem Schlüsselbein, über meine Schultern, hinterlässt glühende Spuren. Spätestens *jetzt* sollte ich lautstark protestieren.

Stattdessen stolpere ich mit ihm durch die Tanzpaare, folge dem Sog seines Körpers, meine Finger in der schweren Goldstickerei seines *Manteau* vergraben. Schneller, als es möglich sein sollte, erreichen wir eine der schummrigen Nischen, wo uns Marmorsäulen vor Blicken abschirmen.

Eugène zieht mich näher zu sich, und ich stehe unter Strom. Ein mittlerweile bekanntes Gefühl in meinem Bauch verklingt.

Ich weiche zurück. »Bist du gerade *schattengesprungen*?«

Seine Hände ruhen an meiner Taille. »Niemand hat es mitbekommen, oder?«

»Aber *warum*?«

Er seufzt und lässt den Kopf an meine Schulter sinken. »Wenn du das fragen musst, sollte ich es dir vielleicht nicht verraten«, murmelt er in den Stoff meines Kleides.

Ich atme tief ein und aus, atme seinen schwindelerregenden Duft ein, als wäre er ein genauso überlebenswichtiger Teil der Luft wie Sauerstoff. »Auf der *Soirée*«, beginne ich, stolpere über die Silben, »hast du das auch schon gemacht, oder? Bist mit mir in das Hinterzimmer schattengesprungen?«

Eugène dreht den Kopf, und die Wärme seines Atems streift meinen Hals, lässt mich die Augen schließen. Wäre die Berührung seiner Lippen *noch* wärmer? Er schweigt, mehrere Takte der Musik lang. Dann geistern seine Hände über meinen Rücken. »Was, wenn es so ist?«

Ich weiß es nicht. Weiß gar nichts mehr, außer dass ich unerklärlicherweise *mehr* wissen will. Doch ein Gedanke formt sich entgegen all der Kopflosigkeit. Ich schiebe Eugène ein Stück fort. »Die Nyx haben uns deshalb entdeckt!«

Sein Atem kommt stoßweise, aber das Glänzen in seinen Augen verblasst. »Ihre Masken spüren eine für wenige Sekunden eingesetzte Fähigkeit niemals auf.«

Mein Herz drückt schwer auf meine Lunge. »Nur *haben* sie das! Sie haben dich entdeckt – *uns* entdeckt.«

»Odette ...« Er lässt seine Hände von meinen Ellbogen zu meinen Händen gleiten, wo sich seine Finger mit meinen verweben. »Ich hätte nicht ahnen können ...«

Ich ziehe meine Hände aus seinen. Die stickige Luft des *Cabaret Déviance* schlägt mir mit voller Wucht entgegen. Eugène streicht sich durch die Haare. »*Désolé, c'est ma faute*, Odette. Ich *hätte* es ahnen müssen. Aber ich habe nicht nachgedacht, weil ich … weil du …«

Ich warte auf den Zorn, doch er bleibt aus. Denn ich denke daran, wie ich Juliette mit dem Lichtwirken verletzt habe. Wie die Nachtschwärmer andere ihrer Art aufspüren. »Ihr hättet mich nie gefunden«, presse ich hervor.

»Was?«

Ich blicke zu ihm auf, und die Reue in seinen Augen schmilzt den letzten Rest Unmut. »Wenn meine Fähigkeit zu einem anderen Zeitpunkt ausgebrochen wäre, hätte ich meine Familie verletzen können. Die Nyx hätten mich aufgespürt, nicht ihr, wenn du nicht so –«, ich stocke, pikse ihm meinen Zeigefinger in die Brust, »– nicht so verdammt verantwortungslos, überstürzt und hedonistisch wärst!« Vielleicht ist noch nicht der *ganze* Rest Unmut verschwunden.

Eugène schnappt nach meinem Finger. »Das sind drei meiner charmantesten Eigenschaften!«

»Unglücklicherweise«, murmle ich.

Das Glänzen in seinen Augen kehrt zurück. »Nun. Jetzt, da das geklärt wäre …« Er bewegt die Hände zu meinem Gesicht und neigt den Kopf, sodass die Strähnen seiner zerzausten Frisur in seine Augen fallen.

Ich umfasse seine Unterarme. »Eugène, das hier war ein Fehl–«

Armand platzt in die Nische und erstarrt. »*Excusez-moi*, dass ich euch unterbreche, bei –«, er deutet auf uns, »was auch immer *das hier* ist. Aber Arbeit kommt vor dem Vergnügen.«

Ich kann ihn nur anstarren, mit Wangen, die beinahe so heiß anlaufen wie zuvor, während Eugène ebenfalls schweigt.

»Was war das denn?« Armand hält sich demonstrativ eine Hand ans Ohr. »Huch, Jean, der nach mir ruft. Bis gleich!« Noch bevor er das letzte Wort ausspricht, ist er hinter den Säulen verschwunden.

Ich lasse Eugènes Arme los und weiche zurück. »Er tut, als wären wir halb nackt«, murmle ich, bevor ich es mir anders überlegen kann.

»Willst du damit andeuten, es gäbe Menschen, die dem Anblick meines entkleideten Leibes *entfliehen* würden?«

Ich eile Armand hinterher. Wieder habe ich jedes Urteilsvermögen vergessen. Und die Art, wie mein Herz flattert, ist gefährlich, so gefährlich. Ich weiß es besser.

Armand sitzt schon an Jeans Seite, als ich auf den Platz neben ihm rutsche. »Also, was habt ihr herausgefunden?«

»Sollten wir nicht auf Eugène warten?«, murrt Jean, ohne von seinem Buch aufzuschauen. »Oder ist er mit irgendwem in einer Nische verschwunden?«

Armand starrt mich mit den aufgerissenen Augen und dem zusammengepressten Grinsen eines Schuljungen an, der hinter dem Rücken seines Lehrers Faxen macht. Er hat zwar nichts ausgeplaudert, aber für die stille Fopperei schneide ich ihm dennoch eine Grimasse, während Eugène sich neben ihn setzt. Weit weg von mir, gut. Nur, dass sich so unsere Blicke kreuzen.

Hastig sehe ich zu Jean. »Wir sind vollzählig.«

Seufzend klappt er das Buch zu. »*Toussaint Métallurgique* ist klein.«

»Wir kommen also gleich zur Sache«, bemerkt Eugène.

Armand lehnt sich zurück. »Ist das nicht ganz nach deinem Geschmack?«, fragt er genüsslich.

Ich funkle ihn an.

»*Toussaint Métallurgique*«, wiederholt Jean lauter. »Wenige Mitarbeiter, noch weniger Quadratmeter. Wir haben ihre Werkstatt ausgekundschaftet, wo sie vor allem filigrane Einzelteile anfertigen. Keine Serienproduktion.«

»Also ist Projekt S vermutlich etwas Kleines, das viel Energie benötigt.« Ich stütze mein Kinn auf meine Hand. »Eine Waffe?«

»Haben wir auch vermutet«, bestätigt Jean. »Aber kurz bevor wir die Überwachung am dritten Tag beenden wollten, hat Armand etwas bemerkt. Einige der Arbeiter verlassen vor Feierabend die Firma. Immer die gleichen, immer unauffällig und schweigend. Besser gekleidet als die anderen, aber mit eingesunkenen Wangen. Menschen, die erst seit Kurzem reichlich entlohnt werden – für ihre Diskretion.«

»Wir haben sie zu einer Fabrik in *La Déméter* verfolgt. Und *die* –«, Armand lacht schnaubend, »ist das Gegenteil von klein. Eine gigantische Glaskuppel inmitten eines Labyrinths aus Hallen und Werkstätten. Extrem gut bewacht. Besser bewacht als die Königin von England. Vielleicht besser als der Vatikan.«

Jean zieht eine Augenbraue hoch. »Woher weißt du bitte, wie die Königin oder der Vatikan bewacht werden?«

Armand wirft die Arme in die Luft und schnauft. »Bei Apollon, Jean, das war eine *Metapher*. Um mit meinen Worten ein lebendiges Bild zu malen.«

»*Extrem gut bewacht* ist kein ausreichendes Bild?«

Ich verknote die Finger. »Sagt nicht, ihr seid dort eingebrochen?« Wenn sie sich für mich in Gefahr gebracht haben –

»Wir konnten die Eingänge, Dächer und Routen der Wachleute auspähen, doch dann haben sie uns entdeckt.« Armand runzelt die Stirn. »Obwohl wir unsere Fähigkeiten nicht eingesetzt haben, falls sie mit Nyx-Masken ausgerüstet sind.«

Ich atme die Anspannung aus.

»Aber jetzt, da wir ihre Routen kennen, können Jean und ich –«

»Auf keinen Fall!«, fahre ich dazwischen. »Ihr habt mehr als genug getan.«

»Sie hat recht.« Eugène nickt mir zu. »*Wir* übernehmen und finden heraus, was sie unter der Glaskuppel verbergen.«

Ich erwidere seinen Blick. »Wenn wir gegen die Nyx kämpfen, *richtig* kämpfen, muss ich wissen, gegen *wen* wir kämpfen. Warum *sie* gegen *uns* kämpfen. Du musst mir endlich verraten, was du weißt.«

Eugène presst die Lippen zusammen. Dann stützt er stöhnend das Gesicht in seine Hände. »Du hast ja recht.«

»Habe ich?«, platze ich heraus.

»Odette könnte außerdem eine bessere Ausrüstung gebrauchen«, wirft Armand ein. »Du weißt schon, Waffen, Schutzrüstung, den ganzen Kram, den man braucht, wenn man nicht nach fünf Minuten niedergestochen werden will.«

Ich schüttle den Kopf. »Nach den Eintrittskarten für die *Exposition* haben wir kaum noch Geld vom Auftrag übrig.«

Eugène nippt an Armands *Liqueur* und runzelt die Stirn. »Der Schwarzmarkt fällt also raus.«

Jean verschränkt die Arme. »Sie kann nicht *ungeschützt* in die Schlangengrube der Nyx spazieren.«

»Das ist mir bewusst, *merci*«, murrt Eugène und lehnt sich mit so offensichtlich ratternden Rädchen im Kopf zurück, dass ich befürchte, er explodiert gleich wie ein überhitzter Motor. Dann reißt er die Augen auf und springt hoch, als würde der Motor doch noch ruckartig starten. »Ich weiß, wo wir beides auf einen Streich erledigen können!« Er grinst mich an. »Wenn du Glück hast, bekommst du nicht bloß eine Rüstung, sondern eine *Nachtschwärmeruniform!*«

Kapitel 17

Am nächsten Abend hält unsere Kutsche in *L'Héra*, und Eugène springt aufgeregt wie ein Kind heraus. Seufzend folge ich ihm zu einem zusammengewürfelten Haufen Gebäude hinter einem meterhohen gusseisernen Zaun mit scharfen Stachelspitzen.

Ich ziehe eine Augenbraue hoch. »*Das* ist unser Ziel?« Übereinandergeklebte Werbeplakate blättern von der brüchigen Steinfassade ab, und die Fenster sind verbarrikadiert. Das Gebäude sticht heraus wie … nun, eine heruntergekommene Ruine im schicken Residenzviertel *L'Héra* eben heraussticht.

»Die *Abbaye-aux-Bois*. Soll bald abgerissen werden.« Eugène zückt seinen Silberring und öffnet die Tür, durch die wir in einen überwucherten Innenhof der offensichtlich schon lange leer stehenden Abtei huschen.

»Wie können sie es wagen«, murmle ich. Nur das schlanke Kreuz auf dem Metalltor deutet auf einen kirchlichen Hintergrund hin, alles andere hat den Charme eines baufälligen Wohnblocks in *L'Hadès*. Die kleine Rasenfläche in der Mitte des Hofes kann ich kaum vom zugewachsenen Pflasterstein unterscheiden. Über der Bogentür des Hauptgebäudes steht *Sicut noctem protegimus, nox nos protegit* eingemeißelt.

Ich packe Eugènes Arm, während er auch diese Tür aufschließt, und starre die Worte an. Einer der zwei Leitsätze der Nachtschwärmer. »Das Pariser Quartier, von dem du mir erzählt hast! Wo früher die Nachtschwärmer und ihre Familien lebten.«

Eugène grinst nur, während wir durch einen kahlen Flur huschen. Eine prachtvolle Tür führt in eine Kapelle, schmal und hoch, mit opulenten Wandgemälden hinter dem Altar und zwei mit kunstfertigen Gittern versperrten Wanddurchbrüchen zu seinen Seiten. Ein Streifen Mondlicht fällt durch ein hohes Seitenfenster und taucht alles in geisterhafte Graunuancen.

Wir wandern zwischen den Sitzreihen entlang. Gespenstisch verlassen, aber kein Stuhl verrückt oder umgestoßen. Durch die Gitter erhasche ich Blicke auf eine winzige Kapelle rechts und eine größere, aber deutlich spartanischere links.

Eugène deutet nach links. »Die private Kapelle der Ordensschwestern.« Mit einem Klick seines Silberrings schwingt ein Teil des Gitters auf. »Ehefrauen und Töchter der Nachtschwärmer, die unter dem Deckmantel eines Nonnenordens hier lebten. Um den Schein zu wahren, wurden Flügel der Abtei in ein Pensionat und ein Internat umfunktioniert, Räume an Alleinstehende vermietet, Töchter der Aristokratie unterrichtet. Alles, um die Wahrheit zu verschleiern.«

Ich drehe mich langsam in der Kapelle im Kreis. Kahle, roh verputzte Wände, ein winziger Holzaltar und knarzende Dielen statt des Mosaikbodens von zuvor. Mit gerunzelter Stirn bleibe ich vor Eugène stehen. »Ich verstehe immer noch nicht, was genau wir hier tun.«

»Ich kann dir nicht die Zeremonie zur Ernennung zum Akolythen bieten.« Eugène fährt mit der Hand über den vertäfelten Altar, bis ein Klicken ertönt. Eine Geheimtür schwingt auf. Hinter ihr führt eine gewundene, schmale Steintreppe nach unten. »Aber vielleicht kann ich dir hier alles bieten, was zählt.«

Viele Dutzende Stufen steige ich die Wendeltreppe hinab. Ich starre auf den Boden, damit sich die Welt ein klein bisschen weniger dreht. Die Treppe endet ohne Vorwarnung. Ich strauchle kurz, bevor ich aufblicke. Und den Atem anhalte.

Unter der Abtei liegt ein Tempel.

Genauso stelle ich mir die Hallen des Olymps vor. Weitläufig, alabasterweiß und drei Stockwerke hoch, mit abgerundeten Marmorwänden und halbkreisförmigen Nischen in jeder Himmelsrichtung. Obwohl wir unter der Erde sind, brechen mehrere Lichtsäulen mit tanzenden Staubkörnern durch die Gewölbedecke. »Wie –« Ich stocke, starre nach oben.

»Geheime Lichtschächte in den Wänden der Abtei über uns.« Eugène entzündet eine Gaslampe neben der Wendeltreppe, und der Reihe nach flackern alle Lichter im Tempel auf. Sie erleuchten den großzügig ausgearbeiteten Marmorboden, schlanke korinthische Säulen, Bücherregale über zwei Ebenen, aber vor allem die haushohe Apparatur in der Mitte des Tempels. Eine goldene Sonne, umgeben von silbrigen Ringen verschiedenster Größen, in jedem ein Planet eingelassen. Ein *Orrery*! Nur hundertfach größer als das kleine Modell, mit dem mein Lehrer uns einst den Umlauf der Planeten um die Sonne erklärt hat.

Voller Faszination gehe ich auf das Kunstwerk zu und streiche über das kühle Silber des äußersten Rings. Ein offengelegtes Räderwerk im Sockel scheint ein paar Zahnräder zu vermissen. »Sollte es hier nicht, ich weiß nicht, irgendwie *biblischer* aussehen?« Ich deute um mich. Sicher, ich entdecke den ein oder anderen Engel in Wandgemälden, aber es fehlt diese unverkennbare Atmosphäre, die allen Pariser Kirchen innewohnt. So wie in der Abtei auf *Mont-Saint-Michel*.

»Ich sagte doch bereits, dass die Bruderschaft ein Mönchsorden ist, ist nicht die gesamte Wahrheit.« Er winkt mich heran, und wir wandeln ans andere Ende des Tempels. Ein gigantischer, runder Torbogen trennt eine Nische vom Hauptraum ab. Eine von Menschenhand geschaffene Grotte mit hohen Säulen. Zugluft lässt das Wasser in einem flachen Bassin, das uns im Halbkreis umgibt, ganz sanft plätschern. Es schimmert grünlich, der Marmor von Algen bedeckt. Statuen reihen sich entlang der abgerundeten Wand, dreimal so groß wie ich.

»Die zwölf olympischen Götter?« Hermés' Flügelschuhe auf meiner Augenhöhe, jede Feder so fein geschnitzt. Athéna erhebt Speer und Schild. Zeus, seine Blitze in der Hand. Artémis, die einen Pfeil in ihren Bogen spannt. Doch in der Mitte – eine Figur aus tiefblauem Stein. Lapislazuli vielleicht. »Soll das Héra sein? Die Göttermutter?«, frage ich langsam, skeptisch. Nein, Hera steht *neben* der tiefblauen Göttin. Es ist eine dreizehnte Statue. Eine der Gottheiten, die *nicht* auf dem Olymp leben? Ich kenne Ilithyie, Iris, Perséphone, weil nach ihnen auch Arrondissements benannt wurden. Aber keine von ihnen passt. Ich lege den Kopf in den Nacken, um ihr Gesicht zu betrachten. Ein Tuch flattert um ihren Kopf, aus Stein, nur so zart gemeißelt, dass es zu fließen scheint. Diamanten zieren es in unregelmäßigen Abständen. Die tiefblaue, *nachtblaue* Haut ...

Ich peitsche zu Eugène herum. »Ist das *Nyx*?«

»Du bist überrascht?«

Wild gestikuliere ich hinter mich. »Nyx, wie die Nyx unserer Feinde? Die Feinde der Bruderschaft seit wer weiß wie vielen Jahrhunderten?«

»Was ist das Ziel der Nachtschwärmer?«

»Sicut noctem protegimus, nox nos protegit«, leiere ich das Credo herunter. »Wir beschützen die Nacht.«

Eugène grinst. »Und was wollen die Nyx?«

Schon wieder Spielchen statt Antworten. Ich spitze die Lippen. »Das will ich ja von *dir* wissen.« Weil er nur wortlos die Arme verschränkt, seufze ich. »Die Nacht ... zerstören?«, biete ich halbherzig an.

»Sollte dann nicht der Sonnengott Helios ihre Inkarnation sein, statt der Göttin der Nacht?« Auf mein verdutztes Schweigen hin grinst er und fährt fort. »Du hast die zweite Hälfte unseres Credos nicht übersetzt. *So wie wir die Nacht beschützen, beschützt die Nacht uns.* Das ist wichtig. *Die Nacht beschützt uns.*« Er deutet nach oben, wo die Gewölbedecke einen Sternenhimmel zeigt, ebenfalls mit Diamanten besetzt. »Die Nacht beschützt uns – obwohl sie doch voller Gefahren ist, voller Dämonen und Dunkelheit, Verbrechen und Geister.«

»Aber die Nacht bietet uns auch Erholung. Schlaf und Rückzug mit der Familie. Träume.«

Eifer blitzt in Eugènes Augen auf. »Und was noch?«

Ich reibe mir über das Kinn, muss lächeln. Eigentlich weiß ich es schon seit Jahren. »Freiheit. Feiern und Vergnügen, aufgelöste Grenzen. Ein zweites, anderes Leben im Verborgenen.«

»Die Nacht ist den Nyx ebenso heilig wie den Nachtschwärmern. *Heiliger*, vielleicht. Doch wo wir für Freiheit und Grenzenlosigkeit kämpfen, wollen sie Ordnung. Die Grenzen aufrechterhalten, zwischen Tag und Nacht, arm und reich, Mann und Frau, Recht und Sittenwidrigkeit, Arbeit und Vergnügen. Sie wollen die Nacht ausleuchten – und kontrollieren.«

»Deshalb die Kämpfe gegen Rebellen, die die Laternen zerstören. Die gestürmte Feier in der *Cour de l'Industrie*«, murmle ich. Dann klatsche ich meine Faust in die andere Handfläche. »Und deshalb ist meine Fähigkeit ihnen ein Dorn im Auge!«

»Dein Lichtwirken kann ihre ausgeleuchtete Nacht wieder verdunkeln. Du bringst Chaos in ihre Weltordnung. Eine Ordnung, die Nyx, die Göttin der Nacht, selbst erschuf, als sie Tag und Nacht hervorbrachte. Eine Ordnung, die der Orden der Nyx seither vervollkommnen will. Indem sie jede Überschreitung gesellschaftlicher Normen mit ihrem künstlichen Licht sichtbar machen, damit alle an ihrem Platz bleiben. Niemand soll von einem anderen Leben probieren.«

Ordnung und Sicherheit. Vor wenigen Wochen noch hätte ich alles dafür gegeben, meiner Familie beides zu ermöglichen. Wann hat sich das geändert? Ordnung und Sicherheit – gegen unsere Freiheit. Seit wann ist mir dieser Preis zu hoch? Ausschweifend deute ich zu den Götterstatuen. »Sind sie real?«, wispere ich, deute dann zum Himmel. »Ist *er* real?«

»Vielleicht sind sie es, vielleicht nicht.« Eugène zuckt die Schultern. »Spielt das eine Rolle?«

Ich starre ihn an.

»Das hier ist kein Krieg zwischen Religionen. Oder zwischen dem Dreifaltigen Gott und den Alten Göttern. Nicht wirklich.« Er schüttelt sanft den Kopf und führt mich am Ellbogen aus der Grotte. »Es ist egal, ob und wem die Götter vor Ewigkeiten einen Auftrag gaben. Selbst wenn sie existieren – wenn sie wollten, dass wir ihre Kämpfe austragen, müssten sie uns das mitteilen. Aber sie schweigen.«

Vor einer weiteren Nische halten wir inne. Leere Waffenhalterungen an den Wänden und steinerne Büsten im Halbkreis.

Mit der Stiefelspitze schiebt Eugène einen der rostigen Dolche, die verstreut zwischen Stoffbündeln und Büchern liegen, vor sich her. »Die Nyx haben das Quartier eines Tages überfallen, und die verbliebenen Nachtschwärmer waren völlig unterlegen, mussten fliehen. Die Bruderschaft hat das Quartier danach endgültig aufgegeben. Nicht jeder Krieg kann gewonnen, nicht jeder Kampf gekämpft werden.«

Ich schlinge meine Arme um mich, fröstle plötzlich. Keine

Götter, die uns helfen. Die uns sagen, welchen Kampf wir austragen sollen.« *Wir* müssen entscheiden, wofür wir kämpfen.«

Eugène hält mir eine Nachtschwärmer-Uniform entgegen. »Entscheidest du dich für unsere Seite?« Gekonnt imitiert er Augustes pathetischen Tonfall, bis er sich ein Grinsen nicht mehr verkneifen kann. »Kämpfst du als Akolyth für die Freiheit?« Das engmaschige, schwarze Material schimmert matt.

»Habe ich eine Wahl?«, entgegne ich ebenfalls grinsend. Doch sobald meine Finger die Uniform berühren, breitet sich von ihnen ein Kribbeln in meine Zehen, meinen Nacken, mein Herz aus. Das hier bedeutet mir mehr, als ich dachte.

»Die Auswahl ist nicht sonderlich groß.« Eugène zeigt auf die kahlen Büsten. »Aber diese Uniform muss einem heranwachsenden Jungen gehört haben. Wenn nötig, können wir sie umnähen.«

Ich starre auf die Hose und das Oberteil aus diesem unwirklichen Material, ein wenig wie Leder, nur weicher, dehnbarer, gleichzeitig so fest gewoben, dass es vor Schlägen schützt. Ich blicke hoch, in Eugènes erwartungsvolles Gesicht, und vergesse meine Bewegtheit. »Soll ich sie *jetzt* anziehen?«

»Willst du im Kampf über einen zu langen Hosensaum stolpern?«

Ich schließe die Augen. »Lass mich das umformulieren. Soll ich sie jetzt *vor dir* anziehen?« Langsam öffne ich die Augen, um mich seinem Grinsen und dem üblichen Spruch zu stellen.

»Natürlich nicht!« Er dreht sich auf dem Absatz um. »Ich wollte nicht – ich sehe einfach weg.«

Ich schnaube und knöpfe meinen Rock auf. »Wieso spielst du plötzlich den anständigen, beschämten Gentilhomme?«

»Das tue ich nicht.« Er entwirrt einen Haufen aus Handschuhen mit Riemenverschlüssen und verhedderten Waffengurten.

»Natürlich nicht«, murmle ich und verdrehe die Augen, während ich die Nachtschwärmerhose überziehe. Enger als die von den *Suffragettes*, aber auch robuster.

»Von diesem Raum aus führen mehrere Gänge der *Catacombes* durch ganz Paris«, plaudert Eugène los. Ich ignoriere seine hellrosa glühenden Ohren und stülpe die fingerlosen Handschuhe über. »Zu jeder Zeit warteten Nachtschwärmer hier, bereit, für Paris zu kämpfen.« Wie er sich über den Nacken reibt, mehrmals. Das liegt nicht daran, dass ich mich hinter ihm umziehe. Niemals.

»Ich bin angezogen. Muss nur noch dieses Ding in den Griff bekommen«, murmle ich und zerre am karabinerbesetzten Harnisch, anstatt Eugène anzublicken. Mein gesamter Körper vibriert wie eine zu straff gespannte Violinensaite, die bei der kleinsten Berührung zu bersten droht. *Ich werde eine Nachtschwärmerin.* Nicht offiziell, nicht in den Augen von Auguste oder Clément oder irgendeinem anderen Nachtschwärmer. Jedoch in Eugènes Augen. In *meinen* Augen.

»Soll ich es dir zeigen?« Er streckt die Hand aus und nimmt mir den Harnisch ab. »Bevor wir einen Entfesselungskünstler engagieren und ihm diese Situation erklären müssen?« Er öffnet die Schnallen, zieht den Harnisch erst über meinen einen, dann über den anderen Arm. Beißt sich auf die Unterlippe, als müsste er eine mathematische Gleichung lösen, während er Riemen und Schnallen festzurrt. Irgendwann liegen die Gurte eng, aber komfortabel um meinen Rücken, meine Schultern und Rippen. Er langt nach der letzten Schnalle vor meinem Brustbein. Stoppt, kurz bevor er sie berührt. Seine Hand schwebt vor meinem Oberkörper, und zum ersten Mal in den letzten Minuten sehen wir uns in die Augen. Bin ich seinem Blick ausgewichen – oder er meinem?

Eugène lässt die Hand fallen und räuspert sich. »Das kannst du natürlich selbst, *pardon*.«

Erleichtert schaue ich nach unten – und verberge damit notdürftig meine warmen Wangen. Doch obwohl ich durchaus in der Lage bin, eine vermaledeite Schnalle zu schließen, rutschen meine bebenden Finger mehrmals ab. »*Merde!*«

»Nervös?«, neckt Eugène, und ich fahre hoch, um das abzustreiten. Sein Lächeln erstickt die Empörung. »War ich auch, als ich die Uniform zum ersten Mal angezogen habe. Das ist normal.« Er meint nicht nervös wegen der *Nähe*. Für einen *Godelureau* wie ihn ist das nichts Besonderes. Weil er fragend auf die Schnalle deutet, nicke ich. Hauptsache, ich bringe das hier so schnell wie möglich hinter mich.

»Ungetragen, deshalb sind die Ösen schwergängig.« Er zieht seine Handschuhe aus und hantiert an der Schnalle herum. Mit geschickten Händen – die eines Pianisten, nicht eines Kämpfers. Das Rauschen in meinen Ohren übertönt nicht seine sanften Atemzüge, das Rascheln seines Mantels, das Klimpern von Metall auf Metall zwischen seinen Fingern. Haben Nachtschwärmer gesteigerte Sinne?

Endlich zurrt er den Riemen fest. Er hat mich nicht berührt, auch nicht aus Versehen. *Vor allem* nicht aus Versehen, als hätte er es bewusst vermieden. Dennoch brennt mein Oberkörper. Könnte ich das meinem verräterischen Körper verbieten, ich würde es auf der Stelle tun. Nein, daran ist nichts verräterisch. Ich würde mich schämen, egal, wer vor mir steht. Meine Reaktion ist mehr als angebracht. Doch ich verbiete meinem Verstand, *Eugènes* Reaktionen zu analysieren. Seine Blicke, die Fahrigkeit seiner Finger oder die Farbe seiner Wangen zu deuten. Irgendeine verborgene Bedeutung in seinen nonchalanten Worten zu suchen. Ich weiß es besser.

Eugène zückt einen der Silberringe mit dem eingravierten Drachen. Ich schnappe ihn mir, bevor er ihn mir zu allem Überfluss auch noch anstecken kann, und schiebe ihn selbst auf meinen Ringfinger. Viel zu groß. Ich nestle an meiner Kette herum und fädle den Ring auf, neben den Athéna-Anhänger.

»Meine erste Waffe.«

Ich schrecke hoch, schaue auf den schlanken Dolch in seinen Händen.

»Ein Stilett. Mein Vater hat es mir geschenkt, weil er findet, ein Gentilhomme sollte sich in der alten Schule des Duells auskennen. Nun, das hier ist eher für Attentate als für Duelle gedacht, also wäre es debattierbar, wie viel das mit einem Gentilhomme zu tun hat, aber –« Er streicht sich schon wieder über den Nacken. »Wie dem auch sei, du kannst es besser gebrauchen als ich.«

»Ich kann kein Geschenk deines Vaters annehmen.«

Er wirbelt das Stilett durch die Luft, bis er es an der spitzen Klinge hält und mir den Griff reicht. »Ich bin aus ihm herausgewachsen. Wortwörtlich. Es wurde für mein zwölfjähriges Ich maßgefertigt.« Er zieht eine Augenbraue hoch. »Oder willst du den Rest unseres Solds für einen *neuen* Dolch ausgeben?«

Vorsichtig nehme ich das Stilett in beide Hände, wiege seine Leichtigkeit. »Wir haben kaum mit Waffen geübt.«

»Im *Hôtel d'Amboise* hat dich die mangelnde Übung nicht aufgehalten.«

Hübsch und zart liegt der Dolch in meiner Hand, als könnte er niemanden verletzen. Doch die spitze Klinge, nicht zum Schneiden oder Zerschlitzen, sondern perfekt, um Rüstungen zu durchdringen, schickt etwas Sicherheit durch mich. Ich schiebe ihn in das Oberschenkelholster und nicke. »*Merci*, Eugène. Aber versprich mir, dass du nichts Unbesonnenes tust, das mich zwingt, ihn zu benutzen.«

»Ich verspreche, mich zu bemühen, es zu versuchen.«

Sein strahlendes Grinsen lässt mich die Augen verdrehen. »Wirklich beruhigend, *merci*.«

Wir schattenspringen von Dach zu Dach, mittlerweile beinahe mit einer Leichtigkeit, als würden wir über Straßen spazieren. Die Fabrikanlage gehört zum Geschwader aus Industriegebäuden, das die verbliebenen Felder, die früher *La Déméter* beherrschten, an die Stadtgrenze verdrängt. Gaswerke, Kautschukverarbeitung, Ziegeleien, Farbherstellung und Manufakturen für chemische Produkte, die das Beißen von Ammoniak und Schwefel in die Luft prusten. Ein weiterer Fleck auf Paris' Karte, von dem aus die Nyx ihre Fühler ausstrecken.

Eine Häuserreihe entfernt vom Komplex drängen wir uns in den Schatten eines behäbigen Schornsteins. Hohe Fassaden und Mauern verbergen vom Boden aus den Blick auf die mehrere Häuserblöcke umfassende Anlage. Doch von hier oben aus erstrahlt sie wie eine überdimensionierte Glühbirne in der Mitte der Gebäude, Innenhöfe und Hallen: die Glaskuppel, ihr Durchmesser breiter als der größte Boulevard der Stadt.

Aus einer Gürtelschlaufe ziehe ich das Pergament, auf das Armand eine Karte mit den Routen der Wachen gezeichnet hat. In der unteren Ecke springen zwei Karikaturen durch die Luft. Die simplen, kindlichen Krakelstriche schaffen es auf seltsame Weise, scheußliche Fratzen ins Leben zu rufen. Ich muss schnauben.

Eugène lehnt sich über meine Schulter. »Armand fehlt wirklich jedes Zeichentalent.«

»Findest du?« Grinsend werfe ich einen Blick auf sein Profil. »*Dich* hat er doch ganz gut getroffen.«

»Ich bin nicht einmal sicher, wer von beiden ich sein soll«, murmelt er und lehnt sich etwas näher zu mir herab. Sein Atem streicht über meine Finger.

Ich trete einen Schritt zur Seite, bevor ich die Wärme noch auf meiner Wange oder meinem Hals spüre. Schnell deute ich auf die Kuppel, über die Flachdächer der Gebäude, die sie wie

Burgfriede umgeben. »Wir könnten über die Köpfe der Wachen hinweg schattenspringen. Aber sobald wir im Licht der Kuppel stehen, sieht man uns noch vom anderen Ufer der Seine aus.«

Eugène summt lang gezogen und tief. »Dass ich eine Gelegenheit ausschlage, im Rampenlicht zu stehen«, murmelt er und zerrt eine Metallkugel aus seiner Gürteltasche.

»Was zur Unterwelt hast du da?« Meine heisere Stimme gellt über die Dächer. »Eine *Granate*?«

»Wieso gehst du nicht runter und warnst sie höchstpersönlich vor?« Er wiegt das Messinggehäuse in der Handfläche, den Daumen am Holzpfropfen mit der Zündschnur aus Draht.

Ich greife nach seinem Arm, bevor er auf die Idee kommt, die Granate zu werfen. »Damit kannst du Menschen verletzen!«

Sein Blick haftet auf meiner Hand an seinem Handgelenk, nur kurz, dann schnalzt er mit der Zunge. »Das ist nur eine Rauchgranate.«

Ich verstaue die Karte wieder an meinem Gürtel und verschränke die Arme um meinen Körper, presse meine zitternden Finger zwischen Rippen und Oberarme.

»Was glaubst du, wofür wir Geld benötigt haben? Für Picknickdecken und Proviant?« Er legt den Kopf schief. »Dir muss doch klar sein, dass wir nicht friedlich bei den Nyx reinspazieren, sie bitten, dich, deine Familie, die Nachtschwärmer und ganz Paris in Ruhe zu lassen, und sie kommen unserer Bitte nach?«

Meine knirschenden Zähne vibrieren durch meinen Schädel. »Natürlich nicht, aber –«

»Die Granate gefährdet niemanden, sie lenkt nur die Aufmerksamkeit von uns weg. Ich will genauso wenig wie du Menschen verletzen. Trotzdem müssen wir dazu bereit sein, wenn wir uns in diese Gefahr begeben. Sekunden bestimmen über das Schicksal von dir und deinem Gegner. Im entscheidenden Moment darfst du nicht zögern.« Sein Blick durchbohrt mich, so ungewohnt dunkel und ernst, dass ein Kribbeln meine Wirbelsäule herabläuft.

Ich kann keinen Rückzieher machen. Ich *will* nicht. Mit verkrampftem Kiefer nicke ich.

Eugènes freie Hand findet zu meiner Wange. »Gut«, raunt er eindringlich, mit einem einzigen abgehackten Nicken. Seine Berührung hat nichts Romantisches an sich, das mir sonst die Röte ins Gesicht getrieben hätte. Es ist die Geste von Soldaten, die sich für den Kampf rüsten.

Doch als er von meiner Wange ablässt, um das Haupttor der Fabrikanlage anzupeilen, bleibt auf meiner Haut dennoch ein Hauch von Wärme zurück. Ich wische über die Stelle, um die Spuren seiner Berührung fortzureiben.

»Sie werden nicht damit rechnen, dass wir von oben kommen. Trotzdem bleibt uns nicht viel Zeit.« Eugène hält mir die Rauchgranate hin. »Willst du die Ehre haben?«

Ich weiche zurück. »Ich würde das nur vermasseln.«

Er zuckt mit den Schultern, zerrt ohne Vorwarnung den Zünder aus der Granate und wirft sie in hohem Bogen zu einer unbewachten Stelle der Fassade. Die Messingkugel bricht durch eines der wenigen schmalen Fenster, und Eugène jubelt leise auf. »Hast du das gesehen? Ich bin ein Genie!«

Die Explosion lässt die Scheiben erzittern, und ich könnte schwören, die Druckwelle zu spüren. Rauch bläht sich hinter den Fenstern auf, quillt aus dem Loch im Glas. Das körperlose Ungeheuer ködert die Wachmänner, die ihre Posten auf den Dächern verlassen, aus Toren stürmen und sich wild nach dem Ursprung des Lärms und Rauchs umschauen. Denken sie, sie stehen unter Beschuss? Oder dass es brennt?

Ich greife nach Eugènes Hand. »Hör auf, dich selbst zu beweihräuchern. Ich dachte, wir müssen uns beeilen.« Ich ziehe ihn im korrekten Winkel mit mir, und wir lösen uns vom Dachfirst. »Außerdem war das Zufall.«

»Noch besser«, triumphiert er, während wir auf die Glaskuppel zusteuern, unsere Mäntel flatternd hinter uns. Zwei Raben mit ausgebreiteten Flügeln in der Nacht. »Das bedeutet, ich bin mit Gottesliebe gesegnet.«

»Von welchem Gott?« Weit unter uns huschen Schatten durch die Innenhöfe in Richtung der Explosion. Die Warnrufe gellen zu uns, doch niemand wirft einen Blick in den Himmel. Zugegeben, hätte er nicht das Fenster getroffen, würden die Wachen die Situation schneller aufklären.

Auf sanften Sohlen landen wir neben der Glaskuppel, und er deutet an sich herunter. »Offensichtlich von *allen* Göttern.«

Ich presse mich an die gewölbte Glasscheibe, unter meinen Handflächen so eisig wie die gefrorene Seine im tiefsten Winter. Wie die Lagerhalle der Nyx, um wertvolles Gut zu präservieren. Grelles Licht blendet mich, sodass ich die Augen zusammenkneife. Es erleuchtet jede Nische des Silos unter mir, die metallenen Laufstege, die auf jeder der fünf Etagen entlang der runden Wand verlaufen. Dafür benötigen sie die Energiequelle?

Nein.

Etliche behäbige Kabel, ähnlich denen einiger Maschinen von Louise' Vater, aber dick wie meine Unterschenkel, winden sich zum Zentrum des runden Silos. Die teerschwarzen Tentakel gehören zu einem Scheusal von Maschinerie, das mittig unter der Glaskuppel lauert. Ein Korpus aus Metall, dunkler und glitschiger als Ölschlick, mit menschengroßen, kupfernen Starkstromspulen wie in den neuen Kraftwerken. Inmitten von all dem ragt ein Glaszylinder empor. Er könnte zwei Litfaßsäulen fassen. Doch hinter dem Glas wabern Rauchschwaden, scheinen beinahe vor dem allumfassenden Licht zurückzuscheuen, nur, dass die Röhre sie gefangen hält.

»Was *ist* das?«, hauche ich.

Ein Surren tief aus dem Bauch des Scheusals lässt die Kuppel vibrieren. Der Athéna-Anhänger meiner Kette rutscht unter meinem Oberteil hervor und klirrt mit dem Bruderschaftsring gegen das Glas. Die Schnallen und Ösen vom Harnisch streben ebenso in Richtung der Maschinerie, wenn auch unaufdringlicher. Fasziniert zurre ich an meiner Kette. »Magnetismus?«

Zwei Gestalten treten vor die Maschine, und ich weiche zurück. Genauso schnell presse ich die Nase wieder ans Glas. Ein Mann, dessen weißer Kittel um seine Schultern schlackert, ein Wissenschaftler vermutlich.

Und der Orchestrator.

Er trägt die Maske der Tragödie sogar hier, in Gegenwart der wohl engsten Mitarbeiter, in den Untiefen der gesicherten Festung, die sie Fabrik nennen. »Vertraut er überhaupt jemandem?«, überlege ich laut. Eugène antwortet nicht – so wie schon auf meine vorherigen Fragen nicht. Ich löse meinen Blick von den Männern unter uns. »So sprachlos? Was hast du erwartet?«, werfe ich seinen Spott von eben zurück und grinse. »Einen schönen Platz zum Picknicken?«

Sein Gesichtsausdruck lässt jeden Hohn verpuffen. Etwas kerbt die Linien seines Gesichts tief in seine Haut, die mehr Wachs als der übliche Marmor ist.

Vage vertraute Töne flirren zu uns hoch. Ein Wehklagen, nein, ein Frauenchor. Wortlose, betörende, furchterregende, unweltliche Gesänge, die Seefahrer dazu drängen, sich in die stürmischen Fluten zu stürzen, weil ihnen am Grunde des Meeres ein Verzücken versprochen wird, das nicht existiert.

»Der Stand von Projekt S?«, dringt die ruhige Stimme des Orchestrators zu uns hoch.

Sofort klebe ich wieder an der Scheibe.

»Die Magnetfelder stimulieren und hemmen wie kalkuliert

die Gehirnareale. Das Zusammenspiel zwischen Hypnotika und Stimulanzien konnte optimiert werden, und unsere Leute stellen sicher, dass das Interesse der Wissenschaft an beidem in den nächsten Jahren unterdrückt wird. Die Energieversorgung«, er wirft einen Blick auf die Maschine, und sein Adamsapfel hüpft, »bleibt relativ stabil. Die Probanden verlieren nicht mehr das Bewusstsein, erleben nur leichten Schwindel und Übelkeit, und beschreiben lebhafte Phosphene, die wir als ungefährlich einstufen. Aber wir wissen nicht, welche langfristigen –«

»Wie lange?«

Das schneidende Zischen lässt mich genauso wie den Wissenschaftler zusammenzucken. Er klammert sich an die Schalttafel, die Haut über seinen Fingerknöcheln knochenweiß.

Der Orchestrator beugt sich tiefer über den Mann. »Wie lange schaffen sie es?«, drängt er.

Ich erschaudere, obwohl ich nicht begreife, worüber sie sprechen. Als verstünde mein Körper, für was meinem Verstand noch Informationen fehlen. Fest schlinge ich meine Arme um mich, fiebere der Antwort entgegen. Fürchte sie.

»Zwei Wochen«, presst der Wissenschaftler hervor und fährt unter dem Stieren des Orchestrators eilig fort. »Im Schnitt. Unsere stabilsten Probanden schaffen drei Wochen am Stück. Sie schneiden bei den Konzentrationstests weiterhin hervorragend ab, aber berichten über –«

»Weitermachen bis zum Ausstellungstag. Ich will Subjekte, die einen Monat erreichen.« Der Orchestrator bohrt einen Finger in die Brust seines Gegenübers. »Und keine Fehler mehr.«

Die Kupferspulen. Menschengroße Kupferspulen, innen hohl, als ob ... Ich erschaudere heftiger. »Was tun sie mit den Proban–«, ich kralle die Finger in meine Ellbogen, »den Menschen?« Lose Enden schwirren durch meinen Kopf. Sie wollen die Maschine auf der *Exposition* vorstellen. Aber *was* macht sie? Wortfetzen über Probanden, Gehirnareale, Nebenwirkungen und Phosphene pressen gegen meine Rippen, von innen, hart genug, um blaue Flecken erblühen zu lassen. »Sag etwas«, kommt es über meine Lippen.

Keine Reaktion.

Ich wirble zu Eugène herum. »Warum antwortest du –« Mit dem Gesicht zuerst schlägt er gegen die Glaskuppel.

Mein Kreischen vermischt sich mit dem Knirschen, das hoffentlich von den Haarrissen im Glas unter Eugène ausgeht, nicht von brechenden Knochen in seinem Gesicht.

Über seinem gekrümmten Körper kauert die andere Theatermaske, die Komödie, unerbittlich weiß und grinsend im ansonsten konturlosen Schattenumriss des Dirigenten. Er lässt die Fingerknöchel knacken, das Geräusch unter den metallbeschlagenen Handschuhen genauso gedämpft wie seine Stimme hinter der Maske. »Es ist unhöflich, nicht anzuklopfen.« Es überrascht ihn nicht, uns zu treffen. Ein Gastgeber, der Besuch erwartet.

Eugène windet sich auf der knarzenden Glaskuppel, auf der sich die feinen Risse um ihn herum ausbreiten, und stöhnt etwas Unverständliches, dessen Ton verdächtig nach einer sarkastischen Erwiderung klingt.

Das Metall an den Handschuhen des Dirigenten schimmert matt, und seine Faust rast auf Eugène zu.

»NEIN!« Ich hechte auf ihn zu. Ganz egal, ob ich seinen Arm erwische oder ihn zu Boden reiße.

Zu spät.

Er schlägt Eugène in die Magengrube, sodass dieser ächzend Luft ausstößt. Ich pralle gegen den Dirigenten, doch er wischt mich mit einem Arm fort wie eine Fliege. Während ich nach hinten stürze, mit den Handballen über Stein schrappe, holt er erneut aus.

Ich kämpfe mich hoch und werfe mich planlos gegen seine Beine. Reiße ihn nieder, kurz nachdem er Eugène trifft. Die Stoßkraft seines Schlags lässt das Glas unter Eugène knacken, splittern und schließlich zerbersten.

»Eugène!« Sein Name schmerzt in meinem Hals, als ich mit dem Dirigenten auf dem Boden ringe, Eugènes stürzende Gestalt nur in den Augenwinkeln.

Der Dirigent greift nach meinem Haar. Die kurzen Strähnen in meinem Nacken gleiten durch seine Finger. Mein Ellbogen, mehr aus Versehen als durch Können, prallt gegen sein Jochbein. Ich bin auf den Beinen, während mein massigerer Gegner sich noch auf die Knie kämpft. Zumindest bewege ich mich wendiger.

Im entscheidenden Moment darfst du nicht zögern.

Wer hätte gedacht, dass dieser Moment so schnell kommt. Mit einem wilden Laut in der Kehle ramme ich ihm meine Stiefelspitze in den Schritt.

Er stöhnt auf, kauert sich zusammen wie ein Wurm. Ekel darüber, wo ich ihn berührt habe, selbst wenn nur mit dem Stiefel, wallt in mir auf. Ich schlucke ihn herunter und stürme zum Loch in der Kuppel. »Eugène!«

Blasse Knöchel in fingerlosen Handschuhen. An einem Arm hangelt Eugène über dem Abgrund.

Ich schmeiße mich bäuchlings auf den Boden. Der Aufprall lässt meinen Atem stocken – oder die Erleichterung, dass er nicht in einem leblosen Wirrwarr aus Gliedmaßen in der Maschinerie weiter unten hängt. Mehrere meiner Körperteile schrammen über die hervorstehenden Glasscherben, aber das Brennen schickt nur einen Stoß Energie durch mich hindurch.

Meine Hand wickelt sich um Eugènes Arm, seine angespannten Muskeln und Sehnen wie Eisen unter meinem Griff. »Wie konntest du dich nur festhalten?«, stöhne ich durch zusammengepresste Zähne, während ich an ihm zerre.

»So einen Sprung würde ich doch niemals ohne dich machen.« Seine Stimme klingt so überstrapaziert wie seine Muskeln. Mehrmals ruckt sein Gewicht nach unten, bis er vermutlich mit den Füßen irgendwo Halt findet und wir ihn hochwuchten. Ein letztes Mal muss ich ziehen, ziehen, ziehen –

Etwas rammt meine Rippen mit der Wucht eines eisernen Schürhakens. Ein Schrei brennt in meiner Kehle, noch bevor der blendende Schock durch jede meiner Fasern zuckt und für einen Augenblick Atem, Gedanken und Empfinden aus meinem Körper presst. Eugènes Arm entgleitet meinen verkrampfenden Fingern. Erneut trifft mich etwas in der Seite, so hart, dass es mich ein Stück über den Boden schleudert.

Der Fuß des Dirigenten rast auf mein Gesicht zu.

Etwas kollidiert mit mir, kommt dem Tritt zuvor. Eugène! Er stößt mich zur Seite. Der Stiefel klatscht dort auf, wo ich lag. Eugène kämpft sich hoch, hebt die geballten Fäuste.

Der Dirigent zögert keine Sekunde. Seine Faust fliegt auf Eugènes Gesicht zu, der sich unter dem Haken wegduckt.

Ich rapple mich auf, während sie Schläge und Tritte austauschen. Wortlos, beinahe ein einstudierter Tanz. Dann trifft der Dirigent Eugène am Kiefer. Seine Unterlippe platzt auf, und frisches Blut quillt über sein Kinn, vermischt sich mit den leicht eingetrockneten rostroten Spuren dort. Metallgeruch sickert in meine Nase, lässt meinen Magen protestieren.

Nicht zögern.

Ich zerre das Stilett aus seiner Schlaufe. Es liegt wie ein Kinderspielzeug meiner zittrigen Hand. Aber auch kleine Dinge können Schmerzen zufügen. Ich stoße die Klinge in Richtung seines Beins – so wie es sich schon einmal bewährt hat.

Der Dirigent schnellt herum, schmettert Eugène mit einer Hand gegen die Kuppel, treibt gleichzeitig sein Knie in meinen Magen. Ich beiße mir auf die Unterlippe, durchstoße mit den Schneidezähnen die zarte Haut dort beim Versuch, meine Armbewegung stabil zu halten. Doch mein Körper gehorcht nicht. Ich sacke zusammen, diese metallische Nuance nicht mehr nur in der Nase, sondern auch klebrig in meinem Mund.

Seine grienende Maske verhöhnt mich. Es ist, als könnte er dank ihr jede unserer Bewegungen vorhersehen. Auf der Stirn reflektiert eine zarte Gravur, unsichtbar, wenn man sie nicht aus der Nähe im genau richtigen Winkel betrachtet. Ein schmuckloses Auge – das Zeichen der Nyx?

Ich wische mir über den Mund, meine schwere Atmung heiß und schmierig am Handrücken. Die Nyx wollen Ordnung durch Sichtbarkeit, dafür könnte das Auge stehen. Aber auch wenn sie uns mit ihren Masken aufspüren können, er kann auf keinen Fall meine Bewegungen vorhersehen. Also, nicht zögern. Nicht zögern. Nicht –

Der Dirigent befreit ein gewundenes Drahtseil aus seinem Gürtel, das winzige Funken versprüht, immer wenn der Strang aneinanderreibt. Elektrifiziert?

Ich weiche zurück, pralle gegen einen Schornstein, der sich in meinen Rücken bohrt.

Mit einer schnappenden Bewegung seines Handgelenks entrollt er den Draht. So lang wie drei Arme und sich windend, lebendig wie eine Python. »Ihr solltet euch nicht in Dinge einmischen, die zu hoch für euch sind.« Er holt aus, der Strang peitscht blitzend und knisternd durch die Luft.

Mein Instinkt lässt mich zur Seite springen, dennoch zerschneidet das Ende des Drahtes meinen Stiefel am Fußgelenk. Die empfindliche Haut meines Knöchels darunter. Mein Jaulen erstickt im Hals, weil mein Körper so sehr verkrampft, dass ich zu Boden stürze. Mehrere Krämpfe durchzucken mich, und ich kann mich nicht gegen die Erschütterungen wehren.

Der Dirigent holt erneut aus, die Bewegungen verwischen vor meinen Augen. Doch ein schwarzer Fleck hinter ihm taucht in meinem Sichtfeld auf. Eugène. Mit einem Satz springt er auf den Schornstein hinter dem Dirigenten.

»Nein, bitte!«, krähe ich in einem Anflug von Klarheit, um die gesamte Aufmerksamkeit des Dirigenten auf mich zu lenken.

Eugène balanciert schwindelerregend auf einem Fuß, greift das Ende der elektrifizierten Stahlgeißel und schwingt sich im Halbkreis um den Dirigenten. Der Draht schlingt sich um seinen eigenen Gebieter, und er stürzt brüllend zu Boden.

Schlitternd kommt Eugène neben mir auf, ergreift meine Hand und zerrt mich hoch, weiter, wobei ich das Stilett auffische und ins Holster schiebe.

»*Merde!*« Im Rennen starrt er seine Handfläche an, wo ein Schlitz im Handschuh klafft. »Aber besser der Handschuh als meine Hand.«

»Kämpfen wir nicht?«, röchle ich. »Wir haben gerade die Oberhand gewonnen!«

»Nein, haben wir nicht. Er ist zu stark. Seine Technologie zu ausgefeilt.« Eugène scheucht mich zum Rand des Daches. Zu hell für einen Schattensprung. »Und jeden Moment kommt seine Verstärkung.«

Wir springen über den Abgrund, und ich lande mit einem Stechen in den Knöcheln auf dem nächsten Dach. Genau im gleichen Moment wie eine Metallkugel. Nicht rudimentär wie die Granate von Eugène, sondern polierter Stahl mit Gravierungen.

Eugènes Ruf zerrt mich aus meiner Starre. »Halt dir die –«

Eine Explosion aus Licht und einer Salve von Detonationen schleudert mich zu Boden. Ich verliere die Orientierung, presse meine brennenden Augen zusammen. Ein hohes Fiepen in meinen Ohren lässt den Boden unter meinem Körper schwanken, obwohl ich liege.

Ich kämpfe mich hoch, öffne die Augen. Gleißendes Weiß verschlingt mich, wie wenn man zu lange in die Sonne starrt, nur tausendfach greller. Mit ausgestreckten Händen taumle ich nach vorn, teste mit tappenden Füßen, ob vor mir Boden liegt oder Leere klafft. Das Piepen lässt nach, und ich grapsche blind nach dem Stilett, zerre es hervor und halte es vor mich. Aufmerksam lausche ich, meine anderen Sinne durch den Sehverlust übermäßig geschärft.

Da! Ein Schlurfen schräg neben mir. Ich peitsche herum, fuchtle mit dem Stilett durch die Luft.

Jemand packt mein Handgelenk und unterbindet meine Bewegungen. »Ich bin es. Eugène.«

Dreimal atme ich keuchend ein und aus, ansonsten regungslos.

»Eugène. Eugène Lacroix? Groß, gut aussehend, charmant? Wir hatten schon ein paarmal das Vergnügen.«

Ich lasse meinen Arm sinken. »Ich kann nicht fassen, dass du *jetzt* Scherze machst«, fauche ich, doch gleich darauf gurgelt ein leicht hysterisches Lachen hinterher.

»Ich führe dich«, erklärt er und wetzt los, mich an der Hand im Schlepptau. »Weil es dunkel ist, solltest du schnell wieder sehen können. Aber du wirst gleich blind schattenspringen müssen, den Sprung schaffen wir sonst nicht.«

Auf dem Weg über die Dächer setzt sich die Kontur seines Rückens immer mehr vom gleißenden Weiß ab. Mein schwarzes Signalfeuer, das ich nicht aus den Augen lasse.

»Jetzt!« Ein Ruck geht durch Eugène, und ich springe, folge ihm blind.

Bei der Landung strauchle ich, pralle auf die Knie, kraxle

hoch und nach vorn. Wir hetzen weiter, und mit jedem Schritt klärt sich die Umgebung. Wie verdammt groß ist dieser Fabrikkomplex? Mein Atem beruhigt sich, obwohl wir nicht langsamer werden. Ich hätte nicht geahnt, wie sehr die Orientierungslosigkeit auf einem lastet, wenn man nichts sieht. Als würde jede Kontrolle durch meine Finger rinnen.

Eine Handvoll Wachen lungern an der Brüstung des Dachs, dort, wo das Gelände enden muss. Perplex, nein, *ertappt*, starren sie uns an, glimmende Zigaretten in den Händen. Die Schockstarre können wir ausnutzen.

»Rauchen in der Arbeitszeit?«, kläffe ich, halte meine Stimme möglichst tief. »Wer ist euer Vorgesetzter?«

Eugène prescht vor, im Dämmerlicht etwas schneller als menschenmöglich. Die Hälfte der Wachen zwingt er innerhalb weniger Sekunden mit gezielten Ellbogen- und Kniestößen zu Boden. Ich renne auf ihn zu, durch die Schneise aus Bewusstlosen, die er hinterlässt.

Einer der Männer greift vom Boden aus nach meinem Bein. Ich trete ihm mit aller Kraft auf die Hand. »*Excusez-moi!*«, rufe ich über meine Schulter und haste weiter.

Aus einem Dachausgang zwischen mir und Eugène stürmt ein Wachmann, der im Laufen mit seinem Gewehr Eugènes Rücken anvisiert.

Ich grätsche ihm zwischen die Füße, sodass er vornüberstürzt. Und mit dem Kinn auf den Lauf seiner Waffe prallt. Wieder mehr Glück als Können – vielleicht bin statt Eugène *ich* heute von welcher Gottheit auch immer gesegnet. »Hast du das gesehen?«, rufe ich mit überschäumender Stimme, bevor ich es mir besser überlegen kann.

Eugène streckt die Hand nach mir aus, während ich um die stöhnenden Männer am Boden herumlaufe. »Verzeih mir, wenn ich die Lobeshymnen zurückhalte, bis wir in Sicherheit sind.«

Sein Grinsen ist so starr wie das rostrot getrocknete Blut, das von seinen Wangen bröckelt.

»Wäre es andersherum, hätte ich schon längst einen Chor engagieren müssen«, brummle ich.

Ohne zu zögern, springen wir ab. Ein, zwei, drei Sätze über die Dächer, weit weg von der Fabrik. Dann hinab in eine Hintergasse. Die Ekstase, entkommen zu sein, und der Rausch des Kampfes in den Adern unterdrücken jede Klage meines geschundenen Körpers. Noch.

Doch sosehr ich mich auch in der seltsamen Euphorie bade – nichts an der heutigen Nacht fühlt sich wie ein Sieg an. Während wir keuchend zwischen windschiefen Häuserwänden entlangsprinten, ohne Schattenspringen, damit sie uns nicht orten können, quetschen meine Gedanken mein Herz immer fester zusammen.

Wir haben kaum etwas erfahren. Und die wenigen Fetzen von Erkenntnissen, die wir gewonnen haben, sind ein Desaster. Nicht nur für die Nachtschwärmer. Für alle Menschen.

Kapitel 18

Auf dem Weg zum *Mont-Saint-Michel* reden wir nicht. Ich versinke in meinen Überlegungen, um meine wirren Gedanken zu ordnen, und bin dankbar, dass Eugène mich dabei nicht unterbricht. Eigentlich hatte ich erwartet, permanent jeden seiner Gedanken mitgeteilt zu bekommen. Aber vielleicht gibt es auch Dinge, die jemandem wie ihm die Sprache verschlagen.

Ich stapfe vor Eugène her, bis zu Augustes *Bureau*. Beim Anklopfen brennen meine Fingerknöchel, und ich zucke zusammen, starre für einen Atemzug die aufgeschürfte Haut dort an. Von meiner Hand aus kriecht der Schmerz nun durch meine Arme, meine Schultern, meinen ganzen Körper.

Eugènes Arm streift leicht meine Seite, und ich schrecke auf. Er krümmt sich weg von mir und öffnet die Tür. Glaubt er, er hätte eine meiner Wunden getroffen? Ich öffne den Mund, um ihn zu beruhigen, doch er verschwindet in das *Bureau*. Wenn er sich sorgt, hätte er sich kurz versichern können, ob es mir gut – ich schüttle den Kopf. Auguste muss uns hereingebeten haben, und ich habe es nicht mitbekommen, weil ich nur an mich denke. Hastig knöpfe ich den *Manteau* zu, um die Schattenspringeruniform darunter zu verbergen, und folge ihm.

Auguste lehnt mit gefalteten Händen am Tisch. »Eine weitere verpasste Unterrichtsstunde.«

Eugène verschränkt die Arme wie ein trotziges Kind. Nein. Eher wie jemand, der ohne Mantel durch eine zugefrorene Gasse schlurft. Irgendwann muss ich ihn fragen, was es mit ihm und Auguste auf sich hat.

Doch jetzt muss ich einspringen. Mein Atem bebt ein wenig, als ich tief Luft hole. »*Je suis désolée.* Ich weiß, dass wir uns aus allem heraushalten sollten, aber –«

Auguste muss nichts sagen, um mich verstummen zu lassen. Seine Ruhe füllt den Raum mit der dicken, statischen Luft Sekunden vor einem Blitzeinschlag. Er stößt sich vom Tisch ab und streicht die Kuttenärmel glatt. »Kein weiteres Wort.«

Jede Faser in mir will gehorchen, keinen Ärger anzetteln. Außer mein Herz. Das pumpt unnachgiebig siedendes Blut durch meine Adern und die Wörter aus mir hinaus. »Projekt S ist eine Maschine. Die Nyx sperren Menschen in sie ein, experimentieren an ihnen, an ihren Gehirnen. Wir müssen –«

»Fügt die Maschine den Menschen Schaden zu?« Er fragt nach, statt mir wieder den Mund zu verbieten.

Angestachelt vom kleinen Erfolg trete ich näher zu ihm. »Sie haben das Ganze nur wenige Wochen getestet.« Mit ineinander verknoteten Fingern rufe ich das Gespräch in mein Gedächtnis. »Schwindel … Übelkeit und Phosphene«, presse ich nacheinander heraus.

»Was bewirkt diese Maschine?«

Ratlos zucke ich die Schultern. »Es muss etwas Schlimmes sein, denn –«

»Wir *wissen* nicht, ob die Maschine schlimm ist.« Auguste seufzt. »Manche Medikamente rufen Schwindel und Übelkeit hervor. Schlimmeres. Das heißt nicht, dass ihr Nutzen nicht überwiegt.«

Ich starre ihn an. »Sie scheren sich nicht um die Langzeitwirkungen! Um die Menschen, die sie als *Subjekte* und *Probanden* bezeichnen, wie wegwerfbare Gesteinsproben behandeln. Du kannst nicht ernsthaft glauben, dass sie etwas *Gutes* mit einer Maschine vorhaben, in der Menschen in Kupferspulen gespannt und ihre Gehirne bestrahlt werden, bis –«

Auguste hebt die Hand. Er presst die Augen zusammen und seine Finger in die Nasenwurzeln. »Nein«, seufzt er dann schwerfällig. »Aber ich sehe auch keinen derart dringenden Handlungsbedarf, dass wir alles andere stehen und liegen lassen. Wir sollten die Situation weiter beobachten und –«

»Wir müssen diese Maschine zerstören!« Die Silben stolpern übereinander, und mit einem tiefen Japsen und geballten Fäusten starre ich Eugène an, auf der Suche nach Unterstützung. »Eugène!«

Er presst seine Lippen immer noch so fest aufeinander, dass sie blassbläulich schimmern. Denkt er wie Auguste? War er deshalb so still? Doch dann wird es mir klar.

Es interessiert sie nicht.

Die Menschen, die unter Projekt S leiden müssen – arme Menschen, einfache Menschen, Menschen wie ich –, wir interessieren sie nicht. Wo zuvor wilder Herzschlag und kochendes Blut pulsierten, sickert nur betäubende Leere.

Die Tür schlägt auf, und Clément prescht herein, ein wenig außer Atem, René direkt hinter ihm, als wären sie hierher schattengesprungen. Nichts davon lässt meinen tauben Körper zusammenzucken. Ich kann nur meine roten, rissigen Finger anstarren.

Die Stimmen, während Auguste und Clément aufeinander einreden, hallen wie ferne Echos in meinen Ohren wider. Ich sehe wirre Bilder vor mir. Meine Geschwister mit fahlen, hohlen Wangen und leeren Blicken in diesem einen, schlimmsten

Winter, als wir uns kein Essen mehr kaufen konnten. Arbeiter in ihren verschlissenen Arbeitskleidern, mit zerschrammten Händen und knochigen Schultern. Mein röchelnder Papa. Hunderte bedürftige Menschen, die vor den zwei Planwagen auf ihre mickrige Portion der kostenlosen Suppe aus Brotabfällen, Gemüseschalen und Knochen warten. Mama in Tränen aufgelöst, weil sie die fiebrige, bettlägerige Juliette nicht allein lassen, aber auch nicht von der Arbeit fortbleiben kann.

Unsere Leben zählen nicht. Wegwerfbar, austauschbar, für die Bruderschaft genauso wie für die Nyx. Und offensichtlich ebenso für Eugène. Er gibt auf.

Meine Knie schwächeln, und Schatten flackern vor meinen Augen.

Doch eine Berührung an meinem Arm lässt mich aufsehen. Eugènes erster Blick seit Ewigkeiten wandert flüchtig über mein Gesicht. Dann schaut er weg, nur der warme Druck an meinem Arm bleibt. Seine Stimme klingt mit jeder Silbe etwas klarer, näher. »Der Wissenschaftler wirkte getrieben. Verschreckt. Nicht wie jemand, der die Menschheit rettet. Was auch immer Projekt S bezweckt, es muss große Macht bedeuten. Und noch schwerwiegendere Nebenwirkungen. Aber selbst wenn nicht – können wir zulassen, dass so eine Technologie in den Händen der Nyx ruht?«

Er gibt *nicht* auf. Ist auf meiner Seite.

Der Schatten lichtet sich, und ich spüre mehr als taubes Kribbeln in meinen Gliedern. Ich drücke seinen Arm, weil ich keine Worte für meine Dankbarkeit finde.

Unter meinen Fingern versteifen sich seine Muskeln, doch er fährt fort. »Wir müssen etwas gegen diese Maschine unternehmen, bevor die Nyx sie der Gesellschaft präsentieren.«

»Bevor sie mehr davon produzieren«, ergänze ich, überrascht, dass meine Stimme nicht wackelt. »Wir müssen sie zerstören!«

Cléments Mund steht leicht offen, und sein Atem kommt in kleinen Schnaufern. Er neigt den Kopf und bedenkt mich mit einem zerrissenen Blick. »Ich verstehe eure Sicht. Wir müssen etwas gegen Projekt S unternehmen, natürlich. Aber es zu zerstören, bringt uns Nachtschwärmer in Gefahr. In unverhältnismäßige Gefahr.«

»Ist das immer eure Ausrede?«, zische ich. »Ihr lasst die Nyx mehr und mehr Macht erlangen, weil jeder Schritt gegen sie eine Gefahr wäre?«

Als wären meine harschen Worte Gewichtsstücke einer Balkenwaage, ziehen sie Cléments Mundwinkel und die Enden seiner Brauen nach unten. Er trägt seine Gefühle so sehr nach außen, dass es in meinem Herzen ziept, während er mich ansieht, seine Stimme dünn. »Ich verstehe deinen Unmut. Und ich verspreche dir, wir suchen einen Weg. Aber nicht so. Nicht überstürzt und kopflos.« Er schnappt nach Luft, auch wenn er versucht, es zu verbergen. *Was* hat er zuvor gemacht?

Auguste nutzt die Sprechpause aus. »Wie versprochen hat euer Handeln Konsequenzen. Keine Aufträge, auf unbestimmte Zeit.« Er faltet die Hände. »Und ich muss darüber nachdenken, ob ich Odette weiter zu uns lassen kann.«

Bleierne Schwere legt sich in meinen Magen. Keine Aufträge. Kein Aufstieg zur Akolythin. Dank Eugène habe ich Ausrüstung und weiß mehr, als Auguste bewusst ist – aber das ist nicht echt. Ich spiele Nachtschwärmerin, so wie ich früher mit Mathilde und Juliette Theater gespielt habe. Nur was bringt mir das, ohne offizielle Aufträge mit Bezahlung, ohne den Schutz der Bruderschaft? Ich habe mein Ziel aus den Augen verloren, habe mich von Projekt S vereinnahmen lassen, statt mich um meine Familie zu kümmern. Habe diese winzige Anmerkung des Dirigenten über mich als Grund missbraucht, um mich in das Abenteuer um Projekt S zu stürzen, um auf der *Exposition*

Universelle herumzutänzeln, um Marie Curie zu treffen und mich mit den anderen in schummrigen, sittenlosen *Cabarets* zu verschwören.

Und jetzt zahle nicht nur ich den Preis dafür, sondern vor allem meine Familie.

In Eugènes Unterschlupf spiegeln die vielen Fenster des Glasdaches die ersten blassrosa Streifen des Morgenhimmels wider. Gepaart mit den changierenden Grüntönen des Blattwerks der Pflanzen sorgen sie dafür, dass ich einen Moment vergesse, wo ich bin. Was passiert ist. Doch die Realität holt mich viel zu schnell zurück auf den schmerzhaften Boden der Tatsachen.

Seit dem Gespräch mit Auguste und Clément schweigt Eugène wieder, abgesehen von ein paar abgehackten Anweisungen in den *Catacombes*. Ich will ihn anschreien, so sehr staut sich alles in mir auf – doch ich bringe kein Wort hervor. Stattdessen streife ich den Harnisch ab, jede Bewegung vorsichtig, um keine neue Welle des Schmerzes durch meine gezerrten Muskeln zu schicken. Vielleicht will ich nur nicht hören, was er sagt, wenn ich ihn auf sein Ausweichen, sein Zusammenzucken unter meiner Berührung, sein stundenlanges Schweigen anspreche. Will er auf Clément und Auguste hören? Es wäre der richtige Weg, wenn ich nicht riskieren will, die bezahlten Aufträge für immer zu verlieren. Und trotzdem befürchtet ein Teil von mir, dass er einfach aufgibt. Eine andere Befürchtung schürft jedoch noch tiefer in mir. Was, wenn es an *mir* liegt? Wenn er nicht mehr das in mir sieht, was er am Anfang sah? Was auch immer das ist.

Während ich meine Stiefel aufschnüre, beobachte ich aus der Hocke heraus, wie er in den Schubladen eines Apothekerschranks wühlt, ohne sich auch nur seines Harnisches entledigt zu haben. Die Riemen spannen sich über seinen Rücken. Die

Haarspitzen an seinem verhärteten Nacken kringeln sich ein wenig, weil der Schweißschimmer noch nicht ganz trocknen konnte.

»Ist etwas gebrochen?« Mit einem Haufen Mullbinden in der Hand dreht er sich um.

Ich richte meinen Blick ruckartig zurück auf meine längst geöffneten Schnürsenkel und streife die Stiefel mit heißen Ohren von meinen Füßen. »Nein, ich denke nicht.« Langsam richte ich mich auf, und wir stehen uns gegenüber. Barfuß und ohne Ausrüstung fühle ich mich ihm gegenüber seltsam nackt, als wäre er ein Nyx und nicht mein Verbündeter.

»Ich koche Wasser auf, damit du dich halbwegs waschen kannst. Nimm dir frische Kleidung. So sollte dich niemand sehen.« Er dreht sich weg, und ich atme auf. Gleichzeitig verstärkt sich das Winden in meinem Magen.

Anstatt mich hinter dem Paravent in einer der Nischen umzuziehen, folge ich ihm mit sanften, leisen Schritten. Das Heranpirschen eines Geparden oder die Vorsicht eines Rehs? »Du siehst schlimmer aus als ich, das ist dir doch klar?« Obwohl meine Stimme wackelt, sollte der Versuch von Humor deutlich genug sein.

Eugène gibt nicht eine Regung von sich, während er Kohle in das nur glimmende Feuer gibt und einen Kessel auf den Herd stellt. Einen Stofffetzen tränkt er im Wasserzuber neben dem Herd, dann wischt er sich damit über das Gesicht, verschmiert die Blutspuren auf seinen Wangen nur.

Die seltsame Atmosphäre erfüllt mich mit etwas, das kurz vor dem Zerbersten steht. Ich würde alles geben, jetzt eine Runde schattenzuspringen, zu kämpfen, irgendetwas, um diese Energie loszuwerden. »Du machst es nur schlimmer«, presse ich stattdessen hervor, schreite mit großen Schritten zu ihm und zerre den Lappen aus seinen Händen.

Mit halb erhobenen Händen erstarrt er, die Augen ein wenig *zu* aufgerissen, sodass ich für einem Atemzug zögere. Aber ich kann nicht kneifen. Ich umfasse sein Kinn, so warm unter meinen Fingerkuppen. Er zuckt leicht zusammen. Meine Finger müssen Eiszapfen an seiner Haut sein. Mit zusammengepressten Lippen neige ich seinen Kopf, wische die verschmierten Spuren fort, ohne in seine Augen zu sehen. Doch etwas brennt auf meiner Stirn, auf meinen Wangen, ob es nun sein Blick ist oder nur meine Einbildung. Ich arbeite schweigend, bis meine Finger und sein Kinn die gleiche Temperatur haben und sein Gesicht nicht mehr blutrot ist, sondern nur noch zartrosa vom Reiben des rauen Stoffes.

Für einen kurzen Moment halte ich inne. Wenn ich einfach weitermache, muss ich mich nicht dem stellen, was gleich folgt. Aber bevor ich die Hände sinken lassen oder weiter über perfekt gesäuberte Haut wischen kann, ergreift Eugène meine Handgelenke und zieht meine Hände sanft von seinem Gesicht weg. Ein Hauch von Schmerz huscht durch seine Augen, durch die Neigung seiner dunklen Brauen, durch das Zucken seines Mundwinkels. Verfliegt so rasch, als wäre er nie da gewesen. Es verbleibt nur die steinerne Ausdruckslosigkeit.

Er verbirgt etwas.

Ich sollte Trauer fühlen. Ungewissheit, Zurückweisung, Distanz. Aber die Art, wie er mich ansieht, bringt die angestaute Energie in mir endgültig zum Zerbersten. Zorn bricht aus mir heraus, und mit ihm Mut, der mir zuvor fehlte. Ich will Antworten, Klarheit. Ich bewege meine Hände, bis ich die seinen halte. »Was ist mit dir –«

»Könntet ihr den Kessel ein *wenig* leiser explodieren lassen?«

Ich schrecke zurück, stolpere gegen den Herd. Glühendes Metall brennt sich in meinen Unterarm, und ich atme zischend aus.

»*Merde!*« Ich taste nach der lodernden Stelle, doch unter meinen Fingerspitzen erhebt sich die Haut nur ein wenig.

»Odette!« Eugènes Hände geistern um meinen Arm, ohne ihn zu berühren.

Ich atme den Schmerz fort. »Ist halb so schlimm«, murmle ich hastig und presse das feuchte Tuch auf die Verbrennung. Dann rucke ich mit dem Kopf hoch.

Auf dem Bett hockt Louise, die Locken so durcheinander wie die Kissen, Seidenlaken und Strickdecken um sie herum. »Weckt mich zumindest auf, bevor ihr den Unterschlupf in die Luft jagt, um Beweise zu zerstören. Oder was auch immer ihr vorhabt.« Sie reckt das Kinn Richtung Kessel.

Eugène fischt ihn vom Herd und hinterlässt kalte Leere neben mir. Konnte wohl kaum abwarten, einen Grund zu finden, mir nicht mehr nah sein zu müssen. Ich presse die Zehen in den Dielenboden, bis sie verkrampfen.

»Was tust du hier?«, frage ich Louise und blende die Bewegungen hinter mir aus.

»Wonach sieht es denn aus?« Mit breiten Armbewegungen sammelt sie mehr Decke um ihren Körper, bis sie einem Croissant Konkurrenz macht.

»Bist du von zu Hause weggelaufen?«

Sie verzieht die Lippen zu einem Schmollen. »Ich bin nicht weggelaufen, ich habe die Obhut meiner Eltern zu nicht legitimierten Zeiten temporär verlassen.«

»Das ist das Gleiche!«, stöhne ich – gleichzeitig mit Eugène, der jedoch amüsierter klingt als ich. Ach, jetzt vor Louise kann er wieder er selbst sein?

Sie gleitet aus dem Bett, nimmt nur eine Decke mit sich. »Nun, ich musste so früh wie möglich erfahren, ob ihr Projekt S gefunden habt.« Sie tippt sich ans Kinn. »Und ob es euch gut geht natürlich.«

Erneut bringt sie sich in Gefahr! Vehement reibe ich mir mit dem feuchtkalten Tuch über das Gesicht, wo es seit Stunden unbehaglich klebt. »Woher weißt du davon?«, zische ich. Wir haben nicht mehr geredet seit ... seit Papas erstem Arbeitstag, als sie mir die Einladung von Madame Curie gab. Wie lange ist das her? Sechs Tage ... nein, über eine Woche? Sofort bereue ich, sie angefahren zu haben.

Louise verschränkt die Arme. »Von –« Die metallene Flügeltür quietscht, und durch sie treten Armand und Jean. »Armand«, beendet Louise ihre Antwort.

Dieser verbeugt sich umgehend. »Ganz recht, ich bin es. Armand höchstpersönlich.« Er legt eine Hand gegen den Mund und wispert in voller Lautstärke. »Aber Jean ist ebenfalls hier. Bitte behandelt ihn nicht wie Luft, nur weil ich –«

Jean zwickt ihn – nicht gerade sanft – in die Seite.

»Chouchou, doch nicht hier!« Aufgesetzt schlägt Armand Jeans Hand fort und wirft sich rücklings aufs Bett.

»Nenn mich nicht so, auch nicht im Scherz«, murrt Jean. »Und konzentrier dich darauf, warum wir hier sind.«

»Warum *seid* ihr hier?«, falle ich ihnen ins Wort. »Findet hier eine Party statt, zu der ich nicht eingeladen wurde?« Nacheinander blicke ich Louise, Armand und Jean an.

»Wir haben uns entschieden, eine Versammlung nach eurem Ausflug einzuberufen.« Louise rollt sich wie eine Katze in mehreren Decken neben Armand zusammen, bettet ihren Kopf auf seine Beine. »Damit alle auf dem aktuellen Stand sind.«

Armand streift mit den Fingern durch ihr Haar und entwirrt die einzelnen Strähnen. Seit wann sind sie so eng miteinander? Ein paar Tage, in denen ich mich nicht um Louise kümmern kann, und schon ersetzt sie mich.

»Hättet ihr uns nicht über die Versammlung in Kenntnis setzen können?« Meine Finger versteifen und entkrampfen sich an meinem Oberschenkel. Ich verabscheue, wie meine Stimme vor Eifersucht trieft.

Louise schiebt Armands Hände fort und richtet sich leicht auf. »*Wann* denn bitte?« Ihre Stimme bleibt süßlich, heiter, beinahe beiläufig. Doch ich hätte nicht gedacht, dass blaue Augen so düster werden können.

Ich bin albern und jämmerlich. Garantiert kann mir jeder den hässlichen Neid im Gesicht ablesen. Aber noch schlimmer als die Missbilligung anderer ist meine eigene. Ich dränge Louise an den Rand meines Bewusstseins, lasse sie ohne eine Nachricht in ihrem *Hôtel particulier* versauern – und bin dann so eifersüchtig wie nach Juliettes Geburt. Ich will mich freuen, dass sie andere Freunde gefunden hat. Andere Schattenspringer, die sie ebenfalls beschützen können. Und das tue ich. Neben dem beißenden Groll in mir erblüht auch warme Dankbarkeit für Armand und Jean – nur so viel schwerer wahrnehmbar durch den Schleier aus Gift und Unsicherheit.

Mit einem Satz werfe ich mich neben sie und schlinge meine Arme um sie. Oder zumindest um den Deckenberg, in dem sie steckt. »Es tut mir so leid«, murmle ich in eine Strickdecke, die ein wenig wie Louise duftet.

»Was, dass du mich eine halbe Minute anstarrst, ohne auf meine Frage zu antworten?« Der Deckenberg in meinen Armen hüpft mit Louise' kaum verhohlenem Lachen auf und ab.

Armand wackelt mit den Fingern in Richtung von Eugène und Jean. »Was steht ihr da so herum? Die Besprechung beginnt!«

Jean lässt sich mit rollenden Augen auf der Bettkante nieder, förmlich und aufrecht, als hätte er Louise' Benimmkurs mit ihr absolviert. »René hat uns von eurem Gespräch mit Auguste und Clément erzählt – natürlich ohne ein Wort über den Inhalt zu verlieren. Gerade so viel, um ein wenig Salz in die Wunden zu reiben.«

»Wir haben ihn gezwungen, uns nach Paris zu bringen«, zwitschert Armand dazwischen.

»Ihr habt ihn nicht gezwungen, das ist seine *Aufgabe*.« Mit einem Seufzen lässt sich Eugène neben mich fallen, nach außen entspannt wie immer. Doch er liegt so weit entfernt von mir, wie es das Bett zulässt. »Gott, bin ich froh, dass *ich* nicht mehr der jüngste Schattenspringer bin.«

Ich rolle mich ein wenig mehr zu Louise. Während Eugène von den Geschehnissen berichtet, prickelt seine Wärme, die ich mir einbilden *muss*, zwischen meinen angespannten Schulterblättern. Wie seltsam, dass ich kaum einen Gedanken daran verschwende, mir mit drei jungen Männern und einer Mademoiselle ein Bett zu teilen. Vor wenigen Monaten wäre ich so schockiert über diesen Anblick gewesen wie der Rest der Gesellschaft. Aber etwas anderes wiegt schwerer als diese frivole körperliche Nähe, die sich gar nicht anstößig anfühlt, sondern seltsam unbeschwert. Eine Vertrautheit mit Menschen außerhalb meiner Familie, die ich nie als Teil meines Lebens erwartet hatte. Wie offen wir miteinander sprechen und wie ungezwungen wir uns voreinander geben können, obwohl wir uns noch gar nicht lange kennen. Eine Stimme in mir flüstert warm und leise und zart: *Das hier ist richtig.*

Das Bett unter mir erbebt, und ich schrecke aus einem eingelullten Halbschlummer hoch.

Kein Erdbeben, kein Angriff, nur Armand, der sich auf seine Ellbogen stützt. »Also wollt ihr einfach akzeptieren, was Auguste und Clément befohlen haben?«

Ich kann nicht anders, als mich halb zu Eugène zu drehen. Er lehnt auf einem Ellbogen und starrt in die Ferne. So lange, so schwer, dass mein Körper zu einer bröckeligen Tonhülle erstarrt, die keinerlei Wärme oder Hoffnung halten kann. Er will aufhören, so wie ich. Ich warte auf den Strom aus Erleichterung, weil wir uns ab jetzt an die Regeln und Befehle halten. Nur kommt er nicht.

Eugène schüttelt sachte den Kopf. »Wir müssen es auf eigene Faust versuchen.«

Ich kralle mich am Bettlaken fest, sosehr will ich ihm um den Hals fallen. *Er gibt nicht auf.* Das Atmen fällt mir schwer, gleichzeitig kann ich seit Langem wieder richtig atmen. Denn das ist der Punkt. Ich *will* nicht aufgeben. Nicht jetzt. Nicht nach allem, was ich gesehen und erfahren habe. Aber meine Familie …

Eugènes Blick trifft auf meinen. Bevor ich den Kopf abwenden kann, mustert er eine Stelle auf meiner Wange. Er öffnet die Lippen und hebt seine Hand, beinahe, wie um sie nach mir auszustrecken, nur dass das ausgeschlossen ist. Und tatsächlich, er schiebt sich bloß auf den Rücken. »Clément und Auguste würden nichts mitbekommen«, erklärt er, als könnte er meine Gedanken in meinen Augen lesen.

Ich verknote meine Finger. Vielleicht hat er recht. Und wer weiß, wie lange Auguste mir Fortschritt, Wissen und Aufträge verwehrt. Was, wenn ich meine Familie gefährde, indem ich nichts gegen die Nyx und ihr Projekt S unternehme?

Langsam nicke ich. »Ich werde das Gefühl nicht los, diese Unentschlossenheit und das Nichthandeln haben die Nyx überhaupt erst groß werden lassen«, bringe ich zögerlich hervor. »Ich kann nicht zulassen, dass sie eine noch größere Gefahr werden.« Für die Menschheit, aber auch für mich und meine Familie.

»Also Projekt S zerstören. Leichter gesagt als getan.« Jean lässt den Kopf gegen das Kopfende des Bettes sinken. »Bestimmt verstärken sie jetzt die Sicherheitsmaßnahmen.«

Ich atme tief durch, kann kaum glauben, was ich vorschlage. »Wir sollten morgen Nacht zuschlagen. Die Nyx erwarten niemals, dass wir so schnell zurückkehren.«

»Riskant«, murmelt Eugène. Dann grinst er, ein Schatten seines üblichen Grinsens, auch wenn es niemandem außer mir aufzufallen scheint. »Ich mag es.«

»Wir beschäftigen Clément und Auguste.« Jean steht auf und lockert seine Beine. »Armand kann so nervig sein, dass sie eure Abwesenheit gar nicht bemerken.«

Armand runzelt die Stirn. »Soll ich *Merci* sagen oder *was soll das bitte heißen*?«

Wir folgen Jeans Beispiel und rappeln uns langsam auf. Nun, da eine Entscheidung gefallen ist, sehnt sich alles in mir nach Schlaf und Ruhe. Dennoch nehme ich Louise zur Seite. »Gehst du nach Hause?«

»Ich saß die halbe Nacht wach, weil ich voller Sorge auf euch gewartet habe.« Louise greift sich rührselig an die Stirn. »Schreckliches Gefühl, ich könnte nie Mutter sein. Wie dem auch sei – ich schlafe hier ein paar Stunden und dann schleiche ich mich zurück. Papa hat über seine neuesten Projekte praktisch schon vergessen, was passiert ist.« Sie spricht mit so einer bemühten Leichtigkeit, dass es mir das Herz zusammenzieht.

»Louise ...«, ihr Name liegt zu bleiern auf meiner Zunge.

Sie zuckt die Schultern. »Was denn? Ist doch nur gut für mich, wenn er mich nicht mehr mit Argusaugen überwacht. So kann ich euch helfen.«

»Louise«, beharre ich, ihr Name noch drückender.

»Ich weiß, ich weiß.« Sie winkt ab und richtet ihr Kleid aus Wolldecken, die goldenen Wimpern ein Fächer auf ihren leichten Augenringen. »Ich kann nicht mit euch kämpfen.« Dann blickt sie auf. »Aber ich kann anders helfen. Vielleicht. Wenn du mich lässt.«

Ein Knoten zieht sich in meinem Magen zu, weil sie davon ausgeht, ich erlaube ihr nicht zu helfen. Womit sie schließlich nicht unrecht hat. Sie ist so viel kleiner, körperlich schwächer und behüteter, dass ich ihre Stärke viel zu lange ignoriert habe. Es ist an der Zeit, sie endlich anders zu behandeln. Also lächle ich zu ihr hinab. »Wir könnten neue Verbände, Salben, Schmerzmittel und so etwas gebrauchen. Etwas zu essen.«

Sie sackt ein wenig ein, so offensichtlich enttäuscht von den banalen Aufgaben.

Ich gehe Ideen durch, streiche über die brennenden Schrammen auf meinen Armen, dort, wo die Glasscherben Schlimmeres hätten anrichten können. »Glaubst du, du könntest Wunden nähen?«

Ihre Augen weiten sich vor Entsetzen, während sich ihr Mund zu einem strahlenden Lächeln weitet. »Wie schwer kann das schon sein? Im Nähkurs der Benimmschule hat mein Kreuzstich alle anderen übertrumpft!«

Ich grinse sie an, mit einem leicht flauen Gefühl beim Gedanken an ihre Verarztung. »Dann brauchen wir diese abgerundeten Nadeln und passendes Garn. Und vielleicht kannst du ein *wenig mehr* recherchieren? Ich befürchte, menschliche Haut näht man nicht im Kreuzstich.«

»Es scheint immer unmöglich, bis es jemand macht«, flötet sie und tänzelt zum Bett.

Langsam atme ich aus. Alles an mir kribbelt taub, als schliefe mein Körper bereits, abgesehen vom Kopf. Mit letzter Kraft verabschiede ich Jean und Armand.

Dann kehre ich der geschlossenen Tür den Rücken zu, und Eugène steht vor mir. Nah und warm, ein korallenfarbener Heiligenschein aus Morgensonne in seinem Haar, an den Konturen seines Nackens und seiner Schultern.

Mein Herz verweilt in seinem Rhythmus, ohne zu stolpern. Nur etwas schwerer, sodass das Pochen sogar in meinen Fingerspitzen widerhallt. Doch meine Gedanken beschleunigen mit der Kraft eines Dampfmotors, bis sie so schnell sind, dass ich gar nicht mehr denke.

Eugène neigt den Kopf etwas näher zu mir herab.

Ich halte den Atem an, als erst sein Blick auf dieser verflixten Stelle an meiner Wange landet, dann sein Daumen. Zügig streicht er über die Haut, folgt dem Bogen meines Wangenknochens, und genauso zügig lässt er von mir ab. Er hinterlässt Leere und etwas anders, das ich nicht greifen kann. Ein wenig Rot an seiner Daumenkuppe ist nur ein Wisch in meinem Augenwinkel, bevor seine Hand meinen Nacken findet und mich näher zieht. So nah, dass die Welt verschwindet. Nur das Schwarz der Nachtschwärmeruniform existiert noch, seine Schultern, sein Schlüsselbein unter dem halb geöffneten Kragen, seine Wärme, der sanfte Druck seiner Fingerspitzen entlang meines Nackens. Warme Luft streicht über meine Stirn, dann seine Lippen – oder ein gequälter Atemzug?

Er ist fort, bevor ich sichergehen kann. Allein stehe ich im Raum, mein Nacken und meine Stirn kühl im Morgenlicht. Mein Herz glüht so viel stärker als die Verbrennung an meinem Arm. Und nichts ergibt mehr Sinn.

»Ist es wirklich eine gute Idee, den Weg über das Dach ohne Schattenspringen zurückzulegen?« Ich reibe meine Hände aneinander und beobachte die Wachen auf den Flachdächern. Acht, nein, zehn Mann. Mehr als beim letzten Mal.

Eugène schaut von der Handvoll Granaten auf, die er auf dem Dachvorsprung ausgebreitet hat, um sie auf Risse oder Dellen zu untersuchen. »Solange uns nicht sämtliche Nyx im Umkreis mit ihren Masken aufspüren, kommen wir mit den Wachen klar. Und du hast selbst gesagt, sie erwarten uns noch nicht.«

Ich inspiziere jedes Fenster, allesamt verdunkelt. »Verstärkung könnte versteckt lauern.« In einem ansonsten überschaubaren Innenhof drängen sich ein paar zugenagelte Holzkisten, die kleinere Kutschen fassen könnten, an eine Hauswand. Ein Lilienkreuz, eingebrannt ins Holz. Verdächtig. Bisher schienen die Nyx so erpicht darauf, ihre Projekte und ihr Gelände frei von sämtlichen Firmenzeichen zu halten. Ich deute auf die Kisten. »Siehst du –«

»Als hätten sie überstürzt irgendwelche Kisten von den Straßen herangeschafft.« Eugène steckt zwei der Granaten in die passende Tasche, die an einem Karabiner seines Harnisches befestigt ist, ohne den Blick von unserem Ziel abzuwenden. »Groß genug, um sich dahinter zu verstecken und darüber aufs Dach zu klettern. Wir behalten das im Auge.«

Ich nicke mit etwas weniger angespanntem Nacken.

Eugène schiebt auch eine Granate in die Tasche meines Gürtels. »Aber in unter zwei Minuten verschwinden wir wieder. Sie werden nicht wissen, was sie getroffen hat.«

Stocksteif beuge ich meinen Oberkörper fort von der Messingkugel, doch sie klebt stur an meiner Hüfte. Eine andere Hausnummer als die Rauchgranaten zuvor. »Sie werden nicht wissen, dass sie *Splittergranaten* treffen?« Ich lache atemlos, ein wenig hysterisch.

»Gut, sie werden nicht wissen, *wer* sie getroffen hat.« Eugènes Ton schwirrt leicht durch die Luft, ein weiterer zwangloser Scherz in der Reihe von Scherzen der letzten Stunden.

Nur sind mir jedoch die kaum merklich gepressten Satzenden nicht entgangen. Und ich kann auch nicht vergessen, wie er sich letzte Nacht verhalten hat. Die Distanz … und dann die fehlende Distanz, seine Lippen an …

Nicht jetzt. Ich schüttle den Kopf. Am besten nie.

Eugène springt über die schmale Häuserschlucht auf die andere Seite, pirscht am Rand entlang, ohne mich eines weiteren

Blickes zu würdigen. Die Route der Wachen hat sich nicht geändert, und er ist sicher, er kann sie unbemerkt nacheinander ausschalten. Etwas, das er am Nachmittag auf meine Nachfrage hin nicht mir erklärt hat, sondern dem leeren Raum irgendwo zwischen Armand und Louise.

Ich verstehe es nicht. Verstehe nicht, was in ihn gefahren ist, warum er zwischen der Maske aus Humor und dieser Distanz wechselt, immer wieder. Aber ich sollte dankbar sein. Eine gesunde Distanz ist genau das, was ich brauche, nicht wahr? Viel zu lange habe ich zugelassen, dass er mich in seine eigentümliche Welt aus Verheißung, Bittersüße und Eskapaden hineinzieht. Diese Entwicklung ist perfekt.

Mit neuer Entschlossenheit schiebe ich mich gebückt hinter ihm her. Die ersten zwei Wachen, die hinter Schornsteinen und Vorsprüngen verborgen liegen, entdecke ich nur, weil ich weiß, wohin ich schauen muss. Sie erwachen langsam aus ihrer kurzen Bewusstlosigkeit, gefesselt, geknebelt und nahezu unsichtbar im Dunkel. So können sie niemanden warnen. Eugène beachtet sie nicht weiter, presst von hinten den Arm um den Hals der nächsten Wache, drei, vier, fünf Sekunden lang, bis der Mann wie ein Sack zu Boden sinkt. Mit wenigen geschickten Handgriffen fesselt er auch ihn.

Das verschafft uns genug Zeit, bis die nächste Wache kommt, und wir schleichen zur Kuppel. Eine mit Schnüren befestigte Plane spannt sich über das Loch im Glas. Schweigend bearbeiten wir die Knoten. Die Haut unter meinen Fingernägeln brennt, als ich endlich meinen Knoten löse und mir ein Schwall eisiger Luft aus dem Inneren entgegenschlägt.

Eugène winkt mich zu sich, deutet auf den höchsten Knoten außerhalb seiner Reichweite, dann faltet er die Hände zu einer Räuberleiter. »Wir müssen die Plane ganz abmachen und verstecken, damit sie niemand im Wind flattern sieht.«

Ich stakse auf ihn zu, stolpere ein wenig. Alles an mir sträubt sich gegen die unangemessene Nähe, doch ich kann mich nicht von den jahrelang eingeflößten Anstandsregeln leiten lassen. Oder von der seltsamen Mischung aus Hitze im Nacken und Grauen im Magen. Also stütze ich mich an Eugènes Schulter ab und steige in seine verschlungenen Hände. Mit einem leisen Ächzen stemmt er mich hoch, so ruckartig, dass meine Hände auf der Suche nach Halt über das Glas schlittern. Ich schwanke auf einem Bein, bekomme den Knoten nicht zu fassen, weil Eugène durch mein Wanken aus dem Gleichgewicht kommt.

»Meine Schulter«, knurrt er, die Stimme vor Anstrengung einen Hauch tiefer als sonst.

Mit einem schwebenden Fuß tapse ich herum, bis ich seine Schulter finde und noch etwas höher langen kann. Mit starren Fingern zerre ich am Knoten, bis das Brennen unter meinen Nägeln in meine Fingerknöchel sickert.

Die Zugspannung löst sich mit einem Peitschenknall. Ich greife nach der Plane, doch sie flattert mit dem reißenden Wind fort, ein weißes Signal am Nachthimmel.

»*Merde!*« Eugène lässt die Arme sinken, sodass ich herabrutsche.

Taubheit prickelt unter meiner Haut, lässt mich das Aneinanderreiben unserer Körper, die Nähe, nur vage spüren. Mein Blick haftet sich an die Maschine weit unter uns.

»Los, die Splittergranaten! Keine Zeit verlieren!« Eugène holt aus, und die Metallkugel schimmert in seiner Wurfhand, die ein klein wenig bebt, vielleicht vor Adrenalin.

Doch etwas anderes als das Metall blitzt in meinen Augenwinkeln auf. Unten im Silo. Mit einem gurgelnden Geräusch im Rachen, das ein *Halt!* oder *Nein!* oder *Eugène!* sein könnte, werfe ich mich gegen seinen Arm. Ich reiße ihn zu Boden, die Splittergranate ein eisiges Pressen in meiner Magengrube.

»Du machst *jetzt* einen Rückzieher?« Eugène wackelt ein wenig unter mir, wie um sich zu befreien, dann schiebt er mich von sich.

Unsanft pralle ich auf Ellbogen und Hüfte und ziehe zischend Luft ein. »Da sind Menschen«, keuche ich. Wie schaffe ich es, drei zusammenhängende Wörter hervorzubringen?

»Du wusstest, dass die Möglichkeit besteht!« Er zückt die Granate.

Hastig packe ich seinen Arm, presse ihn mit beiden Händen gegen den Boden. Ich sauge einen Schwall Luft ein, halte ihn in meiner Lunge, falls sich mein Körper weigert, einen weiteren Atemzug zu nehmen. »Menschen *in* der Maschine.«

Ich starre die Glassplitter vor mir auf dem Boden an, dennoch flackert das fahle Gesicht vor meinen Augen auf. Die Wangen ausgehöhlt, die grauen Strähnen schweißnass an der Stirn. Sein gebrechlicher Körper hängt an den Handgelenken in Lederriemen, die ihn an Ort und Stelle festzurren.

Die nächsten Wörter erbreche ich wie die fauligen Brocken vom Fleischer.

»Papa. Mein Papa ist in Projekt S.«

Kapitel 19

Eugènes Schweigen drängt auf mich ein wie ein viel zu plötzlicher Luftdruckwechsel.

»Ich muss da runter.« Mit dröhnendem Rauschen in den Ohren falle ich vor dem Loch auf die Knie, rutsche über Glassplitter bis zum Rand. Der siloartige Raum wabert und verbiegt sich für einen Moment. So tief. Trotzdem sticht Papas Gesicht glasklar hervor, blass zwischen den Kupferdrähten der riesigen Spule, in der er steckt.

Zwei Hände zerren mich an den Oberarmen zurück.

Mit knirschenden Zähnen werfe ich mich gegen ihn.

Eugène greift fester zu. »Du kannst nicht einfach runter.«

Das Wüten in mir schrumpft zu einem stählernen Ball zusammen, der sich durch meinen Brustraum frisst, und ich halte inne. Starre zu ihm hoch. »Erwartest du, dass ich ihn einfach *dort unten* lasse?«

Seine Lippen öffnen sich, ohne einen Laut hervorzubringen. Nur seine Augenbrauen ziehen sich immer mehr zusammen.

»Ich kann ihn nicht hierlassen.« Dass ich Projekt S nicht in die Luft jagen kann, während Papa dort drinsteckt, muss ich nicht erklären. Dachte ich. Eugènes gequälter Blick verunsichert mich. Würde *er* meinen Vater opfern? Mich überkommt das jähe Verlangen, ihm die Augen auszukratzen.

Doch er seufzt und lässt von mir ab. »Lass mich schauen, ob das Seil lang genug ist.« Er löst ein aufgewickeltes Metallkabel mit Haken von einem seiner Karabiner und verhakt es am Gerüst der Kuppel. Mit einem Surren entrollt es sich bis zur obersten Gitterplattform. »Irgendein Plan, wie wir deinen Vater hochbekommen?«

»Sicher ist Papa in der Lage hochzuklettern«, entgegne ich, ohne mir meine Zweifel anmerken zu lassen, ob *ich* das Seil hochklettern kann. »Sie können ihn erst seit gestern oder vorgestern dort reinstecken. Vorher war ich zu Hause, ich hätte mitbekommen, wenn –« Mein Herz stockt, verkrampft. *Hätte* ich es mitbekommen? Wann habe ich Papa das letzte Mal gesehen? Vor über einer Woche, als ich ihn am ersten Arbeitstag begleitet habe? Nein, vage erinnere ich mich an ein Gespräch beim Frühstück ein oder zwei Tage später. Danach habe ich meine Familie nicht mehr gesehen. Die Nyx könnten ihn seit einer *Woche* in ihren Fängen haben, ohne dass ich es mitbekommen habe.

Ich schüttle den Kopf, weil Eugène sich schon am Seil herunterlässt. Darüber denke ich später nach.

Umständlich kraxle ich über den Boden, klammere mich ans Seil und gleite über die Kante. Ich rutsche ein Stück herab, japse, und presse meine Oberschenkel und Füße um das unnachgiebige Metallseil. So wie ich es bei der Leibesertüchtigung der Jungen in der Schule beobachtet habe. Mit zitternden Armen hänge ich in der Luft, kann mein Gewicht gerade so halten. Eindeutig, hier komme ich nie wieder hoch.

Ich beiße die Zähne aufeinander, um mich vorsichtig, langsam, Stück für Stück herunterzulassen. Atme gierig ein, eisige Luft, die nach nichts riecht. Steril.

Das Seil schwingt vor und zurück. Ich werfe den Kopf in den Nacken – eine Gestalt rüttelt oben am Seil. Eine Gestalt mit der grinsenden Maske der Tragödie. Dieser verdammte –!

Bevor ich laut fluchen kann, zerrt er so kräftig am Seil, dass ich zur Seite geschleudert werde. Meine Hände rutschen vom geribbelten Metall ab, Hitze frisst sich selbst durch die Handschuhe in meine Haut. Mein Herz rutscht nach oben, und ich stürze in die Tiefe. Mein Schrei gellt von den Wänden wider.

Arme umschließen mich. Nur schwarzes Haar und grelles Licht und der Fall. »Lösch die Lampen!«

Eugène. Ich klammere mich an ihn, presse meine Augen zusammen. Tränen brennen in meinen Augenwinkeln.

»Jetzt!«

Energie pulsiert um mich. Wie viele Sekunden noch, bis wir aufprallen? Da gab es doch eine Formel, um das zu berechnen? Mein Kopf schwirrt. Das Rauschen der Luft, der Schwerkraft, zerrt mein Bewusstsein aus jeder Pore. Dunkelheit kriecht in mein Blickfeld. Ohnmacht, nicht mein Lichtwirken. Ich kann es nicht kontrollieren. Verletze Menschen.

Ein Ruck fährt durch mich. Eugène zwängt einen Arm fester um meinen Oberkörper, presst meine pulsierenden Rippen zusammen und ein Stöhnen meinen Hals hinauf.

»Ein bisschen Unterstützung wäre nett, Odette«, krächzt es über mir.

Doch ich bekomme die Augen nicht auf. Ich weiß nicht, wo oben und unten ist. Wieso prallen wir nicht auf?

Ich pendle vor und zurück, immer heftiger. Ein Hauch von warmem Eisen steigt meine Nasenlöcher hinauf, sammelt sich dick und pappig hinten in meinem Rachen. Ein Stöhnen unterdrücke ich nur, weil ich mich mit ihm übergeben würde.

»Odette!«

Ich zerre ein schweres Augenlid auf, nur einen Spalt. Wir

schwingen am Seil. Wie hat er –? Ich wage es nicht, meinen Kopf zu schütteln, um den Nebel loszuwerden. Mein Körper musste in den letzten Sekunden genug erleiden.

Langsam klären sich meine Gedanken. Er will uns auf die Plattform unter uns schwingen. Ich bohre die Zähne in meine Zunge und wiege mein Gewicht in seinem Rhythmus.

Eugène hat in den wenigen Sekunden des Falls einen klaren Verstand behalten. Ich konnte nicht einmal meine Augen öffnen, während er das Seil im Fall ergriffen haben muss. *Einhändig.* Mit einem nassen Sack namens Odette im Schlepptau.

Als wir über das Geländer schwingen und auf die Plattform purzeln, brennt mein Herz so schmerzhaft wie meine Rippen. Ich konnte nichts tun. Gar nichts.

Eugène zerrt mich auf die Beine. »Wir müssen sofort weg. Andere Wachen haben garantiert gehört –«

Ein Scheppern. Durch die Gitterplattformen über uns zeichnen sich klotzige Stiefelsohlen ab. Ich schnappe nach Luft. Ist der Dirigent einfach *gesprungen*?

Eine Tür auf der obersten Plattform knallt auf. Aus dem dunklen Raum dahinter, in dem kleine Lichter flackern, tritt ein weiterer Maskierter. Zierlich, mit der Maske der Tragödie. Der Orchestrator. Nur wenige Sekunden sondiert er die Lage, dann klettert er eine Leiter hinab, kontrolliert und zielstrebig, während der Dirigent sich über die Brüstung wuchtet und zur nächsten Plattform herunterspringt. Raubtiere mit gegensätzlichen Jagdtechniken.

Ich sollte Furcht verspüren. Aber in mir wütet nur der Drang, die verfluchten Plattformen, auf denen sie sich befinden, mit bloßen Händen einzureißen. Doch mehr als je zuvor muss ich einen kühlen Kopf bewahren.

Ich stürme los. Auch auf dieser Ebene muss sich eine Leiter befinden. Ich muss zu Papa.

»Odette!«, ruft Eugène, irgendwo hinter mir.
Ein Loch in der Plattform. Ich drossle das Tempo nicht, knalle auf den Boden und schlittere durch die Öffnung. Meine Hände finden Leitersprossen, und ich klammere mich fest, obwohl meine Handgelenke protestieren. Ich strauchle die Leiter hinab, kaltes Metall, von dem meine Hände und Füße abrutschen.

»*Putain de merde!*« Eugènes Keuchen dringt zu mir herab.

»Ich halte ihn auf!«

Ich krächze etwas, mein Rachen wie Schleifpapier. Seine Worte, seine Unterstützung lassen Wärme in mir erblühen, doch neben dem mich erfüllenden lodernden Feuer geht sie unter.

Über glatte Kabelstränge stolpere ich zur Maschine. Zur großen Kupferspule, in der Papa hängt und die sich um seinen Kopf und seine Schultern windet.

»Papa!« Mein Brüllen entlockt ihm keine Regung. Je näher ich der Maschine komme, desto mehr schwirrt mein Kopf. Papas aufgerissene Augen, die sich tonlos bewegenden Lippen. Hinter ihm wabert der Rauch im Glaszylinder, von hier aus noch so viel kolossaler als vom Dach. Ich erreiche ihn, strecke die Hände aus – halte kurz vor der Kupferspule inne. Was, wenn sie elektrisch geladen ist?

»Papa?«, wimmere ich durch anschwellende, wehklagende Gesänge, die von irgendwoher ertönen und mir bekannt vorkommen, aber vage und blechern verzerrt.

Papa starrt durch mich hindurch. Besteht nur aus Schatten. Schatten unter den Augen, Schatten in den Wangenhöhlen, der Schatten eines Bartes, wo er sonst säuberlich rasiert ist. Ein Geräusch aus Schluchzen und Schnauben quält sich aus meiner Kehle. *Kaum Nebenwirkungen.* Dass ich nicht lache.

Meine Kette schlüpft hinter meinem Hemd hervor, wie letztes Mal. Athéna. Weisheit, Wissenschaft.

Richtig. Die Maschine arbeitet mit Magnetismus, nicht mit Elektrizität.

Ich gewähre mir keinen Moment, um die Fäuste zu ballen oder die Zähne aufeinanderzubeißen. In nahezu unmenschlicher Geschwindigkeit greife ich durch die Metallstränge der Spule, um die Fesseln an seinen Handgelenken zu lösen. Sosehr ich es auch versuche, ganz kann ich die Kampfgeräusche hinter mir nicht ausblenden. Besonders, weil der wortlose Frauenchor kurz vor dem Crescendo abbricht und nur ein Fiepen in meinen Ohren hinterlässt.

Ich löse die zweite Schnalle, und Papa sackt zusammen. Mit einem Dröhnen im Kopf, so als würden die Signale in meinen Nerven plötzlich in die andere Richtung laufen, zerre ich ihn unter der Spule hervor. Er brabbelt vor sich hin, starrt in die Ferne. Doch er ist nicht ohnmächtig.

Eugène stöhnt, und die schweren Tritte des Dirigenten scheppern wieder über die Gitterplattform.

»Papa!« Ich klopfe ihm gegen die Wange, zucke bei jedem noch so sanften Klaps zusammen. »Du musst mit mir kommen!«

»Odette«, ächzt er schwächlich durch blasse Lippen, »du solltest längst im Bett sein.«

Ich hieve ihn hoch, lege seinen Arm über meine Schultern. Er erkennt mich. Nur denkt er, ich wäre zehn. Ich schleppe ihn über die Kabel. *Bitte, Athéna, mach, dass sich das wieder legt.* Ich werfe nur einen kurzen Blick nach hinten. Die anderen Spulen sind leer. Gut. Ich weiß nicht, wie ich weitere Menschen befreien könnte. Oder sie zurücklassen.

»Ihr wollt eine Errungenschaft zerstören, die der gesamten Menschheit zugutekommt. Ist das die Art Gerechtigkeit, für die ihr Nachtschwärmer steht?« Der Dirigent ergreift das Geländer der untersten Plattform, während über ihm nun der Orchestrator mit Eugène ringt. »Oder folgst du einfach Befehlen?

Hat man euch überhaupt darüber aufgeklärt, was das hier ist?« Er deutet auf die Maschine. Dann schwingt er sich über das Geländer, landet vor mir, mit einem Wummern, das in meinen Fußsohlen nachhallt. »Ein Verfahren, mit dem die Menschen nicht mehr schlafen müssen.«

»Keinen Schritt weiter«, fauche ich, während meine Gedanken rattern. Kein Schlaf mehr. *Zwei Wochen halten es die Probanden aus.* Keine Probanden. *Menschen* in ihren widerlichen Experimenten. Sie rauben den Menschen den Schlaf und stellen es als Wohltat dar?

Ein paar Meter von mir entfernt hebt er seitlich die Arme an, wie ein Dompteur. »Projekt *Sirènes*. Wir vollenden einen Auftrag der Götter.«

Beinahe rolle ich trotz allem mit den Augen. »Wieso denkt neuerdings eigentlich jeder, er würde im Auftrag der Götter handeln? Vielleicht solltet ihr zur Abwechslung mal ein wenig selbst denken. Den Menschen den Schlaf zu nehmen – wofür?«, speie ich aus. »Um sie in Arbeitsmaschinen zu verwandeln, die Tag und Nacht schuften?«

»Für jemanden, der sich für ach so gerecht hält, ist dir ziemlich schnell ein Zweck eingefallen, wozu man eine Technik wie diese nutzen kann.« Das gemalte Grinsen scheint sich zu verzerren, wird breiter, diabolischer, verlockender. »Du, mit deiner Fähigkeit, aber vor allem mit deinem *Verstand*, würdest dich wie ein Zahnrad in die fein justierte Maschinerie Nyx eingliedern.«

Ein kurzer Blick nach oben zeigt mir, wie der Orchestrator Eugène am Kragen gegen das Geländer drückt. Eugènes Füße schweben über dem Boden. Blut sickert aus seiner Nase, zeichnet krude Muster über seinen Mund und Kiefer. Wie konnte der schmalere, kleinere Orchestrator Eugène so schnell überwältigen?

Sein Arm! Als ich dem Orchestrator im *Hôtel d'Amboise* einen Dolch hineingestoßen habe, traf er auf Metall. Das kann keine einfache Prothese sein.

»Ich denke, ich bevorzuge es, ein Hammer zu sein«, presse ich trotz meiner bebenden Gliedmaßen hervor, damit er nicht merkt, wie ich einen Arm von Papa löse und nach der Gürteltasche taste.

Der Übermacht des Orchestrators, der Anblick von Eugènes blutverschmiertem Gesicht und die fauligen Worte des Dirigenten bringen mein Inneres zum Lodern. Weiß glühender Zorn, wie ich ihn noch nie gespürt habe, schießt in mir hoch. Ich finde die Ausbeulung, löse die Lasche und zerre eine der Granaten hervor. »Mit Hämmern kann man feine Maschinerien so gut zerschlagen.« Der Zünder blitzt im Licht auf, changiert dank des Zitterns meiner Hand.

»Nicht!«, brüllen der Dirigent und der Orchestrator gleichzeitig.

Meine Hand sinkt automatisch.

Der Dirigent erstarrt, während der Orchestrator Eugène sinken lässt.

Nicht zögern! Ich halte die Granate wieder vor mich, mit Hitze in der Brust, weil ich mich überhaupt habe verunsichern lassen.

Der Orchestrator gibt Eugène frei, sodass er zu Boden stürzt, und hebt die Arme. »Nicht hier!«, drängt er, sieht zur Apparatur.

Ich halte inne. Natürlich wollen sie nicht, dass ihre geliebte Maschine zerstört wird. Nicht beirren lassen! Nur pulsiert da dieses seltsame Gefühl hinten in meinem Kopf. Die elektrifizierte Drahtpeitsche hängt ungenutzt an der Hüfte des Dirigenten. Der Orchestrator kämpft mit den Fäusten, nicht mit der Pistole an seinem Oberschenkel. Die Blicke der beiden huschen zur Maschine, zum Glaszy–

Eugène kommt auf die Beine, hechtet am Orchestrator vorbei, ohne dass dieser ihn beachtet. Der Dirigent rührt sich nicht. Beide fixieren meine Hand, während Eugène die Leiter herabrutscht.

Regungslos starre ich zurück, den Arm mit der Granate ausgestreckt vor mir. Eine Macht, die ich nicht verstehe. Halten sie so wie ich den Atem an? Können sie *so* große Angst davor haben, dass Projekt S – Projekt *Sirènes* – beschädigt wird?

Meine Knie zittern, als Eugène den anderen Arm meines Vaters über seine Schulter legt. »Ich trage ihn«, murmelt er. »Du hältst diese *Sacs à merde* in Schach.«

Eugène schleppt sich mit Papa zur einzigen Tür unten im Raum, und ich folge ihnen rückwärts, ohne meine Hand oder den Blick zu senken.

Sie lassen uns ziehen.

Ich stolpere durch die Tür in einen Flur, dessen stickige Wärme und beengte Dunkelheit mich seltsam willkommen heißt. Erst als die Tür zufällt, drehe ich mich um. Papa liegt auf dem Boden, und ich hetze zu ihm. Das dumpfe Prallen von Fäusten auf gepanzerte Körper wummert durch die Luft, und nachdem ich Papa aufgerichtet habe, reibt sich Eugène die Hände, zwei Wachen zu seinen Füßen. Er grinst kurz zufrieden, doch sobald mein empörter Blick ihn trifft, hebt er die Hände. »Was hätte ich tun sollen?« Seine Mundwinkel zucken. »Deinen Vater zum Rammbock umfunktionieren?« Der Scherz würde angesichts seines Verhaltens der letzten Tage mein Herz vielleicht sogar vor Erleichterung hüpfen lassen. Unter anderen Umständen.

Jetzt strafe ich ihn nur mit einem weiteren finsteren Blick, sodass er mir zur Seite eilt und Papa mit mir hochhievt. Dann drängen wir weiter. Ohne wirklich zu wissen, wo wir lang müssen. Im Zickzack arbeiten wir uns vor, treffen nur auf wenige Wachen, die Eugène ausschaltet. Vermutlich weichen wir den meisten dank unserer Ahnungslosigkeit aus, weil sie den direkten Weg zum Kuppelraum nehmen. In einer Reihe langer Flure ignorieren wir die Türen an den Längsseiten. Wer weiß, zu was für Laboren und Folterkammern sie führen.

Endlich, endlich preschen wir durch ein Tor in eine Seitenstraße, menschenleer und dunkel. Ich sauge die frische Nachtluft ein, die Noten von Brennholz und Maschinenöl so willkommen nach dem seltsam sterilen Geruch in der Fabrik.

Wir steuern grob zur Stadtmitte, und nach ein paar Gassen regt sich Papa. Er zittert, der Kittel, in den sie ihn gesteckt haben, kein ausreichender Schutz gegen die Kälte der Nacht. Er muss schnell nach Hause, aber ... Meine Gedanken überschlagen sich, und ich bleibe strauchelnd stehen. Keuchend. »Ich bringe ihn allein nach Hause.«

Eugène verknotet beinahe die Augenbrauen. »Das kannst du nicht ernst meinen.« Er dreht sich ein wenig mehr zu mir, sodass Papa ächzt. »Du willst ihn lieber allein durch wer weiß wie viele Arrondissements schleppen, als dass ich herausfinde, wo du wohnst?«

Ein halbes Arrondissement. Vielleicht weniger. Aber natürlich glaubt Eugène, ich wohne weit, weit weg von den Fabrikschloten und eingerußten Baracken des *Prolétariats*. Ich zerre Papas ganzes Gewicht auf meine Schulter.

»Eugène«, presse ich hervor. Er kann mein Zuhause nicht sehen. »Bring die anderen auf den neuesten Stand.«

Er gestikuliert ungläubig mit den Armen. »Das kann warten! Lass mich dir helfen.«

»Geh einfach, Eugène!«, wettere ich voller Verzweiflung, voller Wut. Die Wucht meiner Worte gellt durch die Gasse genauso wie durch meine Nerven.

Er zuckt kaum merklich zusammen, als hätte ich die Hand gegen ihn erhoben.

Die Reaktion reicht, um Übelkeit und Reue in mir hochbrodeln zu lassen. Doch ich bleibe hart. »Ich komme allein klar«, murmle ich im Weggehen. Kein einziges Mal drehe ich mich um. Könnte nicht ertragen, wenn er noch dort verharrt, mit diesem gequälten Blick. Oder wenn er bereits fort ist.

Ein halbes Arrondissement fühlt sich verdammt lang an, wenn man einen ausgewachsenen Mann schleppen muss. Als wir die Schienen erreichen, die vom *Gare Montparnasse* aus der Stadt führen, wackeln meine Beine so sehr, dass ich schwanke. Meine Lungen könnten in Flammen stehen, doch genau kann ich es nicht sagen, weil *alles* an mir brennt. Im Tunnel unter den Schienen lehne ich mich und Papa gegen die feuchtkalte Steinwand. Vielleicht können wir hier ein wenig ausruhen, im Schutz des Metallgewölbes. Nur kurz die Augen schließen. Kräfte sammeln.

Ein tiefes Dröhnen rattert durch meine Knochen. Ich schrecke hoch und reiße die Augen auf. Staub und Ruß rieseln in sie hinein, zerkratzen mit jedem Blinzeln die Netzhaut. Mit einer Hand wische ich Tränen und Dreck aus meinen zusammengepressten Lidern, mit der anderen taste ich nach Papa.

Meine Hand greift ins Leere.

Ich springe auf und zwinge meine Augenlider auseinander. »Pa–!«

Er schwankt ein paar Armlängen von mir entfernt, das Gesicht gen Himmel gerichtet. Oder, besser gesagt, gen Bahnschienen. Mit geschlossenen Augen und leicht gehobenen Armen genießt er das Dröhnen und Rattern wie Eugène das Konzert im *Palais Garnier*. »Ich war nicht sicher, ob ich so etwas jemals wieder erlebe.«

»Eisenbahnlärm und Staub?« Vorsichtig hake ich mich bei ihm unter und leite ihn weiter, unser Tempo langsam, aber stetig.

Papa lächelt mich selig an. »Eisenbahnlärm und Staub.«
»Wie lange warst du in dieser ... du weißt schon?« Ich will ihn nicht aufwühlen, muss aber mehr wissen über diese Maschine, die den Menschen den Schlaf raubt. Wie kam ausgerechnet er in die Fänge der Nyx?
»Immer nur eine Stunde am Stück – die sich anfühlte wie eine Ewigkeit.«
Nieselregen spült ein wenig vom Staub und Blut und Schmerz fort. Ich bin sicher, ich sehe aus wie eine Straßenkatze, die man aus der Seine gefischt hat, aber gerade zählt nur, dass Papa wieder auf den Beinen ist. Mit mir redet, wenn auch noch etwas umnebelt.
»Und wie viele Tage geht das schon so? Wieso hast du nie etwas gesagt?«
Er antwortet nicht. Mit jedem Schritt lastet sein Gewicht mehr auf mir, die Augen nur halb geöffnet, und meine Oberschenkel zittern mehr und mehr.

Ich versuche erneut auszurechnen, wie lange ich nicht mehr zu Hause war. Nicht mit meiner Familie gesprochen habe. Doch die Zahlen gehen nicht auf. Die Tage und Nächte verschwimmen zu sehr.

Die vertrauten Formen von *L'Hadès* erheben sich vor uns, windschiefe Rechtecke, mager und aneinandergedrängt, kaum breiter als die Schornsteine auf den eingedellten Dächern. Keuchender Atem rasselt an meinem Ohr. Sind windschiefe Rechtecke überhaupt Rechtecke? Eher ... Parallelogramme. Oder konvexe Vierecke?

Ich kämpfe uns die Treppe hoch, schlage mit den Knien mehrmals gegen die Stufen. Unsere Appartementtür. Der Anblick lässt einen letzten Rest Kraft aus mir brechen. Ich greife nach dem Schlüssel in meiner Tasche, während ich mich gegen die Tür lehne –

Sie gleitet auf.

Wir stürzen in die Stube. Ich schirme Papa vor dem Aufprall ab, aber ohne meine Hände ausstrecken zu können, pralle ich mit voller Wucht auf meinen Ellbogen. Mein Arm bohrt sich zwischen meine Rippen, so viel wuchtiger durch Papas Gewicht auf mir.

Beinahe lache ich. Denn obwohl ich ächze, macht der neue Schmerz kaum noch einen Unterschied.

Ich will Papa fragen, ob er sich verletzt hat. Will meine Wange gegen den kühlen Boden pressen und schlafen. Will fortsegeln auf einem Luftschiff, einem Vogel, einem Traum, einem Drachen, egal, was.

Doch auf dem Boden vor mir schälen sich Stühle, aufgebrochene Kisten, Pfannen und Bettdecken aus dem Nebel meiner wirren Gedanken. Einer meiner alten Schnürschuhe, der mittlerweile auch Juliette eigentlich schon zu klein ist. Wollte ich ihr nicht ein neues Paar –

Mit einem Stich zwischen den Rippen stemme ich meinen Oberkörper hoch. Schotter bohrt sich in meine Handballen. Nein, Gerstengraupen. Eine Spur zieht sich bis zum Esstisch, von dem die aufklaffende Öffnung eines Jutesäckchens herabhängt.

Unter dem Tisch liegt Mamas Küchenmesser.

»Mama?« Ich kämpfe mich auf die Knie, rutsche das Stück bis zum Tisch, an dem ich mich hochziehe. »Mathilde! Juliette!«

Stille, abgesehen vom Knirschen der Graupen unter meinen Sohlen. Ich reiße die Tür zur verlassenen Kammer meiner Eltern auf, taumle ins Zimmer von Mathilde und mir. *Was erwartest du? Dass sie sich irgendwo verstecken? Wie naiv kannst du sein, Odette?* Trotzdem klammere ich mich an einen Rest Hoffnung. Ohne mich sind sie nur einfach nicht mehr Herr über die Unordnung geworden.

Das Messer. Keuchend werfe ich mich auf den Boden, fische zwischen Stuhl- und Tischbeinen nach dem Griff, der Klinge, ganz egal. Wenn dort Blut ist –
Meine Fingerspitzen stoßen gegen kühles, glattes Metall. Doch ich ziehe nicht das Messer hervor, sondern ein Medaillon. Nicht filigran wie die von Louise, sondern ein eingedelltes Stück Zinn, groß wie ein Taubenei. Ich reibe mit dem Finger über die Gravur. Ein Kreuz? Nein, ein Kurzschwert mit einer entzündeten Fackel statt eines Griffs. Mittelalterliche Dornenranken umschlingen Klinge, Parierstange und Fackelgriff, wie ein reich ausgeschmücktes Initial am Anfang eines handgeschriebenen Psalters. Vom Kelch der Fackel aus starrt mich ein Auge an. Ein Auge, das durch seine Schmucklosigkeit zwischen dem prunkvollen, gewichtigen Dekor hervorsticht. Und ich erkenne es wieder.

Die Nyx. Sie haben meine Familie entdeckt. Sie haben mir meine Familie *genommen*.

Ich will das Feuer sein, das die Nyx niederbrennt. Will den Himmel in Flammen setzen, jeden dunklen Winkel von Paris entzünden, um meine Familie zu finden.

Doch ich kauere auf dem Boden. Klammere mich am Tischbein fest.

Wie haben die Nyx sie gefunden? Sollten sie mir nach einem der Zusammentreffen gefolgt sein? Das wäre möglich – aber ich war seit Tagen nicht zu Hause. Also wieso *jetzt*? Haben sie tagelang gewartet? Ein neuer Gedanke schwemmt alle Fragen hinfort. Hätte ich Eugènes Hilfe angenommen, wäre ich vielleicht rechtzeitig hier gewesen.

Ich hätte es verhindern können.

Mein Atem beschleunigt sich. Ich hätte es verhindern können. Hätte es verhindern *müssen*. Verzweifelt schnappe ich nach

Luft, doch eisige Hände drücken meine Luftröhre ab, sodass kein Sauerstoff in meine Lungen kommt. Mit tauben Finger taste ich nach meinem Hals. Keine würgenden Hände. Nur Einbildung. *Reiß dich zusammen, Odette! Einatmen, ausatmen.*

Ich kann nicht. Zitternd presse ich die Finger gegen meinen engen Brustkorb, reiße am Mantel, am Harnisch. Die Kleidung ist so eng, *zu* eng! Es ist meine Schuld. Meine Schuld. Ich hätte besser auf sie aufpassen sollen, hätte mich vorsichtiger durch Paris bewegen sollen, hätte Ausflüge zum *Tour Eiffel* ausschlagen sollen, hätte niemals den Nachtschwärmern beitreten sollen, hätte niemals Eugène folgen sollen, niemals mit dieser verdammten Fähigkeit geboren worden sein.

Ein Röcheln dringt durch das verlassene Appartement. Papa!

Auf Händen und Knien krieche ich zum ihm. Sein Kopf rollt hin und her, die Stirn schweißnass, als würde er schlecht träumen. Vorsichtig, um ihn nicht zu verletzen, ziehe ich ihn auf meinen Schoß, nehme sein Gesicht in beide Hände. Wie lange hat er nicht geschlafen? Das erste Brot nach dem Dezember, in dem wir uns nichts mehr zu essen leisten konnten, habe ich nach wenigen Bissen ausgespien. Mein Magen vertrug es nach so viel Zeit ohne Nahrung einfach nicht. Ist es mit Schlaf ähnlich?

Mein Herz stählt sich mit jedem seiner röchelnden Atemzüge, jedem zuckenden Augenlid. Ich kann nicht länger heulend auf dem Küchenboden kauern. Also kralle ich mir das Medaillon und stemme Papa hoch. Nur noch ein kleines Stück weiter. Ich kämpfe uns die Treppe herunter, dann die Gasse herab. Keine Lichter in den Fenstern, keine Arbeiter auf dem Weg zu den Fabriken, nur Morgendunst und der vertraute Geruch von Ruß, Schlamm und Dreck. Meine Finger pressen Dellen in das Medaillon, ganz so, wie sich mein Herz anfühlt.

Ein Wunder, dass ich das Blech nicht zu einem Klumpen

zermalmt in meiner Hand vorfinde, als ich endlich an die Tür klopfe. Fünfmal verpufft mein Atem in der Morgenluft.

Dann gleitet die Tür einen Spalt weit auf und Madame Bouchard schaut mit schmalen Augen auf mich herab. »Glaubst du wahrhaftig, ich hätte bereits geöffnet? Oder bist du einfach nur unhöflich?« Obwohl ihre Augenlider auf diese Art blinzeln, wie wenn man beinahe einschläft oder gerade erst aufgewacht ist, trägt sie ein Kleid und ein breites Tuch um die Schultern.

»Es ist eine ungewöhnliche Bitte, aber …« Meine Stimme verliert sich, denn schlagartig wird mir bewusst, *wie* ungewöhnlich die Bitte ist. Wie unziemlich. Ich kann von einer alleinstehenden Frau nicht verlangen, einen Mann bei sich aufzunehmen.

Doch der Türspalt weitet sich, und Madame Bouchard mustert mich von Kopf bis Fuß. Dann Papa. Etwas in ihrem Blick verändert sich. »Und ich bin eine ungewöhnliche Frau. Vielleicht hast du mit deiner Bitte Glück.« Sie macht kehrt und verschwindet im Laden, und die Tür gleitet hinter ihr auf, wie durch einen Luftzug oder ihren bloßen Willen.

Mit einem Ächzen schiebe ich Papa und mich in ihr *Laboratoire*, wo sie eine Gaslampe entzündet. Ich nehme einen tiefen Atemzug. Kühl, wenn auch etwas abgestanden, und nur der zarteste Hauch von Sulfur, Kräutern und abgebranntem Gas. Sie hat nicht gearbeitet – warum sind dann Knitterfalten in ihrem Kleid, als trüge sie es seit Stunden? Ich verfrachte Papa auf den Stuhl, den sie mir hinschiebt. »Sind Sie gerade erst nach Hause gekommen?«

Sie verzieht keine Miene, obwohl meine Frage auf sie wie eine Mischung aus nachbarlicher Neugierde, gesellschaftlichem Entrüsten und Verhör der Gendarmerie klingen muss. »Du siehst selbst nicht gerade aus, als hättest du eine Nacht voller ungestörter Träume hinter dir.«

Ich antworte nicht, so wie sie mir nicht antworten muss. Wer weiß, wie ich aussehe, aber meine Vorstellung kann nicht weit von der Realität entfernt sein. Zerzauste Haare, blut- und staubverkrustetes Gesicht, ein aufklaffender Mantel, der die Hose und die Waffen nicht verbergen kann.

Unser Aufeinandertreffen bei Madame Curie! Hastig blicke ich auf. Wie konnte ich das vergessen? Ich zerre ein paar Franc aus den Manteltaschen, Überbleibsel unseres ersten und vermutlich letzten Soldes.

»Kann Papa ein paar Tage hierbleiben?« Die Worte fluten so aus mir heraus, dass ich nicht sicher bin, ob Madame Bouchard mich überhaupt versteht. Mit bebenden Fingern lege ich die Münzen auf den Tisch zwischen uns und zucke beim Anblick des rostbraunen Schmutzes unter meinen Nägeln zusammen. Sie wird niemals zustimmen. »Ich komme wieder, mit mehr Geld«, ergänze ich noch holpriger, hastiger. »Er muss ausruhen, darf nicht nach draußen, isst vermutlich nicht allzu viel. Aber ich bringe mehr Geld, genug für Logis und Kost, für Ihr Stillschweigen, morgen, spätestens übermorgen. Wie viele Franc Sie auch verlangen, ich besorge das Geld.«

Madame Bouchard betrachtet die Münzen. Erneut keine Regung auf ihrem Gesicht, für einige Atemzüge, Minuten, Stunden. Dann, endlich, sieht sie mich an.

»Wo ist der Rest deiner Familie?«

Ich winde mich unter ihrer Taxierung, zwinge meine bebenden, blockierten Kiefergelenke auseinander, doch kein Ton kommt heraus. Höchstens ein belegtes Wimmern.

»Ich habe ein Gästezimmer im Obergeschoss. Aber hochschaffen musst du ihn allein.« Bevor ich einen Laut des Dankes hervorbringen kann, stampft sie die knarzende Holzstiege, mehr Leiter als Treppe, hinauf.

Ich kraxle ihr mit Papa hinterher, ein weiterer Kraftakt, den ich nicht mehr für möglich gehalten hätte. Mit jeder Stufe mischen sich neue Gedanken zu dem Wirbeln in meinem Kopf. Kann ich Madame Bouchard vertrauen? Sie hat kaum ein Wort gesagt. Nichts zu meinem Auftritt bei Madame Curie, nichts über meinen Auftritt hier. Es ist dubios, dass sie alles einfach so hinnimmt. Will sie das Geld einsacken und Papa einfach im Zimmer versauern lassen? Oder verpfeift sie uns bei der Gendarmerie?

Oben angekommen, bin ich kurz davor, wieder umzukehren. Doch Madame Bouchard hockt bereits vor einem Ofen und schichtet Holzscheite in ihm auf. Sie war immer gut zu uns. Zu mir. Im kargen Kabuff, das praktisch nur aus Dachschräge besteht, drängen sich wenige zusammengewürfelte Möbel so dicht aneinander, als wäre es eine Abstellkammer, in die Madame Bouchard ihren ausrangierten Hausrat abschiebt. Aber im Nu züngeln Flammen an den Holzscheiten hoch und baden die winzige Kammer in warmes Gold.

Ich hieve Papa ins Bett, wo Madame Bouchard die fluffige Decke zurückgeschlagen hat. Dann starre ich ins Feuer, brauche einen Moment, damit meine Gedanken aufholen können. »Ich habe noch nie jemanden so schnell ein Feuer entfachen sehen.«

»Mein eigener Brandbeschleuniger«, kommentiert Madame Bouchard mein Gebrabbel mit einem Fingerdeut auf den Ofen. »Ich kann es nicht ausstehen, wenn es morgens Stunden dauert, bis die Kälte vertrieben ist.«

»Sie sind ein Engel.« Meine Stimme klingt weit entfernt, während ich aus dem Fenster starre. Feiner Nieselregen lullt mich ein.

Madame Bouchard schnaubt. »Wohl kaum.«

»Ich bringe mehr Geld«, murmle ich. Hatte ich das schon gesagt?

»Du hast mir über hundert Francs auf den Tisch geknallt.

Solange dein Vater nicht täglich ein ein Pfund schweres Filet mignon verdrückt, ist das mehr als genug. Selbst wenn ich die Rabatte einrechne, die du dir mit deinen Welpenaugen für meine Medizin erbettelt hast.« Sie schnaubt wieder und verschränkt die Arme. »*Obwohl* du, wie ich jetzt feststellen muss, mit Hunderten Francs in den Taschen durch die Gegend spazierst.«

»Das Geld habe ich erst seit –« Kupfer blitzt in meinen Augenwinkeln auf, am Fenster. Durch die Gasse schreiten drei Männer, breitschultrig und mit aufbauschenden Mänteln. Die Wassertropfen des Nieselregens verschleiern ihre Gesichter, doch als einer von ihnen über die Schulter schaut, blitzt erneut etwas auf. Die Maskenapparatur.

Handlanger der Nyx.

Mit angehaltenem Atem lehne ich mich etwas näher ans Fenster. Kehren sie wegen mir zurück, um ihre Arbeit zu beenden? Einer von ihnen bleibt vor Madame Bouchards Tür stehen, und ich zucke zurück. Woher wissen sie, dass ich bei ihr bin?

Nein. Die anderen stiefeln weiter. Sie besetzen die Kreuzungen an den Enden unserer Straße, um mich abzufangen. *Merde*, das ist kaum besser.

»Odette?« Madame Bouchard gleitet an meine Seite und starrt nach draußen. Von hinten sieht der Nyx unauffällig aus, aber sie ist zu scharfsinnig. »Bekannte von dir?«, fragt sie im Plauderton.

»Ich muss gehen«, erkläre ich und löse den Riegel des Fensters. »Bitte erzählen Sie niemandem, dass Papa hier ist. Und *Merci infiniment*, Madame Bouchard. Ich bräuchte mehr als eine Lebenszeit, um Ihnen oft genug danken zu können.«

Sie legt nur den Kopf schief und begutachtet mich. »Ich hoffe, du findest heraus, wo deine Familie gefangen gehalten wird.«

»Ich habe Ihnen nicht erzählt, dass –«

Sie schnaubt. »Das musstest du nicht. Du bringst deinen halb zu Tode malträtierten Papa, den niemand finden darf, zu mir. Der Rest deiner Familie ist wohl kaum auf einem Ausflug in den *Zoo de Vincennes*.«

Madame Bouchards verdammter Scharfsinn. Wie viel kann sie sich noch zusammenreimen? Sollte mir das zu denken geben? Nein, ich vertraue ihr. Muss ihr vertrauen. Also atme ich einmal tief ein und schiebe das Fenster auf. Ein Schwall kalter Luft bläst mir entgegen, pfeift über die lockeren Dachschindeln. »Bitte passen Sie auf ihn auf.«

Eine Hand legt sich auf meinen Unterarm, doch nicht die von Madame Bouchard. Papas Finger drücken sich durch meinen Mantel fest in meine Haut. »Woher hast du so viel Geld, Odette?«

Ich presse die Lippen aufeinander, beiße zur Sicherheit zusätzlich auf meine Unterlippe.

Papas Augen flattern zu, sein Atem wird ruhiger, tiefer, und ich klettere aus dem Fenster, mir schmerzlich bewusst, dass ich genauso schweigen würde, wäre er noch wach.

Ohne mich noch einmal umzuschauen, balanciere ich geduckt die Dachtraufe entlang, erklimme das gewölbte, von Regen glitschige Metalldach des Nachbarhauses und springe von Dachfirst zu Dachfirst. Dann segle ich über die schmale Gasse parallel zu unserer Straße und lande so, wie Eugène es mir beigebracht hat. Zum ersten Mal ganz auf mich allein gestellt, ohne die Sicherheit des Schattenspringens.

Ich weiß nicht, ob es Regentropfen oder Tränen sind, die die eingetrockneten Spuren auf meinen Wangen fortspülen.

Kapitel 20

Als ich in die Zuckerfabrik taumle, geht die Sonne auf. Louise hockt zwischen einem Berg aus Mullbinden, Tinkturen und Lappen auf dem Sofa in der hinteren Sitzecke. Sie kaut an der Ecke ihres Daumennagels herum.

»Wir sind zwei Personen, kein prall gefülltes Lazarett im Kriegsgebiet«, murmle ich und lasse mich neben sie fallen. Nur eine Sekunde lang Kraft sammeln.

»Du bist zugerichtet, als *gehörtest* du in ein prall gefülltes Lazarett im Kriegsgebiet«, schießt sie zurück und schwingt sich hoch, um einen Lappen anzufeuchten. Sie sieht so aus, wie ich mich fühle – hundemüde, aber zu angetrieben, um Schlaf zu finden. »Stichwunden, gebrochene Knochen, Prellungen, was muss ich zuerst behandeln?«

»Alles nur oberflächlich.« Ich streife den Mantel ab und kremple die Ärmel auf. »War Eugène hier?«

»Du weißt nicht, wo er ist?«, kiekst sie und lässt den Lappen zurück ins Wasser platschen.

»Ihm geht es gut, wir haben uns nur getrennt.« Ich stemme meine zitternden Arme in die Sitzfläche. »Ich muss ihn finden. Vielleicht sind sie in Armands *Cabaret*.«

»Was ist passiert? Habt ihr Projekt S zerstört? Wurdet ihr angegriffen?« Louise tupft mit dem warmen Lappen in meinem Gesicht herum und runzelt die Stirn. »Armand besitzt ein *Cabaret*?«

»Nein, er arbeitet in – das ist jetzt vollkommen egal.« Ich finde nicht die Kraft, ihre Hände fortzuwischen. »Ich muss wirklich los.«

Louise' Proteste schwirren durch meinen Kopf, und ich könnte schwören, meine eigenen Gegenproteste tröpfeln über meine Lippen. Doch die Schwere meiner Augenlider hüllt mich in Dunkelheit.

Ich schrecke auf, plumpse vom Sofa und blinzle gegen die Reflexionen des Sonnenaufgangs an. Nein. Sonnen*unter*gang.

»Wie lange habe ich geschlafen?«, brülle ich durch das Dachgeschoss und zerre meine Stiefel unter dem Sofa hervor. Louise muss sie mir ausgezogen haben. Ich streiche über mein Gesicht, wische Schlaf aus meinen Augenwinkeln. Glatte, saubere Haut. Wie konnte ich weiterschlafen, während sie mich halb entkleidet und gesäubert hat?

»Drei Tage«, hallt Louise' Stimme aus einer der anderen Nischen herüber.

Ich presche durch den Raum, die Stiefel an meinen Füßen ungeschnürt. »Du hättest mich wecken müssen!«

»Das war ein Scherz.« Mit einem Holzbrett voller geröstetem, mit Comté überbackenem Baguette und Trauben in den Händen versperrt sie mir den Weg zur Tür. »Ein paar Stunden, die du dringend nötig hattest. Iss etwas.«

Ich greife mir eine Scheibe Baguette und stopfe sie in meinen Mund. Mein Magen dreht sich beim Gedanken an all die vergeudete Zeit, an meine Familie, aber ich brauche die Energie. »Wo ist mein Harnisch? Das Stilett?«

»Du brauchst keinen Dolch, das Baguette ist schon geschnitten.« Sie langt nach meinem Arm, wo ich erst jetzt die dünne Schicht irgendeiner Paste auf den Prellungen entdecke. »Setz dich einen Moment. Eugène hat erzählt, wie ihr deinen Papa gerettet habt. Wie geht es ihm?«

Ich erstarre. »Eugène war hier?«, presse ich zwischen halbzerkautem Brot heraus. »Und hat mich nicht geweckt?«

»Du hast den Schlaf gebraucht.« Louise runzelt die Stirn, kann vermutlich nicht nachvollziehen, wieso mich das so stört.

Ich kann es ja selbst nicht. Ich war diejenige, die ihn praktisch fortgestoßen hat – und von meiner Familie weiß er noch nichts. Aber muss er gleich händeringend die Gelegenheit ergreifen, nicht mit mir sprechen zu müssen, nur weil ich schlafe?

»… und sie wollen sich heute Abend im *Cabaret Déviance* treffen.«

Ich fokussiere mich wieder auf Louise. »Ich muss sofort dorthin!«

»Zieh zumindest etwas anderes an! Mit der blutigen Kleidung kannst du auch direkt ein Leuchtschild hochhalten, auf dem *Hallo, Nyx, hier ist die Lichtwirkerin!* steht.«

Ich schiebe mich an ihr vorbei zum Schrank mit den Kleidungsstücken. Wahllos zerre ich ein Hemd hervor, reiße gleichzeitig das verschmutzte vom Körper, und stülpe das neue über.

»Die Hose –«, beginnt Louise.

Etwas zu energisch umfasse ich ihre Wangen. »Ich weiß, du meinst es nur gut, und ich bin dir unendlich dankbar. Aber Louise, die Nyx haben meine Familie.« Ich hole zitternd Luft. »Ich weiß nicht, wie, doch sie haben herausgefunden, wer meine Familie ist. Wo wir wohnen. Vielleicht über Papa, auch wenn sie gar nicht wissen können, dass er *mein* Papa – ganz egal. Ich muss sie retten. Und du musst zurück nach Hause, wo dich die Wachen deines Vaters beschützen. Bevor sie diesen Unterschlupf finden oder –«

Louise legt ihre Hände auf meine und blickt mir tief und ernst in die Augen. »Ich verstehe. Und ich verschanze mich zu Hause. Also mach dir keine Sorgen um mich – und geh!«

Ich hätte Louise nach Hause bringen müssen. Die Vorstellung von ihr allein in der Nacht schnürt mir die Kehle zu. Doch ich renne nur noch schneller durch die Straßen, vielleicht, um vor meinen Gewissensqualen davonzulaufen. Jetzt kann ich es nicht mehr ändern.

Die Leute auf den Straßen in *Le Dionysos* starren mir in meinem Aufzug und meiner Hektik hinterher, bis ich ins *Cabaret Déviance* trete. Hier schert sich niemand um mein Aussehen. Immerhin etwas, das zu meinen Gunsten läuft. Der frühe Abend im *Cabaret* beginnt gemütlich. Besucher stimmen sich mit Champagner und Kartenspielen auf die vollgepackte, laute Nacht ein, während eine Gruppe Musiker auf der Bühne improvisiert, wie um die Instrumente zu stimmen.

Ich bahne mir einen Weg durch die Samtsessel, suche nach Eugène oder Armand und Jean. Vielleicht ist er im Hinterzimmer, seine Verletzungen schlimmer, als ich dachte? Was, wenn er Schmerzen erleidet, weil er mir geholfen hat, und ich habe keinen Gedanken an ihn verschwendet?

Ein vertrautes Lachen hallt durch das *Cabaret Déviance*, noch weicher und voller durch all die samtgepolsterten Oberflächen. Da! Auf einer Art griechischen Sänfte lungert Eugène, gerahmt von Seidentüchern, pompösen Goldpfeilern – und einer Schar Mädchen. Sie liebkosen ihn, streichen über die aufgeplatzte Lippe, die Wunde auf seiner Wange, schenken ihm Merlot nach.

Jeder zusammenhängende Gedanke verlässt meinen Kopf.

Das habe ich nicht erwartet. Stocksteif stiefle ich auf ihn zu, getrieben von einem inneren Drang, den ich nicht genau ausmachen kann. Auf halber Strecke verharre ich. Er verschiebt Steine auf einem Spielbrett, entlockt seiner Gegnerin damit ein Lachen. Ich habe mich schlecht gefühlt, weil ich mir keine Sorgen gemacht habe – und er schäkert hier mit einer Handvoll junger Frauen herum, statt – statt – statt seine Wunden zu versorgen oder mit Jean und Armand Pläne zu schmieden. Er hat sogar Louise allein gelassen, für – für *das hier*!

So schnell sie sich in mir aufbäumt, so schnell verpufft die Wut auch wieder. Denn ich weiß, wie er ist. Wusste es von Anfang an. Zur Hydra, ich habe ihn praktisch genau in dieser Situation kennengelernt! Mir war immer klar, dass er irgendwann das Interesse an meinen Umständen verliert, die für ihn nur eine kurzweilige, willkommene Ablenkung sind.

»Odette!« Eugènes Gegnerin nimmt mich ins Visier und springt von ihrem Platz zu seinen Füßen auf. Mit offenen Armen kommt sie auf mich zu, hochgewachsen wie die Titanide Théia und mit einer ebenso eindrucksvollen Präsenz.

»Was trinkst du?«

Für einen Moment rattert es in meinem Kopf, weil sie ihre Gesichtszüge mit so viel Rouge und schwarzem *Khôl* überspitzt, wie es die Gesellschaft nur auf der Theaterbühne für angemessen hält. »Georgette?« Das Hauptquartier der jungen *Suffragettes* – wie lange ist das her?

»Ist das eine *Frage*?« Sie greift sich ans üppige Dekolleté. »Du kränkst mich. Normalerweise vergisst niemand, wie ich heiße.« Bevor ich erwidern kann, dass ich ihren Namen *nicht* vergessen habe, führt sie mich an der Hand zur Sänfte. »Ich brauche deine Hilfe. Nie besiege ich Eugène beim *Jeu du moulin*!«

Durch den alles einnehmenden Wirbel aus üppigen Locken, flatternder Seide und Rosenparfum erhasche ich einen Blick auf

Eugènes Gesicht. Unbeweglich wie Stein, als raubte meine bloße Anwesenheit ihm jede Lebensfreude. Ich reiße meine Hand aus Georgettes. Sie dreht sich um, die Augenbrauen hochgezogen, und ich ringe mir ein zwangloses Lächeln ab, um die Heftigkeit abzumildern. »Ich glaube, ich sollte gehen.«
»Du bist gerade erst gekom–« Georgette reißt die Augen auf und peitscht zu Eugène herum, dann zurück zu mir. Feuer züngelt in ihren Augen. Und in ihrer Stimme. »Was hat er getan?«
»Nichts!«, versichere ich. Ich sollte missbilligen, wie voreilig, vehement und ungerecht sie die Schuld bei Eugène sucht. Doch seltsamerweise würde ich sie am liebsten umarmen.

»Dem *Salopard* erlaube ich nie wieder, sich Seidentücher aus meinem Kleiderschrank zu borgen«, knurrt Georgette und marschiert mit der Angriffsfreude einer waschechten Titanide zu Eugène.

»Er hat wirklich nicht –«

Sie hört nicht zu und zerrt das fliederfarbene Einstecktuch aus der Brusttasche von Eugènes *Gilet*. Er trägt so ziemlich das Gleiche wie ich, nur blitzsauber und knitterfrei, wie es nur neue Kleidung sein kann. Ich starre auf meine mitgenommenen Stiefel, während er zu mir schlendert. Eine fiese Stimme in meinem Hinterkopf flüstert mir zu, wie wunderschön die Mädchen in ihren hübschen Kleidern aussehen. *Nein.* Ich recke das Kinn und blicke hoch. Hier muss ich mich nun wirklich nicht schämen, einige von ihnen tragen ebenfalls Hosen. Doch das Flüstern bleibt hartnäckig. Sie tragen saubere Stoffe ganz im aktuellen Pariser Chic, kombiniert mit taillierten Jacketts und pompösen Schmuckstücken. Ich dagegen könnte ein elfjähriger Zeitungsjunge sein.

Ich verkrampfe die Hände. Wie kann ich nur an irgendetwas anderes denken als an meine Familie oder Louise? Und dann noch an so etwas Belangloses wie Kleidung!

Mit den Händen in den Hosentaschen bleibt er vor mir stehen, vermeidet jedoch jeglichen Augenkontakt. »Dein Vater ist in Sicherheit. Du könntest dir ruhig ein wenig Zeit nehmen, bevor wir weiter gegen die Nyx vorgehen. Zum Durchatmen, Ausruhen oder, ich weiß nicht –« Er zuckt mit den Schultern und lässt den Blick über meine Hose gleiten. »Zumindest, um eine frische Hose anzuziehen.«

Ich beiße mir auf die Zunge, weil er es bestimmt nicht so böse meint, wie ich es auffasse. Aber etwas an seinem saloppen Tonfall, wie er mich aufzieht, ein wenig schärfer als üblicherweise, lässt mein Inneres übersprudeln und mich jede Einleitung vergessen. »Die Nyx haben meine Familie.«

Eugènes Kopf zuckt hoch, und endlich sieht er mir in die Augen. »Die Nyx haben –« Er stockt, schüttelt den Kopf. »Was?«

»Sie haben meine Familie gefunden und entführt.« Ich fische das zerbeulte Medaillon aus meiner Hosentasche und presse es gegen seine Brust. »Das haben sie verloren.«

Er nimmt das Medaillon und starrt das Emblem an.

»Ich habe nachgedacht. Wir können sie nicht aufspüren, dafür ist Paris zu groß. Aber wenn wir unsere Fähigkeiten lang genug benutzen, werden *sie* mit ihren Masken *uns* aufspüren, und dann –«

»Das können wir nicht tun.« Eugène zuckt mit der Hand in Richtung meines Arms, doch lässt sie wieder fallen.

»Wir können mit ihnen verhandeln. *Ich* kann mit ihnen verhandeln. Sie interessieren sich für mein Lichtwirken.«

Er schüttelt den Kopf. »Das ist zu gefährlich.«

»Glaubst du, das interessiert mich?« Ich fletsche die Zähne, ziehe die Aufmerksamkeit mehrerer Gäste auf mich. »Sie können mit mir tun, was sie wollen, wenn sie dafür meine Familie in Frieden lassen!«

»Wenn Dutzende, *Hunderte* von ihnen kommen – denkst

du, sie lassen dich mit ihnen verhandeln? Sie nehmen dich gefangen und sperren dich zu deiner Familie.«

»Ich muss es darauf ankommen lassen.«

Er kneift sich in die Nasenwurzel, die Stirn gerunzelt. »Nicht so, Odette«, murmelt er, mein Name wie ein bleischweres Gewicht auf seinen Lippen. Ein Schatten huscht über sein Gesicht, dessen Ähnlichkeit mit Papas Zerschlagenheit irgendwo tief in mir an meinem Herzen zerrt. Etwas anderes zerrt jedoch mehr an mir, als er seufzend den Kopf schüttelt. »Lass mich ein wenig ausruhen, und dann –«

Meine Finger, Arme, Lippen, alles an mir zittert. Das Zerren von Zurückweisung und Verrat brennt sich durch jede meiner Fasern, obwohl ich weiß, dass ich von ihm nicht verlangen kann, sich für meine Familie in Gefahr zu begeben. Er ist mir nichts schuldig. Doch ich kann nicht länger hier herumstehen und Zeit verstreichen lassen. Aber seine Hilfe erzwingen will ich genauso wenig.

»Ruh dich aus, und sammle deine Kräfte«, murmle ich und deute auf die Sänfte mit seinen Verehrerinnen. Das behagliche, verschwenderische, sinnliche Bild weicht schmerzlich stark von dem ab, was meine Familie in meinen lebhaften Vorstellungen erleidet. Meine Stimme flacht zu einem dünnen Hauch ab. »*Je suis désolée*, dass ich dich da mit reingezogen habe.«

Ich mache kehrt, damit er nicht auch nur einen Hauch des Schimmerns in meinen Augen sieht. Während ich durch das *Cabaret* stampfe, ruft er mir meinen Namen hinterher. Doch er folgt mir nicht hinaus in die beißende Kälte der Stadt. Ich muss endlich meine eigene Stärke finden.

Meine Füße tragen mich zum reichlich beleuchteten *Place du Clichy*. Ich schlängle mich durch Fußgänger, Kutschen und Pferdetrams, die aus den sich hier kreuzenden Straßen rattern und die Statue mitten auf dem Platz ohne erkennbares System umrunden. Tief einatmend presse ich mich mit dem Rücken gegen den Sockel des Denkmals. Die militärisch angehauchte Bronzegruppe mehrere Meter über mir wirft einen Schatten auf mich, den die Laternen rings um mich nicht ganz verjagen können.

Elektrisches Licht. Nicht nur die Lampen, auch in den Schaufenstern. Und genug Menschen, sodass die Nyx hoffentlich nicht wagen werden, mich direkt zu erschießen. Dennoch. Ich wringe meine Hände, deren Kälte mit der des Steins in meinem Rücken konkurriert. Mein Plan ist nicht perfekt. Aber einen anderen habe ich nicht.

Also atme ich tief ein und reiße die Barriere in mir ein. Panik, Wut, Enttäuschung fluten mich, so brachial, dass ich keine Erinnerungen wachrufen muss. Elektrizität vibriert unter meiner Haut, im Rhythmus der flackernden Lampen. Meine Fähigkeit bäumt sich mit der Heftigkeit eines tollwütigen Pferdes auf, und eine Lampe in nächster Nähe zerplatzt. Eine Gruppe Flaneure kreischt auf und weicht den Scherben aus. Nein, ich muss länger durchhalten! Darf nicht alle Lampen zerstören, bevor die Masken der Nyx mich erfassen können. Meine Zähne bohren sich in meine Unterlippe. Der Schmerz hält das Lichtwirken in Schach, zumindest für einige Sekunden. Dann entgleitet sie mir. Sie entfesselt sich, raubt mir die Kontrolle über meinen Körper. Elektrizität, die meine Muskeln verkrampfen lässt.

Alle Lampen auf dem *Place du Clichy* zerbersten. Die Schreie und mein Mangel an Kontrolle treiben mir Tränen in die Augenwinkel. Was, wenn ich jemanden verletze und nicht aufhören kann? Ich sacke zusammen, und die Energie um mich herum verebbt so schnell, wie sie hochflutete.

Ich blinzle gegen die plötzliche Dunkelheit an, bis sich die

Konturen der Menschen und Häuser um mich herum abzeichnen. Niemand liegt auf dem Boden, niemand ruft nach einem Doktor. Sie starren nur um sich, einige noch mit den Armen über den Köpfen. Eine ältere Mademoiselle in meiner Nähe hat geistesgegenwärtig ihren Schirm aufgespannt, von dem Glassplitter rieseln wie glitzernder Platzregen.

Mit um mich geschlungenen Armen warte ich mitten im Tumult. Warte und warte. *Bitte, Zeus, lass es lang genug gewesen sein!* Ein zweites Mal bringe ich das nicht über mich. Ich gefährde mit dem unkontrollierten Lichtwirken zu viele Menschen.

Die Nacht sickert in meine Haut, unbeeindruckt vom leichten Hemd. Sekunden werden zu Minuten oder fühlen sich zumindest so an. Ich verliere das Gefühl für die Zeit, je mehr die Kälte meine Sinne lähmt.

Niemand kommt.

Ich gleite zitternd am Sockel herab, obwohl ich weiß, dass ich gleich vielleicht nicht mehr aufstehen kann.

Geräuschlos treten drei Männer vor mich. Mit Kupfer maskiert.

Ich kämpfe mich hoch, und das Relief des Sockels reißt an meinem Hemd, kratzt über meinen Rücken, aber ich ignoriere den Schmerz und hebe die Hände, ein Zeichen des Friedens. Abgesehen vom Stilett in meiner Hand. »Ich will zu eurem Anführer.«

Drei Atemzüge lang starren sie auf mich herab. Dann kichert einer von ihnen voller Hohn, schrill genug, um mich zusammenzucken zu lassen. Er legt den Kopf schief. »Für gewöhnlich zeigen wir unserem Anführer keine Nachtschwärmer-Leichen.« Kein Er – eine *Sie?*

»Ich bin die Lichtwirkerin. *La Fille de Lumière*«, murmle ich und fühle mich unfassbar lächerlich dabei.

Die Nyx pirscht auf mich zu. »Das ist natürlich etwas anderes!« Sie klatscht hocherfreut in die Hände. »In *dem* Fall zeige ich unserem Anführer selbstverständlich deine Leiche.«

Ich recke das Stilett in ihre Richtung. »Er hat sicher mehr Verwendung für mich, wenn ich lebe. Tu uns beiden den Gefallen und lass diese Spielchen sein.« Keine Ahnung, woher dieser Mut kommt. Der Fakt, dass sie mich nicht direkt umgebracht haben, reicht dafür eigentlich nicht aus. »Ich will mit ihm verhandeln.«

Sie begutachtet mich, mit geneigtem Kopf und verschränkten Armen. Tippt rhythmisch mit dem behandschuhten Zeigefinger gegen die bronzene Vorrichtung an ihrem Arm, deren Zweck ich nur erahnen kann. Dann dreht sie mir den Rücken zu, mein Stilett nur eine Armlänge von ihrer Wirbelsäule entfernt. »Verbindet ihr die Augen«, flötet sie, als würde sie die beiden bitten, eine Kanne Tee aufzukochen.

Die männlichen Nyx treten auf mich zu, schweigsam und breitschultrig.

Ich kann nicht zurückweichen oder auch nur zucken, da packen sie mich schon an den Armen. Den Drang, mich gegen ihre Pranken zu werfen, unterdrücke ich.

»Bringt ihr mich zu ihm?«

Sie stülpen einen Stofffetzen, vielleicht einen Sack, über meinen Kopf. Der Geruch von Angstschweiß und rostigem Eisen brennt in meiner Nase, meinen Augen, meinen Schleimhäuten. Sie zerren mich vorwärts, und mein Körper verfällt gegen meinen Willen in den Fluchtmodus, bäumt sich gegen sie auf. »Sagt mir, ob ihr mich mit ihm reden lasst!«

Grobe Hände stoßen mich nach vorn, wo meine Schienbeine gegen Metall prallen, sodass ich stolpere. Mit den Knien und Ellbogen schlage ich auf einen Holzboden, während hinter mir eine Tür zuknallt. Ächzend rapple ich mich etwas hoch.

Doch ein Ruck schleudert mich zu Seite, mit der Schulter gegen etwas Weiches. Der faulige Geruch unter dem Sack vermischt sich mit dem von Pferdedung und Stroh. Eine Kutsche? »In die Ecke!« Ein Stiefel tritt gegen meine Seite, nicht besonders grob, dennoch zucke ich zurück. Kaure mich in eine Ecke des Kutschenbodens.

Lange Zeit umhüllen mich nur das Rattern von Holzrädern auf Pflasterstein und die gesummten Töne der weiblichen Nyx.

Pranken zerren mich aus der Kutsche, durch die Nachtluft. Stoßen mich Stufen hinauf, auf denen ich stolpere und mir wieder die Knie aufschlage. Drängen mich durch die sogar durch den Sack voller Angstschweiß nach Freesien duftende Wärme eines Flurs, über die unverkennbare Weichheit eines teuren Samtteppichs unter meinen Sohlen.

Dann endlich ein letzter Stoß, bevor die Hände von mir ablassen. Ich stolpere in einen Raum, den das Prasseln eines Kaminfeuers erfüllt. Der Geruch von Zedernholz und Glut verdrängt den Gestank ein wenig, doch der Sack über meinem Kopf und der Rauch rauben mir den Sauerstoff. Ist es wirklich ein Kaminfeuer – oder haben sie mich in einen brennenden Raum gestoßen? Jeder verzweifelte Atemzug saugt den groben Jutestoff zwischen meine ausgetrockneten Lippen. Ich will den Sack von meinem Kopf ziehen – traue mich nur nicht. Kann keinen Finger rühren.

»Sind Sie mit den Stücken Claude Debussys vertraut?« Eine Stimme wie Lamé-Seide, leicht und sanft, bis auf die eingewobenen Metallfäden. Ein Kratzen folgt, dann die tröpfelnden Harmonien eines Klavierstücks, weich auf- und absteigende Noten. »*Deux arabesques*, bereits in seinen Zwanzigern komponiert. Nur zehn Jahre vergehen, und die jungen Leute von heute übertreffen sich an Verdorbenheit, Faulheit und Verantwortungslosigkeit.« Er seufzt tief, der Mangel an musikalischen Genies unter den Zwanzigjährigen scheinbar das schwerste Joch, das er zu ertragen hat. »Ein gewisses Maß an Kultiviertheit ist unabdingbar in meinen Kreisen. Opern, Theaterstücke, Gespräche beim Dîner, bevor man zu den Verhandlungen übergehen kann, um die es wirklich geht. Bisweilen empfinde ich dies als enervierend. Aber die Stücke von Debussy – nun, durch sie verstehe ich, wie andere Menschen sich in Kunst und Kultur verlieren können.«

Ich zerre endlich den Sack von meinem Kopf und blinzle, obwohl das *Bureau* in Dämmerlicht liegt, kaum heller als unter dem dicken Stoff. Ein Gentilhomme steht mit dem Rücken zu mir, ein behäbiger Mahagonitisch zwischen uns. Er streicht über den Holzkorpus eines Grammophones, das auf einem zierlichen Tisch zwischen Einbauschränken mit schweren Lederbänden steht. Langsam dreht er sich zu mir, sein Gesicht im Halbschatten.

Ich kneife die Augen zusammen, doch kann nicht mehr ausmachen als die starken Linien seiner breiten Schultern und schmalen Hüften, bin nicht einmal sicher, ob er eine Maske trägt oder nicht. »Sie sind nicht der Orchestrator.«

Er verschränkt die Arme hinter dem Rücken. »Oh, ihr wisst von unseren Decknamen? Das hätte ich euch nach all den Erzählungen nicht zugetraut.«

Wer ist er? Ich kralle meine Nägel in die Oberschenkel, denn das ist jetzt unwichtig. »Wo ist meine Familie?«, platzt es aus mir heraus, und ich beiße mir auf die Unterlippe. Eigentlich wollte ich die Verhandlung mit Beherrschung und Überlegenheit führen.

»Erwarten Sie eine Antwort auf diese Frage?«

Meine Kiefergelenke verkrampfen so sehr, dass die Anspannung in meinen Gehörgängen rauscht. »Wenn Sie meine Familie unversehrt freilassen, ergebe ich mich ohne Gegenwehr. Sie können mein Lichtwirken erforschen.«

»Wie kommen Sie darauf, dass Ihre Fähigkeit für uns von Interesse ist?« Dieser übertrieben höfliche Ton, so beiläufig, als wäre das Leben meiner Familie, mein Leben, nur eine beiläufige Unannehmlichkeit.

Ich will das Grammophone und die nervtötende Friedlichkeit des Musikstücks mit seinem Gesicht ausschalten. Doch ich lege jeden Impuls in Ketten.

»Weil Ihre Lakaien oft genug die Gelegenheit hatten, mich zu töten. Sie wollen mich lebend.« Ich halte die Luft an, denn das ist mein einziges Druckmittel. Wenn ich mich irre – verliere ich meinen einzigen Trumpf. Und mit ihm meine Familie und mein Leben.

Er seufzt erneut, lang und gequält, wie um mir zu zeigen, was für eine Plage ich für ihn bin. »Sagen wir, ich würde mein Interesse bekunden –«

»Erst will ich meine Familie sehen.« Meine Fäuste zittern vor Verlangen, ein Loch in den Mahagonitisch zu schlagen.

»Ziehen Sie den Sack wieder über.«

Ich starre ihn einen Atemzug lang an. »Was –?«

»Ziehen Sie den Sack wieder über«, wiederholt er langsam und deutlich. »Ich halte Delinquenten nicht in meinem Heim. Und ich lasse Sie sicher nicht herausfinden, wo ich wohne. Schon gar nicht fasse ich den stinkenden Lumpen an. Also gewähren Sie mir einen Vorgeschmack auf Ihr *Ergeben ohne Gegenwehr*, beweisen Sie, dass Sie ein braves Mädchen sind, und ziehen Sie den Sack über Ihren Kopf. Dann bringe ich Sie zu Ihrer Familie.«

Alles in mir sträubt sich dagegen, mich zum Sack zu bücken und mir selbst die Sicht zu nehmen, mich so auszuliefern. Doch das Sehnen nach meiner Familie treibt meine Gliedmaßen an.

Nachdem ich in Dunkelheit und muffiger Luft versinke, kommen zielbewusste Schritte auf mich zu.

»Darf ich bitten, Mademoiselle?« Er atmet neben mir, tief und ruhig und schwer. Erneut ein Hauch von Freesien – in seinem Parfum? Sein Arm schlängelt sich um meinen.

Ich schrecke vor der warmen, festen Berührung zurück, eine Invasion nicht nur meines Körpers, sondern meiner Seele. Er spannt seinen muskulösen Arm etwas mehr an, zeigt mir den Krieger hinter der kultivierten Fassade, und ich schlucke jeden Protest und jede Abscheu herunter. Lasse mich von ihm durch meine persönliche Dunkelheit führen, während er alles sieht, alle Macht hat. Folge ihm, hoffentlich zu meiner Familie. Vielleicht in mein Verderben.

Nach einer weiteren Kutschfahrt, die ich auf einem gepolsterten Sitz aushare, nicht in einer Ecke am Boden, dringt der Mief der Seine durch den Jutesack. Das sanfte Schallen gemäßigter Wellen hallt von Wänden wider, die zu den einfach zusammengeschusterten Speichern eines Hafengebiets gehören müssen.

Wir halten an und steigen aus. Die Schritte mehrerer Menschen folgen uns in gebührendem Abstand, während er mich wieder unterhakt und führt. Sollte es mich beruhigen, dass er sich nicht zutraut, mich allein in Zaum zu halten, oder sollte ich bei der Übermacht der feindlichen Seite erzittern? Ich schaffe weder das eine noch das andere, kann ihm nur stocksteif vor Frösteln und Furcht folgen.

Das Rauschen des Windes und der Hall unserer Schritte ändern sich. Wir betreten ein Gebäude. Jemand hinter mir zieht mir den Sack vom Kopf, und ich inhaliere, als wäre es eine Meeresbrise und keine muffige Böe von der Seine. Luft pfeift durch Spalten im Wellblech der Lagerhalle, deren mit Ölflecken beschmierter Betonboden sich vor mir ausdehnt. Bis zur hinteren Wand, an die sich ein Käfig drängt.

Fünf Schatten hinter den Gitterstäben, die ich aus der Ferne nicht von den dunklen Ölflecken unterscheiden können sollte. Doch ich kann es.

Ich reiße mich aus dem Griff des namenlosen Nyx los. Jage über den Beton, jeder Schritt ein Schlag, der durch meinen Körper fegt. Noch viel zu weit entfernt kauern sie, die Arme umeinandergeschlungen. Ihre Namen lösen sich aus meiner verkrampften Kehle, gleichzeitig, durcheinander, ein Knäuel aus zusammengeworfenen Konsonanten und Vokalen.

Eine kleine Gestalt löst sich aus der Gruppe, die schmalen Schultern gestrafft. Henri. »Lasst meine Familie in Ruhe!«

Henri, der zierliche Henri, der seine Schwestern so gern triezt, stellt sich zwischen unsere Familie und mich, die er für einen seiner Entführer hält.

Ich will ihm zurufen, dass ich es bin, Odette, seine Schwester. Er muss sich nicht mehr fürchten. Muss nicht mehr stark sein. Ich bin endlich hier, so, wie ich es sein sollte. Doch kein Ton kommt heraus.

Stolz – ausgerechnet Stolz! – wirbelt durch meinen Brustkorb, als er ausholt und einen Stein nach mir wirft.

Der Stein kullert ein wenig entfernt an mir vorbei. Und trotzdem werde ich zu Boden geschmettert, schlittere einige Meter weit. Mein Gesicht scheuert über Beton und durch Ölflecken, deren penetranter Teergestank mich würgen lässt. Mit den Unterarmen in den Boden gepresst, atme ich durch den Schmerz, durch das Brummen meines Schädels, bis ich halbwegs klar denken kann.

Das war nicht Henris Stein.

Keuchend rapple ich mich auf, doch meine Beine gehorchen nicht. Ein Seil zurrt sie zusammen, reibt meine Knochen von den Knöcheln bis zu den Knien gegeneinander. Ich lange nach dem Seil – Metall, so wie die Drahtpeitsche des Dirigenten, aber mit Gewichten an den Enden. Ein Wurfgeschoss.

»Odette?« Die Stimme von Mathilde, strapaziert, als hätte sie geschrien.

Ich will zu ihnen, muss ihre Gesichter sehen. Das Sehen zerreißt mich. Stattdessen starre ich nach hinten.

Zum Angreifer. Zum Dirigenten.

Er steht zwischen mir und dem weiter hinten im Schatten verborgenen namenlosen Nyx, kommt aus der Wurfhaltung zurück in einen aufrechten Stand.

Die Wunde an meinem Fußgelenk flammt auf, und ich greife nach der Fessel an meinen Beinen. Wie seine Drahtpeitsche. Was, wenn auch sie mir einen Stromschlag versetzen kann? Meine Finger werden fahriger, ratschen über das Metall, das sich keinen Millimeter lockert. Ich zerre ein letztes Mal am Seil, dann lasse ich die Hände fallen und starre den namenlosen Nyx an. »Wir hatten eine Abmachung!«

Er nähert sich mir, bis die harten Konturen einer Maske hervortreten, aber bleibt tief genug im Schatten, um keine Details preiszugeben. Doch irgendetwas an der Fratze ist *falsch*.

»Sie sind wohlauf«, entgegnet er mit einem Schulterzucken, die Hände hinter dem Rücken gefaltet.

»Ich will sichergehen, ob es ihnen gut geht! Aus der Nähe!«

»Meine Teuerste«, er hebt die Hände, als führte er mich durch das *Château de Versailles*, »ist das hier nicht eine Verbesserung zu dem, was Ihre Familie Zuhause nennt? Sie ist wohlauf. Sorgen Sie dafür, dass es so bleibt.«

»Sie haben kein Recht, das Leben meiner Familie zu verhöhnen, nachdem *Sie* es zerstört haben!«, knurre ich und kratze mit den Fingern wieder an der Beinfessel, bis meine Nägel einreißen, bluten. Ich atme tief durch und sehe hoch. »Sie können das Lichtwirken nur untersuchen, wenn ich es einsetze. Lassen Sie meine Familie frei!«

»Erst erfüllen Sie Ihren Teil, Mademoiselle Odette, dann lasse ich Ihre Familie gehen.«

Ich funkle ihn an, lege allen Hass und alle eiserne Entschlossenheit in meinen Blick. Er soll wissen, dass ich nicht nachgebe. Keinem seiner Worte vertraue. Wenn er von mir erst bekommen hat, was er will, lässt er sie nie mehr frei.

Er seufzt. »Es scheint, wir befinden uns in einer Pattsituation.« Immer noch dieser Plauderton. Doch die Metallstreifen im Lamé-Seiden-Ton funkeln greller, geschliffene Klingen statt schimmernde Verzierungen. »Nun, wenn du mein mehr als großzügiges Angebot ausschlägst ...« *Du.* Das war es also mit seiner geheuchelten Höflichkeit. Er hebt eine Hand und krümmt Zeige- und Mittelfinger, um seine Lakaien herbeizurufen.

Der Dirigent und zwei andere Männer schreiten auf mich zu. Ich krieche zurück, doch sie umzingeln mich. Greifen meine Arme und bohren stählerne Finger in die empfindliche Haut meiner Oberarminnenseiten.

»Loslassen!«, schleudere ich ihnen mein Gebrüll entgegen, zusammen mit meinen Fäusten, meinen austretenden Beinen.

Der Dirigent packt meine zusammengeschnürten Knie, hemmt jede Bewegung mit eisernem Griff. Sie schleppen mich durch die Halle. Fort von meiner Familie, deren Klagelaute unsere Prozession begleiten. Meine Familie, in deren Gesichter ich nicht blicken konnte. Wann habe ich das letzte Mal ihre Gesichter gesehen? Gluthitze wallt in mir auf, eine schlammige, zähe Jauche aus dem Wehklagen meiner Familie und Reue. Wieso erinnere ich mich nicht an unser letztes Beisammensein? Ich wollte doch mehr Zeit mit ihnen verbringen. Klärende Gespräche führen. Meine Geschwister nicht nur in den wenigen Morgenstunden aufwachsen sehen. Nichts davon habe ich geschafft. Ich kann mich nur mit gefletschten Zähnen und heißen Tränen winden und winden, gegen meine eigene Machtlosigkeit.

»Du hättest sie retten können.« Die Maske des namenlosen Nyx verschwimmt hinter Dunkelheit und meinem Tränenschleier, während seine Finger über meine Wange streichen, meine Haut liebkosen und verätzen. »Ich erfahre trotzdem, was hinter deinem Lichtwirken steckt. Und sorge dafür, dass keine weitere Brut existiert, die diese Fähigkeit in sich trägt.«

Nein. Nein! Ich bäume mich auf, ramme beide Beine in den Magen des Dirigenten. »Tun Sie meiner Familie nichts an! Sie haben keine Fähigkeiten!« Einer meiner Arme rutscht aus dem Griff eines Lakaien, und mein Oberkörper sackt ein Stück gen Boden, bevor er mich wieder zu packen bekommt. *Aussichtslos*, flüstert mein Verstand, der irgendwo unter Schmerz und Erschütterung vergraben liegt, während sich mein Körper weiter windet und krümmt.

Sie verfrachten mich zu einer Seitentür, und die Schreie meiner Familie verebben. Ich kralle mich am Türrahmen fest, doch sie stoßen mich weiter, als wäre ich nur ein unhandlicher Sack Weizen. Meine Fingernägel lösen sich vom Fleisch, ganz sicher, denn der Schmerz zerreißt meinen ganzen Körper, lässt Sterne hinter meinen Augenlidern explodieren. Jede Selbstbeherrschung entgleitet mir. »Bitte«, wimmere ich, das Flehen so qualvoll anders als die Forderungen, die ich stellen wollte. Ich schmeiße meinen Kopf in den Nacken, in Richtung der Halle, ganz gleich, ob der Namenlose noch dort ist oder nicht. »Bitte, tun Sie meiner Familie nicht weh!«

Kapitel 21

Ich wechsle zwischen verzweifeltem Widerstand und erschöpftem Dämmerzustand. Minutenlang, vielleicht stundenlang. Die vergehende Zeit ändert nichts an dieser einen Erkenntnis. Ich kann mich aus dieser Lage nicht mehr befreien.

Doch warum, obwohl ich schwören könnte, meinen Kampfgeist irgendwo neben einem Ölfleck des Lagerhallenbodens verloren zu haben, redet mein Herz mir ein, dass ich meine Familie retten werde?

Ich will meine Augen schließen. Aber niemand denkt daran, mir den Sack überzustülpen, und daran klammert sich meine Hoffnung. Mein durcheinandergeworfener Verstand ersinnt automatisch Pläne. Er prägt sich die Strukturen der Lagerhallen ein, den unverwechselbaren Gestank von Flusswasser, das Netz aus Straßen und Gassen. Säure pappt an meiner Zunge. Galle und Magensaft – habe ich mich übergeben? Nein. Es liegt in der *Luft* – säuerlicher Wein. Sind wir in der Nähe der Weindepots von *Bercy*? In *L'Arès*?

Beinahe lache ich, so unnütz ist die Mühe. Doch auch das schlucke ich herunter, damit die Nyx nicht ahnen, dass ich mehr mitbekomme, als sie denken.

Der Zug um meine steifen Beine lockert sich. Ich probiere, meine Knie ein wenig auseinanderzuschieben. Sie lösen sich voneinander. Und niemand scheint es zu bemerken.

Ich zwinge meinen Atem, seinen unsteten Rhythmus beizubehalten, und starre hoch. Der Dirigent blickt mir durch die Linsen seiner Komödienmaske direkt in die Augen. Dann auf meine Beine. Ich denke nicht darüber nach, was das zu bedeuten hat, sondern ziehe meine Knie an die Brust und ramme sie ihm in den Magen. Dorthin, wo ich ihn zuvor getroffen habe.

Er grunzt und klappt ein, lässt meine Beine fallen. Die beiden hinter mir stoßen alarmiertes Grunzen aus und verstärken den Griff um meine Arme. Zwei Kampfmaschinen, nur anders als Eugène.

Nicht nachdenken. Ich kenne die Schritte in- und auswendig. *Eins*, ertönt Cléments Stimme in meinem Kopf, *sicherer Stand*. Sie zerren mich zu sich, erwarten, dass ich nach vorn flüchten will. *Zwei.* Mich nach vorn kämpfen, sodass sie sich noch stärker nach hinten stemmen, um mich zu halten. *Drei.* Schlagartig jede Gegenwehr nach vorn einstellen und mich nach hinten gegen sie werfen.

Ich stürze mit ihnen zu Boden. Nichts bremst die Wucht des Aufpralls, weil sie den Fall nicht wie Eugène erwarten. Doch sie lassen von mir ab. Als Zugabe schaffe ich es, meine Ellbogen in ihre Rippen und Lenden zu bohren. Dann rolle ich von ihnen herunter, taumle weg.

Der Dirigent ragt vor mir auf. Packt meine Unterarme.

Ich durchwühle meine Erinnerungen nach den Schritten für diese Situation.

Sein Griff lockert sich, sein Maskengrinsen das kleinste bisschen schief. »Ich meinte, was ich gesagt habe. Du würdest bei uns –«

»Dirigent!«, rufen die beiden Handlanger.

Er lässt mich ganz los. Sackt stöhnend zusammen, obwohl ich keinen Finger rühre. Ein Schauspiel – für die anderen Nyx. Ich stürme los. Kein Blick zurück. Enge Gassen zwischen planlos errichteten Baracken, wo mein kleinerer, schmalerer Körper ein Vorteil gegenüber den schwer bewaffneten Kolossen ist. Mein Tempo drossle ich nicht. Schürfe jedes Mal, wenn ich scharf in eine andere Gasse abbiege, mit den Schultern oder Handflächen an unverputzten Häuserfassaden entlang.

Er hat mich ziehen lassen. Der Dirigent, er ... er hat ...

Ich weiß nicht, warum, kenne die düsteren Absichten hinter seinem Handeln nicht, aber dank ihm bin ich den Klauen der Nyx entkommen. Und nun brauchen sie meine Familie weiter als Druckmittel. Lebend.

Der Dirigent hat das Leben meiner Familie gerettet.

Sosehr die Sorge um Louise in den letzten Stunden in den Hintergrund gedrängt wurde, so stark kocht sie nun in mir hoch. Ich sprinte durch *L'Athéna*, klammere mich in *L'Apollon* mit brennenden Armen an die Rückseite einer privaten *Fiacre*, außerhalb des Blickfeldes des Chauffeurs, dann schleppe ich mich in *L'Héra* zum *Hôtel d'Amboise*.

Hätte ich irgendetwas anders machen können, um dieses Desaster zu verhindern? Meine Gedanken kreisen um all meine Fehler, diese kleinen Schritte auf dem Weg hierher. Ich habe immer nach bestem Wissen und Gewissen gehandelt, also sollte ich mich nicht selbst mit Hass strafen. Trotzdem tue ich es. Ich will den Göttern die Schuld zuschieben, dem Dreifaltigen *und* den Alten, weil sie all das zugelassen haben. Ihre Strafe würde ich verstehen, wäre ich ängstlich vor meinem Schicksal geflohen, hätte ich mein Glück über meine Familie gestellt oder untätig zugesehen, wie die Nyx die Menschen versklaven. Aber nichts davon habe ich getan, obwohl die Versuchung da war. Also vielleicht ist es weder meine Schuld noch die der Götter. Vielleicht ist das Leben einfach eine Aneinanderreihung von Ungerechtigkeiten und Rückschlägen, egal, wie sehr man sich bemüht.

Wachen vor dem *Hôtel d'Amboise*, das ist neu. Richtig, zu Louise' Schutz. Ich könnte versuchen, sie zu überzeugen, mich hereinzulassen. Doch es gibt einen schnelleren Weg. So weit wie möglich vom Schein der elektrischen Straßenlampen entfernt, klettere ich mit Anlauf auf die Mauer um das Grundstück, dann weiter die Fassade hinauf. Finde dekorativ hervorstehende Sandsteine und Schnitzereien, die meinen Fuß- und Fingerspitzen genug Halt bieten. Nach all den Wochen der Ertüchtigungen fast ein Kinderspiel – hätte ich nicht die Tortur aus Schlafmangel, Kämpfen und Fliehen hinter mir.

Keuchend und schwitzend zerre ich mich am verschnörkelten Fenster hoch, hinter dem der schwache Schein von Louise' Öllampe am Bett flackert. Ich klopfe ans Glas, in unserem Rhythmus, der mir so vertraut von der Hand geht und doch wie eine ferne Erinnerung klingt. Meine Arme zittern, meine Knie geben nach. *Komm schon, Louise!*

Mein Fuß rutscht ab, und meine Muskeln verweigern jede Sekunde den Dienst.

Louise reißt das Fenster auf, und mit letzter Kraft katapultiere ich mich hindurch. Ich kullere über den Boden, bleibe auf dem Rücken liegen, während Louise mich aus Augen so groß wie die in Seidenpapier aufgewickelten Locken auf ihrem Kopf anstarrt.

»Ein Glück, dass es zumindest dir gut geht«, raune ich. Erleichterung legt sich über mich wie eine Decke, unter der ich die Augen schließen will.

Louise zerrt mich auf ihren aufgeplusterten Bergère-Sessel und mustert meine Augen, meine Mimik. »Was ist passiert?« Sie ergreift meine Hände und hockt sich vor mich.

Ich erzähle ihr die Kurzfassung. Erwarte, dass ich zwischendurch in Tränen ausbreche oder die Gefühle von zuvor aus mir herausplatzen, doch ich rattere alles wie die trockenen Beschreibungen eines Geschichtsbuchs herunter.

Danach starrt sie mich lange an. Nichts kann ich in ihren Augen lesen, so wie sonst. Sie starrt und starrt, mit schmalen Lippen und unregelmäßig zuckendem kleinen Finger in meiner Hand. Irgendwann richtet sie sich stocksteif auf und wendet sich von mir ab. »Ich hole Eugène.« Gepresste, eisige Worte, so als würde sie ihre Lippen kaum öffnen.

»Nein!« Ich greife ihren Arm, jede Müdigkeit ist vergessen beim Gedanken, Eugène gegenüberstehen zu müssen.

Doch Louise fährt zu mir herum, so heftig, dass einige der Lockenpapiere aus ihren Haaren rutschen. Nichts daran ist komisch, weil ihr Blick mir Dutzende geschliffene Eiszapfen durchs Herz schickt. »Du hättest zu mir kommen können. Eugène zuhören können. Armand und Jean um Hilfe bitten können«, spricht sie mit der trügerischen Ruhe eines lauernden Panthers auf der Jagd. »Aber nein, du musst das Sinnloseste, Leichtsinnigste, GEFÄHRLICHSTE machen, das einem Menschen auch nur einfallen kann!«

Unter dem Groll des Mädchens mit Lockenwicklern und plüschigem Nachtkleid verkrieche ich mich in den Ritzen des Sessels.

Sie ist noch lange nicht fertig. »Ich dachte immer, von uns beiden wärst du die Intelligentere, die Vernünftigere, aber du hast mir ein für alle Mal das Gegenteil bewiesen!« Louise tigert auf und ab. »Du läufst fröhlich direkt in die Arme der Nyx. Ohne mir Bescheid zu sagen. Ohne auf Einwände zu hören.« Schlagartig bleibt sie vor mir stehen. Wut und Schmerz verzerren ihr Gesicht. Dann gestikuliert sie resigniert, halb Schulterzucken, halb in die Luft geworfene Hände. »Wann fängst du an, *endlich* Hilfe anzunehmen?« Ihre Lippen beben, und meine schlagartig ebenso. Ihre Stimme wird so zart wie der Organza ihres Lieblingskleides. »Uns zu vertrauen?«

»Ich vertraue euch«, murmle ich und schaue auf den Boden. Ich ertrage es nicht, sie so zu sehen.

»Nein, tust du nicht.« Das Seidenpapier in ihren Haaren raschelt, als würde sie den Kopf schütteln.

Ich starre ihre Seidenpantoffeln an. Meide ich ihren Anblick wegen der Wut und des Schmerzes, die sie so offen nach außen zeigt – oder weil sie recht hat? Ich kämpfe gegen mich selbst, bis ich es schaffe, sie anzusehen. »Dann *versuche* ich, euch zu vertrauen.« Die Festigkeit meines Versprechens überrascht mich, doch mir wird klar, woher sie kommt.

Ich meine es so.

Ich *will* versuchen, ihnen zu vertrauen, gebe das Versprechen nicht nur, um sie abzuschütteln.

»Gut«, schnauzt sie, als hätte sie noch nicht ganz begriffen, dass ich ihr zustimme. Mit einem Seufzer erlöscht das Feuer spürbar in ihr. Sie umfasst meine Schultern, reibt sie kurz und ein wenig zu fest. »Gut«, murmelt sie erneut. »Dann nimmst du jetzt ein Bad.«

Ich öffne den Mund zum Protest.

Sie hebt den Finger. »Dein Körper braucht Erholung. Und ich brauche einen sauberen Körper, damit ich erkennen kann, wo ich dich zusammenflicken muss. Keine Armee der Welt kann sich von einer Schlacht in die nächste stürzen. Also du erst recht nicht.«

Sie scheucht mich in ihr majestätisches Badezimmer, in dem sie die bronzenen Wasserhähne voll aufdreht und ein Fläschchen Mandelöl in die Wanne schüttet, das sicherlich für mehrere Anwendungen gedacht war. »Was auch immer wir als Nächstes machen, wir müssen es *richtig* machen. Indem wir unsere Kräfte sammeln und gemeinsam einen Plan schmieden. Du hast es selbst gesagt, solange die Nyx dich nicht haben, tun sie deiner Familie nichts.«

»In Ordnung«, zwinge ich über die Lippen und zerre mir die Stiefel von den Füßen, die nichts wollen, außer zurück zu meiner Familie zu rennen. »Aber ich glaube nicht, dass Eugène mir noch helfen will.«

Sie verfrachtet einen Stapel aus weichen Handtüchern und Waschlappen auf den Hocker neben der Wanne. »Und ich bin sicher, *dass* er das tut.« Sie pfeffert ein fliederbeduftetes Stück Kernseife hinterher. Keine Widerworte erlaubt.

»Odette!«

Ein Ruck geht durch meinen Körper, so wie ich manchmal kurz vorm Einschlafen aufschrecke. Wasser platscht in mein Gesicht, flutet meinen Mund mit zäher Lauge und dem fernen Hauch von Flieder. Ich strample mit den Füßen, die Halt am Ende der rutschigen Wanne finden.

Während ich mich am Beckenrand festkralle, blinzle ich durch schaumbedeckte Wimpern.

Eugène kniet neben mir, tiefviolette Schatten unter den aufgerissenen Augen.

Einen Moment lang starren wir uns an.

Dann weiten sich seine Augen noch mehr, bevor er die Augenbrauen furcht. »Bist du – hast du nur *geschlafen*?«

Ich schlage meine Arme vor der Brust übereinander, spritze lauwarmes Wasser durch die Gegend.

»Louise hat gesagt ... Ich dachte, du wärst ...« Er starrt mich weiter an, sodass ich noch tiefer ins Wasser rutsche.

Wasser mit definitiv zu wenig Schaum.

»Deine Anwesenheit ist mehr als unangebracht!«, sprudelt es aus mir heraus, zwei Oktaven zu hoch.

Doch Eugène hört nicht zu, sondern dreht sich zur Tür. »Louise!«, donnert er. »Du hast mich glauben lassen, Odette stünde praktisch mit einem Fuß im Grabe!«
Louise tänzelt an der Tür vorbei, das Sinnbild von Unschuld. »Da musst du mich missverstanden haben!«, flötet sie.
»Dachtest du, ich wäre *tot*?«, platze ich heraus. Soll ich mich wegen seiner Sorge geschmeichelt fühlen – oder gekränkt, weil es das braucht, damit er mir gegenüber etwas anderes zeigt als Distanziertheit?
»Ich habe *nicht* gedacht, dass du tot bist«, gibt er *zu* vehement kund, um es ihm ganz abzunehmen. Und dann ist da dieser rosa Hauch auf seiner Nase. »Ohnmächtig vielleicht. Was ja offensichtlich nicht ganz so weit hergeholt ist, wenn man bedenkt, wie du in einer *Badewanne* eingeschlafen bist.« Der aufsässige Unterton kehrt schon zurück. Er greift nach dem Rand der Wanne, Marmorfinger an Porzellan, und entschieden zu nah an *mir*.

»Da ja nun geklärt ist, dass ich weder tot noch ohnmächtig bin«, ich mache eine eindringliche Pause, »könntest du eventuell *draußen* warten? Ich bin schließlich –« Ich bringe es nicht über mich fortzufahren. Das muss ich aber auch nicht.

Erneut weiten sich seine Augen, und er schnellt mit roten Ohren in die Höhe. »Ja, ja, natürlich.« Er räuspert sich, wendet sich ab, nur um sich wieder zu mir zu drehen und seine ruhelosen Hände in die Hosentaschen zu schieben. »Verzeih mir meine Verfehlung.« Mit einem leichten Kopfneigen macht er kehrt.

Ich starre für einen Moment ins Wasser, auf die schillernden Schaumkronen. »Ich dachte nicht, dass du kommst«, murmle ich und schlage mir die Hand vor den Mund. Das klang so anklagend, so bedürftig, so verletzt. Nichts, was ich ihm gegenüber sein will.

Er bleibt wie angewurzelt stehen, den Rücken zu mir gekehrt.

Bei Iris' Winden, lass ihn sagen, dass er mich nicht verstanden hat!

»Warum denkst du das?« Noch nie habe ich seine Stimme so leise gehört.

»Weil du –« Eine Myriade an Wörtern schnürt sich irgendwo hinter der Grube meines Halses zusammen, zu viel und zu bleiern, um einen Weg hinauszufinden.

Bevor ich sie stattdessen herunterschlucken kann, kniet er zwischen einem Lidschlag und dem nächsten an meiner Seite, als wäre er schattengesprungen. »Natürlich bin ich zu dir gekommen!« Er scheint mit den Worten zu ringen, teils Flüstern, teils Vorwurf, teils Gebet.

Ich will etwas sagen, das die Anspannung aus der schwummrigen Luft vertreibt. Aber ich kann nicht. Nicht, wenn er mich *so* ansieht. Als würde er den Blick nie wieder von mir abwenden, zumindest nicht, bis er mich in jedem Winkel meines Herzens, meiner Gedanken, meiner Seele ergründet hat.

»Egal, was passiert.« Er legt die Hände an meine Wangen, seine Handballen maßgeschneidert für die Fläche unter meinem Jochbein, die Daumen so warm an der zarten Haut neben meinen Augenwinkeln, die anderen Fingerspitzen beinahe schwebend an meinem Haaransatz. »Wenn du mich brauchst, lasse ich dich nicht im Stich.«

Die Enge in meiner Brust lähmt meine Atmung. Ich sollte ihm sagen, dass ich ohne ihn zurechtkomme. Ohne seine leeren Versprechungen. »Warum fühlt es sich dann so an, als hättest du es?«, zwinge ich stattdessen heraus, leise Worte, getränkt von der Zurückweisung, die seit dem *Cabaret Déviance* in meinem Brustkorb wuchert.

»Ich hätte dir geholfen. Du bist nur verschwunden, bevor ich auch nur eine Sekunde nachdenken konnte.«

»Du meinst, bevor du dich *ausruhen* konntest.«

»Ich –« Seine Stimme bricht, und er lässt von meinem Gesicht ab, wo prickelnde Kälte zurückbleibt. Er reibt sich über das Gesicht, ein kaum wahrnehmbarer Laut in seiner Kehle. »Habe ich dir jemals Grund zur Annahme gegeben, ich würde dich in so einer Notlage im Stich lassen? Es wäre mir egal?«

Das mittlerweile eisige Wasser betäubt meinen Körper, als wäre ich gar nicht wirklich hier, nur meine Hülle. Vielleicht halte ich deshalb keines meiner Worte zurück. »Seit Tagen redest du nicht mehr wirklich mit mir. Geschweige denn, dass du mich ansiehst.« Ich schlucke. Beinahe stört es mich nicht einmal, wie bitter ich klinge – weil jedes ehrliche Wort ein klein wenig von der Last auf meinem Herzen nimmt. »Ich komme damit zurecht, wenn ich für dich als Zeitvertreib ausgedient habe. Aber beteuere nicht das eine, nur um das genaue Gegenteil zu tun.«

Eugène fährt sich mit seinen Händen erneut übers Gesicht, dann durch sein Haar, bis er seine ihm so heilige Frisur ruiniert. Mit vor Mund und Nase gefalteten Händen, die Fingerspitzen an der Nasenwurzel, betrachtet er mich. Dunkle, dunkle Augen ohne Sterne.

Ich kann nicht wegsehen, obwohl ich mich mit jeder verstreichenden Sekunde mehr unter seinem Blick winde. Mein Körper erschaudert, vom Wasser plötzlich nicht mehr betäubt, sondern eisig. Vielleicht erfriere ich, bevor er etwas sagt. Oder er sagt gar nichts mehr.

Doch dann atmet er tief aus und stemmt sich mit den Armen auf den Oberschenkeln hoch. »Würdest du mit mir kommen, wenn du fertig bist?« Seine Hände verkrampfen sich zu Fäusten, beben leicht neben seinem Körper. »Es gibt etwas, das ich dir zeigen muss.«

Nach dem Bad beißt die Nachtluft noch heftiger. Obwohl wir nach wenigen Minuten Fahrt auf dem gegenüberliegenden Seine-Ufer wieder aus der Pferdekutsche steigen, klappern meine Zähne aufeinander. Ich zerre den Kragen von Louise' Mantel enger um meinen Hals, während ich hinter Eugène die noble Häuserreihe neben der Promenade *Cours la Reine* entlangtrotte. Residenzen mit Flussblick in *Le Zeus*, dessen Exklusivität und Unbezahlbarkeit wohl die jedes anderen Arrondissements übertrifft.

Was bei Hadès' Unterwelt tun wir hier? War es ein Fehler, mit Eugène zu gehen? Etwas in mir hat bei der geringsten Aussicht auf eine Erklärung für sein Verhalten alles andere vergessen. Dabei weiß ich nicht einmal, ob das, was auch immer er mir zeigen will, überhaupt eine Erklärung ist.

»Ich verschwende wertvolle Zeit«, murmle ich in meinen Kragen, die Wörter nicht viel mehr als Nebelhauch aus verdampfendem Atem.

Doch Eugène dreht sich halb zu mir. »Was ich dir zeige, könnte eventuell bei deiner Familie weiterhelfen.«

»Kannst du es mir nicht einfach *sagen*?«

Eugène steuert auf ein von einer Gartenanlage umgebenes *Hôtel particulier* zu, das einzige frei stehende Gebäude, als wäre es nicht schon obszön genug, hier eines der Reihenhäuser zu besitzen.

Ich halte ihn am Arm zurück und beäuge den uniformierten Concierge neben dem verzierten Portal. »Wir können da nicht einfach reinspazieren«, zische ich.

»Monsieur Lacroix!« Der betagte Concierge verneigt sich tief. »Soll ich der Küche Bescheid geben? Oder den Dienstmädchen, dass sie Ihren Kamin anschüren oder ein Bad einlassen sollen?«

Erstarrt lasse ich Eugène los. Das hier ist *sein* Zuhause.

Natürlich. Wo sollte er wohnen, wenn nicht im vermaledeiten, prunkvollsten *Hôtel particulier* in der prunkvollsten Straße des prunkvollsten Arrondissements?

»Danke, aber kein Bedarf, Albert.« Eugène salutiert vor dem betagten Mann. »Und – wie oft noch – nennen Sie mich Eugène. Monsieur Lacroix ist mein Vater.«

Der Concierge ruft uns etwas hinterher, während wir schon im Gebäude verschwinden. Wir stiefeln durch das Foyer – nein, es geht schon als weitaus repräsentativeres *Vestibule* durch – mit einer geschwungenen Doppeltreppe als Herzstück. Alles ist aus edlen Materialien gefertigt. Möbel aus Schwarznuss-Maser, gebohnerter Marmorboden, schwere Samtteppiche in geschmackvollen Tönen, die sich nicht mit dem glänzenden Gold beißen. Doch abgesehen von den Materialien, bleibt die Einrichtung seltsam zurückgenommen. Klare Linien statt verschnörkelter Opulenz. Hinter Eugène erklimme ich die Treppe, über dessen Absatz ein einzelnes Ölgemälde hängt, statt unzähliger Kunstwerke, die in anderen Residenzen Reichtum zelebrieren. Der schwache Hauch von Blumen liegt in der Luft, obwohl weit und breit keine Gestecke oder Sträuße stehen.

Ich reiße meinen Blick von der Einrichtung los und betrachte Eugène mit seinen gewagten modischen Ausschweifungen und seiner Nonchalance. Er passt nicht hierher. Ich könnte schwören, vergangene Maßregelungen hallen von den kargen Marmorwänden wider. Der vage Schatten eines kleinen Jungen, der mit schokoladenverschmiertem Grinsen in einer Nische kauert. Die Silhouette eines älteren Jungen, der sich, in einen Mantel aus goldenem Lamé drapiert, aus dem Haus schleicht, obwohl er einem Geschäftsessen beiwohnen soll. Ob er schon immer anders war, als von ihm erwartet wurde? Oder ist sein Betragen, seine Kleidung, seine Art eine mehr oder weniger bewusste Rebellion gegen sein Elternhaus? Wie seltsam – früher habe ich über all das an ihm nur die Augen verdreht. Habe mich nie gefragt, ob etwas anderes dahintersteckt als die modischen Spleens eines reichen Schnösels.

Über eine schmale Stiege stolpern wir in das ausgebaute Dachgeschoss, das normalerweise die Bedienstetenquartiere beinhaltet. Doch nicht dieses. Es mutet an wie eine kuriose Mischung aus Salon und dem Studierzimmer eines Privatdetektivs, mit Bücherstapeln auf Cocktailsesseln, überfüllten Schreibtischen, Schrauben und Zahnrädern in Konfektdosen. Obwohl sich das Dachgeschoss über die gesamte Grundfläche des *Hôtel particulier* erstreckt, stehen die Möbel dicht an die Wände gedrängt.

Denn in der Mitte, direkt vor uns, thront eine kutschgroße Maschinerie.

Ich erstarre, während sich schwarze, ölige Tentakel um mein Herz schlingen. »Eugène, was ist das?«

Gold, kein Kupfer, und ein einzelner Sitzplatz, der an eine *Récamière* erinnert, keine Spulen. Sie sehen sich kaum ähnlich, wenn man es genau betrachtet. Aber etwas an den Kabelsträngen und dem statisch aufgeladenen Geruch in der Luft verdreht mir den Magen.

Eugène nähert sich der Maschine, sein Gang leicht schlingernd. »Ich wusste es, als ich Projekt S das erste Mal erblickt habe. Wusste es sofort.«

Ich starre seinen Rücken an. Beobachte, wie er eine Hand auf die Rückenlehne der *Récamière* legt. Eisige Wellen zerschmettern über mir wie an zerfurchten Klippen.

»Eugène –«

Er schnellt zu mir herum, wie durch einen Stromschlag der Maschinerie getrieben. »Mein Vater hat *nicht* Projekt S gebaut!«, bricht es aus ihm heraus. »Die Erfindung meines Vaters sollte dem *Vergnügen* dienen. Die *Bourgeoisie* sollte sie nutzen, um sich nachts noch länger vergnügen zu können, ohne tagsüber schlafen zu müssen. Doch bevor er in die Produktion gehen konnte, wurden seine Baupläne gestohlen. Schon vor einer ganzen Weile.«

Ich stolpere einige Schritte zurück, bis meine Schulter gegen den Türrahmen stößt. Noch ein Schritt, und ich stürze die Treppe hinab. Vielleicht wäre das besser, als hierzubleiben.

Im Raum unter uns klappern Schritte. Eugène beißt sich auf die Unterlippe, dann setzt er die Nadel eines Grammophones auf, und das leise surrende Federwerk spielt die Platte ab. Betörende, furchterregende, unweltliche Frauenchöre, die unser Gespräch übertönen. Es ist also nicht unüblich, dass sich jemand hier oben aufhält – aber niemand soll unser Gespräch mithören.

»Mein Vater hat seine Erfindung direkt fallen gelassen. Meinte, er bringe nur konkurrenzlose Neuheiten auf den Markt, nichts, das irgendein dahergelaufener Dieb kurz darauf mit gestohlenen Plänen plagiiert.«

»Du denkst, die Nyx haben seine Baupläne gestohlen?« Ich umklammere meine Oberarme, brauche Halt, ein wenig Wärme. Die Melodie aus dem Grammophone sucht mich heim wie ein wehklagendes Gespenst, nein, wie schaurig schöne Meerjungfrauen, die Schiffe zerschellen lassen. »Was, wenn er lügt?«

Seine Mundwinkel verziehen sich zu einem bitteren Lächeln. »Welchen Grund zum Lügen hätte er? Er weiß nicht, dass ich zu den Nachtschwärmern gehöre. Aber nehmen wir an, er wäre ein Nyx – es gäbe für ihn doch keinen Anlass, mir, meiner Mutter und dem gesamten Hauspersonal so eine Geschichte aufzutischen. Und ich habe mit dem Hauspersonal gesprochen – sie haben Einbrecher mit Kupfermasken gesehen.«

Mein Blick huscht von Eugène zur Maschine. Meine Unterlippe brennt, die zarte Haut ein wenig geschunden, weil meine Zähne auf ihr herumkauen. Hastig lasse ich von ihr ab. »Die

Nyx würden wohl wirklich keine Diebe schicken, wenn der Erfinder der Maschine zu ihnen gehört.«

»Glaub mir, ich habe ihn direkt verdächtigt, als ich Projekt S bei den Nyx gesehen habe. Doch je länger ich Beweise für meinen Verdacht gesucht habe, desto weniger deutet darauf hin, dass er zu den Nyx gehört. Mein Vater lebt für Prestige. Er will Menschen nicht wie die Nyx beherrschen – er will sie *übertrumpfen*. Auf einem ebenen Spielfeld, sodass niemand daran zweifeln kann, dass er ihnen wirklich und unumstößlich überlegen ist.« Eugène schüttelt den Kopf. »Er ist ein Einzelkämpfer, ein Egoist und ganz sicher kein guter Mensch. Aber er ist kein Nyx.«

Ich trete näher an ihn heran. »Wir hätten so viel mit dem Wissen anfangen können! Wie wir Projekt S zerstören können. Wie wir Folgeschäden bei meinem Vater vermeiden können.« Ich stocke, werfe die Arme in die Luft. »Wieso nur hast du nicht eher etwas gesagt?«

Mit einer Hand krallt er sich an der Maschinerie fest, sodass seine Knöchel weiß hervortreten. Sein Kopf sinkt gen Boden. »Weil ich Angst hatte.«

Ein weiterer Schritt auf ihn zu. Vor ihm muss ich den Kopf ein wenig neigen, um in sein Gesicht zu blicken. »Dass ich dir nicht glaube?«

Ein Schatten huscht über sein Gesicht, während er den Kopf noch mehr von mir abwendet. Seine Mundwinkel beben. »Dass du erkennst, wer ich wirklich bin.«

Ich schüttle leicht den Kopf. »Das verstehe ich ni–«

Ruckartig sieht er mich an, aus Augen so dunkel wie Klavierlack. »Erinnerst du dich an das, was ich dir über meine Pflichten und das Nachtleben erzählt habe? Über schwere Entscheidungen?«

Seine Worte von damals hallen durch meine Erinnerung, verwoben mit der Melodie, den auf- und abschwellenden Lauten aus den Mündern mystischer Wesen. *Jeden Tag aufs Neue muss ich eine Entscheidung treffen.* Das Gespräch hat mir die Augen geöffnet, dass ich nicht weiter weglaufen kann. Seltsam, wie das Wissen über seine Schwäche mir geholfen hat, Stärke zu finden. Aber was hat das mit – *Arbeit, Studium, Feier, Freunde, Nachtschwärmer, Schlaf. Meistens opfere ich meinen Schlaf.*

Die Erinnerung an ein anderes Gespräch blitzt auf. Über die Melodie, die er so oft gesummt hat. Die Nocturnes von Claude Debussy. *Nuages, Fêtes* – und *Sirènes*. Oh.

Schmerz gräbt sich tiefer in seine Gesichtszüge, so deutlich muss er mir die Erkenntnis ansehen können. »Ich benutze Projekt *Sirènes*, Odette. Seit Jahren.«

Sein Gesicht verwischt vor mir, und mein Atem dämpft die Sirenen-Gesänge der Schallplatte. Es erklärt so vieles. Seine Distanz in letzter Zeit, natürlich. Aber auch so vieles mehr. Wie die schlaflosen Nächte ihm nie so wie mir zuzusetzen schienen. Doch gleichzeitig diese Momente, in denen er stolperte, die Schatten unter seinen Augen, die erschreckende Ähnlichkeit zu Papas Zerschlagenheit noch vor wenigen Stunden im *Cabaret Déviance*. Seine gelegentlich seltsame Art, beinahe trunken.

»Als ich Projekt *Sirènes* bei den Nyx gesehen habe, wusste ich, was es mit den Menschen anrichten wird.« Seine Stimme überschlägt sich, der Damm gebrochen. »Zuerst fühlt es sich fantastisch an. Produktiv, lebendig. Die Nebenwirkungen verfliegen nach wenigen Minuten. In der Anfangszeit. Später merkt man, wie sehr man Schlaf braucht. Nicht für Energie oder Leistungsfähigkeit – *Sirènes* nimmt jedes *körperliche* Bedürfnis nach nächtlicher Ruhe. Aber etwas in uns braucht Schlaf für mehr als diese bloße körperliche Notwendigkeit. Man kann dieses Bedürfnis der Seele nicht beschreiben, das nach Monaten an einem zehrt.«

»Monate?«, keuche ich. »Hast du je versucht ...«

»Natürlich habe ich versucht aufzuhören. Doch als ich den Schlaf zu oft, zu lange, durch *Sirènes* ersetzt habe, konnte ich kaum noch richtig schlafen. Als würde der Körper es verlernen. Also blieb mir die Wahl. Entweder quäle ich mich mit *Sirènes* – oder quäle mich noch mehr ohne.«

Irgendetwas will ich sagen, doch an der Stelle über meinem Herzen graben sich Klauen tief in meinen Brustkorb. Ich blicke hinab. Meine eigenen Finger krallen sich in meine Haut, ihr Druck vom heftigen Heben und Senken meines Atmens gespiegelt.

»Weißt du, was mir durch den Kopf ging, als ich vor *Sirènes* stand und sie hätte zerstören können? Ich habe nicht an deinen Vater gedacht, an dich, an die Menschen.« Eugène speit die Wörter hervor, durchwoben von ätzendem Hass. »*Was, wenn der Prototyp meines Vaters eines Tages nicht mehr funktioniert? Wenn dann keine Sirènes mehr existiert?* Im *Cabaret Déviance* wusste ich nicht, ob ich mich ein drittes Mal überwinden kann, zu *Sirènes* zu gehen, um sie zu zerstören.«

»Du hättest es mir sagen können.« So leise, sanft, denn alles andere würde mich oder, noch schlimmer, ihn zerbrechen. »Wir hätten eine Lösung finden können.«

Er zuckt zurück, als hätte ich geschrien. »Hätte ich das?« Er deutet auf mich, anklagend, verzweifelt. »Du vertraust mir nicht mehr. Und ich kann es dir nicht einmal verübeln. Ich habe geschworen, ich wäre für dich da, wir würden Projekt S gemeinsam zerstören, aber aus Selbstsucht und Schwäche zögere ich im wichtigsten Moment. Schau doch nur, wie du mich jetzt ansiehst.«

»Dazu bräuchte ich einen Spiegel«, rutscht es mir heraus.

Eugène lacht, abgehackt, ein wenig hysterisch, atemlos. Er weicht zurück, *strauchelt*, bis er sich am Fenstersims abstützt, ein

Gewicht auf seinen Schultern, das im Stehen zu viel ist. So verloren, als würde er sich jeden Moment in Luft auflösen. Als *wollte* er sich auflösen.

Ich kenne das Gefühl so gut, dass sich der Schmerz in einem kehligen Laut löst, ich die Distanz zwischen uns mit einem langen Schritt überwinde und meine Arme um seine Schultern schlinge.

Einen Atemzug lang erstarrt er, eingezwängt zwischen dem Fenster und mir. Dann sinkt sein Kopf auf meine Schulter.

»Du bist so ein *Emmerdeur*«, murmle ich in sein Haar und ziehe ihn näher an mich heran. »Du hättest es mir sagen können. Du hättest mir vertrauen können.«

»Ich vertraue dir. *Mir* vertraue ich nicht.« Seine Worte wirbeln sanft durch diese Kuhle über meinem Schlüsselbein. »Es gibt keinen Grund, mir zu vertrauen.«

»Aber *ich* vertraue dir«, verspreche ich etwas, dessen ich mir selbst noch nicht ganz bewusst war. Doch jedes Wort ist so fest, so überzeugt, dass ich keine Sekunde daran zweifle.

Eugène stößt ein verbissenes Lachen aus. »O bitte, willst du mir weismachen, du hältst mich nicht für schwach und selbstsüchtig?«

»Oh, ich halte dich für genau das. Dann bist du eben schwach. Selbstsüchtig. Hast gezögert, das Richtige zu tun. Na und? Genauso habe ich zuvor gezögert, war schwach und selbstsüchtig. Aber du *hast* mir geholfen. Du *hast* gegen die Nyx gekämpft. Und du *hast* die Granate gezückt, um *Sirènes* zu zerstören. Du hättest das Richtige getan, wenn ich dich nicht aufgehalten hätte, auch wenn es dir schadet.« Ich schlinge meine Arme fester um seinen Nacken. Vielleicht, um ihm zu zeigen, dass ich hier bin. Vielleicht, um gegen das Brennen in meinem Hals anzukämpfen. »Ich finde, deine Schwäche und Selbstsüchtigkeit zu überwinden, ist stärker, selbstloser, mutiger, als etwas zu tun, was dir keine Schwierigkeiten bereitet. Und deshalb vertraue ich dir. Nicht, weil du Dinge für mich tust, die dir leichtfallen, sondern wegen derer, die dir *schwerfallen*.«

Er atmet nur sanft an meinem Hals, meinem Schlüsselbein. Seine Finger graben sich in meinen Rücken, irgendwo zwischen meinen Schulterblättern. So drängend, so warm. Warm wie sein Geruch aus kostbarem Eau de Parfum und den unbezahlbaren Verzückungen seines Lebens, Eclairs und Bourbon und Pergament. Ich schließe die Augen und sehe mich mit ihm vor einem prasselnden Kaminfeuer sitzen, heiß dampfende Trinkschokolade aus der feinsten *Pâtisserie* auf den Lippen und wertvolle Bücher auf dem Schoß. Oder wir stehen zwischen den Regalreihen der Bibliothek der Sorbonne, diskutieren über die letzte Vorlesung.

»Ich weiß nicht, was ich tun soll«, raunt er, und seine Lippen streifen mein Schlüsselbein. Unabsichtlich. Ein Versehen. Und wenn es keins ist, muss ich es dennoch so behandeln. Ich presse mit meinen Fingern eine Erinnerung in seine Schultern. *Ich bin hier.* Aber die Geste reicht nicht. »So wie du für mich da bist, möchte ich auch für dich da sein.« Das klingt zu ... zu ... Hastig löse ich meine Hände von ihm und schicke eine Erklärung hinterher. »Schließlich sind wir beide Nachtschwärmer. Teil der gleichen Bruderschaft. Wir finden einen Weg, wie du wieder lernst zu schlafen.«

Flatternd schließt er die Augen, ein, zwei Atemzüge lang. Dann umschließt er meine Hände mit seinen, führt sie zu seinem gesenkten Gesicht und presst sachte die Lippen gegen meine Knöchel. »*Merci beaucoup*«, murmelt er warm gegen meine im Kontrast so kühle Haut. Abrupt lässt er unsere Arme fallen und setzt eine kampfbereite Miene auf. »Wir haben genug Zeit mit mir verschwendet, also zurück zu deiner Familie. Sie sind jetzt das Wichtigste.«

»Das sind sie.« Ich denke nicht über die Worte nach. Sonst würde ich sie herunterschlucken. »Aber du bist auch wichtig.« Eugène sieht auf, hoch zu mir, weil er noch halb auf dem Fenstersims sitzt, und sein Blick huscht über mein Gesicht, meine Augen, als würde er etwas darin suchen, das ihm immer wieder entrinnt. Obwohl er aus dieser Nähe jeden Sprenkel im Grün erkennen muss.

Ein sanfter Zug an meinen Händen lockt mich ein wenig tiefer zu ihm. Ich halte den Atem an, und mit ihm verstummt die Welt. Kein Geräusch. Die Stille bedeutet, *er* hält ebenso den Atem an.

Obwohl ich es besser weiß, tue ich es abermals. Tue *nichts*. Schiebe ihn nicht fort, spreche kein mahnendes Wort, ermahne mich nicht, dass *das hier* nicht in mein Leben gehört.

Eugène zieht mich nicht näher. Stattdessen streichen seine Hände über die Innenseite meiner Handgelenke, meine Unterarme entlang, langsam, behutsam, als wäre er nur ein Tagtraum, bis zu meinen Schultern. »Komme ich schon wieder auf falsche Gedanken?« Seine Finger an der empfindlichen Haut hinter meinen Ohren. An meinem Nacken. Verfangen sich in den Locken meines Haaransatzes und lassen mich ein wenig erzittern.

»Ich weiß es nicht.« Während ich näher stolpere, meine Knie gegen seine stoßen, zwischen seine gleiten, leuchten in mir Tausende Glühwürmchen auf, flattern um mein Herz. Ihr Licht, so wundervoll golden und glühend, versengt alle Bedenken. Er hat mir so viel von sich preisgegeben. Ich umfasse seine Oberarme, um mich festzuhalten. Um *ihn* festzuhalten, an Ort und Stelle. Sein Atem ist warm und süß auf meinen Lippen. Seine Finger so sicher an meinem Nacken. Ich will ihn ansehen, aus dieser Nähe, seine Züge studieren wie die einzelnen Pinselstriche eines streng bewachten Gemäldes, zu dem ich normalerweise zwei Meter Abstand halten muss. Doch meine Lider flattern zu.

Meine anderen Sinne schärfen sich, nehmen jede Note seines Dufts wahr, jedes Glühen von Haut auf Haut, das leichte Kratzen seines Atems. Er küsst mich nicht, nicht wirklich, nicht, wie ich es befürchtet habe. Wie ich es *gehofft* habe. Seine Lippen berühren nur meinen Mundwinkel, sanft und beinahe scheu, wie ein prächtiger Monarchfalter, der schon fort sein kann, wenn man nur blinzelt.

Etwas in mir schmilzt, zuckrig und klebrig und unbekannt. Dann stottert mein Herz, schmerzt mit einer Erkenntnis. Im Gegensatz zu ihm halte ich meine Lügen aufrecht.

Er weiß nicht, wer ich *wirklich* bin.

Ich ziehe meinen Kopf zurück. »Wir sollten nicht –«

»Eugène, Schatz, du bist zu Hause?«, dringt eine grazile Stimme von unten zu uns.

Die Art, wie er mich ansieht, als ich mich aus seiner Berührung löse, lässt mich innerlich flehen, ich hätte noch ein paar Sekunden länger mit meinem Einwand gewartet.

»Meine Mutter.« Eugène starrt über meine Schulter. »Albert muss ihr Bescheid gegeben haben, dass ich hier bin.«

Der Wirbel aus der plötzlichen Leere, dem Gespräch, dem Wissen, wie wenige Meter entfernt seine Mutter wartet, verschlingt mich wie ein Schwall Brackwasser aus der Seine.

»Eugène?« Ihre Stimme rückt näher. »Ich habe diesen wundervollen Artikel über Eusapia Palladino gefunden. Du weißt schon, das Medium!«

»Wir treffen uns in drei Stunden bei Louise. Ich schüttle meine Mutter ab und erledige ein paar Besorgungen.« Eugènes Blick gleitet zum Fenster. »Geh vor und ruh dich in der Zeit ein wenig aus.«

Sanfte Schritte schallen die Treppe hinauf, und ich peitsche zum Fenster, öffne es hastig, leise. »Ich muss vorher nach meinem Vater sehen.«

»Odette.« Seine Stimme streift warm über meinen Nacken, und ich klammere mich am Fensterbrett fest.

»Was?«, wispere ich und schaue vorsichtig über meine Schulter.

Er öffnet die Lippen ein wenig, schließt sie. Fährt sich mit der Hand über den Nacken.

»Eugène, *mon bébé*, verkriechst du dich schon wieder in dieser muffigen Kammer?«

Ich starre zur Treppe, dann zu Eugène. So vieles, was ich fragen will, vielleicht auch *sagen* will. Aber nicht jetzt.

»Pass auf dich auf«, murmeln wir im gleichen Moment.

Beinahe versehentlich streift seine Hand über meine Wange, während ich aus dem Fenster gleite. Die Nachtkälte schlägt mir entgegen, kühlt meine Wangen, und ich bin mir nicht sicher, ob ich mir die Berührung nicht einfach eingebildet habe.

Tief hole ich Luft und springe in das Geäst einer Linde, weiter auf die hohe Mauer, die das gesamte Anwesen umgibt. Als wäre ich nie hier gewesen.

Kapitel 22

Ich schiebe den wackelnden Holzschemel an Papas Bett und betrachte sein eingefallenes Gesicht, seinen Blick, der auf keinem Punkt so wirklich zur Ruhe kommt.

»Hat er geschlafen?«, rufe ich über die Schulter Madame Bouchard zu, die lautstark in ihrer Schlafkammer herumkramt.

»Wieso fragst du nicht *mich*?«, krächzt Papa und streicht wie zur Betonung die Falten aus seiner Bettdecke. Seine Hände zittern leicht. Aber das taten sie schon vor *Sirènes*. »Ich bin mehr bei Sinnen, als du anscheinend denkst. Zumindest so bei Sinnen, dass mir deine Verletzungen nicht entgehen.«

Schweigend starre ich zu ihm herab, hoffentlich mit Mamas Strenge.

Irgendwann seufzt er. »Ich habe geschlafen. Wenig, unterbrochener Schlaf, dennoch Schlaf.«

Ein Knoten in mir löst sich. Weil *er* schlafen kann – doch auch, weil das bedeutet, dass Eugène vielleicht wieder schlafen kann.

»Was ist jetzt mit den Verletzungen?« Endlich fixiert er den Blick auf etwas. Leider ist das mein Gesicht.

Ich winde mich unter seiner Betrachtung. Was kann ich sagen, ohne ihn zu sehr zu schockieren? Er soll sich auskurieren, nicht vor Sorge um unsere Familie noch kränker werden.

Papa probiert, sich ein wenig im Bett aufzurichten. Seine Arme rutschen unter ihm weg.

Ich springe auf, um ihm zu helfen, doch er bringt mich mit einem Augenfunkeln zum Erstarren. »Hast du dir die beim Versuch, unsere Familie zu befreien, zugezogen?«

Mit offenem Mund starre ich ihn an, dann deute ich in Richtung von Madame Bouchards Poltern. »Sie hat dir davon erzählt?«

»Alles, was sie weiß.«

Nur ärgerlich, dass ich nicht weiß, wie viel *sie* weiß. Langsam sinke ich zurück auf den Schemel und reibe mir über das Gesicht. »Sie hätte behutsamer vorgehen sollen.«

»*Chérie*, wenn du eine behutsame Pflegerin für deinen Papa wolltest, hättest du nicht zu mir kommen sollen.« Madame Bouchard schiebt sich mit einem Weidekorb unter einem Arm in das ohnehin schon beklemmend enge Kämmerchen. »Dein Vater verdient es, die Wahrheit zu wissen. Selbst wenn ich ihm nur Bruchstücke davon bieten kann.«

Ich studiere eine Macke im Kopfteil von Papas Bett. »Sie haben recht.« Ich hole tief Luft, um Papa alles zu erzählen.

Doch er legt eine Hand auf meine. »Nicht jetzt. Ich weiß fürs Erste genug. Sag mir nur, dass ich bald meine Familie wieder in die Arme schließen kann.«

»Ich weiß, wo sie sind. Und ich werde sie retten, versprochen.« Mein Blick verharrt auf der Macke im Holz, während Madame Bouchard wieder verschwindet.

Er drückt meine Hand, bis ich ihn ansehe. »Ich meine, dass ich meine *ganze* Familie in die Arme schließen werde. Auch die eine Tochter, die ohne mein Wissen über Dächer springt wie eine Katze und Verletzungen wie Medaillen trägt.«

Seine Worte brennen in meiner Lunge, das Gefühl nicht völlig unangenehm. Es ändert nichts daran, was ich für meine Familie aufgeben würde, aber zu wissen, dass ich für Papa genauso wichtig bin ... Rasch reibe ich die Tränen in meinen Augenwinkeln fort, bevor sie die Wangen herunterkullern können.

»Manchmal müssen wir unser Wohl unter das der anderen stellen.« Ich schlucke. »Das hast du mir gesagt. Ich fand damals nicht, dass wir unsere Familie unter das Wohl der anderen stellen sollen. Daran hat sich nichts geändert.« Ein Lacher löst sich aus meinem Hals, kurz und gedrängt, vermischt mit dem Schluchzen unvergossener Tränen. »Aber du kennst mich schlecht, wenn du glaubst, ich würde *mein* Wohl nicht unter das meiner Familie stellen.«

Papa legt eine Hand an meine Wange. »Ich sollte dir sagen, dass du dein Leben nicht gefährden darfst. Sollte es dir aus Sorge verbieten. Aber ich würde an deiner Stelle das Gleiche tun, wenn ich könnte. Wer bin ich also, dir zu verbieten, was wir beide als richtig empfinden?«

Ich lache erneut und lege eine Hand auf Papas Hand an meiner Wange. »Du hast nie auf *meine* Verbote gehört – wenn du eine gehorsame Tochter willst, hättest du ein besseres Vorbild sein müssen.«

»Meiner Meinung nach könnte er kein besseres Vorbild für ein Mädchen wie dich sein.« Madame Bouchard tritt neben mich, eine Holzkiste mit schlanken, geometrischen Schnitzereien in den Händen.

Ruppig wische ich eine verirrte, einzelne Träne von meiner Wange.

Sie betrachtet mich ruhig und eindringlich, als wäre ich eine ihrer chemischen Mischungen im Reagenzglas, bei der sie darauf wartet, dass ich entweder zur korrekten Farbe und Konsistenz zusammenköchle – oder explodiere. Dann reckt sie mir die Holzkiste entgegen. Eine Kiste wie die, in denen Frauen diskret ihre monatlichen Hygieneprodukte aufbewahren oder kleine Duftmittelchen und Rougepöttchen –

Oder offensichtlich Phiolen voll algengrün schimmernder Säure, fein säuberlich mit kompakten Buchstaben beschriftet.

Ich nehme eine Phiole und halte sie gegen das Licht. »Was ist das?«

Madame Bouchard hebt eine Augenbraue. »Ich hatte den Eindruck, du könntest lesen?«

Mit gespitzten Lippen und einem Augenrollen bette ich die Phiole zurück in ihre Kuhle im Samt. »Ich meine, warum Sie Phiolen mit Säure besitzen. Und wieso Sie sie mir zeigen.«

»Ich zeige sie dir nicht, ich *gebe* sie dir.« Sie klappt den Deckel so heftig zu, dass ich die Finger wegziehen muss. »Ihr seid nicht die Einzigen, die gegen sie kämpfen. Aber heute brauchst du das hier dringender als ich.« Sie schiebt die Holzkiste in meine Arme.

»Was soll das heißen, nicht die Einzigen –« Ich stocke, denn sie reißt eine Suppenschüssel vom Nachttisch meines Vaters an sich und spaziert aus dem Raum. »Madame Bouchard!« Ich haste hinter ihr her. Weiß sie von den Nyx? Von uns Nachtschwärmern? Ich husche an ihr vorbei und versperre den Weg zur Treppe. Mein Brustkorb weitet sich mit jedem Atemzug so heftig, als wäre ich minutenlang gerannt.

»Es frisst sich durch ihr Metall.« Sie schwenkt die Suppenschüssel unter meiner Nase. »Ich hab nicht den ganzen Tag Zeit für Hausarbeiten, vor allem nicht, wenn ich Gastgeberin spielen muss.«

»Das Kupfer?«, keuche ich, bevor ich es mir besser überlegen kann. Sollte ich nicht eigentlich alles leugnen, nein, sogar unwissend und verwirrt spielen? Hinter meiner Stirn kündigt sich das heiße Drücken von Kopfschmerzen an, und ich zwinge mich, sie nicht so sehr zu runzeln.

Madame Bouchard schnalzt mit der Zunge. »Du bräuchtest keine speziell angefertigte Säure für banales Kupfer. Ihre Chemiker haben eine Legierung entwickelt. Wir können sie nicht nachahmen, noch nicht, dafür sind ihre Methoden zu speziell, zu fortgeschritten. Aber nun, wie so oft bei der Menschheit, gilt wohl auch hier: Wir verstehen es nicht, dann zerstören wir es einfach.«

»Wer sind *Sie*?« Ich versuche, etwas in ihrem Gesicht zu lesen. »Eine ... Organisation? Was wissen Sie über die Na– über uns?«

»Deine Wissbegierde in allen Ehren«, Madame Bouchard schiebt mich zur Seite und stiefelt die Treppe hinab, sodass ich ihr hinterherhasten muss, »aber erstens geht dich das gar nichts an. Und zweitens hast du doch sicherlich Wichtigeres zu tun?«

»Wissen Sie, dass ich die einzige Frau bin?«, platzt es aus mir heraus. Keine Ahnung, wo das herkam. Wieso es mich interessiert. Wieso ich so *eifrig* klinge, ihre Antwort ebenso eifrig erwarte.

Madame Bouchard lächelt, vielleicht das erste, aufrichtige, warme Lächeln, das ich je von ihr gesehen habe. Ein Lächeln, das mit der Kraft Tausender Glühbirnen ihr dämmriges *Laboratoire* erleuchtet. »Das ist mir wohlbekannt.« Sie tätschelt meine Wange, die Berührung auch so *warm* wie tausend Glühbirnen. »Aber sag nicht *die Einzige*. Sag *die Erste*.«

Sie lässt mich allein auf der untersten Treppenstufe stehen, wo ich für einen Moment die warme Spur auf meiner Wange berühre. Sie weiß, was ich bin. Und sie weiß, was es bedeutet, *dass* ich eine Nachtschwärmerin bin.

Vor dem *Cabaret Déviance* greife ich meinen Athéna-Anhänger, drehe den Silberring daneben zwischen Daumen und Zeigefinger. *Wann fängst du an, endlich Hilfe anzunehmen? Uns zu vertrauen?* Ich habe Louise versprochen, es zu versuchen. Also atme ich tief durch und eile durch die Eingangstür, bevor ich einen Rückzieher machen kann. Ich schleiche vorbei an der Grande Dame im Pelzmantel, Jaqueline, die mit einer Zigarre zwischen den rubinroten Lippen bündelweise Geldscheine zählt wie ein wohlhabender Bankier im Finanzbezirk *Le Ploutos*. Neben der Bühne stapelt Armand mit der älteren Frau, die unsere Getränke auf ihre Rechnung genommen hat, Champagnergläser auf Tabletts.

Sobald sie mich entdecken, verschwindet die Frau ins Hinterzimmer, und Armand strahlt, als wäre er gerade ausgeschlafen aufgewacht, statt bis fünf Uhr morgens im *Cabaret* gearbeitet zu haben. »Ich dachte, du hättest mich vergessen! Bei deinem letzten Besuch bist du sofort wieder davongestürmt.« Sein breites Grinsen fällt in sich zusammen. »Oh, aber natürlich verständlich, bei dem, was deiner Familie passiert ist. Louise hat mir alles erzählt.«

»Wann hat sie –« Ich schüttle den Kopf. Louise hat Eugène vermutlich vor ein paar Stunden hier eingesammelt und mit Armand gesprochen. Ich hätte nicht zulassen dürfen, dass sie sich so in Gefahr begibt. *Nein. Vertraue ihr, statt sie zu behüten. Und nimm Hilfe an.* Ich verknote meine Hände ineinander. »Ich muss dich um Hilfe bitten. Dich und Jean.«

Erneut strahlt Armand. »Ich dachte schon, du fragst nie!«

»Das dachte ich auch«, murmle ich, drücke jedoch die Schultern durch, greife mir eines der Tabletts und folge Armand nach hinten in eine winzige Waschküche. »Ich weiß, wo meine Familie ist. Aber wir brauchen ein Ablenkungsmanöver, das die Nyx von ihnen weglockt.«

Armand knallt sein Tablett auf die Arbeitsfläche, sodass mehrere Dutzend Gläser klimpern. »Ablenkungsmanöver sind meine Spezialität!«

»Ich dachte, das wäre dein Kir Royal«, grummelt jemand hinter mir. Jean, der mit zerzaustem Haar und knittriger Kleidung im Türrahmen lehnt.

Armand schiebt ihn aus dem Weg. »Man kann mehrere Spezialitäten haben. Auch wenn mein Kir Royal natürlich fantastisch genug ist, um als Ablenkungsmanöver herzuhalten.« Er sieht mit hochgezogener Augenbraue zu mir, während ich hinter ihm herstolpere. »Würde es dir weiterhelfen, wenn ich die Nyx mit Kir Royal außer Gefecht setze?«

Jean hält Armand an der Schnalle seines *Gilet* zurück. »Es würde weiterhelfen, wenn du ihr *zuhörst*!«, tadelt er, mit einem versteckten Lächeln in seinen Mundwinkeln.

Armand rollt mit den Augen, zerrt aber eine elegante Taschenuhr hervor. »Ich kann dir fünf Minuten ungeteilte Aufmerksamkeit zukommen lassen, bevor Jaqueline mit dem Geldzählen fertig ist.« Die vergoldete Uhr passt so wenig zu seiner Garderobe wie der Athéna-Anhänger zu meinen Alltagskleidern. Eher zu Jeans zerknittertem *Costume trois pièces* aus Hose, Jackett und *Gilet*. Deren hochwertiger Tweed spräche von einem reichen Elternhaus – säßen sie an seinen Handgelenken und Knöcheln nicht so kurz wie die Kleidung unseres entfernten Cousins, die Henri aufträgt. Ist er reich oder arm? Das habe ich mich schon auf dem *Tour Eiffel* gefragt, aber natürlich spricht man so etwas –

Odette! Hör auf, das unangenehme Gespräch hinauszuzögern! Ich räuspere mich und atme durch. »Ich habe einen Plan.« Meine Stimme verklemmt sich in meinem Hals. Wieso ist das so verdammt schwer? Nun, weil ich sie bitte, sich für mich in Gefahr zu begeben. Am besten sage ich ihnen, sie sollen es einfach vergessen. Aber ich schaffe es nicht allein mit Eugène. Und kein weiteres Mal will ich zögern, kein weiteres Mal eine Möglichkeit verstreichen lassen, die sich mir bietet. Also strecke meine Wirbelsäule durch. »Wir müssen wieder zu *Sirènes*. *Jetzt* werden sie uns definitiv erwarten, und genau das ist Teil meines Plans. Der gefährlich ist.« Mein Atem hüpft, doch ich ringe die nächsten Worte heraus. »Für euch vermutlich noch mehr als für uns.«

»Wir sind die besseren Kämpfer.« Armand zuckt mit den Schultern. »Mit Abstand. Also gleicht sich das aus.«

»Wir begeben uns für *meine* Familie in Gefahr. Nicht für die Nachtschwärmer oder die Menschheit.« Die schmerzliche Gewissheit, was ich von ihnen verlange, blubbert wie Säure in mir hoch. Und ein ebenso ätzendes Flüstern tief in mir. *Egoistisch. Selbstsüchtig. Schwach.*

Armand nimmt mein Gesicht in beide Hände, fest, beinahe gnadenlos. »Ja, sie sind deine Familie.« Seine Augen und seine Stimme sind sanft. »Aber *du* bist jetzt ein Teil *unserer* Familie.«

Jean stupst mich mit der Schulter an. »Wir tun für unsere Familie nur das, was du für deine Familie tust.«

»Hör auf Mama Jean und gräme dich nicht, denn –«, beginnt Armand, und gleichzeitig murrt Jean: »Ich bin *nicht* die Mama in dieser Konstellation!«

Ihr überlappendes Geplapper verstummt, weil ich sie in eine Umarmung ziehe und so fest zudrücke, wie es mir nur möglich ist. Sie riechen nach verschüttetem Champagner, kaltem Rauch billiger Zigarren und beinahe verflogenem Eau de Toilette. Und ein wenig nach Schweiß, um ehrlich zu sein. Aber das ist egal. Völlig egal. Ich schlinge meine Arme fester um sie.

»Was für ein Training hat Eugène mit dir durchgezogen?«, ächzt Armand an meinem Ohr.

»*Merci, merci, merci*«, murmle ich, während Armand mir über den Hinterkopf streichelt und Jean ungelenk meine Schulter tätschelt.

Jean löst sich zuerst aus unserem Knoten. »Aber wie hilft es deiner Familie, Projekt *Sirènes* zu zerstören?« Er schüttelt seinen einen Arm mit leicht schmerzverzogener Grimasse aus.

Armand schwingt einen Arm um meine Schultern, beinahe zu einem Schwitzkasten.

Ich grinse. »Wer sagt, dass das unser Ziel ist?«

Der Plan funktioniert nur bei Nacht.

Was vermutlich gut ist, denn so bekomme ich in Eugènes Unterschlupf noch ein paar Stunden Schlaf. Unruhigen, unterbrochenen Schlaf, aus dessen Albträumen ich immer wieder mit schweißnassem Nacken aufwache.

Doch am Abend lege ich mit völliger Ruhe und präzisen Bewegungen die Nachtschwärmeruniform an. Kein Beben in meinen Fingern beim Zuschnüren der Militärstiefel, kein verirrter Gedanke beim Schließen der Harnischschnallen, keine Panik, als ich Madame Bouchards Phiole in meiner Gürteltasche verstaue.

Und mein Atem geht gleichmäßig, mein Herz pocht beständig, als Eugène und ich vom Dach der Zuckerfabrik aus losspringen. Wir schattenspringen schweigend, versunken in Gedanken an das, was kommt, und schlagen Haken durch mehrere Arrondissements. Ein wenig außer Atem landen wir in *La Déméter*, südlich der Glaskuppel. Die letzten zweihundert Meter bringen wir über den Dächern zu Fuß hinter uns. Umrunden den Fabrikkomplex bis an seine nördliche Grenze, wo Jean und Armand auf uns warten. Wir hocken uns neben sie in den Schatten eines höheren Gebäudes.

»Was, wenn sie euch nicht aufgespürt haben?« Jean lehnt sich nach vorn und beobachtet die Straße unter uns.

»Auffälliger hätten wir wirklich nicht schattenspringen können«, raune ich und überprüfe ein weiteres Mal den Sitz meines Harnisches, meiner Stiefel und Handschuhe. »Geben wir ihnen ein paar Minuten. Genug, um uns ein wenig einzuholen. Aber nicht genug für die Wachen, um uns hier zu finden.«

Armand zerrt die vergoldete Taschenuhr hervor. »Drei Minuten? Oder fünf?« So kurz angebunden kenne ich ihn nicht. Genauso unbekannt kommt mir sein ernstes Gesicht vor, die Präzision seiner Bewegungen, die Nüchternheit seines Vorgehens.

Ich schaue von ihm zur südlichen Grenze des Komplexes, wo wir zuletzt schattengesprungen sind, weil dort Lichtkegel aufleuchten. Der Wind trägt ein paar Fetzen von Befehlen und Gebrüll zu uns.

»Drei Minuten«, entscheiden Armand und ich gleichzeitig. Gut zu wissen, dass er auf meiner Wellenlänge ist. Seine ungewohnte Ernsthaftigkeit, die er mit der Nachtschwärmerkluft angelegt haben muss, verwebt sich wie eine zusätzliche Schutzschicht mit dem dunklen Material meiner eigenen Uniform.

Nichts hält mich davon ab, das hier durchzuziehen. Ich bin eine Nachtschwärmerin. Ich habe Unterstützung. Ich werde meine Familie retten.

Jean zieht eine Armbrust hervor, die er auf das gegenüberliegende Fabrikgebäude richtet.

Ich stoße einen wackligen Atemzug aus, als sich die Pfeilspitze in die Fassade bohrt, tief und glatt, wie durch Butter statt Stein. Ein Stahlseil spannt sich über die Häuserschlucht, und Jean verhakt die metallene Vorrichtung an unserem Ende mit dem Dachvorsprung. Die Vorrichtung surrt und strafft das Seil. Er bemerkt meinen Blick und verzerrt die Lippen, was eventuell ein Grinsen sein soll. »Hab ich von den Nyx geborgt. Vor fünf Jahren.«

Armand testet mit ein paar Stupsern seiner Stiefelspitze, wie wenig das Drahtseil nachgibt. Mit einem zufriedenen Nicken huscht er gebückt darüber, sicher wie ein Trapezkünstler im *Nouveau Cirque*, und Jean folgt ihm. Mit Jeans Schattenspielen oder Armands Schattengestalt wäre das deutlich leichter, aber sie müssen ihre Kräfte sparen. Für das, was kommt.

Meine Hand verschränkt sich mit Eugènes, und wir schattenspringen. Ganz instinktiv. Dennoch stolpert mein Herz. Es sollte sich nicht so vertraut anfühlen, so warm und so *richtig*. Doch seit seinem Geständnis überkommt mich jedes Mal, wenn sich unsere Hände berühren, der jähe Drang, nicht mehr loszulassen.

Armand rammt einem einsamen Wachmann den Ellbogen ins Gesicht, sodass der mit einem Gurgeln in der Kehle zu Boden sinkt. Blut quillt aus seiner Nase.

Mein Körper erstarrt. Lass es von dir abprallen. *Nicht zögern.*

Armand blickt auf meine bebenden Hände. »Er ist nur bewusstlos. Keine bleibenden Schäden. Ich glaube, ich habe seinen Zinken sogar verbessert.«

»Ich wusste, dass wir vermutlich Menschen verletzen müssen«, zwänge ich hervor.

Armand tätschelt meinen Kopf. Ein Lächeln durchbricht seine Rüstung aus Ernsthaftigkeit. »Du willst schuldigen Menschen kein Leid zufügen, selbst um Unschuldige zu beschützen. Das ist keine Schwäche.«

»Da bin ich mir nicht so sicher«, murmle ich, während wir nebeneinander zu Eugène und Jean sprinten, die Schulter an Schulter vor der Kuppel stehen.

»*Ich* bin sicher«, hält Armand dagegen, die Stimme zu Stahl gepresst. Vor Überzeugung, könnte man meinen. Aber da schwingt noch etwas anderes mit, das mich sein Gesicht studieren lässt. Völlig ausdrucksleer, sodass ihn trotz seiner Schönheit in diesem Moment kein Künstler malen wollen würde.

Ich berühre sanft seine Schulter. »Ist alles in Ordnung?«

Er bedenkt mich mit einem Lächeln, das Künstler schon eher malen würden – weil die so widersprüchliche Qual darin perfekt zu einem gefallenen Engel passt. »Es gab eine Zeit, in der ich ohne Skrupel, ohne Gefühl einen Dolch durch das Herz dieser Männer getrieben hätte. Eine Zeit, bevor –« Die Silben versickern, während sein Blick zu Jean flackert. Dann sieht er mir gestählt in die Augen. »Bevor ich wusste, dass ich einen anderen Weg wählen kann. Was in deinem Herzen ist, ist keine Schwäche. Vergiss das nie.«

Mein Kopf schwirrt. Weder genug Rücksichtslosigkeit, um alles, was mir im Weg steht, niederzubrennen, noch genug Selbstlosigkeit, um das Wohl anderer vor meine Ziele zu stellen. Kann ich *das* wirklich als eine Stärke betrachten?

Ich schlucke, während wir an Jeans und Eugènes Seite huschen. Keine Zeit mehr für Gespräche und Gedanken. Jeden Moment treffen sie hier ein.

Unsere Atemzüge streifen durch die Nacht, synchron, ruhig, nur ein wenig gepresst.

Und dann marschieren sie aus den Dachausgängen. Die Waffen im Anschlag, einige mit Kupfermasken. Zehn, fünfzehn Nyx und Wachmänner.

Ein Surren, über uns. Ich werfe den Kopf in den Nacken. Nyx rutschen an Metallseilen von einem Luftschiff herab. Das Glimmen von Pistolenläufen. Gebrüllte Befehle.

Ich schlucke, drücke die Schultern durch, zwinge meinen Körper, die eingetrichterte Kampfhaltung einzunehmen. Aber wir werden nicht kämpfen.

Wir fliehen.

Zu viert über die Dächer zu sprinten, versetzt mich in unsere Nacht auf dem *Tour Eiffel* zurück. Mein Herz pocht, während die Nyx ein gutes Stück hinter uns durch die Gassen hetzen. Denn wir fliehen vor ihnen, ja, nur bei *diesem* Katz-und-Maus-Spiel jagen in Wahrheit die Mäuse die Katzen. Und die Nyx ahnen nichts.

Armand lacht aus vollem Halse und springt, ohne zu zögern, vom Dach. Kurz bevor er gegen die vorbeirasende Eisenbahn prallt, verwandelt er sich in einen Schattenadler und stiebt vertikal in die Luft. Er stößt einen schrillen Jagdschrei aus, der entschieden zu sehr nach menschlichem Gelächter klingt.

»Dein Plan funktioniert«, triumphiert Eugène, trotz seines keuchenden Atems.

Ein Lachen blubbert meinen Hals hinauf, doch bleibt stecken.

Pistolenschüsse.

Nicht umschauen. Vertrau auf Jean. Eugène und ich schattenspringen hinter Armand her, stoßen uns vom Eisenbahndach ab, um über die Seine zu segeln. Erst in der Luft erlaube ich mir, mich umzuschauen.

Jean lässt sich von seinen Schatten tragen, ein Stück hinter uns, und formt ein Schutzschild aus ihnen. Die Kugeln prallen an der schwarzen Wand ab.

Wir landen neben Armand auf der kleineren Nachbildung der Freiheitsstatue auf halber Höhe der gusseisernen *Pont de Grenelle*. Wir alle japsen nach Luft. Jean schlingert auf uns zu, sein tragender Schatten immer ungenauer. Sein Schattenschild schrumpft.

Doch die Nyx hetzen auf die Brücke, auf der sie wie Kinder aussehen, die beim *Jeu du loup* die Fänger sind. Ich muss grinsen.

Jean setzt neben uns auf und beschwört seine Schatten zu einer dichten Mauer herauf. »Ist es so weit?«, keucht er. Das

Schattenspielen fordert seinen Tribut. Uns gleichzeitig zu folgen und zu verteidigen, ist nicht ohne.

»Hier ist es zu offen. Zu übersichtlich.« Ich deute zu den Türmen auf der Uferseite von *L'Héraclès*. »Hältst du bis zum Gaswerk durch?«

Jean rümpft die Nase in Richtung der herannahenden Nyx. »So lahm wie die sind, natürlich.« Er macht einen Satz nach vorn, ohne auf unsere Antwort zu warten, und ruft seine Schatten hervor, damit sie ihn weitertragen.

Eugène nimmt erst meine, dann Armands Hand. »Keine Schattengestalt mehr bis zum Gaswerk. Du musst deine Kräfte für den großen Auftritt schonen.«

Armand nickt, und wir springen ab. Wir schlingern, weil ich Eugène in die eine Richtung steuere und Armands Gewicht in die entgegengesetzte zerrt. Langsamer, ungenauer als zu zweit, schweben wir über die Laternen der *Pont de Grenelle*. Erst kurz vor den gigantischen Metallgerippen der runden Gastanks finden wir einen Rhythmus. Aber es ist nicht schlimm, dass die Nyx uns einholen. Im Gegenteil, sie *sollen* uns im Blick behalten.

Wir setzen auf dem Gasometer auf, das schon von Weitem zu sehen ist, ein Wahrzeichen der Industrie. Ich zwinge mich, beständig ein- und auszuatmen. Gleich darf nichts schiefgehen. Ein auf die Sekunde getakteter Zaubertrick.

Die ersten Nyx sammeln sich unter uns. Einige jubeln, sind sich sicher, dass unsere Kräfte verbraucht sind.

Wir nicken uns zu. Und springen alle vier vom Gasometer.

Armand wandelt sich in einen überdimensionalen Wolf und stürzt sich mit gefletschten Zähnen auf die zurückweichenden Nyx. Gleichzeitig schleudert Jean Schattenstränge gegen die vorderste Reihe unserer Angreifer. Für einen Moment brechen sie in Chaos aus. Haben nach unserer Flucht nicht mit einem Angriff gerechnet.

»Jetzt!«, brülle ich, Eugène an meiner Hand.

Und schon erfasst der Ruck des Schattenspringens meinen Körper. Jeans Schatten bäumen sich auf, umfassen uns, der Vorbote eines monumentalen Angriffs. Armand verflicht sich mit Jeans Schatten, mit uns, ein Gewirr aus Schattenkräften.

Die Nyx legen ihre Waffen an. Feuern.

Eine Kugelsalve rast auf uns zu, und ich halte die Luft an.

Bitte, Arès, gib Jean noch ein klein wenig Kraft!

Die Kugeln prallen von Jeans Schattenmauer ab. Und Eugène und ich durchbrechen die Mauer, schießen über die kleine Armee aus Nyx hinweg. Armands Konturen verformen sich zu einer Kobra, die mit aufgerissenem Schlund voran auf die Nyx zustürzt und uns mit ihrem behäbigen Körper abschirmt.

Nur, dass die beiden Figuren über den Nyx nicht Eugène und ich sind.

Denn wir pressen uns mit den Rücken an die Wand des Gasometers, keuchend und verborgen vor den Blicken der Nyx. Wir beobachten. Jeans und Armands Angriffe. Und die der beiden anderen Figuren, Eugène und ich, aus Jeans Schatten geformt. Im Dunkeln, zwischen den überlappenden Schattenangriffen, wirkt nichts an den schwarzen Konturen unserer Duplikate falsch.

Jetzt müssen wir nur abwarten. Jean und Armand halten die Illusion aufrecht. Die Nyx glauben, sie kämpfen noch immer mit *vier* Nachtschwärmern. Glauben, sie schlagen *vier* Nachtschwärmer in die Flucht. Doch in Wahrheit locken Jean und Armand die Nyx fort von uns, weiterhin das präzise kalkulierte Katz-und-Maus-Spiel.

Mein Atem beruhigt sich. Die Kampfgeräusche schwellen ab. Bis ich, in Stille und Dunkelheit gehüllt, zu Eugène blicke.

»Wir müssen los«, wispere ich. »Sie können die Nyx nicht ewig ablenken.«

Vom Uhrturm des *Gare du Lyon* aus entdecke ich in kürzester Zeit die weitflächige Lagerhalle der Nyx in *L'Arès*. Als hätte sich jeder Schritt meiner Flucht durch die Gassen des Weindepots von Bercy in mein Gedächtnis gebrannt, eine blutrote Spur durch das Straßennetz von Paris. Wir schattenspringen zum Blechdach gegenüber der Halle, und die Mixtur aus Brackwasser und säuerlichem Wein pappt in meinem Rachen. Ich wünschte, ich könnte mich übergeben, doch mein leerer Magen verknotet sich nur. Vier Wachen stecken neben dem Eingangstor der Halle die Köpfe zusammen, statt zu patrouillieren, tuscheln erhitzt miteinander. Deuten hektisch in südwestliche Richtung, wo wir unsere Verfolgungsjagd inszeniert haben. Ein gutes Zeichen. Ein *fantastisches* Zeichen. Die verbliebenen Wachen achten kaum auf ihre Umgebung.

»Es hat funktioniert«, raunt Eugène mit großen Augen. Hat er daran gezweifelt?

»Was, wenn sie fortgeschafft wurden?«, wispere ich. Ich versuche, die verstrichenen Stunden zu zählen, seit ich meine Familie zurücklassen musste, doch die Zahlen wirbeln haltlos durch meine Gedanken. Ich brauche Schlaf – nur jagen so viel Panik, Adrenalin und Feuer durch meine Adern, dass keine Erschöpfung der Welt mich die Augen schließen lassen könnte.

Eugène drückt meine Schulter. »Dann finden wir sie, wo immer die Nyx sie hingebracht haben. Aber ihre Präsentation auf der *Exposition* naht – deine Familie steht garantiert nicht hoch oben auf der Prioritätenliste. Sie sind noch hier.«

Ich atme tief durch die Nase ein und aus, meine Zähne aufeinandergepresst. »In Ordnung«, murmle ich, eine Art gutes Zureden mir selbst gegenüber, und überprüfe den Sitz meiner Handschuhe. Dann nicke ich entschlossen. »In Ordnung«, wiederhole ich fester, lauter, und deute auf die Reihe hoch liegender

Fenster der Halle. »Siehst du das Fenster mit dem eingeschlagenen Glas?«

Langsam nickt Eugène. »So umgehen wir die Wachen. Perfekt.«

»Die Wachen *draußen*.« Ich stupse ihn mit der Schulter an, und wir verschränken unsere Finger in selbstverständlicher Gewohnheit, so wie man jeden Morgen ein Brotmesser handhabt oder Schnürsenkel bindet. Wir springen ab, segeln über den schmutzigen Innenhof. Kurz bevor wir gegen die Wand prallen, lasse ich los. Der Verlust dieses ganz speziellen Schattenspringer-Auftriebs ruckt durch mich, doch ich klammere mich am Fensterrahmen fest, bevor die Schwerkraft ihr Übriges tut. Wir ziehen uns durch das Fenster, und meine Knie geben nur wenig nach, als ich auf dem Betonboden aufsetze.

Ich stutze. Die Lagerhalle liegt nicht mehr als ausgehöhltes Gerippe vor mir. Zugenagelte Holzkisten, mit geisterhaften Leinentüchern bedeckte Objekte und eingedellte Metallboxen lagern kreuz und quer, stapeln sich teils bis an die Decke.

Wir bahnen uns einen Weg durch das Labyrinth, pressen unsere Rücken an die Kisten, während wir Ausschau nach weiteren Wachen halten. Das Gefühl, nicht allein zu sein, prickelt in meinem Nacken. Nicht das vertraute Prickeln meiner so nahen Familie, sondern etwas anderes. Vielleicht Einbildung. Ich atme tief durch. Nicht in Panik ausbrechen, so kurz vorm Ziel. Denn wir treffen niemanden. Hören niemanden.

Ich stoße mit der Schulter gegen Glas. Das helle Klirren meiner Metallösen an der glatten, gebogenen Oberfläche hallt als Warnsignal durch die kathedralenartige Halle. Ich erstarre, halte den Atem an, greife nach Eugènes Arm. Doch kein Lebenszeichen.

Keine Nyx in der Lagerhalle.

Eugène fährt mit einer Hand über das Glas, den Kopf in den Nacken gelegt. Ich folge seinem Blick.

Ein Glaszylinder, wie der in *Sirènes*. Die Rauchschwaden im Inneren wabern träge, als plagte sie ohne Aufgabe endlose Langeweile.

»Haben die Nyx mehrere *Sirènes* gebaut?«, keuche ich.

Mit einem Quietschen lässt Eugène die Hand vom Zylinder gleiten. »Ich bezweifle es. Vor wenigen Tagen war ihr Exemplar noch nicht perfektioniert – man baut keine millionenteuren Maschinerien, wenn der Prototyp nicht einwandfrei läuft.«

Wir schleichen weiter, betreten einen Wald aus weiteren Zylindern und kleineren Transportboxen. Langsam drehe ich mich im Gehen. Fünf, sechs, sieben Röhren, bei denen ich schwören könnte, sie strahlen ein schwarzes Leuchten aus. Wenn es physikalisch nicht völlig unmöglich wäre, dass etwas schwarz leuchtet. »Die Zylinder könnten eine Art galvanische Zelle sein. Eine Energiequelle, die sich mit der Nutzung entlädt.«

»Ich verstehe nur die Hälfte deiner Worte«, er wirft einen Blick um die nächste Ecke, »aber das würde erklären, warum sie so viele davon brauchen.«

Ich starre in die düstere Tiefe der nächsten Röhre, versuche, etwas darin auszumachen. »Was *genau* ist es?«

»Eine Dampfmaschine?«

Ich schnalle missbilligend die Lippen. »Hast du in deinem Leben jemals eine Dampfmaschine gesehen? Oder ist das unter der Würde eines Lacroix?« Ohne den Zylinder aus den Augen zu lassen, folge ich ihm. »Vielleicht eine Brennstoffzelle? Jules Verne hat in *L'Île mystérieuse* geschrieben, dass elektrisch zerlegtes Wasser die Kohle der Zukunft sei. Nur sieht das hier nicht aus wie Wasser oder Wasserstoff –«

»Hattest du nicht etwas Wichtigeres vor?«, zischt Eugène mir über die Schulter zu.

Richtig, meine Familie! Die Realität dringt düster und schwer wie eine Rußwolke in mich ein. Sie raubt mir so sehr die Luft, dass es mich nicht verwundert, in meine Gedankenwelt geflüchtet zu sein. Aber das kann ich nicht machen. Ich muss präsent sein, im Hier und Jetzt. Nur ein Ziel vor Augen. Also straffe ich die Schultern und marschiere an Eugène vorbei, hinaus aus dem Urwald aus Kisten und Glaszylindern.

Der Käfig steht an Ort und Stelle. Neben all den Kisten und Röhren mickriger und vergessener denn je.

Ich renne los.

Hinter den Gitterstäben schmiegen sich Schatten aneinander, träger als die Schatten in den Zylindern. Weniger lebendig, auf seltsame Weise. Aber menschlich.

Ich bin nicht zu spät!

Gegen jeden Instinkt drossle ich mein Tempo, damit ich nicht mit voller Wucht gegen den Käfig knalle und jemanden herlocke.

»Odette?« Mathildes Sprachmelodie, wie immer so verträumt, dass man sich fragt, ob man sie aus einem Traum gerissen hat.

Endlich, *endlich* erreiche ich sie. Strecke meine Arme durch die Gitterstäbe, um Mathildes eisige Hände zu berühren.

Die anderen schlafen, *haben* geschlafen, zusammengedrängt wie ein Wurf Katzenjunge, doch nun regen sich ihre Köpfe und Gliedmaßen. Jo, Henri, Juliette, Mathilde, Mama. Sie sind alle hier. Alle lebendig.

Ein Schluchzer kämpft gegen meine Schluckmuskulatur an. Er siegt, schlüpft durch die Gitterstäbe, an denen ich rüttle, um das Geräusch zu übertönen. Ich rüttle, bis meine Lippen vibrieren und meine Zähne aufeinanderklappern.

Jo windet sich aus Mamas Armen, rutscht ein Stück näher zu mir und wickelt ihre Beinchen in einen Schneidersitz. Sie ist dünn, viel zu dünn, keine Überbleibsel vom Babyspeck an ihren Wangen, die sie immer so liebend gern aufgeplustert hat, wenn etwas nicht nach ihrem Willen geschah. Sie deutet zur Seite, ohne den abgewetzten, mir unbekannten Stoffbären loszulassen. »Da ist eine Tür«, erklärt sie mit diesem überlegen-selbstzufriedenen Blick, den man mit vier Geschwistern nur zu gut kennt. Wenn man die besten Noten hat, oder Mama sich bei einem Zank auf deine Seite stellt und die anderen tadelt.

Er beschwört dieses viel zu lange nicht mehr verspürte geschwisterliche Brodeln herauf. »Warum sitzt ihr dann noch da drin, wenn es so einfach ist rauszukommen, Mademoiselle *Je-sais-tout*?«, spotte ich zurück und spüre dabei nichts außer Wärme, Erleichterung und Sehnen nach einem echten, ausgewachsenen Geschwisterstreit.

»Sie haben mir Mister Bruno geschenkt«, erklärt Jo, als würde das irgendetwas erklären. Als würde ein ranziger Stoffbär wettmachen, dass man sie einsperrt, halb erfrieren und verhungern lässt. Jo legt den Kopf schief. »Du siehst aus wie ein Einbrecher.«

Ein Lacher platzt aus mir heraus. Für sie muss ich in der schwarzen Nachtschwärmeruniform genau so aussehen.

Mama kommt auf die Beine und an die Gitterstäbe, und ich reiße den Blick von Jo. Unsere Finger verknoten sich, ihre so kalt wie die Eisenstäbe zwischen uns. »Du hast einiges zu erklären, Mademoiselle«, fährt sie mich an, während dicke Tränen über ihre Wangen rollen. Sie streicht über mein Gesicht, mein Haar, meine Schultern, alles, was sie erreichen kann. »Wir dachten, du wärst –« Ihr Hauchen stockt.

Heftig schüttle ich den Kopf. »*Je suis désolée*, ich habe viel zu lange gebraucht.« Ich muss einen Kloß herunterschlucken, doch ein imponiertes Pfeifen unterbricht mich.

»Mir war nicht klar, dass du *so viele* Geschwister hast.«

Eugène kniet sich vor das Vorhängeschloss und zieht einen Dietrich aus der Tasche. »Fünf Stück, dein Vater war fleißig.«

»Eugène, untersteh dich!«, zische ich und bohre mein Knie in seine Seite, was ihn nur kurz aus der Bahn wirft. »Und ich habe *vier* Geschwister.«

Er zieht eine Augenbraue in Richtung Mama hoch. »Du willst mir weismachen, dieses bezaubernde Geschöpf ist alt genug, um deine Mutter zu sein?«

»EUGÈNE!«, zische ich noch lauter. Dann wende ich mich wieder Mama zu. »Pardon«, murmle ich. »Geht es allen gut?« Ich verrenke den Kopf, um sie zu inspizieren. Mathilde schlingt von hinten beide Arme um Henri, der sich an ihren gefalteten Händen festklammert wie ein Ertrinkender. Seine Lippen beben, und so wie ich ihn kenne, verbraucht er seine letzte Kraft, um sich nicht die Blöße zu geben und sich weinend auf mich zu stürzen. Juliette hat einen Arm in Mathildes Ellenbeuge untergehakt, ihre Haut so blass, wie wenn sie unseren Ofen putzt und ihr die alte Asche an Wangen und Stirn klebt.

»Sie haben uns Essen und Decken gegeben. Nicht gerade großzügige Mengen, aber nun – keinem von uns sind kalte Winter und Hunger unbekannt.« Mama senkt die Stimme. »Nur um Jo mache ich mir Sorgen. Sie hat in den letzten Tagen kaum noch geredet. Vielleicht konnten wir anderen uns deshalb zusammenreißen, um ihr nicht noch mehr Angst einzujagen.«

»Wirklich? *Jo?*« Ich werfe einen Blick auf meine kleinste Schwester, die Eugène den halben zusammenfantasierten Lebensweg von Mister Bruno, dem Teddy-Piloten aus Amerika, herunterrattert, während er mit zusammengekniffenen Augen am Schloss hantiert.

Trotzdem nickt Eugène interessiert und stellt Nachfragen, statt sie darauf hinzuweisen, dass Mister Bruno nicht aussieht, als stammte er aus Amerika, sondern aus einer modrigen Hintergasse in Paris' ärmstem Arrondissement.

Zum Glück ist er bei mir.

Hastig blicke ich zurück zu Mama, meine Ohren und Wangen trotz der eisigen Kälte warm.

Mamas Mundwinkel zucken. Dieses wissende Lächeln, das mir schon mit dreizehn den Nerv geraubt hat, als ich mich über diesen Besserwisser *Antoine Chapdelaine* mit seinen nervigen Mathenoten und noch nervigeren Meeraugen beklagt habe.

»Jo scheint es von allen am besten zu gehen«, presse ich heraus, statt ihr Lächeln zur Kenntnis zu nehmen.

Ihr Lächeln wird milder. »Weil du da bist, *ma petite chouette*.«

Eine andere Wärme breitet sich in mir aus. Doch bevor ich wegen ihres nostalgischen Spitznamens für mich gefühlsduselig werden kann, stößt Eugène einen leisen, triumphierenden Laut aus. Das Schloss öffnet sich mit einem Klicken.

Das metallische Quietschen der Gittertür wischt alle Rührseligkeit, jede Ablenkung, jede Realitätsflucht fort. Die fiebrige Energie surrt zurück in meine Nervenbahnen. Statt mich zu überrollen, legt sie sich als seltsam ruhige Zielstrebigkeit über mich. Ich bringe meine Familie in Sicherheit. Alles andere muss warten.

»Wir müssen jetzt lautlos und schnell sein. Dort zur Hintertür.« Während sie einer nach dem anderen aus dem Käfig stolpern, berühre ich jeden von ihnen sanft an der Schulter, um sie in die richtige Richtung zu lenken. Um sicherzugehen, dass sie wahrhaftig hier sind.

Jo schwankt ein wenig, klammert sich an Mister Bruno und die Gitterstäbe. Soll ich Eugène bitten, sie zu –? Nein. Er ist der bessere Kämpfer. Also schlinge ich einen Arm um Jos Taille und hebe sie hoch.

Wie leicht sie ist! Weil ich stärker geworden bin – oder sie kaum zu essen bekommen hat? »Wenn wir zu Hause sind«, flüstere ich ihr verschwörerisch ins Ohr, während Eugène das Schloss der Seitentür bearbeitet, »kaufe ich dir den größten Laib *Brie de Meaux*, den wir finden. Mindestens zwei Kilo! Nur für dich.«

Ihre Fingerchen krallen sich ein wenig tiefer in meinen Rücken, und sie vergräbt das Gesicht in meinem Hals. »Drei Kilo, und ich teile mit euch allen.«

Ich lächle, schwinge ihr Gewicht ein wenig höher, greife sie fester und trotte den anderen hinterher. »Abgemach–«

Dröhnend springen die Deckenlampen an. Angefangen am anderen Ende der Halle, eine nach der anderen, bis zu uns. Die letzte Lampe erwacht mit einem Funkenregen zum Leben und strahlt hart und unnachgiebig auf uns herab.

Ich peitsche herum. Erstarre.

Der Dirigent.

Und hinter ihm – schwärmt eine Armee aus Nyx zwischen Holzkisten und Glaszylindern hervor.

Kapitel 23

Er wusste Bescheid. Der Dirigent *wusste*, dass Jean und Armand ein Ablenkungsmanöver sind. Ich sehe es an seiner Haltung, an der desinteressierten Art, mit der er seine Drahtpeitsche an seiner Seite herabhängen lässt, an dem ganz leicht geneigten Kopf, dem schiefen Maskengrinsen.

Ich hätte das ahnen müssen.

Kaum merklich hebt er die freie Hand, sodass die Nyx hinter ihm innehalten. Dann breitet er beide Arme in einer großen Geste vor uns aus. »Niemand hat mich zum Familienwiedersehen eingeladen?«

Warum ist er hier? Nachdem er mich das letzte Mal hat ziehen lassen? Ich gehe einen Schritt zurück, greife Jo fester. Ist es einfach Grausamkeit, mir Hoffnung zu schenken, nur um mir meine Familie nun aufs Neue zu entreißen? Oder steckt mehr dahinter?

Ganz egal. Ich wiege das Stilett bereits in meiner freien Hand. Mein anderer Arm zittert unter Jos Gewicht, doch ich weiß, ich halte durch. Ich lasse sie nicht los. Nie wieder.

Der Dirigent schlendert zu uns, viel zu geschmeidig für einen Mann seiner Masse. »Aber es ist kein richtiges Wiedersehen, nicht wahr?« Er stoppt, faltet die Hände um den Griff seiner Drahtpeitsche. »Ich wollte mich schon längst erkundigen – wie ist das Befinden des werten Monsieur Papa?«

Ich recke das Stilett und knurre. Knurre wie ein tollwütiger Hund, tief und wild und völlig triebgesteuert. »Wagen Sie es nicht, meiner Familie auch nur noch ein Haar zu krümmen.«

»Nur um sicherzugehen«, er reibt sich das Maskenkinn, eine höhnische, vorgegaukelte Geste, »schließt *Familie* dieses jämmerliche Abbild einer Familie aus zusammengerotteten Nachtschwärmer-Ratten mit ein? Denn dafür ist es eventuell ein wenig spät.«

Scharlachröte entflammt in mir, züngelt vor mir, als stünde die Welt in Flammen. Unter keinen Umständen wollte ich Jo loslassen. Meine Familie allein lassen. Aber ich muss.

Also gefriere ich die Flammen zu klingenscharfen Eisscherben und lasse Jo an meiner Seite herabgleiten. An der Hand manövriere ich sie zum Rest unserer Familie, ohne den Dirigenten aus den Augen zu lassen. »Verbarrikadiert die Tür von außen. Rechts halten, kein Blick zurück, keine Pause, bis zur Seine.« Meine eiskalte Stimme lässt keine Widerworte zu. Kein Erstarren. Keine Angst. »Am Hafen müssen Arbeiter sein, bleibt unter Menschen. Geht zu Madame Bouchard.«

Mama hebt Jo in ihre Arme, während Mathilde Juliette und Henri an den Händen hält. So ausgezehrt. Sie wissen nicht, warum sie das hier durchmachen müssen. Und ich bin nicht sicher, ob sie es ohne mich schaffen, oder –

»Sie erschießen uns, bevor ich den Dietrich auch nur drehen kann«, erklärt Eugène mit dröhnender Stimme, obwohl wir so nah beieinander stehen. Er lehnt mit einer Schulter an der Tür und hält den Dietrich im Schloss, mitten in der Bewegung erstarrt. Er wirkt ungezwungen, beinahe teilnahmslos. Doch seine Muskeln zittern. Hat er –?

Tatsächlich. Der mikroskopische Spalt in der Tür, die Nacht dahinter ein wenig matter als das tonnenschwere Metall, dessen Last er stemmt. Zittrig atme ich ein. Ich bin nicht allein. Wir schaffen das. Und ich muss darauf vertrauen, dass meine Familie ohne mich zurechtkommt.

Kurz blicken Eugène und ich uns in die Augen. Verstehen, was wir nicht aussprechen können. Wissen, wann der andere bereit ist. Meine Fingerspitzen stoßen gegen eisige Kälte.

»LAUFT!«, brülle ich im gleichen Moment, als er die Tür aufstößt.

Blind schleudere ich das Messinggehäuse zu den Nyx.

Schere mich nicht darum, ob die Granate Rauch oder Splitter durch die Luft jagt.

Und während meine Familie durch die Tür stürzt, explodiert die Waffe gleißend hell. Die Splittergranate, noch immer mit zwei Rauchgranaten in meiner Gürteltasche, weil ich gezögert habe, sie zu benutzen.

Aber nicht mehr.

Noch immer klirren im wallenden Rauch Splitter über den Beton, und Silhouetten der Nyx stieben auseinander. Im Wald aus Transportkisten, in den wir im Chaos hechten konnten, quetschen wir uns zwischen zwei Kisten. Die bellenden Rufe der Nyx klingen nicht so, als hätte ich viele außer Gefecht gesetzt – dafür standen sie zu weit auseinander, und ich konnte nicht gut genug zielen.

Also greife ich Eugènes Schultern. »Ein Dutzend Männer, mindestens«, keuche ich. »Wie können wir sie lange genug aufhalten?«

»Dein Lichtwirken.« Eugène steckt den Kopf aus der Lücke, beobachtet, wie die Nyx ausscheren. »Wenn du die Lampen in meiner näheren Umgebung löschst, bin ich schneller als sie.«

»Am schnellsten ginge es, wenn ich alle Lampen zerbersten lasse.«

»Nur die in meiner näheren Umgebung.« Eugène quetscht sich zwischen den Kisten hervor und streckt mir eine Hand hin. »Ich brauche Schatten *und* Licht, um mich im Kampf orientieren zu können.«

Meine Hand bebt, als ich seine ergreife und auf die Beine komme. »Mir fehlt die Kontrolle –«

»Nein.« Eugène stemmt den Deckel einer Kiste auf, seine Stimme ruhig, obwohl schwere Stiefeltritte auf uns zu trampeln. »Du hast es im Training geschafft, du schaffst es auch hier. Glaub an dich. Wir *müssen* sie einzeln erwischen. Einen nach dem anderen.«

Die Schritte kommen näher, trennen sich in die Klangfarben drei unterschiedlicher Gangarten auf. Ich atme tief ein. Einer nach dem anderen, das könnte ich schaffen. Langsam und ruhig. Mit Bedacht. Ich greife zwei Metallklumpen aus den Kisten, klein und schwer, Werkzeug vielleicht, und werfe sie weit fort von uns. Knappe militärische Befehle, die Schritte zerstreuen sich – der Trupp teilt sich auf.

Jetzt müssen wir nur einen von ihnen ausschalten und in den Untiefen des Kistenwalds verschwinden, bevor die anderen uns erreichen. Eine Sache von Sekunden.

Eugène positioniert sich mitten im Gang, in Kampfstellung, und nickt mir knapp zu.

Ich schließe die Augen, beschwöre das elektrische Kribbeln herauf, die Panik, den Zorn, aber auch die Gewissheit, dass ich mein Lichtwirken kontrollieren kann. Ich kann das. Habe es schon geschafft. Beim Üben, nie in einer Situation wie dieser. Was wenn –? Nein, nicht wieder diese Gedanken. Mit angehaltenem Atem lasse ich das unsichtbare Knistern zu den flackernden Lampen aufsteigen.

Der Nyx biegt um die Kurve, breitschultrig und mit dem Gewehr im Anschlag. Er zielt auf Eugène.

Das Licht flackert heftiger, launenhaft, als flatterten meine Augenlider kurz vor der Ohnmacht. Beinahe zu viel. Beinahe so viel, dass mir die Kontrolle durch die Finger gleitet und alle Lampen zerbersten. Doch kurz bevor die Energie in den Glühbirnen durchbrennt, beiße ich die Zähne aufeinander. Nur dieses eine Mal! Denn solange die Nyx gegen uns kämpfen, können sie meine Familie nicht verfolgen.

Die Reihe Lampen über uns und ein paar Lampen links und rechts von ihr erlöschen.

Dunkelheit lässt nur noch schemenhafte Konturen von Kisten und dem Nyx übrig. Dunkelheit, eine behütende Decke über uns – würden nicht dumpfe Faustschläge auf gepolsterten Körperteilen ertönen, das Schlurfen von Militärstiefeln und gestöhnte Kampflaute.

Mit geballten Fäusten verfolge ich jede flirrende Bewegung der schmaleren, eleganteren Silhouette. Bereit, für mehr oder weniger Licht zu sorgen, was auch immer er braucht.

Doch der Nyx sackt lautlos zusammen, und ich löse die Fäuste. Das Licht kehrt in die Glühbirnen zurück. Wir hasten durch Kisten auf die dröhnenden Schritte des nächsten Nyx zu.

Da, am Ende des Gangs. Er hebt die Waffe. Doch ich bin schneller, stehe unter Strom, recke meine Hände in die Luft. Im Halbdunkel erledigt Eugène auch diesen Gegner.

Weiter. Der dritte Nyx. Eugène keucht, meine Finger beben. Vier, fünf, sechs Nyx. Eugènes Kontur flirrt beim Schattenspringen mehr und mehr, die Anstrengung so schmerzhaft sichtbar. Mein Kopf pulsiert, pocht, hämmert. Acht, nein, zehn Nyx. Oder elf? Wie viele haben wir noch vor uns?

Ich taumle, pralle gegen einen der Glaszylinder. Der Rauch darin bäumt sich auf, und ich stoße mich ab. Doch der Rest der

Lagerhalle wabert ebenfalls. Der Boden schwankt und Elektrizität scharrt über meine Knochen. Eugène. Wo ist Eugène? Und unser nächster Gegner? Ich beiße mir auf die Unterlippe, bis sich meine Gedanken und meine Sicht klären, und spucke das warme, eiserne Kleben aus. Ich muss durchhalten!

Der Gang vor mir ist leer. Ich drehe mich, stolpere weiter. Eugène! Meine Hände scheuern über die Holzkisten. Ich will mich nicht abstützen, will stark sein, *muss* stark sein, aber –

Etwas mit der Wucht einer Trümmerbirne rammt meinen Rücken, und ein rauer, halb erstickter Schrei löst sich aus meiner Kehle. Ich schlage bäuchlings auf den Boden. Mein Kiefer trifft den Beton, und ein scharfes Beißen kriecht meine Nase hinauf, treibt Tränen in meine Augen. Ich stemme mich hoch, um mich zu meinem Angreifer umzudrehen. Ein stämmiges Bein in Nyx-Uniform, ein Funken sprühender, aufgewickelter Draht, verschwommenes Grinsen auf Elfenbein. Der Druck auf meinem Rücken verstärkt sich, zwingt mich zurück auf den Boden.

Eugène! Ein paar Meter entfernt, zusammengesackt auf dem Boden. Ich will seinen Namen brüllen, doch nur ein Gurgeln kommt hervor.

»Oh, keine Sorge, er lebt.« Der Dirigent bohrt seine Hacke zwischen meine Rückenwirbel. »Aber du enttäuschst mich. Ich nahm an, ein wenig Zeit zum Nachdenken würde dir die Augen öffnen. Doch schon bist du wieder hier. Hast nichts gelernt.« Er seufzt, beinahe so, als würde es ihn schmerzen, mich so zu sehen. »Ich kann dich kein zweites Mal ziehen lassen. Das würde meine Loyalität infrage stellen, das verstehst du sicher.«

»Warum. Überhaupt?«, presse ich jede Silbe einzeln durch meine Zähne.

Eugène regt sich, und ich atme auf, schicke neuen Schmerz durch meine zerquetschten Rippen.

»Ich sah Potenzial. Wo andere einen Feind sahen, den es einzusperren, zu sezieren und zu entfernen gilt, sah ich mehr.« Der Dirigent tritt gegen meine Seite, schiebt mich auf den Rücken und presst mich mit dem Fuß zu Boden wie ein Zementblock eine Stoffpuppe. »Aber du bist nichts weiter als eine Plage.«

Ich beiße mir auf die Wangeninnenseiten, atme durch den Schmerz, der mir die Sicht raubt. Gehe Cléments Manöver für diese Lage durch. *Die empfindlichen Kniekehlen.* Ich hebe die Hand, um meine Finger hineinzukrallen, doch der Dirigent schlägt sie mit dem Griff seiner Drahtpeitsche fort. Als würde er jeden meiner Kniffe voraussagen können.

Er stemmt seinen Fuß fester in meine Magengrube. »Ich will ein Mädchen nicht verletzen.«

Ich spucke Rotz und Blut auf ihn, das seinen Oberschenkel hinabrinnt. »Dafür ist es *ein wenig* spät, oder?«

»Bleib, wo du bist!« Der Dirigent richtet eine Pistole auf einen Punkt hinter mir.

Eugène! Ich überdehne den Nacken, um ihn zu erkennen. Er kniet, sein Gewicht halb auf den Händen abgestützt. Seine Augenlider flattern, ein kaum loderndes Feuer dahinter. Langsam hebt er die Arme, stöhnt bei der kleinsten Bewegung.

Was hat der Dirigent Eugène angetan? Ich fletsche die Zähne, bäume mich auf. Meine Hand trifft die Ausbeulung in meiner Gürteltasche. Die restlichen Granaten. Rauchgranaten. Sie nützen nichts. Ihr Rauch würde mich mehr blenden als ihn –, wenn mich nicht schon vorher die Detonation außer Gefecht setzt.

Der Dirigent reibt sich mit der freien Hand über das Gesicht, fast als hätte er die Maske dort vergessen. Seine Pistole bleibt auf Eugène gerichtet. »Warum wehrst du dich so? Siehst du nicht, dass es vorbei ist?«

»Ich habe erreicht, was ich wollte«, knurre ich. Genugtuung

sickert aus mir heraus. Weil meine Familie in Sicherheit ist. Doch vor allem, weil meine Fingerkuppen über eine andere Kälte gleiten. Ebenmäßiger, feiner als die Messinggehäuse.

»Meine Familie ist fort.«

»Aber *du* bist hier!« Anklagend wirft er die Hand in meine Richtung. »Wir haben dich, deine Fähigkeit, alles, was wir je von dir wollten. Nur wirst du jetzt leiden, statt von unserer Großzügigkeit zu –«

Ich schleudere ihm den Inhalt der Phiole entgegen.

Er starrt auf seinen Arm, wo der kupferlegierte Armschutz zischt, sich auflöst, während der Korkstopfen über den Boden kullert. Ein Großteil der Säure spritzt auf den Boden.

Ich stoße den Dirigenten von mir. *Bitte, Héphaïstos, Arès oder wer auch immer für Angriffe mit Chemikalien verantwortlich ist, lass es mehr als das Metall zerfressen!* Meine Rippen zerspringen fast, so stürmisch kämpfe ich mich hoch.

Der Dirigent brüllt auf. Animalisch. Das Zischen wandelt sich zu einem Brutzeln. Was habe ich getan? Verbranntes Fleisch, verkokelndes Haar, so beißend in meiner Nase, dass ich würgen muss. Zur Unterwelt, was habe ich getan?

Doch bevor ich mich übergeben oder zusammenbrechen kann, hechte ich zum sich windenden Dirigenten. Reiße ihm die Pistole aus der Hand. Springe zurück, die Waffe auf ihn gerichtet.

Etwas in mir brennt, als hätte ich Madame Bouchards Säure eingeatmet. »Kannst du laufen?«, rufe ich, ohne den Blick vom Dirigenten zu nehmen.

Ein Schlurfen hinter mir. »Ich würde das hier nicht *laufen* nennen«, stöhnt Eugène. »Eher Vorwärtsschleppen oder Torkeln. Aber es *ist* eine Form der Fortbewegung.«

Seine Stimme spült ein wenig der Säure in meiner Brust fort.

Der Dirigent blickt auf, seinen Arm an den Körper gepresst. Obwohl das Brutzeln versiegt, zerfrisst der Gestank weiter meine Schleimhäute. Er ruckt mit dem Kinn zur Waffe in meinen Händen. »Kannst du die überhaupt benutzen, *Fillette*?«

Ich bin kein kleines Mädchen! Trotzdem malme ich meine Zähne aufeinander, denn er hat nicht unrecht. »Ich weiß, wohin der Lauf zeigen muss und wo der Abzug ist. Nicht unbedingt eine Organtransplantation, oder?« Etwas in mir schickt den Impuls zu lachen durch meine Nerven, doch ich atme nur zittrig aus.

»Schießt du wirklich auf einen Menschen?« Häme verflicht sich mit der Qual in seiner Stimme, während er einen Schritt auf mich zu stolpert. »Bist du dazu in der Lage?«

Nein, bin ich nicht. Ich starre ihn an. Richte die Pistole von ihm weg.

Und ziele langsam, behutsam, auf meinen Kopf.

Eugène zieht scharf Luft ein.

Der Dirigent lacht. Aus vollem Halse, kaum von Maske und Schmerz gedämpft. »O bitte, Odette, sei nicht albern. *So* wichtig bist du für uns nun auch wieder nicht, dass wir –«

Ich richte die Pistole auf den nächsten Glaszylinder.

»Nicht!«, brüllt er, genauso verzweifelt wie beim letzten Mal, als ich eine Granate hielt und sein Blick immer wieder zum Glaszylinder huschte. Nicht zu *Sirènes*. Zum *Zylinder*.

Dieses Mal sinkt meine Hand nicht.

Ich drücke den Abzug.

Die Kugel schlägt in den Zylinder ein, und ich schirme mein Gesicht ab. Doch nur ein wenig Glasstaub und Splitter bröseln herab, während die Kugel über den Boden rollt. Kein Loch im Glas. Nur eine Einschlagstelle, von der aus sich Frakturen wie ein Spinnennetz nach außen ziehen.

Merde.

Eugène tritt neben mich und berührt sachte meinen Arm. Hastig, zittrig ziele ich auf den Dirigenten. Wird er wieder lachen? Uns angreifen? Er weicht jedoch zurück, starrt zum Zylinder, als hätte er einen Geist gesehen. »Was hast du getan?«, haucht er.

Mit gerunzelter Stirn öffne ich den Mund.

Das Kreischen einer verdammten Seele übertönt jedes Wort. Ich klatsche die Hände auf meine Ohren, die kurz vor dem Zerbersten sind, und stürze auf die Knie. Die Pistole schlittert über den Boden, und Eugène knallt neben mich, die Hände ebenfalls an die Ohren gepresst. Das Kreischen dringt durch meine Finger.

Und dann ertönt ein Scharren, das Gänsehaut über meinen Rücken krabbeln lässt. Die Frakturen im Zylinder knistern, knacken. Breiten sich aus.

Eugène und ich rutschen nach hinten, fort vom Zylinder.

Die Rauchschwaden hinter dem Glas bäumen sich auf wie brodelnde, tiefschwarze Wolkenfronten kurz vor einem Orkan. Pressen gegen die Risse, rauchige Finger erscheinen, als würde Poséidon selbst Sturmdämonen zum Leben erwecken. Und sie wollen ausbrechen aus ihrem Gefängnis.

Das Glas zerbirst.

Scherben regnen auf uns nieder, doch ich spüre kaum, wie sie meine Wangen und Arme aufschürfen. Denn der Schmerz ist nichts im Vergleich zu dem dunklen Wesen, das sich vor uns auftürmt, wächst und wächst und wächst. Es kreischt erneut auf, schlägt mit Schattensträngen um sich, die aus seinem formlosen Körper wuchern. Zerschlägt die Lampen, triefend vor Hass.

Während in meinen Augenwinkeln der Dirigent rückwärts über den Boden kriecht, rapple ich mich auf. Er hebt die Hände, murmelt mit bebenden Lippen. Versucht er etwa –? Er versucht, mit dem Dämon zu *verhandeln*.

Ich zerre Eugène mit mir, solange es seine Aufmerksamkeit auf den Dirigenten richtet. Was auch immer *es* ist. Wir stolpern über einen bewusstlosen Nyx, hechten hinter einen Kistenberg. Ein weiterer Schattenstrang schlängelt durch den Gang und hält wabernd über dem Nyx inne. Er schlingt sich um den leblosen Körper.

Ich presse mir die Hand auf den Mund und kralle meine andere in Eugènes Oberschenkel. Mit einem schwerfälligen, rhythmischen Schmatzen saugt der Schatten *etwas* aus dem Nyx. Seine Lebenskraft, seine Seele, oder was auch immer. Er hinterlässt den Mann als kalksteinfarbene Hülle, spröde und verdorrt.

»Was bei Hadès' Unterwelt *ist* das?«, wispere ich durch meine bebenden Finger. Sie benutzen dieses *Etwas*, ohne es kontrollieren zu können.

Eugène schüttelt nur den Kopf. Sein Brustkorb hebt sich wie der Blasebalg eines Schmiedefeuers. »Lass uns verschwinden, solange die beiden miteinander beschäftigt –«

Ein wulstiger Schattenstrang schlüpft zwischen den Kisten hindurch und starrt uns an. Ohne Augen, ohne Gesicht, und doch bin ich mir sicher, es stiert uns an. Wie *Beute*. Ich kann mich nicht rühren. Und dann reißt es vor unseren Gesichtern einen zahnlosen Schlund auf, speit uns sein Kreischen entgegen, Fetzen aus Schatten wie Sabber.

Eugène schlingt seine Arme um mich, und wir schattenspringen über den Boden, mehr Rollen und Schlittern als Schattenspringen, aber raus aus seiner Reichweite.

Wir raffen uns auf, rennen durch den Wald aus schattengefüllten Glaszylindern. *So* viele mehr von ihnen.

Eine Schattenfront versperrt uns den Weg, und wir preschen in einen anderen Gang.

Es ist überall. Schwärzer als die Dunkelheit, jetzt, da alle

Lampen zerschlagen sind. Wenn der Dämon wie die Fähigkeiten der Nachtschwärmer funktioniert –

Er nährt sich von der Dunkelheit. Zehrt von ihr, ein wuchernder Parasit.

Ich muss Licht erschaffen. Doch egal, wie wild ich mich umschaue, jede Lampe hängt in Bruchstücken von der Decke. Ich presche um die nächste Ecke, wo der Dirigent mit dem Rücken an einer Kiste kauert. Der Schatten reißt vor ihm seinen Schlund auf. Der Dirigent hebt wieder die Hände, als wollte er ihn zurückdrängen. Glaubt er wirklich, er könnte den Schattendämon befehli–

O bei allen Göttern des Olymp.

»Du elender Verräter!«, brülle ich dem Dirigenten entgegen, so heftig und rau, dass meine Seele mit herausbrechen muss. »Du bist ein Nachtschwärmer!«

Der Blick des Dirigenten huscht zu uns, doch er kommt nicht zum Antworten.

Denn das Haupttor der Lagerhalle knallt auf, und eine Schar bis an die Zähne bewaffneter Nyx stürmt herein.

Sie schwärmen aus, in kleineren Formationen, bestehend aus je einem Nyx mit Lichtwaffe und vier Nyx mit Gewehren. Drei Gruppen marschieren durch den Mittelgang auf uns zu, während die anderen in die labyrinthartigen Gänge verschwinden. Gleißendes Licht lodert immer wieder aus ihnen empor, drängt die Arme aus Schatten zurück.

In der Mitte der drei Gruppen stolziert der Orchestrator mit erhobenen Armen und reckt dabei ein Füllhorn aus schwarz gebranntem Eisen in die Höhe.

Ich schiebe Eugène zurück, bis wir mit dem Rücken an einen der Zylinder stoßen. Kein Geräusch dringt aus ihm, trotzdem prickelt mein Rücken, als würde der Schatten darin stumme Schreie gegen das Glas pressen.

Der Orchestrator beachtet uns nicht. Kein Nyx beachtet uns. Selbst der Schattendämon wartet, wabert, wie auf der Lauer, und der Teil von ihm, dem ich Augen zuordnen würde, wenn ich müsste, stiert zum Orchestrator. Zwei Nicht-Gesichter, die Maske der Tragödie und die konturlose Fratze aus Schatten.

»Fort von ihm«, ertönt das samtene Wispern des Orchestrators.

Ein tonloses Lachen kratzt über meine Stimmbänder. Auch er glaubt, dieses … dieses Ding kontrollieren zu können. Diese verblendeten, hochmütigen, vor Hybris triefenden –! Sie haben es irgendwie geschafft, vermaledeite *Dämonen* aufzutreiben und besitzen jetzt die Überheblichkeit zu glauben, sie könnten –

Der Dämon kreischt gellend auf. Stürzt sich auf den Orchestrator hinab.

Ich klammere mich an Eugène. Das kann ich nicht mit ansehen, kein zweites Mal. Egal, ob Freund oder Feind.

Doch der Schattendämon attackiert ihn nicht. Er strömt zum schwarz gebrannten Füllhorn, bis er wie Rauch aus der Öffnung zu quellen scheint.

Der Orchestrator befehligt den Schattendämon.

Eugène verlagert sein Gewicht und zieht mich aus meinem Bann. »Lass uns verschwinden. Schattenspringen über die Kisten, zum Fenster.«

Die zerstörten Lampen. Dunkelheit. Das ist unser Vorteil. Ich nicke, drücke seinen Arm fester. Meine Familie ist in Sicherheit, sie *müssen* es einfach sein, und es gibt keinen Grund, den Kampf weiter hinauszuzögern. Verschwinden wir, solange sie beschäftigt sind.

Unsere Hände gleiten ineinander. Ich schätze den Absprungwinkel, und der vertraute Sog treibt uns vorwärts. Wir steuern auf einen der Kistentürme zu, und ich atme kurz vor der Landung aus.

Wie ein explodierender Stern bricht Licht über uns herein. Wir stürzen. Krachen in die Kisten. Ich stöhne, sehe schwarz, während wir mit den Kisten auf den Boden knallen, bis ich blinzle und das Grellweiß wieder übernimmt. Mit einem Fiepen in den Ohren stemme ich mich hoch.

Ihre verdammten Lichtwaffen, auf uns gerichtet. Und der Schattendämon lauert über den schmalen Schultern des Orchestrators, krümmt sich fort vom Licht, als würde es ihn verbrennen, doch verharrt an seiner Seite.

»*Merde*«, röchelt Eugène und greift meine Hand fester.

Klicken hallt durch das Lager. Was war das? Ich verenge die Augen gegen das Gleißen, das mir Tränen in die Augenwinkel treibt. Sie entsichern die Gewehre, richten auch sie auf uns. Der Dirigent taumelt ein wenig hinter dem Orchestrator, doch er legt die Hand an seine Metallgeißel.

Sie haben uns. Es gibt keinen Weg, der Situation zu entkommen.

Seltsamerweise fürchte ich mich nicht. Störe mich kaum daran. Denn ich habe mein Versprechen gegenüber Papa gehalten und meine Familie gerettet. Ich habe nie versprochen, was ich nicht hätte halten können – dass *ich* zurückkehre. Ich habe mein Ziel erreicht. Es wäre sinnlos weiterzukämpfen, so viel erkenne ich. Nur ein kleiner Teil meines Herzens protestiert dagegen, einfach aufzugeben. Aber ich gebe nicht auf. Ich *entscheide* mich, mein Schicksal anzunehmen. Für meine Familie.

Da ist nur eine Sache.

Ich komme auf die Knie. Schiebe mich vor Eugène. »Lasst ihn gehen.«

Alle schweigen, nur Eugène zerrt an meinem Arm, zerrt mich zu sich. »Was soll das?«

Mit einem Ruck befreie ich mich aus seinem Griff. »Ich ergebe mich kampflos. Wenn ihr ihn gehen lasst.«

»Odette!« Eugène greift wieder nach mir. »Wir finden eine andere Lösung!«

Ohne mich umzublicken, recke ich den Arm nach hinten. Bringe ihn zum Verstummen. Er hat so viel für mich getan, ohne Verpflichtung, ohne Grund, außer dieser leidigen Güte hinter all der pompösen Maskerade, der Selbstverliebtheit und Ungebundenheit. Das hier kann ich für ihn tun.

Der Orchestrator summt. »Ich kann mich nicht entscheiden, ob du naiv, dreist oder kühn bist. Wir haben zwei Katzen im Sack, mit gestutzten Krallen und stumpfen Zähnen. Wieso sollten wir eine gehen lassen?«

Ich ziehe die letzten zwei Granaten hervor. Rauchgranaten. Aber das müssen sie nicht wissen. »Keine weiteren zerbrochenen Zylinder.« Ich nicke zum Schattendämon. »Ich bin sicher, ihr könnt nicht *alle* von ihnen kontrollieren. Ihr lasst ihn ziehen, und heute wird nichts mehr in dieser Halle zerstört.« Ich nicke in die Richtung der spröden Hülle eines Mannes. »Niemand mehr getötet.«

Einige der Nyx lassen die Gewehre sinken. Der tote Genosse kann ihnen nicht entgangen sein. Ihr Murmeln schwillt an, und der Orchestrator hebt eine Hand, sodass sie verstummen. Doch er begreift. Er *muss*. Es lohnt sich nicht, die Leben – und die Loyalität – seiner Untergebenen für Eugène aufs Spiel zu setzen. Nicht, wenn ich mich freiwillig ergebe.

»Odette«, raunt Eugène erneut. Da ist dieses Flehen in seiner Stimme. Und Dickköpfigkeit. Hoffnung.

Ich schlucke, starre weiter geradeaus. »Es gibt keine Alternative. Das weißt du.« Meine Stimme ist Stahl, auch wenn ich mich nicht umsehen kann, ich könnte es nicht ertragen, in sein Gesicht zu blicken. Denn schon seine Stimme zerreißt mich.

Aber meine Entscheidung steht.

»Mein liebes Mädchen. Was du in deinen Händen hältst …«

Der Orchestrator zupft den Lederhandschuh an der Hand, die das Füllhorn hält, zurecht, und bringt damit den Schattendämon zum Aufbäumen. Dann lehnt er seinen Kopf einen Hauch zurück, sodass sich der in Qual entgleiste Mund der Tragödie noch grotesker verzerrt. »… sind Rauchgranaten.«

Sofort heben sie die Waffen wieder. Ein Dutzend dunkler Schlunde aus Metall, auf uns gerichtet.

»Machen wir es uns einfach. Der Bursche ist wertlos für uns.« Er schnalzt mit der Zunge, das lauteste Geräusch, das er bisher von sich gegeben hat. »Erschießt ihn.«

»Nein!«, brülle ich. Ich werfe mich vor Eugène, schirme ihn ab.

»All die Technologie«, ertönt eine liebliche Stimme irgendwo über uns.

Das kann nicht sein.

Ich peitsche herum.

Louise' Goldlocken leuchten hoch oben am zerbrochenen Fenster auf. Und ihr Grinsen. Nein, ein *Feixen*. »Ich sage ja immer, am besten bekämpft man Feuer mit Feuer.« Sie wirft etwas Metallenes in die Halle, das über den Boden kullert.

Ein hochfrequentes Piepen lässt mich zusammenzucken. Einige der Soldaten schlagen sich die Hände auf die Ohren. Und dann implodiert die Kugel, ein seltsamer Sog, beinahe wie mein Lichtwirken. Ich schmeiße mich zu Boden, reiße Eugène mit, stähle mich mit aufeinandergebissenen Zähnen für den Schmerz. Doch ich spüre nichts.

Stattdessen fallen die Lichtwaffen der Nyx auf einen Schlag aus. Sie rütteln an den Waffen, schrecken vor den wieder anschwellenden Schattensträngen zurück.

»Oje, ich habe etwas vergessen! Für ein wenig bessere Stimmung«, flötet Louise, als hätte sie einer Freundin zur Teerunde das Gastgeschenk noch nicht überreicht. Sie hievt etwas Schweres, Unförmiges durch das Fenster. Es kracht auf den Boden, ein Metallkasten mit Drähten und blinkenden Lichtern. Ein leises Piepen weht herüber. »Für Bombenstimmung, könnte man sagen.«

Ich erstarre. Die Nyx begreifen es noch nicht, bringen dieses seltsame, hübsche Mädchen am Fenster nicht mit Zerstörung in Verbindung. Aber ich kenne Louise. Eine Bombe. Sie wirft eine verdammte *Bombe* ins Lagerhaus.

Louise legt die Hände trichterförmig an den Mund, während das Gerät schneller und schneller piept. »Raus da!«, ruft sie Eugène und mir zu. »SOFORT!«

Das Piepen stoppt. Es ist dunkel – wir können schattenspringen! Ich greife Eugènes Hand. Die Zeit verlangsamt sich. Direkt unter dem Fenster explodiert jeden Augenblick die Bombe. Wohin stattdessen? Keine Zeit für Türen. Denk nach! Wohin?

»Hoch!« Ich zerre Eugène in Richtung Decke, weg von der Bombe und ihrem Epizentrum.

Er zögert keinen Wimpernschlag. Springt mit mir.

Mit einem Knall detoniert die Bombe. Die Druckwelle durchbohrt mein Trommelfell – wir schattenspringen langsamer als Schall. Etwas Klebriges sickert aus meinem stechenden Ohr. Egal. Solange uns die *tatsächliche* Explosion nicht einholt.

Wir rasen auf das Dach zu. Gleich prallen wir gegen das Wellblech. Zerschellen. *Bitte, lass es funktionieren!*

»Odette?«, brüllt Eugène alarmiert.

Vertrau mir nur ein wenig länger.

Die Schallwelle sprengt mehrere Wellblechplatten weg. Wir verlieren an Geschwindigkeit, je greller sich das Feuer unter uns ausdehnt. Die Explosion versengt meine Uniform und die Haut darunter. Doch sie katapultiert uns auch den letzten Rest nach oben, durch eines der Löcher.

Nur noch Bruchstücke. Abgestumpfte Schreie. Der Dirigent und der Orchestrator, umschlungen vom kreischenden Schattendämon. Wellblech prallt gegen meinen Kopf. Schwärze. Dröhnendes Fiepen, rostiges Eisen bitter auf meiner Zunge. Sterne und Eugènes Gesicht. Qualm in meiner verkrampfenden Lunge. Ich knalle aufs Dach. Schwarz. Ein Stöhnen brennt durch meinen Brustkorb. Ich verliere Eugènes Hand. Überschlage mich, klatsche mit Armen und Beinen auf Wellblech, taste nach Eugène, bleibe mit dem Arm an einem abgebrochenen Stück Blech hängen. Es schneidet durch mein Fleisch. Ein Schrei, *mein* Schrei. Der scharfe Schmerz klärt meinen Kopf. Eugène, Eugène, Eugène. Allein stürze ich vom Dach, krache in einen Haufen Schutt und Unrat.

Stundenlang hänge ich im eingestürzten Berg aus Kisten, Holzwolle und Jutesäcken fest. Kann mich nicht regen, nicht einmal stöhnen. Alles dreht sich.

Aus der Halle dringt Getöse, die unmittelbaren Nachwirkungen der Explosion. Keine Stunden, nur Sekunden. Jemand hievt mich aus dem Schutt. Ein Mann mit treibholzfarbenem Gesicht, nichtssagend, abgesehen von Augen, die selbst im Dunkeln azurblau leuchten. Er greift mich fester.

Mit der Wucht einer Flutwelle kehrt mein Fluchtinstinkt, *Überlebens*instinkt, zurück. Ich schlage um mich, versuche, mich loszureißen. Ihm mit meinen Nägeln durchs Gesicht zu kratzen.

Mühelos hält er mich in Schach. »Sie ist hier!«, ruft er über seine Schulter.

Nein! Ich trete aus, schwebe in seinem Griff über dem Boden.

Eine kleine Silhouette huscht um die Ecke, und ein bauschiger Rock wirbelt hinter ihr auf. Louise! »Bring ihn bitte nicht um!« Japsend hält sie meine Arme still, und der Mann lässt mich los.

Ich presse Louise so fest an mich, wie ich kann, egal, wie sehr es überall schmerzt. Doch ich behalte den unscheinbaren Mann im Auge. Keine Nyx-Kleidung. »Wer ist er?«

»Edwin«, sagt sie nur und zerrt mich hinter sich her, um die Ecke. Unter dem zerbrochenen Seitenfenster parkt eine überdachte Kutsche.

»Nicht, wie er heißt, sondern wer –«

Er lehnt gebeugt an der Karosse, hält seine Schulter, an der sein Oberteil und seine Haut aufklaffen. Eugène.

Ich presche zu ihm. Mein Herz zerspringt beinahe in meiner Brust, verdrängt jeden Schmerz, jedes Brennen, jeden Gedanken.

Eugène breitet die Arme aus, und ich stürze hinein. Klammere mich an ihn, während seine Arme mich umschließen, fest, obwohl er leise ächzt. Sein Mund streift über meine Schläfen, wispert belanglose Worte in mein Haar, die sich wie Glühwürmchen in meinem Herzen scharen. Ich lache, *lache*, in den blutverschmierten, staubigen Stoff seiner Nachtschwärmeruniform, im Takt seines Herzschlags. Wärme, Kaminfeuer und Eau de Parfum. Nach Hause kommen. So fühlt es sich an.

Kapitel 24

Louise und der Fremde scheuchen uns in die Kutsche. Ich raune dem Mann, *Edwin*, hastig die Adresse zu. Er gibt nicht einen Laut von sich und schwingt sich auf den Fahrersitz. Louise setzt sich uns gegenüber, und bevor ich fragen kann, was sie hier tut, plappert sie los. »Jean und Armand haben sich bei mir versteckt.« Sie beugt sich vor und krempelt meinen verschlissenen Ärmel hoch.

»Geht es ihnen gut?«, keuche ich und kralle mich an der Sitzbank fest.

»Angeschlagen und lädiert, aber lebendig.« Sie klappt ein Köfferchen auf der Bank auf und lächelt, sieht mir genau an, wie ein weiteres drückendes Gewicht von meinen Schultern schwebt. Auf einen Wattebausch träufelt sie eine klare Flüssigkeit, die in meiner Nase brennt. »Nachdem die Nyx ihre Suche aufgegeben haben, sind Armand und Jean weitergezogen, zum *Mont-Saint-Michel*.« Sie tupft über die Wunde, und ich zische auf. Schnell drückt sie eine Kompresse darauf und reicht mir eine Mullbinde, bevor sie sich an Eugènes Schulter zu schaffen macht. »Erst dann ist mir aufgefallen, dass etwas nicht stimmt. Die Nyx sind völlig überstürzt in eine Richtung aufgebrochen. *L'Arès.* Zu *euch.*«

Ich halte beim unbeholfenen Verbinden meines Arms inne und seufze. Natürlich konnte Louise nicht stillsitzen. Ich kann es ihr nicht vorwerfen, hätte genauso gehandelt. Dennoch breitet sich ein wenig Übelkeit in mir aus. Das könnte aber auch meinem generellen Zustand geschuldet sein. Immerhin kann ich hören, trotz des beharrlichen Piepens in meinem Ohr.

»Mein Leibwächter Edwin hat mich gefahren.« Sie ruckt mit dem Kinn in seine Richtung, und die Bewegung lässt Eugène unter ihren Fingern zusammenzucken.

Edwin, ihr Leibwächter. Richtig, er wartete vor der Fabrik ihres Vaters an der Kutsche auf sie. Das nichtssagende Gesicht eines Buchhalters, die unauffällige Kleidung eines Schuhmachers, doch darunter kräftig gebaut. Und der Blick von jemandem, dem man nachts nicht unbedingt gern allein begegnet.

»Er hat dich *gefahren*?« Ich lehne mich vor. »Louise, er hat dich mitten in der Nacht aus dem Haus gelassen. Hat dir geholfen, Bomben und Granaten durch halb Paris zu kutschieren. Eine Lagerhalle in die Luft zu jagen. Dein Leibwächter, der dich eigentlich vor Gefahren *beschützen* soll. Wie hast du ihn dazu gebracht?«

Louise hebt das Kinn, blickt gleichzeitig seitlich nach oben. »Ich hab so meine Methoden.«

Ich schüttle den Kopf. »Wie viel hast du ihm erzählt?«

Stöhnend lässt sie sich auf der Bank nach hinten fallen. »Er weiß *nichts*. Nur, dass eine Freundin meine Hilfe brauchte.«

»Diese Sprengkörper, die du dabeihattest.« Eugène stützt sich mit den Ellbogen auf seine Oberschenkel, zuckt aber mit verzogenem Gesicht zurück und presst eine Hand auf die verbundene Schulter. »Ich wusste nicht, dass *Entreprise d'Amboise* auch in der Waffenbranche tätig ist.«

Plötzlich liegt das Knistern konkurrierender Geschäftsmänner in der Luft.

Louise verschränkt die Arme. »Erfindungen zum *Schutz*. Nicht letale Waffen wie der Strombrecher. Du weißt schon, der die Lichtwaffen kurzgeschlossen und euch einen Weg da raus verschafft hat? Und ja, manchmal Bomben, weil seine Auftraggeber nur so seine friedlicheren Erfindungen finanzieren.« Ihre Augen funkeln verdächtig. »Aber nur zu, erzähl doch, was *dein* Vater so neben seinen Dampfmaschinen, Fluggeräten und den ganzen anderen Spielereien erfindet.«

»*Touché*.« Eugène zuckt mit der unversehrten Schulter.

Fantastique, ich bin befreundet mit den Kindern von zwei Waffenherstellern. Es sollte mich stören, mehr als deswegen zu seufzen, kann ich jedoch nicht. »Und du hast einfach diese *nicht letalen Waffen* und die ein oder andere *durchaus* letale Bombe gestohlen?«

Sie wirft sich ihre Locken hinter die Schulter. »Ich habe sie mir aus einer seiner Fabriken *geliehen*.«

»Sie können nur *ein Mal* benutzt werden!«, stöhne ich, unterdrücke mein Lachen, weil das so typisch Louise ist. Louise, die uns gerettet hat. Uns, aber auch Jean und Armand, die –

Jean und Armand.

Sie sind nach *Mont-Saint-Michel* geflohen. Der Dirigent – ein Nachtschwärmer. Die Bruchstücke nach der Explosion – ich habe ihn gesehen, ihn und den Orchestrator, umschlungen vom Schattendämon. *Beschützt* vom Schattendämon.

»Was, wenn der Dirigent überlebt hat?« Ich springe auf, schwanke in der wackelnden Kutsche. »Was, wenn er weiß, dass Armand und Jean uns geholfen haben? Wenn er nach *Mont-Saint-Michel* zurückkehrt?«

»Glaubst du wirklich, der Dirigent ist ein Nachtschwärmer?« Eugène runzelt die Stirn. »Es könnte jemand mit unseren Fähigkeiten sein, der aber nicht zur Bruderschaft gehört.«

Die Kutsche hält an, und ich drücke gegen die Tür, die sich

nicht rührt. Halte inne. Die Schattenwesen, die mich belauert haben. Ich dachte, sie wären Einbildung. Doch sie ähneln dem Schatten aus dem Lagerhaus so sehr. Was, wenn beide das Werk des verräterischen Nachtschwärmers waren? Nur *eine* Art Nachtschwärmer kann so etwas erzeugen.

»Jemand, ein *Schattenspieler*, hat diese Wesen hinter mir hergeschickt. Seit Wochen. Um mir Angst einzujagen, mich auszuspionieren, oder –« *Ausspionieren.* Hatte ich nicht im Skriptorium schon den Eindruck, dass – Mein Herz stockt. »Ich glaube, es ist Auguste.«

Eugène verengt die Augen. »Ich kann ihn genauso wenig leiden wie du. Er ist böse, ja. Aber *böse* böse? Ein Verräter?«

Ich rüttle an der Tür, und all die unbeantworteten Fragen schwirren durch meinen Kopf. »Er hat uns im Skriptorium belauscht. Mich wieder und wieder sabotiert. Ich weiß nicht, warum er mich nicht direkt aus dem Weg geräumt hat, wenn er zu den Nyx gehört, aber ... Egal, ob es Auguste ist oder ein anderer Nachtschwärmer, er weiß, dass wir ihn enttarnt haben.« Endlich schwingt die Kutschtür auf, und ich springe auf die Straße. »Bevor wir sein Doppelspiel auffliegen lassen, wird er alles tun, um den größtmöglichen Schaden anzurichten. Wir müssen zu Jean und Armand. Zu Clément. Den anderen Nachtschwärmern.«

Eugène kraxelt hinter mir aus der Kutsche. »Warum konnte er den Schatten im Lagerhaus nicht kontrollieren, wenn er ein Schattenspieler ist?«

Madame Bouchards Eckladen. Meine Familie. Ich muss mich um sie kümmern. Kann sie kein weiteres Mal im Stich lassen. Doch ...

Armands Worte hallen durch meinen Kopf: *Du bist jetzt ein Teil unserer Familie.*

Mein Atem geht schwer, so als würde ich wieder Qualm einatmen. Ich muss ihnen helfen, *beiden* Familien. Meine Gedanken kreisen, verheddern sich zu einem Knoten.

Eine warme, schmale Hand drückt meine Schulter. Louise. »Schau, am Fenster.« Sie deutet hoch. Papas und Mamas Silhouetten vor flackerndem Kerzenlicht, Arm in Arm. »Ich weiß, du willst zu ihnen. Aber sie sind fürs Erste in Sicherheit. Und sie sind stark, wie du, deshalb stehen sie noch ein paar Stunden ohne dich durch. Ich kümmere mich um sie, Edwin sichert die Umgebung.«

Ich starre sie an, mit ihren zerzausten Locken und den roséfarbenen Wangen, und unterdrücke die hochbrodelnden Sorgen ebenso wie das Misstrauen gegenüber dem schweigsamen Edwin. Ich kann Louise vertrauen. In die Stärke meiner Familie vertrauen.

Also drücke ich sie ein letztes Mal an mich. »Du hattest recht«, murmle ich in ihr Haar. »Ohne dich wären wir alle aufgeschmissen.«

Eugène bekommt uns kaum durch die *Catacombes*. Auch in mir finde ich nicht das leiseste Knistern meines Lichtwirkens. Wir können Auguste nicht allein gegenübertreten. Also hasten wir mit letzter Kraft durch *Mont-Saint-Michels* Gänge und platzen in Cléments *Bureau*. Doch an seiner Stelle sitzt nur René in einem Stuhl vor seinem Arbeitstisch. René, der rund um die Uhr an Augustes Kuttenzipfel klebt. Er blickt vom Buch auf und verengt die Brauen. »Ist jetzt schon Klopfen unter eurer Würde?«

»Was hast du hier zu suchen?«, blafft Eugène ihn an.

»Ich warte auf Clément.« Betont desinteressiert blättert René weiter. »Eigentlich wollte er mich vor einer halben Stunde hier treffen.«

Eugène baut sich vor René auf und atmet tief ein.

Ich lege ihm die Hand auf den Arm. »Egal, ob er mit Auguste unter einer Decke steckt oder nicht, von ihm erfahren wir nichts«, flüstere ich. »Er hält uns nur auf.«

René rümpft die Nase. Hat er mich verstanden? Nein, er blickt nur drein, als hielte ihm jemand etwas Übelriechendes unter die Nase. Also so wie immer.

Nur, dass ich es auch rieche. Ich schnuppere noch einmal. Verborgen unter dem Rauchgeruch, der an meiner Uniform und meinem Haar pappt.

»Feuer«, keuche ich und renne zum Fenster. Keine züngelnden Flammen im Dunkeln, keine Rauchschwaden aus den Unterkünften der Mönche hier auf der Südseite. Oder über der Kirche weiter oben. Aber im Norden liegen nur kahle Hallen aus Stein und leere Keller. Nichts dort könnte so stark brennen, dass ich es bis hierhin rieche.

»Was weißt du darüber?«, faucht Eugène, und ich peitsche herum. Er hält René am Kragen seiner weißen Kutte fest.

Mit bebenden Lippen schüttelt dieser nur den Kopf. Ehrliche Panik oder perfektes Schauspiel?

Im Norden liegt das Skriptorium.

Ich reiße René aus Eugènes Händen. »Vergiss ihn! Auguste hat die Bücher in Brand gesetzt! Im Skriptorium!«

Wimmernd prallt René gegen den Schreibtisch. »Auguste hat – *was?*«

Eugène und ich rennen los, röcheln beide nach den ersten Schritten. Ich fühle mich, als hätte mich jemand in Stücke gerissen und falsch wieder zusammengesetzt. Es ist ein Wunder, dass ich überhaupt noch stehe. *Athéna und Arès, steht mir im Kampf bei!*

Die Tür zum Skriptorium steht weit auf, und wir stürzen hinein. *Auguste.* Er ist nicht allein. Ein halbes Dutzend Nachtschwärmer wuseln vor den in Flammen stehenden Bücherregalen herum. Einige formen ihre Schatten um die Feuerzungen, versuchen sie in Schach zu halten. Andere breiten große Decken über den Brandherden aus, um sie zu ersticken. Auguste kläfft sie an, doch es klingt nicht wie Gezänk – sondern nach Anweisungen. Was hat das zu bedeuten?

Eugène rammt Auguste mit voller Wucht.

Sie ringen auf dem Boden, so nah an den Flammen, dass ich scharf die kerosingeschwängerte Luft einatme und huste, während ich zu ihnen presche.

Bevor ich Eugène erreiche, zerren ihn drei Nachtschwärmer von Auguste herunter. Er zappelt in ihrem Griff, kann nichts gegen sie ausrichten. Seine blinde Wut macht seine Verletzungen und Erschöpfung nicht wett.

»Macht weiter!«, herrscht Auguste die Nachtschwärmer an, die sofort gehorchen. Er rappelt sich hoch und stiert Eugène an, deutet auf die brennenden Bücher. »Ist das dein Werk?«, speit er. »Ich hätte es wissen müssen.«

Was? Hat Auguste die anderen Schattenspieler angeleitet, wie sie das Feuer *zügeln* können? Habe ich mich getäuscht?

Auguste ergreift Eugène am Harnisch. »Du eitler, verlogener, nutzloser –« Seine Worte enden in einem kehligen Laut. Ehrliche Bestürzung zeichnet seine Mimik.

Eugène verfällt in diese kopflose Panik, die er nur für Auguste in sich trägt. Er schlägt um sich, tritt gegen Augustes Schienbein, langt nach seinem Unterarm, sodass dieser zischend einatmet und ihn zu Boden schmettert. Obwohl die Berührung nicht besonders fest war.

Oh. Oh, er ist *gut*. Ich balle die Fäuste. Die Löschversuche, seine Entrüstung – alles ein Schauspiel.

Ich schreite zu Auguste und reiße den weiten Ärmel seiner Kutte hoch.

Ein Brandmal.

Die versengten Enden der klaffenden Wunde siffen. Der Geruch verbrannter, menschlicher Haut steigt in meine Nase, und ich muss würgen, obwohl ich ihn im beißenden Rauchgestank des langsam eingedämmten Feuers nicht wahrnehmen sollte. Vielleicht ist es nur die Erinnerung daran, wie ich dem Dirigenten die Säure über den Arm geschleudert habe.

Auguste starrt mich aus großen Augen an. »Woher wusstest du –«

»Wo ist Clément?«, fauche ich. »Armand und Jean?«

»Clément war mit mir in der Küche, als wir das Feuer bemerkt haben.« Seine Augen huschen über mein Gesicht, beinahe glaubwürdig verwirrt. »In dem Aufruhr habe ich mich an einem heißen Topf –«

»Schluss mit deinen Lügen!« Alles in mir bäumt sich auf.

Eugène tritt neben mich, sodass wir Augustes Fluchtwege versperren. »Wir wissen, dass du zu den Nyx gehörst!«

Einige der anderen Nachtschwärmer halten inne und murmeln, nun, da das Feuer fast vollständig gebannt ist.

Augustes Augen werden noch größer. Dann kneift er sie zusammen, reißt sich los von mir. Schatten züngeln um seine Arme. »Ich weiß nicht, wovon ihr sprecht.«

Ich balle die Fäuste, gehe automatisch in Kampfhaltung, obwohl ich ihn nicht besiegen kann. Eugènes Beine beben, und sein Gesicht ist blasser denn je. Abgesehen von den tiefen Schatten unter den Augen und den tiefroten Kratzern auf den Wangen. Auch mit ihm schaffe ich es nicht. Also wende ich mich an die Nachtschwärmer. »Ein Schattenspieler arbeitet mit Nyx zusammen.« Ich schrumpfe unter den Blicken der Männer, die mich entweder nie beachtet oder mir unverblümt klargemacht haben, dass ich nicht willkommen bin, zusammen. Aber ich bin nicht schwächer oder wertloser als sie. Ob sie das nun glauben oder nicht. Und ob sie wollen oder nicht – ich werde sie vor Auguste und den Nyx bewahren. Also straffe ich die Schultern und blicke jeden Einzelnen nacheinander an. »Sie haben eine Maschine entwickelt, die die Schatten eines Schattenspielers als Energiequelle braucht. Und Auguste hat euch diese Maschine verschwiegen. Hat jeden Versuch unterbunden, etwas gegen sie zu unternehmen.«

»Ihr habt den Falschen. Verschwendet eure Zeit, während der wahre Verräter frei herumläuft«, knirscht Auguste. »Es gibt Dutzende andere Schattenspieler. Vielleicht Jean oder –«

Ich hebe meine Stimme. »Heute Nacht habe ich dem Schattenspieler eine Wunde mit Säure zugefügt. Am Unterarm.«

Auguste erbleicht, starrt auf den Boden. Murmelt kaum verständliche Worte. »Nein. Nein, das kann nicht sein.«

Die Nachtschwärmer wenden sich Auguste zu, lauter murmelnd. Doch ihre Skepsis zeigt sich deutlich in ihren Zügen. Sie glauben mir nicht.

Hastig schaue ich zu Eugène. Er tritt vor und fletscht die Zähne.

Auguste wirft einen Blick auf die letzten glühenden Bücher – und hält uns beide Hände hin. »Fesselt mich.«

Wir beide halten inne.

»Fesselt mich, ich wehre mich nicht. Aber lasst mich euch im Gegenzug etwas zeigen, bevor ihr euer endgültiges Urteil fällt.« So offensichtlich bemüht er sich, seinen üblichen Hass nicht in seiner Stimme durchscheinen zu lassen.

»Was willst du uns zeigen?«, knurrt Eugène.

»Es ist eine Falle.« Ich verharre in meiner Angriffsposition.

Auguste schüttelt den Kopf. »Ich weiß es nicht«, quetscht er hervor, und ich muss tatsächlich schnauben. Er fährt unbeirrt fort. »*Noch* nicht. Ich habe etwas entdeckt, aber bisher nicht einordnen können. Die Sicherheit der Bruderschaft hängt davon ab, dass ihr nicht vorschnell urteilt.«

Die Nachtschwärmer scharren mit den Füßen, bis einer von ihnen vortritt. »Wir können Auguste nicht dieses Verbrechens beschuldigen, ohne ihm die Gelegenheit zu geben, sich zu verteidigen.« Er blickt über die Schulter. »Wir haben den Brand im Griff. Wenn ihr herausfinden wollt, was er meint.«

Eugène sieht mich an. »Wenn er gefesselt ist, kann er nicht schattenspielen.«

Alles an mir sträubt sich. Aber unser Wissen ist so lückenhaft. So viele offene Fragen, so vieles, das keinen Sinn ergibt. Wenn Auguste uns etwas zeigt, das Klarheit bringt, müssen wir das nutzen. Und wenn er uns etwas vorspielt, haben wir ebenfalls Klarheit. Ich kämpfe gegen meinen Instinkt und nicke. »Du hast nur diese eine Gelegenheit, deine Unschuld zu beweisen, Auguste.«

Hintereinander traben wir die Treppe ein Stockwerk tiefer, ohne dass ich den Blick von Augustes hinter dem Rücken gefesselten Händen nehme. Ich traue ihm nicht. Aber Neugierde treibt mich an.

Er führt uns wortlos in den Vorratskeller, den die Bruderschaft schon ewig nicht mehr für Lebensmittel nutzt. Ich dachte, er stünde leer.

Doch unter der Gewölbedecke des schmalen Raums ertönt das Klacken, Surren und Pfeifen einer gigantischen Dampfmaschine. Der Geruch von Ruß liegt in der Luft. Hydraulische Pumpen, Rohre, Ventile, Kolben und Triebräder – hier generieren sie ihren Strom. Darüber nachgedacht habe ich nicht mehr, aber seltsam ist es immer noch. Irgendein Gönner, der ihnen einen Generator finanziert.

Auguste deutet mit dem Fuß auf einen Strang ölschwarzer Stromkabel, die durch Löcher in den Wänden verschwinden. »Die laufen durch die gesamte Abtei, zu den Lampen.« Er geht zu einem Kessel am Ende des Kellers, neben dem Kästen über Kästen mit Kohle stehen. »Damit treiben wir den Stromgenerator an. Jede Woche bekommen wir eine neue Lieferung.«

Ich starre die Kohleberge an. Jede Woche diese Mengen an Kohle – das muss jemanden ein kleines Vermögen kosten. Wie viele Kilo sind das? Schon eine halbe Tonne, vielleicht.

»Danke für die Erklärung«, schnarrt Eugène, »aber das ist weder sonderlich spannend, noch hilfreich. Für uns *oder* für dich.«

Auguste dreht sich zu mir. »*Sie* versteht es.«

Ich verknote die Finger. Wirklich gut kenne ich mich mit Dampfmaschinen nicht aus, trotzdem ist das hier mehr als eindeutig. Ich schlucke. »Es ist viel zu viel. Solche Mengen können die Lampen der Abtei nicht jede Woche verbrauchen.«

»Was soll das heißen?«, fragt Eugène.

Ich wandere den Lagerkeller entlang, inspiziere die Kabel auf dem Boden. Da! Ein armdicker Strang, verborgen hinter der Maschinerie. Ich folge ihm, werde schneller, bis er in einer Wand verschwindet.

»Dort liegt nur die leere Aquilon-Krypta«, erklärt Auguste neben mir. »Und weiter hinten der Gästeflügel, der über andere Kabel versorgt wird.«

»Etwas an ihr ist seltsam«, murmle ich und fahre mit den Fingern über die Wand. Die Fuge zwischen diesen Steinen, ein kleiner Hohlraum – ich zerre meine Kette hervor und presse den Bruderschaftsring hinein.

Mit einem Scharren und fernen Wassergluckern gleiten mehrere Steine in den Boden, so wie beim Ausgang der *Catacombes* im *Tour du Nord*. Ein Tunnel liegt dahinter. Und die Kabel.

Eugène pfeift. »*Jetzt* wird es interessant.«

Ich atme tief ein, dann funkle ich Auguste an. »Wenn du uns

da unten umbringst, werde ich dich in der Zelle, in der du bis an dein Lebensende verrotten wirst, als Geist heimsuchen.«

»Das heißt, wir gehen einfach da runter?«, fragt Eugène. »In den finsteren, verborgenen Gruseltunnel?«

Ich klettere zuerst hinein. Winzige Lämpchen alle paar Meter tauchen die Stufen in dämmriges Licht, gerade genug, um nicht durch die Dunkelheit zu stürzen.

»Seid vorsichtig«, murrt Auguste hinter mir. »Ich weiß nicht, was auf uns wartet.«

Die Treppe windet sich, formt sich zu einem schmalen Gang. Ab und zu dringen Schritte und Stimmen durch die Wände. Wir steigen so tief hinab in die Eingeweide der Abtei wie nie zuvor. Bis wir in eine Kapelle treten, die älter aussieht als jeder andere Teil der Abtei. Dicke Säulen, kahle Wände ohne irgendeine Symmetrie, zugemauerte Fenster.

Doch ich kann mir keine Gedanken darüber machen, wann und warum diese jahrhundertealte Kapelle zugemauert wurde.

Denn im dämmrigen Licht liegen Dutzende Kabel, Gewinde und Kupferplatten, die ich auf den ersten Blick erkenne, obwohl sie nicht zusammengebaut sind. Und tiefer in der Kapelle steht ein fertiges Exemplar.

Sirènes.

Jemand baut hier unten *Sirènes*.

»Eugène!«, hallt eine Stimme von oben zu uns. »Odette!«

Wir peitschen herum.

Clément taumelt in die Kapelle, schnaufend und mit Schweiß auf der Stirn. Er starrt *Sirènes* an, dann, mit aufgerissenen Augen, Auguste. »Geht von ihm weg! Auguste ist ein –«

»Nyx«, beendet Eugène. Er dreht Auguste, sodass seine Fesseln sichtbar werden.

»Er ist trotzdem gefährlich«, knurrt Clément und wirft die Arme in die Luft. »Wie oft muss ich euch noch predigen, dass ihr euch nicht in Gefahr begeben sollt, bis ihr es begreift?« Sein Gesicht ist schmerzverzerrt.

Auguste stößt ein Keuchen aus. »Es war Absicht«, knurrt er mit einem finsteren Blick in Cléments Richtung. Er starrt einen Tomatenfleck an Cléments Ärmel an, als hätte er nie etwas Widerlicheres gesehen. »Du hast den Topf in der Küche mit Absicht −«

»Kommt, Kinder.« Clément winkt uns heran, ohne Auguste aus den Augen zu lassen. »Wir müssen ihn einsperren und mit den Brüdern besprechen, wie wir weiter vorgehen.«

Eugène stößt Auguste an, um ihn zum Gehen zu bewegen. Dann starrt er nach hinten, auf *Sirènes*. »Was machen wir mit den −«

Clément hebt die Hand. »*Mon garçon*, das klären wir gemeinsam, wenn ihr in Sicherheit seid. Ihr seht aus, als hättet ihr tagelang nicht geschlafen, getrunken oder gegessen. Ich habe eben Spargelcremesuppe gekocht, die wird euch guttun.«

Ich atme auf, zittrig und erleichtert und geschafft. Cléments warmes Lächeln, seine Sorge um uns, umhüllt mich. Wir können endlich ausruhen. Den Rest regeln die anderen.

Auguste stolpert vorwärts, an mir vorbei. Doch dann schnellt er zu mir herum. »Du musst verschwinden«, zischt er so schnell, dass die Worte verschwimmen. »Ihr beide. Vielleicht ist er nicht allein. Clément hat meinen Arm verbrannt. Absichtlich. *Er* hat die Aufträge −«

Eugène stößt ihn weiter.

Ich halte den Atem an. Er lügt, der letzte verzweifelte Versuch, uns Nachtschwärmer gegeneinander aufzuhetzen. Er *hat die Aufträge* … Die Aufträge! Was hat Eugène gesagt? Clément hinterfragt alle Aufträge, entscheidet, welche die Nachtschwärmer durchführen. Nach dem Luftschiffauftrag − Auguste wirkte hin- und hergerissen. Er war kurz davor, die unerwartete Entwicklung als Erfolg anzusehen. Bis Clément aufbrauste. Ihn praktisch angestachelt hat, uns zu bestrafen. Aus Sorge. Oder? Die Kapelle dreht sich, und ich greife Eugènes Ärmel.

»Alles in Ordnung, Odette?« Clément kommt einen Schritt auf mich zu, streckt die Arme aus, um mich zu stützen. Wie so oft, als er mir all die Kampfschritte und Kniffe beigebracht hat, die im Kampf mit den Nyx immer vereitelt wurden. »Vielleicht besser etwas Schlaf vor der Cremesuppe.«

Ich klammere mich fester an Eugènes Arm. »Es geht schon.« Cremesuppe. Der Fleck auf seinem Ärmel ist dunkel. Die Luft so tief in den Eingeweiden der Krypta reicht nicht mehr. Alles dreht sich, dreht sich, doch mit letzter Kraft fixiere ich den Fleck an seinem Unterarm. Er war eben kleiner.

Ich starre Auguste an. Er formt lautlos ein Wort mit den Lippen. *Verschwindet.* Aber was ist mit ihm, wenn wir –? Kaum merklich nickt er.

Langsam lasse ich meine Finger an Eugènes Arm herabgleiten, bis ich seine Hand halte. »Vertraust du mir?«, raune ich.

Eugène blickt mit gefurchten Brauen zu mir. An seinem Handgelenk rast sein Puls. Er spürt, dass etwas nicht stimmt. »Immer«, wispert er dennoch zurück.

Das Wort reicht, um die Energie in mir zu entfesseln. Mein ganzer Körper kribbelt, steht unter Strom. Und alle Lampen im Raum zerspringen mit einem Knall. Ich zerre Eugène nach vorn, und er schattenspringt instinktiv. Durch die Kapelle, auf den schwach erleuchteten Gang zu, vorbei an Clément. Ich ramme mein Stilett in Cléments Oberschenkel, damit er uns nicht folgen kann. Aus Eugènes Kehle löst sich ein erstickter Laut, und seine Finger versteifen in meinen, als wollte er mich abschütteln. Nach seinem Mentor sehen.

Doch wir rasen die Treppe hinauf, Eugènes Atmung gequält, sein Schattenspringen unstet. »Ist Clément –?«

Im Raum mit der Dampfmaschine nicke ich hart, spüre Eugènes Schmerz in meiner zu engen Brust. Umklammere seine Hand fester. Ein *Ich bin hier*, aber auch ein *Merci, dass du mir vertraust*. Ein *Es tut mir leid*.

Wir müssen Auguste und Clément weit hinter uns lassen. Nein.

Auguste und den *Dirigenten*.

Rennen und schattenspringen, rennen und schattenspringen, ein Wirbel aus Dunkelheit und Schmerz und Unwissenheit. Wir können nicht auf *Mont-Saint-Michel* bleiben. Vielleicht nie wieder zurückkehren. Eugène verliert einen Menschen, der für ihn so viel mehr war als ein Mentor.

Und für mich zerbricht zum zweiten Mal meine Welt, wie ich sie bis dahin kannte.

Triggerwarnung

- Sucht
- Gewaltdarstellung
- Alkoholkonsum

Danksagung

Seit meiner ersten Veröffentlichung (und eigentlich schon lange davor) habe ich mir *so sehr* gewünscht, irgendwann eine Reihe zu schreiben. Dank vieler Menschen ist der Wunsch nun in Erfüllung gegangen.

Das Team von Moon Notes hat ein so tolles Konzept auf die Beine gestellt, in dem ich mich auf den ersten Blick wiedergefunden habe. Danke, dass ihr meiner doch etwas ungewöhnlichen Romantasy-History-Steampunk-Dilogie das perfekte Zuhause gegeben habt.

Besonders danke ich der wundervollen Maren Wendt – du hast so viel Mühe in *They Who Guard The Night* gesteckt, mit mir Lösungen gefunden und einfach noch ein bisschen mehr der *Romance* in *Romantasy* herausgelockt.

Auch ohne meine Testleserinnen Janina Roesberg und Franziska Koschke wäre das Buch nicht das, was es jetzt ist. Ihr seid so fantastisch in dem, was ihr tut, dass es eigentlich als neue Nachtschwärmerfähigkeit gelten müsste. Ich hoffe, noch bei ganz vielen weiteren Projekten mit euch zusammenarbeiten zu können!

Yvonne Lübben – was ein Segen, dass wir uns auf diesem

Wege wiederbegegnet sind. Deine Geduld und Flexibilität, dein Adlerauge, dein Sinn fürs Stilistische und all die Anmerkungen haben das Lektorat zu einem Traum gemacht.

Das erste von einer Agentur vermittelte Projekt ist etwas ganz Besonderes. Ich bin der Agentur Schlück und vor allem der fantastischen Kathrin Nehm unfassbar dankbar, dass sie dieses und weitere Projekte begleiten. Genauso »schlücklich« macht mich der Austausch mit all den tollen Autor*innen aus unserer WhatsApp-Gruppe, in der ich immer wieder Neues lerne.

Mini, du hast wie immer an mich und meine Geschichte geglaubt, als Erste und am meisten. Ohne deine Unterstützung, deine Geduld und deine Kochkünste wäre nichts hiervon möglich.

Kate Jans, die zwölf sechsminütige Sprachnachrichten genauso mitmacht wie wochenlange Funkstille. Ich bin so dankbar, dass wir seit dem Schreibwettbewerb unsere Wege als Autorinnen gemeinsam gehen.

Meine Familie und Freunde, ihr unterstützt mich alle auf so unterschiedliche Weise, im Großen wie im Kleinen.

Nicht zuletzt ein riesiges Danke an alle von euch, die *They Who Guard The Night* gelesen haben und sich hoffentlich auf Band 2 freuen. Das bedeutet mir mehr als alles andere!